中國文學作品選注

袁行霈 主編　許逸民 副主編

趙逵夫　劉躍進 本卷主編

第一卷

中華書局

圖書在版編目(CIP)數據

中國文學作品選注. 第一卷/袁行霈主編. —北京:中華書局,
2007.6(2025.5 重印)
ISBN 978-7-101-05693-8

Ⅰ.中… Ⅱ.袁… Ⅲ.文學–作品綜合集–中國–高等學校–
教材 Ⅳ.I211

中國版本圖書館 CIP 數據核字(2007)第 075114 號

書　　名	中國文學作品選注　第一卷
主　　編	袁行霈
副 主 編	許逸民
本卷主編	趙逵夫　劉躍進
責任編輯	聶麗娟
責任印製	管　斌
出版發行	中華書局
	(北京市豐臺區太平橋西里 38 號　100073)
	http://www.zhbc.com.cn
	E-mail:zhbc@zhbc.com.cn
印　　刷	北京新華印刷有限公司
版　　次	2007 年 6 月第 1 版
	2025 年 5 月第 25 次印刷
規　　格	開本/710×1000 毫米　1/16
	印張 28½　插頁 8　字數 470 千字
印　　數	140001–144000 冊
國際書號	ISBN 978-7-101-05693-8
定　　價	51.00 元

癸巳卜

甲骨拓片

選自郭沫若著《卜辭通纂》第五一二片

科學出版社一九八二年版

丁巳尊

金文拓片

選自羅振玉編《殷文存》

一九一七年上海倉聖明智大學影印本

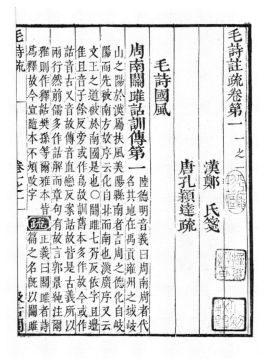

毛詩註疏

漢鄭玄箋　唐孔穎達疏

明末虞山毛氏汲古閣刻《十三經註疏》本

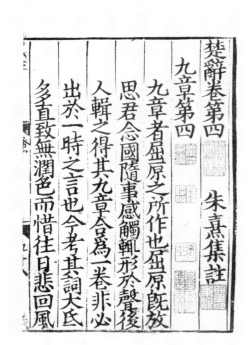

楚辭

戰國屈原撰　南宋朱熹集注

南宋嘉定六年章貢郡齋刻本

春秋左傳正義

春秋左丘明撰　唐孔穎達疏

南宋慶元六年紹興府刻遞修本

春秋左傳正義卷第一

國子祭酒上護軍曲阜縣開國子臣孔穎達等奉

勅撰

春秋左氏傳序　疏

正義曰此序題目文多不同或
云春秋經傳集解序或云春秋左氏傳序或云
定本並云春秋左氏傳序今依用之南人多云此本釋例
序後人移之於此且有題目春秋釋例序之端
今所不用晉大尉劉寔與杜同時人也宋大學博士賀道
序也又晉宋古本序在集解之端徐遂以晉世定五經傳
養去杜亦近俱為音注題並不言釋例明非釋例
訓為此序此序稱分年相附隨而直釋之名曰經傳
集解是言為集解作序也又別集諸例從而釋之名曰釋

史記集解索隱正義

漢司馬遷撰

南朝宋裴駰集解

唐司馬貞索隱、張守節正義

南宋黃善夫家塾刻本

建安黃善夫刊
于家塾之敬室

牌記

留侯世家第二十五

留侯張良者

正義曰括地志云故留城在徐州沛縣
東南五十五里今城内有張良廟也

其先韓人也　索隱曰韋昭云留今屬彭城按
始見高祖於留故因以為封號

大父開地　應劭曰祖父也正
義曰括地志云故韓城一名韓武子城在汝州
郟城縣故韓國也

相韓昭侯宣惠
王襄哀王父平相釐王悼惠王
悼惠王二十三年平卒卒二十歲秦滅韓良年
少未官事韓韓破良家僮三百人弟死不葬悉
以家財求客刺秦王為韓報仇以大父父五世

史記五十五

張良者

蜀都賦　楊雄

蜀都之地古曰梁州
其江淳皋彌望千里塞諸沃埜
平青葱沃埜千里
稽乾度則井絡儲精
建福
應天象其東井主為蜀分星野之岷山絡上

古文苑

唐無名氏編　南宋章樵注

明成化十八年刻本

文選卷第八

梁昭明太子撰

文林郎守太子内率府錄事參軍事崇賢館直學士臣李善注上

畋獵中

司馬長卿上林賦
楊子雲羽獵賦　郭璞注

上林賦一首

司馬長卿

亡是公听然而笑

未爲得也夫使諸侯納貢者非爲財幣所以述職也封疆

曰楚則失矣而齊亦

文選

南朝梁蕭統編　唐李善注

南宋淳熙八年池陽郡齋刻本

陳尚書左僕射太子少傅東海徐陵字孝穆撰

古詩八首

上山采蘼蕪下山逢故夫長跪問故夫新人復何如新人雖言好未若故人姝
顏色類相似千爪不相如新人從門入故人從閤去新人工織縑故人工織素
織縑日一匹織素五丈餘將縑來比素新人不如故

熒熒歲云暮螻蛄多鳴悲涼風率已厲遊子寒無衣錦衾遺洛浦同袍與我違
獨宿累長夜夢想見容輝良人惟古歡枉駕惠前綏願得常巧笑攜手同車歸
既來不須臾又不處重闈誰言風翼翼得凌風飛眄睞以適意引領遙相睎

歐陽詢撰

山部下

虎丘山	蒜山	太平山
岷山	石帆山	石鼓山
石門山	會稽諸山	交廣諸山
海水	河水	江水
淮水	漢水	洛水

水部上　惣載水

虎丘山

虎丘山銘曰晉司徒東亭獻公王珣撰云武丘山先名海涌山吳越
春秋曰闔廬死葬於國西北名虎丘山葬之三
十萬人共治千里使象運土鑿池四周水深丈餘川積壤為丘發五都之
銅廣六十步楊為白虎蹲焉故曰虎丘
日金精上楊為白虎擾墳故曰虎丘　王珣虎丘山記曰山大數百步四面周
嶺南則是山逕兩面壁立交林上合蹊路下通步降窈窕亦不辛至
嶺上有楊柳鄉地震仟少室塗𩕳像太行重嶂標虎丘
兹山麗㠯嶢嶤擅水鄉餘玉氣劍隱絕星光白雲多
峻羊腸溜深澗無底風幽谷自京竇況

班蘭臺集卷全

賦

兩都賦 有序

漢北地班　固著

明太倉張　溥閱

或曰賦者古詩之流也昔成康没而頌聲寢王
澤竭而詩不作。大漢初定日不暇給至於武宣
之世乃崇禮官考文章內設金馬石渠之署外
興樂府協律之事。以興廢繼絕潤色鴻業是以

班蘭臺集
漢班固著
清初虞山毛氏汲古閣刻明張溥
輯《漢魏六朝百三家集》本

樂府詩集卷第六十三

太原郭　茂倩　編次

雜曲歌辭

羽林郎　　後漢辛延年

漢書曰武帝太初元年初置建章營騎後更名
羽林騎屬光祿勳又取從軍死事之子孫養羽
林官教以五兵號羽林孤兒顏師古曰羽林宿
衛之官言其如羽之疾如林之多一說羽所以為
主者羽翼也後漢書百官志曰羽林郎掌宿衞
侍從常選漢陽隴西安定北地上郡西河六郡
良家補之地里志曰漢興六郡良家子選給羽
林是也又有胡姬年十五亦出於此

昔有霍家姝姓馮名子都依倚將軍勢調笑酒家胡胡姬年

樂府詩集
宋郭茂倩編
南宋紹興年間杭州刻本

本卷注者分工

第一編　先秦文學

趙逵夫　詩經、榜枻越人、屈原、宋玉、荆軻

伏俊璉　戰國策、老子、論語、墨子、孟子、莊子、荀子、韓非子

韓高年　甲骨卜辭、商代銘文、尚書、左傳、國語

第二編　秦漢文學

劉躍進　秦始皇時民歌、吕不韋、李斯、鄒陽、賈誼、晁錯、劉安、漢武帝劉徹、李延年、枚乘、東方朔、司馬相如(《子虚賦》、《上林賦》)、司馬遷(《項羽本紀》、《報任少卿書》)、王充、漢樂府(《戰城南》、《有所思》、《上邪》、《江南》、《陌上桑》、《長歌行》、《東門行》、《飲馬長城窟行》)、古詩十九首、古詩(《上山采蘼蕪》、《十五從軍征》、《步出城東門》)

李劍鋒　秦嘉、李陵

姜劍雲　揚雄

畢　賢　司馬相如(《長門賦》)、古詩(《古詩無名人爲焦仲卿妻作》)、司馬遷(《留侯世家》、《魏公子列傳》、《廉頗藺相如列傳》、《李將軍列傳》、《遊俠列傳》)、王褒、班固、張衡、趙壹、蔡邕、漢樂府(《孤兒行》)、辛延年、班婕妤

總　目

第三卷

第五編　宋遼金文學

第六編　元代文學

第四卷

第七編　明代文學

第八編　清代文學

第九編　近代文學

前　言

袁行霈

　　現在通行的歷代文學作品的選集,在古代目録學中稱之爲"總集",以區別於單個作家的"別集"。梁蕭統所編《文選》是現存最早的一部總集。總集的出現是文體辨析的結果,所以也就成爲文學自覺的標誌之一。自蕭統《文選》之後,各種文選、詩選之類的選集層出不窮,其中有的流傳很廣影響很大,如《玉臺新詠》、《文苑英華》;有的則未得到廣泛注意,如元杜本所輯《谷音》、清顧萬祺所輯《玉臺遺響》。探究其原因,有三點值得注意:一是選目是否精當,所謂"精"是指入選作品的水平,所謂"當"是指入選標準的公允;二是能否適合廣大讀者的需要;三是有無文獻價值。有一些選集是有注釋的,注釋的水平當然也會成爲能否廣泛流傳的一個重要因素。中國古代還有一些選集是選家爲了宣揚某種文學主張而編纂的,他們有與衆不同的入選標準,某一類風格的作品可以選很多,而其他風格的作品可以少選或者不選,如沈德潛的《唐詩別裁集》、王士禛的《唐賢三昧集》,就屬於這一類。以上種種都是對選家和注家之學識素養、理論水平、藝術眼光的考驗,所以要想編好一部作品選注實在很不容易。

　　1995年,當我開始主編面向21世紀課程教材《中國文學史》四卷本的時候,就曾考慮過是否編一部與之配套的作品選注,考慮再三還是決定暫時放一放,以後另行論證和組織。那部《中國文學史》出版六年以來,受到讀者廣泛的歡迎,許多高校選作教材。教師和讀者不斷向我建議,應該編選一部與之配套的作品選注,以方便大家閱讀此書,這使我不得不重新考慮編纂作品選注的事。當2004年初,中華書局請我主編《中國文學作品選注》時,我便跟中華書局的資深編審、原文學編輯室主任許逸民先生商議,如果他答應跟我合作,我才敢承擔下來。許先生退休以後,北大國學研究院聘請他擔任《國學研究》的特約編委,我們已有幾年愉快的合作經驗,我很敬佩他的學問和工作態度。許先生經過慎重考慮,慨然應允擔任本書的副主編,並就編選和注釋提出許多很好的建議。於是我便向中華書局表示,可以將這項工作承擔下來。

　　隨後我起草了本書的《編寫要點》，確定了編寫宗旨、讀者對象、本書的特色，以及篇幅、字數等等，並勾勒了全書的面貌。這份《編寫要點》徵得許先生同意後，我參考各種文學史以及各種選本，反復斟酌，選出大約一千篇作品。許先生則在我所擬定的《編寫要點》的基礎上起草了《編寫體例》，作出幾篇樣稿。同時，我們聘請了各編的主編，與中華書局一起制定了工作計畫，確定了工作進程，開始了緊張的工作。

　　果然不出我們所料，各編的主編抱着對學術和讀者負責的精神，熱情地投入到工作中來，有的單獨一人完成了整編的注釋，有的又聘請各有專長的學者一起擔任注釋工作。當討論各編的樣稿時，大家各抒己見，對選目、體例等等都提出一些很好的建議，也進一步明確了編選此書的宗旨。因爲大家抱着積極合作的態度，並建立了良好的學術氣氛，所以我們的工作進行得很順利。各編的主編交稿後，先由許逸民先生對全書進行統稿，我又在他加工過的書稿上進一步修訂和潤色，從而最終完成了全部書稿。

　　關於此書的體例等等，在卷首的凡例中已經有所説明，這裏就不重復了。我只想對本書的定位再强調以下兩點：一、這既是一部高校的教材，也是一部供社會上廣大讀者閱讀的書籍，二者並重；二、我們追求一定的學術性，以嚴肅的學術態度編纂本書，希望在選目、注釋、評析等各方面都能體現我們自己的研究心得，並就我們學力所及盡可能吸取已有的研究成果並注明出處，並不因爲是一部作品選注而放鬆學術的要求。我希望讀者有此一書在手，便可對古代文學的精華大致上有所瞭解；倘能熟讀這一千篇作品，便可在古代文學方面打下堅實的基礎。

　　本書各編的主編和擔任注釋工作的學者，都有從事中國古代文學教學和研究的豐富經驗。本書凝聚了他們的教學心得和研究成果，這體現在資料的取捨與注釋的詳略之間，也體現在對一些疑點、難點的解釋上，細心的讀者不難窺其究竟。在編纂本書的過程中，參加工作的各位學者之間建立了良好的學術關係。這是學術上互相切磋、取長補短的關係，我特別珍重。書稿交到中華書局以後，責任編輯聶麗娟女士認真地進行編輯加工，修正了不少錯誤。爲了保證質量，中華書局在發稿前又請資深編審馬蓉女士、熊國禎先生、沈錫麟先生、劉尚榮先生分別對各編加以審閱，各編的主編參考他們提出的意見，又做了必要的修改。我謹在此對各編主編、參加注釋的各位學者、責任編輯以及上述各位參與審閱的編審，表示由衷的感謝！

　　限於我們的學力，本書一定有許多缺點和錯誤，衷心地歡迎讀者批評指正。

凡　例

一、本書是與面向 21 世紀課程教材《中國文學史》（袁行霈主編）相配套的作品
選注，既可以用作高等院校《中國文學史》課程的輔助教材，也可以作爲廣大
讀者閱讀與欣賞中國古代文學作品的常備讀本。

二、本書介於考證性學術著作和普及性文學讀物之間，力求學術性與可讀性相
結合。注重傳授知識的全面性、準確性，學術的規範性，對讀者的啓發作用
以及雅俗共賞的藝術解析。

三、本書選收歷代作品，一則考慮其在文學史上的代表性和地位，一則考慮其藝
術水準，力求涵蓋各個時代的各類不同文體，涵蓋各個時代足堪傳世的名篇
佳什，以充分展現古代文學的豐富内涵，彰顯古代文學的精華，揭示古代文
學多元性的藝術表現手法。

四、本書根據《中國文學史》的原有結構，仍分爲四卷九編，即第一卷，包括第一
編先秦文學，第二編秦漢文學；第二卷，包括第三編魏晉南北朝文學，第四編
隋唐五代文學；第三卷，包括第五編宋遼金文學，第六編元代文學；第四卷，
包括第七編明代文學，第八編清代文學，第九編近代文學。

五、本書所選原文均一一注明出處。對於每篇作品，則通過下設的“作者簡介”、
“題解”、“校注”、“集評”四個欄目分別進行詮釋和點評。其中“作者簡介”
欄扼要敍述仕履及文學成就，佚名作者則介紹有關概況；“題解”欄重在説明
社會背景、寫作年代，以及與題旨相關的疑難問題；“校注”欄要求事義兼釋，
準確、曉暢，並能反映最新學術研究成果；“集評”欄畫龍點睛，以少許代表
性、權威性評論，點出作者匠心所在。任一欄目中，如有足資參考的異説，則
摘要介紹，以便引發讀者獨立思考。

六、本書所採用的底本，或取古代善本，或取今人整理本之精當者；並在每一編
後，開列“採用底本目録”與“參考書目”，以便於讀者進一步擴大閱讀範圍，
加深對中國文學的全面理解，培養更加敏鋭的文學鑒賞能力。

目　録

第一编　先秦文學

第二編　秦漢文學

古詩十九首

古　詩

李　陵

趙　壹

蔡　邕

第一編

先秦文學

甲骨卜辭

【作者簡介】

商代占卜的結果由專司記錄的卜官在事後追記,以顯示占卜結果是否靈驗。卜辭中大部分無記事者姓名。

癸 巳 卜

【題解】

此條卜辭記錄商王朝和方國之間的戰爭。癸巳這一天由卜官進行龜卜,顯示一旬內無禍。商王又親自進行占卜,卻顯示有禍祟,敵方將自西來犯商。不久,果然土方侵商之東境,並攻佔二邑,𢀛方也來犯商之西境之田。此辭記事首尾完整,事件跌宕起伏,頗具故事性。

癸巳卜,殻,貞[1]:旬亡囚(禍)[2]。王固(占)曰[3]:虫(有)希(祟)[4]!其虫(有)來敵(艱)[5]。乞(迄)至五日丁酉[6],允虫(有)來敵(艱)自西[7],沚戛告曰[8]:土方正(征)于我東啚(鄙)[9],戈(災)二邑[10];𢀛方亦牧我西啚(鄙)田[11]。

《卜辭通纂》第五一二片

【校注】

[1]癸巳:癸巳日。殻(què 卻):武丁時重臣,國家的大事多由其代王貞卜(丁山《甲骨文所見氏族及其制度》,中華書局 1988 年版)。貞:貞問。　[2]旬:十日之內。亡:通"無"。　[3]王:商王,即武丁。固:筮占。筮占結果與龜卜結果不同。按,《左傳·僖公四年》引卜人云"筮短龜長",可見斯時以龜卜爲重,當龜卜與筮占相矛盾時,常從龜卜。故此次筮占雖不吉利,商王仍然出獵。　[4]希:禍殃。　[5]其:語氣詞,表示揣測。來艱:外來的危險。艱,李孝定《甲骨文字集釋》釋爲"旱"(《説文》:"艱,土難治也。"旱則土地難耕),旱爲其本義。此句中用引申義。　[6]"乞至"句:從癸巳彐起到第五日丁酉日。乞,通"迄"。丁酉:丁酉日。　[7]允:誠也。自西:從西面邊境。　[8]沚(zhǐ 止)戛(jiá 夾):人名,卜辭習見,爲商王臣。　[9]土方:商北面與其敵對的方國,在𢀛方之東。正:

通“征”,此處意爲侵襲。　　　[10]𢦏(zāi 災):侵擾。邑:卜辭中指居民集中聚居之地。　　　[11]𢀛方:商西北方與之敵對的方國,王國維、郭沫若以爲即文獻所稱獫狁。在今陝西北部一帶。牧:侵犯。我:殷人自稱。西啚田:西面邊境的土地。

商代銘文

【作者簡介】

商代銅器多用於“告慶于祖”的祭祀儀式,銅器銘文一般出自史官之手。《吕氏春秋·求人》:“故功績銘乎金石,著於盤盂。”《禮記·祭統》:“夫鼎有銘,銘者,自名也。自名以稱揚其先祖之美……論撰其先祖之有德善、功烈、勳勞、慶賞、聲名,列於天下,而酌之祭器,自成其名焉,以祀其先祖者也。”

丁巳王省夒京

【題解】

此銘記載商王於丁巳日省視夒京,並在夒京舉行肜祭儀式。這是商王征伐夷方勝利的紀念日,也是商王即位後的第十五年。

丁巳[1],王省夒京[2],王易小臣俞夒貝[3],惟王來征夷方[4],惟王十祀有五[5],肜日[6]。

　　　　　　　　　　　　　　　　　　　　　　　　《殷文存·丁巳尊》

【校注】

[1]丁巳:丁巳日。　　　[2]王:商王。省:省視。夒京:地名,所在不詳。　　　[3]易:即“錫”,賞賜。俞夒:商王小臣。　　　[4]惟:乃。夷方:與商朝敵對的方國。[5]十祀有五:即十五年。祀,年。有,又。　　　[6]肜(róng 容)日:即舉行肜祭儀式之日。肜,字又作“彡”,殷代重要祭祀名,指祭祀後明日又祭祀。《尚書·商書》有《高宗肜日》篇。

詩　經

【作者簡介】

　　《詩經》是我國春秋中期以前的一部詩歌總集。它的作者上自君王、勳臣,下至農夫、戍卒、怨婦。《詩經》原稱《詩》或《詩三百》,漢代始稱作《詩經》。全書收詩三百零五篇,按音樂的風格和作品的內容分爲風、雅、頌三大類。《國風》絶大多數爲民歌,其作者以下層勞動人民爲主,有的經長久流傳,故時間跨度較大。《雅》詩因是兩次編入,且篇幅太大,分爲《小雅》、《大雅》兩部分。《小雅》七十四篇主要爲貴族、官吏的作品,西周、東周作品都有,而以屬王、宣王、幽王時爲多。《大雅》三十一篇,全部爲貴族、官吏的作品,多產生於西周鼎盛之時,少數產生於西周末年。《頌》詩包括三部分:《周頌》三十一篇是周王朝宗廟祭祀和典禮儀式所用樂歌,作於西周初年,當出於史官、樂師之手;《魯頌》四篇,爲春秋時魯國的頌歌和儀式樂歌;《商頌》最早應產生於商代,宋人所傳,流傳中有所改易潤飾。

周南·關雎

【題解】

　　此詩爲《周南》首篇。《韓詩序》説:“南,國名也,其地在南郡、南陽之間。”(《水經注》引)清馬瑞辰《毛詩傳箋通釋》卷一説:周初所分周公、召公采邑之地,“以陝原(今河南三門峽西南)爲斷,周公主陝東,召公主陝西。乃《詩》不繫以陝東、陝西而各繫以‘南’者,‘南’蓋商世諸侯之國名也……周、召二公分陝,蓋分理古二南國之地,故周、召各繫以南”。《左傳·僖公二十八年》晉欒貞子曰:“漢陽諸姬,楚實盡之。”春秋以前漢水以北小國如郇、息、應、蔣、道、蓼、唐、頓、蔡、隨等都是姬姓,這些姬姓國的分佈,正反映了周王朝政治和文化的影響與擴散。所以《毛詩序》言“南,言化自北而南也”,並非無據。西周末年召穆公“追荆蠻”、“伐淮夷”(《竹書紀年》),江漢諸姬實利賴之;周定公在屬、宣之朝安定天下,也有傑出的貢獻。編詩者輯《周南》、《召南》置於書前,則其意在於反映召穆公、周定公的業績可知。

　　本詩是一首戀歌。因爲詩的第一章理解起來比較靈活,“淑女”、“好逑”、“君子”等詞語含有讚美的意思,“琴瑟”、“鐘鼓”也具有喜慶色彩,故古代也用爲新婚儀式上的唱詩和新婚慶賀之詩。清人劉壽曾、法國漢學家葛蘭言、現代學者黃維華認爲本詩是成婚儀式上由樂人以丈夫的口吻所唱的賀婚歌(參黃維華《從周代婚姻禮俗看〈關雎〉》,《社會科學戰綫》1998 年第 6 期)。

關關雎鳩[1],在河之洲[2]。窈窕淑女[3],君子好逑[4]。
參差荇菜[5],左右流之[6]。窈窕淑女,寤寐求之[7]。
求之不得,寤寐思服[8]。悠哉悠哉[9],輾轉反側[10]。
參差荇菜,左右采之。窈窕淑女,琴瑟友之[11]。
參差荇菜,左右芼之[12]。窈窕淑女,鐘鼓樂之[13]。

　　　　　　　　　　　　　　　　　　　《毛詩正義》卷一

【校注】

[1]關關:擬聲詞,象雎鳩雄雌和鳴之聲。雎鳩:也叫王雎,《禽經》稱爲"魚鷹",喜在江渚河邊食魚。宋朱熹《詩集傳》説:"雎鳩,水鳥,一名王雎,狀類鳬鷖,今江淮間有之。生有定偶而不相亂,偶常並游而不相狎。"則其文化意象同後代的鴛鴦相近。　　[2]洲:水中的陸地。　　[3]窈(yǎo 咬)窕(tiǎo 挑):美好的樣子,疊韻聯綿詞。漢揚雄《方言》:"秦晉之間……美狀爲窕,美心爲窈。"淑:清白純潔。《説文》:"淑,清湛也。"　　[4]君子:一般爲貴族男子之稱(後也引申爲妻對夫之稱,如《詩·王風·君子于役》)。逑(qiú 求):"仇"的借字,配偶。　　[5]荇(xìng 杏)菜:也作苦菜,别名金蓮兒、水荷。水生多年生草本植物,莖、葉均可食用。　　[6]左右:雙手。流:"摎"的假借字,摘取。此以在水中摘取荇菜比喻對女子的追求。　　[7]寤:醒着。寐:睡着。　　[8]思服:思念。《詩集傳》:"服猶懷也。"清馬瑞辰《毛詩傳箋通釋》以爲"思"爲語詞,曾運乾《毛詩説》以爲"思"同於"斯",也可通。　　[9]悠:形容思念深長。　　[10]輾(zhǎn 展)轉反側:翻來覆去,形容因思念而不能入睡的樣子。　　[11]友:此用爲動詞,指以琴瑟傳遞情意。　　[12]芼(mào 冒):"覒"的假借字,擇取。《説文》:"覒,擇也。"[13]樂(lè 勒):用爲動詞,使之快樂。

【集評】

　　(明)戴君恩《讀風臆評·關雎》:"詩之妙全在翻空見奇。此詩只'窈窕淑女,君子好逑'便盡了,卻翻出未得時一段,寫個牢騷憂受的光景。又翻出已得時一段,寫個歡欣鼓舞的光景。無非描寫'君子好逑'一句耳,若認作實境,便是夢中説夢。"

　　(清)鄧翔《詩經繹參·關雎》:"'流之'、'求之',文氣游衍和平。至第五句緊頂'求'字,忽反筆云'求之不得',乃作詩者着意佈勢,翻起波瀾,令讀者知一篇用意在此。得此一折，文氣便不平衍。下文‘友之’、‘樂之’，乃更沉至有味。”

周南·桃夭

【題解】

　　這是一首賀女子出嫁的詩。朱熹《詩集傳》說：“《周禮》：‘仲春令會男女。’然則桃之有華，正婚姻之時也。……文王之化，自家而國。男女以正，婚姻以時，故詩人因所見以起興，而歎其女子之賢，知其必有以宜其室家也。”

　　　桃之夭夭[1]，灼灼其華[2]。之子于歸[3]，宜其室家[4]。
　　　桃之夭夭，有蕡其實[5]。之子于歸，宜其家室。
　　　桃之夭夭，其葉蓁蓁[6]。之子于歸，宜其家人。

　　　　　　　　　　　　　　　　　　　　　　　　　　《毛詩正義》卷一

【校注】

[1]夭夭：草木欣欣向榮的樣子。三家《詩》作“枖枖”，又作“爲爲”，義同。
[2]灼：“焯”的假借字，花色鮮艷的樣子。華：“花”的本字。此句形容女子之美，光彩照人。　　　[3]之子：這個姑娘。于歸：上古稱女子出嫁爲“歸”。于，爲一種意義較寬泛的動詞，它的確實意義由後面所帶的詞決定，如“于役”、“于耜”等。
[4]宜：善。室家：指家庭、婆家。《孟子·滕文公》：“丈夫生而願爲之有室，女子生而願爲之有家。”籠統言之則爲“室家”。下文“家室”倒文以協韻。　　　[5]有：語助詞，或稱爲詞頭。蕡（fén 墳）：顏色相雜的樣子。上古之人貫貝綴花繫於頸，以爲裝飾，所以“蕡”有紋飾的意思。實：果實。此句暗喻女子至夫家將多生子。
[6]蓁（zhēn 針）蓁：茂密的樣子。此象徵女子將使家庭興旺。

【集評】

　　（清）姚際恒《詩經通論》卷一：“桃花色最艷，故以取喻女子，開千古詞賦詠美人之祖。”

　　（清）方玉潤《詩經原始》卷一：“桃夭不過取其色以喻之子，且春華初茂，即芳齡正盛時耳，故以爲比。非必謂桃夭時，之子可盡于歸也……蓋此亦詠新昏詩，與《關雎》同爲房中樂，如後世催妝、坐筵等詞。特《關雎》從男求女一面說，此從女歸男一面說，互相掩映，同爲美俗。”

周南·芣苢

【題解】

　　這是婦女收穫一種禾類糧食作物薏苡時所唱的歌。《毛傳》據《爾雅·釋草》"芣苢，馬舄。馬舄，車前"之文，以爲芣苢即車前草，實誤。車前的葉多貼地面而生，結籽後莖也不高，與詩中所寫採集的幾種動作和勞動場面不能相合。且車前子一般只作藥用，採集它不會有詩中所表現那樣群歌互答、一片歡快的勞動場面。實則《爾雅·釋草》中"芣苢，馬舄"的"芣苢"即是指薏苡，前者爲見於文獻的詞語，後者爲當時通用之語。先秦時先稱芣苢（薏苡）爲"馬舄"，後稱車前爲"馬舄"。《説文》："苢，芣苢，一名馬舄，其實如李，令人宜子……《周書》所説。"《逸周書·王會解》云："康民以桴苡。桴苡者，其實如李，食之宜子。"徐鍇注《説文》也説"其子亦似李，但微而小耳"。薏苡株高一米以上，其籽圓形，與成熟李果相似，薏苡在上古主要爲糧食作物，同時其根、葉、籽也都入藥。以《詩·芣苢》所寫爲採薏苡的場面，與各方面情況相合。

　　采采芣苢[1]，薄言采之[2]。采采芣苢，薄言有之[3]。
　　采采芣苢，薄言掇之[4]。采采芣苢，薄言捋之[5]。
　　采采芣苢，薄言袺之[6]。采采芣苢，薄言襭之[7]。

《毛詩正義》卷一

【校注】

[1]采采：色彩鮮艷而繁盛的樣子。清馬瑞辰《毛詩傳箋通釋·卷耳》説："此詩及《芣苢》詩俱言采采，蓋極狀卷耳、芣苢之盛。"舊多解作動詞，但《詩經》中重疊詞没有作動詞之例。芣（fú 服）苢（yǐ 以）：薏苡。聞一多《匡齋尺牘》也以"薏苡"即"芣苢"，甚爲有理，但又以"芣苢"爲車前，則承前人而誤。薏苡的根和車前都會造成騾馬泄瀉，故都有"馬舄"之名（"舄"、"瀉"二字上古音同）。《爾雅·釋草》釋爲二物，《毛傳》誤爲一物。浙江河姆渡已出土有薏苡種子，則我們的先民在六千至一萬年前已將薏苡作爲糧食作物進行栽培。薏苡有很高的營養價值（參趙曉明等《薏苡名實考》，《中國農史》1995 年第 2 期）。　　[2]薄：發語詞，有"勉力"的語氣。言：語助詞，作用略同於"焉"或"然"。　　[3]有：義同"采"。清馬瑞辰《毛詩傳箋通釋》："《廣雅·釋詁》：'有，取也。'孔子弟子冉求字有，正取名字相因，

'求'與'有'皆取也。《大雅·瞻卬篇》:'人有土田,女反有之。''有之'猶'取之'也。"　　[4]掇(duō 多):拾。《説文》:"掇,拾取也。"清胡承珙《毛詩後箋》:"掇是拾其子之既落者,捋是捋其子之未落者。"　　[5]捋(luō 囉):從莖上抹下來。[6]袺(jié 潔):用手提着衣襟揣起來。《説文》:"執衽謂之袺。"　　[7]襭(xié協):將衣襟下角繫在衣帶上兜起。清朱駿聲《説文通訓定聲》:"兜而扱於帶間曰襭,手執之曰袺。"

【集評】

　　(清)方玉潤《詩經原始》卷一:"夫佳詩不必盡皆徵實。自鳴天籟,一片好音,尤足令人低回無限。若實而按之,興會索然矣。讀者試平心静氣涵泳此詩,恍聽田家婦女,三三五五,於平原繡野、風和日麗中,群歌互答,餘音裊裊,若遠若近,忽斷忽續,不知其情之何以移而神之何以曠,則此詩可不必細繹而自得其妙焉。"

衛風·氓

【題解】

　　《邶風》《鄘風》《衛風》都是衛國的作品。《漢書·地理志》説:"周既滅殷,分其畿内爲三國:……邶,以封紂子武庚;鄘,管叔尹之;衛,蔡叔尹之。"鄭玄《詩譜》也説:武王伐紂,"三分其地,置三監……自紂城而北謂之邶,南謂之鄘,東謂之衛"。唯具體由哪些人監領,與班固之説稍異。《氓》詩中寫到淇和頓丘,則應在原商都以西之地,與衛的地域一致。

　　這是一首棄婦詩,寫一個衛地女子同外地男子(氓)相識後,男子利用女子的誠摯感情,一再催逼女子與之早日成婚,女子陷入情網之中,答應其要求。婚後女子承擔着繁重的家務勞動,而男子對她暴虐相待,最後女子被棄回娘家。詩從氓催促成婚叙起,截取了其中最具有對照性的兩段情節加以叙述。鄭玄《箋》中説:"季春始蠶,孟夏賣絲。"則氓假裝换絲而來找姑娘,是在四月間。他們的認識應在當年三月上巳節淇水邊上男女歡會之時(從詩中所反映氓的情况看,不會早在先一年上巳節或先一年四月抱布貿絲時。關於衛國淇水邊上男女歡會的情形,可參《鄘風·桑中》、《衛風》的《淇奥》《有狐》等詩及孫作雲《詩經戀歌發微》(《詩經與周代社會研究》,中華書局 1966 年版)。

　　氓之蚩蚩[1],抱布貿絲[2]。匪來貿絲[3],來即我謀[4]。送子涉淇^[5]，至于頓丘^[6]。匪我愆期^[7]，子無良媒。將子無怒^[8]，秋以爲期。

乘彼垝垣^[9]，以望復關^[10]。不見復關，泣涕漣漣；既見復關，載笑載言^[11]。爾卜爾筮^[12]，體無咎言^[13]。以爾車來，以我賄遷^[14]。

桑之未落，其葉沃若^[15]。于嗟鳩兮^[16]，無食桑葚^[17]！于嗟女兮，無與士耽^[18]！士之耽兮，猶可説也^[19]。女之耽兮，不可説也。

桑之落矣，其黄而隕^[20]。自我徂爾^[21]，三歲食貧^[22]。淇水湯湯^[23]，漸車帷裳^[24]。女也不爽^[25]，士貳其行^[26]。士也罔極^[27]，二三其德^[28]。

三歲爲婦，靡室勞矣^[29]；夙興夜寐，靡有朝矣^[30]。言既遂矣^[31]，至于暴矣^[32]。兄弟不知，咥其笑矣^[33]。静言思之^[34]，躬自悼矣^[35]。

及爾偕老^[36]，老使我怨^[37]。淇則有岸，隰則有泮^[38]。總角之宴^[39]，言笑晏晏^[40]。信誓旦旦^[41]，不思其反^[42]。反是不思^[43]，亦已焉哉^[44]！

《毛詩正義》卷三

【校注】

[1]氓：由外地來的人。段玉裁《説文解字注》於"氓"字下引《孟子·公孫丑上》："則天下之民皆悦而願爲之氓矣。"並云："按此則'氓'與'民'小別，蓋自他歸往之民則謂之氓，故字從民亡。"又《孟子·萬章下》："君之於氓也，固周之。"焦循《正義》説："不言君之於民而言氓者，氓是自他國至此國之民，與'寄'之義合。"又《孟子·滕文公上》："遠方之人聞君行仁政，願受一廛而爲氓。"可見"氓"雖有"民"的意思，但特指由別國遷來或流竄來的人。正由於這樣，姑娘纔對他瞭解不夠，姑娘家中也不願意(由"子無良媒"一句可知)。蚩(chī 吃)蚩：嘻笑的樣子。《韓詩》作"嗤"。《文選·古詩十九首》李善注："嗤與蚩同。"引《説文》："嗤，笑也。"《毛傳》釋爲"敦厚之貌"，義可相通。　　　[2]布：《毛傳》："布，幣也。"唐孔穎達《正義》："此布幣謂絲麻布帛之布。幣者，布帛之名。""此布非泉……泉則不宜抱之也。"後人或誤作"泉布"之"布"。馬瑞辰《毛詩傳箋通釋》説："布與絲對言，宜爲布帛之布。"並引《鹽鐵論》："古者市朝而無刀幣，各以其所有易無，抱布貿絲而已。"貿：易，交換。　　　[3]匪：通"非"，不是。　　　[4]即：就，接近。　　　[5]子：你，對男子的美稱。淇：水名，在衛都朝歌(今河南淇縣)以東流入河。　　　[6]頓丘：地名。魏源《詩古微》："淇水、頓丘皆衛未渡河故都之地。"　　　[7]愆(qiān 千)期：延期，超過了時間。　　　[8]將(qiāng 槍)：請。　　　[9]乘：登上。垝(guǐ 鬼)：

毀壞,頽塌。垣:墙。　　　[10]復關:清陳奂《詩毛氏傳疏》説:"復,反也,猶來也。關,衛之郊關也。""望"指望氓,由下句"載笑載言"可知。或以"復關"爲地名、關名。但如爲地名或關名,則不至于忽而看得見,忽而看不見,也不至於看不見則哭泣流涕,能看見則又説又笑。　　　[11]載:則、就。　　　[12]爾:你,指氓。此承上"既見復關"而言。卜:指用龜卜。用火灼龜甲,由甲上的裂紋來判斷吉凶。筮(shì 世):用蓍(shī 屍)草的分合排比來占卜。　　　[13]體:卦體。咎言:不吉利的話。上二句反映出氓爲了説動女子早日完婚所作的工作。詩中是從女子口中説出,實質上是氓向女子所説。　　　[14]賄:財物,這裏指嫁妝。遷:搬走。[15]沃若:潤澤的樣子。若,詞尾,與"然"、"如"通用。　　　[16]于嗟:感歎之詞。鳩:斑鳩。"鳩"、"仇"上古之音相同,"仇"爲配偶之義,故詩中常以"鳩"喻配偶、戀愛者。　　　[17]桑葚(shèn 甚):桑樹的果實。鳩,《毛傳》:"鶻鳩也。食桑葚過則醉,而傷其性。"這裏比喻女子不應過分沉溺在愛情之中,而應有理智。[18]耽:"酖"的假借字,沉溺。　　　[19]説:"脱"的假借字,擺脱,解脱。[20]隕:落下。"黄而隕"比喻色衰愛弛。　　　[21]徂爾:到你家。徂(cú 殂),往。　　　[22]三歲:指多年。"三"是虚數,言其多。　　　[23]湯(shāng 商)湯:水勢大的樣子。　　　[24]漸(jiān 尖):浸濕。帷裳:車帷,婦女乘的車上所掛。[25]爽:差錯,過失。　　　[26]貳其行:行爲前後不一。漢鄭玄《箋》以爲"復關之行有二意",孔穎達《正義》釋作"二三其行於己",則"貳"即"二"字。馬瑞辰《毛詩傳箋通釋》以爲"貳"當是"貣"字形誤,"貣"又爲"忒"之假借。其説過於迂曲。[27]罔:無。極:準則。"罔極"即没有定準,反復無常。　　　[28]二三其德:三心二意,指情感不專一。　　　[29]靡室勞:不以家中之事爲勞苦。鄭玄《箋》:"言不以婦事見困苦。"　　　[30]靡有朝:言非一朝一夕,天天如此。鄭玄《箋》:"無有朝者,常早起夜卧,非一朝然。言己亦不解惰。"　　　[31]言:語助詞,無義。既:已經。遂:成功,安定。曾運乾《毛詩説》解此句作"言我既安然爲汝婦矣"。[32]暴:兇暴。就氓對妻子的態度而言。　　　[33]咥(xì 戲):大笑的樣子。清王先謙《詩三家義集疏》:"兄弟……今見我歸,但一言之,皆咥然大笑,無相憐者。"[34]言:語助詞,無義。　　　[35]躬:自身,自己。悼:傷心。　　　[36]及:與,和。偕老:夫妻共同生活到老。這一句是成婚時雙方的誓言。　　　[37]老使我怨:此句承上句有所省略,言"偕老"之説只有使我怨恨。　　　[38]隰(xí 習):低而潮濕的地方。泮:通"畔",岸邊。以上二句是反襯自己的怨恨無窮。[39]總角:結髮。《毛傳》:"總角,結髮也。"十五歲以上。宴:安樂。　　　[40]晏晏:和悦。[41]信:誠摯。旦旦:明明白白。　　　[42]不思:想不到。反:翻變,反覆。[43]是:指誓言。"反是不思",重複上句"不思其反",以强調悔恨的心情。顛倒

詞序以協下"哉"字之韻。　　[44]已焉:到此爲止。已,止,罷了。曾運乾《毛詩
說》:"既反是而不思矣,惟有兩情決絕耳。"

【集評】

　　(清)陳啓源《毛詩稽古編·附錄》:"兩人本各天一涯,氓以異鄉客子,與婦數語
目成,挈之歸家,雖虻而實點矣。"

　　(清)方玉潤《詩經原始》卷四:"此與《谷風》相似而實不同。《谷風》寓言,借棄
婦以喻逐臣;此則實賦,必有所爲而作。……此女始終總爲情誤,固非私奔失節者
比,特其一念之差,所託非人,以致不終,徒爲世笑。"

衞風·伯兮

【題解】

　　本篇寫婦人對遠征的丈夫的懷念。鄭玄《箋》以爲乃衞宣公之時蔡人、衞人、陳
人從周王伐鄭事。但鄭在衞西,與詩中"自伯之東"不符。又據《左傳·桓公五年》
載,此戰始於當年秋,不出秋末即結束,時間並不長,與詩中迫切思念之情不甚相合。
郭晉稀《詩經蠡測·風詩蠡測續篇》說:《春秋·成公二年》夏四月,孫良夫帥師及齊
師戰於新築,衞師敗績;六月,又與諸侯之師及齊師戰於鞏。使春末之師,至秋天返
回,則行役在四個月以上;齊在衞東,與"之東"之語合;行役主要在夏天,也與"其雨
其雨,杲杲出日"所反映出時令相合。王國維《古諸侯稱王說》言"古諸侯於境內稱
王,與稱君稱公無異",則王指衞穆公,非指周王。詩屬《衞風》應以指衞穆公爲是。

　　　伯兮朅兮[1],邦之桀兮[2]。伯也執殳[3],爲王前驅[4]。
　　　自伯之東[5],首如飛蓬[6]。豈無膏沐[7],誰適爲容[8]。
　　　其雨其雨[9],杲杲出日[10]。願言思伯[11],甘心首疾[12]。
　　　焉得諼草[13]?言樹之背[14]。願言思伯,使我心痗[15]。

《毛詩正義》卷三

【校注】

[1]伯:古稱平輩中年長者,此處指丈夫。朅(qiè竊):勇武的樣子。　　[2]桀:
通"傑"。　　[3]殳(shū書):梃杖之類的兵器,用竹或木製成,以當時的尺度衡
量,長一丈二尺,無刃,一端有尖有棱。執殳者爲旅賁,即國君的侍衛。可知作者

的丈夫是貴族子弟。　　　[4]爲(wè 衛):替。　　　[5]之:往。　　　[6]蓬:一種野生植物,枯後風吹則在近根處折斷,隨風飛旋,故稱"飛蓬"。此處用以比喻頭髮散亂。　　　[7]膏沐:面膏和洗髮用品。　　　[8]誰適爲容:爲了取悦於誰而修飾打扮。適,悦,取悦(清馬瑞辰説)。容,容飾。　　　[9]其雨其雨:下雨吧,下雨吧。其,語助詞,此處表祈使語氣。　　　[10]杲(gǎo 搞)杲:日出明亮的樣子。《説文》:"杲,明也,從日在木上。"　　　[11]願言:猶願然,沉思的樣子。[12]甘心首疾:雖頭痛也心甘情願。首疾,猶下章言"心痗",應爲當時習慣語。[13]焉得:哪得。諼(xuān 宣)草:即萱草。諼,忘記。古人以爲此草可以使人忘憂,故又名忘憂草。　　　[14]言樹之背:種在堂北。背,即屋後庭院。　　　[15]痗(mèi 妹):病。心痗即心痛。

【集評】

(明)朱善《詩解頤·伯兮》:"'首如飛蓬',則髮已亂矣,而未至於痛也。'甘心首疾',則頭已痛矣,而心則無恙也。至於'使我心痗',則心又病矣,其憂思之苦亦已甚矣。所以然者,以其君子之未歸也。"

(清)陳抒孝輯《詩經喈鳳詳解》:"通篇以'思伯'二字爲主,一章念夫之才,二章明己之志,三四章則極其憂思之苦而言之。"

王風·君子于役

【題解】

平王東遷洛邑之後,周王室力量越來越衰微。朱熹《詩集傳》説:"王謂周東都洛邑王城畿内六百里之地。""王風"的"王"即王畿的簡稱。《王風》收詩十首,全爲民歌。本詩是一個農村婦女思念行役在外長期未歸的丈夫的民歌,詩中塑造了一個"望夫"的抒情主人公形象。後代有很多望夫山、望夫崖、望夫石等等,反映着同樣的現實,而《君子于役》是最早的望夫詩。

君子于役[1],不知其期,曷至哉[2]?雞棲于塒[3],日之夕矣,羊牛下來。君子于役,如之何勿思!

君子于役,不日不月[4],曷其有佸[5]?雞棲于桀[6],日之夕矣,羊牛下括[7]。君子于役,苟無飢渴[8]!

《毛詩正義》卷四

【校注】

[1]于役:去服役。　　[2]曷:何。此處意爲何時。至:到家,回家。　　[3]塒(shí時):在墙上挖洞而做成的雞窩。　　[4]不日不月:無日無月。言不知已有多長時間了。極言等待之久。　　[5]佸(huó活):聚會,指夫妻相會。　　[6]桀:小木椿。《毛傳》:"雞棲于杙爲桀。"清王先謙《詩三家義集疏》:"就地樹橛,桀然特立,故謂之桀。但橛非可棲者,蓋鄉里貧家編竹木爲雞棲之具,四無根據,繫之于橛,以防攘竊,故云'棲于桀'耳。作桀爲是,榤俗字。"但這種解釋同"棲於桀"一句的意思不合,故或以爲"桀"即所謂"編竹木"所成"雞棲之具",然這又同《爾雅·釋宮》對"杙"、"楎"的解説中體現的意思不合。按:"桀"應指横栽在墙上的木橛,雞棲於其上。雞夜晚棲於高處,或在樹,或在桀。　　[7]括(kuò闊):來到。
[8]苟:副詞,表示希望的意思。"苟無飢渴"猶言千萬不要挨餓、受渴。

【集評】

(清)方玉潤《詩經原始》卷五:"此詩言情寫景,可謂真實樸至,宣聖雖欲删之,亦有所不忍也,又況夫婦遠離,懷思不已。用情而得其正,即《詩》之所爲教,又何必定求其人以實之,而後謂有關係作哉?"

(清)郝懿行、王照圓《詩説》卷上:"寫鄉村晚景,睹物懷人如畫。"

鄭風·溱洧

【題解】

周宣王封其弟友於西都畿内咸林之地(陝西華縣),是爲鄭桓公,幽王之時任司徒。其子武公定平王於東都,也任王室司徒,又得虢檜之地,徙其封而名之爲新鄭(今屬河南)。因其始封君爲宣王之弟,初封近於王都,故其《風》次於《王風》。

《溱洧》一詩寫三月上巳節青年男女在溱水、洧水邊上遊春的情景。《太平御覽》卷八八六引《韓詩》:"溱與洧,説人也。鄭國之俗,三月上巳之日於兩水上,招魂續魄,被除不祥,故詩人願與所説者俱往觀也。"這首詩開頭用六七字總寫了背景、環境、氣氛之後,即着眼於人,一點出"士與女",二指出其"秉蘭"的節日特徵,下面以對話和敍事的結合寫青年男女的歡快情緒,極爲生動。

溱與洧[1],方渙渙兮[2]。士與女[3],方秉蕑兮[4]。女曰觀乎[5]?士曰既且[6]。且往觀乎[7]!洧之外,洵訏且樂[8]。維士與女[9],伊其相謔[10]，贈之以勺藥[11]。

　　溱與洧，瀏其清矣[12]。士與女，殷其盈矣[13]。女曰觀乎？士曰既且。且往觀乎！洧之外，洵訏且樂。維士與女，伊其將謔[14]，贈之以勺藥。

《毛詩正義》卷四

【校注】

[1]溱(zhēn 真)、洧(wěi 尾)：水名，皆在今河南密縣。二水會合於鄭都(新鄭)以西。　　[2]涣涣：水流盛大的樣子。猶今言"嘩嘩地流"。《太平御覽》引《韓詩》：謂三月桃花水下之時至盛也。　　[3]士：男子的美稱，多指青壯年，也指未婚的男子。如《詩·小雅·甫田》："以穀我士女。"《荀子·非相》："處女莫不願得以爲士。"女：泛指女性，但多用以指未婚女子，與"婦"相對。本詩中"士"、"女"皆指未婚男女。　　[4]方：正。秉：執。蕑(jiān 尖)：一種香草，即澤蘭，生於水邊澤旁。古人用以佩身或沐浴。　　[5]"女曰"句：這是女在向溱洧交匯處走的路上遇到士，問他是不是去看過了。　　[6]既：已經。且(cú 粗陽平)："徂"字之借，往，去。　　[7]且：姑且。此下三句是女邀士再去看看。　　[8]"洵訏"句：言洧水之外游玩的地方很寬闊，也很熱鬧。洵："恂"字之借，確實。訏(xū 虛)：廣大。　　[9]維：語助詞。　　[10]伊：清馬瑞辰《毛詩傳箋通釋》以爲"曀"之借字。《集韻》引《廣雅》："曀，笑也。"《玉篇》："曀，笑貌。"《廣韻》同。"曀其"猶"曀曀"，亦猶今言"笑嘻嘻"。相謔(xuè 血)：互相調笑。謔，開玩笑。　　[11]勺藥：即芍藥。古人贈芍藥，有結信約之意，同欲招人來則贈蘼蕪(當歸)，欲去人煩憂則贈萱草(忘憂草)的情形相似。　　[12]瀏(liú 劉)：水清的樣子。　　[13]殷其：同"殷殷"，熱鬧的樣子。《說文》："作樂之盛稱殷。"盈：滿，多的樣子，此言那裏滿是人。　　[14]將謔：猶言"相謔"(清馬瑞辰說。朱熹《詩集傳》以爲"將"當作"相"，聲之誤也)。

【集評】

　　(清)牛運震《詩志·溱洧》："寫春景物態，旼媚可掬，開後人艷情詩多少神韻。"

　　(清)方玉潤《詩經原始》卷五："想鄭當國全盛時，士女務爲游觀……每值風日融和，良辰美景，競相出游，以至蘭勺互贈，播爲美談，男女戲謔……在三百篇中別爲一種，開後世冶游艷詩之祖。"

魏風·伐檀

【題解】

　　魏本周初所封同姓諸侯,公元前 661 年爲晉獻公所滅,賜其地畢萬,地在蒲阪河東,當析城之西,南枕河曲,北涉汾水。則魏詩皆爲公元前 661 年之前的作品。

　　《伐檀》是造車工匠諷刺統治者不勞而獲的作品,工匠們在臨河的山上砍伐木料,爲"君子"造車,遂唱出這首歌。

　　坎坎伐檀兮[1],寘之河之干兮[2],河水清且漣猗[3]。不稼不穡[4],胡取禾三百廛兮[5]? 不狩不獵[6],胡瞻爾庭有縣貆兮[7]? 彼君子兮[8],不素餐兮[9]!

　　坎坎伐輻兮[10],寘之河之側兮,河水清且直猗[11]。不稼不穡,胡取禾三百億兮[12]? 不狩不獵,胡瞻爾庭有縣特兮[13]? 彼君子兮,不素食兮!

　　坎坎伐輪兮[14],寘之河之漘兮[15],河水清且淪猗[16]。不稼不穡,胡取禾三百囷兮[17]? 不狩不獵,胡瞻爾庭有縣鶉兮[18]? 彼君子兮,不素飧兮[19]!

《毛詩正義》卷五

【校注】

[1]坎坎:伐木聲。檀:青檀樹,是多種檀樹中唯一分佈在黄河流域的一種,木質堅硬,故古代用以製車,《詩·小雅·杕杜》、《大雅·大明》中都提到檀車。

[2]寘:同"置",放置。河:黄河。干:岸。　　　[3]漣:水面的微波。這裏用爲動詞,指水面起了一道道的波紋。猗(yī 衣):語助詞,與"兮"的作用相同,《魯詩》作"兮"。　　　[4]稼:耕種。穡(sè 色):收割。　　　[5]胡:何,爲什麽。三百:言其多,非確指。廛(chán 纏):同"纏",束,捆。　　　[6]狩:冬獵。獵:夜裏打獵。"狩獵"此處泛指打獵。　　　[7]瞻:望見。爾:你,指稱貴族,表現出直接指斥的語氣。庭:院子。縣:同"懸"。貆(huán 環):小貉。漢鄭玄《箋》:"貉子曰貆。"

[8]彼:他,他們,猶言那些。這裏用第三人稱代詞指斥那些貴族老爺,又恢復到面對公衆的語氣。君子:對統治者和貴族男子的通稱,與"小人"(被統治者、體力勞動者)或野人(城郊之外的農民等下層勞動者)對舉。　　　[9]不素餐:不白吃。這是説的反話。"不素餐"應當是統治者愚弄老百姓説的話。《孟子·盡心》趙岐

注："無功而食謂之素餐。"下文的"素食"、"素飧"意同。　　　[10]輻(fú 伏)：輻條,車輪中連接轂和輞的直條。　　　[11]直：水流順直。　　　[12]億：同"繶",束的意思(清俞樾説)。　　　[13]特：三歲的獸。這裏指大的野獸。　　　[14]輪：此處特指輞,車輪的外框。本句中的"伐輪"同二章的"伐輻"、一章的"伐檀"皆互文見義,一章就材料言。二三章就用途言。　　　[15]漘(chún 唇)：水邊。[16]淪(lún 倫)：圓形擴散的微波。　　　[17]囷(qūn 逡)：同稇(kǔn 捆)。《説文·禾部》："稇,絭束也。"這裏指捆起來的禾束。　　　[18]鶉：鳥名,即鵪鶉。[19]飧(sūn 孫)：熟食。

【集評】

(宋)王柏《詩疑》卷一："《伐檀》之詩,造語健而興寄遠。"

(明)戴君恩《讀風臆評》："忽而敍事,忽而推情,忽而斷制,羚羊掛角,無跡可求。"

魏風·碩鼠

【題解】

《碩鼠》一詩是反對統治者殘酷聚斂的作品,同時表現了勞動人民對美好生活的嚮往。《毛詩序》云："刺重斂也。國人刺其君重斂蠶食於民,不修其政,貪而畏人,若大鼠也。"《鹽鐵論·取下》云："周之末塗,德惠塞而嗜欲衆,君奢侈而上求多,民困於下,怠於上公,是以有履畝之税,《碩鼠》之詩作也。"此爲《齊詩》説。《魯詩》也説是"履畝税而《碩鼠》作"(《潛夫論·班禄》)。《春秋穀梁傳·宣公十五年》："初税畝者,非公之去公田,而履畝十取一也。"這就是説,農民除了承擔公田的耕種之外,另要交納私田所產十分之一的糧食作爲實物税。詩中比喻剥削者爲肥大的老鼠,想找一個能避開剥削的樂土、樂國。但這只能是一種幻想。所以末章説："樂郊樂郊,誰之永號!"真是"普天之下,莫非王土",到處一樣,無可逃避。

碩鼠碩鼠[1],無食我黍! 三歲貫女[2],莫我肯顧[3]。 逝將去女[4],適彼樂土[5]。 樂土樂土,爰得我所[6]。

碩鼠碩鼠,無食我麥! 三歲貫女,莫我肯德[7]。 逝將去女,適彼樂國。 樂國樂國,爰得我直[8]。

碩鼠碩鼠,無食我苗! 三歲貫女,莫我肯勞[9]。 逝將去女,適彼樂郊。樂郊樂郊,誰之永號^[10]?

《毛詩正義》卷五

【校注】

[1]碩:肥大。　　[2]三歲:泛指多年。貫:"宦"的假借字。《魯詩》作"宦"。《國語·越語》韋昭注:"宦,爲臣隸也。"此處引申爲"事",侍奉、養活。女:通"汝",你。　　[3]莫我肯顧:即"莫肯顧我",否定句中賓語在動詞之前。[4]逝:"誓"的借字(裴學海說),表示了堅決的態度。　　[5]適:之,到。[6]爰:乃。所:處所,地方。　　[7]德:用爲動詞,感德。　　[8]直:"值"之借字,價值。上章"爰得我所"就所處環境言,此章就自身價值言。反映出對人生價值的認識。　　[9]勞(lào 澇):慰勞。　　[10]誰之永號:將長號於誰。之,助詞,作用同"其"。永號,指因痛苦而長號。

【集評】

　　(清)陳繼揆《讀風臆補》卷下:"呼鼠而女之,實呼女而鼠之也,怨毒之深有如此者。"

　　吳闓生《詩義會通》卷一:"朱子云:'此託於碩鼠以刺其有司,未必直以碩鼠比其君也。''誰之永號',許白雲曰:'樂郊樂郊,又將長號於誰乎? 見其民窮蹙之甚,無復之也。'此解最勝,前人未有見及者,必如此義,味乃無窮也。舊評:'適彼,不必真得所止,形在此之不得所耳。'其說亦善,皆得詩人之指。"

秦風·蒹葭

【題解】

　　秦區發祥於甘肅南部天水西南、禮縣東部、西和北部之地(上世紀八十年代在禮縣大堡子山發現大型秦先公先王墓葬群),爲周王朝的附庸,後因同西戎氏人相互攻伐,逐漸東遷,襄公時至於汧(天水以東,陝西隴縣以西)。周平王東遷之後,始有西周王畿和豳地。《秦風》十首,大體爲西周末年春秋初年的作品。

　　《蒹葭》表現對所思慕之人的追求和嚮往之情。至於所追求的是什麼人,後人看法不一,或以爲賢人,或以爲朋友,今人多從情詩方面理解,與詩的情境較合。詩人渲染出一種淒切惆悵的情調,所追求之人似近在身邊,又無法接近,意境朦朧而神韻悠長。

蒹葭蒼蒼[1]，白露爲霜[2]。所謂伊人[3]，在水一方[4]。遡洄從之[5]，道阻且長[6]；遡游從之[7]，宛在水中央[8]。

蒹葭萋萋[9]，白露未晞[10]。所謂伊人，在水之湄[11]。遡洄從之，道阻且躋[12]；遡游從之，宛在水中坻[13]。

蒹葭采采[14]，白露未已[15]，所謂伊人，在水之涘[16]。遡洄從之，道阻且右[17]；遡游從之，宛在水中沚[18]。

《毛詩正義》卷五

【校注】

[1]蒹：荻，多年生草本植物，葉子長條形，跟蘆葦相似，秋天開紫花，與蘆葦皆水邊所生。葭(jiā 加)：蘆葦。蒼蒼：老青色。　　　[2]白露爲霜：露水本無色，因凝成霜呈白色，所以稱爲白露。這句點出季節在深秋。　　　[3]所謂：這裏指常常念叨的。伊人：那個人。伊，指示代詞。　　　[4]在水一方：在水的那一方，指對岸。
[5]遡(sù 素)：沿水向水的上游方向行(無論在水中還是在岸上)。據"道阻且長"、"道阻且躋"看，詩中所説是岸邊道流而上。洄：曲折的水道。從：跟蹤追尋。
[6]道阻且長：道路上有障礙，要繞很遠的路。　　　[7]游：流，指直流的水道。由以上四句看，伊人所在的地點是一條由水靠近一條直流的地方，而詩人則在兩水匯合之處。曲水之所以彎曲而靠近另一水(直流)，因爲有山崖阻擋。古代道路多沿水而行，水邊爲懸崖者則攀山而行。　　　[8]宛：宛然，好像。　　　[9]萋萋：茂盛的樣子。　　　[10]晞(xī 希)：乾，謂曬乾。　　　[11]湄(méi 眉)：水草相接之處。　　　[12]且躋(jī 基)：且要攀登山崖。　　　[13]坻(chí 遲)：水中高地，水渚。
[14]采采：鮮明的樣子。　　　[15]未已：未止，也是未乾的意思。　　　[16]涘(sì 四)：水邊。　　　[17]右：迂迴。清馬瑞辰《毛詩傳箋通釋》："周人尚左，故《箋》以右爲迂迴。"　　　[18]沚(zhǐ 止)：水中小洲。

【集評】

(清)沈德潛《説詩晬語》卷上："蒼凉瀰渺，欲即轉離。名人畫本不能到也。"

(清)牛運震《詩志·蒹葭》："只兩句，寫得秋光滿目，抵一篇悲秋賦。《國風》第一篇飄渺文字，極纏綿，極惝恍。純是情，不是景；純是窈遠，不是悲壯。感慨情深，在悲秋懷人之外，可思不可言。蕭疏曠遠，情趣絶佳。"

(清)方玉潤《詩經原始》卷七："曰'伊人'，曰'從之'，曰'宛在'，玩其詞，雖若可望不可即;味其意,實求之而不遠,思之而即至者。"

秦風·無衣

【題解】

《詩序》云:"《無衣》,刺用兵也。秦人刺其君好攻戰,亟用兵,而不與民同欲焉。"但《毛傳》並不以爲是直刺,而認爲是借頌周天子以諷諸侯。其釋首章前二句曰:"上與百姓同欲,則百姓樂致其死。"釋三四句云:"天下有道,則禮樂征伐自天子出。"朱熹以來多據《毛傳》對前二句的解釋而加以發揮,以爲是表現同仇敵愾之情的作品。按《詩》中有探上承下而省之例,俞樾《古書疑義舉例》及曾運乾皆有論述(曾說見楊樹達《小學述林·曾星笠傳》引)。而此詩探下承上,或暗含刺秦王好戰,而平時不能體恤人民之意(參郭晉稀《詩經蠡測》)。

豈曰無衣[1],與子同袍[2]。王于興師[3]:脩我戈矛[4],與子同仇。
豈曰無衣,與子同澤[5]。王于興師:脩我矛戟[6],與子偕作[7]。
豈曰無衣,與子同裳[8]。王于興師:脩我甲兵,與子偕行。

《毛詩正義》卷六

【校注】

[1]"豈曰"二句:此句之前探下句"王于興師"省"王未興師"。二句言:王未興師之時難道還會說:"你無衣,我有棉袍我們共穿。"此句是說王平時根本不考慮人民的寒暖。衣:上衣。   [2]袍:棉袍。毛《傳》:"袍,襺也。"唐孔穎達《疏》:"純著新棉名曰襺,雜用舊絮名爲袍。雖著有異名,其制度是一,故云:袍,襺也。"
[3]于:語助詞,同"曰"、"聿"。興師:出兵。   [4]"脩我"二句:是王興師之時對國人說的話。言到用武之時便似乎親爲一家。脩:通"修",修理。戈:一種長柄兵器,平頭帶橫刃。   [5]澤:"襗"之借字。意爲貼身的内衣。   [6]戟(jǐ):一種長柄兵器,一端有直刃,刃側又有月牙狀的橫刃相連。   [7]作:起。指參戰。   [8]裳:裙式下衣。

【集評】

(清)陳震《讀詩識小録》:"起筆奇崛,意在筆先,二句止如一句。收筆雄勁,辭以氣行,三句止如一句。實則上呼下應,五句一氣卷舒也。三百篇中僅見。"

豳風·七月

【題解】

豳爲古地名,在今陝西中部旬邑、彬縣之間,靠近甘肅。周人從公劉始,至古公亶父皆居於此。豳地春秋時已屬於秦,故《豳風》大多爲西周時作品,個別作品的時代可能更早。《七月》爲先周所傳,具有悠久的歷史。《周禮·籥章》:"中春,晝擊土鼓,龡《豳詩》以逆暑……凡國祈年于田祖,龡《豳雅》、擊土鼓,以樂田畯。國祭蜡,則龡《豳頌》,擊土鼓,以息老物。"鄭玄注:"《豳詩》,《豳風·七月》也。吹之者,以籥爲之聲。《七月》言寒暑之事,迎氣歌其類也。此風也而言'詩','詩'總名也。""《豳雅》亦《七月》也……謂之雅者,以其言男女之正。""《豳頌》,亦《七月》也,《七月》又有穫稻作酒,躋彼公堂,稱彼兕觥,萬壽無疆之事,是亦歌其類也。謂之頌者,以其言歲終人功之成。"看來《七月》一詩是由先周時的歌詩集約而成。其中一些片段當産生在商代初年。《國語·魯語上》云:"夏之興也,周棄繼之,故祀以爲稷。"《禮記·祭法》述此事,作"夏之衰",因夏人所祀后稷爲烈山氏之子柱,以棄爲后稷爲商代事,則"興"當爲"衰"字之誤。以此推算,公劉當是夏末商初時人,而仍承夏制。從《七月》本文看,也殘存着夏代文化的痕跡。

《七月》一詩具體描繪了三千多年以前以農業起家的周民族的生産、生活及先周時期農夫和部族首領間的關係,展現了上古時代一幅幅生動的社會生活畫面。全詩是以農夫的口吻唱的,抒情濃厚,至爲感人。

七月流火[1],九月授衣[2]。一之日觱發[3],二之日栗烈[4]。無衣無褐[5],何以卒歲[6]?三之日于耜[7],四之日舉趾[8]。同我婦子[9],饁彼南畝[10],田畯至喜[11]。

七月流火,九月授衣。春日載陽[12],有鳴倉庚[13]。女執懿筐[14],遵彼微行[15],爰求柔桑[16]。春日遲遲[17],采蘩祁祁[18]。女心傷悲,殆及公子同歸[19]。

七月流火,八月萑葦[20]。蠶月條桑[21],取彼斧斨[22],以伐遠揚[23],猗彼女桑[24]。七月鳴鵙[25],八月載績[26]。載玄載黃[27],我朱孔陽[28],爲公子裳。

四月秀葽[29],五月鳴蜩[30]。八月其穫[31],十月隕蘀[32]。一之日于貉^[33],取彼狐貍,爲公子裘。二之日其同,載纘武功^[34],言私其豵^[35],獻豜於公^[36]。

　　五月斯螽動股^[37],六月莎雞振羽^[38],七月在野,八月在宇^[39],九月在戶^[40],十月蟋蟀入我牀下。穹窒熏鼠^[41],塞向墐戶^[42]。嗟我婦子,曰爲改歲^[43],入此室處。

　　六月食鬱及薁^[44],七月亨葵及菽^[45]。八月剝棗^[46],十月穫稻。爲此春酒,以介眉壽^[47]。七月食瓜,八月斷壺^[48],九月叔苴^[49],采荼薪樗^[50],食我農夫^[51]。

　　九月築場圃^[52],十月納禾稼^[53],黍稷重穋^[54],禾麻菽麥^[55]。嗟我農夫,我稼既同^[56],上入執宮功^[57]。晝爾于茅^[58],宵爾索綯^[59]。亟其乘屋^[60],其始播百穀。

　　二之日鑿冰冲冲^[61],三之日納于凌陰^[62],四之日其蚤^[63],獻羔祭韭^[64]。九月肅霜^[65],十月滌場^[66]。朋酒斯饗^[67],曰殺羔羊,躋彼公堂^[68],稱彼兕觥^[69],萬壽無疆!

《毛詩正義》卷八

【校注】

[1]七月:夏曆七月。周正建子(夏曆十一月,周人稱"一之日"),殷正建丑(夏曆十二月,周人稱"二之日"),夏正建寅(正月,周人稱"三之日")。周人兼用夏曆,故本詩中周曆、夏曆混用,而以夏曆爲主。火:大火(星),每年夏曆六月的黃昏出現于正南,方向最正而位置最高,到七月便偏西下行。　　[2]授衣:將剪製衣服的工作交給婦女們去做。　　[3]一之日:周曆一月的日子,即夏曆十一月。以下"二之日"、"三之日"、"四之日"依此類推。觱(bì 必)發(bō 撥):雙聲聯綿詞,風寒撼物的聲音。　　[4]栗烈:猶言"凜烈",指寒氣逼人。　　[5]褐(hè 賀):用獸毛或粗麻織成的短衣。　　[6]卒歲:終歲,猶言過冬。歲,同下面"曰爲改歲"的"歲"都指夏曆的一年,歲末指夏曆十二月底。《爾雅·釋天》:"夏曰歲,商曰祀,周曰年。"稱"歲"而不稱"年",是此詩產生很早的一個證據。　　[7]于耜(sì 四):修理耒耜。于,在名詞前表示與此事物有關的一種行爲。耜,耒的下部,即耙,最早以木爲之,後來用金屬做成。　　[8]舉趾:舉足翻地。耒耜要用足踏之使下。　　[9]同:會合。詩人不在其中,與下"二之日其同"的"同"一樣。我:農夫家長自稱(全詩是以農夫家長的口吻唱的)。　　[10]饁(yè 夜):饋食,送飯。南畝:向陽田地。　　[11]田畯(jùn 俊):田大夫。　　[12]載:開始。二三

月天氣開始暖和起來。本詩中稱夏曆三月爲春日、蠶月。　　　［13］有：詞頭，無義。倉庚：黃鸝。　　　［14］懿筐：深筐。　　　［15］遵：沿着。微行(háng 杭)：墻下小路。　　　［16］爰：於是。柔桑：柔嫩的桑葉。　　　［17］遲遲：舒緩。此處言春日天長。　　　［18］蘩(fán 繁)：白蒿，可以出蠶。明徐光啓言：“蠶之未出者，鸎蘩沃之則易出，今養蠶者皆然。”(《詩經世本古義》引)祁祁：眾多。　　　［19］殆：恐怕，擔心。公子：豳公的女公子。同歸：一起出嫁，指嫁爲媵妾。《説文》：“歸，女子謂嫁也。”　　　［20］萑(huán 環)：荻，也即蒹。葦：蘆葦。皆可用來作養蠶用具(如今之蠶箔)。收割蘆荻在其乾枯之後，已至秋季。此二句也是當時説明時令的諺語。
［21］蠶月：指夏曆三月。《夏小正》：“三月，妾子始蠶。”故周先民稱之爲“蠶月”。條桑：修剪桑枝。　　　［22］斧斯(qiāng 槍)：統指斧頭之類。古人稱斧之柄孔圓者爲斧，方者爲斯。　　　［23］遠揚：承上“條桑”句，指長而高揚的桑枝(以其不便採摘，故修整時砍去)。　　　［24］猗(yī 伊)：借作“掎”(jǐ 己)，偏引。指攀引桑枝以採摘柔嫩的桑葉。女桑：嫩弱的桑枝。　　　［25］鵙(jú 局)：原作“鶪”，從《唐石經》改。鳥名，即伯勞。　　　［26］載：開始。績：紡捻麻線。　　　［27］載：則。此處表並舉，猶今言“又是”。　　　［28］朱：紅。孔：很，一音之轉。陽：鮮明。此同上句“玄”、“黃”都指紡織品所染顔色。　　　［29］秀：不開花而結子。葽(yāo 腰)：一種草本植物，即遠志，可入藥。　　　［30］蜩(tiáo 條)：蟬。　　　［31］穫(huò 或)：收穫。　　　［32］隕蘀(tuò 拓)：草木枝葉脱落。蘀，草木脱落的葉或皮。
［33］于貉(hé 合)：獵貉。貉，似狐而尾較短。字當作貈(hé 河)。清段玉裁《説文解字注》：“凡‘狐貉’連文者，皆當作此‘貈’字，今字乃皆假‘貉’爲‘貈’。”
［34］纘(zuǎn 鑽上聲)：繼續。武功：指狩獵。　　　［35］言：句首助詞，無義。私其豵(zōng 綜)：將小獸歸私人所有。“私”用爲動詞。豵，本義爲一歲的小豬，此處泛指小獸。　　　［36］豜(jiān 尖)：三歲的大豬，此處指大獸。公：部族首領。
［37］斯螽(zhōng 終)：一種昆蟲，即蚱蜢。動股：指發出聲音。古人以爲斯螽是用腿摩擦發出聲音。　　　［38］莎(suō 梭)雞：一種昆蟲，即紡織娘。振羽：翅膀振動發聲。　　　［39］宇：屋簷。此處指屋簷下。“在野”、“在宇”、“在户”都是指蟋蟀言，探下而省。　　　［40］户：單扇門。此指簡陋屋的門。　　　［41］穹(qióng 窮)窒(zhì 志)：盡塞屋内孔隙。穹，窮盡。窒，塞。熏鼠：用煙熏趕鼠類。　　　［42］向：朝北的窗。墐(jìn 近)：用泥塗抹。古代簡陋的門扇多以樹枝、藤條或竹子編成，冬天用泥塗抹縫隙，以禦風寒。　　　［43］曰：發語詞。《韓詩》作“聿”。改歲：即過年。這是就周曆言。　　　［44］鬱(yù 育)：即鬱李。薁(yù 育)：野葡萄。　　　［45］亨：同“烹”。葵：冬葵，又名野葵。菜名。菽：大豆。　　　［46］剝：借作“撲”，撲打。　　　［47］介：助。眉壽：指長壽。古人認爲

眉毛長爲長壽之象,所以稱長壽爲眉壽。酒可活血袪憂,古人認爲有助於長壽。
〔48〕壺:葫蘆。　　〔49〕叔苴(jū 居):拾麻籽。叔,拾。苴,麻籽。　　〔50〕荼
(tú 途):苦菜。薪樗(chū 初):以臭椿爲燃料。薪,柴,此處用爲動詞。樗,臭椿
樹。　　〔51〕食(sì 飼):把食物給人吃。　　〔52〕築場圃:把房子附近的園圃
夯築爲打碾田禾的場地。　　〔53〕納:收藏。禾稼:莊稼,指打好的糧食。
〔54〕黍:穄子,脱殼後爲黄米。稷:即粟,北方稱爲穀子,脱殼後爲小米。重
(chóng 崇):早種後熟的穀。三家《詩》作“種”,音義同。穋(lù 路):三家《詩》
作“稑”,遲種早熟的穀。　　〔55〕禾:粟的苗,即穀子。這裏指已脱殼的小米。
菽麥:“麥”字與上下句皆不押韻,“菽麥”當爲“麥菽”之誤倒(郭晉稀《詩經蠡
測》)。　　〔56〕同:聚攏,指收穫完畢。　　〔57〕上:通“尚”,還,還須。執:服
役。宫功:庭院内的差事。功,事。　　〔58〕爾:語助詞。于茅:去割茅草。于,
意義不太確定的動詞。　　〔59〕宵:夜晚。索綯(táo 陶):搓繩子。索,合成的
大繩。此處用爲動詞。綯,繩子。　　〔60〕亟:同“急”,趕快。乘屋:登屋修
繕。乘,登。　　〔61〕冲冲:鑿冰聲。　　〔62〕凌陰:藏冰的窖室。冬天鑿冰儲於
地窖,以備盛夏消暑之用。聞一多認爲“陰”爲“窨”字的假借。《説文》:“窨,地室
也。”　　〔63〕蚤:同“早”,齊《詩》、魯《詩》均作“早”。指早朝,即下文所寫祭祖
儀式。　　〔64〕祭韭:以韭祭祖。羔爲一年中最先產的家畜,韭爲一年中最先有的
蔬菜,均先用以祭祖。　　〔65〕肅霜:即“肅爽”,雙聲聯綿詞,形容天高氣清,氣候晴
朗(王國維《肅霜滌場説》)。　　〔66〕滌場:即“滌蕩”,形容深秋樹木蕭瑟的樣子。
〔67〕朋酒:兩壺酒。期:語助詞。饗:在一起飲酒。　　〔68〕躋:登。公堂:豳公(公
劉)之堂。　　〔69〕稱:舉起。兕(sì 四)觥(gōng 公):用犀牛角做成的酒器。

【集評】

　　(清)姚際恒《詩經通論》卷八 :“此篇首章言衣食之原,前段言衣,後段言食。
二章至五章終前段言衣之意,六章至八章終後段言食之意,人皆知之矣。獨是每章
中,凡爲正筆、閒筆,人未必細檢而知之也。大抵古人爲文,正筆處少,閒筆處多。蓋
以正筆不易討好,討好全在閒筆處。亦猶擊鼓者注意于旁聲,作繪者留心于畫角也
……此首章言衣食之原,所謂正筆也。二章至五章言衣,中唯‘載玄載黄,我朱孔陽’
二句爲正筆,餘俱閒筆。二章從春日鳥鳴寫女之採桑,自‘執懿筐’起,以至忽地心
傷,描摹此女盡態極妍。後世咏採采桑女,作閨情詩,無以復加,使讀者竟忘其爲言
‘衣食爲王業之本’正意也。三章曰‘條桑’,曰‘遠揚’,曰‘女桑’,寫大小之桑,并採
無遺,與上章‘始求柔桑’境界又别,何其筆妙! 雖正寫玄黄帛成,而曰‘爲公子裳’,

仍應上‘公子’，閒情別趣，溢于紙上，而章法亦復渾然。‘八月載績’一句言麻，古絲、麻並重也。此又爲補筆。四章則由衣裳以及裘，又由裘以及田獵，閒而又閒，遠而益遠。五章終之以‘改歲’、‘入室’，與衣芳相關若不相關。自五月至十月，寫以漸寒之意，筆端尤爲超絶，妙在只言物，使人自可知人，物由在野而至入室，人亦如此也。兩‘入’字正相照應。六章至八章言食，中唯‘九月築場圃，十月納禾稼，黍稷重穋，禾麻菽麥’四句爲正筆，餘俱閒筆。……七章‘稼同’以後，併及公私作勞，仍點‘播百穀’三字以應正旨。八章併及藏冰之事，與食若不相關若相關，而終之以田家歡樂，尊君親上，口角津津然，使人如見豳民忠厚之意，至今猶未泯也。”

(清)牛運震《詩志·七月》：“此詩以編紀月令爲章法，以蠶衣農食爲節目，以豫備儲蓄爲筋骨，以上下交相忠愛爲血脉，以男女室家之情爲渲染，以穀蔬蟲鳥之屬爲點綴，平平常常，癡癡鈍鈍，自然，充悦，和厚，典則，古雅，此一詩而備三體，又一詩中而藏無數小詩，真絶大結構也。”

(清)陳繼揆《讀風臆補》卷下：“通詩八十八句，一句一事，如化工之範物，如列星之麗天，讀者但覺其醇古淵永，而不見繁重瑣碎之迹，中間有誥誡，有問答，有民情，有閨思，波瀾頓挫，如風行水面，純任自然。非制作官禮大手筆，誰其能之？噫，觀止矣。”

豳風·東山

【題解】

此詩是隨周公東征的士卒歸途中思家之作。《詩序》以爲是周公東征“勞歸士”而“大夫美之”，從詩本文看不出，但所指出的背景則與詩的内容、情調皆相合。《尚書大傳》云：“周公攝政，一年救亂，二年克殷，三年踐奄。”因周人起於西北，故從征士卒多爲西北人，而救亂是用兵於東方，区而形成士卒長期轉戰不能歸鄉之情形。詩作於周初，東征將士多爲豳地之人，此詩應在豳地長期流傳，故入《豳風》。

本詩採用比喻、懸想、烘托等手法來表現抒情主人公歸家途中的思想活動與情感情緒，有很強的藝術感染力。詩每章開頭重複的四句也突出了詩人久別家園而産生的深切思念之情。

我徂東山[1]，慆慆不歸[2]。我來自東，零雨其濛[3]。我東曰歸，我心西悲[4]。制彼裳衣[5]，勿士行枚[6]。蜎蜎者蠋[7]，烝在桑野[8]。

敦彼獨宿^[9]，亦在車下。

　　我徂東山，慆慆不歸。我來自東，零雨其濛。果臝之實^[10]，亦施于宇^[11]。伊威在室^[12]，蠨蛸在户^[13]。町畽鹿場^[14]，熠燿宵行^[15]。不可畏也，伊可懷也^[16]。

　　我徂東山，慆慆不歸。我來自東，零雨其濛。鸛鳴于垤^[17]，婦歎于室^[18]。洒埽穹窒^[19]，我征聿至^[20]。有敦瓜苦，烝在栗薪^[21]。自我不見，于今三年。

　　我徂東山，慆慆不歸。我來自東，零雨其濛。倉庚于飛^[22]，熠燿其羽^[23]。之子于歸^[24]，皇駁其馬^[25]。親結其縭^[26]，九十其儀^[27]。其新孔嘉^[28]，其舊如之何^[29]？

《毛詩正義》卷八

【校注】

[1]徂(cú 殂)：往。東山：在古奄國境内。奄國在今山東曲阜附近，後併入魯國。東山即今曲阜蒙山。由此可知詩人長期轉戰，最後是經歷了所謂"踐奄"之事的。 [2]慆(tāo 滔)慆：猶言"悠悠"，形容時間久長。三家《詩》作"滔滔"，亦作"悠悠"。　　[3]零雨：落雨，下雨。《説文》："霝，雨零(落)也。《詩》曰：'霝雨其濛'。""霝"、"零"爲古今字。其濛：猶言"濛濛"。　　[4]"我東曰歸"二句：言我在東方一説西歸，心便西向家鄉而傷悲。　　[5]制：古"製"字，縫製。裳衣：指居家所穿衣服，相對於兵服而言。　　[6]士：同"事"，從事。行(háng 杭)枚：古代秘密行軍時讓士兵銜枚，以免説話。枚狀如筷子。漢鄭玄《箋》："初無行陣銜枚之事。"行，行陣，指打仗。　　[7]蜎(yuān 冤)蜎：軟體動物蠕動爬行的樣子。蠋(shǔ 蜀)："蜀"俗字，三家《詩》作"蜀"。一種似蠶的大青蟲。或言即桑蠖，或言爲野蠶。　　[8]烝：借作"曾"，乃(清馬瑞辰説)。　　[9]敦(duī 堆)：敦敦然，形容一個個蜷縮成團，露宿野外。　　[10]果臝(luǒ 裸)：一種蔓生植物，即栝樓，也作"瓜蔞"。其實如葫蘆。　　[11]施(yì 異)：蔓延。宇：屋簷。　　[12]伊威：一種昆蟲，即土鼈子。　　[13]蠨(xiāo 蕭)蛸(shāo 稍)在户：言門上結了蜘蛛網。蠨蛸，一種長腿的小蜘蛛，亦名喜蛛。　　[14]町(tǐng 挺)畽(tuǎn 團上聲)：有禽獸踐跡的空地。町，打獵處。《説文》："田處曰町。""田"即田獵。畽，《釋文》云："本又作疃。"《説文》："疃，禽獸所踐處也。"　　[15]熠(yì 意)燿(yào 耀)：閃閃發光的樣子。宵行：磷火。《淮南子》云："久血爲磷。"許慎注："謂兵死之血爲鬼火。"當時人已知"鬼火"生於連年戰争、白骨暴野的情況下。　　[16]伊：是，

此。指可能已經變得十分荒涼的家鄉。懷:思念。　　　[17]鸛(guàn 灌):一種水鳥,形似鷺,又似鶴。垤(dié 迭):蟻封。《文選注》引《韓詩》薛君章句:"巢處知風,穴處知雨。天將雨而蟻出壅土,鸛鳥見之,長鳴而喜。"　　　[18]婦:指詩人的妻子。此句寫詩人懸想婦在家中見到下雨的天象,即擔心丈夫會受苦而歎息。[19]洒埽:打掃房間。埽,同"掃"。穹窒:盡堵塞室内的孔穴縫隙。　　　[20]我征:我的征人。聿:語助詞,無義。此懸想妻子在家中的思想活動。　　　[21]有敦(duī 堆):猶言"團團然"、"圓圓的"。形容瓜的形狀。瓜苦:瓜葫蘆。聞一多讀"苦"爲"瓠"。瓜瓠即葫蘆,指結婚合卺時所用的瓢(將一瓠分爲兩半,各執一瓢,盛酒漱口)。烝:曾,乃。栗薪:柴堆。栗,借作"蓼"。王應麟《詩考》:"烝在蓼薪,衆薪也。"　　　[22]倉庚:黄鸝。鄭《箋》:'倉庚仲春而鳴,嫁娶之候也。"　　　[23]熠耀:此處指倉庚翻飛時羽毛在陽光下閃閃發光的樣子。　　　[24]之子:這個姑娘。于歸:出嫁。此回憶妻子當初嫁到自己家中時情景。　　　[25]皇:魯《詩》作"騜",毛色淡黄的馬。駁:毛色淡紅的馬。　　　[26]親:指妻子的母親。縭(lí 離):佩巾。古代女子出嫁,母親訓誡叮囑,並親自爲之挽結佩巾。　　　[27]九十:九種、十種。此言結婚儀式之多,反映了禮節的隆重。　　　[28]其新:指女子新婚時。孔:很。嘉:美善。　　　[29]其舊:經歷了長時間之後。這句表現了出征士卒歸來途中對妻子各方面狀況的猜度,反映了複雜的思想活動。

【集評】

(明)戴君恩《讀風臆評》:"細玩篇中脉理,却分兩枝:自'制彼裳衣'至'婦歎于室'是'我心西悲'光景;自'有敦瓜苦'至'其舊如之何',是'我征聿至'後光景。但格法微妙,人不易識。"

(清)牛運震《詩志·東山》:"一篇悲喜離合,都從室家男女生情。開端'敦彼獨宿,亦在車下',隱然動勞人久曠之感;後文'婦歎于室'、'其新孔嘉',惓惓於此,三致意焉。夫人情所不能已,聖人弗禁。東征之士,誰無父母? 豈鮮兄弟? 而夫婦情艷之私,尤所繾切。此詩曲體人情,無隱不透,直從三軍肺腑捫攄一過,而温摯婉惻,感激動人。"

小雅·采薇

【題解】

此詩爲同玁狁作戰中戍邊戰士歸途中抒發感慨之作。《詩序》以爲文王時作品,但從詩本文看不似周初之作。《漢書·匈奴傳》云:"周懿王時王室遂衰,戎狄交侵,暴虐中國,中國被其苦。詩人始作,疾而歌之曰:'靡室靡家,獫允之故。'豈不日戒,獫允孔棘。'"《史記·周本紀》云:"懿王之時王室遂衰,詩人作刺。"二者似指同一事。從目前出土銅器銘文看,凡記獫狁事者,皆宣王時器。《小雅》中《采薇》、《出車》、《六月》所寫都同伐獫狁有關,《出車》一詩詠南仲伐獫狁事,南仲又見於《大雅·常武》,而《漢書·古今人表》等俱以南仲爲宣王時人。王國維據銅器銘文中"南中",肯定"南仲自是宣王時人,《出車》亦宣王時詩",認爲《采薇》《出車》實同叙一事"(參王國維《鬼方昆夷獫狁考》)。據此,則此詩產生於宣王時可能性較大,最早爲懿王時作品。

　　詩的前三章着重表現了征人對家庭的思念,同時指出造成這個狀況的原因是"獫狁之故",四五章着重寫了緊張艱苦的戰鬥生活,也同時指出是由於"獫狁孔棘"的原因。詩人既傷遭遇之苦,又感國家境況之危,表現的思想感情是比較複雜的。這是西周末年民族矛盾、階級矛盾交織的反映。詩的前三章首四句通過薇菜的變化反映了時間的推移,點出其歸時在歲暮之時,反映出詩人思家之久。四五章含蓄地寫了將帥同士卒生活的差異,而關於行軍作戰緊張的原因則明白道出。末章由眼前情景寫到自己的哀傷,情深意切,感人至深。

　　采薇采薇[1],薇亦作止[2]。曰歸曰歸[3],歲亦莫止[4]。靡室靡家[5],獫狁之故[6]。不遑啓居[7],獫狁之故。

　　采薇采薇,薇亦柔止[8]。曰歸曰歸,心亦憂止。憂心烈烈[9],載飢載渴[10]。我戍未定[11],靡使歸聘[12]。

　　采薇采薇,薇亦剛止[13]。曰歸曰歸,歲亦陽止[14]。王事靡盬[15],不遑啓處。憂心孔疚[16],我行不來[17]!

　　彼爾維何[18],維常之華[19]。彼路斯何[20]?君子之車[21]。戎車既駕,四牡業業[22]。豈敢定居,一月三捷[23]。

　　駕彼四牡,四牡騤騤[24]。君子所依,小人所腓[25]。四牡翼翼[26],象弭魚服[27]。豈不日戒[28]?獫狁孔棘[29]!

　　昔我往矣[30],楊柳依依[31]。今我來思[32],雨雪霏霏[33]。行道遲遲[34],載渴載飢。我心傷悲,莫知我哀。

《毛詩正義》卷九

【校注】

[1]薇:野豌豆苗,可用以充飢。　[2]作:指出芽。止:句末語助詞。　[3]曰歸曰歸:指不斷念叨"回家吧,回家吧"。　[4]莫:"暮"本字。　[5]靡室靡家:指長期行役在外,抛開了家庭,成了没有家庭、没有妻女的人。靡,無。　[6]玁(xiǎn 險)狁(yǔn 允):《漢書》作"獫允",即商代鬼方,商周之間稱作"混夷"、"獯鬻",也即後來之北狄、匈奴(參王國維《鬼方昆夷獫狁考》)。　[7]不遑:無暇。啓:跪,危坐。居:安坐。第三章"啓處"與"啓居"意同。　[8]柔:柔嫩。[9]憂心烈烈:猶言"憂心如焚"。《説文》:"烈,火猛也。"　[10]載:則。此處表並列,同於今之"又"、"又是"。　[11]戍:戍守。未定:指戍守地點不定。[12]靡使歸聘:《經典釋文》載"靡使"又作"靡所"。清馬瑞辰《毛詩傳箋通釋》云:"按,作'靡所'者是也。此承上'我戍未定'言之,言其家無所使人來問。……'歸'當讀爲'傿'。《方言》:'傿,使也。'《玉篇》亦云:'傿,使也。'《箋》云'無所使歸問'者,知'歸'爲'傿'之省借,以'伇'釋'歸',猶云靡所使問,與《桑柔》詩'靡所止疑'、'靡所定處'句法正同。"　[13]剛:硬,此處指植物的莖葉變老,變得粗硬了。　[14]歲陽:夏曆四、五月。此時薇菜已變老,不便食。《左傳·莊公二十五年》杜預注:"夏之四月,周之六月,謂正陽之月。"　[15]靡鹽(gǔ 古):没有止息(參清王引之《經義述聞》卷五)。　[16]孔疚(jiù 救):非常痛苦。孔,很。疚,病,苦痛。　[17]來:指歸家。鄭《箋》:"來猶反也。據家曰來。"[18]爾:借作"薾",花繁盛的樣子。維何:是什麼。維,語助詞。　[19]常:常棣,即扶移,有赤、白二種。此指赤棣(參清馬瑞辰《毛詩傳箋通釋》、清陳奂《詩毛氏傳疏》)。　[20]路:借作"輅",大車。斯:語助詞,猶"維"。　[21]君子:指將帥。　[22]牡:雄馬。將帥所乘兵車駕有四馬,故云"四牡"。業業:高大雄壯的樣子。　[23]三捷:多次接戰。捷,借作"接"。"三"爲泛指次數頻繁。[24]騤(kuí 逵)騤:馬强壯的樣子。　[25]"君子"二句:言戰車爲將帥所依靠,戰士亦藉以爲掩護之具。依:乘依。腓(féi 肥):借作"芘"(漢鄭玄説)。"芘"同"庇",庇護。據《司馬法》,兵車一乘有馬四匹,甲士十人,三人在車上,七人在車旁;有步兵十五人隨於車後。另有步兵十五人保護輜重車。士兵行軍、作戰中實以戰車爲中心。　[26]翼翼:行列整飭的樣子。　[27]象弭(mǐ 米):弓兩端所鑲象牙的受弦的東西,一般以骨爲之,可以用來解結。魚服:鯊魚皮做的箭袋。[28]日戒:日日戒備。　[29]孔棘:很緊急。棘,借作"急"。　[30]昔:指從軍出征時。往:指出征。　[31]楊柳:蒲柳。《爾雅》:"楊,蒲柳。"依依:隨風披拂摇擺的樣子。《説文》:"依,倚也。""橢,木橢施也。"則此"依依"同於《衛風·淇奧》"緑竹猗猗"的"猗猗"。形容摇曳的樣子。　[32]思:句末語助詞。

[33]雨:用爲動詞,指落雪。霏霏:雪盛的樣子。　　　[34]遲遲:遲緩。

【集評】

(清)王夫之《薑齋詩話》卷一:"'昔我往矣,楊柳依依;今我來思,雨雪霏霏。'以樂景寫哀,以哀景寫樂,一倍增其哀樂。"

(清)王夫之《詩廣傳》卷三:"往伐,悲也;來歸,愉也。往而咏楊柳之依依,來而歎雨雪之霏霏,善用其情者,不斂天物之榮凋,以益己之悲愉而已矣,夫物其何定哉?當吾之悲,有迎吾以悲者焉;當吾之愉,有迎吾以愉者焉,淺人以其褊衷而捷於相取也。當吾之悲,有未嘗不可愉者焉;當吾之愉,有未嘗不可悲者焉,目營於一方者之所不見也。故吾以知不窮於情者之言矣:其悲也,不失物之可愉者焉,雖然,不失悲也;其愉也,不失物之可悲者焉,雖然,不失愉也。"

(清)方玉潤《詩經原始》卷九:"此詩之佳,全在末章:真情實景,感時傷事,別有深情,非可言喻,故曰'莫知我哀'。不然,凱奏生還,樂矣,何哀之有耶?其前五章,不過追述出戍之故與在戍之形而已。蓋壯士從征,不願生還,豈念室家?曰'我戍未定,靡使歸聘'者,雖有書不暇寄也。又曰'憂心孔疚,我行不來'者,雖生離猶死別也。至於在戍,非戰不可,敢定居乎?……今何幸而生還矣,且望鄉關未遠矣。於是乃從容回憶往時之風光,楊柳方盛;此日之景象,雨雪霏微。一轉眴而時序頓殊,故不覺觸景愴懷耳。"

大雅·緜

【題解】

《緜》追述了周王族古公亶父自邠遷岐、定居渭河平原、振興部族的業績。末尾說到文王繼承遺烈、和附四鄰、健全機構、擴大王業之事。周人爲農業民族,其歷史上五次遷徙,最主要的原因在於尋求肥沃的土地。方玉潤說:"故地利之美者地足以王,是則《緜》詩之旨耳。"

全詩以遷岐爲中心展開鋪排描繪,疏密有致。其遷徙過程,第二章"古公亶父"以下四句即交代清楚,末二句點出娶姜氏女爲妻,協助古公重建家邦。這不僅反映了周民族夏遷的成功和得到當地姜姓民族的認可,也交代了在周民族發展史上具有重大意義的周姜聯姻這件事的原委。以下五章着重寫了規劃和建設的生動場面,洵爲史詩。亢兩章寫太王和文王的文治,表現出周民族在西部黄土高原上各部族中威信和領導地位的確立。從詩的結構和内容看,第七章之後可能缺一兩章(今上下不相連屬)。《史記·孔子世家》中說:"周室微而禮樂廢,《詩》《書》缺",孔子曾進行整理,則簡文缺失,是可能之事。

關於此詩的作年,朱熹《詩集傳》云:"此亦周公戒成王之詩。"明孫鑛《批評詩經》云:"此詩不但稱'古公',且仍出其名,乃後又稱文王。豈武王初克商,甫尊文王,尚未追王太王,是彼時作耶?"又云:"此詩如此收束,當是未克商時作。然則文王應實有受命稱王之事矣。《武成》已稱'太王',若周公戒成王詩,豈應復稱'古公'耶?"明何楷引之,定爲武王初年周公作。魏源《詩序集義》云:"周公述文王之興,本由太王也。"清方玉潤《詩經原始》也以爲"周公述祖德詩"。此詩同《無逸》的主題相近。即使後人有所增損,則亦爲周初所傳。陳子展《詩三百解題》也以爲"必作於周初,作者不必是周公","但就詩作爲樂章用於典禮而論,把作者歸之於相傳制禮作樂的周公,似未爲不可"。今從之。

縣縣瓜瓞[1],民之初生,自土沮漆[2]。古公亶父[3],陶復陶穴[4],未有家室。

古公亶父,來朝走馬[5]。率西水滸[6],至于岐下[7]。爰及姜女[8],聿來胥宇[9]。

周原膴膴[10],堇荼如飴[11]。爰始爰謀[12],爰契我龜[13],曰止曰時[14],築室于兹。

迺慰迺止[15],迺左迺右[16],迺疆迺理[17],迺宣迺畝[18]。自西徂東[19],周爰執事[20]。

迺召司空[21],迺召司徒[22],俾立室家[23]。其繩則直,縮版以載[24],作廟翼翼[25]。

捄之陾陾[26],度之薨薨[27],築之登登[28],削屢馮馮[29]。百堵皆興[30],鼛鼓弗勝[31]。

迺立皋門[32],皋門有伉[33]。迺立應門[34],應門將將[35]。迺立冢土[36],戎醜攸行[37]。

肆不殄厥愠,亦不隕厥問[38]。柞棫拔矣[39],行道兌矣[40],混夷駾矣[41],維其喙矣[42]。

虞芮質厥成[43],文王蹶厥生[44]。予曰有疏附[45],予曰有先後[46],予曰有奔奏[47],予曰有禦侮[48]。

【校注】

[1]緜緜:不絕的樣子。瓞(dié 蝶):小瓜。　　　[2]土:《齊詩》作"杜"。"土"借作"杜",水名。古杜水在今陝西麟游以北,南入渭。沮:借作徂(cú 粗陽平),往。漆:水名,在今陝西彬縣西,北入涇水。周人最早發祥於涇水上游(參李學勤主編《中國古代文明與國家形成研究》第三章)。　　　[3]古公亶(dǎn 膽)父:文王的祖父。因遷岐以爲幽公,故稱古公。亶父爲名或字("父"爲古男子之稱)。武王建周以後追尊爲太王。　　　[4]陶復陶穴:毛《傳》:"陶其土而復之,陶其壤而穴之。""陶"讀爲"掏"。有人解釋爲用陶製磚瓦砌窰,非。隴東窰頂皆不砌磚瓦之類。復,通"窞",地上累土爲半地穴式房屋。穴,窰洞。　　　[5]來朝:清早。走:跑,《韓詩》作"趣",義同。　　　[6]率:沿着。滸:水涯。這裏指渭水邊。　　　[7]岐下:岐山之麓。山在今陝西西部岐山縣。　　　[8]爰:於是。及:與。姜女:姜姓之女。古公亶父娶姜姓女爲妻,即太姜。姜姓爲炎帝之後,發祥於今陝西西部渭水流域。古公亶父在與商王朝關係較密切的情況下東遷,適應了商王朝經營東方之時穩定西部的要求,同時體現了周人向東擴張的打算。　　　[9]聿(yù 玉):語助詞。胥宇:相宅,考察選定居住地。胥,相,察看。宇,屋簷,這裏指居處。

[10]周原:岐山以南黃土高原之地。膴(wǔ 武)膴:《韓詩》作"脄脄"。"脄(méi 媒)"與下"飴"、"謀"、"龜"、"玆"爲韻,當作"脄",土地肥美的樣子。　　　[11]堇(jǐn 謹):一種草本植物,又名堇葵,今名石龍芮,味苦。荼:苦菜。飴(yí 怡):麥芽糖。此句言因周原土地肥沃,即使堇、荼類苦菜也甘如飴糖。　　　[12]爰始爰謀:於是進行謀劃。爲合於節奏,在"謀"字前亦加"爰"以足字數。　　　[13]契:用刀刻。龜:指占卜所用的龜甲。上古占卜先刻龜甲,然後加在火上灼燒,看龜甲上的裂紋以卜吉凶。　　　[14]曰:發語詞。止:居住。時:善,適宜。　　　[15]迺:同"乃"。慰:安定。止:居住。此句結構同"爰始爰謀"。　　　[16]迺左迺右:劃出東西區域。古人建房皆面南(向陽),左右也是就面朝南言之。　　　[17]疆:用爲動詞,劃定疆界。理:用爲動詞,據土地的地形、肥瘠進行規劃區分。　　　[18]宣:疏通溝渠。畝:整治田壠。清馬瑞辰《毛詩傳箋通釋》卷二四以上二句云:"上言疆理者,定其大界。此又別其畝壠。"　　　[19]徂:往,到。周原之地東西長條形,故上言左右,此言東西。　　　[20]周:普遍。爰:語助詞。執事:從事工作。

[21]迺:今本作"乃",據唐石經改,以求一致。清阮元校:"迺字是也。"下句同。司空:掌管工程建築的官。　　　[22]司徒:掌管土地和力役的官。　　　[23]俾:使。立:建立。室家:指宮室。　　　[24]縮:捆,指捆紮築板。漢鄭玄《箋》:"繩者營其廣輪方制之正也。既正則以索縮其築版。"版:築牆的夾板。載:指築板上下相承(據鄭玄《箋》)。　　　[25]作:造,建築。廟:宗廟。翼翼:整齊有序的樣子。

[26]捄(jiū 糾):盛土入筐。陾(réng 仍)陾:《玉篇》引作"陑(ér 而)陑",多的樣子。此言人們勞動積極性高,運土持筐中盛得很滿。　　[27]度(duó 奪):投擲。這裏指將運來的土鏟到築牆的夾板內。薨薨:填土聲。　　[28]築:用夯杵搗土。登登:搗土聲。　　[29]屢:通"僂(lóu 摟)",隆高,指土牆上隆起的部分。馮(píng 憑)馮:削平土牆的聲音。　　[30]堵:量詞,牆五版爲一堵。興:起,築起。　　[31]鼛(gāo 高):大鼓,長一丈二尺(周尺)。毛《傳》:"或鼛或鼓,言勸事樂功也。"《周禮·鼓人》亦云:"以鼛鼓鼓役事。"則古人在群體工役勞動中用以鼓舞幹勁。弗勝(shēng 升):指連着使勁擊鼓,鼓都有些承受不了。　　[32]皋門:《韓詩》作"高門",即郭門,外城的城門。　　[33]有伉(kàng 抗):即伉伉,高聳的樣子。　　[34]應門:王宮的正門。　　[35]將(qiāng 槍)將:《魯詩》作"鏘鏘"。莊嚴雄偉的樣子。　　[36]冢(zhǒng 腫)土:大社。國君祭祀社神之地。冢,大。土,通"社"。　　[37]戎醜攸行:大衆所行之事。戎,大。醜,衆。古之大事,在戎與祀,凡起大事、動大衆,必先祭社神。　　[38]"肆不"二句:因而對敵人的憤怒並未消失,也不斷絕同他們的聘問往來。意謂:既保持警惕,也不廢交往。肆:故。殄(tiǎn 舔):斷絕。厥:其。愠(yùn 韻):憤怒。隕:墜,喪失。問:聘問。這是周人遷至岐山之南以後同昆夷相處的情形。此上當缺一二章,故語意無所承,也看不出對由太王向文王過渡的必要交待。　　[39]柞(zuò 作):柞樹。棫(yù 域):白桵。皆叢生灌木。　　[40]兊:通暢。　　[41]混夷:又作昆夷,古西戎種族之一。駾(tuì 退):本意指馬驚駭奔突。此處指周人通向周圍的道路開通,以往憑險而騷擾周人的混夷逃跑了。　　[42]維:句首語助詞。喙(huì 匯):同"瘓",疲困而連連喘氣的樣子。　　[43]虞、芮(ruì 銳):二古國名。虞在今山西平陸縣東北,芮在今山西芮城縣西。質:評斷。成:和解。　　[44]蹶(guì 桂):感動。生:性,天性。上兩句言虞芮二國之君因爭田久不平,訴於文王,入其境,"則耕者讓畔,行者讓路;入其邑,男女異路,班白不提挈;入其朝,士讓爲大夫,大夫讓爲卿"。二國之君感動,變相爭爲相讓(毛《傳》)。這裏表現文王在周圍部族中威信大大提高。　　[45]予:我。此詩人以文王的口氣言之。曰:語助詞。疏附:指團結同僚和親近君主的臣子。　　[46]先後:在君主左右參謀政事的臣子。[47]奔奏:四方奔走宣揚君德的臣子。　　[48]禦侮:可以抵禦外侮的臣子。

【集評】

(宋)李頎《古今詩話》:"《大雅·緜》九章,初頌太王遷齒,建都邑,營宮室而已。其卒章乃曰:'虞芮質厥成,文王蹶厥生,予曰有疏附,予曰有先後,予曰有奔走,予曰有禦侮。'事不接,文不屬,如連山斷嶺,雖相去絕遠,而氣象連絡,觀者知其脈理之通也。蓋附麗不相鑿枘,此最爲文之高致。”

（清）方玉潤《詩經原始》卷十三:“自次章至此（按指七章）,皆經營遷居立國之事,落筆乃乘勢帶起下章,機局乃緊,否則平散無力矣。”又云:“收筆奇肆,亦饒姿態。”

吳闓生《詩義會通》卷三引舊評:“止發端四字,已盡一篇之意,末四句極道文王得人之盛,所以勉成王也。四‘予曰’字,傳神。”

大雅·生民

【題解】

《大雅·生民》是周人祭祀天帝所用樂歌。因爲周人以爲其遠祖后稷棄是受天命而孕育了周人,故祭天以后稷配之。全詩主要講后稷的事蹟與業績,末尾纔說到“上帝居歆”,而以“后稷肇祀。庶無罪悔,以迄於今”結尾。周人關於后稷的傳說應該是自古相傳,對后稷的祭祀也是早在周建國之前。但《生民》一詩的寫成當在西周初年。朱熹《詩集傳》云:“周公制禮,尊后稷以配天,故作此詩,以推本其始生之祥,明其受命於天,固有以異於常人也。”其說可參。

此詩是周民族史詩之一,其內容帶有傳說的性質,但也曲折地反映了歷史的真實。后稷實際上是周民族由母系氏族社會向父系氏族社會轉變的人物,故知其母而不知其父,傳爲其母因踩大人跡而受孕,生下來之後表現出種種靈異。周人爲農業民族。中華大地在上古之時雖然漁獵、畜牧、養殖、農業各種經濟形態並存,而整體發展趨向是農業的主體地位越來越突出。周民族在農業生產技術方面的種種發明、發現和創造,爲中華民族的早期發展作出了貢獻。

本詩每章叙一事,層次清楚,結構嚴謹。末尾言“后稷肇祀”,又將后稷同祭天聯繫起來,與前姜嫄“履帝武敏歆”相照應。而“庶無罪悔,以迄於今”八字則將后稷肇祀至祭祀之時千年歷史加以概括,顯得既誠信,又自豪,同后稷功業、周人經歷及祭祀者心情皆能相合,筆力雄健。

　　厥初生民[1],時維姜嫄[2]。生民如何? 克禋克祀[3],以弗無子[4],履帝武敏歆[5]。攸介攸止[6]。載震載夙[7],載生載育[8]。時維后稷[9]。

　　誕彌厥月[10],先生如達[11]。不坼不副[12],無菑無害[13],以赫厥靈^[14]。上帝不寧，不康禋祀^[15]？居然生子^[16]！

誕寘之隘巷^[17]，牛羊腓字之^[18]。誕寘之平林^[19]，會伐平林^[20]。誕寘之寒冰，鳥覆翼之^[21]。鳥乃去矣，后稷呱矣^[22]。實覃實訏^[23]，厥聲載路^[24]。

誕實匍匐^[25]，克岐克嶷^[26]，以就口食。蓺之荏菽^[27]，荏菽旆旆^[28]，禾役穟穟^[29]。麻麥幪幪^[30]，瓜瓞唪唪^[31]。

誕后稷之穡^[32]，有相之道^[33]。茀厥豐草^[34]，種之黃茂^[35]。實方實苞^[36]，實種實褎^[37]。實發實秀^[38]，實堅實好^[39]，實穎實栗^[40]，即有邰家室^[41]。

誕降嘉種^[42]，維秬維秠^[43]，維穈維芑^[44]。恒之秬秠^[45]，是穫是畝^[46]。恒之穈芑，是任是負^[47]。以歸肇祀^[48]。

誕我祀如何？或舂或揄^[49]，或簸或蹂^[50]。釋之叟叟^[51]，烝之浮浮^[52]。載謀載惟^[53]。取蕭祭脂^[54]。取羝以軷^[55]。載燔載烈^[56]。以興嗣歲^[57]。

卬盛於豆^[58]，于豆于登^[59]。其香始升，上帝居歆^[60]。胡臭亶時^[61]！后稷肇祀。庶無罪悔^[62]，以迄于今^[63]。

　　　　　　　　　　　　　　　　　　《毛詩正義》卷一七

【校注】

[1]厥初：其始，那開始的時候。生民：生出民（周人）。　　[2]時：是，此。維：爲。姜嫄：《韓詩》作“姜原”。姜爲姓，屬炎帝族；“原”指本原，周人奉后稷之母爲先妣；因爲是女性，故又作“嫄”。　　[3]克：能够。禋（yīn 因）：燒有香氣之物以祀上帝。《周禮·大宗伯》：“以禋祀祀昊天上帝。”鄭玄注：“禋之言煙。周人尚臭，煙氣之臭聞者。”　　[4]弗：“祓（fú 伏）”字之借，祓除。　　[5]履：踐踏。帝：上帝。武：足跡。敏：“拇”字之借。歆：心有所感而欣喜。　　[6]攸介攸止：於是居於室中，於是安定下來（停止大的體力活動）。攸，於是。介，舍，居。

[7]載：語助詞。震：借作“娠”，懷孕。夙：借作“肅”，指私生活嚴肅起來。

[8]生：分娩。育：養育。　　[9]時：是，這。維：爲，即。　　[10]誕：與“當”爲一音之轉。彌厥月：滿了懷孕的月數。彌，滿。　　[11]先生：初生，頭胎生子。達：借作“𦎧”，猶言𦎧生，即第二胎、第三胎。此言其生育順利。　　[12]不坼（chè 徹）不副（pì 譬）：坼，今本作“拆”據唐石經改。阮元校：“作坼字是也，《釋

文》可證。"指無破裂流血之事。副,剖裂。余冠英言:"這句是説生得很滑利不致破裂産門。"　　[13]菑:通"災"。　　[14]赫:顯示。靈:靈異。　　[15]"上帝"二句:言莫非上帝將不使我安寧,不滿意於我的祭祀? 康:安,樂。　　[16]居然:安然。這裏指同首胎生子情形不同的狀況。　　[17]寘:同"置",放置。隘巷:狹巷,偏僻而少人行之處。　　[18]腓(féi 肥):借作"庇"。字:哺乳。[19]平林:平原上的樹林。　　[20]會:適逢。　　[21]鳥覆翼之:鳥在上面用翅膀遮蓋住他。翼,翅膀,此處用爲動詞。　　[22]呱(gū 孤):小兒哭聲。[23]實:同"寔",是,此。覃(tán 壇):長。訏(xū 虚):大。　　[24]載道:滿路。[25]匍匐:手足着地爬行。　　[26]克:能。岐:借作"跂"。嶷:借作"仡",仡立。此聯繫下文看,是言在一般孩子只能爬行時,已可以站起,自求口食。　　[27]蓺:同"藝",栽種。荏(rèn 飪)菽:《韓詩》作"戎菽",大豆。　　[28]旆(pèi 配)旆:茂盛的樣子,本字作"宋"。《説文》:"宋,艸木盛,宋宋然。讀若輩。"　　[29]役:借作"穎"。《説文》兩引此句均作"穎",禾穗。穟(suì 遂)穟:禾穗長大下垂的樣子。[30]幪(měng 猛)幪:茂盛的樣子。　　[31]瓞(dié 蝶):小瓜。唪(běng 崩上聲)唪:《三家詩》作"菶(běng 崩上聲)菶",茂盛的樣子。　　[32]穡:稼穡,種植五穀。[33]有相(xiàng 向)之道:有觀察土地肥瘠等是否適宜耕種的經驗。相,視察,看。《史記·周本紀》言后稷"相地之宜,宜穀者稼穡焉"。　　[34]茀(fú 伏):借作"拂",除去。豐草:指茂盛的野草。　　[35]黃茂:嘉穀,良種(參清馬瑞辰《毛詩傳箋通釋》)。　　[36]實:確實。言按后稷的方法選地、耕種,五穀確實能發芽、分蘗等等。下四句同。方:通"放",指發芽出土。苞:分蘗。意爲物叢生狀。孫炎《爾雅注》:"物叢生曰苞。"　　[37]種(zhòng 眾):短(參《毛詩傳箋通釋》)。襃(yòu 又):禾苗漸漸生長的樣子。　　[38]發:禾莖舒發,拔節。秀:抽穗。　　[39]堅:指穀粒灌漿,變得飽滿。好:穀粒均勻長勢好。　　[40]穎:禾穗。這裏用爲動詞,指禾穗成熟下垂。栗:穀粒成熟豐碩。　　[41]即有邰(tái 台)家室:到有邰之地成家立業。即,往。有,詞頭,無義。邰,傳説堯封后稷棄於邰,其地在今陝西武功西南。　　[42]降:賜予,言上天賜予周人以嘉種。實際上是言后稷發現了良種。　　[43]秬(jù 巨):黑黍。秠(pī 披):黍的一種,一個黍殼中含有兩粒粟米。[44]穈(mén 門):赤苗的嘉穀。芑(qǐ 起):一種良種穀子,即白粱粟。　　[45]恒:通"亘",周遍的意思。　　[46]穫:收穫。畝:指以畝計算產量,漢鄭玄《箋》:"成熟則穫而畝計之。"　　[47]任:抱。負:背。　　[48]歸:運歸。肇祀:開始祭祀上天。毛《傳》:"始歸郊祀也。"清陳奐《詩毛氏傳疏》:"祈年以報今秋成熟,而祈來歲再豐也。"　　[49]舂(chōng 沖):在臼裏搗米脱糠。揄(yóu 由):借作"舀",三家《詩》作"舀"。　　[50]簸(bǒ 跛):用簸箕上下顛動糧食,揚去其皮殼等雜物。蹂(róu

柔):揉搓。　　　[51]釋:淘米。叟叟:淘米聲。　　　[52]烝:同"蒸"。浮浮:熱氣上升的樣子。　　　[53]謀:謀劃。惟:思慮。　　　[54]蕭:一種植物,即今牛尾蒿,幹枝有香氣。祭脂:牛腸間脂。古時祭祀將牛腸脂塗在蕭上,同黍稷合燒,使香氣上升。[55]羝(dī 低):公羊。軷(bó 脖):祭路神。毛《傳》:"軷,道祭也。"　　　[56]燔(fán 煩):將肉放在火裏燒。烈:將肉加在火上烤。　　　[57]興:使興旺。嗣歲:新歲,來年。　　　[58]卬(áng 昂):我。豆:一種木製高腳器皿,用以盛肉、菜等祭物。[59]登:同"镫",一種陶製的祭器,用以盛大羹。　　　[60]居:安然。歆:饗,享受祭祀。　　　[61]胡:大。臭(xiù 嗅):香氣。亶(dǎn 膽):確實。時:善。　　　[62]庶:庶幾。罪悔:罪過。　　　[63]迄:至。

【集評】

(清)方玉潤《詩經原始》卷十四:"詩首章言受孕之奇,次言誕生之易,三言被棄而庇護者多,四言稍長即知稼穡,五言其有功農民,因以受封,六言其能降嘉種以歸肇祀,七言其祭祀之誠,並祈來年,八言周人世守其業,不敢有懈,而因以得膺天命而有天下。是皆后稷所賜,故將尊之以配天,未爲過也。然非姜嫄不及此,故曰'厥初生民'自姜嫄始。""通篇層次井然,不待深求而自了了,唯八章中皆以八句十句相間;又二章以後,七章以前,每章起句均用'誕'字作首,另是一格。"

尚　書

【作者簡介】

《尚書》先秦時稱《書》,漢代始稱《尚書》,意爲"上古之書"。全書包括《虞書》、《夏書》、《商書》、《周書》四部分,主要是夏、商、周三代帝王言論及政令的彙編。據考證,其中《虞書》、《夏書》及《商書》中的一部分爲後代史官根據口頭傳説和前代史料編輯整理而成,《商書》中的一部分及《周書》大部分爲當時史官實錄,比較可信。《漢書·藝文志》謂春秋時《書》有百餘篇,孔子删定爲百篇,並爲之作序。經秦火,有多篇亡佚,漢代有今、古文兩個傳本系統:漢初伏生所傳二十九篇爲隸書今文本(合《顧命》與《康王之誥》爲一篇,則二十八篇),西漢孔安國所獻爲古文本。至東晉梅賾五十八篇本(另有序一篇),經學者考定則爲離析今文本並附會古文本篇目而成。現存五十八篇。

盤　庚

【題解】

　　盤庚,成湯的第十世孫,祖丁之子,是商代的第二十位君王。《書序》云:"盤庚五遷,將治亳殷,民咨胥怨。作《盤庚》三篇。"本文主體部分爲盤庚的三次訓誥,史官記述中加上了有關背景的文字。流傳中有些詞語易以後代訓誥語,文字上也有所潤色與修飾。《史記·殷本紀》云:"百姓思盤庚,乃作《盤庚》三篇。"則以爲是盤庚死後殷人追記。

　　今文《尚書》作三篇,伏生本及《漢石經》作一篇。上篇是對民的訓誥。説"盤庚遷于殷,民不適有居",是由奄(今山東曲阜)遷至殷(今河南安陽)後,因一些人對新居之地有所不滿而作的訓誥。申述遷都的重要性,批評一些官員貪圖安逸,不思進取,並且告誡他們,如果繼續不聽王命,將會受到嚴厲的懲罰。中篇説"今予將試以女遷",乃是遷都之前的一次訓誥。指出遷都既考慮臣民的利益,也是繼承先王遺志,安定國家,並警告臣民,如果離心失德,會遭到先祖的懲罰。下篇是遷都之後盤庚對貴族的講話,進一步申述遷都的重要性,要求貴族們不要只顧眼前利益,貪圖財貨,而要恭敬地辦理政務,勤勉地率領臣民建設家園,復興殷邦。這三篇文章完整地記載了盤庚遷殷的經過及細節,其中有激切的言辭,也有勤勉的話語,從中可見盤庚深謀遠慮勤於政事的明君形象。

　　盤庚遷于殷[1],民不適有居[2],率籲衆慼出矢言[3],曰:"我王來,即爰宅於兹[4],重我民,無盡劉[5]。不能胥匡以生[6],卜稽曰:'其如台[7]?'先王有服[8],恪謹天命[9],兹猶不常寧,不常厥邑,于今五邦[10]。今不承于古,罔知天之斷命[11],矧曰其克從先王之烈[12]。若顛木之有由蘗[13],天其永我命于兹新邑,紹復先王之大業,底綏四方[14]。"

　　盤庚斅于民[15],由乃在位以常舊服[16],正法度。曰:"毋或敢伏小人之攸箴[17]!"王命衆悉至于庭。

【校注】

[1]殷:即今河南安陽小屯殷墟。　　[2]適:悦。　　[3]"率籲(yù 玉)"句:言

盤庚呼告衆大臣聽其陳辭。率:借爲"聿",語氣詞,無實義。籲:呼告。衆感:貴戚
近臣。感,《説文》引作"戚"。　　[4]我王:即祖乙。爰:易,指遷徙。詳俞樾《群
經平議》。　　[5]劉:殺。　　[6]胥匡:相互幫助。　　[7]卜:占卜,遷徙必
卜。《周禮·太卜》:"大遷則貞龜。"其如台(yí 宜):猶言"將如何?"台,疑問代詞,
相當於"何"。　　[8]服:事。　　[9]恪:敬慎。　　[10]五邦:謂殷之祖先所
徙之五都。孫星衍引馬融曰:"五邦,謂商丘、亳、囂、相、耿也。"商丘,即今河南商
丘,亳在今河南偃師,囂在今河南滎陽,相在今河南内黄,耿在今山西河津。
[11]"今不"二句:意謂不繼承祖先遷居之事,天命將絶殷於此邑。斷:絶。
[12]"矧(shěn 審)曰"句:言天將斷絶國運尚不能知,更不要説去繼承先王之基
業了。矧:何況。　　[13]顛木:仆倒之樹,即枯木。由蘖:新枝。《孔疏》云:"是
言木死顛仆,其根更生蘖哉。此都毁壞,若枯死之木,若棄去毁壞之邑,更得昌盛,
猶顛仆枯死之木用生蘖哉。"　　[14]厎(zhǐ 紙):待。綏:安。　　[15]敩(xiào
笑):教,開導。　　[16]以:用。舊服:故事,即先王遷都舊制。此句言通過在位
諸臣以曉喻衆民。　　[17]箴:勸諫。

　　王若曰:"格汝衆[1],予告汝,訓汝猷[2],黜乃心[3],無傲從康[4]。
古我先王,亦惟圖任舊人共政[5]。王播告之[6],修不匿厥指[7]。王用
丕欽[8];罔有逸言[9],民用丕變[10]。今汝聒聒[11],起信險膚[12],予弗
知乃所訟[13]。非予自荒兹德[14],惟汝含德[15],不惕予一人[16]。予若
觀火,予亦拙[17],謀作乃逸[18]。

　　"若網在綱[19],有條而不紊[20];若農服田[21],力穡乃亦有秋[22]。
汝克黜乃心[23],施實德于民[24],至于婚友[25],丕乃敢大言[26],汝有積
德。乃不畏[27],戎毒于遠邇[28],惰農自安[29],不昏作勞[30],不服田
畝[31],越其罔有黍稷[32]。

【校注】

[1]格:《爾雅·釋言》:"來也。"　　[2]訓:訓導。猷:道。意謂教誨以道。
[3]黜乃心:意謂去除你的傲慢從安之心。黜,去除。　　[4]無傲從康:不要輕慢
和貪圖安逸。　　[5]先王:成湯以來諸王。王,或作"后"。圖:謀劃。舊人:長期
在官位的人。共政:共治其政。　　[6]播:宣佈。　　[7]修:長遠。不匿:不隱
藏。指:通"旨"。　　[8]丕:大。一説爲句中語氣詞,亦通。欽:敬。　　[9]逸:
過度。一説爲安逸,亦通。　　[10]丕:語氣詞。變:移易,此指改變想法。

[11]聒(guō 郭)聒:馬融引《説文》云:"拒善自用之意。"　　[12]起:興起。險膚:邪惡浮誇之言。　　[13]乃:人稱代詞,相當於汝。訟:争辯。　　[14]荒:廢亂。兹德:這種美德,即前人之德。　　[15]"惟汝"句:句中"含"字,《史記》引作"舍",謂捨棄德政。俞樾謂"含"即隱藏。　　[16]惕:畏懼。一説"惕,悦也",言汝不悦從我徙。　　[17]拙:一作"灿(zhuō 桌)"。《類篇》引《説文》作"火不光也"。言我如爝火之不用其光,謂無赫赫之威。　　[18]謀作乃逸:謀劃使汝等安居。乃,汝。逸,指安居。　　[19]綱:網的總繩。　　[20]紊:亂。　　[21]服:治理。　　[22]力稼:努力耕作。有秋:有收成。　　[23]克:能。乃心:傲慢安逸之心。　　[24]實德:實惠。　　[25]婚友:婚姻僚友。　　[26]丕乃:於是。大言:狂言,説大話。　　[27]乃不畏:言其不畏虚言。　　[28]戎:相互。毒:毒害。　　[29]惰農自安:懶於農事,貪圖安逸。　　[30]昏:本或作"啟",《爾雅》釋爲强,即努力。勞:勞作。　　[31]服:治理。　　[32]越:一作"粤",於。

"汝不和吉言于百姓[1],惟汝自生毒[2],乃敗禍姦宄[3],以自災于厥身[4]。乃既先惡于民[5],乃奉其恫[6],汝悔身何及！相時憸民[7],猶胥顧于箴言[8],其發有逸口[9],矧予制乃短長之命[10]！汝曷弗告朕[11],而胥動以浮言[12],恐沈于衆[13]？若火之燎于原[14],不可向邇[15],其猶可撲滅。則惟汝衆自作弗靖[16],非予有咎。

"遲任有言曰[17]:'人惟求舊[18],器非求舊[19],惟新。'古我先王,暨乃祖乃父,胥及逸勤[20],予敢動用非罰[21]？世選爾勞[22],予不掩爾善[23]。兹予大享于先王[24],爾祖其從與享之。作福作災[25],予亦不敢動用非德[26]。予告汝於難,若射之有志[27]。汝無侮老成人[28],無弱孤有幼[29]。各長於厥居[30]。勉出乃力,聽予一人之作猷[31]。無有遠邇,用罪伐厥死[32],用德章厥善[33]。邦之臧[34],惟汝衆[35];邦之不臧,惟予一人有佚罰[36]。凡爾衆,其惟致告[37]:自今至于後日,各恭爾事[38],齊乃位[39],度乃口[40]。罰及爾身,弗可悔[41]。"

【校注】

[1]"汝不和"句:意謂你們不能和諧百官,使之樂於遷居。和:諧和。吉:善。百姓:百官。　　[2]毒:毒害,引申爲禍殃。　　[3]乃:於是。敗:敗露。姦宄(guǐ 鬼):"宄"或作"軌"。《國語·魯語》載里革之言曰:"竊寶者爲宄,用宄之財者爲

姦。”此處泛指邪惡之行。　　[4]災:危及。　　[5]既:已經。先:引導。惡于民:即示民以惡,指近戚大臣鼓動庶民不從遷徙之命。　　[6]奉:承受。恫(dòng 洞):痛。此句言群臣不樂遷徙乃自受其咎。　　[7]相:視。時:通“是”。憸(xiān 先)民:小民。蔡沈《書集傳》:“憸民,小民也。”　　[8]顧:顧及。箴言:規諫之言。　　[9]發:發言講話。逸口:指說話有過錯。　　[10]制:操縱,控制。乃:汝。短長之命:生死攸關的政令,此處指遷都的決定。　　[11]曷弗:即何不。曷,何。　　[12]“而胥動”句:却以虛言煽動衆人,使之深陷恐慌迷惑之中。動:鼓動,煽動。浮言:無根之言。　　[13]沈:深。　　[14]燎:燒。原:原野。　　[15]向邇:靠近。　　[16]“則惟”句:言汝自作不善,指前先惡示於民之事。自作:(衆大臣)自己作爲。弗靖:不善。靖,善。　　[17]遲任:古之賢者。馬融曰:“遲任,古老成人。”鄭玄曰:“古之賢史。”　　[18]人惟求舊:孫星衍云:“明上文言先王‘圖任舊人’”。人,指官員。舊,舊臣,指世代爲官的貴族。[19]器非求舊:用器舊則更新,比喻國邑圮毁,當遷新邑也。　　[20]胥及:相與,共同。逸勤:安逸勞苦。　　[21]敢:豈敢。非罰:非常之罰,即嚴厲的懲罰。[22]選:歷數。　　[23]“予不”句:《尚書》孔《傳》云:“言我世世數汝功勤,不掩蔽汝善,是我忠於汝。”掩:掩蔽。　　[24]大享:即於明堂禘祭祖先。《周禮·夏官·司勳》:“凡有功者,銘書于王之大常,祭於大烝。”　　[25]作福作災:《尚書》孔穎達《疏》云:“汝有善自作福,汝有惡自作災”。　　[26]非德:不當之賞賜。德,恩惠,賞賜。　　[27]志:射箭的靶子。《廣雅·釋詁》:“志,識也。”曾運乾《尚書正讀》:“喻言汝爲射者之的,或遷或否,功罪皆在汝等。”　　[28]侮:怠慢。[29]弱:用作動詞,意爲輕視。　　[30]長(zhǒng 掌):爲長,作首領。居:居住之地,此指封地。　　[31]作猷:出謀劃策。清段玉裁《古文尚書撰異》引作“作已”,“已,止也。”“作猷”即“或行或止”。　　[32]罪:刑罰。伐:懲治。死:惡。[33]德:賞賜。章:通“彰”,表彰。清孫星衍《注疏》云:“言遠則諸侯,近則臣工,一體伐死章善,無偏頗。”　　[34]“邦之臧”句:謂若國家好了。臧:善。[35]惟汝衆:皆是汝衆臣之功。　　[36]佚:過失。　　[37]其惟致告:須思我言並相互告誡。致告,互相告誡。　　[38]恭:通“共”,奉守。　　[39]齊乃位:擺正你們的位置。齊,整齊。　　[40]度:通“杜”,閉塞。　　[41]弗:不。以上爲《盤庚》上篇。

　　盤庚作[1],惟涉河以民遷[2]。乃話民之弗率[3],誕告用亶[4],其有衆咸造[5]。勿褻在王庭[6],盤庚乃登進厥民[7]。曰:“明聽朕言,無荒失朕命^[8]。嗚呼！古我先后^[9]，罔不惟民之承保^[10]。后胥慼
鮮^[11]，以不浮于天時^[12]。殷降大虐，先王不懷厥攸作，視民利用
遷^[13]。汝曷弗念我古后之聞^[14]？承汝俾汝^[15]，惟喜康共^[16]，非汝有
咎，比于罰^[17]。予若籲懷兹新邑^[18]，亦惟汝故，以丕從厥志^[19]。

　　"今予將試以汝遷，安定厥邦。汝不憂朕心之攸困，乃咸大不宣乃
心^[20]，欽念以忱^[21]，動予一人^[22]。爾惟自鞠自苦^[23]，若乘舟，汝弗濟，
臭厥載^[24]。爾忱不屬^[25]，惟胥以沈^[26]。不其或稽^[27]，自怒曷瘳^[28]？
汝不謀長，以思乃災，汝誕勸憂^[29]。今其有今罔後，汝何生在上^[30]？

　　"今予命汝一，無起穢以自臭^[31]，恐人倚乃身^[32]，迂乃心^[33]。予
迓續乃命于天^[34]，予豈汝威^[35]？用奉畜汝衆^[36]。

【校注】

[1]作：製作。鄭玄《注》謂"作渡河之具"。　　[2]惟：謀劃。涉：渡過。孫星衍
《注疏》謂"秋在河北，殷在河南"，遷都至殷（安陽）須渡河。　　[3]"乃話"句：謂
於是會合那些不循王命遷都的臣民。話：通"佸（huó 活）"，集合。《詩·王風·君
子于役》"曷其有佸"，《毛傳》："佸，會也。"率：遵循。　　[4]誕：大。亶：誠懇。
[5]有衆：衆人。造：到。　　[6]褻：輕慢。　　[7]"盤庚"句：盤庚登上高處使
衆人靠近一些。　　[8]荒：廢棄。失：通"佚"，輕視，忽視。　　[9]先后：即殷
之先王。　　[10]承：受。保：持。　　[11]后胥慼鮮：厚相親善。胥，相互。慼，
親。鮮，善。　　[12]浮：《淮南子·道應訓》高誘注："猶罰也。"　　[13]"殷降"
三句：謂上天降下大災難，先王不安於所作都邑，考察臣民的利益而遷都。
[14]聞：舊聞，指遷都之事。　　[15]俾：保。　　[16]康：安樂。共：穩固。
[17]比於罰：陷入刑罰。比，達到，陷入。　　[18]予若籲：俞樾以爲即"予籲
若"。籲，呼籲。若，汝。懷：安居。　　[19]丕：大。厥志：汝等之心願。
[20]"乃咸"句：謂你們卻内心很不和順安定。乃：卻。咸：皆。宣：和順，安定。
[21]"欽念"句：敬思我之誠信。欽：恭敬。忱：誠信。　　[22]動：感動。
[23]鞠：同"鞫"，窮苦。　　[24]臭：腐朽。孫星衍《疏》謂此句"言爾徒自窮苦，
譬如登舟不渡，坐待其朽敗"。　　[25]忱：的確。屬：注意。　　[26]沉：沉没。
[27]不其：楊筠如《尚書覈詁》以爲古習語，即"其不"。稽：停滯不前。　　[28]曷
瘳（chōu 抽）：表示反問語氣，意謂有何用處呢？瘳，病癒。　　[29]誕：大。勸：
助長。　　[30]在上：即上天。　　[31]"今予"句：意謂勿將污穢之物拿來嗅
聞，比喻自惹麻煩。一：皆。穢：污穢。臭：嗅。　　[32]倚：即"掎"（jǐ 幾），《説

文》:"掎,偏引也。"   [33]迂:用作動詞,使邪曲。   [34]迓(yá 牙):又作
禦,意爲迎接。   [35]汝威:即威汝。威,威脅。   [36]用:以。奉畜:助養。

　　"予念我先神后之勞爾先[1],予丕克羞爾[2],用懷爾然[3]。失于
政[4],陳於茲[5],高后丕乃崇降罪疾[6],曰'曷虐朕民[7]?'汝萬民乃不
生生[8],暨予一人猷同心[9],先后丕降與汝罪疾[10],曰:'曷不暨朕幼
孫有比[11]?'故有爽德[12],自上其罰汝[15],汝罔能迪[14]。古我先后
既勞乃祖乃父,汝共作我畜民[15],汝有戕[16],則在乃心[17]!我先后
綏乃祖乃父[18],乃祖乃父乃斷棄汝[19],不救乃死。

　　"茲予有亂政同位[20],具乃貝玉[21]。乃祖乃父丕乃告我高后曰:
'作丕刑于朕孫[22]!'迪高后丕乃崇降弗祥[23]。嗚呼!今予告汝不
易[24]。永敬大恤[25],無胥絕遠[26]!汝分猷念以相從[27],各設中于乃
心[28]。乃有不吉不迪[29],顛越不恭[30],暫遇姦宄[31],我乃劓殄滅
之[32],無遺育[33],無俾易種于茲新邑[34]。往哉!生生[35]!今予將試
以汝遷,永建乃家。"

【校注】

[1]神后:指商湯。因與天配祭,故稱神。勞:使辛勞。   [2]羞爾:曾運乾《尚書
正讀》云:"羞爾,猶今言貢獻意見於爾也,下篇'羞告爾於朕志'可證。"   [3]懷:
安撫。然:代詞,相當於"焉",即前文之"爾先"。   [4]政:政令。   [5]陳於
茲:指拖延不遷都。陳,拖延。   [6]"高后"句:言我高祖湯將重降罪疾於我。
崇:重。   [7]虐:虐待。   [8]生生:《尚書正義》曰:"物之生長,則必漸進,
故以'生生'爲'進進'。"又云:"'進進'是同心願樂之意也。"   [9]猷:謀。同
心:此指一起遷都。   [10]與:於。   [11]朕幼孫:盤庚自謂。比:類,即上文
之"同心"。   [12]爽:差忒。   [13]自上:言先后在天之靈。   [14]迪:一
作"攸",長久。《多方》:"不克終日勸於帝之迪",馬本"迪"正作"攸"。   [15]作:
爲。畜:養。   [16]戕:傷害。   [17]乃:指先祖湯。   [18]"我先后"句:
意謂我先祖遷都以安定爾等之祖、父。綏:安定。   [19]"乃祖"句:爾祖、父將
絕棄爾衆人。斷棄:捐棄。   [20]"茲予"句:現在我的在位的官員有貪婪之人。
亂政:貪婪之臣。   [21]具:備,此指聚歛。貝玉:貨貝,錢幣。   [22]丕刑:
大刑。朕孫:指盤庚。   [23]迪:導。丕乃:於是。   [24]易:變化,更改。
[25]恤:憂。   [26]絕遠:疏遠。   [27]"汝分"句:意謂你們有異謀,當思順

從。分：《論語集解》引孔氏云："民有異心曰分。"猷：謀。念：思。　　　[28]"各設"句：各設中正於心。中：中正。　　　[29]乃：楊樹達《詞詮》："若也。"吉：善。迪：楊筠如《尚書覈詁》云："迪當讀'常'。'常'、'昌'通用，善也。"　　　[30]顛：狂。越：逾越，指違棄禮法。　　　[31]暫遇姦宄：欺詐姦邪。暫：漸，姦詐。遇：讀爲"偶"，不正。宄：姦。　　　[32]劓（yì 義）：楊筠如以爲當讀如"俾"，使也。作"俾"與下文"無俾"句相對成文。殄（tiǎn 舔）：滅絕。　　　[33]育：滋長。[34]易種：滋長其類。易，施，延續，漫延。種，即類，不願遷都之想法。新邑：新遷之都。　　　[35]生生：自營其生。以上爲《盤庚》中篇。

　　盤庚既遷，奠厥攸居[1]，乃正厥位[2]，綏爰有衆[3]。曰："無戲怠，懋建大命[4]！今予其敷心腹腎腸[5]，歷告爾百姓于朕志。罔罪爾衆[6]，爾無共怒[7]，協比讒言予一人[8]。古我先王，將多于前功[9]，適于山[10]，用降我凶德嘉績于朕邦[11]。今我民用蕩析離居[12]，罔有定極[13]，爾謂朕：'曷震動萬民以遷[14]？'肆上帝將復我高祖之德[15]，亂越我家[16]。朕及篤敬[17]，恭承民命[18]，用永地于新邑[19]。肆予沖人[20]，非廢厥謀[21]，弔由靈[22]。各非敢違卜[23]，用宏茲賁[24]。

　　"嗚呼！邦伯、師、長、百執事之人[25]，尚皆隱哉[26]。予其懋簡相爾[27]，念敬我衆[28]。朕不肩好貨[29]，敢共生生[30]？鞠人、謀人之保居[31]，叙欽[32]。今我既羞告爾于朕志[33]，若否[34]，罔有弗欽[35]。無總于貨寶[36]，生生自庸[37]。式敷民德[38]，永肩一心[39]。"

《尚書今古文注疏》卷六

【校注】

[1]奠：定。攸：所。　　　[2]乃：於是。正：辨正。鄭玄云："徙主於民，故先定其里宅所處，次乃正宗廟朝廷之位。"　　　[3]綏：安定。爰：於。　　　[4]懋（mào 冒）：勉力。大命：天命，指遷都建國之事。　　　[5]敷：宣佈。心腹腎腸：心所欲言。孔穎達《正義》云："此論心所欲言，腹內之事耳。"曾運乾《尚書正讀》謂："四字連用，如《益稷》'股肱耳目'之比。"亦通。　　　[6]罪：動詞，懲治。　　　[7]共怒：一起忿恨。　　　[8]協比：猶言共同。讒言：譭謗。　　　[9]將：大。前功：前人的功勞。[10]適于山：遷移到山地去。適，往。　　　[11]用：因此。曾運乾《尚書正讀》謂此句"我凶德"三字爲衍文，下文"罔有定極"下又誤奪"用降我凶德"五字。如此，則此句爲"用降我嘉績于朕邦"，文意通暢，其說可從。　　　[12]"今我民"句：孫

星衍《疏》云:"言我民爲水蕩汏離析,不安其居。"蕩析:漂蕩失所。 [13]罔有定極:無有定止之處。極,定止。 [14]曷:爲何。震動:驚動。 [15]肆:現在。高祖:成湯。復:復興。 [16]亂:治。越:同"粤",介詞,於。家:國家。 [17]及:同"汲",急切的樣子。 [18]民命:天命。 [19]用:以。永地:長久地居住。 [20]肆:現在。予沖人:商王自謙之詞。沖人,年幼之人。孔穎達《尚書正義》以爲"沖"借爲"童"。 [21]非廢厥謀:不是廢棄你們的意見。厥,代指衆人。 [22]弔:至。由:從。靈:善,此指正確的意見。 [23]各:各個,每一個人。《尚書正義》云:"各者,非一之辭。"卜:占卜。 [24]宏:宏大。賁(bì畢):本意爲修飾,此指嘉績。 [25]邦伯:即方伯。師:連師。長:屬長。百執事:在朝之臣。 [26]隱:度,引申爲考慮。 [27]"予其"句:我將考察你們。簡:閱。相:視。爾:指貴戚大臣。 [28]衆:百姓。 [29]肩:任用。《爾雅·釋詁》:"肩,勝也。"好貨:貪財,這裏指貪財之人。 [30]敢:能。共:具。孫星衍《疏》云:"言我不作好貨之事,敢具生生之財?此明己之去奢即儉,非爲己也。"生生:指能養民者。 [31]鞠:養也。保居:安居。 [32]叙:動詞,排列次序。欽:敬。 [33]羞:貢獻,此處與告同義。 [34]若否:是否順從。若,順從。[35]罔有弗欽:不要不敬。 [36]總:聚斂。貨寶:財物。 [37]生生:前一"生"字爲動詞,後一"生"字爲名詞,意爲養活百姓。庸:功德。 [38]式:用。敷:佈施。德:德義。 [39]肩:克,能够。一心:團結一致。以上爲《盤庚》下篇。

【集評】

(唐)孔穎達《尚書正義》云:"此三篇皆以民不樂遷開解民意,告以不遷之害,遷都之善也。中、上二篇未遷時事,下篇既遷後事。上篇人皆怨上,初啓民心,故其辭尤切。中篇民已少悟,故其辭稍緩。下篇民既從遷,故辭益復緩。"

左 傳

【作者簡介】

《左傳》本名《左氏春秋》,《漢書·藝文志》在《春秋》類中著錄爲《左氏傳》,後遂名《春秋左氏傳》,簡稱《左傳》。其成書當在戰國初期,即公元前 403 年魏斯爲侯之後,周安王十三年(前 389)以前。《左傳》是編年體史書,其記事起於魯隱公元年(前 722),迄於魯哀公二十七年(前 468),大抵與《春秋》重合,其文體多口述特點,情節引人入勝,是早期敍事文學的傑作。

曹劌論戰

【題解】

魯莊公十年(前 684),齊國背棄盟約,以强凌弱,侵犯魯國,戰於長勺。對魯國而言,這是抵禦强敵的正義之戰。本文通過長勺之戰前夕魯國君臣的對話以及對交戰經過的敍述,刻畫了一個富有愛國精神、充滿智慧、善於謀劃的曹劌的形象,並闡發了"一鼓作氣"等戰略戰術理論。

十年春[1],齊師伐我[2]。公將戰,曹劌請見[3]。其鄉人曰[4]:"肉食者謀之[5],又何間焉[6]。"劌曰:"肉食者鄙[7],未能遠謀。"乃入見,問何以戰。公曰:"衣食所安,弗敢專也,必以分人[8]。"對曰:"小惠未遍[9],民弗從也。"公曰:"犧牲玉帛[10],弗敢加也[11],必以信[12]。"對曰:"小信未孚[13],神弗福也。"公曰:"小大之獄[14],雖不能察,必以情[15]。"對曰:"忠之屬也,可以一戰[16],戰則請從[17]。"

公與之乘,戰於長勺[18]。公將鼓之[19],劌曰:"未可。"齊人三鼓,劌曰:"可矣。"齊師敗績。公將馳之[20],劌曰:"未可。"下[21],視其轍。登,軾而望之[22],曰:"可矣。"遂逐齊師。

既克,公問其故。對曰:"夫戰,勇氣也。一鼓作氣,再而衰,三而竭。彼竭我盈,故克之。夫大國,難測也,懼有伏焉[23]。吾視其轍亂,望其旗靡[24],故逐之。"

《春秋左傳注·莊公十年》

【校注】

[1]十年:即魯莊公十年(前 684)。　　[2]我:魯國。《左傳》以魯紀年爲綱。
[3]曹劌(guì 桂):魯臣。《史記·齊太公世家》、《春秋公羊傳》作"曹沫",並述其於柯盟時以匕首劫持齊桓公事。　　[4]鄉人:同鄉之人。　　[5]肉食者:當時習語,指當政者。古制大夫以上例得食肉,此指魯國貴族。　　[6]間(jiàn 見):

參與。　　[7]鄙:鄙陋不通。　　[8]專:獨佔。這句說以衣食分人,不敢獨享。
[9]小惠:小恩惠,指以衣食分人,不能周遍。　　[10]犧牲玉帛:祭祀用品。
[11]加:超過規定。　　[12]信:誠實。謂祭祀必以誠。　　[13]孚:信用,誠實。
意謂告於鬼神之言必誠實可信。　　[14]獄:案件。　　[15]情:實際情況。
[16]以:憑藉。　　[17]從:跟從。　　[18]長勺:在今曲阜北境。　　[19]鼓:
擊鼓。之:虛詞,無實義。　　[20]馳:馳車追擊。　　[21]下:下車。　　[22]軾:
站在車上時用來扶手的橫木。此處用作動詞,指扶軾。　　[23]伏:伏兵,埋伏。
[24]靡:披靡,偃倒。旗倒則軍隊失去耳目,知其爲真敗。

【集評】

　　(清)吳楚材、吳調侯《古文觀止》卷一:"'肉食者鄙,未能遠謀',罵盡謀國償事
一流人,真千古笑柄。未戰考君德,方戰養士氣,既戰察敵情,步步精詳,著著奇妙,
此乃所謂遠謀也。左氏推論始末,復備參差錯綜之觀。"

晉公子重耳之亡

【題解】

　　此篇主要敍述晉國發生內亂,公子重耳流亡在外十九年的經歷。作者以"晉公
子重耳之及於難也"起筆,用倒敍的筆法開端,依次敍述重耳處狄十二年、過衛、及
齊、及曹、及宋、及鄭、及楚,最後在秦穆公幫助下返國即位的全過程。每到一地,作
者刻意選取一些典型情節,以表現重耳如何經過流亡生活的磨練,在性格方面、識見
方面逐步成長爲一個成熟謹慎的政治家。這段文字以重耳的行蹤爲綫索,在敍事中
寫人,是《左傳》中刻劃人物形象比較突出的篇章之一。

　　晉公子重耳之及於難也[1],晉人伐諸蒲城[2]。蒲城人欲戰,重耳
不可,曰:"保君父之命而享其生禄[3],於是乎得人[4]。有人而校[5],
罪莫大焉。吾其奔也。"遂奔狄[6]。從者狐偃、趙衰、顛頡、魏武子、司
空季子[7]。狄人伐廧咎如[8],獲其二女:叔隗、季隗。納諸公子。公
子取季隗[9],生伯鯈、叔劉;以叔隗妻趙衰[10],生盾。將適齊,謂季隗
曰:"待我二十五年,不來而後嫁。"對曰:"我二十五年矣,又如是而
嫁,則就木焉[11]。請待子。"處狄十二年而行[12]。

　　過衛,衛文公不禮焉[13]。出於五鹿[14],乞食於野人[15],野人與之塊[16]。公子怒,欲鞭之。子犯曰:"天賜也[17]。"稽首受而載之[18]。

　　及齊,齊桓公妻之。有馬二十乘,公子安之[19]。從者以爲不可。將行,謀於桑下。蠶妾在其上[20],以告姜氏。姜氏殺之,而謂公子曰:"子有四方之志,其聞之者,吾殺之矣。"公子曰:"無之。"姜曰:"行也。懷與安[21],實敗名。"公子不可。姜與子犯謀,醉而遣之[22]。醒,以戈逐子犯。

【校注】

[1]公子重耳:獻公之子,即後來的晉文公。獻公使其子申生守曲沃,重耳守蒲,夷吾守屈。獻公寵妾驪姬欲使其子爲太子,因進讒言於獻公,使殺太子申生,又使人伐重耳、夷吾。難(nàn 南去聲):指申生之死與驪姬之譖。　　[2]"晉人"句:《左傳·僖公五年》"公使寺人披伐蒲",則此次受命伐蒲城的是寺人披。蒲城:今山西蒲縣。　　[3]保:依靠,仗恃。生禄:猶言養生之禄。　　[4]於是:因此。乎:連詞,相當於"而"。　　[5]校:同"較",較量,抵抗。　　[6]狄:狄國,狄爲重耳母親的故國,故投奔之。據《國語》、《左傳》,是時重耳年僅十七歲。　　[7]狐偃:狐突之子,重耳舅父,又稱子犯、舅犯。趙衰(cuī 催):趙夙之子,重耳親信,後爲晉國執政大臣,又稱成季、趙成子、孟子餘。魏武子:即魏犨,畢萬之後。司空季子:即胥臣,時任司空之職,季子是其字;胥爲其氏,臣爲其名;食邑於臼,故亦謂之臼季。　　[8]廧(qiáng 墻)咎(gāo 高)如:杜預《注》謂"赤狄之別種"。隗姓,顧祖禹《讀史方輿紀要》卷一以爲在今山西太原一帶(一説在今河南安陽西南)。[9]取:"娶"的古體字。　　[10]妻:用爲動詞,爲……之妻。　　[11]就:接近。木:棺槨。此以製物之材料代指物,詳楊樹達《古書疑義舉例續補·有以製物之質表物例》。　　[12]"處狄"句:謂重耳在狄共十二年纔離開。處:居留。[13]禮:禮遇。《史記·衛世家》言"(衛文公)十六年,晉公子重耳過,無禮"。[14]五鹿:衛地,沈欽韓《春秋左傳地名補注》以爲其地在河南濮陽南三十里。[15]野人:鄉野之人。　　[16]塊:土塊。　　[17]天賜:杜預《注》:"得土,有國之祥,故以爲天賜。"　　[18]稽首:行跪拜禮以謝天賜。稽首爲古人禮節中最重者。　　[19]安之:以之爲安。之,代指在齊之生活現狀。　　[20]蠶妾:養蠶的女子。　　[21]懷:留戀妻室。安:圖安逸而重遷。　　[22]遣:送。

　　及曹,曹共公聞其駢脅[1],欲觀其裸。浴,薄而觀之[2]。僖負羈之妻曰[3]:"吾觀晉公子之從者,皆足以相國。若以相,夫子必反其國[4]。反其國,必得志於諸侯。得志於諸侯而誅無禮,曹其首也[5]。子盍蚤自貳焉[6]。"乃饋盤飧[7],置璧焉[8]。公子受飧反璧[9]。

及宋,宋襄公贈之以馬二十乘[10]。

及鄭,鄭文公亦不禮焉[11]。叔詹諫曰[12]:"臣聞天之所啓[13],人弗及也。晉公子有三焉[14],天其或者將建諸[15],君其禮焉!男女同姓,其生不蕃[16]。晉公子,姬出也[17],而至於今,一也;離外之患[18],而天不靖晉國[19],殆將啓之[20],二也;有三士[21],足以上人而從之[22],三也。晉、鄭同儕[23],其過子弟固將禮焉[24],況天之所啓乎?"弗聽。

及楚,楚子饗之[25],曰:"公子若反晉國,則何以報不穀[26]?"對曰:"子、女、玉、帛[27],則君有之;羽、毛、齒、革[28],則君地生焉。其波及晉國者[29],君之餘也,其何以報君?"曰:"雖然[30],何以報我?"對曰:"若以君之靈[31],得反晉國,晉、楚治兵,遇于中原,其辟君三舍[32],若不獲命[33],其左執鞭、弭[34],右屬櫜、鞬[35],以與君周旋。"子玉請殺之。楚子曰:"晉公子廣而儉[36],文而有禮[37]。其從者肅而寬[38],忠而能力[39]。晉侯無親[40],外內惡之。吾聞姬姓唐叔之後[41],其後衰者也[42],其將由晉公子乎[43]? 天將興之,誰能廢之? 違天,必有大咎[44]。"乃送諸秦。

【校注】

[1]曹共公:名襄,魯僖公七年(前653)即位。駢脅:指肋骨相連爲一片骨。
[2]"薄而觀"句:曹共公等重耳洗浴時,設簾幕而觀之。薄:帷薄。　[3]僖負羈:曹大夫。　[4]夫子:意謂那人,指重耳。夫,指示代詞,相當於"那"。子,男子之美稱。反:同"返"。　[5]"得志"二句:重耳如歸國誅無禮於己者,曹首當其衝。首:首先,第一。　[6]盍:同"何"。蚤:同"早"。貳:有二心,讓僖負羈向重耳表示自己不同於曹共公。　[7]饋:贈送。飧(sūn 孫):熟食。　[8]璧:玉璧。焉:於是,於此。此處意爲"在其(飧)中"。杜預《注》:"臣無竟(境)外之交,故用盤藏璧飧中,不欲令人見。"　[9]受飧反璧:"受飧"表示領情,"反璧"表示不貪。　[10]宋襄公:名茲父,魯僖公九年(前651)即位。　[11]鄭文公:名捷,魯莊公二十二年(前672)即位。　[12]叔詹:鄭大夫。　[13]啓:

開,此言重耳是上天開導、贊助的人。　　[14]三:指上天所贊助者有三個方面。詳下文。　　[15]其:語氣詞,表示揣度。或者:副詞,表示不肯定。諸:"之"、"乎"的合音。　　[16]蕃:子孫昌盛。　　[17]姬出:姬姓所出,重耳爲大戎狐姬之子,故云姬出。　　[18]離:通"罹",遭受。外:指逃亡外國。　　[19]"而天不靖"句:謂重耳逃亡在外時晉國一直不安定,有內亂,是上天有意要給重耳返國的機會。靖:安定。　　[20]殆:大約。之:代指重耳。　　[21]三士:據《國語·晉語四》,指狐偃、趙衰、賈佗三人。　　[22]上人:居於他人之上,指才幹過人。　　[23]儕(chái 柴):地位相等。　　[24]過:路過。　　[25]楚子:指楚成王。　　[26]報:報答。不穀:君王常用的一種謙稱。　　[27]子:男奴隸。女:女奴隸。　　[28]羽:指翡翠、孔雀的羽毛。毛:旄牛。齒:象牙。革:犀牛皮。這些都是楚地的特產。　　[29]波:王引之《經義述聞》以爲同"播",散也。這句是説散及晉國的物產。　　[30]雖然:雖然如此。　　[31]以:憑藉。靈:福佑。[32]辟:同"避"。三舍:九十里。舍,古代行軍三十里爲一舍。　　[33]不獲命:不得允許,春秋時外交辭令。　　[34]鞭:馬鞭。弭(mǐ 米):《爾雅·釋器》云:"弓,有緣者謂之弓,無緣者謂之弭。"此處泛指弓。　　[35]屬(zhǔ 主):著。櫜(tuó 駝):盛箭的袋子。鞬(jiān 尖):盛弓的皮袋。　　[36]廣而儉:杜預《注》謂"志廣而體儉"。　　[37]文:言辭有文彩。　　[38]肅:恭敬。寬:寬厚。[39]能:可以。力:效力。　　[40]晉侯:指晉惠公。　　[41]唐叔:即唐叔虞,周成王之弟,始封於晉。　　[42]其:指唐叔之後。後衰:謂唐叔之後,在姬姓封國中最後纔衰亡,蓋當時有此傳聞。　　[43]"其將"句:晉最後衰落恐怕是因爲晉公子將爲晉君的緣故吧。由:因爲。　　[44]咎:災禍。

　　秦伯納女五人[1],懷嬴與焉[2]。奉匜沃盥[3],既而揮之[4]。怒曰:"秦晉匹也[5],何以卑我[6]?"公子懼,降服而囚[7]。

　　他日,公享之。子犯曰:"吾不如衰之文也[8],請使衰從。"公子賦《河水》[9],公賦《六月》[10]。趙衰曰:"重耳拜賜!"公子降[11],拜,稽首,公降一級而辭焉[12]。衰曰:"君稱所以佐天子者命重耳,重耳敢不拜?"

　　二十四年春[13],王正月,秦伯納之。不書[14],不告入也[15]。

　　及河,子犯以璧授公子,曰:"臣負羈紲從君巡於天下[16],臣之罪甚多矣。臣猶知之,而況君乎? 請由此亡。"公子曰:"所不與舅氏同心者[17],有如白水[18]!"投其璧於河。

濟河,圍令狐[19],入桑泉[20],取臼衰[21]。二月甲午[22],晉師軍于廬柳[23]。秦伯使公子縶如晉師[24],師退,軍于郇[25]。辛丑,狐偃及秦、晉之大夫盟于郇。壬寅,公子入于晉師。丙午,入于曲沃[26]。丁未,朝于武宮[27]。戊申,使殺懷公于高梁[28]。

《春秋左傳注·僖公二十三年、二十四年》

【校注】

[1]秦伯:指秦穆公。　[2]懷嬴:秦穆公女、初嫁晉懷公,此時又嫁重耳,稱辰嬴。與(yù預):在其中。　[3]奉:同"捧",兩手持物。匜(yí夷):古人洗手洗面時盛水之容器。沃盥:即一人持匜,灌水於洗盥者之手。《禮記·內則》云:"進盥,少者奉槃爲長者奉水,請沃盥。"然據《儀禮·士昏禮》,此爲新婚禮儀之一,新郎入室,新婦之從者(媵)侍奉新郎洗盥;新郎之從者(御)侍奉新婦洗盥。秦穆公以文嬴妻重耳,懷嬴爲媵,故爲侍奉重耳沃盥。説詳馬宗璉《春秋左傳補注》。

[4]揮之:據楊伯峻《注》,指重耳揮去手中餘水使乾。本待授巾使拭乾,《內則》:"盥卒,授巾。"重耳不待巾而揮去餘水,非禮,故懷嬴怒。　[5]匹:匹敵。

[6]卑:輕視。　[7]"降服"句:謂重耳去其上服自拘以謝罪。降服:去其上服。因:自拘因。　[8]衰:指趙衰。文:有文辭,善於應對。　[9]賦:不歌而誦,春秋時在外交場合常常擇取《詩》句,諷誦之以寄託自己的某種想法,並以此顯示賦詩者的風雅。《左傳》記賦詩者始於此。《河水》:杜預《注》以爲"逸詩,義取河水朝宗於海。海喻秦"。《國語·晉語》韋昭注:"河當爲沔,字相似誤也。其詩曰:'沔彼流水,朝宗於海。'言己反國,當朝事秦。"　[10]《六月》:即《詩·小雅·六月》。《國語·晉語》韋昭注云:"《小雅·六月》道尹吉甫佐宣王征伐,復文、武之業。其詩云:'王于出征,以匡王國。'其二章曰:'以佐天子。'三章曰:'共武之服,以定王國。'此言重耳爲君,必霸諸侯,以匡佐天子。"　[11]降:降階至堂下。

[12]降一級:降階一等。據《儀禮》之《公食大夫禮》及《聘禮》,賓比主人地位低,賓必降拜,主必降辭。辭者,辭其降拜,非辭其稽首。　[13]二十四年:魯僖公二十四年(前636)。　[14]不書:《春秋》未記載。　[15]不告入:晉文公未告魯史。　[16]負羈紲(xiè謝):任奴僕之役。此爲當時從行者的套語。羈,馬絡頭。紲,此指馬韁。　[17]所:若,表假設。　[18]有如白水:即有如河,意謂河神鑒之。　[19]令狐:晉邑,在今山西臨猗西。　[20]桑泉:地名,在今山西臨猗臨晉鎮之東北。　[21]臼衰:地名,在今山西解縣解州鎮之西北。

[22]甲午:據推算此年二月無甲午日。晉人用夏曆,楊伯峻《注》以爲《春秋》經傳

記載有誤。此下六個干支紀日均有此問題。　　　　［23］晉師：懷公抵禦重耳之師。
盧柳：地名，即今山西臨猗北盧柳城。　　　　［24］公子縶（zhí 直）：秦公子，字子顯。
［25］郇（xún 尋）：在今山西臨猗西南。　　　　［26］曲沃：晉武侯至晉穆侯時都城，在
今山西聞喜東。　　　　［27］武宮：曲沃武公之廟。新即位晉侯必朝之。　　　　［28］高
梁：晉邑，在今山西臨汾東北。

【集評】

　　（明）汪基《古文喈鳳》卷二云：“《左氏傳》頗以成敗論人，然自有細心深識。如
晉文將反國創霸，若無一篇聯絡文字，則前後血脈不貫穿，此十幾年作何着落。今一
一敍來，見其出亡在外，受多少侮慢，遇許多賞識。或賢明之辟，反見面失之。或巾
幗之中，反有具眼。或偶爲逸樂所沈溺，或難掩英雄本色，寫來咄咄逼人。其必返
國，其返國必得諸侯，卻從僖負羈妻與楚子口中，而又表晉文始終得力在從亡數人。
此種細心深識，自是獨有千古。”

　　又評曰：“晉文出亡十九年，經過凡八國，閱人人殊，歷事事變。層次叙來，有聲
有色，不漏不支（枝）……通篇公子爲主，從者爲賓，開手提明，綱目井然。寫公子，得
人而校二句是大本，戈逐請囚及對楚子語剛柔迭見，是作用。寫從者，或叙其事，或
述其言，詳略互異中間，公子從者頻頻點醒，各自發揮，是顧祖法。公子從者首用分
提，後即從者歸併公子，是結穴法。公子則有列國諸侯陪襯，從者亦有列國大夫陪
襯，於中間夾雜許多女子點綴，此又賓中之賓。遍列諸國，前半何等凄凉，後半何等
赫耀。乍陰乍陽，真奇變莫測。”

晉楚城濮之戰

【題解】

　　春秋初年，楚國在南方崛起，通過兼併周邊小國，國力迅速上升。公元前704年
起，熊通自稱爲王，不受周室號令，中原諸國如陳、蔡、曹、許、魯、衛、宋、鄭等都聽命於
楚，楚已成爲事實上的霸主。晉公子重耳在外流亡十九年後歸晉，是爲晉文公，他内
舉賢才，外結諸侯，數年之間，在諸侯中的威信大大提高，遂有與楚争霸之雄心。一
些原先歸附於楚的小國也紛紛倒向晉國。魯僖公二十六年（前634），“宋以其善於
晉侯也，叛楚即晉”，於是楚伐宋，宋人求援於晉，晉出兵擊楚，拉開了晉、楚正面交鋒
的序幕。本文詳細敍述了晉、楚城濮之戰的始末，是《左傳》中公認的描寫戰争的名
篇。文章佈局精巧，開篇即入正題，然後把敍事的重心置於晉、楚雙方的戰前謀劃，

最後始寫城濮大決戰。在事件展開中集中描寫了晉楚雙方的統帥及其他人物,主次分明,井然有序。

　　宋人使門尹般如晉師告急[1]。公曰[2]:"宋人告急,舍之則絕,告楚不許[3]。我欲戰矣,齊、秦未可,若之何[4]?"先軫曰[5]:"使宋舍我而賂齊、秦,藉之告楚[6]。我執曹君[7],而分曹、衛之田以賜宋人。楚愛曹、衛,必不許也[8]。喜賂怒頑[9],能無戰乎?"公說[10],執曹伯,分曹、衛之田以畀宋人[11]。

　　楚子入居於申[12],使申叔去穀[13],使子玉去宋[14],曰:"無從晉師[15]。晉侯在外十九年矣,而果得晉國。險阻艱難,備嘗之矣,民之情僞[16],盡知之矣。天假之年,而除其害[17]。天之所置,其可廢乎?《軍志》曰[18]:'允當則歸。'又曰:'知難而退。'又曰:'有德不可敵。'此三志者,晉之謂矣[19]。"子玉使伯棼請戰[20],曰:"非敢必有功也,願以間執讒慝之口[21]。"王怒,少與之師,唯西廣、東宮與若敖之六卒實從之[22]。

【校注】

[1]門尹般:宋大夫,主管城門防務。如晉:到晉國去。　　[2]公:晉文公重耳。
[3]"舍之"二句:意謂請求楚釋宋圍,又恐楚不答應。舍:舍宋而不救。絕:絕交。
告:請求。　　[4]若之何:猶言"怎麼辦"。　　[5]先軫(zhěn 診):晉國大臣,時任中軍主將。　　[6]"藉之"句:謂假借齊、秦,使之爲宋告楚,使楚釋宋之圍。
藉:假借。　　[7]執:逮捕。　　[8]必不許:一定不答應(齊、秦兩國請釋宋圍之請求)。　　[9]喜賂:秦、齊二國喜得宋國之賂。怒頑:因楚國之頑固而憤怒。
[10]說:同"悅"。　　[11]畀(bì 必):賜予。　　[12]楚子:楚成王。《左傳》稱楚君爲"楚子",表示中原諸侯對其僭禮稱王的貶斥態度。申:楚邑名,在楚方城(凡今桐柏、大別諸山,楚統名之曰方城)之內,楚成王由宋退兵方城之內,故稱入。
[13]申叔:即申公叔侯,僖公二十六年戍於穀。穀:齊邑,今山東東阿,僖公二十六年爲楚所佔領。　　[14]子玉:楚令尹,圍宋楚軍之主帥。　　[15]從:追逐。
[16]情僞:真僞。　　[17]除其害:指晉惠公死,懷公及作亂的呂、郤之族被殺。
[18]軍志:古兵書。　　[19]"此三志"二句:意謂《軍志》的説法,適用於晉國。
[20]伯棼:楚國將軍鬬椒,字伯棼,一字子越,爲鬬伯比之孫。　　[21]願:希望。

間:猶言乘機、借機。執:折服。讒慝:指好言他人過錯的人。此處暗指去年楚成王出征前選帥時曾言子玉缺點的楚臣蒍賈。　　　[22]西廣（guàng 逛）:楚軍編制爲二廣,此其一。東宮:東宮之士兵。若敖:子玉之祖。"敖"即豪,猶今言酋長。六卒:車法,一卒三十乘,六卒一百八十乘。

　　子玉使宛春告於晉師曰[1]:"請復衛侯而封曹[2],臣亦釋宋之圍。"子犯曰:"子玉無禮哉!君取一[3],臣取二[4],不可失矣[5]。"先軫曰:"子與之[6]!定人之謂禮[7],楚一言而定三國[8],我一言而亡之。我則無禮,何以戰乎?不許楚言,是棄宋也。救而棄之,謂諸侯何[9]?楚有三施[10],我有三怨[11],怨仇已多,將何以戰?不如私許復曹、衛以攜之[12],執宛春以怒楚[13],既戰而後圖之。"公説,乃拘宛春于衛,且私許復曹、衛,曹、衛告絕於楚[14]。

　　子玉怒,從晉師[15]。晉師退。軍吏曰:"以君辟臣[16],辱也。且楚師老矣[17],何故退?"子犯曰:"師直爲壯,曲爲老[18]。豈在久乎?微楚之惠不及此[19],退三舍辟之,所以報也[20]。背惠食言,以亢其讎[21],我曲楚直。其衆素飽[22],不可謂老。我退而楚還,我將何求[23]?若其不還,君退臣犯,曲在彼矣[24]。"退三舍。楚衆欲止,子玉不可。

　　夏四月戊辰,晉侯、宋公、齊國歸父、崔夭、秦小子憗次于城濮[25]。楚師背酅而舍[26],晉侯患之。聽輿人之誦曰[27]:"原田每每[28],舍其舊而新是謀。"公疑焉。子犯曰:"戰也。戰而捷,必得諸侯。若其不捷,表裏山河[29],必無害也。"公曰:"若楚惠何[30]?"欒貞子曰[31]:"漢陽諸姬,楚實盡之[32]。思小惠而忘大恥[33],不如戰也。"晉侯夢與楚子搏,楚子伏己而盬其腦[34],是以懼。子犯曰:"吉。我得天,楚伏其罪,吾且柔之矣[35]。"

【校注】

[1]宛春:楚國大夫。　　　[2]復:恢復。封:復封。　　　[3]君:指晉文公重耳。取一:所得一國,即釋宋之圍。　　　[4]臣:指子玉。取二:即促使晉復衛、曹二國。[5]"不可"句:言時不可失,宜與楚軍開戰。　　　[6]與:答應。之:代指楚子玉之請復二國事。　　　[7]定:安定。　　　[8]定三國:指解除對宋國的圍困,使曹、衛二國得復。　　　[9]"謂諸"句:謂無辭以對齊、秦諸國。　　　[10]三施:指楚施恩

於宋、曹、衛三國。　　　[11]三怨:宋怨晉國不解圍,曹、衛怨晉國阻撓其復國。
[12]私:暗中。攜:離間(曹、衛與楚之司盟)。　　　[13]怒:激怒。　　　[14]絕:
絕交。　　　[15]從晉師:子玉撤圍宋之軍而追逐晉軍。　　　[16]辟:同“避”,躲
避。　　　[17]老:疲憊。楚軍於上一年冬圍宋,至此時已五、六月,故言其老。
[18]“師直”二句:孔穎達《正義》謂“氣盈飽”,此處指因師出有名而士氣充盈。
壯:強盛。曲:理虧。　　　[19]微:如果沒有。惠:恩惠,指重耳流亡過楚,楚王相
贈之惠。不及此:猶言到不了今天這地步。　　　[20]“退三舍”二句:指晉文公實
踐流亡楚國時對楚成王之諾言。舍:古代行軍三十里爲一舍。報:報答。
[21]亢:扞蔽,引申爲庇護。讎:指宋國。此句意謂楚伐宋而晉救之。　　　[22]素:
平素,向來。飽:士氣飽滿。　　　[23]“我退”二句:意謂我退兵而楚亦還師,我將
何所求?　　　[24]君:晉文公。臣:子玉。若子玉不還師,是以臣而犯君上,則楚
軍理虧。　　　[25]戊辰:據推算爲四月初一日。國歸父:齊國大夫。崔夭:齊國大
夫。小子憖(yìn 印):秦穆公之子。次:駐紮。城濮:春秋時衛地,在今山東鄄城。
[26]鄐(xì 細):丘陵。舍:安營。此句謂楚軍佔據險要地形而駐軍。　　　[27]輿
人:衆人。誦:有節奏地讀。　　　[28]原田:休耕之田。每每:形容草茂盛。田地
休耕,故野草茂盛。杜預《注》云:“喻晉軍之美盛,若原田之草每每然,可以謀立新
功,不足念舊惠。”　　　[29]表裏山河:指晉國外有黃河,內有梁山。言其易守難
攻。　　　[30]若楚惠何:如何對待過去楚王對己之恩惠。　　　[31]欒貞子:即欒
枝,晉國將軍。　　　[32]“漢陽”二句:言周、晉同姓之國在漢水之北者,楚盡滅之。
[33]小惠:指重耳流亡至楚時,楚王厚待之恩。大恥:指楚滅晉同姓之國。
[34]伏己:伏於己(重耳)身。盬(gǔ 古):吸飲。　　　[35]“得天”三句:晉侯夢己
仰臥,故言得天;楚王伏,故言其服罪。柔:柔服。楊伯峻《注》引焦循《補疏》認爲
腦屬陰柔之物,故子犯言“吾且柔之”。晉侯夢楚王以齒咀嚼其腦,齒爲剛,腦爲
柔,故云柔之。

　　　子玉使鬭勃請戰[1],曰:“請與君之士戲[2],君馮軾而觀之[3],得
臣與寓目焉[4]。”晉侯使欒枝對曰:“寡君聞命矣。楚君之惠,未之敢
忘[5],是以在此。爲大夫退,其敢當君乎[6]?既不獲命矣[7],敢煩大
夫謂二三子[8],戒爾車乘[9],敬爾君事,詰朝將見[10]。”
　　　晉車七百乘,韅、靷、鞅、靽[11]。晉侯登有莘之虛以觀師[12],曰:
“少長有禮,其可用也。”遂伐其木,以益其兵[13]。
　　　己巳[14],晉師陳于莘北[15],胥臣以下軍之佐當陳、蔡[16]。子玉以

若敖之六卒將中軍,曰:"今日必無晉矣。"子西將左,子上將右[17]。胥臣蒙馬以虎皮[18],先犯陳、蔡。陳、蔡奔,楚右師潰。狐毛設二旆而退之[19]。欒枝使輿曳柴而僞遁[20],楚師馳之[21]。原軫、郤溱以中軍公族橫擊之[22]。狐毛、狐偃以上軍夾攻子西[23],楚左師潰。楚師敗績。子玉收其卒而止[24],故不敗。晉師三日館、穀[25],及癸酉而還[26]。

《春秋左傳注·僖公二十八年》

【校注】

[1]鬬勃:楚軍將領,與主帥子玉同族。　　　[2]戲:外交辭令,此指兩軍戰鬬。
[3]馮:同"憑"。　　　[4]得臣:子玉的字。　　　[5]未之敢忘:即未敢忘之。
[6]當:抗衡。指子玉以臣而進逼晉君,殊爲無禮。　　　[7]不獲命:不能得到和平解決爭端的命令。指晉退避三舍,子玉不撤兵。　　　[8]二三子:指子玉等楚軍諸將。　　　[9]戒:準備。　　　[10]詰朝:第二天早晨。　　　[11]七百乘:杜預《注》云:"五萬二千五百人。"韅(xiǎn 顯):戰馬背部所披之革帶。靷(yǐn 引):引車前行的皮帶。鞅(yāng 央):套在馬頸上的皮帶。靽(bàn 半):套在馬後部的皮帶。這裏總指戰馬所裝備之韁繩、絡頭、皮甲之類。　　　[12]莘:古國名,地在今山東曹縣。虛:同"墟"。　　　[13]益:增加,充實。兵:武器。戈、矛之柄須伐木爲之。
[14]己巳:四月初二日。　　　[15]陳:列陣。莘北:指城濮。　　　[16]胥臣:晉國大夫,時任晉下軍副帥。陳、蔡:陳、蔡之師,爲楚軍同盟。晉軍以中軍當楚中軍,以上軍當楚左師,下軍之將佐則各有所當。　　　[17]子西:鬬宜申的字,鬬宜申乃楚國司馬,統率楚左軍。子上:鬬勃的字,鬬勃乃楚右軍帥。　　　[18]蒙馬以虎皮:用虎皮蒙戰馬,是爲驚嚇敵方戰馬,以便出其不意取勝。　　　[19]狐毛:狐偃之兄,時爲晉上軍主將。旆(pèi 配):本義爲大旗,此處代指前軍。狐毛將上軍,另設前軍二隊,擊退楚右師之敗潰者。　　　[20]欒枝:晉下軍主將。輿:戰車。這句說欒枝使戰車拖着樹枝弄出灰塵,假裝敗退以誘楚軍。　　　[21]楚師:楚之中軍。
[22]原軫:即先軫,原爲其食邑,晉人多以食邑爲氏。郤溱:晉大夫。中軍公族:由晉國貴族子弟組成的精銳部隊。橫擊:攔腰襲擊。　　　[23]夾攻:晉上軍將佐各帥其部從兩道攻擊子西。　　　[24]卒:指莫敖之六卒。　　　[25]館:舍,此指軍隊休整。穀:用爲動詞,謂食楚軍所積之糧。　　　[26]癸酉:四月六日。

【集評】

(宋)呂祖謙《東萊左氏博議》卷一五:"晉文公之伯諸侯,其謀畫,其政刑,其征伐,其盟會……而吾夫子斷之一字,曰'譎'而已。味'譎'之一字,而觀晉文之平生,千源萬派,滔滔汩汩,皆赴於一字之内……文公名雖救宋,而意實在於勝楚。時天下之強國,惟晉與楚,必先摧楚之鋒,然後晉可以專霸於天下。楚子固倦於兵,其狠戾而好戰者,獨一子玉耳。倘不深激楚之怒,則楚將知難而退,晉楚之雌雄不決矣。於是因執曹伯,分曹、衛之田賜宋,所以深激楚之怒而趣之戰也。苟文公意止於救宋,則當宛春之使,必欣然而從矣。何者?始伐曹、衛,本所以救宋也。今楚果以愛曹、衛之故,將釋宋圍,是適投吾欲也。吾復曹、衛,彼釋宋圍,兩得其欲,何爲不許之乎?文公非惟不許,乃執宛春以辱之,又私許曹、衛以携之,惟恐激而不怒,怒而不戰,是其心果在於勝楚,而不在於救宋也。人知文公救宋而止耳,孰知其譎之尤,一至於此乎?至於退舍之事,則其譎又深矣……文公之所以肯退者,先有以必楚之不退也。心欲戰,而形若不欲戰,用以報德,用以驕敵,用以惑諸侯之心,用以作三軍之憤,一世爲其所眩惑而不自知……文公之善譎也。文公之譎,夫豈一端而已哉?"

燭之武退秦師

【題解】

本篇敍述晉文公重耳因流亡過鄭而鄭文公不禮遇之,故帥秦、晉聯軍攻鄭,在鄭國處於危急之時,燭之武挺身而出,利用秦、晉兩國的矛盾,説動秦穆公撤軍,從而解鄭之圍。燭之武陳説利害,條理分明,爲《左傳》行人辭令中的名篇。

九月甲午[1],晉侯、秦伯圍鄭,以其無禮於晉[2],且貳於楚也[3]。晉軍函陵[4],秦軍氾南[5]。

佚之狐言於鄭伯曰[6]:"國危矣,若使燭之武見秦君[7],師必退。"公從之。辭曰[8]:"臣之壯也,猶不如人,今老矣,無能爲也已。"公曰:"吾不能早用子,今急而求子,是寡人之過也。然鄭亡,子亦有不利焉。"許之。夜,縋而出[9],見秦伯曰:"秦、晉圍鄭,鄭既知亡矣。若亡鄭而有益於君,敢以煩執事[10]。越國以鄙遠[11],君知其難也,焉用亡鄭以陪鄰[12]?鄰之厚,君之薄也。若舍鄭以爲東道主[13],行李之往來[14],共其乏困[15],君亦無所害。且君嘗爲晉君賜矣,許君焦、瑕[16],朝濟而夕設版焉[17],君之所知也。夫晉,何厭之有?既東封鄭[18],又欲肆其西封[19]。不闕秦[20],將焉取之?闕秦以利晉,唯君圖之。”秦伯説[21]，與鄭人盟。使杞子、逢孫、楊孫戍之[22]，乃還。

　　子犯請擊之。公曰：“不可。微夫人之力不及此[23]。因人之力而敝之[24]，不仁；失其所與[25]，不知[26]；以亂易整[27]，不武[28]。吾其還也。”亦去之[29]。

《春秋左傳注·僖公三十年》

【校注】

[1]甲午：據推算爲九月初十日。　　　　[2]無禮於晉：指晉文公重耳流亡至鄭，鄭文公不禮遇之事。　　　　[3]貳於楚：傾向於楚，指城濮之戰中助楚攻晉。貳，兩屬。
[4]軍：駐紮。函陵：鄭地，在今河南新鄭北十三里。　　　　[5]氾（fán 煩）南：氾水之南。此指東氾水，在今河南中牟南。　　　　[6]佚之狐：鄭大夫。鄭伯：指鄭文公。
[7]燭之武：鄭大夫，燭爲氏，名之武。　　　　[8]辭：推辭。此句前省略主語燭之武。
[9]縋：用繩子弔下去。　　　　[10]敢：表敬副詞。執事：掌事之人，此處指秦穆公。
[11]越：超越。鄙遠：以遠地爲邊境。秦若攻鄭而得其邑，必須越過晉國而有之，故燭之武有此説。　　　　[12]陪：同“倍”，益也。鄰：鄰國，指晉。　　　　[13]東道主：東道之主人。秦在西，有事於諸侯，必向東，鄭在東，可任接待之責，故稱東道主。後世以東道主爲主人之代稱。　　　　[14]行李：亦作“行理”，即行人之官，外交官。　　　　[15]共：同“供”。《釋文》：“共，本亦作供。”　　　　[16]焦：晉邑，地在今河南三門峽西。瑕：晉邑，在今山西芮城南。一説在今河南陝縣南四十里。
[17]“朝濟”句：早晨渡河歸國，傍晚即築城以備秦，言背約之速。濟：渡河。設版：即設防。　　　　[18]東封鄭：向東侵略鄭國。東，向東，方位名詞作狀語。封，以爲邊疆。　　　　[19]肆：放恣。西封：向西開拓邊界。　　　　[20]闕秦：損害秦國。
[21]説：同“悦”。　　　　[22]杞子、逢（páng 旁）孫、楊孫：皆秦國大夫。戍之：戍守鄭國。　　　　[23]“微夫”句：意謂如果不是那人幫助，重耳不會歸國稱雄。夫人：那人，指秦穆公。　　　　[24]因：借助。敝：損害。　　　　[25]所與：盟國，即秦國。
[26]知：同“智”。　　　　[27]亂：指攻打秦國。整：與秦國結盟。　　　　[28]武：威武。與“仁”、“知”一樣，亦爲當時的一種道德觀念。　　　　[29]去：離開，即撤兵。

【集評】

　　（清）汪基《古文喈鳳》卷二云：“秦本無怨於鄭，不過晉引爲援，圍以泄忿。燭之武一夕話，始則見亡鄭徒爲晉利而無濟於秦，繼且見亡鄭不但無益秦且有害於秦。千迴百折，字字沁入穆公心坎裏。此誠工於行間，那得不悦而遽退？”

（清）吳楚材、吳調侯《古文觀止》卷一：“鄭近於晉，而遠於秦，秦得鄭而晉收之，勢必至者。越國鄙遠，亡鄭倍鄰，闕秦利晉，俱爲至理。古今破同事之國，多用此説。篇中前段寫亡鄭乃以陪晉，後段寫亡鄭即以亡秦，中間引晉背秦一證，思之毛骨俱竦。宜乎秦伯之不但去鄭，而且戍鄭也。”

（清）余誠《古文釋義》卷一云：“此篇起首一段，叙出圍鄭之故，並兩軍駐紮之地，便見鄭原未嘗得罪于秦，而乘間可以進説，意是爲下文伏案也。‘佚之狐’段，叙遣武事，卻用一‘辭’字作波，是行文紆徐有致處。‘武見秦伯’之段，前一段就秦與鄭説，後一段就秦與晉説，皆從利害上立言，反反復復，似深爲秦籌者，委婉入情，令人自爲心折，極是辭令妙品。後段末以‘乃還’二字結‘秦軍氾南’句。‘子犯’一段又另將晉做一波，以‘亦去之’三字結‘晉軍函陵’句，章法尤爲精密。”

秦晉殽之戰

【題解】

本文通過對秦穆公偷襲鄭國經過的敍述，總結了秦軍失敗的原因——秦穆公不聽蹇叔之言，決策失誤，“勞師以襲遠”。導致其決策失誤的根本原因則是秦國“以貪勤民”的總體政治方略。文章中也通過一些細節表明對當時時局的判斷：即晉國以禮治國，以仁德撫諸侯，雖晉文公卒，其霸主地位尚不可動摇。

冬，晉文公卒。庚辰[1]，將殯于曲沃[2]。出絳[3]，柩有聲如牛[4]。卜偃使大夫拜[5]，曰：“君命大事[6]：將有西師過軼我[7]，擊之，必大捷焉。”

杞子自鄭使告於秦曰[8]：“鄭人使我掌其北門之管[9]，若潛師以來，國可得也。”穆公訪諸蹇叔[10]，蹇叔曰：“勞師以襲遠，非所聞也。師勞力竭，遠主備之[11]，無乃不可乎[12]？師之所爲，鄭必知之。勤而無所[13]，必有悖心[14]。且行千里，其誰不知？”公辭焉[15]。召孟明、西乞、白乙[16]，使出師於東門之外。蹇叔哭之，曰：“孟子[17]，吾見師之出而不見其入也。”公使謂之曰：“爾何知？中壽[18]，爾墓之木拱矣[19]。”蹇叔之子與師。哭而送之，曰：“晉人禦師必於殽[20]。殽有二陵焉[21]：其南陵[22]，夏后皋之墓也[23]；其北陵[24]，文王之所辟風雨也[25]。必死是間，余收爾骨焉。”秦師遂東。

【校注】

[1]庚辰:據推算爲十二月十日。　　[2]殯:即春秋殯廟之禮,安葬死者之前,停棺於宗廟接受弔唁。曲沃:地在今山西聞喜東北,晉國宗廟所在地。　　[3]絳:春秋時晉國都城,在今山西翼城東南。　　[4]柩(jiù 舊):盛殮屍體的棺材。

[5]卜偃:晉國掌管占卜的卜官,名郭偃。　　[6]君:指晉文公。大事:此指戰争。《左傳》謂"國之大事,在祀與戎"。　　[7]西師:秦國軍隊。過:經過。軼:本意爲超越,此處指秦軍將越晉境而過。　　[8]杞子:秦大夫,魯僖公三十年駐守鄭國。　　[9]管:鑰匙。　　[10]訪:詢問。蹇叔:秦國元老。《史記正義》引《括地志》云:"蹇叔,岐州人。"　　[11]遠主:指鄭國。　　[12]無乃:句首語氣詞,表示懷疑。　　[13]勤:勞苦。無所:猶言無用武之地。所,處所。　　[14]悖心:叛逆之心。　　[15]辭:拒絶。　　[16]孟明:百里孟明視,百里爲其氏,名視,字孟明。《史記·秦本紀》以爲百里奚之子。西乞:秦將西乞術。白乙:白乙丙,亦爲秦將。　　[17]孟子:指孟明,即百里孟明視。　　[18]中壽:中等的壽命。或言百歲,或言八十,或言七十。其説不一。洪亮吉《春秋左傳詁》云:"此云中壽,當在八十以下,六十以上。"　　[19]拱:兩手合抱。　　[20]殽(xiáo 肖陽平):亦作"崤",山名,在今河南洛寧西北六十里,西接陝縣界,東接澠池界。《尚書·秦誓序》孔《疏》云:"崤山險阨,是晉之要道關塞也。從秦嚮鄭,路經晉之南境,於南河之南崤關而東適鄭。禮,征伐朝聘,過人之國,必遣使假道。晉以秦不假道,故伐之。"　　[21]二陵:東崤山與西崤山。陵,山。　　[22]南陵:即西崤山。　　[23]夏后皋:夏桀之祖父。《史記·夏本紀》:"孔甲崩,子帝皋立。帝皋崩,子帝發立。帝發崩,子帝履癸立,是爲桀。"　　[24]北陵:東崤山。

[25]文王:周文王姬昌。辟:同"避"。

　　三十三年春,秦師過周北門,左右免胄而下[1],超乘者三百乘[2]。王孫滿尚幼[3],觀之,言於王曰[4]:"秦師輕而無禮[5],必敗。輕則寡謀,無禮則脱[6]。入險而脱,又不能謀,能無敗乎?"

　　及滑[7],鄭商人弦高將市於周[8],遇之。以乘韋先[9],牛十二犒師[10],曰:"寡君聞吾子將步師出於敝邑[11],敢犒從者[12]。不腆敝邑[13],爲從者之淹[14],居則具一日之積[15],行則備一夕之衛[16]。"且使遽告於鄭[17]。

　　鄭穆公使視客館,則束載、厲兵、秣馬矣[18]。使皇武子辭焉[19],曰:"吾子淹久於敝邑,唯是脯資、餼牽竭矣[20]。爲吾子之將行也,鄭之有原圃[21],猶秦之有具囿也[22]。吾子取其麋鹿,以閒敝邑[23],若何?"杞子奔齊,逢孫、楊孫奔宋。

孟明曰:"鄭有備矣,不可冀也[24]。攻之不克,圍之不繼[25]。吾其還也。"滅滑而還。

【校注】

[1]免胄:去掉頭盔。據《呂氏春秋·悔過篇》王孫滿所説,諸侯之師過天子之城,應依禮免胄去甲,收束兵器,下車步行,以示對天子的尊敬。此言秦軍僅免胄,輕慢違禮。　[2]超乘:跳上戰車。畢沅《呂氏春秋新校正》云:"蓋既下而即躍以上車,示其有勇。"　[3]王孫滿:周共王之子圉(yǔ 與)之曾孫,名滿。周定王時爲大夫。　[4]王:指周襄王。　[5]輕:輕狂放肆。無禮:指前"超乘"。[6]脱:疏忽,疏略。　[7]滑:春秋時小國,在今河南偃師南。　[8]市於周:到周王都城去作買賣。市,買賣。　[9]乘(shèng 剩)韋:四張熟牛皮。乘,計量單位。《尚書》孔穎達《疏》云:"乘車必駕四馬,因以乘爲四名。"先:指行禮前贈送的小禮物。古代禮節,送禮先以輕物爲引,而後送正式禮物。　[10]犒(kào 靠)師:用食物慰勞軍隊。　[11]步師:行軍。　[12]敢:表敬詞,猶言斗膽。[13]不腆:春秋時客套語,意爲"不富厚"。　[14]淹:久留。　[15]具:供應。積:指食品及其他日用物資。　[16]"行則"句:若只是經過鄭國,就預備一宿的警衛工作。　[17]遽(jù 具):迅速。　[18]束載:把行李捆好裝在車上。厲兵:磨快兵刃。厲,同"礪"。秣(mò 莫)馬:喂飽戰馬。　[19]皇武子:鄭國大夫。辭:用爲動詞,告知。　[20]脯:乾肉。資:糧食。餼(xì 細)牽:泛指肉類食物。餼,已宰殺的牲口。牽,活的可牽行之牲畜。　[21]原圃:即鄭之圃田澤。據《水經注》,在今河南中牟西,東西四十里,南北二十里,中有沙崗,上下二十四浦,津流徑通,淵潭相接。　[22]具囿:秦苑名,在今陝西華陰東。[23]閒:使休閒。　[24]冀:猶圖謀。　[25]繼:繼續,此處指後援之師。

晉原軫曰[1]:"秦違蹇叔,而以貪勤民[2],天奉我也[3]。奉不可失,敵不可縱。縱敵,患生;違天,不祥。必伐秦師!"欒枝曰[4]:"未報秦施,而伐其師,其爲死君乎[5]?"先軫曰:"秦不哀吾喪,而伐吾同姓[6],秦則無禮,何施之爲[7]?吾聞之:'一日縱敵,數世之患也。'謀及子孫,可謂死君乎!"遂發命,遽興姜戎[8]。子墨衰絰[9],梁弘御戎[10],萊駒爲右[11]。

夏四月辛巳[12]，敗秦師於殽，獲百里孟明視、西乞術、白乙丙以歸。遂墨以葬文公，晉於是始墨[13]。

文嬴請三帥[14]，曰：“彼實構吾二君[15]，寡君若得而食之[16]，不厭，君何辱討焉[17]。使歸就戮于秦，以逞寡君之志[18]，若何？”公許之。先軫朝，問秦囚。公曰：“夫人請之，吾舍之矣[19]。”先軫怒曰：“武夫力而拘諸原[20]，婦人暫而免諸國[21]。墮軍實而長寇讎[22]，亡無日矣。”不顧而唾[23]。公使陽處父追之[24]，及諸河，則在舟中矣[25]。釋左驂[26]，以公命贈孟明[27]。孟明稽首曰：“君之惠，不以纍臣釁鼓[28]，使歸就戮于秦。寡君之以爲戮，死且不朽；若從君惠而免之，三年將拜君賜[29]。”

秦伯素服郊次[30]，鄉師而哭[31]，曰：“孤違蹇叔，以辱二三子，孤之罪也。”不替孟明[32]，曰：“孤之過也。大夫何罪？且吾不以一眚掩大德[33]。”

《春秋左傳注·僖公三十二、三十三年》

【校注】

[1]原軫：即先軫，食邑於原，故稱原軫。　　[2]以貪勤民：因爲貪圖鄭之土地而勞師動衆。　　[3]奉：杜預注云：“與也。”劉文淇《春秋左傳舊注疏證》解作“助”，亦通。　　[4]欒枝：晉大夫。　　[5]其：相當於“豈”。死君：猶言忘記先君（晉文公）遺命。　　[6]伐吾同姓：指伐鄭滅滑。鄭、滑與晉皆姬姓國。　　[7]何施之爲：即何足以爲施。施，施恩惠。　　[8]興：起，引申爲“動員”。姜戎：即姜氏之戎，在晉國北境。　　[9]子：晉文公子晉襄公。其父未葬，故稱子。墨：染黑。衰（cuī 催）絰（dié 叠）：喪服，本爲白色，爲出征而染成黑色。絰，用麻做成的喪帶，繫於腰間或頭上。　　[10]梁弘：晉大夫。　　[11]萊駒：晉大夫。
[12]辛巳：四月十三日。　　[13]始墨：自此以後喪服便穿墨衰。　　[14]文嬴：秦穆公女，晉文公夫人，晉襄公嫡母。三帥：指孟明等三人。　　[15]構：挑撥離間。二君：指晉襄公、秦穆公。　　[16]寡君：指秦穆公。　　[17]辱：表敬之詞，意謂蒙羞。討：討伐。　　[18]逞：滿足。　　[19]舍：同“捨”，釋放。　　[20]武夫：戰士。力：拼力，費力。原：原野，此指戰場。　　[21]暫：突然，倉促之間。諸：“之於”合音。　　[22]墮（huī 灰）軍實：損害戰果。墮，同“隳”，損毀、糟蹋。長（zhǎng 掌）寇讎：助長敵人的志氣。　　[23]顧：回頭看。唾：吐口水。
[24]陽處父：晉大夫，又稱處父、陽子、太傅陽子等。　　[25]則在舟中：指孟明等

已登舟離岸。　[26]釋:解下。左驂:古代用四匹馬駕車,最左邊的馬叫左驂。[27]以公命:假借晉襄公之命。　[28]纍臣:俘虜之臣,此爲孟明自稱。釁鼓:以血塗抹戰鼓。古代禮儀,凡新製成宗廟名器,如尊、彝、鐘、鼓之類,皆用牲血塗抹而祭,有時也用俘虜之血。　[29]"三年"句:三年以後再來拜謝晉君所賜禮物,意謂三年後再來復讎。　[30]素服:穿着喪服。郊次:在國都郊外等候。[31]鄉(xiàng 相)師:面對着軍隊歸來的方向。鄉,通"嚮"。　[32]替:廢。一説爲免除。　[33]一眚(shěng 省):小的過失。眚,本指眼翳,引申爲過失。

【集評】

(宋)吕祖謙《東萊吕氏博議》卷二一:"秦穆既以利輕絶晉,亦必以利輕絶鄭,利心一開,不能自窒,宜其蔑蹇叔之諫而致殽之敗也,殽之役,説者或歸其曲於晉,以謂秦所襲者鄭,所滅者滑,於晉未有朝夕之急,乃冒喪而邀之。吾以爲晉固可責,秦穆亦不得無罪焉。"

(清)吴楚材、吴調侯《古文觀止》卷一:"談覆軍之所,如在目前,後果中之,蹇叔可謂老成先見。一哭再哭,出軍時誠惡聞此,然蹇叔不得不哭。若穆公之既敗而哭,晚矣。"

齊晉鞌之戰

【題解】

晉、楚邲之戰後,晉國盟主地位開始動摇。晉景公消除内亂,平定赤狄,國力有所恢復。魯成公二年春,齊國佔領了魯國北部邊境的龍邑,接着向南攻打巢丘。衛穆公派孫良夫救魯,在新築開戰,衛軍敗。孫良夫、臧宣叔赴晉求援,晉景公爲顯示盟主之威,派郤克、士燮、欒書等帥衆參戰。晉軍在莘追上齊軍,在鞌(今濟南西)交鋒,經過激戰,晉軍大獲全勝,齊軍從徐關退守至臨淄。晉軍追至丘輿,向馬陘進逼。齊頃公派國佐向晉求和,晉人不許,後魯、衛爲齊求情,晉許議和,雙方在爰婁結盟。此後,晉重振國勢,復霸中原。本篇節選的部分重點敍述了晉軍的同仇敵愾,而齊師則因爲驕傲以至潰敗,描寫了雙方統帥齊頃公、郤克以及雙方主要參戰人員逢丑父、解張、鄭丘緩等人鮮明的個性,在細節方面極富戲劇性和故事性。

癸酉[1],師陳於鞌[2]。邴夏御齊侯[3],逢丑父爲右[4]。晉解張御郤克[5],鄭丘緩爲右[6]。齊侯曰:"余姑翦滅此而朝食[7]。"不介馬而馳之[8]。郤克傷於矢,流血及屨[9],未絕鼓音,曰:“余病矣[10]。”張侯曰[11]:“自始合[12],而矢貫余手及肘,余折以御[13],左輪朱殷[14],豈敢言病?吾子忍之。”緩曰:“自始合,苟有險[15],余必下推車,子豈識之[16]?然子病矣。”張侯曰:“師之耳目,在吾旗鼓,進退從之。此車一人殿之[17],可以集事[18]。若之何其以病敗君之大事也[19]?擐甲執兵[20],固即死也[21]。病未及死,吾子勉之。”左并轡[22],右援枹而鼓[23]。馬逸不能止[24],師從之[25]。齊師敗績。逐之,三周華不注[26]。

　　韓厥夢子輿謂己曰[27]:“且辟左右[28]。”故中御而從齊侯[29]。邴夏曰:“射其御者,君子也[30]。”公曰:“謂之君子而射之,非禮也。”射其左,越於車下[31]。射其右,斃於車中。綦毋張喪車[32],從韓厥,曰:“請寓乘[33]。”從左右,皆肘之[34],使立於後,韓厥俛[35],定其右[36]。逢丑父與公易位。將及華泉[37],驂絓於木而止[38]。丑父寢於轏中[39],蛇出於其下,以肱擊之[40],傷而匿之[41],故不能推車而及[42]。韓厥執縶馬前[43],再拜稽首,奉觴加璧以進[44],曰:“寡君使群臣爲魯、衛請,曰:‘無令輿師陷入君地。’下臣不幸,屬當戎行[45],無所逃隱,且懼奔辟而忝兩君[46]。臣辱戎士,敢告不敏[47],攝官承乏[48]。”丑父使公下[49],如華泉取飲。鄭周父御佐車[50],宛茷爲右[51],載齊侯以免。韓厥獻丑父,郤獻子將戮之。呼曰[52]:“自今無有代其君任患者[53],有一於此,將爲戮乎。”郤子曰:“人不難以死免其君[54],我戮之,不祥。赦之,以勸事君者[55]。”乃免之。

《春秋左傳注·成公二年》

【校注】

[1]癸酉:六月十七日。　　　[2]師:指齊、晉的軍隊。陳:列陣。鞌(ān 安):同“鞍”,齊地,即歷下,在今山東濟南西。　　　[3]邴(bǐng 丙)夏:齊大夫,邴爲氏,名夏。御:駕車。　　　[4]逢(páng 旁)丑父:齊大夫。右:車右之職。　　　[5]解(xiè 謝)張:晉大夫,解爲氏,名張。郤(xì 戲)克:即郤獻子,晉大夫,此次戰役中的晉軍主帥。　　　[6]鄭丘緩:晉人,鄭丘爲氏,名緩。　　　[7]姑:姑且。翦滅:同義詞連用,消滅。朝食:猶言吃早飯。　　　[8]不介馬:謂馬不披甲胄。介,鎧甲,此處活用作動詞。　　　[9]屨(jù 巨):鞋子。　　　[10]病:傷勢很重。　　　[11]張

侯:即解張。　　　[12]始合:開始交戰。　　　[13]折:指折斷箭杆。　　　[14]"左輪"句:謂血流至左邊車輪,染爲紅黑色。朱殷:紅黑色。　　　[15]苟:如果。
[16]豈:難道。識:知道。　　　[17]殿:鎮守。　　　[18]集事:成事。集,完成。
[19]若之何:爲什麼。以:因爲。君:指國君。　　　[20]擐(huàn 換):穿。兵:武器。　　　[21]固:本來。即:就。　　　[22]左并轡:御者原本雙手執轡,這時將轡併於左手。　　　[23]右:右手。援枹(fú 浮):拿過鼓槌。鼓:擊鼓。　　　[24]逸:狂奔。　　　[25]從:跟隨。之:代指解張所乘戰車。　　　[26]周:環繞。華不注:山名,地在今山東濟南東北。　　　[27]韓厥:晉大夫,自晉厲八年至晉悼七年將中軍。子輿:韓厥之父。　　　[28]辟:同"避"。左右:古代軍制,元帥立於兵車之中,在鼓之下。若非元帥,則御者在中,尊者在左。韓厥爲司馬,應在車左,主射。
[29]中御:因韓厥夢其父告之應避開車之左右,故他代御者立於中央執轡。
[30]君子:謂韓厥執轡之儀態如君子。　　　[31]越:墜落。　　　[32]綦(qí 其)毋(wú 無)張:晉大夫,姓綦毋,名張。　　　[33]請寓乘:請求寄乘韓厥之車。寓,寄。　　　[34]肘:名詞用作動詞,謂韓厥以肘推綦毋張,讓他不要立於車左或車右的位置。　　　[35]俛:同"俯",俯身,低頭。　　　[36]定其右:指韓厥俯身擋住車右的屍體使之不致墜下,以致齊頃公與逢丑父調換位置時韓厥未能發現。
[37]華泉:華不注山下之泉。　　　[38]驂(cān 餐):古戰車用四馬駕車,左右兩旁之馬名驂。絓(guà 卦):阻礙。　　　[39]轏(zhàn 戰):竹木之車。轏,同"棧"。
[40]肱(gōng 工):大臂。之:代指蛇。　　　[41]"傷而"句:謂逢丑父戰前爲蛇所傷而隱瞞。傷:受傷。匿:隱瞞。　　　[42]推車:言丑父因傷不能像鄭丘緩那樣用臂推車前進。及:追上。指逢丑父被韓厥追上。　　　[43]執縶(zhí 執)馬前:當時禮儀,軍帥見敵國君主,手執絆馬繩上前進見。縶,絆馬繩。　　　[44]奉:同"捧"。觴:酒器。進:奉獻。　　　[45]屬:適,恰好。　　　[46]辟:同"避"。忝:辱没。兩君:指晉君與齊君。　　　[47]敢:表敬副詞。不敏:不聰明,當時慣用的謙詞。
[48]攝:代理。承乏:謙詞,表示由於缺乏人手,只能由自己承擔此職。楊伯峻《注》云:"此固當時辭令,實際意爲將執行任務,俘虜此假齊侯。"　　　[49]"丑父"句:逢丑父暗示齊頃公下車逃走。公:齊頃公。下:下車。　　　[50]鄭周父:齊大夫。佐車:副車。　　　[51]宛茷(fèi 吠):齊大夫。　　　[52]呼曰:逢丑父呼。
[53]自今:自今以往。任患:擔當危險。指逢丑父代齊頃公而被韓厥所俘。
[54]難:形容詞用作動詞,相當於"以(以死免其君)爲難事"。　　　[55]勸:勉勵。

【集評】

　　(明)陳懿典《讀左漫筆》云:"此段敍事,典贍委宛,而詞命俱勝,事多與漢事相類。郤克、張侯之血戰,漢高'虜中吾指'之喻祖之;逢丑父之脱齊侯,紀信之誑楚祖之;賓媚人蕭同叔子之對,'吾翁'、'若翁'之對祖之。"

國　語

【作者簡介】

　　《國語》爲國別體史書,分別記録了西周末至春秋時期周、魯、齊、晉、鄭、楚、吳、越八國史事。記事起於周穆王,終於魯悼公,約爲公元前967—前453年。《國語》所記,側重於記言。相傳其作者爲左丘明。司馬遷説:"左丘失明,厥有《國語》"(《史記·太史公自序》),班固也説"《國語》二十一篇,左丘明著"(《漢書·藝文志》)。但從西晉、唐以至於今,有許多學者表示懷疑。《國語》各部分思想傾向不同,文風駁雜,且詳略迥異,與《左傳》相差較大,不像出於一人之手,很可能是根據當時流傳的各國史料彙編而成,其成書時代也可能略早於《左傳》。三國吳韋昭(204—273)的注本是今存最早的注本。

句踐滅吳

【題解】

　　本篇出自《國語·越語上》。越王句踐兵敗會稽,求成於吳,吳王夫差聽從伯嚭之言,答應講和,遂使越國獲得了休養生息、東山再起的機會。之後句踐聽從謀臣范蠡、文種的謀略,表面上臣服於吳,暗地裏卻卧薪嘗膽,勵精圖治,等待機會。句踐在國内舉賢與能、以德撫民,人心歸附,國力迅速恢復,後最終滅吳雪恥。文章對越王句踐、吳王夫差、謀臣范蠡、文種,以及忠臣伍子胥、奸佞伯嚭的個性特徵都有形象的刻畫,是《國語》中敍事寫人的名篇。

　　越王句踐棲於會稽之上[1],乃號令於三軍曰:"凡我父兄昆弟及國子姓[2],有能助寡人謀而退吳者,吾與之共知越國之政[3]。"大夫種對曰[4]:"臣聞之賈人[5],夏則資皮[6],冬則資絺[7],旱則資舟,水則資車,以待乏也[8]。夫雖無四方之憂[9],然謀臣與爪牙之士[10],不可不養而擇也。譬如蓑笠,時雨既至,必求之。今君王既棲於會稽之上,然後乃求謀臣,無乃後乎[11]?"句踐曰:"苟得聞子大夫之言,何後之有?"執其手而與之謀。

遂使之行成於吳[12],曰:"寡君句踐乏無所使,使其下臣種,不敢徹聲聞於天王[13],私於下執事曰[14]:"寡君之師徒不足以辱君矣[15],願以金玉、子女賂君之辱[16],請句踐女女於王[17],大夫女女於大夫,士女女於士。越國之寶器畢從[18],寡君帥越國之衆,以從君之師徒,唯君左右之[19]。若以越國之罪爲不可赦也,將焚宗廟,繫妻孥[20],沈金玉於江[21]。有帶甲五千人,將以致死[22],乃必有偶[23],是以帶甲萬人事君也,無乃即傷君王之所愛乎[24]?與其殺是人也,寧其得此國也,其孰利乎?"

【校注】

[1]句:同"勾"。棲:山處曰棲。此年吳敗越於夫椒,遂入越,越王句踐退居會稽山。會稽:即會稽山,古稱防山,又稱茅山、棟山,在今浙江紹興東南十二里。
[2]國子姓:言在衆子同姓之列者。　　　[3]知:爲。　　　[4]種:文種,越大夫。
[5]賈(gǔ 古)人:商人。　　　[6]資:積蓄。　　　[7]絺(chī 吃):質地精細的葛布。　　　[8]乏:缺乏。　　　[9]四方之憂:邊境上的憂患,指別國入侵。
[10]爪牙之士:指勇猛善戰之武將。　　　　[11]"無乃"句:不是太晚了嗎?
[12]之:指文種。行成:求和。成,和解,講和。　　　[13]徹:達。天王:天子。此指吳王夫差。　　　[14]私:私語,低聲相求。下執事:指吳國治事之臣。　　　[15]寡君:謙稱,此指句踐。師徒:指軍隊。三國吳韋昭注:"不足以屈辱君親來討也。"
[16]賂君之辱:答謝吳王的屈尊駕臨。賂,答謝。辱,春秋時的外交辭令,此指吳王伐越。　　　[17]"請句踐女"句:意謂越國請求以句踐之女爲吳王之婢妾。第一個"女"爲名詞,第二個"女"爲動詞,指嫁爲婢妾。　　　[18]畢從:全部呈獻。從,跟隨,引申爲進獻。　　　[19]左右:控制,指揮。之:代指越國軍隊。　　　[20]繫:捆綁。妻孥:妻子兒女。韋昭注:"死生同命,不爲吳所擒虜。"　　　[21]沈(chén 陳):同"沉"。　　　[22]致死:拼死一搏。　　　[23]乃必有偶:於是必定一個頂兩個。徐元誥《國語集解》引汪遠孫曰:"五千人,人人致死,勇氣自倍,一人可得二人之用,故曰'帶甲萬人'。"　　　[24]無乃:表示反問語氣。所愛:指吳國軍隊。

　　夫差將欲聽與之成[1]，子胥諫曰[2]："不可。夫吳之與越也，仇讎敵戰之國也[3]。三江環之[4]，民無所移[5]，有吳則無越，有越則無吳，將不可改於是矣[6]。員聞之[7]，陸人居陸[8]，水人居水[9]。夫上黨之國[10]，我攻而勝之，吾不能居其地[11]，不能乘其車。夫越國，吾攻而勝之，吾能居其地，吾能乘其舟。此其利也，不可失也已[12]，君必滅之。失此利也，雖悔之，必無及已[13]。"

　　越人飾美女八人，納之太宰嚭[14]，曰："子苟赦越國之罪[15]，又有美於此者將進之[16]。"太宰嚭諫曰[17]："嚭聞古之伐國者[18]，服之而已[19]。今已服矣，又何求焉。"夫差與之成而去之[20]。

　　句踐說於國人曰[21]："寡人不知其力之不足也，而又與大國執讎[22]，以暴露百姓之骨於中原[23]，此則寡人之罪也，寡人請更[24]。"於是葬死者，問傷者[25]，養生者，弔有憂[26]，賀有喜，送往者，迎來者，去民之所惡，補民之不足。然後卑事夫差[27]，宦士三百人於吳[28]，其身親爲夫差前馬[29]。

【校注】

[1]聽：聽從。之：代指文種。　　[2]子胥：伍子胥，名員。其族世爲楚臣，楚平王聽費無極讒言殺其父兄，因投奔吳國。　　[3]"仇讎"句：相互攻殺的敵對之國。仇讎：同義連用，敵對。　　[4]三江：指吳松江、錢塘江、浦陽江。　　[5]民無所移：二國百姓無處遷移，非吳即越。　　[6]改：改變。是：代詞，此處指吳越因地緣關係而形成的勢不兩立的局面。　　[7]員：伍員，即伍子胥。　　[8]陸人：習慣於陸地生活之人。　　[9]水人：習慣於水鄉生活之人。　　[10]上黨之國：指齊、魯、晉、鄭等中原陸居之國。上，高。黨，處所。　　[11]居其地：佔有其地。[12]已：句末語氣詞，同"矣"。　　[13]無及：趕不上。　　[14]太宰嚭(pǐ痞)：即伯嚭，本爲楚伯州犁之孫，前515年楚令尹子常聽信讒言逐伯氏之族，伯嚭遂至吳。吳用爲大夫，後爲太宰。太宰，天官之長，輔助君王治理國家。　　[15]子：尊稱，此指伯嚭。苟：如果。　　[16]進：奉獻。　　[17]諫：勸說吳王。[18]伐：征討。　　[19]服：使臣服。　　[20]去：離開。　　[21]說：解說。[22]執讎：結讎。　　[23]中原：原野之中。　　[24]更：改正。　　[25]問：慰問。　　[26]弔：弔唁。有憂：家有死喪之事者。　　[27]卑事：低聲下氣地侍候。　　[28]"宦士"句：意謂率領三百人如奴僕般到吳國服務。宦士：宦豎，奴

僕。　　　[29]前馬:馬前爲先導之人,即馬前卒。別本又作"先馬"、"洗馬"。

　　句踐之地,南至於句無[1],北至於禦兒[2],東至於鄞[3],西至於姑蔑[4],廣運百里[5]。乃致其父母昆弟而誓之曰[6]:"寡人聞,古之賢君,四方之民歸之,若水之歸下也。今寡人不能,將帥二三子夫婦以蕃[7]。"令壯者無取老婦[8],令老者無取壯妻。女子十七不嫁,其父母有罪;丈夫二十不娶,其父母有罪。將免者以告[9],公令醫守之[10]。生丈夫,二壺酒,一犬;生女子,二壺酒,一豚。生三人[11],公與之母[12];生二人,公與之餼[13]。當室者死[14],三年釋其政[15];支子死[16],三月釋其政。必哭泣葬埋之,如其子。令孤子、寡婦、疾疹、貧不必者[17],納宦其子[18]。其達士[19],絜其居[20],美其服,飽其食,而摩厲之於義[21]。四方之士來者,必廟禮之[22]。句踐載稻與脂於舟以行[23],國之孺子之游者[24],無不餔也[25],無不歠也[26],必問其名。非其身之所種則不食[27],非其夫人之所織則不衣,十年不收於國[28],民俱有三年之食。

【校注】

[1]句無:即今浙江諸暨南五十里之勾無亭。　　　[2]禦兒:今浙江嘉興桐鄉市。
[3]鄞(yín 銀):即今浙江寧波。　　　[4]姑蔑:今浙江金華、衢州以北之地。
[5]廣運:東西爲廣,南北爲運。　　　[6]致:召集。誓之:對百姓發誓。　　　[7]蕃:增殖。　　　[8]取:"娶"的古體字。　　　[9]免:同"娩",分娩。　　　[10]醫:同"醫"。　　　[11]三人:三個小孩。　　　[12]母:乳母。　　　[13]餼(xì 細):食物。
[14]當室者:指嫡長子。　　　[15]釋其政:免除其徭役。政,通"征"。　　　[16]支子:庶子。　　　[17]疾疹(zhěn 診):泛指患病之人。貧不必:一作"貧病"。
[18]納宦:納於官府。宦,仕,引申爲官府。韋昭:"仕其子而教,以廩食之也。"
[19]達士:知名之士。　　　[20]絜其居:清潔其所居之館舍。絜,同"潔"。
[21]摩厲:同"磨礪",商議討論。義:指治國之道。　　　[22]廟禮之:在廟堂之上接見各國來越之士以示禮遇。廟,宗廟朝廷。　　　[23]脂:指食油。　　　[24]孺子:小孩。游者:流浪無家者。　　　[25]餔(bū 補陰平):意謂"使……吃"。
[26]歠(chuò 輟):飲。　　　[27]"非其身"句:謂句踐非親耕所獲之糧食則不食。
[28]"十年"句:十年不向老百姓收稅。收,徵稅。

　　國之父兄請曰：“昔者夫差恥吾君於諸侯之國[1]，今越國亦節矣[2]，請報之。”句踐辭曰：“昔者之戰也，非二三子之罪也，寡人之罪也。如寡人者，安與知恥[3]？ 請姑無庸戰[4]。”父兄又請曰：“越四封之內[5]，親吾君也，猶父母也。子而思報父母之仇，臣而思報君之讎，其有敢不盡力者乎？ 請復戰。”句踐既許之，乃致其衆而誓之曰[6]：“寡人聞：古之賢君，不患其衆之不足也，而患其志行之少恥也[7]。今夫差衣水犀之甲者億有三千[8]，不患其志行之少恥也，而患其衆之不足也。今寡人將助天滅之[9]。吾不欲匹夫之勇也[10]，欲其旅進旅退也[11]。進則思賞，退則思刑，如此則有常賞[12]。進不用命，退則無恥，如此則有常刑[13]。”果行[14]，國人皆勸[15]，父勉其子，兄勉其弟，婦勉其夫，曰：“孰是君也[16]，而可無死乎？”是故敗吳於囿[17]，又敗之於没[18]，又郊敗之[19]。

　　夫差行成，曰：“寡人之師徒，不足以辱君矣。請以金玉、子女賂君之辱。”句踐對曰：“昔天以越予吳，而吳不受命[20]；今天以吳予越，越可以無聽天之命而聽君之令乎[21]！ 吾請達王甬、句東[22]，吾與君爲二君乎[23]。”夫差對曰：“寡人禮先壹飯矣[24]。君若不忘周室[25]，而爲弊邑宸宇[26]，亦寡人之願也。君若曰：‘吾將殘汝社稷，滅汝宗廟。’寡人請死，余何面目以視於天下乎！”越君其次也[27]，遂滅吳。

《國語集解·越語上》

【校注】

[1]恥：用作動詞，意謂使蒙受恥辱。　　[2]“今越國”句：現在越國也可以講氣節而雪恥了。節：氣節。一說有節度。　　[3]安與知恥：哪還知道羞恥呢？ 與：又，還。　　[4]姑：姑且。無庸：不用。　　[5]四封：指四境。封，疆界。[6]致：招集。誓：宣誓。　　[7]“而患”句：而擔心戰士的思想和行爲缺乏羞恥觀念。　　[8]衣：動詞，穿着。水犀之甲：水犀牛皮製成之鎧甲。　　[9]助天：幫助天。謂天將滅吳，己將代行其事。　　[10]欲：要求。匹夫：此指邀功貪賞之人。　　[11]旅進旅退：即同進同退，令行禁止。旅，俱。　　[12]常賞：法定之賞賜。　　[13]常刑：依法懲處。　　[14]果行：軍隊出發。果，實也。　　[15]勸：勉勵。　　[16]孰是君也：誰有恩惠如此國君。孰，誰。是君，指句踐。[17]囿：即笠澤，今太湖一帶。　　[18]没：春秋時吳國地名，不詳所在。

[19]郊:句中做狀語,意謂在國都郊外。　[20]不受命:不接受天命,指吳未滅越。　[21]"越可以"句:越國怎能不聽天命而聽從吳的號令呢。　[22]達:送達。甬、句東:皆爲地名,徐元誥《國語集解》以爲即今浙江東海中之舟山。[23]"吾與君"句:我與您仍像兩國之君一樣。　[24]禮先壹飯:謂若按伐國問罪之禮,先前吳許越結盟,有恩惠於越。清汪中《經義知新記》曰:"禮先壹飯,言昔有恩於越,謂會稽之事也。"韋昭注:"言己年長於越王,覺差壹飯之間,欲以少長求免也。"　[25]"君若"句:言若顧及吳爲周室猶存,滅國不滅祀之故禮尚在。[26]爲弊邑宸宇:意謂使越國以屋宇之餘庇護吳國。宸宇,屋簷。　[27]次:駐紮,佔領。

【集評】

(清)朱彝尊《經義考》卷二〇九引陶望齡云:"《國語》一書,深厚渾樸,《周》、《魯》尚矣。《周語》辭勝事,《晉語》事勝辭。《齊語》單記桓公霸業,大略與《管子》同。如其妙理瑋辭,驟讀之而心驚,潛翫之而味永,還須以《越語》壓卷。"

(清)高塨《國語鈔》云:"俞桐川曰:'謀'字爲筋脈,'天'字爲樞紐。'倡'、'謀'二字,領起全篇,以下謀於鄰國大夫,謀於群臣,謀於國人,皆謀也。命夫人,命大夫,以下皆用其謀也。嚴步伍,即是勇;簡士卒,即是仁。奇兵正兵,交迭而出,即是智。而審賞審罰審物審備審轂,即在其中。包胥之言是綱,五大夫之言是目,總謂之謀,末云能下其群臣以集其謀,是大結束。然謀之者人,成之者天,故前後俱以天字呼應。文似散碎,卻謹嚴,似平叙,卻廻繞。《國語》鄭桓遷國、齊桓創霸而外,此又絶大文字矣。自首至尾,總寫他一毫不敢輕忽,一着難敢紊亂,成筭在腹,所向無前。"

戰國策

【作者簡介】

戰國時期,縱橫家周游列國,游説諸侯,留下了大量的書信、説辭,這些材料在士人中廣泛流傳,以供學習揣摩。後來有人將它們彙編成册,有的叫《國策》,有的叫《國別》、《國事》、《事語》、《長書》、《修書》、《短長》等。其記事上繼《春秋》,下迄楚漢之際,保存了當時許多重要史料,曾爲司馬遷撰寫《史記》所取材。西漢後期,劉向整理國家圖書,把上述史料彙集起來,除去重複,校勘舛誤,依國别分爲東周、西周、秦、齊、楚、趙、魏、韓、燕、宋、衛、中山十二策,三十三篇,定名《戰國策》(劉向《戰國策書録》)。劉歆《七略》把《戰國策》列入"六藝略"的"春秋"類。1973 年,長沙馬王堆出土同類内容的帛書,多無主名,整理小組名之爲《戰國縱橫家書》,部分内容與《戰國策》相重複,也是當時流行的衆多縱橫家書信、説辭中的一種,説明《戰國策》實際上主要是縱橫家言論的彙集,流傳中有的被加上了主名和説明背景及事件結果的文字。東漢末年,高誘給《戰國策》作注,其後此書漸有散佚。北宋曾鞏重加整理校定,南宋姚宏、鮑彪,元代吴師道皆有校注,使此書得以流傳至今。元代學者余闕提出此書爲漢初蒯通撰輯(《青陽集·題孟天暐擬古文後》),今人羅根澤著《〈戰國策〉作於蒯通考》及其《補證》(《古史辨》第四册上編、下編),詳加論證,可備一説。

蘇秦始將連横

【題解】

　　本篇選自《秦策一》。蘇秦最初主張連横,秦惠王不接受他的意見,他就轉而游説約縱,造成六國聯合共同抗秦的局面。此文描繪了蘇秦醉心追逐功名富貴的過程,也反映了當時的世態炎凉。

　　《史記·蘇秦列傳》中記載蘇秦"乃西至秦,秦孝公卒,説惠王"一段文字,即是採用本篇内容,可見司馬遷認爲此篇作於秦惠王初年。清顧觀光《國策編年》繫此篇於秦惠王五年(前 333)。據帛書《戰國縱橫家書》,蘇秦是秦惠王之後的人,不得游説秦惠王;且文中言秦已佔有巴蜀、巫山等地,亦與當時秦國版圖不符,所以這應當是一篇產生於戰國後期而託名蘇秦的作品。

　　蘇秦始將連横[1],説秦惠王曰[2]:"大王之國,西有巴、蜀、漢中之利[3],北有胡、貉、代、馬之用[4],南有巫山、黔中之限[5],東有肴、函之固[6]。田肥美,民殷富[7],戰車萬乘[8],奮擊百萬[9],沃野千里,蓄積饒多,地勢形便[10],此所謂天府[11],天下之雄國也[12]。以大王之賢,士民之衆,車騎之用[13],兵法之教[14],可以并諸侯,吞天下,稱帝而治[15]。願大王少留意,臣請奏其效[16]。"

　　秦王曰:"寡人聞之:毛羽不豐滿者不可以高飛,文章不成者不可以誅罰[17],道德不厚者不可以使民,政教不順者不可以煩大臣[18]。

今先生儼然不遠千里而庭教之[19]，願以異日[20]。"

【校注】

[1]蘇秦(? —前284)：東周洛陽(今河南洛陽東)人，戰國時期著名縱橫家，其活動年代在齊閔王、燕昭王時代，《戰國策》誤將其提早三十餘年，《史記·蘇秦列傳》承襲其誤。連橫：與"約縱"相對，戰國時期兩種不同的聯合戰綫：秦國聯合六國中的一國或幾國以打擊其他國家稱爲"連橫"，六國聯合起來共同抗擊秦國稱爲"約縱"。　　　　[2]秦惠王：秦國國君，前336—前311年在位。　　　　[3]巴：今重慶東部及湖北西部一帶。蜀：今四川西部。漢中：今陝南地區及湖北西北鄖陽地區。此時以上諸地尚未屬秦，本篇爲後人擬託，此亦爲證據之一。　　　　[4]胡、貉(mò末)：戰國時期北方的兩個民族，西北的叫胡，東北的叫貉。代、馬：《史記·蘇秦列傳》唐司馬貞《索隱》："謂代郡、馬邑也。"代郡，在今河北蔚縣一帶；馬邑，在今山西朔縣一帶。一説"胡貉"指胡地出產的"貉(hé 禾)"、似狐，毛皮可以爲裘；"代馬"指代郡出產的良馬。用：財用。　　　　[5]巫山：今重慶巫山以東。黔中：今湖南西部及貴州東部一帶。限：險阻。　　　　[6]肴(xiáo 淆)：通"崤"，山名，在今河南洛寧縣北。函：指函谷關。自崤山以西，潼關以東，通稱函谷，其關口在今河南靈寶南十里，爲秦通中原的主要關口。固：堅固，指易守難攻。　　　　[7]殷：盛多。[8]乘(shèng 剩)：四匹馬拉一輛兵車爲一乘。　　　　[9]奮擊：指衝鋒陷陣、殊死決戰的士卒。　　　　[10]地勢形便：得地理之險峻，擅地形之方便。《淮南子·兵略》："一人守隘，而千人弗敢過也，此謂'地勢'。"　　　　[11]天府：天然的寶庫。　　　　[12]雄國：强國。　　　　[13]騎(jì 記)：一人一馬爲騎。用：運用，指戰車馬隊訓練有素。　　　　[14]教：教育，學習。　　　　[15]帝：最高的天神，上帝。治：指治理天下。戰國時期，周王地位衰落，諸侯也多稱王，因此較强的諸侯企圖統一天下，而自稱帝號。　　　　[16]奏其效：説明事情預期的效果。　　　　[17]文章：指法令制度。成：完備。誅罰：征伐、討伐。罰，通"伐"。　　　　[18]煩：勞。　　　　[19]儼然：認真嚴肅、鄭重其事的樣子。庭教：在宮廷中教導。《説文》："庭，宮中也。"　　　　[20]願以異日：希望以後再聽您的教導。異日，他日。

　　蘇秦曰："臣固疑大王之不能用也。昔者神農伐補遂[1]，黃帝伐涿鹿而禽蚩尤[2]，堯伐驩兜[3]，舜伐三苗[4]，禹伐共工[5]，湯伐有夏[6]，文王伐崇[7]，武王伐紂[8]，齊桓任戰而伯天下[9]。由此觀之，惡有不戰者乎？古者使車轂擊馳[10]，言語相結[11]，天下爲一[12]；約從連横,兵革不藏[13];文士並餝[14],諸侯亂惑;萬端俱起[15],不可勝理[16];科條既備[17],民多僞態[18];書策稠濁,百姓不足[19];上下相愁[20],民無所聊[21];明言章理[22],兵甲愈起[23];辯言偉服[24],戰攻不息;繁稱文辭[25],天下不治;舌獒耳聾[26],不見成功;行義約信[27],天下不親。於是乃廢文任武,厚養死士[28],綴甲厲兵[29],效勝於戰場[30]。夫徒處而致利[31],安坐而廣地,雖古五帝三王五伯[32],明主賢君,常欲坐而致之[33],其勢不能,故以戰續之。寬則兩軍相攻[34],迫則杖戟相橦[35],然後可建大功。是故兵勝於外,義強於內[36],威立於上,民服於下。今欲并天下,凌萬乘[37],詘敵國[38],制海內[39],子元元[40],臣諸侯[41],非兵不可。今之嗣主[42],忽於至道[43],皆惛於教[44],亂於治[45],迷於言,惑於語,沈於辯,溺於辭[46]。以此論之,王固不能行也。”

【校注】

[1]神農:炎帝的號,傳説中的遠古帝王,農業和醫藥的發明者,事蹟主要見《淮南子·修務》。宋鮑彪注:“補遂,國名,未詳。”　　[2]涿鹿:在今河北涿鹿南。蚩尤:炎帝的後裔,傳説中的九黎族首領。黃帝伐蚩尤的事主要見於《山海經·大荒北經》和《史記·五帝本紀》。　　[3]驩(huān 歡)兜:堯臣。《史記·五帝本紀》記載,因驩兜舉薦的共工不德,堯指示舜把他流放到崇山。　　[4]三苗:古國名。《史記·五帝本紀》:“三苗在江淮、荆州數爲亂”,於是舜請示堯,遷三苗於三危(在今甘肅敦煌一帶,一説在今甘肅岷縣一帶)。童書業《春秋左傳研究》:“三苗似爲中原民族或中原西部之民族,舊以爲即今苗族,恐非。”　　[5]共工:水官名,子孫世襲其官。驩兜曾舉薦當時的共工治水,而他淫辟無功,於是舜把他流放到北方的幽陵,事見《史記·五帝本紀》。本文説“禹伐共工”,這是蘇秦爲了説明堯、舜、禹皆“任戰”,所以把一代的事分屬三代敍述。　　[6]湯:商朝開國國君,姓子名履,本爲夏朝諸侯,起兵伐桀,建立商朝,見《史記·殷本紀》。有夏:夏朝,此指末代國君桀。有,名詞詞頭,無義。　　[7]文王:周文王,姓姬名昌,殷紂時爲西方諸侯首領,稱西伯。崇:古國名,在今陝西户縣。崇侯虎曾詆毁文王,紂因此囚文王於羑里,後文王獲釋,伐崇而滅之,事見《史記·周本紀》。　　[8]武王:文王之子,名發。紂:商朝末代國君,名辛。前 1046 年,武王伐紂,商軍倒戈,紂兵敗自殺,事見《史記·周本紀》。　　[9]齊桓:齊桓公,名小白,春秋時期的第一位霸主,在位四十二年(前 685—前 643)。任戰:依靠戰爭。伯:同“霸”。　　[10]轂

（gǔ 谷）：車輪中心穿軸承的部分。轂擊：來往車輛互相碰撞，形容車多擁擠。“馳”疑爲衍文。　　[11]言語相結：使臣游説諸侯，締結條約。形容外交活動頻繁。　　[12]天下爲一：天下如一體。爲，如（清王引之《經傳釋詞》卷二）。[13]兵：兵器。革：甲胄之類。　　[14]文士並餙：辯士騁辭游説。餙，同“飾”，修飾、整治。　　[15]萬端俱起：各種事情同時發生。　　[16]勝（shēng 生）：盡，全部。理：治理，應對。　　[17]科條：法令條款。　　[18]僞態：姦詐。態，通“慝”，邪惡。　　[19]“書策”兩句：政令繁多雜亂，百姓越加貧窮。　　[20]愁：怨，恨（清王念孫《讀書雜志》）。　　[21]聊：依靠。　　[22]明言章理：道理講得清楚明白。章，同“彰”，明顯。　　[23]兵甲：指戰争。　　[24]辯言：雄辯的言論。偉服：奇裝異服。偉，奇。　　[25]繁稱文辭：稱説繁富，辭采華美。[26]舌弊（bì 閉）：舌頭軟弱，無力講話。弊，同“斃”，仆倒。　　[27]行義約信：（表面上都）實行正義，以誠信相約。　　[28]厚養死士：用豐厚的待遇供養勇戰之士。　　[29]綴甲厲兵：修繕鎧甲，磨快兵器。厲，磨刀石，這裏作動詞。[30]效勝：取勝。效，呈獻。漢高誘注：“致其勝功於戰鬭之場也。”　　[31]徒處：閒坐。宋鮑彪注：“徒，猶空也，言無所爲。”　　[32]五帝：黄帝、顓頊、帝嚳、堯、舜。三王：指夏、商、周三代的開國國君禹、湯、文王武王。五伯（bà 霸）：指春秋五霸。最通行的説法是：齊桓、晉文、楚莊、吴王闔閭、越王勾踐，見《荀子·王霸》。還有齊桓、晉文、宋襄、楚莊、秦穆（見《吕氏春秋·當務》漢高誘注），齊桓、宋襄、晉文、秦穆、吴王闔閭（見《漢書·諸侯王表》唐顔師古注）等多種説法。[33]坐：因此。　　[34]寬：指交戰雙方距離遠。　　[35]迫：靠近。杖戟相橦（chōng 充）相接：猶言短兵相接。杖、戟是兩種兵器，杖是棍棒類兵器，戟則是一種將戈、矛合成一體的兵器，能直刺，又能横擊。一説“杖”是“持”的意思。橦，刺。鮑彪注本“橦”作“撞”，義同。　　[36]義强於内：戰争的正義堅定了國人之心。宋鮑彪注：“論戰，故獨言義。”　　[37]凌萬乘：勝過强大的敵國。萬乘，指有萬乘兵車的國家。一乘，有馬四匹，甲士三人，兵卒七十二人，萬乘合計七十五萬人。戰國時七雄皆爲萬乘之國，宋、衛、中山等爲千乘之國。　　[38]詘（qū 屈）：同“屈”，屈服。　　[39]制海内：控制天下。　　[40]子元元：以人民爲子，指統一天下。元元，人民。　　[41]臣諸侯：以其他諸侯爲臣。　　[42]嗣主：繼位的諸侯。　　[43]至道：根本道理，這裏指“任戰”。　　[44]惛（hūn 昏）於教：被衆多的説教弄糊塗。惛，同“惽”，糊塗。　　[45]亂於治：對治理國家的事情，頭腦混亂。　　[46]“沈於”兩句：沈溺於巧辯的言辭之中。沈：同“沉”。

　　説秦王書十上而説不行[1]。黑貂之裘弊，黄金百斤盡，資用乏絕^[2]，去秦而歸。嬴縢履蹻^[3]，負書擔橐^[4]，形容枯槁^[5]，面目犂黑^[6]，狀有歸色^[7]。歸至家，妻不下紝^[8]，嫂不爲炊，父母不與言。蘇秦喟歎曰：“妻不以我爲夫，嫂不以我爲叔，父母不以我爲子，是皆秦之罪也。”乃夜發書^[9]，陳篋數十^[10]，得太公《陰符》之謀^[11]，伏而誦之，簡練以爲《揣》、《摩》^[12]。讀書欲睡，引錐自刺其股^[13]，血流至足^[14]，曰：“安有説人主不能出其金玉錦繡、取卿相之尊者乎？”朞年^[15]，《揣》、《摩》成，曰：“此真可以説當世之君矣！”

於是乃摩燕烏集闕^[16]，見説趙王於華屋之下^[17]，抵掌而談^[18]。趙王大悦，封爲武安君^[19]。受相印，革車百乘^[20]，綿繡千純^[21]，白璧百雙，黃金萬溢^[22]，以隨其後，約從散橫，以抑强秦^[23]。故蘇秦相於趙而關不通^[24]。

當此之時，天下之大，萬民之衆，王侯之威，謀臣之權，皆欲決蘇秦之策^[25]。不費斗糧，未煩一兵，未戰一士，未絶一弦，未折一矢，諸侯相親，賢於兄弟^[26]。夫賢人在而天下服，一人用而天下從。故曰：式於政，不式於勇^[27]；式於廊廟之内^[28]，不式於四境之外。當秦之隆^[29]，黃金萬溢爲用，轉轂連騎^[30]，炫煌於道^[31]，山東之國從風而服^[32]，使趙大重^[33]。且夫蘇秦，特窮巷掘門、桑戶棬樞之士耳^[34]，伏軾撙銜^[35]，橫歷天下^[36]，廷説諸侯之王^[37]，杜左右之口^[38]，天下莫之能伉^[39]。

將説楚王^[40]，路過洛陽，父母聞之，清宮除道^[41]，張樂設飲^[42]，郊迎三十里。妻側目而視^[43]，傾耳而聽^[44]。嫂蛇行匍伏^[45]，四拜自跪而謝^[46]。蘇秦曰：“嫂何前倨而後卑也^[47]？”嫂曰：“以季子之位尊而多金^[48]。”蘇秦曰：“嗟乎！貧窮則父母不子^[49]，富貴則親戚畏懼^[50]。人生世上，勢位富貴，蓋可忽乎哉^[51]！”

《戰國策》卷三《秦策一》

【校注】

[1]説不行：指游説的觀點不被秦王採納。　　　[2]資用乏絶：費用花盡。
[3]嬴(léi 雷)縢(téng 疼)履蹻(jué 決)：裹着綁腿布，踏着草鞋。嬴，通“累”，纏繞。縢，綁腿布。蹻，通“屩”，草鞋。　　　[4]負書擔橐(tuó 駝)：背着書囊，挑着行李。橐，口袋。　　　[5]形容枯槁：身體面容乾瘦憔悴。　　　[6]犂(lí 梨)：通

"黎（黧）",黑色。　　　[7]狀有歸色:神色疲病不堪。歸,通"壞",傷病(清俞樾《諸子平議》)。一説"歸"通"愧",慚愧。　　　[8]下紝(rèn 刃):離開紡機。紝,同"紉",本指織布的絲縷,此指紡織。　　　[9]夜發書:連夜翻看書。　　　[10]陳篋(qiè 怯):擺出書箱。　　　[11]太公:姜尚。《史記·齊太公世家》有傳。陰符:亦稱《太公兵法》,已佚。　　　[12]簡練以爲揣摩:選擇精要的内容寫成《揣》、《摩》篇。簡,選擇。練,精熟,精善。《史記·蘇秦列傳》唐張守節《正義》(佚文):"《鬼谷子》有《揣》及《摩》二篇。言揣諸侯之情,以其所欲切摩,爲揣之術也。按《鬼谷子》乃蘇秦之書明矣。"清于鬯《戰國策注》:"嫌書多,故選擇《陰符》中語以爲《揣》、《摩》也。《揣》、《摩》者,蘇秦所自著書篇之名,故下文曰'《揣》、《摩》成',成者,成此書也。"一説"揣摩"是揣量研求之意。　　　[13]股:大腿。　　　[14]足:清王念孫《讀書雜志》以爲當依《史記集解》及《太平御覽》所引作"踵"。踵,足跟。　　　[15]朞(jī 基)年:周年。朞,同"期"。　　　[16]摩:靠近,沿着。《廣雅·釋詁》:"摩,順也。"烏集闕:燕國關塞名,未詳所在。　　　[17]見:謁見。趙王:趙肅侯,名語,前349—前326年在位。華屋:華麗之屋。一説"華屋"是山名,此時肅侯或游於此,故蘇秦經燕烏集闕而見趙王於此山之下。　　　[18]抵(zhǐ 紙)掌:擊掌,形容談話很投機。抵,同"扺",《説文》:"側擊也。"　　　[19]武安:在今河北武安西南。　　　[20]革車:兵車。[21]純(tún 屯):二尺四寸爲一純。　　　[22]黃金:先秦時的黃金一般指銅(楊伯峻《孟子譯注》)。溢:通"鎰",二十四兩爲一鎰,一説二十兩爲一鎰。　　　[23]抑:抵制。　　　[24]關不通:秦國不能與函谷關外各國結盟。　　　[25]決:取決,決定。　　　[26]賢於:勝過。　　　[27]"式於"兩句:決定於政治,而不決定於武力。式:依賴,運用。　　　[28]廊廟:宮殿和太廟,指朝廷。《後漢書·申屠剛傳》"廊廟之計"唐李賢注:"廊,殿下屋也;廟,太廟也。國事必先謀於廊廟之所也。"　　　[29]當秦之隆:當蘇秦大權在握、尊貴顯赫之時。隆,盛。　　　[30]轉轂連騎(jì 記):車馬成隊。　　　[31]炫(xuàn 絢)熿(huáng 黃):光耀的樣子。熿,同"煌",光明。　　　[32]"山東"句:山東六國像風一樣迅速地服從蘇秦的指揮。戰國秦漢時稱崤山或華山以東地區爲"山東"。　　　[33]使趙大重:使趙國的地位特別的尊貴。　　　[34]特:僅僅,只不過。窮巷:僻陋的巷道。掘門:窟門,窖洞的門。掘,通"窟"。一説"門"爲"穴"字形誤,"窟穴"爲戰國秦漢時的成語。桑户:用桑樹編成的門。棬(quān 權陰平)樞:把樹條圈起來作爲門樞。樞,門臼,用來承門軸。　　　[35]伏軾撙(zǔn 尊上聲)銜:扶着車前橫木,拉着馬勒。軾,車箱前用作扶手的橫木。撙,拉緊,控制。《漢書·王吉傳》"馮式撙銜"顏師古注:"撙,挫也。"[36]橫歷:縱橫馳騁。歷,行。　　　[37]廷説:在朝廷上勸説。　　　[38]杜:塞。[39]伉:通"抗",抗爭。　　　[40]楚王:指楚威王,名熊商,前339—前329年在位。

見《史記·楚世家》。　　　[41]清宫除道:打掃房間,清除道路。　　　[42]張樂設飲:設置音樂,備辦酒宴。　　　[43]側目:不敢從正面看,斜着眼看。　　　[44]傾耳:傾斜着頭專注地聽。　　　[45]虵行:像蛇一樣爬行。虵,同"蛇"。一説"虵行"即邪行,扭捏故作屈卑的樣子。匍伏:同"匍匐",爬行。　　　[46]"四拜"句:拜了四次跪着向蘇秦致歉。拜:跪下彎腰把頭叩至地面。跪:抬起臀部,保持準備拜伏的恭敬姿勢。謝:謝罪。因前次"不爲炊"而向蘇秦道歉。　　　[47]倨(jù 據):傲慢。　　　[48]季子:蘇秦的字。　　　[49]不子:不當做兒子對待。　　　[50]富貴:一本作"富厚"。親戚:指父母兄弟等親人,古人所説的"内親屬"。　　　[51]蓋:同"盍",何,怎麽。

【集評】

(明)鍾惺《周文歸》卷十六:"敍事在議論中,議論在悲感激憤中,悲感激憤又在摹寫形容淋漓不盡中。"

(清)吳楚材、吳調侯《古文觀止》卷四:"前幅寫蘇秦之困頓,後幅寫蘇秦之通顯。正爲後幅寫其通顯,故前幅先寫其困頓。天道之倚伏如此,文章之抑揚亦如此。至其習俗人品,則世所共知,自不必多爲之説。"

鄒忌諷齊王納諫

【題解】

本篇選自《齊策一》,其主旨是防止佞臣蔽君。鄒忌没有從正面講大道理,而是從自己身邊的家庭小事發端,現身説法,由情入理,發人深思。情節生動,語言凝練,描寫細膩入微。謀臣鄒忌精明智慧,富有幽默感。

前人多繫此篇於齊威王即位之年(前356),錢穆《先秦諸子繫年》認爲本篇與淳于髡大鳥之隱,"同爲齊威初年奮發之一種傳説"。按《新序》佚文載齊國田巴改製新衣,問其妾及從者,皆曰"姣",過淄水自照,甚醜,於是向齊王陳述問政之道。《吕氏春秋·恃君覽》記載齊國賢人列精子高穿束布之衣問其侍者,侍者以爲"姣且麗",窺井自照,奇醜,於是想到臣之阿君。鄒忌諷諫齊王的事情也可能是同類依託之作,年代不必深究。篇中問妻、問妾、問客的敍事方式,同一情節重複三次,同一句話反復三遍,是民間故事敍事中常見的複遝重疊的推進形式。

鄒忌脩八尺有餘[1],身體昳麗[2]。朝服衣冠[3],窺鏡,謂其妻曰:

"我孰與城北徐公美^[4]?"其妻曰:"君美甚,徐公何能及君也!"城北徐公,齊國之美麗者也。忌不自信,而復問其妾曰:"吾孰與徐公美?"妾曰:"徐公何能及君也!"旦日^[5],客從外來,與坐談,問之客曰:"吾與徐公孰美?"客曰:"徐公不若君之美也。"明日^[6],徐公來,孰視之^[7],自以爲不如。窺鏡而自視,又弗如遠甚。暮,寢而思之,曰:"吾妻之美我者,私我也^[8];妾之美我者,畏我也;客之美我者,欲有求於我也。"

於是入朝見威王曰^[9]:"臣誠知不如徐公美,臣之妻私臣,臣之妾畏臣,臣之客欲有求於臣,皆以美於徐公。今齊地方千里^[10],百二十城,宮婦左右莫不私王^[11],朝廷之臣莫不畏王,四境之內莫不有求於王。由此觀之,王之蔽甚矣^[12]!"王曰:"善。"乃下令:"群臣吏民,能面刺寡人之過者^[13],受上賞;上書諫寡人者,受中賞;能謗議於市朝^[14],聞寡人之耳者,受下賞。"令初下,群臣進諫,門庭若市。數月之後,時時而間進^[15]。期年之後^[16],雖欲言,無可進者^[17]。

燕、趙、韓、魏聞之,皆朝於齊^[18]。此所謂戰勝於朝廷^[19]。

《戰國策》卷八《齊策一》

【校注】

[1]鄒忌(約前385—前319):一作"騶忌",戰國時齊國人,齊威王即位,以鼓琴游說威王得任爲相,封於下邳,號成侯,事蹟主要見於《史記・田敬仲完世家》。脩:長,這裏指身高。1931年河南洛陽金村古墓出土戰國中期的銅尺,長23.1釐米,則"八尺"約1.85米。　[2]身體:一作"形貌"。昳(yì意)麗:漂亮,美麗。昳,容光煥發。　[3]朝:早。　[4]孰與:表示比較的詞組,相當於現代漢語"與……誰(哪個)……"。如《史記・商君列傳》:"子觀我治秦也,孰與五羖大夫賢?"徐公:南宋姚宏注:"《十二國史》作'徐君平。'"按,徐君平史籍無考。　[5]旦日:明日。　[6]明日:第二天。一說猶言"晝日"。清于鬯《戰國策注》:"'旦'在'朝'後,下言'暮',在一日之間。此'明日'者,猶言'晝日'也,非後一日之謂也。"　[7]孰視:仔細看。孰,同"熟"。　[8]私:偏愛。　[9]威王:齊威王,名因齊,一說名因,田和(齊太公)代齊後的第三代諸侯,前356年至前321年在位三十五年,是齊國歷史上最強盛的時期。　[10]方千里:縱橫各千里,即千里見方。　[11]左右:指左右近臣。　[12]蔽:蒙蔽。　[13]面刺:當面批

評指出。　　　[14]謗議於市朝:在公共場合提出批評。謗,指出他人的過失。市朝,偏義複詞,只有"市"(買賣之所)義,無"朝"(朝廷)義。參見楊伯峻《孟子譯注·公孫丑上》"若撻之於市朝"句注。　　　[15]時時而間(jiàn 見)進:疑衍一"時"字。間進,偶然進諫。　　　[16]期(jī 基)年:周年。　　　[17]無可進者:沒有可以進諫的内容。是說朝政修明,没有什麽問題可以提出。　　　[18]"燕趙"兩句:燕、趙、韓、魏等國聽説齊王從諫如流,都到齊國進賀齊王。清黄式三《周季編略》繫此文於齊威王即位之年(前 356),並云:"今按《史記·六國表》,是年趙侯如齊,明年與宋公、趙侯會平陸,又明年魏侯朝齊,皆與《策》合,足見能受諫者之效,《策》語不虚也。"平陸是齊國城邑。威王初年,睦鄰策略初見成效。　　　[19]戰勝於朝廷:在朝廷上戰勝敵人。意思是説内政修明,國勢强大,自能使敵國臣服。

【集評】

(明)鍾惺《周文歸》卷十七:"千古臣諂君驕,興亡關頭,從閨房小語破之,快哉!"(伯敬)"通篇俱用三疊,凡七層,而文法變換,令人不覺,如水上波文,起伏變幻,只一水耳。文章之妙極矣!"(鹿門)

(清)余誠《古文釋義·鄒忌諷齊王納諫總評》:"此文大有惜墨如金之意。前五段不過是引人諷齊王伏筆。'王曰善'已下,又皆寫齊王之能受善。其諷王處,惟在'臣誠知不如徐公美'數語。即此數語中,亦並無諷王納諫字句,只輕輕説個'王之蔽甚矣'便住,何等藴藉,何等簡峭!至其通體文法,每一層俱用三疊,變而不變,不變而變,更如武夷九曲,步步引人入勝。"

觸龍説趙太后

【題解】

本篇選自《趙策四》。據《史記·趙世家》記載,周赧王五十年(前 265),趙惠文王去世,太子丹繼位,是爲孝成王。成王年紀尚小,由其母趙太后執政。秦昭王趁機發兵攻趙,連下三城。趙向齊求救,齊要趙以太后小兒子長安君作人質,方肯出兵,而太后不肯。本篇記敘了觸龍説服趙太后以愛子爲人質,解除國難的事情,説明國君子弟也不能坐享其成,必須爲國立功。情節富有戲劇意味,人物個性也很鮮明。

趙太后新用事[1],秦急攻之。趙氏求救於齊[2]。齊曰:"必以長安君爲質[3],兵乃出。"太后不肯,大臣强諫[4]。太后明謂左右[5]:"有復言令長安君爲質者,老婦必唾其面!"

　　左師觸龍言願見太后[6],太后盛氣而胥之[7]。入而徐趨[8],至而自謝[9],曰:"老臣病足[10],曾不能疾走[11],不得見久矣。竊自恕[12],而恐太后玉體之有所郄也[13],故願望見太后。"太后曰:"老婦恃輦而行[14]。"曰:"日食飲得無衰乎[15]?"曰:"恃鬻耳[16]。"曰:"老臣今者殊不欲食[17],乃自强步[18],日三四里,少益耆食[19],和於身也[20]。"太后曰:"老婦不能。"太后之色少解[21]。

【校注】

[1]趙太后(?—前264),趙惠文王后,趙孝成王母。新用事:剛剛執掌政事。
[2]趙氏:指趙國。　　[3]長安君:趙太后小兒子的封號。質:人質,抵押品。當時諸侯之間聯盟,常把國君子孫抵押給對方作保證。　　[4]强諫:竭力勸諫。
[5]明謂左右:明白地告訴左右近臣。　　[6]左師:官名。《資治通鑑》卷五胡三省注:"春秋時,宋國之官有左、右師,上卿也。趙以觸龍爲左師,蓋冗散之官,以優老臣者也。"觸龍:原作"觸讋"。按,《史記·趙世家》作"觸龍",馬王堆帛書《戰國縱橫家書》也作"觸龍",作"觸龍"是,"讋"字實爲"龍"、"言"二字合寫致誤。一本無"言"字。　　[7]盛氣:怒氣衝衝。胥:原作"揖",《史記》及馬王堆帛書均作"胥",今據改。胥,須,等待。　　[8]徐:慢慢。趨:快步走。臣見君,按禮當快走,因爲觸龍腿不好,所以只能徐趨。　　[9]謝:道歉,認錯。　　[10]病足:腳有病。　　[11]曾(zēng 增):乃,竟。疾走:快跑。　　[12]竊自恕:私下原諒自己。　　[13]玉體:猶言貴體。郄(xì 細):同"郤",空隙,引申爲缺陷、疾病。
[14]恃輦(niǎn 碾)而行:靠坐車子行動。輦,人拉的車子,秦漢以後專指帝王后妃所乘的車。　　[15]日:每天。得無:類似現代漢語的"該不會"。衰:減少。
[16]鬻:同"粥"。　　[17]今者:近來。殊:很。　　[18]自强步:自己勉强散步。步,慢走。　　[19]少:稍微。益:增加。耆(shì 式)食:食欲。耆,後作"嗜"。
[20]和:諧和,舒服。馬王堆帛書作"智",通"知",《方言》:"知,愈也,南楚病愈者或謂之知。"　　[21]解:同"懈",緩和。

　　左師公曰:"老臣賤息舒祺[1],最少,不肖[2]。而臣衰,竊愛憐之[3]。願令得補黑衣之數[4],以衛王宮,没死以聞[5]。"太后曰:"敬諾[6]。年幾何矣?"對曰:"十五歲矣。雖少,願及未填溝壑而託之[7]。"太后曰:"丈夫亦愛憐其少子乎[8]?"對曰:"甚於婦人。"太后笑曰：“婦人異甚[9]。”對曰：“老臣竊以爲媼之愛燕后賢於長安君[10]。”曰：“君過矣[11]，不若長安君之甚！”左師公曰：“父母之愛子，則爲之計深遠[12]。媼之送燕后也，持其踵爲之泣[13]，念悲其遠也[14]，亦哀之矣。已行，非弗思也，祭祀必祝之，祝曰：‘必勿使反[15]。’豈非計久長，有子孫相繼爲王也哉[16]？”太后曰：“然。”

【校注】

[1]賤息：謙稱自己的兒子。息，子。舒祺：觸龍小兒子名。　　[2]不肖：不賢，不才。　　[3]憐：愛。　　[4]補黑衣之數：補充衛士的數目。黑衣，侍衛之服（清顧炎武《日知録》卷二十四）。戰國時守衛王宮者，皆卿大夫之庶子（清孫詒讓《周禮正義》卷七引惠士奇説）。　　[5]没（mò 莫）死：冒死。没，通“冒”。一作“昧”。　　[6]敬諾：遵命。　　[7]及：趁。填溝壑：死後無人埋葬，屍體填塞在山溝裏。這裏是代指死亡的委婉説法。　　[8]丈夫：男子的通稱。　　[9]異甚：更加厲害。　　[10]媼（ǎo 襖）：對年老婦人的尊稱。燕后：指趙太后女兒，嫁給燕國國君爲王后。賢：勝過。　　[11]過：錯。　　[12]計深遠：作長遠打算。[13]“持其踵”句：扶着車子，爲她哭泣。踵（zhǒng 冢），車轅末端用以承受車箱橫木的部分。《周禮·考工記》鄭玄注：“踵，後承軫者也。”一説“持其踵”是抓着她的腳跟。　　[14]念悲其遠：想到女兒嫁得遠。一説“悲”爲衍文。　　[15]必勿使反：一定別讓她回來。《公羊傳·莊公二十七年》何休注：“諸侯夫人尊重，既嫁，非有大故不得反。”“大故”指被廢或亡國。　　[16]“豈非”兩句：難道不是作長遠打算，希望燕后有子孫世世代代相繼爲王嗎？

左師公曰：“今三世以前，至於趙之爲趙[1]，趙主之子孫侯者，其繼有在者乎[2]？”曰：“無有。”曰：“微獨趙[3]，諸侯有在者乎[4]？”曰：“老婦不聞也。”“此其近者禍及身，遠者及其子孫。豈人主之子孫則必不善哉？位尊而無功，奉厚而無勞[5]，而挾重器多也[6]。今媼尊長安君之位[7]，而封之以膏腴之地[8]，多予之重器，而不及今令有功於國，一旦山陵崩[9]，長安君何以自託於趙[10]？老臣以媼爲長安君計短也，故以爲其愛不若燕后。”太后曰：“諾，恣君之所使之[11]。”於是爲長安君約車百乘[12]，質於齊。齊兵乃出。

子義聞之曰[13]：“人主之子也，骨肉之親也，猶不能恃無功之尊，無勞之奉，而守金玉之重也，而況人臣乎？”

《戰國策》卷二一《趙策四》

【校注】

[1]“今三世”兩句：從現在起三代以前，一直推到趙氏建立趙國的時候。三世：三代，父子相繼爲一世。趙氏原來是晉國大夫，封於趙，在趙簡子、趙襄子時逐漸强大，至趙烈侯六年(前403)與魏、韓分割晉而立爲諸侯國，自烈侯至孝成王，已有六代七主一百四十三年(烈侯、敬侯、成侯、肅侯、武靈王、惠文王、孝成王)。　　[2]“趙主”兩句：趙國君主的子孫封侯的，他們的後代現在還有保住爵位的嗎？侯：封侯。繼：繼承人。在：存在，指保住爵位。按，趙敬侯峙(前386年)，公子朝作亂，敗，出奔魏；成侯時(前374年)，公子勝爲亂，死；肅侯峙(前349年)，公子緤争立，敗，奔韓；惠文王時(前294年)，公子章作亂，與其父武靈王(主父)俱死。當年趙烈侯的子孫封侯的，到孝成王之時，全部未能保住爵位。　　[3]微獨：不僅，不但。
[4]諸侯有在者乎：其他諸侯國子孫封侯的，他們的後代現在還有保住爵位的嗎？
[5]奉：同“俸”，指俸禄。勞：事功，功勞。　　[6]挾：挾持，擁有。重器：指金玉鐘鼎之類，是權利的象徵。　　[7]尊：尊重，提高。　　[8]膏腴(yú魚)：肥沃。
[9]山陵崩：比喻國君死亡的一種婉轉説法，這裏指趙太后去世。　　[10]託：託身，立足。　　[11]恣：任憑。使之：派遣他。　　[12]約車百乘：準備了一百輛車。約，治，準備。　　[13]子義：趙國的賢士。

【集評】

　　(明)鍾惺《周文歸》卷十八：“左師悟太后不當在言語上看，全在舉止進退有關目，有節奏，一段迂態閒情，與本事全不相拈，而意思正自婉入。妙在從婦人性情體貼探討，使人不覺入其轂中。”

　　(清)余誠《古文釋義·觸龍説趙太后總評》：“字字機警，筆筆針鋒，目送手揮，旁敲還擊，絶不使直筆，絶不犯正面，而未言之隱，自能令人首肯，真是異樣出色。近日舉業家有‘文似不着題，而題義已透徹無遺藴’者，此其似之。左師公意中是欲使長安君質齊，口中未嘗道及隻字，而太后欣然許之者，由其作用之妙，而不恃强諫也。須知前路寬寬引入，純是左師有意，太后無心，故閒散之筆，皆關緊要。讀此文者，一句一字，尤當細心領悟，不可忽略過也。”

老　子

【作者簡介】

　　老子,名聃,楚苦縣(今河南鹿邑)人,曾任周守藏室史官。生卒年不詳,大約與孔子同時而稍長,孔子適周,曾向老子問禮。老子見周政日衰,遂出關退隱,潛心著述,"乃著書上下篇,言道德之意五千餘言而去,莫知其所終"(《史記·老子韓非列傳》)。老子爲道家學派的創始人,他反復陳述的"道",大旨是"無爲自化,清静自正",是對人生體驗的高度總結。其文辭約而義深,節奏鏗鏘,通篇叶韻。

　　《老子》爲老聃口述,由其弟子整理成書,在流傳過程中有所增益。《韓非子》中《解老》《喻老》爲所見流傳最早的注本。漢初有多家傳其學,至劉向乃"定著二篇八十一章,上經三十四章,下經四十七章"(劉歆《七略》,今本上經三十七章,下經四十四章),流傳至今。1993年,湖北省荆門市郭店戰國中期楚墓中出土的簡本《老子》殘存兩千餘字,文字與章次都與今本差别甚大。1972年長沙馬王堆西漢墓出土的帛書《老子》,《德經》在前,《道經》在後,不分章,文字與今本稍有出入。現在通行的《老子》注,以"河上公注"爲早,大約成書於東漢桓帝、靈帝時代。三國魏王弼的注本,發揮玄理,最爲通行。

天下皆知美之爲美

【題解】

　　本章有兩層意思:第一,以美與醜、善與惡説明一切事物及人們對它們的認識都是在對立的關係中產生的,因爲事物在相反中發揮相成的作用,它們互相對立而又互相依賴、互相補充。第二,"聖人"的行事,是按照自然規律而不强作妄爲。萬物興起,各呈己態,聖人僅僅從旁輔助,任憑它們各自展示其生命内涵。"無爲"並不是什麽都不做,要"生",要"爲",要"功成",就是要人們去創造,去發揮自己的才能,成就偉大的功業,但不必自居其功,不要恃功自傲。

　　天下皆知美之爲美,斯惡已[1];皆知善之爲善,斯不善已。故有无相生[2],難易相成[3],長短相形[4],高下相傾[5],音聲相和[6],前後相隨[7]。

　　是以聖人處無爲之事[8],行不言之教[9],萬物作而不辭[10],生而不有[11],爲而不恃[12],成功不居[13]。夫唯不居,是以不去[14]。

《老子校釋》第二章

【校注】

[1]“天下”兩句:天下都知道美之所以爲美,醜的認識便産生了。惡:指醜。已:一作“矣”,通。按:老子的意思是説,“美”的概念是同“醜”的概念同時産生的。下兩句是説“善”的概念是同“不善”的概念同時産生的。　[2]无:同“無”。相生:互相依存。　[3]成:成就,完成。　[4]形:表現,呈現。　[5]傾:傾斜,引申爲依靠。帛書“傾”作“盈”,是包容的意思。　[6]音:指樂器的音響。《説文》:“絲竹金石匏土革木,音也。”聲:指人的聲音。和:調和,和諧。　[7]隨:追隨。帛書《老子》此句下有“恒也”二字。　[8]聖人:道家的理想人物,體任自然,無爲自化,清静自正。儒家的“聖人”則是典範化的道德完人。處:做。[9]不言:不發號施令,不用政令。　[10]萬物作而不辭:萬物興起而不加以評論。作,興起。不辭,不倡導,不評論。帛書《老子》作“不始”,意謂不創始,由其自然興起。　[11]生而不有:生養萬物而不據爲己有。　[12]爲而不恃:有所作爲,但是不依靠它。　[13]成功不居:成就了功業,但並不居爲己有。[14]“夫唯”兩句:正因不自居功,所以他的功績就不會泯滅。

【集評】

(明)歸有光《諸子彙函》卷二引林鬳齋曰“此章即‘有而不居’之意。美善不同,美而不知其美,善而不知其善,則美惡無不善矣。‘相生相成’以下六句,皆喻上面‘美惡善不善’之意,故聖人以無爲而爲,以不言而言,成功而不居,如天地之生萬物,何嘗恃之以爲能。故以‘萬物作焉而不辭’三句發明之,即舜、禹有天下而不與之意,古聖人皆然,何特老子,但老子説得太刻苦,所以近於異端。末‘夫惟不居,是以不去’八字最有味,《書》曰‘有其善喪厥善’,便是如此意。”

(明)陳深《諸子品節》卷一:“‘是以不去’,結句妙奇有味。此老每用結句,一髮千鈞,氣勢雄奇。”

小國寡民

【題解】

　　這是老子在古代農村生活的基礎上加以理想化的社會情景,没有剥削,没有戰爭,人民生活在落後的生産狀況下,隔絶文明,安居樂業,甘食美服,心態平静,民風質樸。當然,這只是一種幻想而已,與社會歷史的發展是背道而馳的。

　　小國寡民[1]。使有什佰之器而不用[2],使人重死而不遠徙[3]。雖有舟轝[4],無所乘之;雖有甲兵,无所陳之[5];使民復結繩而用之[6]。甘其食[7],美其服,安其居,樂其俗。鄰國相望,鷄狗之聲相聞,民至老死不相往來。

　　　　　　　　　　　　　　　　　　　　　　　　　《老子校釋》第八十章

【校注】

[1]小國寡民:使國土狹小人民稀少。小、寡,用作動詞。　　[2]什佰之器:各種各樣的器具。什,通“十”;佰,通“百”,皆言其多。一説“什佰之器”即兵器(宋徐鍇《説文繫傳》)。　　[3]重死:看重死亡,即愛惜生命。不遠徙:帛書《老子》作“遠徙”,無“不”字。《廣雅·釋詁》:“遠,疏也。”　　[4]轝(yú 娱):同“輿”,車子。　　[5]陳:陳列。　　[6]復:恢復。結繩:相傳在文字出現以前,人們在繩索上打結以記事。　　[7]甘其食:民以其食爲甘美。下文“美”、“安”、“樂”三字也是意動用法。一本“甘”字上有“民各”二字。

【集評】

　　(明)陳深《諸子品節》卷一:“清静之治,純樸之化,盛德者亦能爲之,非真結繩也。使民不作僞耳,漢文帝、汲黯皆能用之,況老子身親爲之,其作用當何如?”

　　馮友蘭《中國哲學史》第八章:“此即《老子》之理想的社會也。此非只是原始社會之野蠻境界,此乃包含有野蠻之文明境界也。非無舟輿也,有而無所乘之而已。非無甲兵也,有而無所陳之而已。‘甘其食,美其服’,豈原始社會中所能有者? 可套《老子》之言曰:‘大文明若野蠻。’野蠻的文明,乃最能持久之文明也。”

論　語

【作者簡介】

　　孔子(前551—前479)，名丘，字仲尼，其先爲宋國貴族。生於魯國陬邑(今山東曲阜)。幼孤，家貧且賤。曾爲季氏委吏(掌會計)、乘田吏(掌畜牧)。年三十餘，游齊，後至周，問禮於老子。年過五十，爲魯國中都宰，遷司空、大司寇，並短時間攝相事，因和當權的季氏發生矛盾，離開魯國，偕弟子周游列國，前後十四年皆不見用，直到六十八歲回到故鄉。孔子是儒家學派的創始人，我國古代偉大的思想家和教育家。一生以聚徒講學爲主，受業門人先後多達三千，傑出者七十多人。他曾删《詩》、《書》，定《禮》、《樂》，因魯史記而編《春秋》，在保存和傳播古代文化方面貢獻至鉅。《史記》卷四七有傳。

　　《論語》二十篇，皆爲弟子後學所記孔子的言行，其編定成書，至少在兩次以上，其年代則當在春秋末期至戰國初期。書中以記言爲主，故謂之“語”，“論”是“編纂”的意思。西漢末年，《論語》已被劉歆著録於《七略·六藝略》。至唐代，正式列入經書。三國魏何晏的《論語集解》，保存了西漢以來諸家成果，是今見最早的注本。宋朱熹《論語集注》、清劉寶楠《論語正義》、近代程樹德《論語集釋》、楊樹達《論語疏證》，是古今《論語》研究的集大成之作。

學而時習之

【題解】

　　此章講爲學的三種境界：學習而經常實習，達到内心好之，則心曠神怡；到了學問日增，道德日進，志同道合的遠方朋友慕名而來，共同探討，其樂也融融；至最高境界，則德性堅定，造詣臻極，坦然處世，何愠怒之有。

　　子曰[1]：“學而時習之[2]，不亦説乎[3]？有朋自遠方來[4]，不亦樂乎？人不知而不愠[5]，不亦君子乎[6]？”

《論語譯注·學而篇第一》

【校注】

[1]子：《論語》中“子曰”的“子”都是指孔子。　　　[2]時習：按一定時間實習。

習,實習,演習。孔子所講的功課,大都和當時社會生活密切相關,像禮(包括各種禮節)、樂(音樂)、射(射箭)、御(駕車)等,都需要實習、演習。　　[3]説:同"悦"。不亦……乎:固定句式,相當於"不也……嗎"。　　[4]有朋:古本作"友朋"。鄭玄注:"同門曰朋,同志曰友。"　　[5]人不知:別人不瞭解自己。《論語·憲問》:"子曰:不患人之不己知,患其不能也。"　愠(yùn 韵):怨恨。[6]君子:品德高尚的人。

【集評】

(明)周宗建《論語商·學而篇第一》引鄒肇敏曰:"只爲世人不知學味,便看苦了聖人,説'悦',説'樂',説'不愠',令願息者欲躍欲舞,最屬可思。"

(清)梁清遠《雕丘雜録·采榮録》:"《論語》一書,首言爲學,即曰'悦',曰'樂',曰'君子',此聖人最善誘人處。蓋知人皆憚於學而畏其苦也,是以鼓之以心意之暢適,動之以至美之嘉名,令人有欣慕之意,而不得不勉力於此也。"

吾十有五而志於學

【題解】

此章孔子自述其一生堅持學習與道德修養的進步過程,從"志於學"到"從心所欲不踰矩",是學問和道德修養日臻完美的過程。"從心所欲不踰距",就是内心自由的極致,一切念頭與外界法度規矩自然吻合。

子曰:"吾十有五而志於學[1],三十而立[2],四十而不惑[3],五十而知天命[4],六十而耳順[5],七十而從心所欲不踰矩[6]。"

《論語譯注·爲政篇第二》

【校注】

[1]十有五:十五歲。有,同"又"。志於學:堅定了學習的志向。　　[2]立:學業有成就。清劉寶楠《論語正義》:"諸解'立'爲立於道,立於禮,皆統於學,學不外道與禮也。"　　[3]不惑:不疑惑。清黄式三《論語後案》:"不惑,達權也。"即通達權變。　　[4]天命:上天所決定的人一生的富貴貧賤。南朝梁皇侃《論語義疏》:"天命,謂窮通之分也。"　　[5]耳順:什麼話也能聽進去。順,不違背。宋朱熹《論語集注》:"聲入心通,無所違逆,知之之至,不思而得也。"　　[6]踰矩:

越過法度。

【集評】

　　(明)顧憲成《四書講義·吾十有五章》:"這章書是夫子一生年譜,亦是千古作聖妙訣。試看入手一箇'學',得手一箇'矩',中閒特點出'天命'二字,直是血脈準繩一齊俱到。曰'志',曰'立',曰'不惑',修境也。曰'知天命',悟境也。曰'耳順',曰'從心',證境也。即入道次第亦纖毫不容躐矣。提這'學'字,乃與人指出一大路,以爲由此雖愚者可進而明,柔者可進而强,伹一念克奮,自途人而上,個個做得聖人,夫子所以曲成萬物而不遺也。提這'矩'字,乃與人指出一定準則,以爲到此雖明者不得自用其明,强者不得自用其强,但一絲稍歧,總猶是門外漢,夫子所以範圍萬世於無窮也。"

　　(明)鹿善繼《四書説約·論語二》:"此是'學而時習'實録。吾人天命,一個至善,從起初歸依於此,而中間功夫淺深,有日異月不同之妙。蓋體驗愈久,本體愈親,自然之理也。"

賢哉回也

【題解】

　　顏淵是孔子最好的學生,在孔門四科(德行、言語、政事、文學)中居"德行"之首。《論語》中有關顏淵的記載多達二十一章,由這些記載看,顏淵好學深思,聞一知十,堅持不懈,是孔子"仁"學的忠誠實踐者。面對常人難以忍受的物質生活的貧窮,他怡然自得,由"仁"陶冶性情,從中體會着"樂"。

　　子曰:"賢哉,回也[1]! 一簞食[2],一瓢飲[3],在陋巷,人不堪其憂[4],回也不改其樂。賢哉,回也!"

《論語譯注·雍也篇第六》

【校注】

[1]回:顏回(前 521—前 481),字子淵,在孔子弟子中以德行高尚著稱。事蹟見《史記·仲尼弟子列傳》。　　[2]簞(dān 單):古代盛飯的圓形竹器。　　[3]瓢(piáo 飄陽平):將葫蘆剖分爲二,用作舀水或盛酒的器皿。飲:飲料。　　[4]不堪:不能忍受。

【集評】

　　(明)辛全《四書説·論語上》:"簞瓢陋巷,偶然之遇耳,顏子處之,不改其樂,簞瓢陋巷似爲千古美談。可見貧未嘗孤負人,但恐人不會享用此貧耳。"

　　(明)楊慎《譚苑醍醐》:"有問予顏子不改其樂,所樂何事? 予曰:且問予'人不堪其憂',所憂者何事? 知世人之所憂,則知顏子之所樂矣。《傳》云:'古有居巖穴而神不遺,末世有爲萬乘而日憂悲。'此我輩文字禪,不須更下一轉語也。"

子路、曾晳、冉有、公西華侍坐

【題解】

　　此章描寫孔子與學生進行的一次有關志向抱負問題的討論。孔子循循善誘,引導啟發,學生各抒己見,暢所欲言,篇末的評論表現出他對學生個性及才能的瞭解。本文成功地描寫了孔子和藹可親、誨人不倦的形象。四位弟子的個性也躍然紙上:子路勇於作爲,性格直率;冉有、公西華態度謙虛,説話謹慎,一個側重政治經濟,一個側重外交禮儀;而曾點則優游自適,令人神往。本文既寫言談,又傳神情;既寫出了不同的人物風貌,又點染出師生間和諧的氣氛。

　　　　子路、曾晳、冉有、公西華侍坐[1]。

　　　　子曰:"以吾一日長乎爾,毋吾以也[2]。居則曰[3]:'不吾知也[4]!'如或知爾[5],則何以哉[6]?"

　　　　子路率爾而對曰[7]:"千乘之國[8],攝乎大國之間[9],加之以師旅[10],因之以饑饉[11]。由也爲之[12],比及三年[13],可使有勇,且知方也[14]。"

　　　　夫子哂之[15]。

　　　　"求[16]! 爾何如?"

　　　　對曰:"方六七十[17],如五六十[18],求也爲之,比及三年,可使足民[19]。如其禮樂[20],以俟君子。"

　　　　"赤! 爾何如?"

　　　　對曰:"非曰能之,願學焉。宗廟之事[21],如會同[22],端章甫[23],願爲小相焉[24]。"

　　　　"點! 爾何如?"

鼓瑟希^[25]，鏗爾^[26]，舍瑟而作^[27]，對曰：“異乎三子者之撰^[28]！”

子曰：“何傷乎^[29]？亦各言其志也。”

曰：“莫春者^[30]，春服既成^[31]，冠者五六人^[32]，童子六七人^[33]，浴乎沂^[34]，風乎舞雩^[35]，詠而歸^[36]。”

夫子喟然歎曰^[37]：“吾與點也^[38]！”

三子者出，曾皙後。曾皙曰：“夫三子者之言何如？”

子曰：“亦各言其志也已矣^[39]。”

曰：“夫子何哂由也？”

曰：“爲國以禮，其言不讓^[40]，是故哂之。唯求則非邦也與^[41]？安見方六七十，如五六十，而非邦也者？唯赤則非邦也與？宗廟會同，非諸侯而何？赤也爲之小，孰能爲之大^[42]？”

《論語譯注·先進篇第十一》

【校注】

[1]子路：孔子弟子，名仲由，字子路，小孔子九歲。性直率，好勇力。曾皙（xī 西）：名點，曾參的父親，孔子弟子。冉有：名求，字子有，孔子弟子，小孔子二十九歲，長於政事。公西華：複姓公西，名赤，字子華，孔子晚年弟子，小孔子四十二歲。諸弟子事蹟均見《史記·仲尼弟子列傳》。侍坐：陪孔子坐。清劉寶楠《論語正義》：“此獨言侍坐，明四子亦坐也。”侍坐的次序按年齡排。　　[2]“以吾”二句：因爲我比你們大一點，就不講話了。“毋吾以”的“以”，《釋文》引鄭玄本作“已”，停止的意思。一説“以”是“用”的意思，二句言年長衰老，無人用我。　　[3]居：平時。則：輒，總是。　　[4]不吾知：不知吾，古漢語否定句代詞賓語前置。　　[5]或：有人，不定代詞。　　[6]何以：以何，做什麼。《論語·爲政》：“視其所以，觀其所由。”宋朱熹注：“以，爲也。”　　[7]率爾：率直、匆忙的樣子。　　[8]千乘（shèng 剩）之國：擁有千輛戰車的國家。是當時的中等諸侯國。乘，兵車，一車四馬爲乘。　　[9]攝：逼近。清俞樾《群經平議》以爲“攝”同“檷”，“夾”的意思。“攝乎大國之間”，猶言夾於大國之間。　　[10]師旅：古代軍隊的編制單位，二千五百人爲師，五百人爲旅，這裏指戰爭。　　[11]因之：繼之。饑饉（jǐn 緊）：荒年。《爾雅·釋天》：“穀不熟爲饑，蔬不熟爲饉。”　　[12]爲：治理。　　[13]比（bì 必）及：等到。　　[14]方：宋朱熹《集注》：“方，向也，謂向義也。”　　[15]哂（shěn 審）：笑。　　[16]求：即冉有。這句是孔子問句，省略了“子曰”。　　[17]方六七十：縱橫六七十里。　　[18]如：或者。　　[19]足民：人民衣食富足。

[20]如:若,至於。　　[21]宗廟之事:指諸侯祭祀祖先的事。　　[22]如:或者。會:指諸侯會盟。同:指諸侯共同朝見天子。　　[23]端:玄端,一種禮服。章甫:一種禮帽。"端"和"章甫"這裏都用作動詞,穿着禮服,戴着禮帽。　　[24]相:祭祀或會盟時主持儀式的人,分爲卿、大夫、士三級。"小相"是自謙爲低等級的説法。　　[25]希:同"稀",這裏作動詞,是説放慢彈琴的節奏和力度。[26]鏗(kēng 坑)爾:鏗然,象聲詞,指曾皙彈瑟結束的聲音。漢孔安國認爲是"投瑟之聲"。　　[27]舍:放開。作:站起來。　　[28]撰:述説(漢鄭玄注)。孔安國則説"撰"指從政的才幹。按此處表現曾皙爲人謙遜,如訓"撰"指從政的才幹,則比子路的"率爾"更爲自負。　　[29]何傷乎:有什麼損傷呢? 孔安國曰:"各言己志,於義無傷。"　　[30]莫(mù 暮)春:夏曆三月。莫,同"暮"。　　[31]成:完成,這裏是穿好的意思。　　[32]冠者:成年人。古代男子二十歲舉行冠禮。[33]童子:未冠的少年。　　[34]浴乎沂(yí 移):在沂水中洗澡。沂,水名,在今山東曲阜南。　　[35]風:作動詞用,吹風的意思。舞雩(yú 魚):魯國祭天求雨的壇,在曲阜東。　　[36]詠:唱歌。　　[37]喟(kuì 愧)然:歎氣的樣子。[38]與(yù 玉):贊同。　　[39]已矣:罷了。　　[40]讓:謙讓。　　[41]"唯求"句:難道冉有説的就不是治國之事嗎? 唯:句首語氣詞。邦:諸侯國。[42]"赤也"兩句:公西華只能給諸侯做小相,那麼誰能做大相呢?

【集評】

　　(清)袁枚《小倉山房文集》卷二十四《論語解》:"聖人無一日忘天下,而門下子路能兵,冉有能足民,公西華能禮樂。三子之才,雖不言,夫子已素知之。第問之,試其自信否。既自信矣,倘明王復作,天下宗予,與二三子各行其志,則東周之復,期月而可也。無如轍環天下,終於吾道之不行,不如沂水春風,一歌一浴,較浮海居夷,其樂殊勝。蓋三子之言畢,而夫子之心傷矣。適曾點曠達之言泠然入耳,遂不覺歎而與之,非果與聖心契合也。如果與聖心契合,在夫子當莞爾而笑,不當喟然而歎;在曾點當聲入心通,不違如愚,不當愈問而愈遠,且受嗔斥也。"

　　(清)方存之《論文章本原》卷一:"冉有、公西華二節,文法在中間相對。以子路之'率爾',曾皙之'鏗爾'首末相對,'哂子路'與'與點'之言相對。四段事,三樣文法,變化之中又極整齊,真妙文也。"

墨　子

【作者簡介】

墨翟(前480？—前390？)，戰國初期魯國人(舊説爲宋人或楚人者非，參清孫詒讓《墨子傳略》和蔣建侯《墨子略考》)。年輕時做過木匠，自稱奉行大禹遺教，生活清苦，一生周游列國，宣傳游説。曾任宋國大夫。墨子早年學習儒學，後另創墨家學派，聚徒講授，弟子滿天下。主張"兼愛"、"非攻"、"節用"、"尚同"之説，是先秦諸子中唯一反映下層利益、反對貴族化的學説，與儒家並稱當世"顯學"。《史記·孟子荀卿列傳》附記其事迹僅二十餘字，清末孫詒讓有《墨子傳略》，綜合典籍，考其事之大略。《漢書·藝文志》著録《墨子》七十一篇，今存五十三篇。當爲墨翟弟子及後學記録編纂而成。《墨子》語言質樸，不重文采而重實用。其中有關於力學、光學、幾何學、邏輯學及其運用的論述，是研究中國古代思想史、科技史、邏輯學的珍貴資料。注釋本以清末孫詒讓《墨子閒詁》和今人吳毓江《墨子校注》最有價值。

公　　輸

【題解】

本篇記載墨子用道理説服、用行動制止公輸般和楚王，迫使楚王放棄攻宋的不義之戰。故事情節曲折完整，人物形象生動。墨子不僅能言善辯，以理服人，而且深謀遠慮，機智勇敢，不怕犧牲。墨子用實際行動實踐了他"兼愛"、"非攻"的主張。

公輸般爲楚造雲梯之械成[1]，將以攻宋。子墨子聞之[2]，起於齊[3]，行十日十夜，而至於郢[4]，見公輸般。

公輸般曰："夫子何命焉爲[5]？"子墨子曰："北方有侮臣者[6]，願藉子殺之[7]。"公輸般不説[8]。子墨子曰："請獻十金[9]。"公輸般曰："吾義固不殺人[10]。"子墨子起，再拜曰："請説之。吾從北方聞子爲梯，將以攻宋。宋何罪之有？荆國有餘於地[11]，而不足於民[12]，殺所不足而争所有餘，不可謂智。宋無罪而攻之，不可謂仁。知而不争[13]，不可謂忠。争而不得[14]，不可謂强。義不殺少而殺衆，不可謂知類[15]。"公輸般服。子墨子曰："然乎不已乎[16]？"公輸般曰："不可，吾既已言之王矣[17]。"子墨子曰："胡不見我於王[18]?"公輸般曰："諾。"

【校注】

[1]公輸般:魯國人,姓公輸,名般。也作"公輸班",即魯班。他善於製造奇巧的器械。一作"公輸盤","盤"、"般"通。雲梯:攻城時用來登城的器械。　　　[2]子墨子:指墨翟。姓氏前加"子",是弟子對老師的敬稱。《春秋公羊傳·隱公十一年》漢何休注:"沈子稱子,冠氏上者,著其爲師也……其不冠子者,他師也。"　　　[3]起於齊:從齊國動身。　　　[4]行十日十夜:他書作"裂裳裹足,日夜不休,十日十夜",描述更爲生動具體。郢(yǐng 影):楚國都城,在今湖北荆州西北。　　　[5]夫子何命焉爲:先生有何見教? 何……焉爲,表示疑問的固定句型。　　　[6]臣:自我謙稱。者:原闕,今據清俞樾《諸子平議》説補。　　　[7]藉子:借您的手。　　　[8]説:同"悦"。　　　[9]金:貨幣,引申爲貨幣單位。　　　[10]義固不殺人:依理決不殺人。[11]荆國:楚國。有餘於地:土地有餘。　　　[12]不足於民:人口不足。[13]爭:據理爭辯諫阻。　　　[14]不得:没有結果。　　　[15]知類:懂得事理。《孟子·告子上》"此之謂不知類也"趙歧注:"類,事也。"　　　[16]乎:清畢沅《墨子注》、孫詒讓《墨子間詁》作"胡",吳毓江注引王樹枏云:"上'乎'字即'胡'音之訛。"胡,何。已:停止。　　　[17]既已:已經。　　　[18]見:引見。王:指楚惠王,名章,據孫詒讓《墨子年表》,止楚攻宋之事發生在楚惠王五十年(前439)以前。

　　子墨子見王,曰:"今有人於此,舍其文軒[1],鄰有敝轝而欲竊之[2];舍其錦繡,鄰有短褐而欲竊之[3];舍其梁肉,鄰有糠糟而欲竊之[4]。此爲何若人[5]?"王曰:"必爲有竊疾矣[6]。"子墨子曰:"荆之地,方五千里,宋方五百里[7],此猶文軒之與敝轝也。荆有雲夢[8],犀、兕、麋鹿滿之[9],江漢之魚、鼈、黿、鼉爲天下富[10],宋所爲無雉兔鮒魚者也[11],此猶梁肉之與糠糟也。荆有長松、文梓、楩、柟、豫章[12],宋無長木,此猶錦繡之與短褐也。臣以王吏之攻宋也[13],爲與此同類[14]。"王曰:"善哉! 雖然,公輸般爲我爲雲梯,必取宋。"

【校注】

[1]舍:通"捨",放棄。文軒:彩飾的車。　　　[2]敝轝(yú 娱):破車。轝,同"輿"。　　　[3]短褐(hè 賀):粗布衣服。　　　[4]糠:同"糠"。　　　[5]何若:如

何,怎樣。　　　[6]"必爲"句:"有"字原無,據王念孫《讀書雜志》考證補。竊疾:偷盜的癖性。　　　[7]宋方五百里:畢、孫本作"宋之地,方五百里"。　　　[8]雲夢:楚國的大澤,跨長江南北,包括現在的洞庭湖和江北的洪湖、白鷺湖等湖泊。[9]犀(xī 西):犀牛。兕(sì 四):犀牛類的獸。麋(mí 迷)鹿:古代也稱"麈",屬於哺乳綱偶蹄目鹿科,它角似鹿,頭似馬,蹄似牛,尾似驢,俗稱"四不像"。[10]江漢:長江和漢水。黿(yuán 元):鼈的一種。鼉(tuó 駝):揚子鱷,俗稱"豬婆龍",是鱷魚的一種。　　　[11]"宋所爲"句:宋國連很小的禽獸魚類都沒有。所爲:猶"所謂",爲,通"謂"。鮒(fù 負)魚:原作"狐狸",吳毓江注引王(念孫)云:"作'鮒魚'是也。無雉兔,對上文荆有犀兕麋鹿言之;無鮒魚,對上文荆有魚鼈黿鼉言之。"畢、孫本作"鮒魚",今據改。鮒魚,即鯽魚。　　　[12]文梓(zǐ 子):即梓樹,因文理細密,所以叫"文梓"。楩(pián 駢):樹名,即黃楩木。柟(nán 南):同"楠"。豫章:樟樹。　　　[13]王吏:指楚王派遣攻宋的將吏。　　　[14]爲與此同類:此下畢、孫本增"臣見大王之必傷義而不得"十一字,吳毓江注:"案,畢增十一字,爲《御覽》七百五十二引《淮南子》文,畢以之竄入《墨子》,非是。"

　　於是見公輸般。子墨子解帶爲城[1],以牒爲械[2]。公輸般九設攻城之機變[3],子墨子九距之[4]。公輸般之攻械盡,子墨子之守圉有餘[5]。公輸般詘[6],而曰:"吾知所以距子矣[7],吾不言。"子墨子亦曰:"吾知子之所以距我,吾不言。"楚王問其故,子墨子曰:"公輸子之意,不過欲殺臣。殺臣,宋莫能守,可攻也。然臣之弟子禽滑釐等三百人[8],已持臣守圉之器,在宋城上而待楚寇矣[9]。雖殺臣,不能絕也。"楚王曰:"善哉! 吾請無攻宋矣。"

　　子墨子歸,過宋[10]。天雨,庇其閭中[11],守閭者不内也[12]。故曰:"治於神者[13],衆人不知其功。爭於明者[14],衆人知之。"

《墨子校注》卷一三

【校注】

[1]解帶爲城:解下身上的皮帶圍成城狀。　　　[2]牒:木片。械:指防守器械。[3]九:多次。機變:機巧變化。　　　[4]距:抵禦。　　　[5]守圉(yǔ 羽):防守抵禦。圉,通"禦"。　　　[6]詘(qū 屈):窮盡。唐司馬貞《史記索隱》:"謂般技已盡,墨守有餘。"　　　[7]距:同"拒"。　　　[8]禽滑(gǔ 古)釐:魏國人。曾受業於子夏,後師事墨子,盡傳其學,是墨家學派重要代表人物。　　　[9]寇:侵犯。

[10]過宋:經過宋國。　　　[11]閭:里門,巷口的大門。　　　[12]不内:不讓入内。内,通“納”。　　　[13]神:神奇、神秘,這裏指一般人不能理解的大智慧、大利益。[14]明:指一般人能理解的小智小利。

【集評】

　　(明)焦竑《二十九子品彙釋評》卷十二引樓防曰:“‘義不殺人’一句,是子墨子逆誘他出來,下方把攻宋事好開口。此是將他言語制他辯士懸河之口也。”

　　張之純《評注諸子菁華録·墨子》:“全篇大意,不過一喻一正。見公輸般一段,先諷以北方侮臣,後始援攻宋之非,層層駁責,此爲前半篇之一喻一正。見王一段,先舉忘己之有而攘取他人者,然後質言楚之不必取宋,此爲下半段之一喻一正。”

孟　子

【作者簡介】

　　孟子(前372?—前289?),名軻,一説字子輿,戰國中期魯國鄒(今山東鄒縣)人。幼孤,及長,受業於子思(孔伋,孔子之孫)之門人,繼承並發展了孔子學説,主張施仁政,行王道,先後游歷齊、宋、滕、魯等國,以其“仁政”理論説諸侯,皆不見用。返鄒,與弟子“述仲尼之意,作《孟子》七篇”。其事見《史記》卷七十四《孟子荀卿列傳》。《漢書·藝文志·諸子略》儒家類著録《孟子》十一篇,東漢趙岐爲《孟子》作注,删除了後人依託的《孟子外書》四篇,今存七篇。孟子的散文語言平實淺近,精練準確,善用譬喻,長於論辯,感情激越,氣勢充沛。《孟子》最早的注本是東漢趙岐的《孟子章句》,南宋朱熹的《孟子集注》、清焦循的《孟子正義》最爲精當。

齊桓晉文之事

【題解】

　　本篇選自《孟子·梁惠王上》,是孟子晚年到齊國和齊宣王的一次談話記録。題目爲後人所加。《史記·孟子列傳》記載孟子游説齊宣王,宣王不能用,遂適梁見惠王。《資治通鑑》卷二《周紀二》改爲先游梁繼仕齊。按,齊宣王五年(前316)孟子尚在齊,而梁惠王死於宣王元年(前320),故《通鑑》説甚是。本文系統闡明了孟子行仁政而王天下的學説,就是"保民而王"。"保民"的出發點是"仁愛"之心,每個人都具備這種"仁愛"之心,只是一些人不願意發揚光大並施及到人民身上而已。實施仁政的具體辦法,就是使人民有恒產,老有所養,幼有所教,安居樂業。文章曲折盡情,氣盛言和,洋溢着沉雄豪宕、波瀾壯闊的氣勢。

齊宣王問曰[1]:"齊桓、晉文之事[2],可得聞乎?"

孟子對曰:"仲尼之徒無道桓、文之事者[3],是以後世無傳焉,臣未之聞也。無以,則王乎[4]?"

曰:"德何如則可以王矣?"

曰:"保民而王[5],莫之能禦也[6]。"

曰:"若寡人者,可以保民乎哉?"

曰:"可。"

曰:"何由知吾可也?"

曰:"臣聞之胡齕曰[7]:王坐於堂上,有牽牛而過堂下者。王見之,曰:'牛何之[8]?'對曰:'將以釁鐘[9]。'王曰:'舍之!吾不忍其觳觫[10],若無罪而就死地。'對曰:'然則廢釁鐘與?'曰:'何可廢也? 以羊易之[11]。'不識有諸[12]?"

曰:"有之。"

曰:"是心足以王矣。百姓皆以王爲愛也[13],臣固知王之不忍也[14]。"

王曰:"然,誠有百姓者,齊國雖褊小[15],吾何愛一牛? 即不忍其觳觫,若無罪而就死地,故以羊易之也。"

曰:"王無異於百姓之以王爲愛也[16]。以小易大,彼惡知之[17]? 王若隱其無罪而就死地[18],則牛羊何擇焉[19]?"

王笑曰:"是誠何心哉? 我非愛其財而易之以羊也,宜乎百姓之謂我愛也[20]。"

曰:"無傷也[21],是乃仁術也[22],見牛未見羊也。君子之於禽獸也,見其生,不忍見其死;聞其聲,不忍食其肉。是以君子遠庖廚也[23]。"

【校注】

[1]齊宣王:名辟疆,威王之子,在位十八年(前 320—前 302)。時齊國富強,崇尚學術,文學游説之士如環淵、慎到、鄒衍等皆雲集齊國,形成稷下學術中心。

[2]齊桓晉文之事:指用武力稱霸天下的事業,即所謂"霸道"。齊桓公,名小白,春秋時期的第一位霸主,在位四十二年(前 685—前 643)。晉文公,名重耳,春秋時期第二位霸主,在位十五年(前 636—前 621)。　　　[3]"仲尼"句:是説孔子及其門徒没有講過齊桓、晉文的事情。按《論語·憲問》就記載了孔子稱讚齊桓公"九合諸侯"的事。孟子宣傳王道,反對霸道,故不願意提及桓、文之事。　　　[4]"無以"兩句:如果一定要講,就講王道吧。以:通"已",停止。王(wàng 旺):謂王天下之道,作動詞用。　　　[5]保:安定,愛護。　　　[6]莫之能禦:莫能禦之。古漢語中否定句賓語前置。禦,抵禦。　　　[7]胡齕(hé 何):齊宣王的近臣。　　　[8]之:往。　　　[9]釁(xìn 信)鐘:新鐘鑄成之後,殺牲取血,塗抹在孔隙處,作爲開始使用的儀式。釁,祭名,血祭。　　　[10]觳(hú 胡)觫(sù 速):恐懼戰慄的樣子。

[11]易:更換。　　　[12]識:知道。諸:"之乎"的合音。　　　[13]愛:吝惜。

[14]忍:殘酷,忍心。漢賈誼《新書·道術》:"惻隱憐人謂之慈,反慈爲忍。"

[15]褊(biǎn 貶)小:狹小。　　　[16]異:奇怪。　　　[17]惡(wū 烏):如何,怎麽。　　　[18]隱:同情,疼愛。　　　[19]擇:區別。　　　[20]"宜乎"句:老百姓説我吝嗇是應該的。謂語"宜乎"前置。　　　[21]無傷:没有損害。引申爲不要緊,没有什麽妨礙。宋朱熹《孟子集注》:"言雖有百姓之言,不爲害也。"　　　[22]仁術:仁愛之道。　　　[23]遠:遠離。庖(páo 咆)廚:廚房。《説文》:"庖,廚也。"

　　王説曰[1]:"《詩》云:'他人有心,予忖度之[2]。'夫子之謂也。夫我乃行之,反而求之,不得吾心[3]。夫子言之,於我心有戚戚焉[4]。此心之所以合於王者,何也?"

　　曰:"有復於王者曰[5]:'吾力足以舉百鈞[6],而不足以舉一羽;明足以察秋毫之末[7],而不見輿薪[8]。'則王許之乎[9]?"

　　曰:"否。"

　　"今恩足以及禽獸,而功不至於百姓者[10],獨何與[11]?然則一羽之不舉,爲不用力焉;輿薪之不見,爲不用明焉;百姓之不見保,爲不用恩焉。故王之不王[12],不爲也,非不能也。"

　　曰:"不爲者與不能者之形何以異[13]?"

　　曰:"挾太山以超北海[14],語人曰:'我不能。'是誠不能也。爲長者折枝[15]，語人曰：‘我不能。’是不爲也，非不能也。故王之不王，非挾太山以超北海之類也；王之不王，是折枝之類也。老吾老以及人之老，幼吾幼以及人之幼[16]，天下可運於掌[17]。《詩》云：‘刑于寡妻，至于兄弟，以御于家邦[18]，’言舉斯心加諸彼而已[19]。故推恩足以保四海[20]，不推恩無以保妻子。古之人所以大過人者[21]，無他焉，善推其所爲而已矣。今恩足以及禽獸，而功不至於百姓者，獨何與？

　　“權，然後知輕重[22]；度，然後知長短[23]。物皆然，心爲甚。王請度之[24]。

　　“抑王興甲兵[25]，危士臣，構怨於諸侯[26]，然後快於心與？”

【校注】

[1]説（yuè 悦）：同“悦”。　　[2]“忖人”兩句：見《詩·小雅·巧言》，意思是説：別人有什麼心事，我能够猜測出來。忖（cǔn 存上聲）度（duó 奪）：估量，揣測。

[3]不得吾心：想不明白當時是一種什麼心理。　　[4]戚戚：心動的樣子。

[5]復：報告。　　[6]鈞：古代的重量單位，一鈞合三十斤。　　[7]秋毫之末：秋天鳥獸新生羽毛的末端，喻其細小。　　[8]輿薪：一車柴草。　　[9]許：相信、聽信。　　[10]功：功德。　　[11]獨：却，偏偏。　　[12]王之不王（wàng 旺）：君王不實行王道。前一個“王”指君王，後一個“王”是動詞，指實行王道。

[13]形：外在的表現。　　[14]挾（xié 協）：夾在胳膊底下。太山：泰山。超：跳過。北海：渤海。　　[15]折枝：鞠躬，屈體行禮。枝，通“肢”。一説爲折取樹枝，一説爲按摩搔癢。　　[16]“老吾老”二句：敬愛自己的老人，再推廣到敬愛别人的老人；愛護自己的孩子，再推廣到愛護别人的孩子。第一個“老”字和第一個“幼”字都作動詞。　　[17]運於掌：運轉在手掌上，比喻天下很容易治理。

[18]“刑于”三句：見《詩·大雅·思齊》，意思是説：先給妻子做出榜樣，然後推及到兄弟身上，再進一步用這種仁德治理家族和邦國。刑：同“型”，示範。寡妻：國君的正妻。寡，大。參清俞正燮《癸巳類稿·寡兄解》。御：治理。家：卿大夫的采邑。邦：諸侯的封地。　　[19]“言舉”句：是説把這種仁心推廣到他人身上。斯心：此心，指仁愛之心。　　[20]推恩：推廣恩德。四海：指天下。　　[21]大過人：遠遠超過一般人。　　[22]權：秤錘，用作動詞，稱量。　　[23]度：尺子，用作動詞，度量。　　[24]度（duó 奪）：考慮，衡量。　　[25]抑：還是，選擇連詞。

[26]構怨：結仇。

　　王曰："否。吾何快於是？將以求吾所大欲也。"

　　曰："王之所大欲可得聞與？"

　　王笑而不言。

　　曰："爲肥甘不足於口與[1]？輕煖不足於體與[2]？抑爲采色不足視於目與[3]？聲音不足聽於耳與？便嬖不足使令於前與[4]？王之諸臣皆足以供之，而王豈爲是哉？"

　　曰："否，吾不爲是也。"

　　曰："然則王之所大欲可知已：欲辟土地[5]，朝秦、楚[6]，莅中國而撫四夷也[7]。以若所爲[8]，求若所欲，猶緣木而求魚也[9]。"

　　王曰："若是其甚與？"

　　曰："殆有甚焉[10]。緣木求魚，雖不得魚，無後災。以若所爲，求若所欲，盡心力而爲之，後必有災。"

　　曰："可得聞與？"

　　曰："鄒人與楚人戰[11]，則王以爲孰勝？"

　　曰："楚人勝。"

　　曰："然則小固不可以敵大[12]，寡固不可以敵衆，弱固不可以敵强。海内之地，方千里者九[13]，齊集有其一[14]。以一服八，何以異於鄒敵楚哉？蓋亦反其本矣[15]。

　　"今王發政施仁[16]，使天下仕者皆欲立於王之朝，耕者皆欲耕於王之野，商賈皆欲藏於王之市[17]，行旅皆欲出於王之塗[18]，天下之欲疾其君者[19]，皆欲赴愬於王[20]。其若是，孰能禦之？"

【校注】

[1]肥甘：指肥美香甜的食物。　　[2]輕煖：指輕軟保暖的衣服。煖，同"暖"。
[3]采：同"彩"。　　[4]便(pián 駢)嬖(bì 必)：國君寵愛的近臣。使令：使喚。
[5]辟：同"闢"，開拓，擴張。　　[6]朝秦、楚：使秦楚來朝貢。　　[7]"莅中國"句：威臨中原而鎮撫四方異族。莅(lì 利)：臨。中國：指中原。　　[8]若：同"爾"，你。一説同"偌"，如此。　　[9]緣木求魚：攀援樹木去捉魚。　　[10]殆：恐怕，可能。有：通"又"。　　[11]鄒：春秋時的小國，在今山東省鄒縣。
[12]固：一定，必然。　　[13]方千里：縱橫各千里。戰國時期陰陽家如鄒衍等，認爲儒家所謂"中國"，是天下的八十一分之一，名曰赤縣神州。赤縣神州之内有

九州,就是大禹所説的九州,周圍有小海環繞。赤縣神州之外還有同樣大小的九州,周圍有大海環繞。孟子所説的九州,是小九州,每州面積縱橫各千里。説詳《史記·孟子荀卿列傳》。　　[14]齊集有其一:齊國土地合起來約一千里見方。集,集合。　　[15]蓋:同"盍(hé 河)",何不。反其本:返回來尋找根本辦法。[16]發政施仁:發佈政令施行仁愛。　　[17]"商賈(gǔ 古)"句:商人都想把貨物投放到大王的集市上。行商坐賈,來往販運貨物叫"商",定居下來儲貨買賣叫"賈"。藏:儲藏,囤積。　　[18]塗:通"途",道路。　　[19]疾:憎恨。[20]愬:同"訴",申訴。

　　王曰:"吾惽[1],不能進於是矣[2]。願夫子輔吾志,明以教我。我雖不敏,請嘗試之。"

　　曰:"無恒産而有恒心者[3],惟士爲能。若民,則無恒産[4],因無恒心。苟無恒心,放辟邪侈[5],無不爲已。及陷於罪,然後從而刑之[6],是罔民也[7]。焉有仁人在位,罔民而可爲也?是故明君制民之産[8],必使仰足以事父母,俯足以畜妻子[9],樂歲終身飽[10],凶年免於死亡[11];然後驅而之善[12],故民之從之也輕[13]。

　　"今也制民之産,仰不足以事父母,俯不足以畜妻子;樂歲終身苦,凶年不免於死亡。此惟救死而恐不贍[14],奚暇治禮義哉[15]?

　　"王欲行之,則盍反其本矣[16]:五畝之宅,樹之以桑[17],五十者可以衣帛矣[18]。雞豚狗彘之畜[19],無失其時,七十者可以食肉矣[20]。百畝之田[21],勿奪其時[22],數口之家可以無飢矣。謹庠序之教[23],申之以孝悌之義[24],頒白者不負戴於道路矣[25]。老者衣帛食肉,黎民不飢不寒[26],然而不王者,未之有也。"

《孟子譯注》卷一《梁惠王上》

【校注】

[1]惽:同"昏",頭腦昏亂。　　[2]進:達到,做到。　　[3]恒産:固定的産業,如田宅、樹木、牲畜等。恒心:安居樂業的心。　　[4]則:因爲。　　[5]放辟邪侈:指放蕩邪惡的行爲。放,放蕩。辟,同"僻",與"邪"同義。侈,與"放"同義。[6]從:跟隨,緊接着。刑:處罰。　　[7]罔:通"網",用作動詞,張網使人陷入圈套,猶言"陷害"。　　[8]制:制定,規定。　　[9]畜妻子:養活妻子兒女。

［10］樂歲:豐年。終身:指全家人。　　　　［11］凶年:荒年。　　　［12］驅而之善:引
導人們向善。　　　［13］輕:容易。　　　［14］不贍(shàn 善):不足。　　　［15］奚:
何。暇:閒暇。治:研究,講究。　　　［16］盍:何不。　　　［17］“五畝之宅”二句:
相傳古代一個男丁可以分得五畝地作爲住宅地,二畝半在田中,二畝半在邑里中
(趙岐注)。　　　［18］五十衣帛:據清焦循《孟子正義》考證:如不養蠶,雖年過五十不
得衣帛;即使養蠶,不到五十也不得衣帛。老百姓以穿布衣爲常。　　　［19］豚(tún
屯):小豬。彘(zhì 致):豬。　　　［20］七十食肉:我國古代很早就有較完整的養老
制度,《禮記·王制》:“五十始衰,六十非肉不飽,七十非帛不暖。”　　　［21］百畝
之田:相傳古代井田制,每個男丁可分得一百畝田地。詳《漢書·食貨志上》。
［22］勿奪其時:不要因徭役耽誤農時。　　　［23］謹:重視。庠(xiáng 祥)序:古代
學校名稱。清王念孫《廣雅疏證》考證,古人常在“庠”中養老、“序”中習射。
［24］申:重申,反復叮嚀。孝悌(tì 惕):孝順父母,敬愛兄長。　　　［25］頒(bān
班)白:宋本作“斑白”,指頭髮半白半黑。負:背上承物。戴:頭上頂物。
［26］黎民:民衆,百姓。《爾雅·釋詁下》:“黎,衆也。”

【集評】

　　(清)章學誠《文史通義·詩教》:“孟子問齊王之大欲,歷舉輕暖肥甘,聲音采
色,《七》林之所啓也,而或以爲創之枚乘,忘其祖矣。”

　　(清)范爾梅《孟子札記·齊桓晉文章》:“文法似《公》、《穀》,而浩然之氣過
之。”

齊人有一妻一妾

【題解】

　　本篇選自《孟子·離婁下》。孟子的説理文章“長於譬喻”(趙岐《孟子章
句·題辭》)。這一章則就近取譬,用齊國男子游走墓間乞食,卻在妻妾面前謊稱交
接權貴的故事,尖刻諷刺那些醉心於“求富貴利達”之徒,精神空虛,欺詐鑽營,手段
卑劣,面目可憎。故事雖然淺白簡短,但結構完整,情節生動,人物刻畫形神畢肖,具
有很強的戲劇性效果。明人所撰《東郭記》傳奇和清蒲松齡的《東郭簫鼓兒詞》就是
以此爲主要題材創作的官場現形記。

　　齊人有一妻一妾而處室者,其良人出[1],則必饜酒肉而後反[2]。

其妻問所與飲食者,則盡富貴也。其妻告其妾曰:"良人出,則必饜酒肉而後反。問其與飲食者,盡富貴也,而未嘗有顯者來。吾將瞯良人之所之也[3]。"

蚤起[4],施從良人之所之[5],徧國中無與立談者[6]。卒之東郭墦閒[7],之祭者,乞其餘。不足,又顧而之他。此其爲饜足之道也。

其妻歸,告其妾曰:"良人者,所仰望而終身也。今若此!"與其妾訕其良人[8],而相泣於中庭[9]。而良人未之知也,施施從外來[10],驕其妻妾。

由君子觀之,則人之所以求富貴利達者,其妻妾不羞也,而不相泣者,幾希矣[11]。

《孟子譯注》卷八《離婁下》

【校注】

[1] 良人:婦人稱丈夫爲"良"。一說古稱"良",等同於今稱"郎"。 [2] 饜(yàn 厭):吃飽。 [3] 瞯(jiàn 見):窺探。 [4] 蚤:通"早"。 [5] 施:讀 yǐ(乙),或 yì(易),古"迤"字(清錢大昕《潛研堂答問》)。這裏是指斜着走,也就是從旁跟蹤。 [6] 徧:通"遍"。 [7] 墦(fán 凡):墳墓。 [8] 訕:譏諷。 [9] 中庭:庭中。 [10] 施施:等於說"翩翩",喜悦自得的樣子。 [11] 幾希:幾乎沒有。"希",少。

【集評】

(宋)洪邁《容齋續筆·文字結尾》:"《左傳》:'叔孫武叔使郰馬正侯犯殺郰宰公若藐,弗能。其圉人曰:"吾以劍過朝,公若必曰:'誰之劍也?'吾稱子以告,必觀之,吾偽固而授之末,則可殺也。"使如之。'《孟子》載:'齊人有一妻一妾而處室者,其良人出,必厭酒肉而後反。問所與飲食者,則盡富貴也。妻瞯其所之,乃之東郭墦間,之祭者乞其餘。歸告其妾曰:"良人者,所仰望而終身也,今若此!"'此二事反復數十百語,而但以'使如之'及'今若此'各三字結之。……文字結尾之簡妙至此。"

姚永概《孟子講義》卷八:"此文爲韓退之《圬者王承福傳》、柳子厚《種樹郭橐駝傳》所自出,而嬉笑怒罵,酣恣淋漓,全在叙事中見意,入議論反矜慎之至。太史公《列傳》又多用此法。"

魚我所欲也

【題解】

　　本篇選自《孟子·告子上》。以魚與熊掌不可兼得則捨魚取熊掌爲喻,引出生命與正義不可兼得時捨生而取義的論題。之所以能捨生取義,是因爲有比生命更重要的東西,有比死亡更可怕的東西。如果重要的莫過於生命,可怕的莫過於死亡,那麼凡是可以求生和避禍的方法都可以使用。但事實上很多人卻勇敢地走向苦難,坦然地面對犧牲,説明"正義"是根植於人的本心的。然而當初寧肯餓死也不食嗟來之食,一旦身居高位,卻爲物欲所蔽,不辨禮義地接受萬鍾俸禄。這就是人"本心"的迷失。

　　孟子曰:"魚,我所欲也;熊掌,亦我所欲也。二者不可得兼,舍魚而取熊掌者也。生,亦我所欲也;義,亦我所欲也。二者不可得兼,舍生而取義者也。生亦我所欲,所欲有甚於生者,故不爲苟得也[1]。死亦我所惡,所惡有甚於死者,故患有所不辟也[2]。

　　"如使人之所欲莫甚於生,則凡可以得生者,何不用也?使人之所惡莫甚於死者,則凡可以辟患者,何不爲也?由是則生而有不用也,由是則可以辟患而有不爲也。是故所欲有甚於生者,所惡有甚於死者。非獨賢者有是心也,人皆有之,賢者能勿喪耳。

　　"一簞食[3],一豆羹[4],得之則生,弗得則死。嘑爾而與之[5],行道之人弗受;蹴爾而與之[6],乞人不屑也[7]。萬鍾則不辯禮義而受之[8]。萬鍾於我何加焉?爲宮室之美、妻妾之奉[9]、所識窮乏者得我與[10]?鄉爲身死而不受[11],今爲宮室之美爲之;鄉爲身死而不受,今爲妻妾之奉爲之;鄉爲身死而不受,今爲所識窮乏者得我而爲之。是亦不可以已乎?此之謂失其本心[12]。"

《孟子譯注》卷一一《告子上》

【校注】

[1]苟得:苟且求得。　　[2]辟:同"避",躲避。　　[3]簞:盛飯的竹器。
[4]豆:古代盛羹湯的器皿。　　[5]嘑(hù 户)爾:粗暴的呼喊,與"嗟"意同。《禮記·檀弓下》:"齊大饑,黔敖爲食於路,以待餓者而食之。有餓者蒙袂輯屨貿

貿然來。黔敖左奉食,右執飲,曰:'嗟! 來食!'揚其目而視之,曰:'予唯不食嗟來之食以至於斯也。'從而謝焉,終不食而死。"　　　[6]蹴(cù 促):踐踏。　　　[7]屑:潔淨。意動用法。　　　[8]萬鍾:很豐厚的俸禄。鍾,古代的量器,六斛四斗爲一鍾(十斗爲一斛)。　　　[9]奉:侍奉。　　　[10]識:認識。窮乏:貧困的人。得:通"德",感恩,感激。　　　[11]鄉:同"嚮",從前。　　　[12]本心:指羞惡之心。

【集評】

(明)李贄《四書評·孟子卷六》:"世間竟有此等文字,大奇,大奇!""全是元氣磅礴! 此等文字都是從浩然氣中流出,文人那得有此?"

(清)范爾梅《孟子札記·生亦我所欲節》:"兩'甚'字雖指'義'、'不義'説,本文却不道破,正要人認出真心來。若道破便認不出真心來麽,不道破只是妙于語言,如前章結語之妙。"

舜發於畎畝之中

【題解】

本篇選自《孟子·告子下》。文章先舉出古代聖賢在困難憂患中崛起的事例,以説明凡是要成就一番事業,必然要經受艱難困苦的磨難。人通過應對外在苦難的挑戰和克服自身判斷的失誤,能够振奮意志,堅定信心,積累經驗,增長才幹。一個國家也是這樣:國内没有修明法度之臣和敢於直諫的賢士,在外又没有敵國的抗衡和外寇的侵略,只能走向衰亡。憂患使人發憤、振作、創造,安逸帶來的是精神的怠惰和意志的消沉。文章對同一論題,進行多角度多層次的論證,加之排比句的靈活運用,有如砇崖轉石,一時俱下,造成宏大氣勢。

孟子曰:"舜發於畎畝之中[1],傅説舉於版築之間[2],膠鬲舉於魚鹽之中[3],管夷吾舉於士[4],孫叔敖舉於海[5],百里奚舉於市[6]。故天將降大任於是人也,必先苦其心志,勞其筋骨,餓其體膚,空乏其身,行拂亂其所爲[7],所以動心忍性[8],曾益其所不能[9]。人恒過[10],然後能改。困於心,衡於慮[11],而後作[12]。徵於色[13],發於聲,而後喻[14]。入則無法家拂士[15],出則無敵國外患者[16],國恒亡。然後知生於憂患,而死於安樂也。"

《孟子譯注》卷一二《告子下》

【校注】

[1]發:起,指被起用。畎(quǎn 犬)畝:農田。畎,田間的水溝。畝,田壟。據《史記·五帝本紀》,舜原在歷山耕田,三十歲時被堯舉用,後繼堯爲帝。　　[2]版築:古人築牆,用兩版相夾,填土其中,用杵搗築。築,搗土用的杵。據《史記·殷本紀》,傅説(yuè 悦)本來在傅巖這個地方築牆,殷高宗武丁舉用他爲相,殷朝因此大治。　　[3]膠鬲(gé 格):據漢趙岐《孟子注》,膠鬲是殷末賢臣,因紂王昏亂,他隱遁爲魚鹽商人,周文王舉用爲臣。《孟子·公孫丑上》:“紂之去武丁未久也,其故家遺俗,流風善政,猶有存者。又有微子、微仲、王子比干、箕子、膠鬲,皆賢人也,相與輔相之,故久而後失之也。”　　[4]管夷吾:即管仲,春秋時齊國著名政治家。士:獄官。據《史記·管晏列傳》,齊襄公被殺後,公子小白和公子糾争位,管仲服事公子糾。及小白立爲桓公,公子糾被殺,管仲被囚。後鮑叔舉薦管仲,而桓公遂用爲相,齊國很快强大,九合諸侯,一匡天下。　　[5]孫叔敖:春秋時楚國令尹(宰相)。趙岐《孟子注》説,他隱於海邊耕田,楚莊王舉用他爲令尹。[6]百里奚:據《史記·秦本紀》,百里奚本是春秋時虞國大夫,晉國滅虞後做了俘虜,被作爲秦繆公夫人陪嫁的人送往秦國,半路逃跑,被楚國人抓住。秦繆公知其賢,用五羖(gǔ 古,黑色公羊)羊皮贖回了他,授以國政。市:買。　　[7]拂:違背。　　[8]忍:堅忍。　　[9]曾:同“增”。　　[10]恒:經常。　　[11]衡:通“横”,阻塞。　　[12]作:振作,奮起。　　[13]徵:徵驗,表現。色:臉色。[14]喻:瞭解,明白。　　[15]入:指在國内。法家:有法度的大臣。拂(bì 必):假借爲“弼”,匡正過失。宋朱熹《孟子集注》:“法家,法度之世臣也。拂士,輔弼之賢士也。”　　[16]出:指在國外。

【集評】

(明)鹿善繼《四書説約·孟子六》:“見人遇憂患易於隳頹,以爲天固厭我,特設此段,拍他另開眼。要知是天的好意政在此,加意承當,莫自孤負。歷舉聖賢發迹的所在,種種不堪,‘天將’‘必先’,‘所以’字要玩。”

(明)辛全《四書説·孟子下》:“生於憂患,非生於憂患之境,而生於憂患之心。心不憂患,憂患不能脱也。死於安樂,非死於安樂之境,而死於安樂之心。心凛安樂,安樂可終保也。可見安樂憂患皆天所以愛人成人處。善承天者,無往不生;不善承天者,無往不死。”

莊 子

【作者簡介】

　　莊子(前369？—前295？)，名周。宋國蒙(今河南商丘東北)人。嘗爲漆園吏。學博識高。楚威王聞其名，遣使者聘其爲相，莊子謝絶。與惠施友善，經常互相論辯。終身不仕，聚徒講學。其學二承老子，以“道”爲萬物之根本，認爲道無爲無形、無始無終而又無所不在。由此引申，主張萬物齊一，虚静無爲，逍遥自得。他避世嫉俗，其學説富於批判精神。《史記·老莊申韓列傳》載莊子著書十餘萬言，《漢書·藝文志·諸子略》道家類著録《莊子》五十二篇，今存三十三篇，分内篇七、外篇十五、雜篇十一。近代學者多以爲《内篇》是莊子所著，《外篇》、《雜篇》爲莊子弟子及後學所述。傳世最早的《莊子》注本是晉郭象所作，唐人成玄英爲之疏證。清末郭慶藩的《莊子集釋》爲集大成之作，王先謙《莊子集解》則別裁精選，簡明扼要。《莊子》散文以詭奇怪誕的構思，雄逸開闊的意境，變幻神奇的筆法，異趣橫生的語言，形成了汪洋恣肆、恢恑憰怪的藝術風格。

逍 遥 遊

【題解】

　　本篇是《莊子》全書的首篇《逍遥遊》的前半部分。逍遥是連綿字，也寫作“消摇”，閒放不拘，怡適自得的意思。本篇的題意，傳統有兩種觀點：西晉郭象《莊子注》認爲，天地之間，事物有大小之不同，人的修養也有高低深淺之別，然而各求“物任其性，事稱其能，各當其分”，就是逍遥至樂，不宜用人爲的方法勉强分出優劣勝負。東晉支遁《逍遥論》則認爲逍遥遊就是無拘無束，心意自得。鯤鵬斥鷃，雖有大小之辨，都是“有所待”而後行，不能説怡然自得。只有泯滅物我之見，做到無己、無功、無名，與自然融合爲一體，然後纔可以乘天地之正，御六氣之辯，無所待而遊於無窮，精神上獲得徹底解脱。

　　北冥有魚[1]，其名爲鯤[2]。鯤之大，不知其幾千里也。化而爲鳥，其名爲鵬[3]。鵬之背，不知其幾千里也。怒而飛[4]，其翼若垂天之雲[5]。是鳥也，海運則將徙於南冥[6]。南冥者，天池也[7]。《齊諧》者[8]，志怪者也[9]。《諧》之言曰：“鵬之徙於南冥也，水擊三千里[10]，摶扶搖而上者九萬里[11]，去以六月息者也[12]。"野馬也，塵埃也，生物之以息相吹也[13]。天之蒼蒼，其正色邪[14]？其遠而無所至極邪？其視下也，亦若是則已矣[15]。且夫水之積也不厚，則其負大舟也無力。覆杯水於坳堂之上[16]，則芥爲之舟[17]，置杯焉則膠[18]：水淺而舟大也。風之積也不厚，則其負大翼也無力。故九萬里則風斯在下矣[19]，而後乃今培風[20]。背負青天而莫之夭閼者[21]，而後乃今將圖南[22]。

【校注】

[1]北冥:北海。冥，一本作"溟"，水深而呈黑色。　　[2]鯤(kūn 昆):《莊子》書中用爲大魚之名。　　[3]鵬:傳説中最大的鳥。　　[4]怒:奮力。　　[5]垂天:天邊。垂，通"陲"。　　[6]海運:海動，即海水翻騰。一説"海運"是海行的意思，行於海上，故曰海運。　　[7]天池:天然形成的大水池。　　[8]齊諧:書名。一説人名。　　[9]志:記載。　　[10]水擊三千里:鵬初飛時兩翼擊水而行三千里，逐漸升於高空。一説"擊"通"激"，指翅膀激起水花高達三千里。
[11]摶(tuán 團):旋轉上升。一本作"搏"，拍打的意思。扶搖，盤旋上升的颶風。《爾雅·釋天》:"扶搖謂之猋。"猋，同"飆"，"飆"的反切就是"扶搖"。
[12]去以六月息:大鵬一飛半年，到南海纔休息。一説"息"是風的意思，夏曆六月氣盛風大，便於大鵬展翅飛翔。一説"息"爲呼吸，大鵬一飛半年纔呼吸。
[13]"野馬"三句:描寫大鵬起飛空氣震蕩的景象:像野馬一樣在空中蒸騰奔湧的，是塵埃，是生物用它們的氣息吹拂的現象。　　[14]正色:本色。　　[15]"其視下"二句:大鵬從高空向下看，也不過像我們仰望天空那樣罷了。　　[16]坳(ào 傲)堂:堂上低凹之處。　　[17]芥:草芥，小草。　　[18]膠:黏住不動。
[19]"故九萬里"句:大鵬高飛九萬里是因爲巨大的風在下面承托的原因。
[20]乃今:於是。培風:憑風，乘風。培，通"憑"。　　[21]莫之夭閼(è 遏):無所阻礙。夭，"閼"之借字，遮攔。閼，阻塞。　　[22]圖南:圖謀南飛。

蜩與學鳩笑之曰[1]:"我決起而飛[2]，搶榆枋[3]，時則不至[4]，而控於地而已矣[5]，奚以之九萬里而南爲[6]？"適莽蒼者[7]，三飡而反[8]，腹猶果然[9]；適百里者，宿舂糧[10]；適千里者，三月聚糧[11]。之二蟲又何知[12]！

【校注】

[1]蜩(tiáo 條):蟬。學鳩:斑鳩。　　[2]決(xuè 譎):迅速。　　[3]搶:集,落在。一説是"衝過"的意思。　　[4]則:或者,可能。　　[5]控:投。　　[6]奚以……爲:一種慣用的疑問句式,相當於"哪裏用得着……呢"。之:往,到。[7]莽蒼:郊野迷茫之色,借指近郊。　　[8]三飧:這裏指一整天時間。飧,同"餐"。反:同"返"。　　[9]果然:飽滿的樣子。　　[10]宿(sù 素)春糧:前一天晚上就必須搗米儲食。　　[11]三月聚糧:用三個月聚集糧食。　　[12]之:這。二蟲:晉郭象説是指鵬和蜩,清俞樾《諸子平議》則以爲指蜩和學鳩。

　　小知不及大知,小年不及大年[1]。奚以知其然也?朝菌不知晦朔[2],蟪蛄不知春秋[3],此小年也。楚之南有冥靈者[4],以五百歲爲春,五百歲爲秋;上古有大椿者,以八千歲爲春,八千歲爲秋,此大年也[5]。而彭祖乃今以久特聞[6],衆人匹之[7],不亦悲乎!

【校注】

[1]"小知"兩句:見識短淺的小智無法理解見識深遠的大智,壽命短的小年也無法理解壽命長的大年。知:同"智"。　　[2]朝菌:早晨出生的菌類。清王引之則認爲"朝菌"當作"朝秀",朝生暮死之蟲,與下句"蟪蛄"都是蟲名(清王念孫《讀書雜志》引)。晦:陰曆每月最後一天。朔:陰曆每月初一。　　[3]蟪(huì 惠)蛄(gū 估):寒蟬,春生夏死,夏生秋死。　　[4]冥靈:海中靈龜,壽命很長。一説是樹名,即"㮾(mán 蠻)"樹。　　[5]"此大年也"四字原缺,宋陳碧虛《莊子闕誤》引成玄英本有此四字,今據補。　　[6]彭祖:古代的長壽人。據《世本》,彭祖姓籛(jiān 堅)名鏗,曾爲堯臣,封於彭城,歷虞夏至商周,年八百餘歲。乃今:至今。久:長壽。　　[7]匹:比較。

　　湯之問棘也是已[1]:窮髮之北有冥海者[2],天池也。有魚焉,其廣數千里,未有知其修者[3],其名爲鯤。有鳥焉,其名爲鵬,背若太山,翼若垂天之雲,摶扶摇羊角而上者九萬里[4],絶雲氣[5],負青天,然後圖南,且適南冥也。斥鴳笑之曰[6]:"彼且奚適也?我騰躍而上,不過數仞而下[7],翱翔蓬蒿之間,此亦飛之至也[8]。而彼且奚適也?"此小大之辯也[9]。

【校注】

[1]湯之問棘也是已:商湯問夏棘的話是這樣的。棘,即夏革,湯時賢大夫。

[2]窮髮:北極草木不生的地方。髮,指草木。　　[3]修:長度。　　[4]羊角:羊角風,旋風。　　[5]絕:超越。　　[6]斥鴳(yàn 宴):澤中的小鳥。唐陸德明《經典釋文》引司馬彪注:"斥,小澤也。"　　[7]仞:八尺,一說七尺。　　[8]飛之至:飛到極點。　　[9]辯:通"辨",區別。

　　故夫知效一官[1],行比一鄉[2],德合一君,而徵一國者[3],其自視也亦若此矣[4]。而宋榮子猶然笑之[5]。且舉世而譽之而不加勸[6],舉世而非之而不加沮[7],定乎內外之分,辯乎榮辱之境[8],斯已矣[9]。彼其於世,未數數然也[10]。雖然,猶有未樹也[11]。夫列子御風而行[12],泠然善也[13],旬有五日而後反[14]。彼於致福者[15],未數數然也。此雖免乎行,猶有所待者也[16]。若夫乘天地之正[17],而御六氣之辯[18],以遊無窮者[19],彼且惡乎待哉[20]?故曰:至人无己,神人无功,聖人无名[21]。

《莊子集釋》卷一上《逍遙遊》

【校注】

[1]知效一官:才智能勝任一官之職。效,勝任。　　[2]行比一方:行爲能適合一方人的心願。比,合。一說"比"通"庇",行事能庇護一方之地。　　[3]而徵一國:而取得一國之人的信任。徵,取信。一說"而"通"能"。清郭慶藩說:"'而'字當讀爲'能','能''而'古聲近,通用也。官、鄉、君、國相對,知、行、德、能亦相對,則'而'字非轉語詞明矣。"　　[4]其:指上述的四種人。此:指斥鴳。

[5]宋榮子猶然笑之:宋榮子嗤笑上述四種人。宋榮子,即宋鈃,戰國時宋國人,其學說近於墨家,故荀子《非十二子》以墨翟、宋鈃並稱。猶然,笑的樣子。

[6]勸:勉勵。　　[7]"舉世"二句:是說宋榮子不因世人之毀譽而加重其得失之心。沮:沮喪。　　[8]"定乎"二句:是說宋榮子能確定"內"、"外"的界限,明辨"榮"、"辱"的境界。內:指自我。外:指外物。　　[9]斯已矣:如此而已。

[10]"彼其"兩句:是說宋榮子不汲汲追求世上的虛名。數數然:猶汲汲然,急促追求的樣子(《經典釋文》引司馬彪說)。　　[11]猶有未樹:是說宋榮子雖然不汲汲於世,但仍然執着於內外榮辱的區分,無法自立於逍遙之途。　　[12]列子:即列禦寇,"禦"亦作"御"、"圉"。漢劉向《列子新書·目録》:"列子者,鄭人也,與

鄭繆公同時,蓋有道者也。其學本於黃帝、老子,號曰道家。"御風:乘風。
[13]泠(líng 零)然:輕妙的樣子。 [14]旬有五日:十五天。有,通"又"。
[15]致福:求福。 [16]待:憑藉。宋王元澤《南華真經新傳》:"御風而後行,
此皆有所待也。有所待,則其於逍遙也未盡乎幽妙。" [17]乘:駕馭。郭象説:
天地是萬物的總名,萬物以自然爲正。自然,就是没有人爲的痕迹,"故乘天地之
正者,即是順萬物之性也"。 [18]六氣:指陰陽風雨晦明。辯:通"變",變化。
[19]無窮:指時間的無始無終,空間的無邊無際。 [20]惡:何。清王先謙《莊
子集解》:"無所待而游于無窮,方是《逍遥遊》一篇綱要。" [21]至人、神人、聖
人:指能達到任天順物、忘懷一切境界的人,是莊子理想中修養最高的超現實的
人。无己:忘掉自己,與萬物化而爲一。无功:無意求功名於世間。无名:無心汲
汲於名位。无,同"無"。《莊子》一書所稱道的理想人物,有至人、神人、聖人、真人、
全人、天人、德人、大人、道人等,其名號雖異,其實則一,不必强爲分别。成玄英説:
"至言其體,神言其用,聖言其名,故就體語至,就用語神,就名語聖,其實一也。"

【集評】

(清)劉鳳苞《南華雪心編·逍遥遊總論》:"開手撰出'逍遥遊'三字,是《南華》
集中第一篇寓意文章。全幅精神,只右乘正御辨以遊無窮,乃通篇結穴處。卻借鯤
鵬變化,破空而來,爲'逍遥遊'三字立竿見影,擺脱一切理障語,煙波萬狀,幾莫測其
端倪,所謂洸洋自恣以適己也。老子論道德之精,體會全神,同是歷劫不磨文字,而
縹緲空靈,則推《南華》爲獨步也。其中逐段逐層,皆有逍遥境界,如游武夷九曲,萬
壑千巖,應接不暇。"

(清)劉熙載《藝概·文概》:"莊子文法斷續之妙,如《逍遥遊》忽説鵬,忽説蜩與
鸒鳩、斥鴳,是爲斷。下乃接之曰'此大小之辨也',則上文之斷處皆續矣。而下文宋
榮子、許由、接輿、惠子諸斷處,亦無不續矣。""文之神妙,莫過於能飛。莊子之言鵬,
曰'怒而飛'。今觀其文,無端而來,無端而去,殆得'飛'之機者。烏知非鵬之學爲
周耶?"

大塊噫氣

【題解】

這是《莊子·内篇·齊物論》的第一段文字。大塊噫氣,即大地之風。"齊物
論",就是齊同物論,也就是要消除各家學派對天下萬物所作的不同評論。開頭描寫

南郭子綦沉心渺慮,進入"吾喪我"的境界。"喪我"就是忘記自我成見。然後通過子游的驚問,引出人籟、地籟、天籟。又撇開人籟、天籟,專將地籟鋪排描寫一番,爲下文窮盡種種人情世態作出鋪墊。對地籟的描寫,句式錯綜複雜,富於變化,運用形象而奇崛的比喻,既有賦的鋪陳,又有詩的節奏。

南郭子綦隱机而坐[1],仰天而噓[2],苔焉似喪其耦[3]。顔成子游立侍乎前[4],曰:"何居乎[5]?形固可使如槁木,而心固可使如死灰乎[6]?今之隱机者,非昔之隱机者也[7]。"子綦曰:"偃,不亦善乎,而問之也[8]!今者吾喪我[9],汝知之乎?女聞人籟而未聞地籟[10],女聞地籟而未聞天籟夫[11]!"子游曰:"敢問其方[12]。"

【校注】

[1]南郭子綦(qí 其):唐成玄英《莊子注疏》以爲是楚昭王的庶弟,楚莊王的司馬,字子綦,居住城南,取號南郭。《莊子》中多假託真實人名,隨興所寫,其人可信,其事未必可信。隱机:倚靠在几案上。机,一作"几"。　　[2]噓:吐氣。
[3]苔(tà 撻)焉:神喪體散的樣子。《釋文》:"苔焉,解體貌。"喪其耦(ǒu 偶):忘掉了物我之間的差別。喪,忘。耦,通"偶",相對,"精神"與"肉體"爲偶,"我"與"物"爲偶。　　[4]顔成子游:唐陸德明《經典釋文》引晉李頤《集解》:"子綦弟子也,姓顔,名偃,謐成,字子游。"　　[5]何居乎:何故(晉司馬彪説)。一説"居"猶"乎","乎"爲衍文(清王引之《經傳釋詞》)。　　[6]"形固可"兩句:人的形體本來可以使它像枯木一樣毫無生機,人的心靈本來可以使它像死灰一樣毫無意念嗎? 這是對上文"苔焉似喪其耦"的具體説明。　　[7]"今之隱机"兩句:有兩種講法:一説子綦的隱机不同於前人的隱机(晉郭象説),一説子綦此時的隱机不同於從前的隱机(唐成玄英説)。當以後説爲是。謂今日之隱机,已臻遺形去智、物我兩忘的境界,"昔者子綦之隱机,嘗有言以辨儒墨矣,至是而嗒焉忘言"(清王夫之《莊子解》)。　　[8]"不亦善"兩句:謂語前置句,意思是説你的問題真提得好。而:通"爾",你。　　[9]吾喪我:"齊物"須先忘我,不能忘我則不能齊物,即不能任物自然。明釋德清説:"此齊物以'喪我'發端,要顯世人是非都是我見。"(《莊子內篇注》)吾:子綦自稱。我:指子綦之形體。　　[10]女:同"汝"。人籟:人吹簫管所發出的聲音。籟,簫。地籟:風吹衆竅所發出的聲音。　　[11]天籟:指人因遭遇、身體感受、心情、情感等原因自然而然發出的聲音。　　[12]方:道理。

　　子綦曰:"夫大塊噫氣[1],其名爲風。是唯无作[2],作則萬竅怒呺[3]。而獨不聞之翏翏乎[4]?山林之畏佳[5],大木百圍之竅穴[6],似鼻,似口,似耳,似枅[7],似圈[8],似臼,似洼者[9],似污者[10];激者[11],謞者[12],叱者[13],吸者[14],叫者,譹者[15],宎者[16],咬者[17],前者唱于而隨者唱喁[18]。泠風則小和[19],飄風則大和[20],厲風濟則衆竅爲虚[21]。而獨不見之調調,之刁刁乎[22]?"子游曰:"地籟則衆竅是已,人籟則比竹是已[23]。敢問天籟?"子綦曰:"天籟者[24],夫吹萬不同[25],而使其自已也[26],咸其自取[27],怒者其誰邪[28]!"

《莊子集釋》卷一下《齊物論》

【校注】

[1]大塊:大地。一說大塊指天地之間。噫(yì 意)氣:吐氣出聲。　　[2]是:此,指風。作:發生。　　[3]竅:孔。呺(háo 毫):同"號"。　　[4]而:通"爾",你。翏(lù 路)翏:大風聲。　　[5]山林:一作"山陵",是。畏佳(cuī 崔):一作"崔崔",連綿字,山勢高峻不齊盤旋怪異的樣子。　　[6]竅穴:這裏指樹孔。[7]枅(jī 機):通"鈃(xíng 形)",一種長頸酒瓶。一說是柱上方木,這裏指大樹上形成的方孔(唐陸德明《經典釋文》)。　　[8]圈:圓而深的洞穴。　　[9]洼:深水池。　　[10]污:小水池。上文"似鼻,似口,似耳,似枅,似圈,似臼,似洼者,似污者",都是形容衆竅的形狀。　　[11]激者:激水聲。一說"激"借爲"噭"。《說文》曰:"噭,吼。"　　[12]謞(xiào 笑)者:響箭聲。一說"謞"與"號"同。[13]叱者:叱責聲。　　[14]吸者:吸氣聲。　　[15]譹(háo 毫)者:嚎哭聲。[16]宎(yǎo 咬)者:風吹山谷的聲音(唐成玄英說)。一說狗叫聲(明釋德清《莊子內篇注》)。　　[17]咬者:悲哀聲。成玄英說:"略舉樹穴,即有八種;風吹木竅,還作八聲。"　　[18]"前者唱"句:前面的風嗚嗚唱着,後面的風呼呼和着。唐成玄英說:"泠,小風也。飄,大風也。于、喁(yú 于),皆是風吹樹動前後相隨之聲也。故泠清風,和聲即小;暴疾飄風,和聲即大。各稱所受,曾無勝劣,以況萬物稟氣自然。"　　[19]泠(líng 零)風:小風。　　[20]飄風:大風。　　[21]"厲風"句:暴風吹過之後,衆竅就寂然無聲了。厲風:烈風。濟:渡過。　　[22]"而獨"句:是說風雖停止,而草木尚搖動不止。而:你。之:這樣。調(tiáo 條)調、刁刁:樹木動搖的樣子。一說"調調"是樹枝大動,"刁刁"是樹枝微動(清胡文英《莊子獨見》)。　　[23]比竹:編列竹管而成的樂器,如笙竽之類。　　[24]"天籟

者”三字原缺,今據《世説新語·文學篇》梁劉孝標注引《莊子》補。　　　[25]吹:吹氣,一説指風吹。萬不同:指聲音千差萬別。　　　[26]使其自已也:使吹氣自行停止。已,停止。　　　[27]咸其自取:(人的吹氣與停止,聲音的各種變化)都是完全出於自然。成玄英説:“自取,猶自得也。”　　　[28]怒者其誰:是誰激發的呢。按,以上四句解釋“天籟”。按照《莊子》的解釋,天籟是指人自然而然發出的聲音,南郭子綦“仰天而噓”就是天籟,它實際上是指人的情感自由自然的表達。它同地籟不同的是:它是就人而言,非就山林之竅穴而言;同人籟不同的是:它是人感於外物或基於自身生存狀況的自然發聲,不同於樂器吹奏的樂曲。傳統的解釋,則將“天籟”和“地籟”混而爲一。晉郭象《莊子注》:“此天籟也。夫天籟者,豈復别有一物哉? 即衆竅、比竹之屬,接乎有生之類,會而共成一天耳。”以爲“天籟”是指“衆竅”(即《莊子》中所謂“地籟”)、“比竹”(即《莊子》中所謂“人籟”)兩類,只是因爲它們同有感受能力的“有生之類”結合而“共成一天”,所以又統稱爲“天籟”。近人馬其昶《莊子故》:“萬竅怒號,非有怒之者,任其自然,即天籟。”這樣就把“天籟”完全等同於“地籟”,而上文南郭子綦“汝聞地籟而未聞天籟”就没有了着落。(詳見趙逵夫《本乎天籟,出於性情》,《文藝研究》2006 年第 3 期)

【集評】

(清)宣穎《南華經解·齊物論》:“寫地籟忽而雜奏,忽而寂收,乃只是風作風濟之故。以聞起,以見收,不是置聞説見,止是寫聞忽化爲烏有,借眼色爲耳根襯尾,妙筆妙筆! 初讀之,拉朵崩騰,如萬馬奔趨,洪濤洶湧;既讀之,希微杳冥,如秋空夜静,四顧悄然。寫天籟,更不須另説,只就地籟上提醒一筆,便陡地豁然。”

(清)劉鳳苞《南華雪心編·齊物論》:“此段從聲籟之微,逗出妙義。開手摹寫南郭子綦,沉心渺慮,神致蕭然,已繪出頂上圓光。故因子游之問,而迎机導之,陡下“吾喪我”三字,極鶻突,卻極圓通,與‘聖人不由而照之於天’句,遥遥關會。人籟、地籟,不過引起天籟,天籟即寓於二者之中。所謂‘真宰’有情無形者,正堪對照也。此處作層波疊浪之筆,極有神致。子游承上三者而問,注意本在天籟一邊,子綦卻止就地籟極力摹寫。地籟莫妙於風,不作則音響全無,作則衆竅怒吗。竅之應風也,先繪其形,繼繪其聲,千奇百態,湧現毫端,形之所在,聲即隨之。然後落到‘前者唱于’六句,迴風舞雪,機趣環生。唱以風而和以竅,怒則吗而濟則虚,皆天籟之自爲起伏而已。”

莊周夢蝶

【題解】

　　本篇選自《莊子·內篇·齊物論》的最後一段。莊子設爲現身説法，認爲夢與覺没有什麽不同，都是道的“物化”現象。所謂“物化”，就是指物我界限消解，萬物融化爲一。《齊物論》以“喪我”開端，以“物化”結局，首尾相連，思緒貫串。

　　昔者莊周夢爲胡蝶[1]，栩栩然胡蝶也[2]，自喻適志與[3]，不知周也。俄然覺，則蘧蘧然周也[4]。不知周之夢爲胡蝶與，胡蝶之夢爲周與？周與胡蝶，則必有分矣[5]。此之謂物化[6]。

《莊子集釋》卷一下《齊物論》

【校注】

[1]昔者：夜間。“昔”，通“夕”。《經典釋文》：“昔，夜也。”　　[2]栩（xǔ 許）栩：一本作“翩翩”，形容蝴蝶輕盈飛舞的樣子。　　[3]喻：通“愉”，快樂。適志：快意。　　[4]蘧（jù 巨）蘧然：驚動的樣子。一説僵直的樣子。　　[5]“周與”兩句：（以世人的眼光來看）則莊周與蝴蝶必有分別了。　　[6]物化：指泯滅萬物差別，彼我渾然同化的和諧境界。

【集評】

　　（宋）林希逸《莊子鬳齋口義》曰：“此篇立名主於‘齊物論’，末後卻撰出兩個譬喻，如此其文絶，其意奥妙。人能悟此，則又何是非之可爭，即所謂死生無變於己，而況利害之端。文意首尾照應，若斷而復連，若相因而不相續，全是一片文字，筆勢如此起伏。讀得透徹，自有無窮之味。”

　　（清）劉鳳苞《南華雪心編·齊物論》：“此與濠梁觀魚一段，文心同爲超妙。但彼是一片機鋒，全身解數，此是渾淪元氣，參透化機，雖同一語妙，而其泄天地之奥，則《齊物論》末段獨臻上乘也。”

庖丁解牛

【題解】

　　本篇是《莊子·內篇·養生主》的開頭一段。所謂“養生主”就是養生之宗旨，就是要循乎天理,依乎自然,處於至虛,遊於無有,取消主客對立,使精神不爲外物所傷,以達到盡享天年的目的。《庖丁解牛》這則寓言故事,正是對這一宗旨的正面闡述。這段描寫繪聲繪色,表層意義是解牛,中層意義是養生,深層意義是體道。哲理、情趣與美的形式得到了很好的結合。

　　　庖丁爲文惠君解牛[1],手之所觸,肩之所倚,足之所履[2],膝之所踦[3],砉然嚮然[4],奏刀騞然[5],莫不中音[6]。合於《桑林》之舞[7],乃中《經首》之會[8]。文惠君曰:"譆[9],善哉!技蓋至此乎[10]?"

　　　庖丁釋刀對曰:"臣之所好者道也[11],進乎技矣[12]。始臣之解牛之時,所見無非全牛者。三年之後,未嘗見全牛也[13]。方今之時,臣以神遇而不以目視[14],官知止而神欲行[15]。依乎天理[16],批大郤[17],導大窾[18],因其固然[19]。技經肯綮之未嘗[20],而況大軱乎[21]?良庖歲更刀,割也;族庖月更刀[22],折也[23]。今臣之刀十九年矣,所解數千牛矣,而刀刃若新發於硎[24]。彼節者有閒[25],而刀刃者無厚;以無厚入有閒,恢恢乎其於遊刃必有餘地矣[26],是以十九年而刀刃若新發於硎。雖然,每至於族[27],吾見其難爲,怵然爲戒[28],視爲止[29],行爲遲,動刀甚微,謋然已解[30],如土委地[31]。提刀而立,爲之四顧,爲之躊躇滿志[32],善刀而藏之[33]。"

　　　文惠君曰:"善哉!吾聞庖丁之言,得養生焉。"

《莊子集釋》卷二上《養生主》

【校注】

[1]庖丁:名叫丁的廚師。文惠君:舊注說是梁惠王,清俞樾《人名考》:"《史記》止稱惠王,《汲冢紀年》則云惠成王,是已有兩諡矣。而此又云文惠君,何也?考六國時,惟趙有惠文王。"解:宰割,分解。　　[2]履:踩。　　[3]踦(yǐ以):抵靠。
[4]砉(huā花)然:骨肉相離的聲音。嚮:同"響",響應。　　[5]奏刀:進刀。騞(huō豁陰平)然:切割肉的聲音。　　[6]中(zhòng仲)音:合乎音樂節奏。
[7]"合於"句:謂揮刀解牛,合乎《桑林》樂章的節奏。桑林:商湯時的樂曲名。
[8]經首:唐堯時的樂曲名。會:節拍,節奏。　　[9]譆:同"嘻",讚歎聲。
[10]蓋:通"盍",何不,何故。　　[11]道:和"技"相對,指在技術基礎上所達到的對萬物普遍規律的體認。　　[12]進:超過。　　[13]未嘗見全牛:意思是說,

看到的牛是一個個可隨意分割拆卸的局部。　　〔14〕神遇：用精神和牛接觸。
〔15〕官知止：眼耳等器官的知覺皆停止不用。神欲：精神活動。　　〔16〕依：順
着。天理：指牛的自然結構。　　〔17〕批：用刀分開。郤：同"隙"，骨肉的間隙。
〔18〕導：引導。窾(kuǎn 款)：骨節間的空隙。　　〔19〕因：順着。固然：本來的樣
子，指牛體自然的結構。　　〔20〕技："枝"字之誤，枝脈。經：經脈。清俞樾《諸子
平議》卷十七："古字'枝'與'支'通。枝謂枝脈，經謂經脈，'枝經'猶言經絡也。
經絡相連之處，亦必有礙於游刃，庖丁惟因其固然，故未嘗礙也。"肯：附着在骨頭
上的肉。綮(qìng 慶)：筋肉聚結的地方。未嘗：沒有試過，即未曾碰到肯綮之處的
阻礙。嘗，試。　　〔21〕軱(gū 孤)：大骨。　　〔22〕族庖：一般的廚師。族，衆。
〔23〕折：指生硬砍折。　　〔24〕若新發於硎(xíng 形)：好像剛從磨刀石上開過刃
一樣。　　〔25〕節：骨節。閒(jiàn 見)：間隙。　　〔26〕恢恢乎：寬綽有餘的樣子。
〔27〕族：筋骨交錯處。　　〔28〕怵(chù 觸)然：警惕的樣子。　　〔29〕視爲止：目
光不敢他顧，比喻專心致志。　　〔30〕謋(huò 霍)然：骨肉解散的樣子。謋，同
"磔"，解脫。"謋然已解"句下，《闕誤》引文如海、劉得一本有"牛不知其死也"六
字。　　〔31〕委：堆積。　　〔32〕躊躇滿志：來回走動，心滿意足。　　〔33〕善：
擦拭。《釋文》："善，猶拭也。"

【集評】

　　(明)陳深《諸子品節》卷二："夫物各有理，順其理而處之，則雖應萬變而神不
勞，故以庖丁寓言。事譬則牛也，神譬則刃也，所以不至於勞且傷者，則何故哉？各
得其理而已矣……通篇模寫庖人情狀，宛然畫筆。"

　　(清)余誠《古文釋義·養生主總評》："全部《南華》皆寓言也，故一篇之內寓言
多而正言少。洵所謂憑空結撰，超越元著者也。尤妙在寓言中盡情發透要言，不煩
更爲詮解，其命意遣詞，立格鑄局，亦自有'進乎技矣'之致。至於正言，處處精奧，極
簡峭，極縱橫，極排宕。寓言處，極醒豁，極疏暢，極流利，極曲折，而又變化錯綜，不
可端倪。然須知全篇大旨總是謂'養'，其養生之主，惟在行無所事。"

漁　父

【題解】

　　本篇選自《莊子·雜篇·漁父》，當爲莊周後學所作。全篇批判儒家禮樂人倫
觀念，宣揚"法天貴真"的思想。孔子坐在林中杏壇，弦歌鼓琴。漁父逍遥澤畔，托頤

聽琴,譏評嘲戲孔子。孔子則"愀然而歎"、"曲要磬折"。顯然,本篇是用詼諧筆法,虛構人物和情節,戲薄聖賢,闡揚道家思想。屈原也有《漁父》篇,以"漁父"與屈原之對話,宣揚與世無爭的思想,司馬遷作《史記·屈原列傳》,逕録其文,作爲屈原的一段行事。三國魏嵇康撰《高士傳》,更是以《莊子》之寓言、屈原之假説合成一篇。至唐,成玄英撰《莊子注疏》,考證"漁父"爲范蠡,未可信,漁父其人亦不必考實。

　　孔子遊乎緇帷之林[1],休坐乎杏壇之上[2]。弟子讀書,孔子絃歌鼓琴。奏曲未半,有漁父者,下船而來,須眉交白[3],被髮揄袂[4],行原以上[5],距陸而止[6],左手據膝[7],右手持頤以聽[8]。曲終,而招子貢、子路,二人俱對。

　　客指孔子曰:"彼何爲者也?"子路對曰:"魯之君子也。"客問其族[9]。子路對曰:"族孔氏。"客曰:"孔氏者何治也[10]?"子路未應,子貢對曰:"孔氏者,性服忠信[11],身行仁義,飾禮樂[12],選人倫[13],上以忠於世主[14],下以化於齊民[15],將以利天下。此孔氏之所治也。"

　　又問曰:"有土之君與[16]?"子貢曰:"非也。""侯王之佐與?"子貢曰:"非也。"客乃笑而還,行言曰:"仁則仁矣,恐不免其身[17];苦心勞形以危其真。嗚呼遠哉,其分於道也[18]!"

【校注】

[1]緇(zī資)帷之林:樹林名。唐成玄英《莊子注疏》:"尼父游行天下,讀講詩書,時於江濱,休息林籟。其林鬱茂,蔽日陰沈,布葉垂條,又如帷幕,故謂之緇帷之林也。"緇,黑。　　[2]杏壇:澤中高處,多杏(《經典釋文》引司馬彪説)。一説壇名,孔子聚徒講學處。　　[3]須:同"鬚"。交白:皆白。交,一本作"皎"。
[4]揄(yú魚)袂(mèi妹):揮動衣袖。　　[5]行原以上:沿着高平的岸邊而上。以,而。　　[6]距:到。陸:高地。《爾雅·釋地》:"廣平曰原,高平曰陸。"
[7]據:按。　　[8]持頤:托着面頰。　　[9]族:姓氏。　　[10]何治:學什麼,做什麼。　　[11]性服忠信:用心於忠信。服,用。　　[12]飾:修治。　　[13]選人倫:序列人與人之間的關係準則。　　[14]世主:國君。　　[15]齊民:平民(《經典釋文》引如淳説)。　　[16]有土之君:指諸侯。　　[17]不免其身:不能保全自己。　　[18]分:背離。

子貢還,報孔子。孔子推琴而起,曰[1]:"其聖人與!"乃下求之,至於澤畔。方將杖拏而引其船[2],顧見孔子,還鄉而立[3]。孔子反走[4],再拜而進。

客曰:"子將何求?"孔子曰:"曩者先生有緒言而去[5],丘不肖,未知所謂,竊待於下風[6],幸聞咳唾之音[7],以卒相丘也[8]!"客曰:"嘻!甚矣,子之好學也!"孔子再拜而起,曰:"丘少而脩學,以至於今,六十九歲矣,无所得聞至教[9],敢不虛心!"

【校注】

[1]推琴:放下琴。　　[2]拏(nú 奴):船槳。引:引去,撐開。　　[3]還鄉:轉過身面對(孔子)。鄉,通"嚮"。　　[4]反走:快速退幾步。表示虔敬。　　[5]曩(nǎng 囊上聲)者:剛纔。緒言:餘言,不盡之言(清俞樾《諸子平議》卷一九)。
[6]下風:風向的下方。　　[7]咳唾之音:指隨便講的話。這句是孔子自謙之語,是説自己卑下,不配聽您的真言妙語,您隨便講幾句,哪怕是咳唾之音也行。
[8]卒:完全。相:幫助。　　[9]至教:最好的教導。

客曰:"同類相從,同聲相應,固天之理也。吾請釋吾之所有,而經子之所以[1]。子之所以者,人事也。天子、諸侯、大夫、庶人,此四者自正[2],治之美也,四者離位而亂莫大焉。官治其職[3],人憂其事[4],乃無所陵[5]。故田荒室露[6],衣食不足,徵賦不屬[7],妻妾不和,長少無序,庶人之憂也;能不勝任,官事不治,行不清白,群下荒怠,功美不有[8],爵祿不持[9],大夫之憂也;廷無忠臣,國家昏亂,工技不巧,貢職不美[10],春秋後倫[11],不順天子,諸侯之憂也;陰陽不和,寒暑不時,以傷庶物[12],諸侯暴亂,擅相襄伐[13],以殘民人,禮樂不節[14],財用窮匱[15],人倫不飭[16],百姓淫亂,天子有司之憂也[17]。今子既上無君侯有司之勢,而下無大臣職事之官,而擅飾禮樂,選人倫,以化齊民,不泰多事乎[18]!

"且人有八疵[19],事有四患,不可不察也。非其事而事之,謂之摠[20];莫之顧而進之[21],謂之佞;希意道言[22],謂之諂;不擇是非而言,謂之諛;好言人之惡,謂之讒;析交離親[23],謂之賊;稱譽詐偽以敗惡人[24],謂之慝[25];不擇善否[26],兩容頰適[27],偷拔其所欲[28],謂之險。此八疵者，外以亂人，内以傷身，君子不友，明君不臣。所謂四患者：好經大事[29]，變更易常[30]，以挂功名[31]，謂之叨[32]；專知擅事[33]，侵人自用[34]，謂之貪；見過不更，聞諫愈甚，謂之很[35]；人同於己則可，不同於己，雖善不善，謂之矜[36]。此四患也。能去八疵，無行四患，而始可教已。"

【校注】

[1]"吾請釋"兩句：用我所悟得的道理，來分析你的所作所爲。經：分析。所以：所爲。　　[2]自正：指各守其職。　　[3]官：官府。　　[4]憂：高山寺本作"處"。于省吾《莊子新證》認爲作"處"爲是。處，安。上句"官治其職"，與"人處其事"相對爲文。　　[5]陵：通"凌"，凌亂。　　[6]荒、露：荒蕪、敗露。[7]徵賦不屬(zhǔ 主)：賦税不能按時交納。屬，連續。　　[8]功美不有：無功於國，無譽於民(清王先謙説)。美，讚美。不有，不能享有。　　[9]不持：不能保持。　　[10]貢職不美：進貢的任務完成得不好。　　[11]春秋後倫：春秋時節朝覲天子之禮失其倫序。　　[12]庶物：萬物。　　[13]攘伐：侵伐。[14]不節：没有節度。　　[15]窮匱：缺乏。　　[16]不飭(chì 斥)：不能整治。[17]"有司"二字當是衍文。馬叙倫《莊子義證》説"'有司'涉下句而誤羨"。[18]不泰多事：高山寺本作"不亦泰多事"。按，"不亦……乎"是古漢語固定句式，相當於"不是……嗎"。泰，通"太"。　　[19]疵：缺點，毛病。　　[20]摠(zǒng 總)：通"總"，濫，不加選擇和節制。　　[21]莫之顧而進：别人不理睬而强進忠言。　　[22]希意道言：迎合他人的心意而進行勸導。希，迎合。道，通"導"。　　[23]析交：離間朋友。　　[24]稱譽詐僞：稱譽奸詐虛僞的人。敗惡：敗壞。一本"惡"做"德"。"敗德人"，就是敗壞有德之人的意思。　　[25]慝(tè 特)：邪惡。　　[26]善否(pǐ 痞)：善惡。　　[27]兩容頰適：對善惡兩種形態皆感適意。容，儀容，形態。頰，讀爲"夾"，用作副詞，都，同時。　　[28]偷拔其所欲：暗中引出别人心中的欲念。　　[29]經：理，做。　　[30]變更易常：改變常規。變、更、易三個同義詞連用。　　[31]挂功名：圖畫功名，謀取功名。挂，通"卦"、"畫"(章炳麟《莊子解故》)。　　[32]叨(tāo 滔)：貪重虛名。　　[33]專知：專用私智。擅事：獨擅行事。　　[34]侵人自用：恃勢陵人，剛愎自用。[35]很：固執己見。　　[36]矜(jīn 斤)：自尊自大。

孔子愀然而歎[1]，再拜而起曰："丘再逐於魯[2]，削迹於衛[3]，伐樹於宋^[4],圍於陳、蔡^[5]。丘不知所失,而離此四謗者何也^[6]?"

　　客悽然變容曰:"甚矣,子之難悟也!人有畏影惡迹而去之走者^[7],舉足愈數而迹愈多^[8],走愈疾而影不離身,自以爲尚遲,疾走不休,絶力而死。不知處陰以休影^[9],處靜以息迹,愚亦甚矣!子審仁義之間^[10],察同異之際,觀動靜之變,適受與之度^[11],理好惡之情,和喜怒之節,而幾於不免矣^[12]。謹脩而身,慎守其真,還以物與人^[13],則無所累矣。今不脩之身而求之人,不亦外乎^[14]!"

【校注】

[1]愀(qiǎo 巧)然:臉色改變的樣子。　　[2]再逐於魯:據《史記·孔子世家》記載,孔子三十五歲時,魯昭公爲季平子、孟氏、叔孫氏三家所迫,奔齊。孔子反對三家"犯上作亂",也被迫奔齊。後定公立爲魯君,以孔子爲大司寇。孔子五十六歲時,齊國以女樂進獻定公。定公不理朝政,於是孔子辭職去魯。孔子一生兩次被迫離開魯國。　　[3]削迹於衛:據《史記·孔子世家》記載,孔子到了衛國,衛靈公曾給予很高俸禄。後遇讒人離間,靈公讓軍隊出入孔子住所,於是孔子離開了衛國。　　[4]伐樹於宋:據《史記·孔子世家》記載,孔子到了宋國,與弟子在大樹下習禮。宋司馬桓魋欲殺孔子,先砍倒大樹。於是孔子一行迅速離開。
[5]圍於陳、蔡:據《史記·孔子世家》記載,孔子出遊陳、蔡之時,楚昭王派遣使者請他做官,孔子將應聘前往。但陳、蔡怕孔子仕楚後對自己不利,於是就發兵圍困他。　　[6]離:同"罹",遭遇。謗:辱。　　[7]迹:指腳印。　　[8]數(shuò碩):頻繁。　　[9]休影:使影子消失。　　[10]審:仔細觀察。　　[11]適受與之度:把握接受和給予的分寸。適,把握。　　[12]不免:指不能免於禍患。
[13]還以物與人:把對外物的關注歸還到人本身。宋林希逸《莊子口義》:"言以外物還之於人而一歸之自然,則物我不對立也。"　　[14]外:錯得遠。

　　孔子愀然曰:"請問何謂真?"

　　客曰:"真者,精誠之至也^[1]。不精不誠,不能動人。故强哭者雖悲不哀,强怒者雖嚴不威,强親者雖笑不和^[2]。真悲無聲而哀,真怒未發而威,真親未笑而和。真在内者,神動於外,是所以貴真也。其用於人理也^[3],事親則慈孝,事君則忠貞^[4],飲酒則歡樂,處喪則悲哀。忠貞以功爲主,飲酒以樂爲主,處喪以哀爲主,事親以適爲主^[5]:

功成之美，无一其迹矣[6]。事親以適，不論所以矣[7]；飲酒以樂，不選其具矣[8]；處喪以哀，無問其禮矣。禮者，世俗之所爲也；真者，所以受於天也，自然不可易也。故聖人法天貴真[9]，不拘於俗。愚者反此。不能法天而恤於人[10]，不知貴真，禄禄而受變於俗[11]，故不足。惜哉，子之蚤湛於人僞而晚聞大道也[12]！”

《莊子集釋》卷一〇上《漁父》

【校注】

[1]精誠：純潔真誠。唐成玄英説：“夫真者不僞，精者不雜，誠者不矯也。”
[2]和：内心和悦。　　[3]人理：人倫之理。　　[4]貞：堅定不移。　　[5]適：滿足。　　[6]“功成”兩句：功績成就的美好，完全出於自然，没有一點人爲的痕迹。　　[7]不論所以：不必考慮用哪種方法。　　[8]具：酒具。　　[9]法天貴真：效法自然，重視真誠。　　[10]恤於人：憂心於他人。　　[11]禄禄：同“碌碌”，平庸的樣子。受變於俗：受世俗影響而改變。　　[12]蚤：通“早”。湛（dān耽）：沈溺。人僞：人爲。

【集評】

　　（宋）黄震《黄氏日鈔·讀諸子》：“莊子以不羈之材，肆跌宕之説，創爲不必有之人，設爲不必有之物，造爲天下所必無之事，用以眇末宇宙，戲薄聖賢，走弄百出，茫無定蹤，固千萬世詼諧小説之祖也。”

　　（明）譚元春《南華真經評點·漁父》：“孔子逢漁父，正如漁父入花園人家，似仙非仙，使人神癡。漁父聽曲而來，刺船而去，延緣葦間，幽風在目。孔子待水波定，不聞拏音而後敢升車，契結霞外矣。”

荀　子

【作者簡介】

　　荀子名況（前314？—前217？，一説前298？—前238？），字卿，荀、孫一音之轉，漢避宣帝諱，故稱孫卿，戰國後期趙國人。生卒年不可確考。十五歲即游學齊稷下學宮,時田駢、淳于髡講學其中,荀子聰慧好學,顯露文才。至齊襄王時,位居列大夫,並任稷下祭酒。其間曾到秦國,見秦昭王及應侯范雎,不爲用。後遇讒去齊適楚,楚相春申君以爲蘭陵(今山東蒼山)令,又因讒而游趙,復爲春申君召回,仍爲蘭陵令。楚考烈王二十五年(前 238),春申君爲李園所殺,荀卿乃廢,定居蘭陵,著書授徒,李斯和韓非都是他的學生。卒年約九十餘歲。《史記》卷七四有傳。今人游國恩有《荀卿考》,見《游國恩學術論文集》(中華書局 1989 年版)。

　　荀子爲戰國後期儒家代表人物,然又不主一家,兼融諸子,倡"性惡"、"法後王"之説。今傳《荀子》三十二篇,多出其自作,間亦有弟子所作。其文長於説理駁難,剖析入微,鋪陳排比,善用比喻,風格淳樸精潔。其中《成相》用民間歌謠體,對後代影響深遠。《賦篇》以謎語形式詠物,對我國賦體文學有開啓之功。今存最早的注本是唐代楊倞所作,清人王先謙《荀子集解》參稽群書,最爲詳贍。

勸　　學

【題解】

　　本篇是《荀子》一書的第一篇。勸學,鼓勵學習。本篇較爲系統地闡述了學習的理論和方法。荀子認爲,學習可以增長知識才幹,修養品德,全身遠禍;正確的學習態度是持之以恒,專心致志;要學習儒家經典,司時要善於向賢者求教,也要善於教人;學習要善始善終,切忌半途而廢,以期達到完全而純粹的精神境界。

　　君子曰[1]:學不可以已[2]。青,取之於藍[3],而青於藍;冰,水爲之,而寒於水。木直中繩[4],輮以爲輪[5],其曲中規[6],雖有槁暴[7],不復挺者[8],輮使之然也。故木受繩則直[9],金就礪則利[10],君子博學而日參省乎己[11],則知明而行無過矣[12]。

　　故不登高山,不知天之高也;不臨深谿,不知地之厚也;不聞先王之遺言,不知學問之大也。干、越、夷、貉之子[13],生而同聲,長而異俗,教使之然也。《詩》曰:"嗟爾君子,無恒安息[14]。靖共爾位[15],好是正直。神之聽之,介爾景福[16]。"神莫大於化道[17],福莫長於無禍[18]。

　　吾嘗終日而思矣,不如須臾之所學也[19]。吾嘗跂而望矣[20],不如登高之博見也。登高而招,臂非加長也,而見者遠;順風而呼,聲非加疾也[21],而聞者彰[22]。假輿馬者[23],非利足也[24],而致千里;假舟楫者[25],非能水也,而絶江河[26]。君子生非異也[27],善假於物也。

南方有鳥焉,名曰蒙鳩[28],以羽爲巢,而編之以髮[29],繫之葦苕[30],風至苕折,卵破子死。巢非不完也[31],所繫者然也。西方有木焉,名曰射干[32],莖長四寸,生於高山之上,而臨百仞之淵[33],木莖非能長也,所立者然也。蓬生麻中[34],不扶而直;白沙在涅,與之俱黑[35]。蘭槐之根是爲芷[36],其漸之滫[37],君子不近,庶人不服[38]。其質非不美也,所漸者然也。故君子居必擇鄉[39],遊必就士[40],所以防邪僻而近中正也[41]。

物類之起[42],必有所始[43]。榮辱之來,必象其德[44]。肉腐出蟲,魚枯生蠹[45]。怠慢忘身,禍災乃作。强自取柱[46],柔自取束。邪穢在身,怨之所構[47]。施薪若一,火就燥也[48]。平地若一,水就濕也[49]。草木疇生[50],禽獸群居[51],物各從其類也。是故質的張而弓矢至焉[52],林木茂而斧斤至焉[53],樹成蔭而衆鳥息焉,醯酸而蜹聚焉[54]。故言有召禍也,行有招辱也,君子慎其所立乎[55]!

【校注】

[1]君子:指有道德有學問的人。　　[2]已:停止。　　[3]藍:藍草,其葉可提取藍色染料。　　[4]中(zhòng 仲)繩:合乎繩墨的標準。繩,木工用的墨綫。
[5]鞣(róu 柔):通"煣",用火烤木材使其彎曲。　　[6]規:圓規,測圓的工具。
[7]有:通"又"。槁(gǎo 搞)暴(pù 瀑):枯乾。暴,同"曝",枯乾。　　[8]挺:直。　　[9]受繩:經過墨繩校正。　　[10]金:指代金屬的刀劍之類。礪:磨刀石。　　[11]參:檢驗。一説"參"同"三"。省(xǐng 醒):考察,反省。《論語·學而》:"曾子曰:'吾日三省吾身。'"　　[12]知:同"智"。　　[13]干、越:春秋時期的國名,在今江蘇、浙江一帶。干國後爲吳所滅,故又稱吳國爲干。夷:東方部族名。貉(mò 陌):北方部族名。　　[14]恒:常。安息:安逸。　　[15]靖:謀劃。共:通"恭",恭敬,看重。位:職位。　　[16]介:助。景:大。以上六句見《詩·小雅·小明》。　　[17]神:指最高的精神境界。化道:爲道所熏陶感化。道,指儒家的仁禮學説。　　[18]長:大。　　[19]須臾:片刻。　　[20]嘗:曾經。跂(qì 氣):踮起腳後跟。　　[21]疾:壯,指聲音宏亮。　　[22]彰:清楚。
[23]假:憑藉,利用。　　[24]利足:腳步迅速。　　[25]楫(jí 及):船槳。

[26]絶:橫渡。　　　[27]生:通“性”,生性,天性。　　　[28]蒙鳩:鷦鷯,善於築巢。　　　[29]髮:毛髮。　　　[30]葦苕(tiáo 條):蘆葦的嫩枝條。　　　[31]完:完整。　　　[32]射(yè 夜)干:植物名,生於高地,花白莖長。　　　[33]仞(rèn 認):長度單位,八尺一仞;一說七尺一仞。　　　[34]蓬:草名,即飛蓬,莖細而短。麻:大麻,莖長而直。　　　[35]“白沙”兩句原脱漏,今據清王先謙《荀子集解》引王念孫考證補。王念孫曰:“此言善惡無常,唯人所習,故‘白沙在涅’與‘蓬生麻中’義正相反。且‘黑’與‘直’爲韻,若無此二句,則既失其義,而又失其韻矣。”涅(niè 聶):黑泥。　　　[36]蘭槐:即白芷,香草名,其苗曰蘭槐,其根曰芷。　　　[37]其:若,如果(清王引之《經傳釋詞》)。漸(jiān 尖):浸泡。滫(xiǔ 朽):酸臭的淘米水。　　　[38]庶人:衆人,普通人。服:佩戴。　　　[39]居必擇鄉:居住一定選擇風俗醇正的鄉土。　　　[40]遊:交遊,交往。就士:接近有學問的賢士。　　　[41]僻:邪惡。中正:正道。　　　[42]物類:萬物各類物。起:産生。　　　[43]始:根源。　　　[44]象:相似,相應。　　　[45]蠹(dù 杜):蛀蟲。　　　[46]柱:通“祝”,折斷的意思。清王念孫《讀書雜志》引王引之說:“柱與束相對爲文,則柱非謂屋柱之柱也。柱當讀爲祝。……祝,斷也。此言物強則自取斷折,所謂太剛則折也。”　　　[47]“邪穢”兩句:自己行爲邪惡骯髒,那就必然造成人們對你的怨恨。構:結,造成。　　　[48]“施薪”兩句:添加的柴草一樣,火總是先燃燒乾燥的。施:擺放。就:近。　　　[49]濕(shī 失):同“濕”,潮濕,這裏指潮潤之地。　　　[50]疇生:同類的一起生長。疇,通“儔”,類。一說“疇”爲“稠”之假借字,“疇生”即叢生(于省吾《雙劍誃荀子新證》)。　　　[51]群居:原作“群焉”,今據《大戴禮記》引文改。王念孫《讀書雜志》曰:“‘群居’與‘疇生’對文,今本‘居’作‘焉’者,涉下文四‘焉’字而誤。”　　　[52]質的(dì 第):箭靶。質,箭靶。的,箭靶中心的目標。　　　[53]斤:橫刃的小斧。　　　[54]醯(xī 希):醋。蜹(ruì 瑞):蚊子類的小昆蟲。　　　[55]所立:立身之根據,這裏指學習的方法和内容。

積土成山,風雨興焉;積水成淵,蛟龍生焉;積善成德,而神明自得[1],聖心備焉[2]。故不積跬步[3],無以至千里[4];不積小流,無以成江海。騏驥一躍[5],不能十步;駑馬十駕[6],功在不舍[7]。鍥而舍之[8],朽木不折;鍥而不舍,金石可鏤[9]。螾無爪牙之利[10],筋骨之強,上食埃土,下飲黃泉[11],用心一也。蟹八跪而二螯[12],非蛇蟺之穴無可寄託者[13],用心躁也。是故無冥冥之志者[14],無昭昭之明[15];無惛惛之事者,無赫赫之功[16]。行衢道者不至[17],事兩君者不容。目不能兩視而明，耳不能兩聽而聰。螣蛇無足而飛[18]，鼫鼠五技而窮[19]。《詩》曰：“尸鳩在桑[20]，其子七兮[21]。淑人君子[22]，其儀一兮[23]。其儀一兮，心如結兮[24]。”故君子結於一也。

　　昔者瓠巴鼓瑟而流魚出聽[25]，伯牙鼓琴而六馬仰秣[26]。故聲無小而不聞，行無隱而不形[27]。玉在山而草木潤，淵生珠而崖不枯。爲善不積邪，安有不聞者乎！

【校注】

[1]而：猶則。神明：最高的智慧。　　[2]聖心：聖人的思想。　　[3]蹞(kuǐ 傀)步：古人稱邁一次腳爲“蹞”，邁兩次腳爲“步”，“蹞步”就是現在說的一步，古人說的半步。所以唐楊倞注說：“半步曰蹞，蹞與跬同。”　　[4]無以：無法。　　[5]騏(qí 其)驥(jì 記)：千里馬。　　[6]駑(nú 奴)：劣馬。駕：馬行一日的路程。唐楊倞認爲此句下脫“則亦及之”四字，是說駑馬走十天，照樣也能達到千里。　　[7]舍：同“捨”，放棄，停止。　　[8]鍥(qiè 怯)：雕刻。　　[9]鏤(lòu 漏)：雕刻。　　[10]螾(yǐn 引)：同“蚓”，蚯蚓。　　[11]黃泉：地底的泉水。　　[12]八跪：原作“六跪”，今據清盧文弨校改。跪，足。螯(áo 翱)：螃蟹前部第一對腳，形狀像鉗子。　　[13]蚍：同“蛇”。蟺(shàn 善)：同“鱔”，鱔魚。寄託：指借住，藏身。　　[14]冥冥：昏暗，引申爲專默精誠的意思。下句“惛(hūn 昏)惛”與此同意。　　[15]昭昭之明：指智慧的豁然貫通。昭昭，顯著。　　[16]赫赫之功：顯盛的業績。　　[17]衢(qú 渠)道：四通八達的道路，這裏指歧路。　　[18]螣(téng騰)蛇：晉郭璞《爾雅注》：“螣蛇，龍類，能興雲霧而游其中也。”　　[19]鼫(shí石)鼠：原作“梧鼠”，今據唐楊倞注改。一種形狀像兔的鼠類。五技：楊倞注：“謂能飛不能上屋，能緣不能窮木，能游不能渡谷，能穴不能掩身，能走不能先人。”窮：陷入困境。　　[20]尸鳩：《詩·曹風》作“鳲鳩”，布穀鳥。　　[21]其子七兮：布穀鳥哺育七隻小鳥，早上從上而下喂食，傍晚從下向上喂食，平均如一(《毛傳》)。[22]淑人：善人。　　[23]儀：儀表舉止。一：專一。　　[24]結：打結，引申爲堅定不移的意思。以上六句詩見《詩·曹風·鳲鳩》。　　[25]瓠(hù戶)巴：古代善彈瑟者。《列子·湯問》：“瓠巴鼓琴，鳥舞魚躍。”流魚：游魚，清盧文弨以爲當依《大戴禮記》作“沉魚”，謂瓠巴鼓瑟，沉在水底的魚浮上水面諦聽。　　[26]伯牙：古代善彈琴者。六馬：古代天子用六匹馬駕車。仰秣(mò 末)：仰首嚼飼料。秣，飼料，句中作動詞。　　[27]“故聲”二句：聲音再小也能被人聽見，行爲再隱蔽也能被人看清。比喻只要學習，總會做出成績，有用於世；只要積善，總會被人

所知。

學惡乎始[1]？惡乎終？曰：其數則始乎誦經[2]，終乎讀禮[3]。其義則始乎爲士[4]，終乎爲聖人。真積力久則入[5]。學至乎没而後止也[6]。故學數有終，若其義則不可須臾舍也[7]。爲之，人也；舍之，禽獸也。故《書》者，政事之紀也[8]；《詩》者，中聲之所止也[9]；《禮》者，法之大分[10]，類之綱紀也[11]。故學至乎《禮》而止矣。夫是之謂道德之極[12]。《禮》之敬文也[13]，《樂》之中和也[14]，《詩》、《書》之博也[15]，《春秋》之微也[16]，在天地之閒者畢矣[17]。

君子之學也，入乎耳，箸乎心[18]，布乎四體[19]，形乎動静[20]。端而言[21]，蠕而動[22]，一可以爲法則[23]。小人之學也，入乎耳，出乎口。口耳之閒，則四寸耳[24]，曷足以美七尺之軀哉[25]！古之學者爲己[26]，今之學者爲人[27]。君子之學也，以美其身；小人之學也，以爲禽犢[28]。故不問而告謂之傲[29]，問一而告二謂之囋[30]。傲，非也；囋，非也；君子如嚮矣[31]。

學莫便乎近其人[32]。《禮》、《樂》法而不説[33]，《詩》、《書》故而不切[34]，《春秋》約而不速[35]。方其人之習君子之説，則尊以徧矣，周於世矣[36]。故曰：學莫便乎近其人。

學之經莫速乎好其人[37]，隆禮次之[38]。上不能好其人，下不能隆禮，安特將學雜識志[39]，順《詩》、《書》而已耳[40]。則末世窮年[41]，不免爲陋儒而已[42]。將原先王[43]，本仁義[44]，則禮正其經緯蹊徑也[45]。若挈裘領[46]，詘五指而頓之[47]，順者不可勝數也[48]。不道禮憲[49]，以《詩》、《書》爲之[50]，譬之猶以指測河也，以戈舂黍也[51]，以錐飡壺也[52]，不可以得之矣。故隆禮，雖未明，法士也[53]；不隆禮，雖察辯[54]，散儒也[55]。

問楛者[56]，勿告也；告楛者，勿問也；説楛者，勿聽也；有爭氣者[57]，勿與辯也。故必由其道至[58]，然後接之，非其道則避之。故禮恭，而後可與言道之方[59]；辭順，而後可與言道之理[60]；色從[61]，而後可與言道之致[62]。故未可與言而言謂之傲[63]，可與言而不言謂之隱[64]，不觀氣色而言謂之瞽[65]。故君子不傲，不隱，不瞽，謹順其身[66]。《詩》曰："匪交匪舒,天子所予[67]。"此之謂也。

【校注】

[1]惡(wū 烏):何,哪裏。　　[2]數:指學習的程序和過程。經:指儒家經典,如《詩》《書》之類。　　[3]禮:指典章制度。今本"十三經"中有"三禮":其中《儀禮》是士禮十七篇;《周禮》本名《周官》,西漢末年列爲經而屬於禮;《禮記》爲漢儒編輯的七十子後學有關禮的記述。荀子所謂"禮",當指《儀禮》之類。　　[4]義:指學習的目的意義。荀子在《儒效》篇中,認爲士、君子、聖人是學習中人格達到的三個階段。　　[5]"真積"句:真誠而能積累,力行而能持久,就能深入其中。
[6]没:同"殁",死亡。　　[7]須臾:片刻。舍:放棄。　　[8]紀:同"記",記載。
[9]中聲:中和之聲,符合人倫標準的樂章。古時《詩》三百篇都可入樂。止:存,彙集。《論語·爲政》:"《詩》三百,一言以蔽之,曰思無邪。"　　[10]法:指法令禮制等。大分:猶言總綱。　　[11]類:指法的類别、條款。綱紀:綱要。　　[12]"夫是"句:這就叫做具備了最高的道德。夫:句首發語詞。是:此。極:頂點。
[13]敬:敬重,看重。文:指禮節、儀式及服飾車馬的等級。　　[14]樂:六藝之一,今已失傳。中和:和諧。　　[15]博:廣博,指《詩》《書》的内容涉及古代帝王政令、風土人情、鳥獸草木等。　　[16]微:微妙,指《春秋》具有微言大義,寄託了褒貶勸懲的本義。　　[17]"在天地"句:是説《詩》、《書》等儒家經典包羅萬象,天地間一切事物都被概括無遺。閒:同"間"。畢:盡,全部。　　[18]箸乎心:記在心裏。箸,通"著"。　　[19]布:分佈,體現。　　[20]形:表現。動静:指行動。
[21]端:通"喘",小聲説話。　　[22]蝡(ruǎn 軟):微動。　　[23]一:全部。
[24]則:當作"財",同"才","才"通"纔"(唐楊倞注引韓侍郎説),僅僅。
[25]曷(hé 和):何,怎麼。美:增美,有益。軀:身體。據河南洛陽金村戰國墓出土銅尺,戰國時一尺是23.1釐米。七尺之軀,約1.62米,是當時普通男子的身高。
[26]爲己:爲了提高自己。　　[27]爲人:爲取悦於他人。　　[28]"小人"句:楊倞以爲"禽犢"爲"饋獻之物",古人相見時持羔、雁、雉等作爲禮物。小人爲學,只用它作見面禮,取悦於人。清王先謙《集解》認爲小人入耳出口,心無所得,終於爲禽獸而已,即前文"舍之,禽獸也"的意思。　　[29]傲:通"躁",急躁(據清俞樾《諸子平議》)。　　[30]囋(zá 雜):言語絮繁(清盧文弨説)。　　[31]嚮:同"響",回聲。《禮記·學記》:"善待問者如撞鐘,叩之以小者則小鳴,叩之以大者則大鳴。"　　[32]便:方便,有益。其人:指良師益友。　　[33]法而不説:規定了法度而没有詳細解説。　　[34]"《詩》、《書》"句:《詩》、《書》只記載過去的歷史,可能不切合當前實際。故:舊,掌故。　　[35]約而不速:意義

隱約,難以迅速理解。　　　[36]"方其人"三句:仿效良師益友而學習君子的學説,就能養成崇高的品格,得到全面的知識,而通達世事了。方:通"仿",仿效。尊:崇高。周:周到。　　　[37]經:讀若"徑",道路(《呂氏春秋·當染》漢高誘注)。　　　[38]隆禮:尊崇禮儀。　　　[39]安:於是,則(《經傳釋詞》卷二)。特:只,僅僅。學雜識志:"識"字爲衍文(清王引之説),"志"即古"識"字,校書者旁記"識"字而誤入正文。"學雜志"與下句"順詩書"皆三字句爲對。雜志,龐雜的書籍。　　　[40]順:順通,解釋。　　　[41]末世窮年:老死的時候。末,盡頭。窮,盡。　　　[42]陋儒:學識淺陋的儒生。　　　[43]原先王:推原先王的思想。先王,指夏禹、商湯、周文王周武王。　　　[44]本仁義:探討仁義的根本。[45]"則禮正"句:學禮是正確的途徑。經緯:織布的縱綫稱經,橫綫稱緯;道路南北爲經,東西爲緯。"經緯"在句中作"蹊徑"的狀語,四通八達的意思。蹊徑:道路,途徑。　　　[46]挈(qiè切):提起。裘:皮衣。　　　[47]詘(qū屈):通"屈"。頓:抖動。　　　[48]"順者"句:皮衣的毛就全順了。勝:盡,全部。按古代的皮衣毛在外。　　　[49]道:實行。禮憲:禮法。　　　[50]爲之:指處理事務。　　　[51]舂(chōng沖):把穀類的殼搗掉。舂黍當用杵,用戈則不能去其殼。[52]以錐飡壺:用錐代箸從壺中取飯。飡,同"飧"、"餐"。　　　[53]法士:好禮守法之士。　　　[54]察辯:明察善辯。　　　[55]散儒:不遵守禮法的儒生。唐楊倞注:"散,謂不自檢束。"　　　[56]楛(kǔ苦):不精細或不堅固,引申爲態度惡劣。[57]爭氣:態度蠻橫,不講道理。　　　[58]其道:禮義之道。　　　[59]方:方向。[60]理:條理,指道的内容。　　　[61]色從:神色順從。　　　[62]致:極致,指道的最高境界。　　　[63]傲:浮躁。　　　[54]隱:隱瞞。　　　[65]瞽(gǔ古):盲人。[66]謹順其身:謹慎地對待那些請教的人。順,宋本作"慎"。身,猶人(清王先謙《集解》引清郝懿行説)。　　　[67]"匪交"兩句:不急躁又不怠慢,就會得到天子的賞賜。匪:同"非"。交:通"絞",急切。舒:緩慢。予:賜予。"《詩》曰"所引見《詩·小雅·采菽》。

　　百發失一,不足謂善射;千里蹞步不至,不足謂善御[1];倫類不通[2],仁義不一[3],不足謂善學。學也者,固學一之也[4]。一出焉[5],一入焉,涂巷之人也[6];其善者少,不善者多,桀紂盜跖也[7];全之盡之[8],然後學者也。

　　君子知夫不全不粹之不足以爲美也[9],故誦數以貫之[10],思索以通之[11],爲其人以處之[12],除其害者以持養之[13]。使目非是無欲見也[14]，使耳非是無欲聞也，使口非是無欲言也，使心非是無欲慮也。及至其致好之也[15]，目好之五色[16]，耳好之五聲[17]，口好之五味[18]，心利之有天下[19]。是故權利不能傾也[20]，群衆不能移也[21]，天下不能蕩也[22]。生乎由是，死乎由是[23]，夫是之謂德操[24]。德操然後能定[25]，能定然後能應[26]。能定能應，夫是之謂成人[27]。天見其明[28]，地見其光[29]，君子貴其全也[30]。

《荀子集解》卷一

【校注】

[1]御：駕車。　　[2]倫類不通：對各種事物不能觸類旁通。倫，類別。　　[3]一：專一。　　[4]"學也"兩句：學習必須學會專一。固：必須。　　[5]出：指退步，下句"入"指深入，都指學習而言。　　[6]涂巷之人：指普通的人。涂，通"途"，道路。　　[7]桀：夏朝最後一個國王。紂：商朝最後一個國王。桀紂都是古代著名的暴君。跖（zhí 直）：傳說是春秋時候的大盜，今多以爲是當時奴隸起義的領袖。據《莊子·盜跖》篇，跖與孔子同時，乃柳下惠之弟。　　[8]全之盡之：完全徹底。　　[9]粹：純一，不駁雜。　　[10]誦數：猶言誦説（清俞樾《諸子平議》）。誦，帶有一定樂律節奏的朗讀。貫：聯繫。　　[11]通：指融會貫通。[12]爲：效法。處：居，這裏是實行的意思。　　[13]除其害：排除妨害學習的因素。持養：扶持養護。　　[14]是：指前文所説的完全純粹的"美"。　　[15]"及至"句：等到他達到愛好學習的時候。致：達到。下文"目好"四句具體寫"好之"的程度。　　[16]之：於。下文三句中的"之"字同（清俞樾《諸子平議》）。五色：青黃赤白黑，這裏泛指各種鮮美的色彩。　　[17]五聲：宮商角徵羽，這裏泛指美妙的音樂。　　[18]五味：酸辛苦甜鹹，這裏泛指各種香味。　　[19]心利之有天下：心中有佔有天下那樣的快樂和好處。　　[20]傾：傾斜，引申爲屈服。[21]移：改變。　　[22]蕩：動搖。　　[23]"生乎"兩句：活着這樣，死了也這樣。由是：堅持此道。　　[24]德操：品德，操守。清郝懿行《荀子補注》："德操，謂有德而能操持也。"　　[25]定：堅定。　　[26]應：應變。　　[27]成人：完美的人。　　[28]見：表現。一説這句和下句的"見"字都是"貴"字的形誤。清俞樾《諸子平議》："按兩'見'字並當作'貴'，蓋'貴'字漫漶，止存其下半之'貝'，因誤爲'見'耳。'光'與'廣'通……言天貴其明，地貴其廣，君子貴其全。'貴'誤作'見'則與君子句不一律，失《荀子》語意矣。"明：光明。一説"明"是"大"的意思（清王念孫《讀書雜志》）。　　[29]光：光明。一説"光"通"廣"，廣大無邊的意思

（清王念孫《讀書雜志》引清劉台拱説）。　　　[30]全：指品德的完全純粹。

【集評】

　　（明）歸有光《諸子彙函》卷十引王鳳洲曰：“佳言格論，層見疊出，如太牢之悦口，夜明之奪目。令荀子無性惡之説，無以堯、舜爲僞，無以子思、孟軻爲亂天下，其‘勸學’之功，豈終外於名教哉？”

　　孫德謙《古書讀法略例》卷三：“此篇共九章。第一章言學之於人，爲益最大，故人不可不學。第二章言君子之異於人者即在學。第三章言人之所以力學者，爲立身也。第四章言人當積學，而積學則在用心專一。既能積學，則聲聞自彰。第五章言學在誦經讀禮。第六章言人之爲學，當接近君子。第七章言學以隆禮爲要。第八章言學者受教之道，爲君子善於教人之法。此末章則言人之善學，能爲成人則善矣。成人者，全德之人。故言君子貴其全耳。章法秩然。”

韓非子

【作者簡介】

　　韓非（前280？—前233？），戰國時韓王（韓釐王或桓惠王）之子。口吃，不善談論，而長於著述，與李斯俱師事荀子，斯自以爲不如。當時韓國國勢衰弱，韓非曾奉命出使秦國，勸秦王不要攻韓。回到韓國，又上書韓王，建議革除弊端，圖謀發展，終不見用，於是發憤著書。其書傳入秦國，秦王愛其才，乃進攻韓國欲得韓非。韓非第二次入秦不久，即捲入政治鬥争漩渦，李斯等人譖毀之，因而被囚，不久强令自殺。《史記》卷六三有傳。

　　韓非子爲先秦法家集大成者，其學説綜合了申不害的“術”、商鞅的“法”、慎到的“勢”，並融入《老子》之學而加以發展。《漢書·藝文志》著録《韓非子》五十五篇，今傳本與此合。其書大部分爲韓非自著，也有混入的他人作品及後學之作。他的散文氣勢雄强，犀利峭刻，於先秦諸子中自成一家。《韓非子》注本中，較好的是清末王先慎的《韓非子集解》和陳奇猷的《韓非子新校注》。

扁鵲見蔡桓公

【題解】

　　本篇選自《韓非子·喻老》。《喻老》篇中,韓非用二十五則歷史故事與傳説分別解釋了《老子》十二章的内容。"喻"是用具體事例來説明抽象道理的一種方法。韓非在闡發《老子》第六十三章"天下之難事必作於易,天下之大事必作於細"這一命題時,提出了"欲制物者於其細"的觀點,接着引用歷史故事來説明這一觀點,《扁鵲見蔡桓公》就是其中的一則。本篇叙寫扁鵲四次見蔡桓公告知他病情時桓公的不同反應,步步深入,蓄氣爲文,最後以扁鵲逃秦、桓侯病死作結。這個故事有意追求聳人聽聞的言語動作,而且又加以渲染,頗有類似小説之處。

　　扁鵲見蔡桓公[1],立有間[2]。扁鵲曰:"君有疾在腠理[3],不治將恐深。"桓侯曰:"寡人無疾。"扁鵲出。桓侯曰:"醫之好治不病以爲功[4]。"居十日[5],扁鵲復見曰:"君之病在肌膚[6],不治將益深。"桓侯不應。扁鵲出,桓侯又不悦。居十日,扁鵲復見曰:"君之病在腸胃,不治將益深。"桓侯又不應。扁鵲出,桓侯又不悦。居十日,扁鵲望桓侯而還走[7],桓侯故使人問之[8]。扁鵲曰:"疾在腠理,湯熨之所及也[9];在肌膚,鍼石之所及也[10];在腸胃,火齊之所及也[11];在骨髓,司命之所屬[12],無奈何也。今在骨髓,臣是以無請也[13]。"居五日,桓侯體痛,使人索扁鵲,已逃秦矣[14]。桓侯遂死。

　　故良醫之治病也,攻之於腠理,此皆争之於小者也。夫事之禍福亦有腠理之地,故曰聖人蚤從事焉[15]。

　　　　　　　　　　　　　　　　　　　　　　　　《韓非子集解》卷七

【校注】

[1]扁鵲:春秋後期燕國名醫,姓秦名越人,因與黄帝時期的神醫扁鵲相類,故以爲號。蔡桓公,即下文的桓侯,公元前714—前695年在位。據《史記·扁鵲列傳》,扁鵲是晉頃公(前525—前512)、晉定公(前511—前475)時期人,不可能見蔡桓侯。寓言故事,不必考實。　　[2]有間:一會兒。　　[3]腠(còu 凑)理:皮下肌肉之間的空隙和皮膚的紋理,這裏指表皮。　　[4]好:喜歡。不病:無病。[5]居:住,停。　　[6]肌膚:指肌肉。　　[7]還(xuán 旋)走:立即跑開。還,

通"旋",迅速,立即。《漢書・董仲舒傳》顏師古注:"還,讀曰旋。旋,速也。"
[8]故:特意,有意。　　[9]湯熨(wèi 未):用湯藥熱敷。湯,湯藥。　　[10]鍼
石:針灸用的金針和石針,這裏指用針刺治療。鍼,同"針"。　　[11]火齊(jì
記):火齊湯,一種治腸胃病的湯藥。齊,通"劑"。　　[12]司命:掌管生死之
神。屬:掌管。　　[13]無請:指不再給醫治。　　[14]逃秦:逃往秦國。
[15]蚤:通"早"。

【集評】

　　(明)無門子《韓非子迂評》卷六:"文字有以含蓄爲貴者,不言而意已見,故以不
盡爲美也。有以反復爲貴者,愈重複愈有味,故不厭其往返。韓子《解老》《喻老》二
篇無甚意義,亦未得老氏肯綮,但妙在反復耳,有一事而數言,有一言而數出,後言複
於前,前言複於後,番覺有味。故文字不在簡省,亦不嫌往復。韓退之、王介甫皆喜
往復,善自道,然非冗字累句之謂也。"

棘刺之端爲母猴

【題解】

　　本篇選自《韓非子・外儲説左上》。"儲説"就是把寓言故事彙集和存儲起來。
因爲彙集的故事多達一百八十餘則,所以分爲六篇:先分爲内、外篇,内、外篇又各分
上、下,外篇之上、下又分爲左、右。韓非子把這些故事分成三十組,分門別類,系統
嚴密,六篇皆先有"經",即論點,類似提綱,後有"説",即論據,也就是寓言故事。本
篇寓言旨在説明,經不起實踐考驗的言論是騙人的,對於人的言行,應當參驗比較,
分析得失,不應偏聽偏信。作者還用"一曰"記錄了本故事的另一版本,表明了作者
態度之審慎。

　　宋人有請爲燕王以棘刺之端爲母猴者[1],必三月齋[2],然後能觀
之。燕王因以三乘養之[3]。右御冶工言王曰[4]:"臣聞人主無十日不
燕之齋[5]。今知王不能久齋以觀無用之器也,故以三月爲期。凡刻
削者[6],以其所以削必小[7]。今臣冶人也,無以爲之削[8]。此不然物
也[9],王必察之[10]。"王因因而問之,果妄[11],乃殺之。冶又謂王曰:
"計無度量[12],言談之士多'棘刺'之説也。"

一曰[13]：燕王徵巧術人[14]，衛人請以棘刺之端爲母猴。燕王説之[15]，養之以五乘之奉[16]。王曰：“吾試觀客爲棘刺之母猴。”客曰：“人主欲觀之，必半歲不入宮[17]，不飲酒食肉。雨霽日出[18]，視之晏陰之間[19]，而棘刺之母猴乃可見也。”燕王因養衛人，不能觀其母猴。鄭有臺下之冶者謂燕王曰[20]：“臣爲削者也[21]。諸微物必以削削之[22]，而所削必大於削[23]。今棘刺之端不容削鋒[24]，難以治棘刺之端[25]。王試觀客之削，能與不能可知也。”王曰：“善。”謂衛人曰：“客爲棘刺之母猴也，何以理之[26]？”曰：“以削。”王曰：“吾欲觀見之[27]。”客曰：“臣請之舍取之[28]。”因逃。

《韓非子集解》卷一一

【校注】

[1]“宋人”句：宋國人請求給燕王在棘刺的尖端雕刻獼猴。棘刺：棘樹枝上的小刺。母猴：一本作“沐猴”，即“獼猴”。　　[2]三月齋：齋戒三個月。　　[3]三乘（shèng 剩）：三乘車，每車四馬，古代爲下大夫的禮制。《禮記·少儀》：“貳車者，諸侯七乘，上大夫五乘，下大夫三乘。”養：供養，侍奉。清王先慎《集解》：“‘乘’下當有‘之奉’二字。”　　[4]右御冶工：右御屬下的冶鐵工匠。右御，官名，掌管進用器物一類事情。　　[5]“人主”句：人主齋戒的時間不超過十天。人主：指諸侯。燕：通“宴”，宴席。　　[6]刻削：雕刻。　　[7]所以削必小：用來雕刻的工具一定小於被雕刻的東西。　　[8]無以爲之削：無法做這樣小的削刀。　　[9]此：指棘刺之端雕刻的獼猴。不然物：不存在的東西。　　[10]察：明察。　　[11]果妄：果真虛假。　　[12]計無度量：計謀是沒有衡量標準的。這句主語是“言談之士”，探下句而省。　　[13]一曰：另一説法。　　[14]徵巧術人：徵召技術高明的人。　　[15]説：同“悦”。　　[16]五乘之奉：上大夫的奉禄。　　[17]不入宮：指不入宮見妃嬪等。　　[18]雨霽（jì 記）：雨停。[19]晏陰之間：陰晴交錯之時。晏，陽，晴。　　[20]臺下之冶者：指地位低賤的冶工。臺，古代賤職之稱，地位在隸僕之下。一説“臺下”是鄭國地名。　　[21]削者：做削刻工具的人。　　[22]微物：微小的雕刻。以削削之：用削刀雕刻而成。[23]所削：雕刻的東西。　　[24]不容削鋒：放不下刀尖。　　[25]治：指雕刻。[26]“客爲”兩句：原作“客爲棘削之”，陳奇猷《韓非子新校注》據宋本《文選·魏都賦》注引校補，今從之。兩句是説：您在棘刺之端雕刻獼猴，用什麼工具削刻呢。理：治，指削刻。　　[27]“見”字當是衍文。　　[28]之舍取之：回客舍取削刀。

【集評】

（明）無門子《韓非子迂評》卷十一：“棘刺刻削，喻學者辯雖微妙，無實用。”

（明）焦竑《二十九子品彙釋評》卷七引閔如霖曰：“《儲説》各段隱栝含涵，先陳事理，後貫事實，簡約可誦，以後班固、賈逵、傅毅遂爲連珠體，則濫觴矣。”

榜枻越人

【作者簡介】

《越人歌》作者爲春秋時代楚康王之時（前559—前545）越國的一個划船人。

越 人 歌

【題解】

《説苑·善説》載楚國的莊辛向襄成君説：“君獨不聞夫鄂君子皙之泛舟於新波之中也？乘青翰之舟，插菌芘，張翠蓋，而擒犀尾，班麗袿衽，會鐘鼓之音畢，榜枻越人擁楫而歌，歌辭曰：‘濫兮抃草濫予昌枑澤予昌州鍖州焉乎秦胥胥縵予乎昭澶秦踰滲惿隨河湖。’鄂君子皙曰：‘吾不知越歌，子試爲我楚説之。’於是乃召越譯，乃楚説之曰”云云。同篇還記載：“鄂君子皙，親楚王母弟也，官爲令尹，爵爲執珪。”據此，鄂君子皙即楚康王弟黑肱（字子皙）。據《史記·楚世家》，公子黑肱任令尹在楚靈王十二年（前529）春，而此年年底，最遲至下一年（楚平王元年）即自殺。故此詩之作當在公元前529年之前。詩中稱子皙爲“王子”，文中稱之爲“康王弟”，則此詩應作於楚康王之時（前559—前545）。

《説苑》用漢字記録的越語語音的原歌，韋慶穩曾將其與“試擬上古壯語”和現代壯語方言詞相對照，發現用壯語可以讀通，並據辭義直譯爲：“今晚是什麽佳節？舟游如此隆重。船正中坐的是誰呀？是王府中大人。王子接待又賞識，我只有感激。但不知何日能與您再來游。我内心感激您的厚意。”（韋慶穩《〈越人歌〉與壯語的關係試探》，收入社會科學出版社1981年版《民族語文論集》）

今夕何夕兮，搴舟中流[1]。今日何日兮，得與王子同舟。蒙羞被好兮[2]，不訾詬恥[3]；心幾頑而不絶兮[4]，得知王子。山有木兮木有枝，心説君兮君不知[5]。

《説苑校證》卷一一《善説》

【校注】

[1]搴舟中流：原作“搴中洲流”，據《玉臺新詠》改。搴（qiān 千）舟，猶言放舟。搴，拔，此處指拔起臨時繫舟的木橛。中流，中游，江河的中段。　　　[2]蒙羞被（bèi 貝）好：很慚愧地受到錯愛。是謙恭語。被，遭受、蒙受。　　　[3]訾（zǐ 紫）：怨恨、厭惡。詬（gòu 够）恥：恥辱。　　　[4]幾：幾乎。頑：愚妄。此處指自己地位低賤，卻對王子情感執著。不絶：言恩情不能斷絶。　　　[5]説（yuè 悦）：同“悦”。

【集評】

　　（宋）朱熹《楚辭後語》卷一：“特以其自越而楚，不學而得其餘韻，且於周太師‘六詩’之所謂‘興’者，亦有契焉。知聲詩之體，古今共貫，胡、越一家，有非人之所能爲者。”

　　梁啓超《中國之美文及其歷史》：“在中國古書上找翻譯的文字作品，這首歌怕是獨一無二了，歌詞的旖旎纏綿，讀起來令人和後來南朝的吳歌發生聯想。”

　　游國恩《楚辭的起源》：“雖是寥寥短章，在《九歌》中，除了《少司命》、《山鬼》等篇，恐怕没有哪篇趕得上他。”

屈　原

【作者簡介】

　　屈原（前353—前283），名平，字原，楚王室同姓貴族，青年時曾供職於蘭臺（收藏圖書秘籍和供文人學士從事著述的楚朝廷機構）。楚懷王十年（前319），任左徒之職，“入則與王圖議國事，以出號令，出則接遇賓客，應對諸侯”（《史記·屈原列傳》）。他對外主張“聯齊抗秦”，對内主張政治改革。他受命草擬憲令，因妨害了舊貴族的利益，受到上官大夫、寵臣靳尚、王妃鄭袖等人的讒毁，加之秦國的離間，懷王十六年被免去左徒之職，而擔任教育王族子弟的三閭大夫。楚懷王受張儀欺騙,又被秦國先後在丹陽、藍田打得大敗,於十八年又命屈原出使齊國,恢復齊楚邦交。懷王二十四五年,秦楚和好,屈原又被放於漢北,任掌夢之職,負責雲夢澤的山林澤藪和君王狩獵事宜。在那裏他創作了《離騷》、《抽思》、《惜誦》、《思美人》和《天問》、《招魂》、《卜居》、《漁父》。懷王二十八年,秦、齊、韓、魏攻楚,垂沙一戰,楚軍慘敗,主將唐昧戰死。由於楚朝廷内部的鬥争,楚將莊蹻發動兵變。在此情形下,屈原被從漢北召回。次年懷王入秦被扣留,頃襄王繼位,因親秦的舊貴族的讒毁,屈原又被放於江南之野。他漂泊於沅湘流域,創作了《涉江》、《哀郢》、《懷沙》等作品。頃襄王十六年(前283),頃襄王與秦昭王會於楚故都鄢郢,屈原感到楚國滅亡之勢已定,遂投汨羅江而死。他的作品除上面提到的以外,還有在二十歲成冠禮之時所作《橘頌》,蘭臺供職時所作《大招》和在楚祭祀歌舞辭基礎上創作的《九歌》。關於屈原的生平,除《史記》本傳外,可參今人胡念貽《屈原生平新考》(《文史》第五輯),趙逵夫《屈原與他的時代》(人民文學出版社2002年第二版)。

離　　騷

【題解】

　　《離騷》作於屈原被遣放漢北期間。《離騷》作爲篇名的含義,漢代有兩説:(1)司馬遷《史記·屈原列傳》:"離騷者,猶離憂也。"班固《離騷贊序》:"離,猶遭也;騷,憂也。明己遭憂作辭也。"(2)王逸《楚辭章句·離騷經序》:"離,别也;騷,愁也;經,徑也。言己放逐離别,中心愁思,猶依道徑以風諫君也。"前説主張"離憂",後説側重"别愁"。今人錢鍾書説:"'離騷'一詞,有類人名之'棄疾'、'去病'或詩題之'遣愁'、'送窮',蓋'離'者,分闊之謂,欲擺脱憂愁而遣避之,與'愁'告别,非因'别'生'愁'。"(《管錐編》第二册)。詩人被放後曾經北上,到楚故都鄢郢拜謁先王之廟及公卿祠堂,然後寫下這篇充滿激情的政治抒情詩。故《離騷》的開頭先説到楚人的遠祖高陽和屈氏的始封君伯庸,結尾時又説因看到楚人舊鄉,而不忍背離國家而遠去。詩中抒發了爲實現美政理想而努力却遭受打擊、排擠的悲憤情緒和强烈的愛國之情。

　　　帝高陽之苗裔兮[1],朕皇考曰伯庸[2]。攝提貞于孟陬兮[3],惟庚寅吾以降[4]。皇覽揆余初度兮[5],肇錫余以嘉名[6]。名余曰正則兮[7],字余曰靈均[8]。紛吾既有此内美兮,又重之以脩能。扈江離與辟芷兮^[9]，紉秋蘭以爲佩^[10]。汩余若將不及兮^[11]，恐年歲之不吾與^[12]。朝搴阰之木蘭兮^[13]，夕攬洲之宿莽^[14]。日月忽其不淹兮^[15]，春與秋其代序^[16]。惟草木之零落兮，恐美人之遲暮^[17]。

【校注】

[1]帝高陽：此指楚人的遠祖祝融，即吳回。《史記·楚世家》：“楚之先祖出自帝顓（zhuān 專）頊（xū 須）高陽。高陽者，黃帝之孫，昌意之子也。高陽生稱，稱生卷章，卷章生重黎。重黎爲帝嚳（kù 酷）高辛居火正……帝乃以庚寅日誅重黎，而以其弟吳回爲重黎後，復居火正，爲祝融。”苗裔：遠末的子孫。　　　[2]朕（zhèn 陣）：秦代以前尊卑通用，但只用爲領格，自秦始皇起定爲皇帝專用的自稱。皇考：太祖（始封君）。舊説以爲指已死的父親。宋葉夢得《石林燕語》卷一：“父没稱‘皇考’，於《禮》本無見。《王制》言天子五廟，曰考廟、王考廟、皇考廟、顯考廟、祖考廟。則皇考者，曾祖之稱也。”屈原爲楚貴族，不同於天子，乃以皇考爲太祖。清王闓運《楚辭釋》：“皇考，大夫祖廟之名，即太祖也。伯庸，屈氏受姓之祖。”伯庸：西周末年楚君熊渠的長子，被封爲句亶王，在庸（今湖北竹山西南）以北甲水邊上。“句”、“甲”、“屈”雙聲。甲氏即屈氏，見《莊子·庚桑楚》（參趙逵夫《屈氏先世與句亶王熊伯庸》，中華書局《文史》第二十五輯）。　　　[3]攝提：攝提格的省稱。戰國秦漢時用歲星（即木星）紀年。歲星繞日一周將近十二年。古人將周天黃道劃分爲十二等分，用恒星二十八宿來定位，有十二個名稱，稱作十二宫或十二次。以十二地支與之相配。歲星進入星紀宫的一年，稱作“太歲在寅”。這一年是寅年，叫攝提格。貞：正，正當。孟陬（zōu 鄒）：夏曆正月，與十二地支相配屬寅月。

[4]庚寅：庚寅之日。楚人先祖出自祝融吳回，故吳回始爲祝融的這一天（庚寅日）所生之子，人們認爲異乎尋常。降：降生。　　　[5]皇：皇考。覽：察看。揆：測度。初度：初生之年時。《白虎通義》卷九引《禮服傳》：“子生三月，則父名之於祖廟。”則楚貴族是子生三月之後由父親抱至祖廟中，根據先祖的旨意取名。　　　[6]肇（zhào 兆）：“兆”字之借，卦兆。漢劉向《九歎·離世》寫到屈原的出生時説：“兆出名曰正則兮，卦發字曰靈均。”言先祖的神靈通過卦兆賜給他美好的名字。

[7]正：平正。則：法度、法則。“正則”之義爲公平法度，乃屈平在詩中的化名。

[8]靈均：屈原的“原”字在詩中的化名。清王夫之《楚辭通釋》説：“原者，地之善而均平者也。隱其名而取其義，以屬辭賦體然也。”上二句言先祖見我初生時的樣子，以爲能正法則，善平理，故名平，字原。《周禮·大司馬》：“大司馬之職，掌建邦國之九法，以佐王平邦國，均守平則，以安邦國。”則屈原的名和字，實也反映了家

族對他的期望。　　　[9]扈(hù 戶):披,楚方言。江離:即江蘺,大葉芎(xiōng 兄)藭(qióng 窮),以産於春秋時江國(今河南息縣以西)之地者最優。辟:繫結,爲"絣"字之借。芷:白芷,一種香草,多年生,開白花。《神農本草經》言其能"袪風解表",可以用於排膿、消腫、止痛。其葉可用來煮水沐浴,楚人稱之爲"藥"。以下二句承上"脩能"而言,比喻不斷充實自己,增强自己學識與能力的素養。
[10]紉:聯結。秋蘭:即蘭草,葉莖皆香。秋末開淡紫色小花,香氣更濃。佩:身上佩帶的飾物,一般以玉爲之。楚人也有帶香草的習俗。　　　[11]汩(yù 育):水流急的樣子。這裏比喻時間過得快。　　　[12]不吾與:不等待我。與,等待。
[13]搴(qiān 千):摘。阰(pí 皮):山坡。木蘭:一種喬木,大者高五六丈,涉冬不凋,身如青楊,花如蓮花,有香味。　　　[14]攬:采。宿莽:一種越年生草本植物,經冬不死。楚人名草曰"莽",因其經冬不死,故彐"宿莽"。葉含香氣,可以用來袪除蟲蠱。古籍中又有芒草、莽草等異名。古代南方多蟲蛇瘴氣,故有佩帶香草及宿莽類植物的習俗。　　　[15]忽:倏忽,快的樣子。淹:停留。　　　[16]代序:代謝,更叠,交替,指季節變化,周而復始。　　　[17]美人:指君王,這裏指楚懷王。遲暮:指年歲老大。

不撫壯而棄穢兮[1],何不改乎此度[2]?乘騏驥以馳騁兮,來吾道夫先路[3]。昔三后之純粹兮[4],固衆芳之所在。雜申椒與菌桂兮[5],豈維紉夫蕙茝[6]?彼堯舜之耿介兮[7],既遵道而得路[8]。何桀紂之猖披兮[9],夫唯捷徑以窘步[10]?惟夫黨人之偷樂兮[11],路幽昧以險隘[12]。豈余身之憚殃兮,恐皇輿之敗績[13]。忽奔走以先後兮[14],及前王之踵武[15]。荃不察余之中情兮[16],反信讒而齌怒[17]。余固知謇謇之爲患兮[18],忍而不能舍也。指九天以爲正兮,夫唯靈脩之故也[19]。初既與余成言兮[20],後悔遁而有他[21]。余既不難夫離別兮,傷靈脩之數化[22]。

【校注】
[1]撫:持。"撫壯"即趁着盛壯之年。穢:指惡德。　　　[2]何不改乎此度:原無"乎"字,今據宋朱熹《楚辭集注》及洪興祖引補。度,態度。　　　[3]來:表呼唤、號召的語氣。道:通"導"。先路:前路。"路"字下一有"也"字。　　　[4]三后:即楚三王,西周末年楚君熊渠封其三子爲句亶王、鄂王、越章王。一説指上古聖王黃帝、顓頊、帝嚳,一説指禹、湯、文王,其説不一。純粹:精神純潔精粹。　　　[5]申

椒：申地所産的椒，以香味濃烈而有名。菌桂：一種常緑喬木，皮可用爲香料、調料，也叫“肉桂”，其皮榦圓捲如筒，故亦稱“菌桂”或“筒桂”。　　　[6]維：通“唯”，僅，只。蕙：蕙草，古代也叫薰草，藥用可以止癘。茝（zhǐ 止）：即白芷。[7]彼：指三后。耿介：專一而有節度，守正不阿。　　　[8]道：治國之道。先秦時楚人著作《鬻子》云：“發政施令爲天下福者謂之道。”　　　[9]猖披：也作“昌披”，衣不束帶，引申爲放縱妄行。這一句是斥問楚王爲什麼要像桀、紂那樣放縱妄行，貪圖捷徑，而招致禍亂。　　　[10]唯：只是，一味地。捷徑：斜近的步道，小路。　　　[11]惟：想，想起。黨人：朋黨，小集團，結黨營私者。　　　[12]幽昧：昏暗。險隘：危險而狹窄。　　　[13]皇輿（yú 魚）：先王的靈輿，此處猶言社稷。敗績：顛覆傾敗。　　　[14]忽：忽忽，快、匆忙的樣子。以：而。先後：用作動詞，一會兒在前，一會兒在後。　　　[15]及：趕上。前王：前代君王，承上指楚三王。踵武：此處指步伐。踵，腳跟。武，足跡。　　　[16]荃：香草名，喻楚王。　　　[17]齌（jì寄）怒：暴怒。《說文》：“齌，炊餔疾也。”這裏由急火煮食，引申爲怒火之盛。[18]謇（jiǎn 減）謇：也作“蹇蹇”，或單字作“謇”、“蹇”，正直敢言的樣子，楚方言，與“鯁直”的“鯁”爲一音之轉。　　　[19]靈脩：楚人對君王的美稱，漢王逸注：“靈，神也；脩，遠也。能神明遠見者，君德也，故以諭君。”這裏指楚懷王。此句下原有“曰黃昏以爲期兮，羌中道而改路”二句，是由《九章·抽思》中竄入的文字，今删。　　　[20]初：當初。成言：彼此約定，此指楚懷王十年任命屈原爲左徒，聯絡五國伐秦，後又命屈原草擬憲令進行變法之事。　　　[21]悔遁：後悔而改變心意。他：别的，此指他心，别的想法。　　　[22]數（shuò 朔）：屢次。化：變化。

　　余既滋蘭之九畹兮[1]，又樹蕙之百畝。畦留夷與揭車兮[2]，雜杜衡與芳芷[3]。冀枝葉之峻茂兮，願竢時乎吾將刈[4]。雖萎絶其亦何傷兮[5]，哀衆芳之蕪穢[6]。衆皆競進以貪婪兮[7]，憑不厭乎求索[8]。羌内恕己以量人兮[9]，各興心而嫉妒。忽馳騖以追逐兮[10]，非余心之所急。老冉冉其將至兮[11]，恐脩名之不立[12]。朝飲木蘭之墜露兮，夕餐秋菊之落英[13]。苟余情其信姱以練要兮[14]，長顑頷亦何傷[15]！擥木根以結茝兮[16]，貫薜荔之落蕊[17]。矯菌桂以紉蕙兮[18]，索胡繩之纚纚[19]。謇吾法夫前脩兮[20]，非世俗之所服[21]。雖不周於今之人兮[22]，願依彭咸之遺則[23]。

【校注】

[1]滋:栽種。蘭:即秋蘭。畹(wǎn 碗):地畝單位,《説文》:"田三十畝曰畹。"

[2]畦:田壠,此處用爲動詞,指分壠種植。留夷:即芍藥。揭車:一種香草,一名艺舆,高數尺,白花。作藥用主治霍亂,辟惡氣。煎水淋之,可以去樹上的蟲蠹。熏衣也可以防蠹。　　[3]雜:夾雜,此指穿插種植,套種。杜衡:馬兜鈴科常緑草本植物,又名杜葵、馬蹄香等。衡,一作"蘅"。芳芷:白芷。　　[4]竢(sì 四):同"俟",等待。刈(yì 義):割,收割。　　[5]萎絶:黄落,枯萎斷折而墜落。

[6]蕪穢:與雜草混同而荒穢。　　[7]衆:一般人,庸人。《莊子·天地》:"垂衣裳、設采色、動容貌以媚一世,而不自謂道諛;與夫人之爲徒,通是非,而不自謂衆人,愚之至也。"又《荀子·修身》:"狹隘褊小,則廓之以廣大;卑濕重遲貪利,則抗之以高志;庸、衆、駑、散,則劫之以師友。"又《列子·力命》:季梁病,其子請三醫,矯氏診而述其病症,季梁曰:"衆醫也,亟屏之!"俞氏診之,季梁曰:"良醫也,且食之!""衆醫"指庸醫,因而讓趕快趕出去。以上"衆"、"衆人"都是平庸的意思。以:一作"而"。　　[8]憑:滿,楚方言。求索:此處指搜刮勒索。　　[9]羌(qiāng 腔):楚方言,同於"何爲"、"何乃"、"竟",表示"意想不到"的意思。恕己以量人:根據自己的思想來推測別人。漢賈誼《賈子·道術》:"以己量人謂之恕。"

[10]忽:忽忽,快的樣子。馳騖(wù 務):本指馬亂跑,此處喻奔走鑽營。

[11]冉冉:漸漸,同"荏苒"。　　[12]脩名:美名。　　[13]落英:落花,一説始生之花。　　[14]苟:假如。信:確實。姱(kuā 誇):美,這裏指内心之美。練要:精誠專一。　　[15]顑(kǎn 砍)頷(hàn 漢):食不飽而面黄肌瘦的樣子。一作"減滔"、"咸滔",皆其假借字。　　[16]擥:同"攬",持。木根:蘭槐之根。《荀子·勸學》:"蘭槐之根是爲芷,其漸之滫,君子不近,庶人不服。"　　[17]貫:穿過,串連。薜(bì 閉)荔(lì 力):桑科常緑灌木,又名木蓮,先秦時也作藥用。

[18]矯:使之直,這裏是指使彎曲的菌桂枝條展直,然後將蕙草挽結在上面。

[19]索:用爲動詞,搓成繩。胡繩:蔓狀植物,著地之處生細根,如綫相結,故又名結縷。纚(xǐ 喜)纚:本義爲多毛的樣子,此處形容用胡繩搓成的繩子上帶着花葉。

[20]謇:剛直不阿的樣子。前脩:前代賢人。　　[21]世:一作"時",唐人避諱改。服:佩,用。　　[22]周:合。　　[23]彭咸:楚三王時代的賢臣。《史記·楚世家》:陸終生子六人,"三曰彭祖"。彭祖氏殷時嘗爲侯伯,故漢王逸注:"彭咸,殷賢大夫,諫其君不聽,自投水而死。"乃由之附會而成。清陳遠新《屈子説志》云:"大抵咸(彭咸)是處有爲、出不苟、才節兼優、三閭心悦誠服之人。"其説是。

長太息以掩涕兮[1],哀民生之多艱。余雖好脩姱以鞿羈兮[2],謇朝誶而夕替^[3]。既替余以蕙纕兮^[4]，又申之以攬茞^[5]。亦余心之所善兮，雖九死其猶未悔！怨靈脩之浩蕩兮^[6]，終不察夫民心。衆女嫉余之蛾眉兮^[7]，謠諑謂余以善淫^[8]。固時俗之工巧兮^[9]，偭規矩而改錯^[10]。背繩墨以追曲兮^[11]，競周容以爲度^[12]。忳鬱邑余侘傺兮^[13]，吾獨窮困乎此時也。寧溘死以流亡兮^[14]，余不忍爲此態也！鷙鳥之不群兮^[15]，自前世而固然。何方圜之能周兮^[16]，夫孰異道而相安^[17]？屈心而抑志兮，忍尤而攘詬^[18]。伏清白以死直兮^[19]，固前聖之所厚。

【校注】

[1]太息：歎息。掩涕：拭淚。　　[2]雖：借作"唯"。清王念孫《讀書雜志》："'雖'與'唯'同，言余唯有此修姱之行，以致爲人所繫累也。'唯'字古或借作'雖'。"修姱：美好。鞿(jī擊)羈(jī擊)：自我約束，行不苟且。此句中"好修姱"三字，一說"好"字爲衍文。　　[3]誶(suì 歲)：驟諫、激諫。　　[4]蕙纕(xiāng 鄉)：蕙草做的佩帶。纕，佩飾。　　[5]申：重複，加上。　　[6]浩蕩：恣意放縱的樣子。　　[7]蛾眉：如蠶蛾的觸角一樣細長而好看的眉。用以指女子的美貌。此爲屈原自比，以美貌比美德。　　[8]謠諑(zhuó 卓)：譖毀。　　[9]固：本來。工巧：善於投機取巧。工，善於。　　[10]偭(miǎn 免)：面對着。一說爲"背"（王逸注），違背。規：畫圓的工具。矩：畫方的工具。這裏用規矩比喻政治和道德的準則。錯：措施，設置。此句言面對着規矩不用而胡亂改變設置。　　[11]繩墨：木工用墨斗打的綫。此處比喻法度。　　[12]競：爭先恐後地。周容：指求合、取悅於人的柔媚表情。度：法則。此處指生活的準則。《文選·離騷》唐陸善經注曰："皆競比周相容以爲法，言敗亂國政也。"　　[13]忳(tún 屯)：憂懣煩亂。鬱邑：心情抑鬱不伸的樣子。侘(chà 詫)傺(chì 赤)：茫然失神的樣子。
[14]寧：寧肯。溘(kè 課)：忽然，很快地。　　[15]鷙鳥：性情專一的鳥，即雎鳩。"鷙'爲"摯"之借字。舊以爲雎鳩雄雌情摯而有別。屈原以鷙鳥自喻，表現了堅持真理、恪守正道的情操。　　[16]圜：同"圓"。周：相合。　　[17]道：指思想意識、政治主張。　　[18]忍尤：忍受着加給自己的罪名。尤，過錯。攘詬：招來各種的侮辱。攘，取。詬，恥辱。　　[19]伏：借爲"服"，保持、持守之義。

　　悔相道之不察兮^[1]，延佇乎吾將反^[2]。回朕車以復路兮^[3]，及行迷之未遠^[4]。步余馬於蘭皋兮^[5]，馳椒丘且焉止息^[6]。進不入以離尤兮[7]，退將復脩吾初服。製芰荷以爲衣兮[8]，集芙蓉以爲裳[9]。不吾知其亦已兮[10]，苟余情其信芳[11]。高余冠之岌岌兮[12]，長余佩之陸離[13]。芳與澤其雜糅兮[14]，唯昭質其猶未虧[15]。忽反顧以遊目兮[16]，將往觀乎四荒[17]。佩繽紛其繁飾兮[18]，芳菲菲其彌章[19]。民生各有所樂兮[20]，余獨好脩以爲常[21]。雖體解吾猶未變兮[22]，豈余心之可懲[23]！

【校注】

[1]相(xiàng 向)：看。察：仔細地看，這裏用爲形容詞，指看得仔細、清楚。 [2]延佇：這裏有遠望躊躇之意。延，久久地。佇，借爲"竚(zhù 住)"，望。反：同"返"。 [3]回：此處爲使動用法，使車調轉。一作"迴"。復路：回復舊路。 [4]及：趁着。行迷：迷路，走錯路。 [5]步：徐行。皋：沼澤彎曲處。王逸注："澤曲曰皋。"也指水灣的岸邊。 [6]椒丘：長滿椒樹的山丘。且：將要。焉：於此，指在椒丘之上。 [7]進不入：爭取返回朝廷，未能成功。離：通"罹"，遭到。 [8]製：裁製。芰(jì 記)：菱，這裏指菱葉。荷：荷葉。衣：上衣。 [9]芙蓉：荷花。裳(cháng 常)：下身穿的衣裙。 [10]已：止，罷了。 [11]苟：如果，只要。表示假設語氣。 [12]高：用爲動詞，加高。岌岌：高的樣子。 [13]長：用爲動詞，加長。佩：佩飾。陸離：此處指長的樣子。 [14]澤：光澤。一説"澤"爲"殬"之借字。清王闓運《楚辭釋》："澤，殬也。言己與群小雜居，幸能自潔。"雜糅：混合。 [15]昭質：純潔光明的品質。虧：減損。 [16]反顧：回顧。游目：縱目四望。 [17]四荒：四方荒遠之地。荒，遠。 [18]佩：佩帶(動詞)。其：結構助詞，作用同"之"。繁飾：繁盛的飾物。 [19]芳菲菲：香氣很盛的樣子，等於説"香噴噴"。彌：更。章：通"彰"，明顯，突出。 [20]民生：人生。所樂：指所樂的事物。樂，樂意，喜好。 [21]常：常規，習慣。 [22]體解：支解(也作"肢解")，古代一種酷刑。吳起變法，"卒支解"；商鞅變法，後遭車裂(亦屬支解)。屈原此處是暗以吳起、商鞅等改革家自喻。 [23]懲：受打擊而有所戒。

女嬃之嬋媛兮[1]，申申其詈予[2]。曰鯀婞直以亡身兮[3]，終然殀乎羽之野[4]。汝何博謇而好脩兮[5]，紛獨有此姱節[6]？薋菉葹以盈室兮[7]，判獨離而不服[8]。衆不可户説兮[9]，孰云察余之中情[10]！世並舉而好朋兮[11]，夫何煢獨而不予聽[12]？

【校注】

[1]女嬃(xū 須):屈原的姐姐。楚人謂姊爲嬃。嬋(chán 纏)媛(yuán 元):情緒激動而喘息的樣子。聞一多《古典新義·離騷解詁》:"蓋疾言之曰喘,緩言之則曰嬋媛。"　　[2]申申:重複地,絮絮叨叨地。詈(lì 利):罵,斥責。　　[3]鯀(gǔn 滾):同"鮌",禹的父親,堯之臣。在南方傳説中,鯀是一個剛直不阿、爲民衆利益不顧個人安危的人物(參見《天問》、《山海經·海內經》)。婞(xìng 幸)直:剛直。亡:當讀作"忘"。忘身,不顧自身的安危。聞一多説:"案,'亡'讀爲'忘'。鯀行婞直,不以身之阽危而變其節,故曰'婞直以忘身'。"　　[4]終然:終於,結果。殀:同"夭",指非正常死亡。《山海經·海內經》:"洪水滔天,鯀竊帝之息壤以堙洪水,不待帝命。帝令祝融殺鯀于羽郊。"羽:羽山,也即《山海經》中説的"羽郊",在北方陰寒之地。　　[5]博謇(jiǎn 減):清錢澄之《屈詁》:"謇,難於言而必欲言也。博謇,知無不言也。"　　[6]紛:多。姱節:當作"姱飾"("節"爲"飾"字形誤),美好的佩飾。　　[7]薋(cí 瓷):聚積。菉(lù 路):草名,即王芻,也叫藎草,俗名菉蓐草。葹(shī 施):枲(xǐ 喜)耳,也叫卷耳、地葵。菉、葹皆普通草,喻一般平庸的人。　　[8]判:判然,分得清清楚楚。離:離去,這裏有"抛開不用"的意思。服:佩戴。　　[9]衆:平庸的人。户説:一户户地去勸説。　　[10]云:語助詞。余:此處用爲第一人稱複數,我們,女嬃口吻。　　[11]並舉:並起,此就結黨營私風氣的興起與蔓延而言。　　[12]熒(qióng 窮)獨:孤獨,此處指堅持一己之見。予:我。此乃女嬃自指。

　　依前聖以節中兮[1],喟憑心而歷茲[2]。濟沅湘以南征兮[3],就重華而陳詞[4]:啓《九辯》與《九歌》兮[5],夏康娱以自縱[6]。不顧難以圖後兮[7],五子用夫家巷[8]。羿淫游以佚畋兮[9],又好射夫封狐[10]。固亂流其鮮終兮[11],浞又貪夫厥家[12]。澆身被服强圉兮[13],縱欲而不忍。日康娱而自忘兮[14],厥首用夫顛隕[15]。夏桀之常違兮[16],乃遂焉而逢殃[17]。后辛之菹醢兮[18],殷宗用而不長[19]。湯禹儼而祗敬兮[20],周論道而莫差[21]。舉賢而授能兮,循繩墨而不頗[22]。皇天無私阿兮[23],覽民德焉錯輔[24]。夫維聖哲以茂行兮[25],苟得用此下土[26]。瞻前而顧後兮[27],相觀民之計極[28]。夫孰非義而可用兮[29],孰非善而可服[30]。阽余身而危死兮[31],覽余初其猶未悔[32]。不量鑿而正枘兮[33],固前脩以菹醢[34]。曾歔欷余鬱邑兮[35],哀朕時之不當。攬茹蕙以掩涕兮[36],沾余襟之浪浪[37]。

【校注】

[1]依:憑藉。節中:折中,這裏指以前代聖賢的教導爲標準判斷是非。 [2]喟(kuì 愧):歎息。憑心:憤懣,怨憤填胸。歷兹:猶言"逢此不幸"。歷,逢,遭遇。兹,此。 [3]濟:渡。沅湘:沅水與湘水,二水並在今湖南省境内。征:行。 [4]就:趨往。重華:舜之號。傳説舜南巡死,葬蒼梧之山。事見《史記·五帝本紀》。 [5]啓:禹之子,他代父而立,建立夏朝。事見《史記·夏本紀》。九:言其多次。辯:辯説。《天問》:"啓棘(夢)賓商(帝),九辯九歌。""辯"、"歌"同此處一樣,用爲動詞。此因傳説中的《九辯》、《九歌》而言。 [6]夏:泛指夏初朝廷,包括啓、太康。康娱:逸豫,尋歡作樂。自縱:放縱自己。 [7]顧:考慮,顧及。難:患難,禍亂。圖:謀劃。 [8]五子用夫家巷:原作"五子用失乎家巷","失"爲"夫"字之誤,"乎"蓋旁注"夫"字而闌入正文,今正之。五子,啓的五個兒子。巷,"鬨(hòng 訌)"的假借字,争鬥。"家鬨"即内訌,内亂。 [9]羿(yì 義):即后羿,相傳爲夏代有窮氏部落的首領,趁夏啓死、太康繼位,啓五子内訌之機奪夏朝政權。事見《左傳》襄公四年。淫游:無度地游樂。佚:放縱。畋(tián 田):打獵。一作"田",與"畋"通。 [10]封狐:大狐,泛指大的野獸。 [11]亂流:邪亂。鮮:少。終:正常的結局,引申爲好的結果。 [12]浞(zhuó 卓):寒浞,本爲伯明氏之讒子弟,后羿加以任用,以爲相。浞行媚、籠絡羿身邊的親近,賄賂收買臣民,又慫恿羿放縱畋獵游樂,孤立了羿。後來在羿打獵歸來時殺死羿,而奪取其國。事見《左傳》襄公四年、哀公元年。貪:奪取。即"貪天之功以爲己有"的"貪"。厥(jué 決):其,指后羿。家:妻室。 [13]澆:一作"奡(ào 傲)",二字通。澆爲寒浞强佔后羿妻室所生之子,傳説他勇猛有力。强圉(yǔ 雨):堅甲。 [14]康娱:尋歡作樂。自忘:忘卻自身的安危。 [15]厥首:其頭。用夫:因而。顛隕:掉下來。仲康(太康弟)之孫少康使女艾誘殺了澆。 [16]夏桀:夏代亡國之君。其事見《史記·夏本紀》。常違:行事常常倒行逆施。 [17]遂焉:終然。逢殃:指爲商湯所誅滅。 [18]后辛:殷紂王,名辛。菹(zū 租)醢(hǎi 海):這裏指將人殺死,把肉塊和上醯醬,或切細做成肉醬。事見《史記·殷本紀》。 [19]殷宗:指殷王朝的宗祀。用而:因而。 [20]湯:商朝開國之君。禹:夏朝的奠基人。儼(yǎn 演):嚴肅。祗敬:謹慎。 [21]周:指周初的文王、武王。論道:講論道義。莫差:没有偏差。此句與上句互文見義。 [22]循:遵循。一作"修"。頗:偏頗,傾斜。 [23]皇天:上天。私阿(ē 婀):私情、偏愛。 [24]覽:察看。德:意動詞,認爲有德。錯:同"措",安置,給予。輔:輔助。 [25]維:通"唯",只有。以:而。茂行:指有盛德高行者。 [26]苟:庶幾,或許。用:享有。下土:猶言"天下"。 [27]前:前代。後:以後,

將來。　　[28]相觀:觀察。計極:謀慮的最終目標。極,終極。　　[29]可用:指可以享有、擁有(下土)。　　[30]服:役使、統治之。　　[31]阽(diàn 店):臨近危險。危死:幾乎死去。　　[32]初:當初,指被放漢北以前爲推行政治主張進行努力的情況。　　[33]量:度量(動詞)。鑿(zuò 作):木工爲銜接木條、木板鑿的孔眼。正:修正。枘(ruì 瑞):榫頭。榫頭的加工在外部,易爲方正;鑿的加工在內部,難以合乎規矩。故技術拙劣者往往按所鑿孔眼修正榫頭,以求相合。
[34]固:本來。前脩:前代賢人,此處指夏之關龍逢,商之九侯、鄂侯、梅伯等。
[35]曾(céng 層):通"層",重疊,一再地。歔(xū 虛)欷(xī 希):哀歎抽泣。
[36]攬:持,拿起。茹蕙:即前面説的"蕙纕"。茹,柔軟。掩:此處指沾去、拭去。
[37]沾(zhān 氈):濡濕。浪(láng 狼)浪:滾滾,這裏形容淚流不斷。

　　跪敷衽以陳辭兮[1],耿吾既得此中正[2];駟玉虬以乘鷖兮[3],溘埃風余上征[4]。朝發軔於蒼梧兮[5],夕余至乎縣圃[6];欲少留此靈瑣兮[7],日忽忽其將暮。吾令羲和弭節兮[8],望崦嵫而勿迫[9]。路曼曼其脩遠兮[10],吾將上下而求索。飲余馬於咸池兮[11],總余轡乎扶桑[12]。折若木以拂日兮[13],聊逍遥以相羊[14]。前望舒使先驅兮[15],後飛廉使奔屬[16]。鸞皇爲余先戒兮[17],雷師告余以未具[18]。吾令鳳鳥飛騰兮,繼之以日夜[19]。飄風屯其相離兮[20],帥雲霓而來御[21]。紛總總其離合兮[22],斑陸離其上下[23]。吾令帝閽開關兮[24],倚閶闔而望予[25]。時曖曖其將罷兮[26],結幽蘭而延佇[27]。世溷濁而不分兮[28],好蔽美而嫉妒。

【校注】

[1]敷:鋪開。衽(rèn 認):衣服的前襟。　　[2]耿:光明的樣子。中正:適中,正確。　　[3]駟(sì 四):一車駕四馬。玉虬:白色的龍馬。虬(qiú 求),無角無鱗的龍。此處指神駿、龍馬。乘鷖:以鷖鳥爲車而乘之。鷖(yì 義),一種五彩而群飛的鳥,飛起時遮天蔽日,故也作"翳"。　　[4]溘(kè 課):忽然。埃風:風起塵生,猶言大風、風雲。　　[5]發軔(rèn 認):啓程。軔,止車之木,啓行時抽去。蒼梧:即九疑山,舜所葬處,在湖南寧遠縣。　　[6]縣(xuán 懸)圃:神話傳說中崑崙山上的園圃。縣,一作"懸",古今字。因在高空,故曰"懸圃"。　　[7]少:稍稍。靈瑣:即靈藪,指縣圃。"瑣"爲"藪"之借字。　　[8]羲和:古代傳説中爲太陽駕車的人。宋洪興祖《補注》引《淮南子注》:"日乘車,駕以六龍,羲和御之。日

至此而薄于虞淵，義和至此而迴。”弭（mǐ 米）節：按節度安步徐行。節本是使者隨身所帶符信之物，“弭”的本義是停止。“弭節”本義是停止行程，這裏指放慢節奏。[9]崦（yān 煙）嵫（zī 資）：漢王逸注：“崦嵫，日所入山也，下有蒙水，水中有虞淵。”此當由秦人神話而來。據近年考古發現，秦人發祥於甘肅天水西南、禮縣東部、西和縣以北地帶。據典籍所言，崦嵫，即嶓塚山，在今甘肅天水西南，當漢代西縣（“西”字甲骨文爲鳥在巢中的形象，鳥爲日象，故西縣的“西”字即含有日入之處的意思）。勿迫：不要太迫近。　　　[10]曼曼：長遠的樣子。　　　[11]咸池：神話中太陽洗浴之處，在東方。《淮南子·天文訓》：“日出於暘谷，浴於咸池。”[12]總：拿在一起。轡（pèi 配）：馬韁。扶桑：神話中的樹名，又是神話中的地名，謂爲日出之處。　　　[13]若木：神話中樹名，在西方日入之處。王逸注：“若木在崑崙西極，其華照下地。”拂日：蔽日。　　　[14]逍遥：一作“須臾”，義同。相羊：徜徉，隨意徘徊。　　　[15]望舒：神話中爲月駕車的神。《初學記》卷一引《淮南子》：“月御曰望舒，亦曰纖阿。”先驅：先行開道。　　　[16]飛廉：即風伯，風神。宋洪興祖《補注》：“應劭曰：‘飛廉，神禽，能致風氣。’晉灼曰：‘飛廉，鹿身，頭如雀，有角，而蛇尾豹文。’”奔屬（zhǔ 主）：奔走跟隨。　　　[17]鸞皇：即鸞鳥。[18]余：一作“我”。未具：尚未準備停當。　　　[19]繼之：一作“又繼之”。[20]飄風：旋風。屯：聚集。離：通“麗”，附依，相靠近。　　　[21]御：通“迓（yà）”，迎接。　　　[22]紛總總：猶言亂紛紛。離合：忽聚忽散。　　　[23]斑：色彩駁雜的樣子。陸離：此處爲參差不齊的樣子。　　　[24]帝閽：天宮之守門者。關：門栓。　　　[25]倚：靠着。閶（chāng 昌）闔（hé 合）：天宮的門。　　　[26]曖（ài 愛）曖：日光昏暗的樣子。　　　[27]而：一作“以”。　　　[28]溷（hùn 混）濁：同“混濁”，混亂而污濁。

　　朝吾將濟於白水兮[1]，登閬風而緤馬[2]。忽反顧以流涕兮，哀高丘之無女[3]。溘吾游此春宮兮[4]，折瓊枝以繼佩[5]。及榮華之未落兮，相下女之可詒[6]。吾令豐隆乘雲兮[7]，求宓妃之所在[8]。解佩纕以結言兮[9]，吾令蹇脩以爲理[10]。紛總總其離合兮[11]，忽緯繣其難遷[12]。夕歸次於窮石兮[13]，朝濯髮乎洧盤[14]。保厥美以驕傲兮[15]，日康娱以淫遊。雖信美而無禮兮，來違棄而改求[16]。覽相觀於四極兮[17]，周流乎天余乃下[18]。望瑶臺之偃蹇兮[19]，見有娀之佚女[20]。吾令鴆爲媒兮[21]，鴆告余以不好。雄鳩之鳴逝兮[22]，余猶惡其佻巧。心猶豫而狐疑兮[23]，欲自適而不可。鳳皇既受詒兮[24]，恐高辛之先我[25]。欲遠集而無所止兮[26]，聊浮遊以逍遙[27]。及少康之未家兮[28]，留有虞之二姚[29]。理弱而媒拙兮，恐導言之不固[30]。世溷濁而嫉賢兮，好蔽美而稱惡。閨中既以邃遠兮[31]，哲王又不寤[32]。懷朕情而不發兮，余焉能忍與此終古[33]！

【校注】

[1]白水：神話中水名，實指黃河上游。　　[2]閬(láng 狼)風：神話中的神山，在崑崙山上。一說即縣圃。綊(xiè 謝)：繫。　　[3]高丘：高山，此處指閬風之山。無女：無神女。喻無知音。　　[4]溘(kè 課)：忽然。春宮：神話中的苑囿，在崑崙山上。　　[5]瓊枝：玉樹之枝。繼佩：把玉佩加得長一些。　　[6]相(xiàng 向)：看，察看。下女：人間之女。詒：贈送。一作“貽”，通。　　[7]豐隆：雷師，在楚辭中也用以指雲師。因爲古人認爲雷師駕雲而行，故有時混同爲一。　　[8]宓(fú 服)妃：神話中人名。《漢書·司馬相如傳》：“(上林賦)若夫青琴宓妃之徒。”顏師古注：“文穎曰：‘宓妃，洛水之神女也。’”　　[9]佩纕(xiāng 香)：一種佩帶。結言：即約言，成言。　　[10]蹇脩：傳說是伏羲氏之臣，樂師。理：這裏指媒人，使者。　　[11]紛總總：形容媒理的忙亂奔波。離合：忽離忽合，時而有意，時而無意。　　[12]忽：忽而。緯繣(huà 畫)：乖戾，鬧別扭。難遷：難以說動。[13]次：止宿。窮石：神話中的地名，傳說有窮氏曾遷於此。　　[14]洧(wěi 尾)盤：神話中水名，出崦嵫山。　　[15]保：憑藉。　　[16]來：這裏是招呼媒理和隨行者之詞。違棄而改求：丟開宓妃而另求他人。　　[17]覽、相、觀：意義均爲看。《楚辭》中，動詞聯疊使用，表強調。四極：天之四邊，指四方極遠處。[18]周流：周游。　　[19]瑶臺：美玉裝飾的臺。秦漢以前地位高貴者宫室皆修於臺上，一可以避免洪水猛獸的侵襲，二可以防盜、兵與民變。偃蹇：即夭矯，屈曲婉轉的樣子。　　[20]有娀(sōng 松)：傳說中古部族名。佚女：美女。傳說有娀氏有二女，長女簡狄爲高辛氏妃，吞燕卵而生契，是爲商人之祖。　　[21]鴆(zhèn 陣)：一種惡鳥，其羽有毒，以之浸酒，可毒死人。　　[22]鳴逝：一面叫着，一面飛去(說媒)。言其好張揚。　　[23]狐疑：疑惑。　　[24]受詒：指接受聘禮，爲高辛到簡狄處去說媒。詒，同“貽”，饋贈，此處指禮物。　　[25]高辛氏，指帝嚳。其事見《史記·五帝本紀》。　　[26]遠集：到很遠的地方去落腳。集，鳥棲於樹。無所止：沒有地方可以停留。　　[27]浮游：游蕩。逍遙：優游自得。　　[28]及：趁着。少康：夏后相之子。太康失國，少康逃奔有虞國，有虞國君把兩個女兒嫁給他，後來少康使夏朝中興。事見《左傳》襄公四年、哀公元年。

未家：没有成家。　　　[29]有虞：上古部族名，姚姓，虞的後代。二姚：有虞國君的兩個姑娘。上古時代男稱氏，女稱姓。　　　[30]導言：溝通雙方的言詞。不固：不牢靠。　　　[31]閨中：宮中。以：通"已"，甚，很。邃：深。　　　[32]哲王：明哲之王，此是臣子稱説國君的套語。寤：覺醒。　　　[33]忍：忍受。終古：終身，引申爲永遠。

　　索藑茅以筳篿兮[1]，命靈氛爲余占之[2]。曰兩美其必合兮[3]，孰信脩而慕之[4]？思九州之博大兮[5]，豈唯是其有女[6]？曰勉遠逝而無狐疑兮[7]，孰求美而釋女[8]？何所獨無芳草兮，爾何懷乎故宇[9]？世幽昧以眩曜兮[10]，孰云察余之善惡？民好惡其不同兮，惟此黨人其獨異[11]。户服艾以盈要兮[12]，謂幽蘭其不可佩。覽察草木其猶未得兮，豈珵美之能當[13]？蘇糞壤以充幃兮[14]，謂申椒其不芳！

【校注】

[1]索：取。藑（qióng 窮）茅：又叫旋花、葍花，古代南方的楚人用來占卜。以：此處作用同"與"。筳（tíng 廷）篿（zhuān 專）：截斷的竹片，也是占卜用具。　　　[2]靈氛：古代的神巫。清王念孫《廣雅疏證》："古者卜筮之事亦使巫掌之，故'靈'、'筮'二字並從'巫'。《楚辭·離騷》'命靈氛爲余占之'，靈氛，猶巫氛也。"
[3]曰：此下述靈氛之語。以下十四句皆靈氛言占卜結果。　　　[4]信脩：確實美好。慕："莫念"二字之誤。此二句説：完美的人一定會與完美的人合得來，哪裏有確實美好而不眷念你的呢？　　　[5]九州：古代中國分爲九州，所以用來代指整個中國。　　　[6]是：此，此地，指楚國。女：喻志同道合之人。　　　[7]曰：這裏表示叮嚀的語氣。以下也是靈氛之語。勉：盡力，努力。遠逝：遠遠地離開。狐疑：一本無"狐"字。　　　[8]釋：放掉，捨棄。女：同"汝"，你。　　　[9]故宇：舊居，這裏指楚國。　　　[10]幽昧：昏暗。眩曜：惑亂。眩，原作"眴"，今據《楚辭集注》改。
[11]黨人：結黨營私者。黨，朋黨。　　　[12]户：每家每户。服：佩帶（動詞）。艾：艾蒿。要：古"腰"字。　　　[13]珵（chéng 呈）：美玉。當（dàng 蕩）：得當。與上句的"得"爲互文。　　　[14]蘇：抓取。充：充塞，裝滿。幃：香囊。

　　欲從靈氛之吉占兮，心猶豫而狐疑。巫咸將夕降兮[1]，懷椒糈而要之[2]。百神翳其備降兮[3]，九疑繽其並迎[4]。皇剡剡其揚靈兮[5]，告余以吉故[6]。曰勉升降以上下兮[7]，求矩矱之所同[8]。湯禹嚴而求合兮^[9]，摯咎繇而能調^[10]。苟中情其好脩兮^[11]，又何必用夫行媒^[12]？説操築於傅巖兮^[13]，武丁用而不疑^[14]。吕望之鼓刀兮^[15]，遭周文而得舉^[16]。甯戚之謳歌兮^[17]，齊桓聞以該輔^[18]。及年歲之未晏兮^[19]，時亦猶其未央^[20]。恐鵜鳩之先鳴兮^[21]，使夫百草爲之不芳^[22]。

【校注】

[1]巫咸：傳説中的神巫。夕降：黄昏時降神。　　[2]懷：揣着。糈(xǔ 許)：精米。椒和精米都是享神所用。要(yāo 腰)：攔截。此處爲迎候之義。　　[3]百神：指巫咸所降之衆神。翳(yì 義)：遮蔽。言其遮天蔽日而來，很多。備：都。

[4]九疑：此處指九疑山的山川之神。繽：盛多的樣子。　　[5]皇剡(yǎn 掩)剡：靈光閃耀的樣子。　　[6]吉故：吉利的故事(前代事例)。指以下所述歷史上君臣遇合的事例。　　[7]曰：承上句，此下十六句爲巫咸代表神所講君臣遇合的故事，勸詩人趁早去尋求明君。　　[8]矩(jǔ 舉)矱(huò 獲)：猶言法度。矩，同"矩"。　　[9]湯：商湯。禹：夏禹。嚴：嚴肅恭謹。合：匹配(名詞)，指志同道合者。　　[10]摯：伊尹的名。伊尹爲湯時賢相，商代初年有建樹的政治家，《尚書》中收有其文多篇。事見《史記·殷本紀》。咎(gāo 高)繇(yáo 摇)：即皋陶(yáo 摇)，舜、禹之臣，掌刑獄。調：諧調。　　[11]苟：假如。中情：内心，内在的情操。

[12]行媒：也叫"媒理"、"行理"，爲人作中介、通關説的人。　　[13]説(yuè 悦)：傅説，商王武丁時的賢相。事見《史記·殷本紀》。操：持。築：打土墙用來搗土的工具。傅巖：地名，在今山西平陸東。　　[14]武丁：殷高宗名，商代著名賢君。他從在傅巖做工的刑徒中發現傅説甚有才能，任用爲相。　　[15]吕望：即"太公望"姜子牙。其事見《史記·齊太公世家》。傳説姜子牙曾爲其婦所逐，賣肉於朝歌，肉賣不出而發臭。鼓刀：拍刀作響，指屠宰牲畜時的動作。

[16]遭：遇。周文：周文王，名昌。舉：拔擢任用。　　[17]甯戚：齊桓公的賢臣。他曾爲商旅拉車，在城門外喂牛時，值齊桓公出郊迎客，甯戚擊牛角而歌，桓公聞之，知是賢才，拜爲上卿，後任爲國相。事見《史記·魯仲連鄒陽列傳》裴駰《集解》引應劭注。　　[18]齊桓：齊桓公，春秋五霸之一。該輔：指置於輔佐大臣之列。該，備。輔，輔佐。　　[19]及：趁着。晏：晚。　　[20]時猶未央：時機尚未過去。時，時機。未央，未盡。　　[21]鵜(tí 提)鳩(jué 决)：子規，杜鵑。春夏之間鳴，時百花開始凋謝。　　[22]使夫：一本無"夫"字。

何瓊佩之偃蹇兮[1],眾薆然而蔽之[2]。惟此黨人之不諒兮[3],恐嫉妒而折之。時繽紛其變易兮[4],又何可以淹留?蘭芷變而不芳兮,荃蕙化而爲茅[5]。何昔日之芳草兮,今直爲此蕭艾也[6]?豈其有他故兮,莫好脩之害也!余以蘭爲可恃兮,羌無實而容長[7]。委厥美以從俗兮[8],苟得列乎眾芳[9]。椒專佞以慢慆兮[10],樧又欲充夫佩幃[11]。既干進而務入兮,又何芳之能祗[12]!固時俗之從流兮[13],又孰能無變化。覽椒蘭其若茲兮,又況揭車與江離!惟茲佩之可貴兮,委厥美而歷茲[14]。芳菲菲而難虧兮,芬至今猶未沬[15]。和調度以自娛兮[16],聊浮游而求女。及余飾之方壯兮[17],周流觀乎上下。

【校注】

[1]瓊佩:即上文所説"折瓊枝以繼佩'的"瓊佩",比喻美德。佩,一作"珮"。偃蹇:委曲好看的樣子。　　[2]薆(ài 愛)然:遮蔽的樣子。　　[3]諒:誠信。一作"亮","諒"之借字。　　[4]繽紛:紛亂。此句言朝政混亂,失去法度。[5]"蘭芷"二句:上句是言一些人蜕化,下句是言一些人變質。　　[6]直:徑,乾脆。蕭:荻蒿,牛尾蒿。艾:艾蒿。　　[7]羌:竟,表示"想不到"的意思。實:指實際德能。容:外表。長:這裏指"美"的意思。　　[8]委:丟棄。　　[9]苟:苟且,勉强。　　[10]專:專斷。佞:詔上。慢慆(tāo 滔):傲慢。慆,一作"謟"。[11]樧(shā 殺):一種亞落葉喬木,又名食茱萸、檔子,其味辛辣蜇口。　　[12]干進:鑽營求進。務入:同"干進",互文見義。祗(zhī 支):振。清王念孫《讀書雜志餘編》引王引之説:"祗之言振也。言干進務入之人,委蛇從俗,必不能自振其芬芳。"　　[13]從流:隨波逐流。原作"流從",宋洪興祖注:"一作從流。"今據改。聞一多《楚辭校補》:"案,當從一本作'從流'。從流,古之恒語。"　　[14]委:棄置。歷茲:逢此(憂患)。　　[15]沬(mèi 妹):通"昧",暗淡。　　[16]和:調節使和諧。調(diào 掉):這裏指佩帶的玉器所發出的聲響。度:指有節奏的步伐。[17]壯:壯盛。

靈氛既告余以吉占兮,歷吉日乎吾將行[1]。折瓊枝以爲羞兮[2],精瓊靡以爲粮[3]。爲余駕飛龍兮,雜瑤象以爲車[4]。何離心之可同兮,吾將遠逝以自疏。邅吾道夫崑崙兮[5],路脩遠以周流[6]。揚雲霓之晻藹兮[7],鳴玉鸞之啾啾[8]。朝發軔於天津兮[9],夕余至乎西極^[10]。鳳皇翼其承斿兮^[11]，高翱翔之翼翼^[12]。忽吾行此流沙兮^[13]，遵赤水而容與^[14]。麾蛟龍使梁津兮^[15]，詔西皇使涉予^[16]。路脩遠以多艱兮，騰眾車使徑待^[17]。路不周以左轉兮^[18]，指西海以爲期^[19]。屯余車其千乘兮^[20]，齊玉軑而並馳^[21]。駕八龍之婉婉兮^[22]，載雲旗之委蛇^[23]。抑志而弭節兮^[24]，神高馳之邈邈^[25]。奏《九歌》而舞《韶》兮^[26]，聊假日以媮樂^[27]。陟陞皇之赫戲兮^[28]，忽臨睨夫舊鄉^[29]。僕夫悲余馬懷兮^[30]，蜷局顧而不行^[31]。

【校注】

[1]歷：選擇。　　[2]羞：美味的食物。　　[3]精：作動詞，搗米使細。瓊廱：玉的細末。廱（mí 迷），同"糜"。《說文》："糜，碎也。"粮（zhāng 張）：糧。這句意謂搗美玉爲細末作糧。　　[4]雜：錯雜。瑤：美玉。象：象牙。這句說車上裝飾着美玉和象牙。　　[5]遭（zhān 沾）：轉彎。崑崙：傳說中的神山。此句是說轉道向崑崙。　　[6]周流：環繞曲折。　　[7]揚雲霓：指以雲霓爲旌旗。揚，舉。晻（yǎn 掩）藹（ǎi 矮）：因雲霓蔭蔽而昏暗的樣子。　　[8]玉鸞：玉的鈴鐺。此指掛在龍馬脖頸和瑤車衡上的鈴鐺。啾啾（jiū 揪）：象聲詞，指鈴聲。　　[9]天津：天河的渡口。　　[10]西極：西方的邊緣。　　[11]翼：用爲動詞，展翅。承：承接，相連。斿（qí 旗）：同"旗"。　　[12]翼翼：整齊的樣子。　　[13]流沙：神話中地名，在西北沙漠中，由西北翰海流沙傳說而來。《山海經·海內西經》："流沙出鍾山，西行又南行崑崙之虛，西南入海黑水之山。"　　[14]遵：循着。赤水：神話中水名。《山海經·海內西經》："海內崑崙之虛，在西北，帝之下都……赤水出東南隅，以行其東北。"容與：從容緩行的樣子。　　[15]麾：通"揮"，用手指揮。蛟龍：即蛟，傳說生活於水中的蛇狀動物。梁：橋，此處用爲動詞。津：渡口。"梁津"指在渡口上架橋。　　[16]詔：命令。西皇：主西方之神，指帝少暤。涉予：渡我過河。　　[17]騰：傳告。徑待：抄小路到前面去等待。　　[18]路不周：取路不周。不周，神話中在崑崙西北的山名，其山當中有一缺口。見《山海經·西山經》、《淮南子·天文》。　　[19]西海：神話中西北地帶的湖名。《山海經·大荒西經》："西海之南，流沙之濱，赤水之後，黑水之前，有大山，名曰崑崙之丘。"期：約定，此處指約定的地點。　　[20]屯：聚集。　　[21]玉軑（dài 代）：以玉爲飾之車輪。軑，車轂端的冒蓋。古代楚地也稱車輪爲軑。《方言》卷九："輪，韓、楚之間謂之軑。"　　[22]八龍：八匹馬。婉婉：宋洪興祖引《楚辭釋文》作"蜿蜿"，迆邐而行的樣子。　　[23]雲旗：以雲霓爲旗。委蛇（yí 移）：飄動的樣子。一作

“逶迤”。　　[24]抑志:與上文“屈心而抑志”意近,指控制自己的感情,定下心來。與“弭節”承接。　　[25]神:心神。邈邈:高遠的樣子。　　[26]九歌:傳説夏啓由天上竊來的樂歌。韶:舜樂。　　[27]聊:姑且。假日:趁着眼下的時光。假:本義爲借。媮:同“愉”,娛樂。　　[28]陟陞:升起。皇:皇考。赫戲:亦作“赫曦”,光明燦爛的樣子。　　[29]忽:忽然。臨睨(nì 逆):從上向下斜視。舊鄉:指楚國的故都鄢郢(今湖北宜城南)。　　[30]懷:思念,此處指依戀。[31]蜷(quán 全)局:屈曲,這裏形容馬迴轉身子。顧:回頭看。

　　亂曰[1]:已矣哉!國無人莫我知兮[2],又何懷乎故都[3]?既莫足與爲美政兮,吾將從彭咸之所居。

《楚辭補注·離騷經第一》

【校注】

[1]亂:樂歌之卒章,即尾聲。漢王逸注:“亂,理也;所以發理詞指,總撮其要也。”清劉台拱《論語駢枝》:“‘始’者樂之始,‘亂’者樂之終。《樂記》曰:‘始奏以文,復亂以武。’又曰:‘再始以著往,復亂以飭歸。’皆以始、亂對舉,其義可見。”
[2]國無人:國家無賢人,指朝中没有賢臣。　　[3]故都:楚國當時的都城郢都(紀南),在今湖北荆州西北。

【集評】

　　(漢)班固《離騷序》引劉安《離騷傳》:“《國風》好色而不淫,《小雅》怨誹而不亂。若《離騷》者,可謂兼之,蟬蜕濁穢之中,浮游塵埃之外,皭然泥而不滓。推此志,雖與日月争光可也。”

　　(明)陸時雍《楚辭疏》:“《離騷》變風爲歌,瓌異詭譎,上自《谷風》、《小弁》之所不睹,屬言類規,温言類諷,窾言類訴,狂言類號。聆其音,均可當浪浪之致焉。要一發於忠愛,雖激昂憤懣,世莫得而訾也。處末世,事闇君,賈釁罹禍,心雖無疵,君子有遺議焉。觀《離騷》之辭,推原所以婉戀於君者,可幸無罪,而媠衷弗答,怨日以深。太史公讀其辭而嗚咽慨涕,有以也。”

　　(清)王夫之《楚辭通釋》:“是篇之作,在懷王之世。原雖被讒見疏,而猶未竄斥。原引身自退於漢北,避群小之愠,以觀時待變,而冀君之悟。故首述其自效之誠,與懷王相信之素,讒人交構之由。而繼設三端以自處,游志曠逸,舒其愁緒。然且臨睨舊鄉,蜷局顧眄,有深意焉。至於‘終莫我知’後,有從彭咸之志。矢心雖夙,而固有待,未遽若《九章》之决也……若夫蕩情約志,瀏漓曲折,光焰瑰瑋,賦心靈警,不在一宮一羽之間。爲詞賦之祖,萬年不祧。"

湘　君

【題解】

　　本篇選自《楚辭·九歌》,《九歌》共十一篇,此爲第三篇。《楚辭章句·九歌序》言《九歌》是屈原被放於沅湘之間,見民間"祭祀之禮、歌舞之樂,其詞鄙陋,因爲作《九歌》之曲",然而從詩中看不出有被放逐的情緒。當代學者根據近幾十年出土的楚簡等材料,認爲《九歌》是屈原在朝供職時據舊詞修改潤色而成。《九歌》的演唱方式,首篇《東皇太一》和末篇送神曲《禮魂》爲群巫集體演唱;其餘九篇,祭天神的《東君》、《雲中君》、《大司命》、《少司命》和祭人傑的《國殤》用靈子(充神之尸)同其他的巫對唱的形式,而祭地祇的《湘君》、《湘夫人》、《河伯》、《山鬼》用獨唱的形式。

　　《湘君》篇是祭湘君時所演唱。湘君是湘水神,湘夫人是天帝女,居於洞庭之山。《山海經·中山經》説:"洞庭之山……帝之二女居之,是常游于江淵……出入必以飄風暴雨。"因爲湘水與洞庭山相距甚近,古代民間傳説湘君與天帝女相愛成婚,故稱"湘夫人"。後來舜南巡死於蒼梧,傳説他的二妃(堯的女兒娥皇、女英)追至南方,知舜已死,亦自投湘江,楚人又將此事附益於湘水之神,以舜爲湘君,以二妃爲湘夫人,豐富了原來神話傳説的內容。《湘君》篇是女巫以湘夫人的口吻表現對湘君的思慕與追求。

　　君不行兮夷猶[1],蹇誰留兮中洲[2]?美要眇兮宜修[3],沛吾乘兮桂舟[4]。令沅湘兮無波,使江水兮安流!望夫君兮未來,吹參差兮誰思[5]!

　　駕飛龍兮北征[6],邅吾道兮洞庭[7]。薜荔柏兮蕙綢[8],蓀橈兮蘭旌[9]。望涔陽兮極浦[10],橫大江兮揚靈[11]。揚靈兮未極[12],女嬋媛兮爲余太息[13]。橫流涕兮潺湲[14],隱思君兮陫側[15]。

　　桂櫂兮蘭枻[16],斲冰兮積雪[17]。采薜荔兮水中,搴芙蓉兮木末[18]。心不同兮媒勞[19],恩不甚兮輕絕[20]。石瀨兮淺淺[21],飛龍兮翩翩[22]。交不忠兮怨長[23],期不信兮告余以不閒[24]。

　　鼂騁騖兮江臯[25],夕弭節兮北渚[26]。鳥次兮屋上[27],水周兮堂下^[28]。捐余玦兮江中^[29],遺余佩兮醴浦^[30]。采芳洲兮杜若^[31],將以遺兮下女^[32]。時不可兮再得^[33],聊逍遥兮容與^[34]。

《楚辭補注·九歌第二》

【校注】

[1]君:王逸注:"君謂湘君也。"以下"望夫君兮未來"、"隱思君兮陫側"兩句中"君"同。游國恩《論九歌山川之神》説:"《湘君》首句之'君'爲夫人之語氣","《湘夫人》首句之'帝子'爲湘君語氣"。夷猶:猶豫。　[2]蹇:楚方言,發語詞。中洲:洲中。此句謂:他爲什麽留在那水洲?　[3]要(yāo 腰)眇(miǎo 秒):美好貌。一説同"腰眇",遠視。宜修:合宜得體的打扮。　[4]沛:水速流的狀態,此處用以形容舟行之速。　[5]參(cēn 岑陰平)差(cī 疵):同"篸篸",即排簫。誰思:思誰。此句寫因等湘君不來而產生的埋怨情緒。　[6]飛龍:龍形船。前所云"桂舟",是就材料言,此就外形言。征:行。　[7]遭(zhān沾):轉折。　[8]薜荔:常緑藤本灌木,蔓生,又名木蓮。柏:席箔,指船艙的箔壁。此句謂以薜荔飾艙壁。　[9]蓀:香草名,即溪蓀,俗稱石菖蒲。橈(náo撓):曲木。此句言以溪蓀纏繞曲木,在其頂端繫上蘭草作爲旄頭。　[10]涔(cén 岑)陽:涔水之陽,在洞庭湖以西。極浦:遠處的水濱。　[11]横:横渡。揚靈:讓船衝過去。靈,"䑩"的假借字,指有窗的船。　[12]未極:未至。
[13]女:指湘夫人的侍女。嬋媛:"撣援"之借字,牽引抽搐貌,此處指長歎的樣子。
[14]横流涕:指涕淚交集。潺(chán 纏)湲(yuán 元):水徐徐流動的樣子。
[15]隱:痛傷。陫(fěi 匪)側:即悱惻,内心悲苦。　[16]櫂(zhào 照):長槳。蘭:木蘭。枻(yì 義):短槳。一説指舩舷,即船旁板,或舵。　[17]斲(zhuó卓):同"斫",砍。積:堆起。此句是形容船槳打入平靜的水面,划起一道道白色的浪花的景象。　[18]搴(qiān 千):楚方言,摘取。木末:樹梢。　[19]媒勞:媒人奔走疲勞而無功。　[20]恩不甚:恩愛不深。輕絶:輕易地斷絶了感情。
[21]瀨(lài 賴):湍急之水。淺(jiān 尖)淺:水疾流貌。　[22]飛龍:指龍形船。翩翩:輕快的樣子。　[23]交:交往,結交。怨長:指留下了長久的怨恨。
[24]期:約定,約會。不信:不守信。　[25]鼌:通"朝",早上。江皋:江灣。此處指江灣處的岸邊。　[26]弭(mǐ 米)節:此處指停止前進,止息。北渚(zhǔ主):靠近北岸的水中小洲。　[27]次:止宿。以下二句寫環境之淒涼。
[28]周:環繞。　[29]捐:抛棄。玦(jué 決):一種玉佩,其狀似環而有缺口。"玦"與"決"音同,故古人贈玦以示訣別或斷決關係。這裏用棄玦,表示永不分手之意。　[30]遺:丢棄。醴浦:澧水之濱。醴通作"澧"。"佩"、"背"古音亦同,

故遺佩有永不相背之意。　　[31]杜若：一種香草，又名山薑。　　[32]遺（wèi衛）：贈與。　　[33]時：指相會的時機、機會。　　[34]聊：姑且。逍遥、容與：皆漫步、徘徊之義。這一句是說繼續等待湘君。

【集評】

（清）王夫之《楚辭通釋·湘君》：“王逸謂湘君，水神；湘夫人，舜之二妃。或又以娥皇爲湘君，女英爲湘夫人，其説始於秦博士對始皇之妄説，《九歌》中並無此意。《孟子》言舜卒於鳴條，則《檀弓》卒葬蒼梧之説亦流傳失實，而九嶷象田、湘山淚竹皆不足採，安得堯女舜妻爲湘水之神乎？蓋湘君者，湘水之神，而夫人其配也。《山海經》言洞庭之山，帝之二女居之。帝，天帝也，洞庭之山，吳太湖中山，非巴陵南湖，郭璞之疑近是。湘水出廣西興安縣之海陽山，北至湘陰，合八水爲洞庭。楚人南望而祀之。”

陳子展《楚辭直解·湘君》：“首叙湘夫人乘舟往迎湘君，而疑其何以未來，待誰耶？修飾耶？爲水波所阻耶？何令人且望且思之久也！”“次叙湘夫人乘舟北行，迎湘君未至，將廢然而返。侍女爲夫人歎息，夫人自益不勝其情。”“中叙湘夫人歸途中尋思湘君所以不來之故，並想像其行止之所在。疑信之意，怨慕之情，躍然紙上。”“末叙湘夫人捐玦遺佩。玦、佩，朝服之飾，實爲飾湘夫人之巫以此物沉祭於湘君，並遺芳於其侍女，冀以代致殷勤之意。以上當全爲迎神之巫所歌，即爲飾湘夫人之巫所領唱。”

湘　夫　人

【題解】

本篇選自《楚辭·九歌》，爲其第四篇。爲祭湘夫人所用，演唱時由男巫以湘君的口氣表達對湘夫人的愛慕之情，故詩中稱對方爲“佳人”；又因相傳湘夫人爲帝女，故又稱爲“帝子”、“公子”（古代男女共用）。

帝子降兮北渚[1]，目眇眇兮愁予[2]。嫋嫋兮秋風[3]，洞庭波兮木葉下[4]。登白蘋兮騁望[5]，與佳期兮夕張[6]。鳥何萃兮蘋中[7]？罾何爲兮木上[8]？沅有茝兮醴有蘭[9]，思公子兮未敢言。荒忽兮遠望[10]，觀流水兮潺湲。

麋何食兮庭中[11]？蛟何爲兮水裔[12]？朝馳余馬兮江皋，夕濟兮西澨[13]。

聞佳人兮召予，將騰駕兮偕逝[14]。築室兮水中，葺之兮荷蓋[15]。蓀壁兮紫壇[16]，播芳椒兮盈堂[17]。桂棟兮蘭橑[18]，辛夷楣兮藥房[19]。罔薜荔兮爲帷[20]，擗蕙櫋兮既張[21]。白玉兮爲鎮[22]，疏石蘭兮爲芳[23]。芷葺兮荷屋，繚之兮杜衡[24]。合百草兮實庭[25]，建芳馨兮廡門[26]。九嶷繽兮並迎[27]，靈之來兮如雲[28]。

捐余袂兮江中[29]，遺余褋兮醴浦[30]。搴汀洲兮杜若，將以遺兮遠者[31]。時不可兮驟得[32]，聊逍遙兮容與。

《楚辭補注·九歌第二》

【校注】

[1]北渚：即《湘君》篇"夕弭節兮北渚"的北渚。詩之第一句即點出二詩情節相關。　[2]眇眇：遠望而模糊的樣子。愁予：使我發愁。　[3]嫋嫋：微風吹拂的樣子。　[4]波：起波浪（用爲動詞）。木葉：樹葉。　[5]登白蘋（fán煩）："登"字原闕，今據《楚辭集注》補。白蘋，一種秋天生的草，此處指長滿白蘋的高地。　[6]佳：佳人。期：約定。張：通"帳（zhàng帳）"，此處用爲動詞，指搭起帳子。　[7]鳥何萃："何"字原闕，今據《楚辭集注》補。蘋：一種水草。[8]罾（zēng增）：一種用竹竿或木棍撐起的方形魚網。　[9]茝（zhǐ止）：白芷。"茝"、"芷"爲古今字。醴：澧水。　[10]荒忽：即"恍惚"，模糊不清的樣子。此下二句寫遠望出神。　[11]麋：一種似鹿而大的動物，又名駝鹿。食：一作"爲"。庭：院子。　[12]水裔：水邊。麋應在野外，蛟應在深水之中。以上二句是自怨自艾之詞，言自己心裏想着湘夫人，但又未能大膽去追求（上半天馳馬於江皋，未能赴約）。　[13]濟：渡過。西澨（shì士）：指洞庭湖西岸。澨，水邊。[14]騰駕：使車馬很快地跑。偕逝：一起去。　[15]葺（qì氣）：覆蓋。荷蓋：以荷葉爲蓋（指屋頂）。　[16]紫壇：紫貝砌成的中庭。　[17]播（bō播）：同"播"，此處指撒。盈堂：滿堂屋。盈，原作"成"，今據洪興祖《考異》改。　[18]橑（lǎo老）：椽。　[19]辛夷：木蘭科花樹，又名木筆，是藥用植物和香花植物。楣（méi眉）：門上橫樑。藥：白芷的葉。房：卧室。　[20]罔：通"網"，編織之意。帷：帳子的四周。　[21]擗（pì僻）：分開。櫋（mián棉）：室中隔扇，又稱屏風。一作"楣"。既張：已經張掛起來。　[22]鎮：鎮席，壓席子四角的東西。[23]疏：散布。石蘭：一種生長在巖石上的蘭花，即石斛，富有香氣，花色美麗。自

古作藥用,《神農本草經》列爲上品。　　　　[24]繚:纏繞。杜衡:馬蹄香,又名杜葵。
[25]合:滙集。實:充滿。此處指種滿(庭院)。　　　　[26]廡(wǔ 五)門:指大門。
廡,廊屋。　　　　[27]九嶷:此處指九疑山之神。九疑山,在今湖南寧遠東南。繽:
紛紛然,多的樣子。此想像九疑山的衆神一起來迎接湘夫人。　　　　[28]靈:指九
疑山諸神。　　　　[29]袂(mèi 妹):衣袖末端所接開口的部分(同於戲曲服裝中的
白布水袖)。　　　　[30]褋(dié 蝶):一種對襟的單衣。袂開口,其上古之音應同
"玦";褋亦爲衣襟而從中開口,含義俱與玦、佩相同。　　　　[31]遺(wèi 位):贈送。
遠者:不在身邊的人,指湘夫人。　　　　[32]時:時機。驟:屢次。

【集評】

(明)陸時雍《楚辭疏·湘夫人》:"帝子降耶? 結想然耶? 何目眇眇而愁予也。
'嫋嫋兮秋風,洞庭波兮木葉下',非增愁之時物耶? '鳥何萃兮蘋中,罾何爲兮木
上',此網羅者之自苦耳,而於事無益也。'佳期夕張',只秋風木葉之與共耳。"

(清)林雲銘《楚辭燈·湘夫人》:"開篇'嫋嫋秋風'二句是寫景之妙,'沅有芷'
二句是寫情之妙,其中皆有情景相生意中會得口中説不得之妙。人知'山有木兮木
有枝,心悦君兮君不知',猶'沅有芷'二句起興之例,而不知'無邊落木蕭蕭下,不盡
長江滾滾來'實以'嫋嫋秋風'二句作藍本也。《楚騷》開後人無數奇句,豈可輕易讀
過。"

陳子展《楚辭直解·湘夫人》:"首叙湘君在北渚張設晚宴,以俟湘夫人之來降,
朝馳江皋、夕濟西澨以待之。""次叙湘君聞湘夫人之相召而將往,幻想其已修築水中
宫室以相待,又幻想九疑之群神並來迎迓,而冀其率隨從如雲之下女以俱來也。""末
叙湘君亦捐袂遺褋以浮祭湘夫人,並遺芳與其自遠道來之隨從者,冀其代致殷勤之
意。以上當全爲迎神之巫所歌,即飾湘君之覡所領唱。"

少 司 命

【題解】

本篇選自《楚辭·九歌》,爲其第六篇。《九歌》中有《大司命》、《少司命》各一
篇,清王夫之《楚辭通釋》説:"大司命統司人之生死,而少司命則司人子嗣之有無,以
其所司者嬰稚,故曰少。大則統攝之辭也。"可見大司命是主管人類生死壽夭之神,
而少司命則是主管人類子嗣命運之神。《大司命》中"何壽夭兮在予",《少司命》中
"夫人自有兮美子"、"竦長劍兮擁幼艾"等,都説明了這一點。"大司命"、"司命"見

於金文和楚簡,爲先秦時期楚人普遍祭祀之神靈,因這兩個神靈名稱有聯繫,民間祭祀中把他們看作配偶神。從本篇文字看,大司命威靈顯赫,是男性神,而少司命爲女性神。少司命當是由高禖發展而來,後逐漸演變爲送子娘娘。本篇的演唱形式應當是靈子(充作少司命的女巫)與男巫(以大司命的口吻)對唱。

　　秋蘭兮麋蕪[1],羅生兮堂下[2]。綠葉兮素華[3],芳菲菲兮襲予[4]。夫人自有兮美子[5],蓀何以兮愁苦[6]?

　　秋蘭兮青青[7],綠葉兮紫莖。滿堂兮美人[8],忽獨與余兮目成[9]。入不言兮出不辭,乘回風兮載雲旗[10]。悲莫悲兮生別離,樂莫樂兮新相知。荷衣兮蕙帶,儵而來兮忽而逝[11]。夕宿兮帝郊[12],君誰須兮雲之際[13]?

　　與女沐兮咸池[14],晞女髮兮陽之阿[15]。望美人兮未來[16],臨風怳兮浩歌[17]。孔蓋兮翠旍[18],登九天兮撫彗星[19]。竦長劍兮擁幼艾[20],蓀獨宜兮爲民正!

《楚辭補注·九歌第二》

【校注】

[1]秋蘭:即蘭草,古人以爲生子之祥。麋蕪:即蘼蕪,細葉芎藭。葉似芹,叢生,七八月開白花,根莖可入藥,治婦人無子。以下六句爲男巫迎神所唱,用大司命口吻。　　[2]羅生:成片生長。羅,羅列,分佈。堂:祭堂。　　[3]華:原作“枝”,漢王逸注釋此句爲“吐葉垂華”,洪興祖引一本作“華”,今據改。　　[4]襲:指香氣撲人。予:我,男巫以大司命口吻自謂。　　[5]夫:發語詞,兼有遠指作用。[6]蓀:即溪蓀,石菖蒲,一種香草。古人用以指君王等尊貴者。詩中指少司命。何以:因何。　　[7]青青:借爲“菁菁”,茂盛的樣子。以下十二句爲少司命所唱。[8]美人:指祈神求子的婦女。　　[9]忽:很快地。余:我,少司命自謂。目成:用目光傳情,達成默契。　　[10]回風:旋風。回,同“迴”。雲旗:以雲彩爲旗。[11]儵(shū 舒):同“倏”,迅疾的樣子。逝:離去。　　[12]帝郊:天帝的郊野,指天邊。　　[13]君:少司命指稱大司命。須:等待。因大司命受祭結束後升上雲端等待,故少司命這樣問。　　[14]此句上原有“與女遊兮九河,衝風至兮水揚波”二句,王逸無注。宋洪興祖《考異》云:“古本無此二句。”按:此二句與《河伯》中二句重複,當是由《河伯》所竄入,今刪。女:通“汝”。咸池:神話中的天池,太陽在此沐浴。以下八句爲大司命所唱。　　[15]晞(xī 希):曬乾。陽之阿(ē 婀):即陽

谷,也作暘谷,神話中日所出處。《淮南子·天文》:"日出於暘谷,浴於咸池。"
[16]美人:此處爲大司命稱少司命。大司命在雲端,少司命尚在人間受祭,所以大
司命這樣説。　　　[17]怳(huǎng 恍):神思恍惚惆悵的樣子。浩歌:放歌,高歌。
[18]孔蓋:孔雀羽毛作的車蓋。翠旍(jīng 精):翠鳥羽毛裝飾的旌旗。旍,同
"旌",旌旗。　　　[19]九天:古代傳説天有九重。此處指天之高處。撫:持。
[20]竦(sǒng 聳):執。擁:抱着。幼艾:兒童,即《禮記·月令》所説"養幼少"的
"幼少"。

【集評】

　　(清)林雲銘《楚辭燈·少司命》:"開手以堂下之物起興,步步説來。中間故意
作了許多波折,恣意搖曳,但覺神之出入往來,飄忽迷離,不可方物。末以讚歎之語
作結,與《大司命》篇另是一樣機軸,極文心之變化,而步伐井然,一絲不亂。"

　　(清)陳本禮《屈辭精義·少司命》:"前《湘君》、《湘夫人》兩篇章法蟬遞而下,
分之爲兩篇,合之實爲一篇也,此篇《大司命》與《少司命》兩篇並序則合傳體也。"

山　　鬼

【題解】

　　本篇選自《楚辭·九歌》,爲其第九篇。山鬼即山神,這裏當指巫山神女。《文
選·別賦》李善注引宋玉《高唐賦》云:"我帝之季女,名曰瑶姬,未行而亡,封於巫山
之臺,精魂爲草,實爲靈芝。"《襄陽耆舊傳》所載略同。此爲巫山神女的來源。所謂
"未行"即訂婚而尚未出嫁。清顧成天《九歌解》説:"楚襄王遊雲夢,夢一婦人,名曰
瑶姬。通篇辭意似指此。"顧説是。又《山海經·中山經》於姑媱之山云:"帝女死
焉,其名曰女尸,化爲䔄草,……服之媚於人。"可見這個傳説産生很早。此篇爲祭山
鬼時飾山鬼的靈子(女巫)獨唱之詞。

　　若有人兮山之阿[1],被薜荔兮帶女羅[2]。既含睇兮又宜笑[3],子
慕予兮善窈窕[4]。

　　乘赤豹兮從文狸[5],辛夷車兮結桂旗[6]。被石蘭兮帶杜衡,折芳
馨兮遺所思[7]。余處幽篁兮終不見天[8],路險難兮獨後來[9]。

　　表獨立兮山之上[10],雲容容兮而在下[11]。杳冥冥兮羌晝晦[12],

東風飄兮神靈雨[13]。留靈脩兮憺忘歸[14]，歲既晏兮孰華予[15]。采三秀兮於山間[16]，石磊磊兮葛蔓蔓。怨公子兮悵忘歸[17]，君思我兮不得閒[18]。

山中人兮芳杜若[19]，飲石泉兮蔭松柏。君思我兮然疑作[20]。雷填填兮雨冥冥[21]，猨啾啾兮狖夜鳴[22]。風颯颯兮木蕭蕭[23]，思公子兮徒離憂[24]。

《楚辭補注·九歌第二》

【校注】

[1]若：語助詞，無義。山之阿：山灣。　　[2]被：通“披”。女蘿：即松蘿，一種蔓狀寄生植物，多附於松柏樹上。羅，一作“蘿”。　　[3]含睇(dì弟)：含情流盼。睇，斜視。宜笑：善笑，喜好笑。　　[4]子：對男子的美稱。此處指下文的靈脩。善窈窕：表現出優美的體態。　　[5]從：領着。文狸：毛色黑黃相雜的野貓。[6]辛夷：一種花木，又名迎春、木筆。　　[7]芳馨(xīn心)：指芳香的花草。遺(wèi位)：贈送。所思：所思念的人。　　[8]篁(huáng皇)：竹林。　　[9]後來：晚來，遲到。　　[10]表：特出。　　[11]容容：即溶溶，本義爲水流的樣子，這裏形容雲流動如水。　　[12]杳冥冥：陰暗的樣子。羌：楚方言，竟、却。晝晦：白天也昏暗不明。　　[13]雨：用爲動詞，下雨。　　[14]留靈脩：爲了靈脩而留在山上。靈脩，楚人對國君、公子的美稱。傳說中山鬼的戀人是公子。憺(dàn旦)：安然地。　　[15]歲既晏：年歲已大。晏，遲暮。孰華予：意謂誰還以我爲美麗可愛。　　[16]三秀：指靈芝。因其一歲三次開花，故又名“三秀”。於(wū)山：巫山。“於”爲“巫”之借(從郭沫若《屈賦今譯》說)。　　[17]公子：即上文的“靈脩”，山鬼的戀人。悵：失意，傷感。　　[18]君：山鬼稱其戀人。此句是推想、諒解之詞。　　[19]山中人：山鬼自謂。　　[20]然疑作：一會兒相信，一會兒懷疑。　　[21]填填：雷聲。雨冥冥：雨幕如蓋，一片昏暗。　　[22]狖(yòu)：黑色長尾猿。原作“又”，今據洪興祖、朱熹引“一作”改。　　[23]颯(sà薩)颯：風聲。蕭蕭：樹木被風吹動的樣子。　　[24]離：通“罹”，遭受。

【集評】

(明)陸時雍《楚辭疏·山鬼》：“山鬼於人不啻親矣，人於山鬼不啻遠矣，而山鬼則巧言以誘之也。何然而慕？何然而思？何然而然疑作耶，代爲之思，代爲之暄，而人則曾何意乎？入其肝腑而挑其隱衷，此山鬼所以善爲誘也。采三秀者，亦將以遺所思也。

　　(清)錢澄之《楚辭屈詁·山鬼》:"鬼復自念山中之境界,惟山中人足以自適,非人世之人之所適也。而況雷雨不時,猿鳴風木,助其悽楚。彼公子其肯以慕予而來乎? 則我思之無益,徒足以罹憂而已。"

　　陳子展《楚辭直解·九歌解題》:"玩《高唐賦》帝女瑶姬'未行而亡'之言,則此慕山鬼者殆與帝女生前有婚約,一則未嫁而死,一則待娶而生,生死睽違,永無邂逅。是誠一大悲劇!"

國　　殤

【題解】

　　本篇選自《楚辭·九歌》,爲其第十篇。宋洪興祖《楚辭補注》説本篇主題,"謂死於國事者"。《小爾雅》曰:"無主之鬼謂之殤。"《逸周書·謚法》:"短折不成曰殤,未家短折曰殤。"則"殤"指早死及非正常死亡者。國殤,則指爲國捐軀者。1987 年出土包山楚簡中有"新王父殤"、"禱東陵連囂"等,則《國殤》應爲楚朝廷祭典中所舊有,屈原據《九歌》原有歌詞重新創作。其所祭爲楚國歷史上爲國戰死者。清蔣驥《山帶閣注楚辭》中説:"《國殤》所祀,蓋指上將言,觀援枹擊鼓之語,知非泛言兵死者矣。"其説可參。《九歌》中祭國殤之辭同祭天神之辭一樣,採用飾爲受祭將領的巫同行祭之巫對唱的形式。由此可以看出楚人對爲國犧牲者的尊崇。

　　操吴戈兮被犀甲[1],車錯轂兮短兵接[2]。旌蔽日兮敵若雲[3],矢交墜兮士爭先[4]。凌余陣兮躐余行[5],左驂殪兮右刃傷[6]。霾兩輪兮縶四馬[7],援玉枹兮擊鳴鼓[8]。天時墜兮威靈怒[9],嚴殺盡兮棄原壄[10]。

　　出不入兮往不反[11],平原忽兮路超遠[12]。帶長劍兮挾秦弓[13],首身離兮心不懲[14]。誠既勇兮又以武[15],終剛强兮不可凌[16]。身既死兮神以靈[17],子魂魄兮爲鬼雄[18]!

《楚辭補注·九歌第二》

【校注】

[1]吴戈:吴地製造的戈。《周禮·考工記》:"鄭之刀,宋之斤,魯之削,吴越之劍,

遷乎其地而弗能爲良,地氣使然也。"可見自春秋時代,吳地所製劍、戈就很有名。一作"吳科",指大盾。但此處寫作戰的裝束,從防衛方面説已有"犀甲",這裏不能不寫到進攻武器,故應同下文的"秦弓"一樣,"吳"爲地名,戈指一種長柄武器。被:同"披"。犀甲:用犀牛皮作的鎧甲,厚而堅牢。此下至"嚴殺盡兮棄原壄",爲飾爲受祭將領的巫所唱。　　　[2]車:戰車。錯:交錯。轂(gǔ古):本指車輪中心安插車軸的部分。車軸從轂中穿過。轂長出車輪之外,軸又長於轂之外。雙方短兵相接,則轂軸交錯,此處即指轂軸。短兵:一般指刀劍之類短柄兵器。此處是相對於弓矢等長射程兵器而言,指刀劍戈矛之類。　　　[3]敵若雲:形容敵人很多。[4]交墜:流矢交互落地。　　　[5]淩:侵犯。余:我。此處猶言"我方"。陣:交戰時布成的隊形。躐(liè列):踐踏。行(háng航):行列。　　　[6]左驂(cān餐):左側的邊馬。古時一車四馬,中間兩匹稱爲"服",兩邊的稱爲"驂"。殪(yì義):死。右刃傷:右側的馬被兵器所傷。此與前半句爲互文,省"驂"字。此句是主將自敍當時自己車馬的狀況。　　　[7]霾(mái埋):同"埋"。縶:絆繫。埋輪縶馬:表示決一死戰,不願生還。其意思同後來所説的"破釜沈舟"相近。《孫子兵法·九地》中説:"是故方馬埋輪,未足恃也;齊勇若一,政之道也。"(言作戰中不能只靠死拼,團結協調是很重要的)。方馬:將馬匹並排縛繫在一起;埋輪:掩埋車輪。"埋兩輪兮縶四馬"指此。後三句正承此二句而來,表現出義無反顧的英雄氣概。[8]援:執。玉枹(fú俘):柄上嵌有玉飾的鼓槌。鳴鼓:聲音響亮的鼓。古代指揮作戰,擊鼓爲進,鳴金爲退。　　　[9]天時墜:形容當時戰鬥的氣氛,如天塌一般,同後代形容激戰時用的"天昏地暗"相近。威靈怒:神靈震怒。這裏形容當時一片激戰,似乎神靈也因之震怒。　　　[10]嚴殺:殘酷的廝殺。盡:言全部陣亡。壄:"野"的古體字。　　　[11]反:同"返"。此下八句是行祭的群巫所合唱,由以下各句句意及末一句的"子"字可知。　　　[12]忽:荒忽渺茫的樣子,形容寬闊。超遠:遙遠。漢揚雄《方言》:"超,遠也。"此句既包含有征戰者走很遠的路去征戰之意,也包含有英魂難歸之意。　　　[13]挾:持。秦弓:秦地製造的弓,指良弓。宋洪興祖《楚辭補注》:"《漢書·地理志》云:秦地迫近戎狄,以射獵爲先。又秦有南山檀柘,可爲弓幹。"　　　[14]心不懲:等於説"至死不悔"。懲,因受創而戒懼。[15]誠:確實。勇:精神勇敢。武:武力高強。　　　[16]終:始終。淩:侵犯。[17]神以靈:威靈顯赫。　　　[18]子魂魄:一作"魂魄毅",意思是英雄死後魂魄依然剛毅堅强。

【集評】

　　(清)錢澄之《楚辭屈詁·國殤》:"戰國交兵,死者不可數計,原痛心國事,故於死事者深加慟惜,而極贊其勇以慰之。"兵以鼓進,鼓不歇,戰不止也。天時予敵,而抗之與戰,是爲懟天,故威靈怒也。殺盡而棄原野,不禁不止,有必死之心也。""勇,贊其氣;武,贊其藝。其死也,天時爲之,而人則終剛強不可凌也。蓋以是慰死者之魂。"

(清)林雲銘《楚辭燈·國殤》:"懷王時,秦敗屈匄,復敗唐昧,又殺景缺。大約戰士多死於秦,其中,亦未必悉由力鬭。然《檀弓》謂'死而不弔者三',畏居一焉。《莊子》曰:'戰而死者,葬不以翣。'皆以無勇爲恥也。故三閭先叙其方戰而勇,既死而武,死後而毅,極力描寫,不但以慰死魂,亦以作士氣、張國威也。前段言錯轂,言左驂,言兩輪四馬,想當日猶重車戰耳。"

涉　江

【題解】

　　本篇選自《楚辭·九章》,《九章》由九篇組成,此爲第二篇。《涉江》是屈原於頃襄王元年(前 298)冬天到溆浦之後所作,詩中寫了詩人由陵陽(今江西西部廬水上游,當宜春以南)到溆浦的經歷,表現了詩人寧肯"幽獨處乎山中"也不"變心而從俗"的決心。詩中回顧了歷史上正道直行的人遭到打擊和殺戮的事實,表現了對於當時楚王朝昏暗政治的徹底失望。詩的前三段實啓後來之述行詩,第三段描寫自然景觀意境深遠,爲先秦時代少有的集中寫景并借景抒情的篇章,是山水詩的濫觴。此次屈原南行的路綫和《懷沙》一詩所反映的南行路綫都同莊蹻入滇的路綫一致,反映了詩人對於莊蹻的遭遇及其開發南方行爲的關注(參看趙逵夫《莊蹻事蹟與屈原晚期的經歷》,刊《文史》第 55 輯)。

　　余幼好此奇服兮[1],年既老而不衰[2]。帶長鋏之陸離兮[3],冠切雲之崔嵬[4]。被明月兮珮寶璐[5],世溷濁而莫余知兮,吾方高馳而不顧[6]。駕青虬兮驂白螭[7],吾與重華游兮瑤之圃[8]。登昆侖兮食玉英[9],與天地兮同壽,與日月兮同光[10]。哀南夷之莫吾知兮[11],旦余濟乎江湘[12]。

　　乘鄂渚而反顧兮[13],欸秋冬之緒風[14]。步余馬兮山皋[15],邸余車兮方林[16]。乘舲船余上沅兮[17],齊吳榜以擊汰[18]。船容與而不進兮[19],淹回水而疑滯[20]。朝發枉陼兮[21],夕宿辰陽[22]。苟余心其端直兮[23]，雖僻遠之何傷？[24]

　　入溆浦余僮佪兮[26]，迷不知吾所如[26]。深林杳以冥冥兮[27]，猨
狖之所居[28]。山峻高以蔽日兮，下幽晦以多雨[29]。霰雪紛其無垠
兮[30]，雲霏霏而承宇[31]。哀吾生之無樂兮，幽獨處乎山中。吾不能
變心而從俗兮，固將愁苦而終窮[32]！

　　接輿髡首兮[33]，桑扈臝行[34]。忠不必用兮，賢不必以[35]。伍子
逢殃兮[36]，比干菹醢[37]。與前世而皆然兮[38]，吾又何怨乎今之人！
余將董道而不豫兮[39]，固將重昏而終身[40]。

　　亂曰：鸞鳥鳳皇，日以遠兮。燕雀烏鵲，巢堂壇兮[41]。露申辛
夷[42]，死林薄兮[43]。腥臊並御[44]，芳不得薄兮[45]。陰陽易位[46]，時
不當兮[47]。懷信侘傺[48]，忽乎吾將行兮[49]！

《楚辭補注·九章第四》

【校注】

[1]奇服：奇異的服裝，指下文提到的長鋏、切冠和明月寶璐之佩，喻不合於俗的志
行。　　[2]衰：減弱。　　[3]長鋏（jiá頰）：長劍。鋏，本義爲劍柄，此處代指
劍。陸離：長的樣子。　　[4]冠（guàn貫）：用爲動詞，同於“戴”。切雲：冠名，
取義於高切青雲。切，摩。崔嵬（wéi維）：高聳的樣子。　　[5]被：同“披”。明
月：夜光珠。珮：通“佩”。璐（lù路）：美玉。　　[6]顧：眷戀。　　[7]虯（qiú
求）：神話中無角無鱗的龍。驂（cān餐）白螭（chī吃）：以白螭爲驂。驂，駕車時位
於兩旁的馬，此處用爲動詞。螭，無角的龍。　　[8]重（chóng蟲）華：舜的號。
瑤之圃：長玉英瑤草之園圃，指神仙所居之地。　　[9]玉英：玉花。宋朱熹《集
注》云：“登昆侖，言所至之高；食玉英，言所養之潔。”　　[10]同光：宋洪興祖、朱
熹皆引一本作“齊光”，與上句“同壽”參互而用，較“同”字爲長。　　[11]南夷：此
指居於長江以南、彭蠡澤以西的少數民族，其地當楚國東部邊境地帶，爲揚越（先秦
時南方少數民族）所居，楚人認爲其文化落後，故稱之爲“南夷”。　　[12]旦：早
晨。此回憶離開陵陽到洞庭湖上時的情況。濟乎江湘：清蔣驥《山帶閣注楚辭》
云：“原自陵陽至辰、溆，必濟水而歷洞庭也。按湘水爲洞庭正流，故《水經》以洞庭
爲湘水。濟洞庭，即濟湘也。”其說是。　　[13]乘：登。鄂渚：在今湖北鄂州，長
江中高出的沙丘。反顧：回顧。　　[14]欸（āi唉）：歎息。秋冬之緒風：秋冬之交
的餘風。指風小，而身感其寒意。　　[15]步：慢行。山皋（gāo高）：傍水的高地。
[16]邸（dǐ抵）：舍，停宿。方林：武昌岳州間地名。清胡文英《屈騷指掌》言即岳

州方臺山。　　　〔17〕舲(líng 伶)船:有窗的船。上:溯流而行。沅:沅水,發源於今貴州都匀縣雲霧山,上游稱清水江,至湖南黔陽縣始稱沅水,東北入洞庭。
〔18〕齊:指同時用力。吳榜:大槳。《方言》:“吳,大也。”汰(tài 太):水波。
〔19〕容與:徘徊。　　　〔20〕淹:留。回水:漩渦。疑滯:同“凝滯”,《集注》作“凝滯”,滯留不前。　　　〔21〕枉陼:陼,宋洪興祖、朱熹皆引一本作“渚”。地名。枉水入沅水處的一個小河灣,在今湖南常德南。《水經注》:“沅水東歷小灣,謂之枉渚,渚東里許,便得枉人山。”《太平御覽》卷六十五引《湘州記》:“枉山在武陵郡東十七里,有枉水出焉。山西有溪,溪口有小灣,謂之枉渚,山上有楚祠存。”　　　〔22〕辰陽:地名,在今湖南辰溪西。《水經注》:“沅水又東逕辰陽縣南,東合辰水。辰水又逕其縣北。舊治在辰水之陽,故即名焉。”　　　〔23〕苟:假如。這裏同於今之“只要”。端直:正直。　　　〔24〕僻遠:偏僻邊遠。此當時詩人所居之地。　　　〔25〕溆(xù 叙)浦:今湖南溆浦縣地,在溆水濱。溆水在溆浦縣西三十里。儃(chán 纏)佪:宋洪興祖、朱熹皆引一本作“邅迴”,徘徊之意。　　　〔26〕迷:迷惑。如:往。
〔27〕杳(yǎo 咬):幽深。冥冥:昏暗的樣子。　　　〔28〕猨:同“猿”。宋洪興祖引一本及《集注》“猨”上有“乃”字。狖(yòu 又):黑色長尾猿。　　　〔29〕幽晦:昏暗。《辰州志》云:“溆浦在萬山中,雲雨之氣皆山崗煙瘴所爲。”　　　〔30〕霰(xiàn 現):雪珠。紛其:紛紛。無垠(yín 銀):無邊。　　　〔31〕霏(fēi 非)霏:此處指雲霧紛紛飛動的樣子。承:承接。宇:屋簷。王逸注:“屋室沉没,與天連也。”
〔32〕固:本來。終窮:窮困到底。　　　〔33〕接輿:春秋末年楚國的隱士。《論語·微子》云:“楚狂接輿歌而過孔子之門。”邢昺《論語注疏》:“接輿,楚人,姓陸名通,字接輿也。昭王時,政令無常,乃被髮佯狂不仕,時人謂之楚狂也。”髡(kūn 昆)首:剃掉頭髮,古代的一種刑法。大約是後來被施以髡刑或自髡以表示對世俗的反抗。　　　〔34〕桑扈:古代的隱士,即《莊子·大宗師》所謂子桑户,《論語·雍也》所謂子桑伯子,夫子稱其簡。《孔子家語》又云:“伯子不衣冠而處。夫子譏其欲同人道於牛馬。”即此裸行之證。清俞樾又疑是《漢書·古今人表》中的采桑羽,其說是(先秦古音“羽”、“户”相近)。　　　〔35〕目:古“以”字,用。　　　〔36〕伍子:伍奢,因諫楚平王不應信費無忌之讒而疑忌太子建,爲平王所殺。　　　〔37〕比干:殷代的賢臣,因諫紂王,被剖心。菹(zū 租)醢(hǎi 海):古代一種酷刑,把人剁碎做成肉醬。　　　〔38〕與前世:整個前代。與,借作“舉”字。　　　〔39〕董道:正道。不豫:不二、不變。古“豫”“貳”通(参何劍熏《楚辭新詁》)。　　　〔40〕重昏:指幽閉於南夷荒遠之中(清王夫之《楚辭通釋》說)。　　　〔41〕巢:用爲動詞,築巢。堂:殿堂。壇:土築的高臺,古代用於祭祀、朝會、盟誓、封拜等。　　　〔42〕露申:瑞香。辛夷:木筆。皆香草。　　　〔43〕林薄:叢生的草木。　　　〔44〕腥臊(sào 掃去聲):

惡臭污濁的東西。御:用。　　[45]芳:芳香之氣。薄:靠近,接近。　　[46]陰陽易位:指忠邪顛倒。　　[47]時不當(dàng 蕩):不逢其時。　　[48]信:忠信,誠實。佗(chà 岔)傺(chì 斥):失神、茫然的樣子。　　[49]忽:恍惚。

【集評】

(宋)洪興祖《楚辭補注》卷四:"此章言己佩服殊異,抗志高遠,國無人知之者;徘徊江之上,歎小人在位,而君子遇害也。"

(清)林雲銘《楚辭燈》卷三:"屈子初放涉江,氣尚未沮,故開口自負,説得二十分壯。先哀南夷不知用賢,取道時徘徊顧望,猶以端直無傷自慰,似不知後面之窮苦者。迨涉歷許多荒凉地面,忽轉而自哀,方知見疏於君之後,不知改行從俗,宜至於此。再思古人忠賢者,往往未必見用,又以守道不恤窮達爲是,亦無用改悔也,還是"幼好奇服"、"老而不衰"口吻。末以陰陽易位,欲去而遠逝作結,正是不能去、不忍去念頭,爲此無聊之語耳。"

<h1 style="text-align:center">哀　　郢</h1>

【題解】

本篇選自《楚辭·九章》,此爲第三篇。《哀郢》是屈原被放於江南之野九年之後爲回憶被放時的情景而作。據《史記·楚世家》,頃襄王元年(前298),"(秦)攻楚。大敗楚軍,斬首五萬,取析十五城而去"。秦軍沿漢水而下,郢都震動。人民向東逃難,這同詩中所寫"方仲春而東遷"正相合。詩中寫到江、夏、夏首、洞庭、陵陽等水名地名,可使我們考知詩人的行動路綫。又説"至今九年而不復",則此詩當作於頃襄王九年。郭沫若曾以爲詩中所寫百姓沿着江水、夏水逃亡是表現了頃襄王二十一年白起破郢之事,又將屈原的投江也定在此年或次年,這與"至今九年而不復"句是矛盾的。其實清初王夫之《楚辭通釋》中已指出詩應作於九年之後。《哀郢》用倒敘法,先從九年前秦軍進攻楚國之時自己被放逐、隨百姓一起東行的情況寫起,到後面纔寫作詩當時的心情。全詩分爲六層,除亂辭外,每層三節,結構均齊匀整。前三層爲回憶,第四層抒發作詩時的心情,第五層是對造成國家、個人悲劇之原因的思考,最後以亂辭總結全詩。全詩結構謹嚴。語言上的特點是對偶多,如"去故鄉而就遠(兮),遵江夏以流亡","過夏首而西浮(兮),顧龍門而不見","背夏浦而西思(兮),哀故都之日遠"等。

　　皇天之不純命兮[1]，何百姓之震愆[2]？民離散而相失兮，方仲春
而東遷。去故鄉而就遠兮，遵江夏以流亡[3]。出國門而軫懷兮[4]，甲
之鼂吾以行[5]。發郢都而去閭兮[6]，怊荒忽其焉極[7]？楫齊揚以容
與兮，哀見君而不再得。

　　望長楸而太息兮[8]，涕淫淫其若霰[9]。過夏首而西浮兮[10]，顧
龍門而不見[11]。心嬋媛而傷懷兮[12]，眇不知其所蹠[13]。順風波以
從流兮，焉洋洋而爲客[14]。淩陽侯之氾濫兮[15]，忽翱翔之焉薄[16]。
心絓結而不解兮[17]，思蹇産而不釋[18]。

　　將運舟而下浮兮，上洞庭而下江[19]。去終古之所居兮[20]，今逍
遙而來東。羌靈魂之欲歸兮，何須臾而忘反。背夏浦而西思兮[21]，哀
故都之日遠。登大墳以遠望兮[22]，聊以舒吾憂心。哀州土之平樂
兮[23]，悲江介之遺風[24]。

　　當陵陽之焉至兮[25]，淼南渡之焉如[26]？曾不知夏之爲丘兮[27]，
孰兩東門之可蕪[28]！心不怡之長久兮[29]，憂與愁其相接。惟郢路之
遼遠兮[30]，江與夏之不可涉[31]。忽若去不信兮[32]，至今九年而不
復[33]。慘鬱鬱而不通兮[34]，蹇侘傺而含慼[35]。

　　外承歡之汋約兮[36]，諶荏弱而難持[37]。忠湛湛而願進兮[38]，妒
被離而鄣之[39]。堯舜之抗行兮[40]，瞭杳杳而薄天[41]。衆讒人之嫉
妒兮，被以不慈之僞名[42]。憎慍愉之脩美兮[43]，好夫人之忼慨[44]。
衆踥蹀而日進兮[45]，美超遠而逾邁[46]。

　　亂曰：曼余目以流觀兮[47]，冀壹反之何時？鳥飛反故鄉兮，狐死
必首丘[48]。信非吾罪而棄逐兮，何日夜而忘之？

《楚辭補注·九章第四》

【校注】

[1]皇：大。王逸注：“德美大稱皇天，以興君也。”不純命：反乎常道。　　　[2]震
愆：震驚失所，流離在外。《左傳》哀公十六年：“失所爲愆。”　　　[3]遵：沿着。
江：長江。夏：夏水。夏水爲長江在江陵以東分出的一支，東北流入漢水。漢夏合
流一段古代也稱爲夏水。　　　[4]國門：指楚國都城的門。軫（zhěn 枕）：痛。
[5]甲：指甲日。鼂：通“朝”，早晨。　　　[6]發：出發。閭：里門。　　　[7]怊荒
忽：“怊”字原闕，今據宋朱熹《楚辭集注》補。怊（chāo 超），悲傷。荒忽，通“恍

惚"。極：終點。　　[8]楸(qiū 秋)：梓樹。其主幹高,上古都邑中多植之。太息：長歎。　　[9]涕：淚。淫淫：淚流不止的樣子。霰(xiàn 現)：雪珠。[10]夏首：夏水分長江而出的起點。西浮：指由長江轉入洞庭湖。據《山海經·海內東經》戰國以前洞庭湖口狹長,由西南向東北連長江。　　[11]龍門：郢都的東門。　　[12]嬋媛：牽扯,此處爲牽掛不捨的意思。　　[13]眇：通"渺",茫遠。蹠(zhí 直)：踏。　　[14]焉：乃。洋洋：飄泊的樣子。　　[15]凌：乘着。陽侯：大波之神,此處指大波。　　[16]忽：飄忽。焉薄：止於何處。焉,疑問代詞。薄,止、近。上四句寫在洞庭湖上的飄泊。　　[17]絓結：牽掛而內心鬱結。絓(guà 掛),懸、繫。　　[18]蹇(jiǎn 減)産：曲折纏繞。釋：解開。　　[19]上洞庭：指由洞庭湖東北入長江。下江：指順長江東行。　　[20]終古：一生,有生以來。　　[21]背：背離,離開。夏浦：夏口,漢水夏水合流後流入長江處。西思：向西而思,指思念着郢都。　　[22]墳：水邊高地,堤岸。　　[23]州土：洞庭湖以北、雲夢澤以東,沿大江西岸的帶狀平原,本爲春秋時州國之地,故曰"州土"。平樂：地平人安。　　[24]江介：江間。　　[25]陵陽：地名,在江西省西部廬水上游,宜春以南。《漢書·地理志上》廬江郡："廬江出陵陽東南,北入江。"其地與湖湘之地只隔着羅霄山脈。　　[26]淼(miǎo 秒)：汪洋無涯際的樣子。焉如：到哪裏去。　　[27]曾：竟。夏：大屋,指宮廷建築。爲丘：變爲山丘。上古宮殿皆在臺上,宮殿頹圮,則成爲荒丘。　　[28]兩東門：郢都之兩門,爲郢都通向中原之正門。蕪：指坍塌成荒蕪之地。　　[29]怡(yí 移)：喜悅、愉快。　　[30]惟：思。郢路：返回郢都的路。　　[31]此句承上"心不怡之長久",是說自被放多年中不能越過長江、夏水回到郢都附近。　　[32]忽若去："去"字原闕,今據宋朱熹《楚辭集注》補。忽,忽忽,形容時間過得快。若,語助詞。去,去國。信：信任。[33]不復：不被召回。復,返。　　[34]慘鬱鬱：悲傷而內心壓抑,心緒鬱結。[35]蹇：楚方言發語詞。侘(chà 詫)傺(chì 赤)：瞠目失神的樣子。慼(qī 七)：悲苦。　　[36]承歡：順着心意,搏得歡心。汋(chuò 綽)約：猶"綽約",柔美的樣子。　　[37]諶(chén 塵)：誠,實在。荏(rěn 忍)弱：軟弱。持：猶"恃",依靠。[38]忠：指忠誠的人。湛湛：深厚的樣子。進：進入朝庭,被任用。　　[39]妒：指好妒之人。被離：衆多紛亂的樣子。鄣：同"障",阻礙。　　[40]抗行：高尚的行爲。　　[41]瞭杳杳：高遠的樣子。薄：接近。　　[42]被：通"披",加。不慈：不愛其子。堯未將天下傳給其子丹朱,故《莊子·盜跖》中盜跖說"堯不慈,舜不孝"。　　[43]慍(yùn 韻)惀(lún 侖)：內心蘊積而不顯露。脩美：指品德美好。此句意謂君王憎惡品德美好、心懷忠誠卻不善於表達的賢臣。　　[44]好(hào 號)：喜好。夫(fú 服)：指示代詞,同"彼"。忼慨：同"慷慨"。此句謂君王喜愛那

些巧言令色、好慷慨陳詞的小人。　　　[45]衆:平庸的人,讒佞小人。蹵(qiè
妾)蹀(dié 蝶):快步行走。　　　[46]美:指品德高尚的人。超遠:遠離。逾邁:越
來越遠。　　　[47]曼余目:猶言"放開眼來"。曼,曼曼,遠的樣子。流觀:周流觀
望,四望。　　　[48]狐死首丘:傳説狐狸死時把頭對着生活過的小山。《禮記·檀
公上》:"禮,不忘其本。古之人有言曰:狐死正丘首,仁也。"

【集評】

(清)戴震《屈原賦注》附《音義》:"屈原東遷,疑即當頃襄元年,秦發兵出武關攻
楚,大敗楚軍,取析十五城而去,時懷王辱於秦,兵敗地喪,民散相失,故有'皇天不純
命'之語。"

(清)林雲銘《楚辭燈·九章》:"屈子被放九年,料不能復歸郢都,故有是作,不
曰'思郢'而曰'哀郢'者,以頃襄初立,子蘭爲令尹,上官大夫等獻媚固寵,妒賢害國,
較之懷王之世尤甚,當初放時,已見百姓之震愆離散,不知此九年中更作何狀? 恐天
不純命,實有可哀者。若己之思返不得返,猶在第二義也。"

宋　玉

【作者簡介】

宋玉,戰國末期楚國辭賦作家,鄢(今湖北宜城)人。《史記·屈原賈生列傳》
説:"屈原既死之後,楚有宋玉、唐勒、景差之徒者,皆好辭而以賦見稱。然皆祖屈
原之從容辭令,終莫敢直諫。"漢韓嬰《韓詩外傳》卷七、劉向《新序·雜事五》、傅
毅《舞賦》中對其事蹟亦有零星記載。結合其作品中反映的情況看,他原是一位貧
士,經人引薦做過楚襄王的小臣如文學侍臣之類,或在蘭臺之宫供職,當過大夫。
楚頃襄王稱之爲"先生",但實際上未得重用。《漢書·藝文志》著録:"宋玉賦十
六篇。楚人,與唐勒並時,在屈原後也。"今存作品除《楚辭》中所收《九辯》外,尚
有見之於《文選》的《風賦》、《高唐賦》、《神女賦》、《登徒子好色賦》、《對楚王問》
和見於《古文苑》的《釣賦》、《大言賦》、《小言賦》。後幾篇曾有人提出疑義,但無
可靠理由加以否定,則仍應視之爲宋玉所作。《古文苑》中還有幾篇有明顯疑點,
則當是後人擬託。

九　　辯

【題解】

　　宋玉繼承屈原抒情詩創作的成就寫了《九辯》,又在莫敖子華《對楚威王》和屈原《大招》、《招魂》、《卜居》、《漁父》等對問、招魂辭和散體賦的基礎上,創作了《高唐賦》、《神女賦》等騁辭大賦和《風賦》等,開漢代散體賦各種體式之先河。在賦的體式語言、表現方式等方面多所創造,在文學史上有重要的地位。

　　《九辯》同屈原的《九歌》一樣,承襲自古相傳的樂曲之名而創爲新詞,爲後代文人用舊曲或舊曲名填寫新詞之先聲。"九辯"中"辯"字爲"辯章"、"辯白"之義,全詩表白内心,説明在仕途上受到排擠、傾軋乃因自己不願與誤國奸佞同流合污。作者悲傷自己的生不逢時,也對農村荒蕪、國事日非深爲憂慮,從側面反映了楚國自遷陳之後政治腐敗、迫近危亡的狀況。

　　《九辯》形式上學習《離騷》,但句式富於變化,騷句和《九歌》句式交錯運用,押韻也較爲自由。詩中多用譬喻,並以寫景烘托情緒,有較强的感染力。不過全篇缺乏較爲嚴整的結構,其中也竄入了一些屈原《離騷》、《哀郢》和唐勒《遠遊》中的文字,次序上也有錯亂。

　　"九辯"本上古樂曲名,同"九歌"俱見於《離騷》、《天問》。關於本篇的分章,宋洪興祖分爲十章,晁公武《楚辭釋文》、朱熹《楚辭集注》分爲九章,而五章以後各家的劃分互有異同。今依朱熹説分爲九章。

　　悲哉秋之爲氣也!蕭瑟兮,草木摇落而變衰[1]。憭慄兮[2],若在遠行,登山臨水兮,送將歸。泬寥兮,天高而氣清[3];寂寥兮[4],收潦而水清;憯悽增欷兮[5],薄寒之中人[6]。愴怳懭悢兮[7],去故而就新;坎廩兮[8],貧士失職而志不平。廓落兮[9],羈旅而無友生;惆悵兮,而私自憐。燕翩翩其辭歸兮,蟬寂漠而無聲[10]。雁廱廱而南遊兮[11],鶤雞啁哳而悲鳴[12]。獨申旦而不寐兮[13],哀蟋蟀之宵征[14]。時亹亹而過中兮[15],蹇淹留而無成[16]。

【校注】

[1]蕭瑟:草木被秋風吹拂所發出的聲音。　　　[2]憭(liǎo 蓼)慄(lì 力):悽愴。
[3]泬(xuè 穴去聲)寥:高曠空虛的樣子。清(qīng 慶):原作"清",與下句韻腳字

重複,顯然有誤。洪興祖、朱熹皆注音"疾正切",並引古本作"瀞"(《集韻》)。然"瀞"字義爲"無垢薉",則此處"清"應爲"凊"字之誤。《説文》:"凊,寒也。"又:"楚人謂冷曰凓。""清"同"凓"。　　[4]寂寥:原作"宗廖",同"寂寥",今據洪興祖引一作改。疊韻聯綿詞,静寂空洞的樣子。　　[5]憯(cǎn 慘)悽:慘痛。增欷(xī 希):一次次地悲欷。欷,歔泣聲。　　[6]薄寒:微寒。中(zhòng 仲):射中,引申爲襲擊。此指突然感到的秋寒,有别於嚴冬有準備情况下的寒冷。[7]愴怳(huǎng 恍):悲傷。懭(kuǎng 曠上聲)悢(lǎng 朗):疊韻聯綿詞,失意的樣子。　　[8]坎廩:疊韻聯綿詞,即"坎壈",不平的樣子,喻困頓、遭遇不順。此處"廩"借作"壈"(lǎn 覽),洪興祖、朱熹皆引一作"壈"。　　[9]廓落:孤獨空寂的樣子。漢王逸《楚辭章句》:"喪妃失耦,塊獨立也。"　　[10]寂漠:原作"宗漠",同"寂寞",今據洪興祖、朱熹引一作改。　　[11]廱(yōng 雍)廱:雁叫聲。洪興祖、朱熹皆引一作"噰噰",音義同。　　[12]鵾(kūn 昆)雞:飛禽名,似鶴,黄白色。啁(zhōu 周)哳(zhā 紥):聲音細小悠揚而接連不斷的意思。　　[13]申旦:徹夜。申,達,至。旦,凌晨。　　[14]宵征:夜行。此處指夜間因寒冷而轉移地方。　　[15]時亹(wěi 尾)亹:指歲月不居。亹亹,不停息地,這裏指不停息地行進。　　[16]塞(jiǎn 減):梗阻。淹留:久留。

　　悲憂窮戚兮獨處廓[1],有美一人兮心不繹[2]。去鄉離家兮徠遠客[3],超逍遥兮今焉薄[4]?專思君兮不可化[5],君不知兮可奈何!蓄怨兮積思,心煩憺兮忘食事[6]。願一見兮道余意[7],君之心兮與余異。車既駕兮朅而歸[8],不得見兮心傷悲。倚結軨兮長太息[9],涕潺湲兮下霑軾[10]。忼慨絶兮不得[11],中瞀亂兮迷惑[12]。私自憐兮何極[13],心怦怦兮諒直[14]。

【校注】

[1]戚:洪興祖引一作"感",《文選》及朱熹引一作"蹙"。按,當作"蹙"。蹙(cù促),窘迫、窮困的意思。廓:空曠之地。　　[2]美:德行美好。這裏代指德行美好的人,爲作者自指。繹:本義爲抽絲,此處指結藏於心。王逸注:"常念弗解,内結藏也。"如果"繹"是結藏於心,常念不解之義,則"不繹"就是不結藏於心,心無所念,而據作者本義,應是心中不愉快,似有所結,不可寬解,故朱熹説"繹"字"恐或是'懌'字"。懌,愉悦。　　[3]去:離開。鄉:指家鄉鄢(今湖北宜城)。徠遠客:作客於遠方。徠,同"來"。洪興祖、朱熹並引一作"來"。　　[4]超:遠。逍

遥:飄泊,徘徊。焉:哪裏。薄:靠近,走向。　　[5]專:只是,一味地。化:改變。
[6]煩憺(dàn 旦):煩憂。食事:飲食之事。　　[7]道:訴説。　　[8]"車既駕"
二句:因失去信任,不被任用,故暫時歸家。離開之後,又思念君王,表現出矛盾的
心情。朅(qiè 切):離去。歸:指歸家。　　[9]結軨(líng 零):車廂的方木格圍
欄。太息:歎息。　　[10]潺湲:淚流不斷的樣子。霑(zhān):沾濕。軾:車前橫
木。　　[11]忼慨:同"慷慨",憤激。絶:斷絶。　　[12]中:内心。瞀(mào 冒)
亂:昏亂。迷惑:迷茫,心神無主。　　[13]何極:會到何種地步。極,終極之處。
[14]怦(pēng 烹)怦:忠謹的樣子。諒直:誠實正直。

　　皇天平分四時兮,竊獨悲此廪秋[1]。白露既下百草兮,奄離披
此梧楸[2]。去白日之昭昭兮,襲長夜之悠悠[3]。離芳藹之方壯
兮[4],余萎約而悲愁[5]。秋既先戒以白露兮[6],冬又申之以嚴
霜[7]。收恢台之孟夏兮[8],然欿傺而沈藏[9]。葉菸邑而無色兮[10],
枝煩挐而交横[11];顔淫溢而將罷兮[12],柯彷彿而萎黄[13];萷櫹槮之
可哀兮[14],形銷鑠而瘀傷[15]。惟其紛糅而將落兮[16],恨其失時而
無當[17]。

　　攣騑辔而下節兮[18],聊逍遥以相佯[19]。歲忽忽而遒盡兮[20],恐
余壽之弗將[21]。悼余生之不時兮,逢此世之俇攘[22]。澹容與而獨倚
兮[23],蟋蟀鳴此西堂。心怵惕而震盪兮[24],何所憂之多方[25]!卬明
月而太息兮[26],步列星而極明[27]。

【校注】

[1]廪秋:寒秋。廪,通"凛"。　　[2]奄:忽然,急遽地。離披:分散零落。梧楸
(qiū 秋):梧桐樹與楸樹,皆早凋。　　[3]"去白日"二句:言慢慢變得晝短夜長,
爲下面寫失眠時長夜難盡張本。　　[4]芳:指芳香的花草。藹:茂盛。方壯:指
夏季正茂盛之時。　　[5]余:我,詩人自指。萎約:委屈窮約,窮困。　　[6]戒:
警戒,警告。一本"戒"下有"之"字。　　[7]申:重。嚴霜:指對植物、昆蟲和小
動物有很大殺傷力的寒霜。　　[8]恢台:旺盛、廣大的樣子。《文選》傅毅《舞
賦》"舒恢炱之廣度",唐李善注:"恢炱,廣大貌。"台,通"炱"。　　[9]然:乃。欿
傺(chì 斥):低落而停止。欿,同"坎",地面凹陷處。傺,止,站定停止。沈藏:潛
藏。　　[10]菸(yū 迂)邑:植物葉子傷壞。邑,通"悒"。　　[11]煩挐(ná
拿):紛亂糾纏。挐,牽引。交横:交錯。　　[12]顔:指樹木的外面。淫溢:浸漸

（王夫之《楚辭通釋》説）。罷：通"疲"，衰竭。這裏是相對於夏天的極度繁茂而言。　　[13]柯（kē 科）：樹枝。彷彿：同"仿佛"，模糊。指顏色不鮮明。[14]蔖（shāo 捎）：通"梢"，樹梢。櫹（xiāo 消）椮（sēn 森）：草木凋零的樣子。這裏形容樹枝上的花葉落盡。　　[15]銷鑠（shuò 朔）：銷損。瘀（yū 迂）傷：腫瘤病傷。瘀，血液瘀積，這裏指樹木因受傷而生瘤。　　[16]惟：想，想到。紛糅（róu 柔）：紛亂。糅，混雜。　　[17]恨：遺憾。無當：未遭遇到好的時候。[18]攬（lǎn 覽）：持，牽着。騑（fēi 非）：三匹或四匹駕馬中轅馬兩旁的馬，也稱爲驂。轡（pèi 配）：韁繩，古人駕車執騑馬之轡以馭四馬。　　[19]相佯：同"倘（cháng 常）佯"，自由自在地走。　　[20]忽忽：形容過得快。遒盡：終，盡。[21]將：長。《詩·小雅·北山》："嘉我未老，鮮我方將。"　　[22]俇（kuāng 匡）攘（rǎng 嚷）：紛亂不寧的樣子。此句猶言"逢此亂世"。　　[23]澹（dàn 但）：恬淡，安定。容與：漫步。獨倚：倚几獨坐。倚，靠着。這裏指倚几而坐。　　[24]怵（chù 觸）：恐懼。　　[25]方：頭緒。　　[26]卬（yǎng 仰）：同"仰"。　　[27]步列星：在星下漫步、徘徊。極明：到天亮。極，至。

　　竊悲夫蕙華之曾敷兮[1]，紛旖旎乎都房[2]。何曾華之無實兮[3]，從風雨而飛颺[4]。以爲君獨服此蕙兮，羌無以異於衆芳[5]。閔奇思之不通兮[6]，將去君而高翔。心閔憐之慘悽兮[7]，願一見而有明[8]。重無怨而生離兮[9]，中結軫而增傷[10]。豈不鬱陶而思君兮[11]，君之門以九重[12]。猛犬狺狺而迎吠兮[13]，關梁閉而不通。皇天淫溢而秋霖兮[14]，后土何時而得乾[15]。塊獨守此無澤兮[16]，仰浮雲而永歎。

【校注】

[1]華：同"花"。曾敷：重重開放。形容花開得很繁盛。曾，通"層"。敷，陳布。[2]旖（yǐ 已）旎（nǐ 你）：繁盛的樣子。都房：華屋，華貴之地。都，美。　　[3]曾華：重重花朵。實：果實。　　[4]颺：飄揚。以上四句喻朝臣多華而不實、缺乏有操守之人。　　[5]"以爲"二句：言詩人以爲君獨用此等缺乏堅貞品格的所謂"賢臣"，實同一般平庸者沒有區別。衆芳：一般的花草。　　[6]閔：傷感。奇思：指挽救國家的主張。不通：不達於君。　　[7]慘悽：傷心。　　[8]一見：指見君。有明：有所表白。指對奸佞誣陷的辯白。　　[9]重（zhòng 衆）：難，難於。無怨：指自己無過失。言對自己無過失而被棄，心中難以忘卻。　　[10]中：内心。結軫：糾結。形容憂思鬱結。　　[11]鬱陶：憂思累積，難以排遣的樣子。

[12]九重:形容君門深遂,難以抵達。 [13]狺(yín 銀)狺:犬吠聲。 [14]淫溢:指雨水過度。霖(lín 林):久雨不止。 [15]乾:原作"漧",乃"乾"之後起字,今據洪興祖、朱熹引"一作"改。 [16]塊:塊然,孤獨的樣子。無澤:無恩澤。湯炳正《楚辭今注》以爲"無"爲"蕪"字之借,也通。

　　何時俗之工巧兮[1],背繩墨而改錯[2]！卻騏驥而不乘兮[3],策駑駘而取路[4]。當世豈無騏驥兮？誠莫之能善御[5]。見執轡者非其人兮,故跼跳而遠去[6]。鳧鴈皆唼夫粱藻兮[7],鳳愈飄翔而高舉。圜鑿而方枘兮[8],吾固知其鉏鋙而難入[9]。眾鳥皆有所登棲兮,鳳獨遑遑而無所集。願銜枚而無言兮[10],嘗被君之渥洽[11]。太公九十乃顯榮兮[12],誠未遇其匹合。謂騏驥兮安歸？謂鳳皇兮安棲？變古易俗兮世衰,今之相者兮舉肥[13]。騏驥伏匿而不見兮,鳳皇高飛而不下。鳥獸猶知懷德兮,何云賢士之不處[14]？

　　驥不驟進而求服兮[15],鳳亦不貪餧而妄食[16]。君棄遠而不察兮[17],雖願忠其焉得！欲寂寞而絕端兮[18],竊不敢忘初之厚德。獨悲愁其傷人兮,馮鬱鬱其何極[19]！

【校注】

[1]工巧:工於巧偽之事。工,善於。 [2]背:違背。繩墨:木工加工木料時在上面用墨斗打的綫,這裏比喻法度。改錯:即改措,改變準則、法度。 [3]卻:拒絕。 [4]策:本義爲馬鞭,此處用爲動詞,用鞭趕馬。駑(nú 奴)駘(tái 台):劣馬,喻無能的人或品質低下的人。取路:上路、行進。 [5]御:駕馭。這裏指任用人才。 [6]跼(jú 局)跳:屈身跳躍。 [7]鳧(fú 扶):野鴨。鴈:同"雁"。唼(shà 霎):水鳥或魚吃食。粱:粟米。藻:水草。 [8]圜:同"圓"。鑿:榫眼。枘(ruì 瑞):榫頭。 [9]固:本來。鉏(jǔ 舉)鋙(yǔ 語):不相當,不能吻合。難入:指榫頭不能套入榫眼。喻人的志趣不能相合。 [10]銜枚:指閉口。枚,古代行軍時爲避免喧嘩,讓士兵口中銜的一種橫木,狀如筷子。[11]被:身受。渥(wò 握):厚。洽:恩澤。 [12]太公:姜尚。據《史記·齊太公世家》,周文王出獵遇到姜尚,說:"先君太公望子久矣。"因而稱姜尚爲"太公望",後世因而稱之爲"姜太公"。姜尚助武王滅紂,當其受封於齊之時,已年屆九十。本篇下一句"誠未遇其匹合"也是就姜尚至九十歲纔顯榮言之。 [13]相者:承上"謂騏驥兮安歸"言,指相馬者。舉肥:推舉肥壯的馬。言不識良馬。下文

"騏驥伏匿而不見",也是就此申發。　　　[14]何云:怎能説。不處:不肯留居。
[15]驟(zhòu 咒)進:指快步地跑到主人前。《説文》:"驟,馬疾步也。"服:駕車。
[16]餧:同"餵"、"喂"。　　　[17]棄遠:拋棄平時不接近的人。遠,指非其親近的
人。察:細心看,細心考察。　　　[18]寞:原作"漠",今據洪興祖、朱熹引"一作"
改。絶端:切斷端緒,指完全放棄仕進的念頭。　　　[19]馮(píng 平):通"憑",憤
懣。鬱鬱:愁悶的樣子。

　　霜露慘悽而交下兮[1],心尚幸其弗濟[2]。霰雪雰糅其增加兮[3],
乃知遭命之將至[4]。願徼幸而有待兮,泊莽莽與壄草同死[5]。願自
直而徑往兮[6],路壅絶而不通。欲循道而平驅兮,又未知其所從[7]。
然中路而迷惑兮[8],自壓桉而學誦[9]。性愚陋以褊淺兮[10],信未達
乎從容[11]。竊美申包胥之氣盛兮[12],恐時世之不同[13]。
　　何時俗之工巧兮?滅規矩而改鑿[14]。獨耿介而不隨兮[15],願慕
先聖之遺教。處濁世而顯榮兮,非余心之所樂。與其無義而有名兮,
寧窮處而守高。食不媮而爲飽兮[16],衣不苟而爲温。竊慕詩人之遺
風兮,願託志乎素餐[17]。塞充倔而無端兮[18],泊莽莽而無垠。無衣
裘以御冬兮[19],恐溘死不得見乎陽春[20]。

【校注】

[1]霜露:比喻小人所施種種迫害。慘悽:此處形容程度劇烈。交下:並下。形容
其多。　　　[2]幸其弗濟:指希望小人對他的陷害不能得逞。幸,原作"㚖",同
"幸"。宋洪興祖《考異》云:"當以幸爲正。"今據改。　　　[3]霰(xiàn 現):雪珠。
雰(fēn 分):借作"紛",形容雪盛。糅(róu 柔):混雜,形容霰雪在空中亂飄的樣
子。　　　[4]"乃知"句:指行善而遭凶的壞命運。漢王充《論衡·命義》:"遭命
者,行善得惡,非所冀望,逢遭於外,而得凶禍,故曰遭命。"　　　[5]泊:停留,止息。
莽莽:草野之地。壄:古"野"字。此寫家鄉景象。下"泊莽莽而無垠"同。
[6]直:自己表白所遭枉屈。徑:本義爲小路,捷徑,這裏指不通過別人的引薦疏通
而徑直找楚王。往:原作"遊",今據朱熹《楚辭集注》改。　　　[7]"欲循道"二句:
比喻想按一般的路子求見楚王,卻不知應從何而入,找誰引薦。循道:順着大路。平
驅:相對於"徑往"而言。因捷徑、小路往往要翻越山林障礙。從:由。　　　[8]然:如
此,這樣。中路:半路。迷惑:迷茫,心神無主。　　　[9]壓桉:一作"壓塞",安定心
志;又作"猒塞",《方言》:"猒塞,安也。"又作"愿塞",《廣雅·釋詁》:"愿塞,安

也。”學誦：學習作誦吟詩。屈原《惜誦》：“惜誦以致愍兮，發憤以抒情。”
［10］褊（biǎn 扁）淺：心地、見識狹隘短淺。褊，狹隘，狹窄。　　　［11］信：確實，實
在。　　　［12］美：讚美，稱讚。申包胥：春秋時楚臣。伍員因楚平王之昏暴殺其父
兄而逃往吳國，臨行言：“我必覆楚國！”申包胥言：“子能覆之，我必能興之！”伍員
佐吳王攻佔郢都，楚昭王與卿大夫逃竄，申包胥徒步十日至秦，立於秦廷泣啼七日
七夜，不食不飲，乞求援救，秦哀公遂旹兵救楚。事見《左傳》定公四年、定公五年，
《戰國策·楚策》、《史記·楚世家》。氣盛：血氣剛強。晉張協《七命》：“氣盛怒
發，星飛電駭，志凌九州，勢越四海。”《南史·檀道濟傳》：“憤怒氣盛，目光如炬。”
三國魏阮瑀《爲曹公作書與孫權》：“仁君年壯氣盛。”用法相近，此處指志氣忠壯。
［13］“恐時世”句：言今日秦之形勢與申包胥之旹恐已不同。同：原作“固”，宋朱
熹曰：“固，當作同，叶通、從、誦、容韻。”今據改。　　　［14］“何時俗”二句：與上章
開頭二句重。此下“慕先聖之遺教”云云應直承贊申包胥之句。“何時俗”二句使
上下文意隔閡，應是竄入之句。規矩：同“規矩”。　　　［15］耿介：專一而不苟且。
［16］媮：通“偷”，苟且。　　　［17］“竊慕”二句：言仰慕《詩·魏風·伐檀》的作者，
以素餐爲恥。《詩·魏風·伐檀》：“彼君子兮，不素餐兮！”素餐：無功而食禄。本詩
言託志於《伐檀》一詩之意。　　　［18］“蹇充倔”句：言自己困頓窮迫的狀況沒有邊
際。蹇（jiǎn 減）：梗阻窮困。充倔（jué 決），同“祝褞”。《方言》卷十三：“以布而無
緣，敝而紩之，謂之褴褸，自關而西，謂之祝褞。”無端：無盡頭。　　　［19］裘：皮衣，毛
在外。御：通“禦”，抵擋。《詩·邶風·谷風》：“我有旨蓄，亦以御冬。”
［20］溘（kè 客）死：忽然而死。溘，忽然。陽春：和暖的春天。這裏喻回到君王身邊。

　　靚杪秋之遥夜兮[1]，心繚悷而有哀[2]。春秋逴逴而日高兮[3]，然
惆悵而自悲[4]。四時遞來而卒歲兮[5]，陰陽不可與儷偕[6]：白日晼晚
其將入兮[7]，明月銷鑠而減毀[8]。歲忽忽而遒盡兮[9]，老冉冉而愈
弛[10]。心搖悦而日幸兮[11]，然怊悵而無冀[12]。中憯惻之悽愴兮[13]，
長太息而增欷[14]。年洋洋以日往兮[15]，老嵺廓而無處[16]。事亹亹
而覬進兮，蹇淹留而躊躇[17]。

【校注】

[1]靚（jìng 静）：通“静”，安静。《漢書·百官公卿表下》孝文七年“典客靚”，唐顔
師古注：“靚與静同。”杪（miǎo 秒）秋：秋末，暮秋。杪，樹梢，引申爲末端。
[2]繚悷（lì 利）：思緒纏繞，愁結不解。　　　[3]春秋：年歲。逴（chuō 戳）逴：愈去

愈遠的樣子。　　[4]然:義同“乃”。　　[5]四時:春夏秋冬。遞來:循環往復,遞代而來。卒歲:終歲。　　[6]“陰陽”句:言陰陽更遞,不稍停,而人之壽有限。陰陽:兼指日夜與春夏秋冬言。僊偕:偕同。　　[7]晼(wǎn晚)晚:疊韻聯綿詞,日偏西將暮。　　[8]銷鑠:虧缺,消損。指月亮由圓逐漸變爲下弦,以至不見。指一月將盡。　　[9]忽忽:形容時光等過得快。遒盡:盡,終竟。　　[10]冉冉:漸漸。愈弛(chí池):這裏指體力漸衰。弛,同“弛”。　　[11]搖悅:心神不定的樣子。劉永濟疑“悅”爲“怳”字之誤。“怳”同“恍”。幸:原作“喬”。“幸”本字,洪興祖、朱熹皆引一本作“幸”,今據改。幸:僥倖。言有時又抱有被重新任用的幻想。　　[12]怊(chāo超)悵:同“惆悵”。無冀:沒有希望。　　[13]中:内心。憯(cǎn慘)惻:痛傷。憯,同“慘”。悽(qī妻)愴:悲傷。　　[14]太息:歎息。增(céng層)欷(xī希):一聲聲地歎氣。增,通“層”,重,累。　　[15]洋洋:水流的樣子。《廣雅·釋訓》:“洋洋,流也。”此處用以形容時光流逝不止。　　[16]嵺(liáo潦)廓:同“寥廓”,空曠的樣子。無處:無安身之所。　　[17]“事亹(wěi尾)亹”二句:言行事勤勉,希得進用,結果卻梗阻而停滯,陷入進退不定的境地。亹亹:勤勉不倦的樣子。覬(jì冀):企圖,希望,義同“冀”。蹇:梗阻。淹留:留滯。躊躇:進退不定的樣子。

　　何氾濫之浮雲兮[1],猋壅蔽此明月[2]。忠昭昭而願見兮,然露曀而莫達[3]。願皓日之顯行兮[4],雲蒙蒙而蔽之。竊不自料而願忠兮[5],或黕點而汙之[6]。堯舜之抗行兮,瞭冥冥而薄天。何險巇之嫉妒兮,被以不慈之僞名[7]?彼日月之照明兮,尚黯黮而有瑕[8]。何況一國之事兮,亦多端而膠加[9]。

　　被荷裯之晏晏兮[10],然潢洋而不可帶[11]。既驕美而伐武兮[12],負左右之耿介[13]。憎慍惀之脩美兮,好夫人之慷慨。衆踥蹀而日進兮,美超遠而逾邁[14]。農夫輟耕而容與兮,恐田野之蕪穢[15]。事綿綿而多私兮,竊悼後之危敗[16]。世雷同而炫曜兮,何毀譽之昧昧[17]!今脩飾而窺鏡兮,後尚可以竄藏[18]。願寄言夫流星兮,羌儵忽而難當[19]。卒壅蔽此浮雲兮,下暗漠而無光[20]。

【校注】

[1]氾(fàn泛)濫:本義爲水漲溢橫流,此處形容浮雲湧流。氾,同“泛”。　　[2]猋(biāo標):本義爲犬疾走,此處形容迅速。上二句以浮雲蔽月喻奸佞之蔽賢。漢

陸賈《新語》曰:"邪臣之蔽賢,猶浮雲之障日月。"　　[3]露:"霧"之誤。霧,同"陰"。曀(yì義):天陰沈。此處以天的陰曀比喻奸佞壅蔽君主。莫達:不能上達君王。　　[4]皓日:白日,喻君。顯行:指排除壅蔽,光明地運行。喻君能明察善斷。　　[5]不自料:不自量。料,原作"聊",今據朱熹《集注》改。　　[6]默(dǎn膽):黑斑,污垢。點:小黑點。此處"默點"用爲動詞,指污蔑,誣陷。汙:同"污"。　　[7]"堯舜"四句:此由屈原《哀郢》竄入,第三句原作"衆讒人之嫉妒兮",餘皆同。當删。　　[8]黯(àn暗):黮(tǎn坦):黑色。瑕:玉上的斑疵。[9]多端:頭緒繁多。膠加:紛挐糾纏的樣子。曰此句看,宋玉的政敵借宋玉在政事上的某些疏漏或别人一時難以明瞭的事情攻擊誣陷他,使其去職。　　[10]被(pī披):披。荷裯(dāo刀):即《離騷》"製芰荷以爲衣"。裯,袛(dī低)裯,直襟單短衣,也叫襜褕。晏晏:鮮盛的樣子。《詩·唐風·羔裘》:"羔裘晏兮。"毛《傳》:"晏,鮮盛也。"此下數句以比喻的手法批評君王的華而不實和易於被迷惑欺騙。[11]潢(huàng晃)洋(yàng樣):同"滉漾",水深廣的樣子。這裏用來形容衣寬大不着體。不可帶:寬大不能約束。古人着衣必束帶。　　[12]驕美:以自己美好而驕傲。伐武:以勇武自詡。　　[13]負:背離。左右:左右臣子。耿介:專一有節度。此句指君王背離左右正直大臣的意願和主張。　　[14]"憎慍悰"四句:此由屈原《哀郢》竄入,當删。　　[15]"農夫"二句:表現了詩人對社會不安定,農夫不安於農耕情況的憂慮。輟(chuò綽):停止。容與:猶豫徘徊。　　[16]"事綿綿"二句:綿綿:連續不斷。多私:指執政多有以私害公之事。王逸注:"政由細微以亂國也。""子孫絶嗣,失社稷也。"　　[17]"世雷同"二句:言朝臣都異口同聲,自我誇耀,無是非可言。雷同:隨聲附和。《禮記·曲禮上》:"毋剿説,毋雷同。"漢鄭玄注:"雷之發聲,物無不同時應者,人之言當各由己,不當然也。"炫曜(yào耀):强光閃耀。因光强則目眩,故又引申爲眩惑、迷惑。昧(mèi妹):昏暗。[18]"今脩飾"二句:劉永濟《屈賦音注詳解》曰:"此言雖如上所説,但使楚之君臣能以失敗爲鑒,脩治内政,則後日的禍患,尚可潛消。"竄藏:逃匿。　　[19]儵(shū叔)忽:同"倏忽",快速的樣子。當:相值,相遇。　　[20]"卒雍蔽"二句:言因爲奸佞的壅蔽國君,形成國家政治的黑暗。卒:終究。暗漠:昏暗。

堯舜皆有所舉任兮[1],故高枕而自適[2]。諒無怨於天下兮[3],心焉取此怵惕[4]? 乘騏驥之瀏瀏兮[5],駟安用夫强策[6]? 諒城郭之不足恃兮,雖重介之何益[7]? 邅翼翼而無終兮[8],忳惛惛而愁約[9]。生天地之若過兮,功不成而無效[10]。願沈滯而不見兮[11],尚欲布名乎

天下。然潢洋而不遇兮[12]，直怐愁而自苦[13]。莽洋洋而無極兮[14]，
忽翱翔之焉薄[15]？國有驥而不知乘兮，焉皇皇而更索[16]？甯戚謳於
車下兮，桓公聞而知之[17]。無伯樂之善相兮[18]，今誰使乎譽之[19]？
罔流涕以聊慮兮[20]，惟著意而得之[21]。紛忳忳之願忠兮[22]，妒被離
而鄣之[23]。

　　願賜不肖之軀而別離兮[24]，放遊志乎雲中[25]。乘精氣之摶摶
兮[26]，鶩諸神之湛湛[27]。驂白霓之習習兮[28]，歷群靈之豐豐[29]。左
朱雀之茇茇兮[30]，右蒼龍之躍躍[31]。屬雷師之闐闐兮[32]，道飛廉之
衙衙[33]。前輕輬之鏘鏘兮[34]，後輜乘之從從[35]。載雲旗之委蛇
兮[36]，扈屯騎之容容[37]。計專專之不可化兮[38]，願遂推而爲臧[39]。
賴皇天之厚德兮，還及君之無恙[40]。

《楚辭補注·九辯第八》

【校注】

[1]有所舉任：指堯舜舉任了皋陶、稷、契、夔、羲仲、羲叔、和仲、和叔、禹、益等及
"八愷"（高陽氏才子八人）、"八元"（高辛氏才子八人）等衆多賢能之人。事見《左
傳》文公十八年。　　　　[2]高枕而自適：同於今所謂高枕無憂。適，舒適，閒適。
[3]諒：相信。　　　[4]焉：哪裏。怵（chù 觸）惕：驚懼。上二句言：堯舜當時執政
時，相信自己無怨於天下，哪裏會有此驚懼恐慌之事？　　　　[5]瀏瀏：風疾的樣子。
《楚辭·九歎·逢紛》："秋風瀏以蕭蕭。"王逸注："瀏，風疾貌也。"此處形容馬馳如疾
風。　　　[6]馭（yù 御）：駕車馬。安：哪裏。强策：用馬鞭使勁趕。　　　[7]重介：層
層鎧甲。介，鎧甲。　　　[8]邅翼翼：恭謹的樣子。無終：無盡頭。　　　[9]忳（tún
屯）：憂傷。悗（mèn 悶）悗：同"悗悗"，沈悶。愁約：憂愁窮困。　　　[10]"生天
地"二句：念及自己生於天地之間，倏若過隙，功不成，效不見，因而愁苦。
[11]沈滯：隱匿，埋没。沈，同"沉"。見：同"現"，顯現。　　　[12]潢洋：此處指無
所傍依的樣子。不遇：未得君王賞識。　　　[13]直：簡直是。怐（kòu 扣）愗
（mào 冒）：愚昧的樣子。這裏是説自己抱着一個死心眼，一心爲社稷、爲君王，結
果自尋煩惱。　　　[14]莽洋洋：寬廣無邊的樣子。極：邊際，目的。　　　[15]焉：何
處。薄：靠近，到達。　　　[16]焉：何處。皇皇：同"遑遑"，匆匆忙忙地。索：搜求。
[17]"甯戚"二句，見《離騷》"甯戚之謳歌兮，齊桓聞以該輔"句注。　　　　[18]伯
樂：春秋時秦國之善相馬者，姓孫，名陽。事見《莊子·馬蹄》。相：相馬。
[19]譽：稱讚。此處以良馬喻人才，以善相馬喻識人。　　　[20]罔：通"惘"，悵然

失意的樣子。聊慮：即"料慮"。　　　　[21]惟：只有。著意：立定心意。洪興祖注
"著"字："明也，立也，定也。"得：與上下句皆不押韻，當爲"將"字之誤。將：持。
此句言得立定心意，不隨波逐流。　　　　[22]紛：繁多。忳忳：憂愁。言愁思萬端，
都是因爲希望效忠國家和君主的原因。忳忳，原作"純純"，今據朱熹《集注》改。
[23]被(pī披)離：分散的樣子。此處形容奸佞之徒紛紛從各方面來阻擋。
[24]不肖：猶言"不才"，自謙之詞。　　　　[25]雲中：天空。即"遠游"之意。
[26]精氣：陰陽精靈之氣。《易·繫辭上》："精氣爲物，遊魂爲變。"唐孔穎達
《疏》："云精氣爲物者，謂陰陽精靈之氣，氤氳積聚而爲萬物也。"摶(tuán團)
摶：團團。形容精氣結聚的狀態。　　　　[27]騖：追馳。湛湛：紛盛的樣子。
[28]驂(cān餐)：三馬或四馬駕車時轅馬兩旁的馬爲驂，此處用爲動詞，駕馭。習
習：形容白霓均勻移動的狀態。　　　　[29]歷：經過。群靈：衆天神。豐豐：衆多的
樣子。　　　　[30]朱雀：神鳥名。茇(bèi貝)茇：翩翩飛翔的樣子。　　　　[31]躍(qú
渠)躍：蜿蜒行進的樣子。　　　　[32]屬(zhǔ主)：連接，跟隨。這裏是使動用法，
使……跟隨。雷師：雷神。闐(tián田)闐：雷聲，猶言"轟轟"。　　　　[33]道：原作
"通"，今據洪興祖、朱熹引"一作"改。道，通"導"，前導。飛廉：即風伯，風神。參
《離騷》"後飛廉使奔屬"句注。銜(yú魚)銜：行走的樣子。　　　　[34]輕輬(liáng
涼)：古代用於長途旅行的車輛，可坐可臥，車廂帷幔上開有窗，可以通風。輕，原
作"輊"，今據朱熹《集注》改。鏘鏘：車鈴聲。　　　　[35]輜乘：輜重車。從從：車行
的樣子。　　　　[36]雲旗：雲霓的旗，以雲爲旗。委蛇(yí移)：舒卷的樣子。
[37]扈：護後的侍衛。屯騎(jì寄)：成群的騎士。容容：衆多的樣子。　　　　[38]"計
專專"二句：言估計自己一生的意願不會有所變化，所以只有照舊走下去，並進一
步推廣，希望終成好的結局。計：估計，盤算。專專：十分專一的樣子。化：變化。
[39]願：希望。遂：因而。推：推而廣之。臧：善，美。　　　　[40]"賴皇天"二句：希
望託上天之福，還能見到君王健康的身體。還及：還趕得上。

【集評】
　　(宋)朱熹《楚辭集注》卷六："秋者，一歲之運，盛極而衰，肅殺寒凉，陰氣用事，
草木零落，百物凋悴之時，有似叔世危邦，主昏政亂，賢智屏絀，姦凶得志，民貧財匱，
不復振起之象，是以忠臣志士遭讒放逐者，感事興懷，尤切悲歎也。蕭瑟，寒凉之意。
憭慄，猶悽愴也。在遠行羈旅之中，而登高望遠，臨流歎逝，以送將歸之人，因離別之
懷，動家鄉之念，可悲之甚也。"
　　(明)陸時雍《讀楚辭語》："舉物態而覺哀怨之傷人，敘人事而見蕭條之感候。"
　　(清)吳世尚《楚辭注疏》："《九辯》比興居多，最得風人之致。其於世道衰微，靈

均坎壈,止以一‘秋’字盡之,何其言簡而意括也!"

風　　賦

【題解】

《風賦》是宋玉任文學侍臣時的作品,其寫成應在《九辯》之前,爲宋玉的代表作,也是賦的體制趨於完備的標誌性作品之一。其結構已如《文心雕龍·詮賦》所説:"述客主以首引,極聲貌以窮文。"賦的開頭由楚襄王在蘭臺之宮因遇好風而産生的感歎,引出宋玉關於雄風雌風之説,然後多用鋪排加以敍説。同他的《高唐賦》、《神女賦》及漢代的騁辭大賦比較起來,稍接近於對問,"鋪采摛文"的特徵也不是十分突出。全篇除領起、轉折、煞尾句外,皆爲整齊的四言或三言句,駢驪排偶,暢朗整齊,而又善於刻畫點染。此賦通過下層勞動人民惡劣生活環境同宮廷景致的對比,巧妙地反映了廣大人民的痛苦生活,諷示君王勿過於追求享樂而忘記人民之痛苦與國家之安危,較之漢代勸百諷一的騁辭大賦,其積極意義要明顯得多。

楚襄王游於蘭臺之宮,宋玉、景差侍[1]。有風颯然而至[2]。王迺披襟而當之[3],曰:"快哉此風!寡人所與庶人共者邪?"宋玉對曰:"此獨大王之風耳,庶人安得而共之?"

王曰:"夫風者,天地之氣,溥暢而至[4],不擇貴賤高下而加焉。今子獨以爲寡人之風,豈有説乎?"宋玉對曰:"臣聞於師:枳句來巢,空穴來風[5]。其所託者然[6],則風氣殊焉。"

王曰:"夫風始安生哉?"宋玉對曰:"夫風生於地,起於青蘋之末[7]。侵淫谿谷,盛怒於土囊之口,緣泰山之阿,舞於松柏之下[8]。飄忽溯滂,激颺熛怒[9]。耾耾雷聲,迴穴錯迕[10];蹶石伐木,梢殺林莽[11]。至其將衰也,被麗披離,衝孔動楗[12]。眴煥粲爛[13],離散轉移。故其清涼雄風,則飄舉升降,乘淩高城[14],入於深宮。邸華葉而振氣[15],徘徊於桂椒之間,翱翔於激水之上,將擊芙蓉之精,獵蕙草,離秦衡[16];概新夷,被荑楊[17];迴穴衝陵,蕭條衆芳[18]。然後倘佯中庭,北上玉堂[19];躋於羅帷,經於洞房[20],迺得爲大王之風也。故其風中人狀,直憯悽惏慄,清涼增欷,清清泠泠,愈病析酲[21],發明耳目,寧體便人[22]。此所謂大王之雄風也。"

　　王曰:"善哉論事! 夫庶人之風,豈可聞乎?"宋玉對曰:"夫庶人之風,塕然起於窮巷之間[23],堀堁揚塵[24];勃鬱煩冤,衝孔襲門;動沙堁,吹死灰,駭溷濁,揚腐餘[25],邪薄入甕牖,至於室廬[26]。故其風中人狀,直憯悽惏慄,心中慘怛,生病造熱[28],中唇爲胗,得目爲蔑[29],啗齰嗽獲,死生不卒[30]。此所謂庶人之雌風也。"

《文選》

【校注】

[1]楚襄王:即楚頃襄王,名橫,前298—前262年在位。見《史記·楚世家》。楚王冶游之處,在郢都以東,漢北雲夢之西。景差:楚大夫,《漢書·古今人表》做"景瑳"。"差"爲"瑳"之省借。　　[2]颯(sà 薩):風聲。　　[3]廼(nǎi 乃):同"乃",於是。　　[4]溥(pǔ 普):普遍。暢:順暢。　　[5]枳(zhǐ 止):一種落葉小喬木,也稱枸橘,枝條彎曲,有刺。句(gōu 勾):彎曲。來:招致。空穴:孔穴。　　[6]託者:依託之物或憑藉的條件。然:如此。　　[7]蘋:浮萍。末:這裏指浮萍的葉尖。　　[8]侵淫:逐漸而進。土囊:洞穴。緣:沿着。泰山:大山。泰,通"太"。阿:山曲。　　[9]溯(píng 平)滂(pāng 乓):風擊物聲。激颺(yáng 羊):鼓動疾飛。熛(biāo 標)怒:形容風勢猛如烈火。熛,火勢飛揚。　　[10]耾(hóng 宏)耾:風聲。雷聲:言風聲如雷。迴穴:風向不定,疾速迴蕩。錯迕(wǔ 午):盤旋錯雜貌。　　[11]蹶(guì 桂):撼動。伐木:指摧斷樹木。梢殺:指毀傷草木。莽:草叢。　　[12]被麗、披離:皆聯綿詞,四散的樣子。孔:小洞。楗(jiàn 建):門栓。　　[13]眴(xuàn 炫)煥、粲爛:皆聯綿詞,色彩鮮明的樣子。

[14]飄:飄蕩、飛揚。舉:升起。乘凌:上升。乘,升。　　[15]邸:通"抵",觸。振:搖動、震盪。　　[16]精:通"菁",即華(花)。獵:通"躐",踐踏,此處爲吹掠之意。離:經歷。《史記·蘇秦列傳》張守節《正義》:"離,歷也。"秦衡:原產於秦地(今天水一帶)的一種杜衡。　　[17]概:刮平,此處爲吹平意。新夷:即辛夷,香木名。被:覆蓋,此處爲掠過之意。荑(tí 提)楊:初生的楊樹。　　[18]迴穴衝陵:迴旋於洞穴之中,衝激於陵陸之上。蕭條衆芳:使各種香花香草凋零衰敗。蕭條,此處用爲動詞。　　[19]倘(cháng 常)佯(yáng 羊):猶徘徊。中庭:庭院之中。玉堂:玉飾的殿堂,亦爲殿堂之美稱。　　[20]躋(jī 擊):升。洞房:深邃的內室。　　[21]清清泠(líng 鈴)泠:清凉貌。愈病:治好病。析酲(chéng 呈):解酒。酲,病酒,酒後困倦眩暈的狀態。　　[22]發明耳目:使耳目清明。發,開。明,使之明亮。寧體便人:使人身體安寧舒適。　　[23]塕(wěng 翁上聲)然:風

忽然而起的樣子。　　　［24］堀（kū 枯）：衝起。堁（kè 克）：塵埃。　　　［25］駭：驚起。此處爲攪動之意。溷濁：指汙穢骯髒之物。溷，同“混”。腐餘：腐爛的垃圾。［26］邪薄：指風從旁侵入。邪，通“斜”。薄，迫近。甕（wèng 翁去聲）牖（yǒu 有）：在土墻上挖一個圓孔鑲入破甕做成的窗戶。甕，一種圓底圓口的陶制容器。牖，窗戶。廬：草屋。　　　［27］中（zhòng 衆）人：吹到人身上。狀：狀況，樣子。憝（duì 對）：惡。溷：亂。鬱邑：憂悶。毆溫致濕：驅來溫濕之氣，使人得濕病。毆，同“驅”。　　　［28］慘怛（dá 答）：憂傷。造熱：得熱病。　　　［29］中（zhòng 衆）脣：吹到人的口脣上。胗（zhěn 枕）：脣上長的瘡。蔑：通“瞑（miè 滅）”，眼角紅腫的病。　　　［30］啗（dàn 旦）齰（zé 責）嗽獲：中風後口動的樣子。啗，吃。齰，嚼。嗽，吸吮。獲：通“嚄（huò 獲）”，大叫。死生不卒：不死不活。此言中風後的狀態。生，活下來，指病癒。

【集評】

　　（南朝梁）劉勰《文心雕龍·詮賦》：“於是荀況《禮》、《智》，宋玉《風》、《釣》，爰錫名號，與詩畫境，六義附庸，蔚成大國。述客主以首引，極聲貌以窮文。斯蓋別詩之原始，命賦之厥初也。”

　　（明）胡應麟《詩藪·雜編》卷一：“宋玉賦《高唐》、《神女》、《登徒》及《風》，皆妙絕今古。”

荆　軻

【作者簡介】

　　荆軻，戰國末年衛人。其先爲齊人，徙於衛，衛人稱之爲慶卿，好讀書擊劍，以術說衛元君，未被用。至燕國，燕人稱之爲荆卿。與人論劍、博戲，人怒叱之，而荆軻不與争。與狗屠高漸離及處士田光友善。秦王政二十年（前226），受燕太子丹之請西行刺秦王，未成，被秦王殺死。事見《戰國策·燕策三》、《燕丹子》和《史記·刺客列傳》。

易 水 歌

【題解】

《戰國策·燕策三》載,燕太子丹通過田光卑辭請荆軻刺秦王以復仇存燕。荆軻西行,燕太子丹及賓客知其事者白衣冠送之。至易水上,高漸離擊筑,"荆軻和而歌,爲變徵之聲,士皆垂淚涕泣。又前而爲歌曰"云云。

風蕭蕭兮易水寒[1],壯士一去兮不復還!

《戰國策·燕策三》

【校注】

[1]蕭蕭:風聲。易水:在河北省西部,源出易縣境,入南距馬河。當戰國時燕國西南邊境。

【集評】

(明)胡應麟《詩藪·内編》卷三:"《易水歌》僅十數言,而淒婉激烈,風骨情景,種種具備。亘千載下,復欲二語不可得。"

(清)張玉穀《古詩賞析》卷二:"竟説一去不還,壯在此,悲也在此。全妙在上句寫景,助得聲勢起,故讀之愈覺悲壯。"

採用底本目録

卜辭通纂　郭沫若編　科學出版社 1982 年版

殷文存　羅振玉編　上海倉聖明智大學 1917 年影印本

毛詩正義　（漢）毛公傳　（漢）鄭玄箋　（唐）孔穎達正義　中華書局 1980 年
　　影印清阮元刻《十三經注疏》本

尚書今古文注疏　（清）孫星衍注疏　陳抗、盛冬鈴點校　中華書局 1986 年版

春秋左傳注　楊伯峻注　中華書局 1981 年版

國語集解　（清）徐元誥集解　中華書局 2000 年版

戰國策　（漢）高誘注　（宋）姚宏補注　清黄丕烈《士禮居叢書》影刻宋本

老子校釋　朱謙之校釋　中華書局 1984 年版

論語譯注　楊伯峻譯注　中華書局 1980 年版

墨子校注　吳毓江校注　中華書局 1993 年版

孟子譯注　楊伯峻譯注　中華書局 1960 年版

莊子集釋　（清）郭慶藩撰　王孝魚點校　中華書局 1961 年版

荀子集解　（清）王先謙撰　沈嘯寰、王星賢點校　中華書局 1986 年版

韓非子集解　（清）王先慎撰　鍾哲點校　中華書局 1998 年版

説苑校證　向宗魯校證　中華書局 1987 年版

楚辭補注　（漢）王逸章句　（宋）洪興祖補注　白化文等點校　中華書局 1983
　　年版

文選六十卷　（南朝梁）蕭統編　（唐）李善注　中華書局 1977 年影印清嘉慶十
　　四年(1809)胡克家刻本

參考書目

十三經注疏　（清）阮元校輯刻　中華書局 1980 年影印本
　周易正義　（魏）王弼、韓康伯注　（唐）孔穎達等正義
　尚書正義　（漢）孔安國傳　（唐）孔穎達等正義
　毛詩正義　（漢）毛亨傳　（漢）鄭玄箋　（唐）孔穎達等正義
　周禮注疏　（漢）鄭玄注　（唐）賈公彥疏
　儀禮注疏　（漢）鄭玄注　（唐）賈公彥疏
　禮記正義　（漢）鄭玄注　（唐）孔穎達等正義
　春秋左傳正義　（晉）杜預注　（唐）孔穎達等正義
　春秋公羊傳注疏　（漢）何休注　（唐）徐彥疏
　春秋穀梁傳注疏　（晉）范甯注　（唐）楊士勳疏
　論語注疏　（魏）何晏等注　（宋）邢昺疏
　孝經注疏　（唐）李隆基注　（宋）邢昺疏
　爾雅注疏　（晉）郭璞注　（宋）邢昺疏
　孟子注疏　（漢）趙岐注　（宋）孫奭疏
山海經校注　袁珂校注　上海古籍出版社 1980 年版
尚書正讀　曾運乾著　中華書局 1964 年版
白話尚書　周秉鈞譯　岳麓書社 1990 年版
逸周書彙校集注　黃懷信等集注　上海古籍出版社 1995 年版
尚書學史　劉起釪著　中華書局 1989 年版
周易本義　（宋）朱熹撰　中國書店 1987 年影印本
周易古經今注（重訂本）　高亨注　中華書局 1984 年版
周易大傳今注　高亨注　齊魯書社 1979 年版
周易譯注　黃壽祺、張善文譯注　上海古籍出版社 1989 年版
詩集傳　（宋）朱熹撰　上海古籍出版社 1980 年點校本
詩經原始　（清）方玉潤撰　李先耕點校　中華書局 1986 年點校本
詩經注析　程俊英、蔣見元注　中華書局 1991 年版
詩經選　余冠英選譯　人民文學出版社 1958 年版
詩三百解題　陳子展著　復旦大學出版社 2001 年版
老子新譯（修訂本）　任繼愈譯　上海古籍出版社 1985 年版
論語疏證　楊樹達疏證　上海古籍出版社 1985 年版
論語集釋　程樹德集釋　中華書局《新編諸子集成》本

左傳紀事本末　（清）高士奇撰　中華書局 1979 年版

左傳國策研究　郭丹著　人民文學出版社 2002 年版

國語　（三國吳）韋昭注　上海古籍出版社 1978 年版

國語譯注辨析　董立章譯注　暨南大學出版社 1995 年版

墨子閒詁　（清）孫詒讓撰　孫以楷點校　中華書局 1986 年版

孟子正義　（清）焦循撰　沈文倬點校　中華書局《新編諸子集成》本

莊子淺注　曹礎基注　中華書局 1982 年版

莊子今注今譯　陳鼓應注譯　中華書局 1983 年版

楚辭集注　（宋）朱熹撰　上海古籍出版社 1979 年版

山帶閣注楚辭　（清）蔣驥撰　上海古籍出版社 1984 年版

屈原賦校注　姜亮夫校注　人民文學出版社 1958 年版

屈原集校注　金開誠、董洪利、高路明校注　中華書局 1996 年版

屈賦新探　湯炳正著　齊魯書社 1984 年版

晏子春秋集釋　吳則虞集釋　中華書局《新編諸子集成》本

呂氏春秋集釋　楊寬、沈延國集釋　中華書局《新編諸子集成》本

荀子選注　方孝博撰　人民文學出版社 1958 年版

韓非子選　王煥鑣選注　上海人民出版社 1974 年版

戰國策集注彙考　諸祖耿集注　江蘇古籍出版社 1985 年版

戰國策新校注　繆文遠校注　巴蜀書社 1998 年版

戰國策注釋　何建章注　中華書局 1990 年版

先秦文　聶石樵等選注　河北教育出版社 2001 年版

先秦寓言選　藍開祥、胡大浚選注　人民文學出版社 1983 年版

第二編
秦漢文學

秦始皇時民歌

【作者簡介】

　　這首民歌最早見於楊泉《物理論》,據《隋書·經籍志》子部著録,楊泉乃晉人,著有《物理論》十六卷、《大元經》十四卷。《水經注·河水》引楊泉《物理論》曰:"秦始皇使蒙恬築長城,死者相屬,民歌曰(略)。其冤痛如此矣。"據此推斷,這首民歌所反映的是秦時修築長城的情況。

【題解】

　　秦始皇使蒙恬北築長城以抵禦匈奴。賈誼《過秦論》説:"乃使蒙恬北築長城而守蕃籬,卻匈奴七百餘里,胡人不敢南下而牧馬,士不敢彎弓而報怨。"長城的修築,保衛了國土的安全,但以其工程浩大,也給人民帶來沉重的負擔。歷代有關長城的故事傳説、歌謠賦頌,不絕如縷,影響深遠。《玉臺新詠》載陳琳《飲馬長城窟行》:"生男慎莫舉,生女哺用脯。君獨不見長城下,死人骸骨相撐拄。"杜甫《兵車行》:"信知生男惡,反是生女好;生女猶得嫁比鄰,生男埋没隨百草。"無不脱胎於這首民歌。就詩歌形式而言,全詩五言四句,韻律和諧。儘管不能排除有後人加工潤色的可能,其對後來五言詩發展的影響似也不可忽略。

　　　生男慎勿舉[1],生女哺用餔[2]。不見長城下,屍骸相支柱[3]。

　　　　　　　　　　　　　　　　　　　　　　　　　　《水經注·河水》

【校注】

[1]舉:撫育。　　　[2]餔:這裏泛指食物。一作"脯",肉乾。　　　[3]支柱:支撐。《意林》作"撐拄"。一作"根拄"。

呂不韋

【作者簡介】

呂不韋，陽翟（今河南禹縣）人，一説濮陽（今屬河南）人。據《史記·呂不韋列傳》及《戰國策·秦策》，不韋爲賈於邯鄲，聞秦王孫異人（或作子異、子楚）質於趙，謂“此奇貨可居”，往見，説之。自西游於秦，説華陽夫人，異人乃得立爲嫡嗣。又以舞姬獻於異人，時姬已懷孕，生子，即秦王政。異人繼位，是爲莊襄王，元年（前249）以不韋爲丞相，封文信侯，食河南洛陽十萬户。秦王政元年（前246）爲相國，號稱仲父。權勢煊赫，門下士三千人，不韋使著其所聞，爲論二十餘萬言，秦王政八年，書成，號《呂氏春秋》，懸於咸陽城門，稱能增損一字者予千金。秦王政十年，免相國，歲餘，徙蜀。十二年自殺，年約六十。

察　　今

【題解】

本篇選自《呂氏春秋·慎大覽》。《呂氏春秋》又稱《呂覽》，《漢書·藝文志》諸子略雜家類著録二十六篇，并注：“秦相呂不韋輯智略士作。”分十二紀、八覽、六論，十二紀下另設子目六十一個，八覽下另設子目六十三個，六論下另設子目三十六個，共一百六十篇。各篇的字數大體相同，其編排也比較整齊。全書包容儒、道、名、法等諸家思想，“備天地萬物古今之事”（《史記·呂不韋列傳》），歷來被視爲“雜家”。在一定程度上，稱此書爲中國歷史上第一部諸子思想的類書也不爲過，因爲它幾乎涉及《漢書·藝文志》“諸子略”所述及的絶大部分内容。其書結構完整，多用寓言故事説理。本篇通過一些寓言，論述了根據不同時勢，採取不同對策的重要性，深刻闡釋了“世易時移，變法宜矣”的基本原理，本篇取名《察今》，意義就在這裏。

上胡不法先王之法[1]？非不賢也，爲其不可得而法。先王之法，經乎上世而來者也，人或益之[2]，人或損之[3]，胡可得而法？雖人弗損益，猶若不可得而法。東、夏之命[4]，古今之法，言異而典殊，故古之命多不通乎今之言者[5]，今之法多不合乎古之法者。殊俗之民，有似於此。其所爲欲同，其所爲欲異。口惛之命不愉[6]，若舟車衣冠滋味聲色之不同，人以自是，反以相誹。天下之學者多辯，言利辭倒[7]，不求其實，務以相毀，以勝爲故[3]。先王之法，胡可得而法？雖可得，猶若不可法。凡先王之法，有要於時也[9]，時不與法俱至。法雖今而至，猶若不可法[10]。故擇先王之成法，而法其所以爲法。先王之所以爲法者何也？先王之所以爲法者人也。而己亦人也，故察己則可以知人，察今則可以知古，古今一也，人與我同耳。有道之士，貴以近知遠，以今知古，以益所見，知所不見。故審堂下之陰[11]，而知日月之行、陰陽之變；見瓶水之冰，而知天下之寒、魚鼈之藏也；嘗一脟肉[12]，而知一鑊之味[13]、一鼎之調。

　　荆人欲襲宋，使人先表澭水[14]。澭水暴益，荆人弗知，循表而夜涉，溺死者千有餘人，軍驚而壞都舍。嚮其先表之時可導也[15]，今水已變而益多矣，荆人尚猶循表而導之，此其所以敗也。今世之主，法先王之法也，有似於此。其時已與先王之法虧矣[16]，而曰“此先王之法也”而法之以爲治，豈不悲哉？故治國無法則亂，守法而弗變則悖，悖亂不可以持國。世易時移，變法宜矣。譬之若良醫，病萬變，藥亦萬變。病變而藥不變，嚮之壽民，今爲殤子矣[17]。故凡舉事必循法以動，變法者因時而化。若此論則無過務矣[18]。

　　夫不敢議法者，衆庶也[19]；以死守者，有司也[20]；因時變法者，賢主也。是故有天下七十一聖，其法皆不同，非務相反也，時勢異也。故曰良劍期乎斷，不期乎鏌鋣[21]；良馬期乎千里，不期乎驥驁[22]。夫成功名者，此先王之千里也。楚人有涉江者，其劍自舟中墜於水，遽契其舟曰[23]：“是吾劍之所從墜。”舟止，從其所契者入水求之。舟已行矣，而劍不行，求劍若此，不亦惑乎？以此故法爲其國與此同[24]。時已徙矣，而法不徙，以此爲治，豈不難哉？有過於江上者，見人方引嬰兒而欲投之江中，嬰兒啼，人問其故，曰：“此其父善游。”其父雖善游，其子豈遽善游哉？此任物亦必悖矣[25]。荆國之爲政，有似於此。

《呂氏春秋校釋》卷一五《慎大覽》

【校注】

[1]胡：何。　　[2]益：“溢”的本字，指水從器皿中溢出，引申爲增多、增長。

[3]損：減少。《老子》：“爲學日益，爲道日損。”　　[4]東、夏：高誘注以爲東方，

陳奇猷則認爲“東”乃“夷”字之誤。夷指東夷，夏指中原。命：令。　　　[5]命：名。謂古之名物與今之言語不同。　　　[6]口慉之命不愉：楊樹達以爲“口慉”即“口吻”。當指方言。愉，讀爲諭，明白。謂不同民衆發出的音聲不同，彼此不明白。　　　[7]辭倒：陳奇猷認爲“倒”即“巧”。辭倒即辭巧，與言利相對應。疑是。[8]故：事。　　　[9]要於時：爲時代所需要。　　　[10]“法雖”兩句：意謂古人之法雖流傳至今，依然不能簡單效法。　　　[11]陰：日影。　　　[12]胳（luán 孿）：同“臠”，切成塊的肉。　　　[13]鑊（huò 獲）：無足的鼎。　　　[14]表：以木爲杆作爲標記。　　　[15]嚮：從前、舊時。導：引，引人涉水。　　　[16]虧：王念孫釋爲“詭”。詭，異。　　　[17]殤子：未成年而死的人。　　　[18]務：猶事。　　　[19]衆庶：百姓。　　　[20]以死守者：即以死守法的人。有司：即官吏。　　　[21]鏌（mò 莫）鋣（yé 爺）：良劍。　　　[22]驥驁（áo 熬）：駿馬。　　　[23]遽：迅疾。契：刻。[24]爲：治理。　　　[25]任：用。

【集評】

　　（清）《四庫全書總目·呂氏春秋》提要：“不韋固小人，而是書較諸子之言獨爲醇正，大抵以儒爲主，而參以道家、墨家，故多引六籍之文與孔子、曾子之言。其他如論音則引《樂記》，論鑄劍則引《考工記》，雖不著篇名，而其文可案。所引《莊》、《列》之言，皆不取其放誕恣肆者；墨翟之言，不取其《非儒》、《明鬼》者。而縱橫之術、刑名之説，一無及焉。其持論頗爲不苟。論者鄙其爲人，因不甚重其書，非公論也。”

李　斯

【作者簡介】

　　李斯（？—前208），楚上蔡（今屬河南）人。青年時曾爲郡小吏，與韓非一起師從荀卿學帝王之術而自以爲不如。學成至秦，初爲呂不韋舍人，任爲郎。後爲秦王獻計，東併六國，拜爲長史、客卿。秦王政十年（前237），呂不韋免相，秦宗室大臣議決驅逐客卿，李斯亦在其中。李斯以此而上《諫逐客書》，秦王從之。公元前221年，秦始皇統一中國後，李斯任丞相，力主廢分封、立郡縣，焚《詩》《書》、同文書,制定法律,禁止私學。秦始皇死,李斯、趙高秘不發喪,僞作遺詔誅殺公子扶蘇、大將蒙恬,並立少子胡亥,是爲秦二世皇帝。秦二世信用趙高,誅戮大臣。李斯阿世逢迎,卒爲趙高所陷,二年(前208)被腰斬於咸陽。《史記》卷八七有傳。

諫逐客書

【題解】

　　《諫逐客書》是李斯在秦國作客卿時給秦王的奏章。據《史記》記載,韓國水工鄭國游説秦國,向秦王建議修築水渠。修築水渠雖然對農業有利,卻對秦國的政治軍事造成不利,這是韓國削弱秦國國力,"毋令東伐"之計。秦國後來察覺了,許多宗室大臣認爲,這些説客來秦國,唯一的目的就是爲本國謀利。秦王接受了大臣的建議,下令驅逐一切游士。李斯聞訊後,寫下這篇著名的奏章。文章從秦繆公求士寫起,寫到秦孝公用商鞅,秦惠公用張儀,秦昭王用范雎等,反復闡述了客卿游秦給國家帶來的各種好處。文章最後尖鋭地指出,倘若此時逐客,正中其他諸侯國的下懷,既給百姓帶來損害,又會增加人們對秦國的仇恨,結果"内自虛而外樹怨於諸侯,求國無危,不可得也"。文章列舉事實,推理嚴密,曉以利害,動以情理,秦王被深深打動,於是收回逐客令,恢復李斯的官位。這篇文章除《史記》收録外,還見載於《文選》卷三十九,題曰《上書秦始皇》,文字略有異同。

　　臣聞吏議逐客[1],竊以爲過矣。昔繆公求士[2],西取由余於戎[3],東得百里奚於宛[4],迎蹇叔於宋[5],來丕豹、公孫支於晉[6]。此五子者,不産於秦,而繆公用之,并國二十,遂霸西戎[7]。孝公用商鞅之法[8],移風易俗,民以殷盛,國以富彊,百姓樂用,諸侯親服,獲楚、魏之師[9],舉地千里,至今治彊。惠王用張儀之計[10],拔三川之地[11],西并巴、蜀[12],北收上郡[13],南取漢中[14],包九夷[15],制鄢、郢[16],東據成皋之險[17],割膏腴之壤[18],遂散六國之從[19],使之西面事秦,功施到今[20]。昭王得范雎[21],廢穰侯,逐華陽[22],彊公室[23],杜私門[24],蠶食諸侯,使秦成帝業。此四君者[25],皆以客之功。由此觀之,客何負於秦哉[26]！向使四君卻客而不内[27],疏士而不用[28],是使國無富利之實而秦無彊大之名也。

【校注】

[1]吏議逐客:指當時宗室大臣上書要求驅逐客卿的事。　　[2]繆公:即春秋五霸之一的秦穆公,前659至前621年在位,爲秦始皇的十九代祖。　　[3]由余:本晉人,後在西戎任職。曾作爲西戎使者到秦國。秦穆公離間由余與西戎王的關係,迫使由余投奔秦國。穆公用由余之計討伐西戎。　　[4]百里奚:春秋時虞國大夫。晉滅虞後被俘,作爲陪嫁的臣僕送到秦國。後又逃到宛地,被楚人俘獲。秦穆公知道他有才幹,就用五張公羊皮把他贖回,任爲大夫,號五羖大夫。

[5]蹇叔:本岐州(今屬陝西)人,游宦於宋。百里奚把他推薦給秦穆公,穆公厚幣迎之於宋,以爲上大夫。　　[6]丕豹:晉國大臣丕鄭之子。其父爲晉君所殺,丕豹逃到秦國。公孫支:即秦大夫子桑。本岐州人,游宦於晉,由晉入秦。

[7]并國二十:《文選》卷三十九作“三十”。這句是説聽從了上述五人的建議,逐漸吞併了二十來個西部少數民族部落,稱霸一方。　　[8]商鞅:戰國時衛人,姓公孫氏,名鞅。因封於商,又名商鞅。少學刑名之學,入秦爲相,勸秦孝公推行變法,重耕備戰,使秦國强盛。　　[9]獲楚、魏之師:秦孝公二十二年(前340),商鞅大敗魏軍,俘獲魏公子卬。　　[10]張儀:戰國時魏人,秦惠王時爲秦相,以連橫計策破解六國合縱同盟。　　[11]三川:指韓國境内的黄河、洛水、伊水。據《史記》記載,攻取三川已是秦武王時事,當時張儀已死。此云惠王用張儀計拔三川,疑誤。《史記索隱》以爲“三川是儀先請伐故也”。　　[12]西并巴、蜀:秦惠王八年,張儀復爲相。司馬錯請伐蜀,蜀遂被滅。　　[13]上郡:在今陝西西北,當時屬魏。惠王十年,魏納上郡十五縣與秦。　　[14]漢中:在今陝西南部,當時爲楚地。惠王十三年,攻取漢中,佔地六百里。　　[15]九夷:指當時散居在楚國境内的少數民族。　　[16]鄢、郢:鄢,在今湖北宜城。郢,在今湖北荆州。

[17]成皋:在今河南境内。又名虎牢。　　[18]膏腴之壤:肥沃的土地。

[19]六國之從:六國指韓、魏、燕、趙、齊、楚。當時這六個國家聯盟抗秦,稱爲合縱。從,通“縱”。　　[20]施(yì意):延續。　　[21]范睢:魏人,相秦,封應侯。倡導遠攻近交策略,蠶食列國。　　[22]穰(rǎng 嚷)侯:魏冉。秦昭王母宣太后異父弟,曾爲秦相,封於穰邑,故稱穰侯。華陽:名羋戎,宣太后同父弟,封於華陽,故稱華陽君。二人憑藉其爲昭王母宣太后之弟的關係專横跋扈。秦昭王聽從范睢計謀,廢黜宣太后,罷免穰侯相位,驅逐華陽君出關。　　[23]公室:王室。

[24]杜:塞。　　[25]四君:即秦穆公、孝公、惠王、昭王。　　[26]負:猶累。

[27]向使:當初假如。卻:拒絶。内:通“納”。　　[28]疏:疏遠關係。

　　今陛下致崑山之玉[1],有隨、和之寶[2],垂明月之珠,服太阿之劍[3]，乘纖離之馬[4]，建翠鳳之旗[5]，樹靈鼉之鼓[6]。此數寶者，秦不生一焉，而陛下說之，何也？必秦國之所生然後可，則是夜光之璧不飾朝廷，犀象之器不爲玩好[7]，鄭、衛之女，不充後宮，而駿良駃騠[8]，不實外廄[9]，江南金錫不爲用，西蜀丹青不爲采[10]。所以飾後宮、充下陳[11]、娛心意、說耳目者，必出於秦然後可，則是宛珠之簪[12]、傅璣之珥[13]、阿縞之衣[14]、錦繡之飾不進於前，而隨俗雅化[15]、佳冶窈窕趙女不立於側也。夫擊甕叩缶[16]，彈箏搏髀[17]，而歌呼嗚嗚快耳者，真秦之聲也；《鄭》、《衛》、《桑間》[18]、《昭》、《虞》、《武》、《象》者[19]，異國之樂也。今棄擊甕叩缶而就《鄭》、《衛》，退彈箏而取《昭》、《虞》，若是者何也？快意當前，適觀而已矣[20]。今取人則不然。不問可否，不論曲直，非秦者去，爲客者逐。然則是所重者在乎色樂珠玉，而所輕者在乎人民也。此非所以跨海內制諸侯之術也。

　　臣聞地廣者粟多，國大者人衆，兵彊則士勇。是以太山不讓土壤[21]，故能成其大；河海不擇細流[22]，故能就其深；王者不卻衆庶[23]，故能明其德。是以地無四方，民無異國、四時充美，鬼神降福，此五帝、三王之所以無敵也[24]。今乃棄黔首以資敵國[25]，卻賓客以業諸侯[26]，使天下之士退而不敢西向，裹足不入秦，此所謂"藉寇兵而齎盜糧"者也[27]。

　　夫物不產於秦，可寶者多；士不產於秦，而願忠者衆。今逐客以資敵國，損民以益讎[28]，內自虛而外樹怨於諸侯，求國無危，不可得也。

《史記》卷八七《李斯列傳》

【校注】

[1]崑山：崑崙山的簡稱，其北麓和闐以出產美玉聞名。　　[2]隨、和之寶：隨，指隨珠。《淮南子》、《說苑》等書記載，隨侯在路上遇到一條被斷爲兩截的大蛇，讓人用藥敷治。後來，該蛇銜來一顆明珠作爲報答，因號曰隨珠。和，指和氏璧。《韓非子》、《風俗通義》等書記載，楚武王時，和氏（一作卞和）在山中得到一塊璞玉進獻朝廷。武王命玉工查驗，以爲是石，武王怒卞和欺詐，便砍斷卞和左腳。楚文王即位，卞和又獻玉，又以欺詐罪被砍斷右腳。卞和悲痛寶玉無人賞識，終日哭泣。楚成王即位後，就叫玉人鑿去璞玉的石質，果然得到寶三，遂名曰"和氏璧"。

[3]太阿之劍：古代著名寶劍。《越絕書》記載，楚王命歐冶子、干將製作寶劍，一曰干將，二曰莫邪，三曰太阿。　　[4]纖離：駿馬名。　　[5]翠鳳之旗：用翠鳳羽毛作爲裝飾的旗幟。　　[6]靈鼉(tuó 駝)之鼓：鼉，《文選》作"鱓"，即今天所説的揚子鰐。據説用鼉皮蒙成的鼓，鼓聲宏大。　　[7]犀象之器：犀角和象牙製成的器具。　　[8]駃(jué 決)騠(tí 題)：古代名馬。　　[9]外廏(jiù 就)：馬棚。　　[10]丹青：即丹砂、青臒(huò 或)，是繪畫的兩種顏料，出於西蜀地區。[11]下陳：古代殿堂下站列婢妾之地。　　[12]宛珠之簪：用宛珠裝飾的頭簪。宛珠，小珠。又一説，宛地産珠，故稱宛珠。　　[13]傅璣之珥：用珠玉裝飾的耳環。傅，通"附"。珥，即耳環。　　[14]阿縞(gǎo 搞)：白色的絲織品。又一説，阿指東阿，盛産繒帛，故名阿縞。　　[15]隨俗雅化：李善注曰："閑雅變化而能隨俗也。"　　[16]擊甕叩缶：甕，汲水的瓦罐。缶，瓦器。秦人鼓之以爲節奏。　　[17]搏髀(bì 必)：唱歌時擊打大腿應和節拍。搏，擊打。髀，腿股。[18]《鄭》、《衛》、《桑間》：指鄭國和衛國一帶的音樂。桑間，即今河南濮陽地區。相傳衛國男女常在濮水上歡會歌唱，故《禮記》説"鄭衛之音，亂世之音也"，"桑間濮上之音，亡國之音也"。　　[19]《昭》、《虞》、《武》、《象》：昭，通"韶"。舜樂曰《簫》、《韶》。周樂曰《武》、《象》。　　[20]適觀：適於觀聽。　　[21]太山：即泰山。讓：辭讓、拒絶。　　[22]擇：挑選。　　[23]衆庶：百姓。　　[24]五帝、三王：《史記·五帝本紀》指黃帝、顓頊、帝嚳、唐堯、虞舜爲五帝。夏、商、周三代創始之王，即夏禹、商湯、周文王武王爲三王。　　[25]黔首：即人民。黔，黑。資：供給。　　[26]業諸侯：使諸侯成就霸業。　　[27]藉寇兵而齎(jī 機)盜糧：給敵人提供武器和糧食。藉，借。齎，贈送。　　[28]損民以益讎：減少本國民衆數量而增加敵國力量。讎，通"仇"。

【集評】

　　(宋)李塗《文章精義》："李斯《上秦始皇書論逐客》，起句即見事實，最妙；中間論物不出於秦而秦用之，獨人才不出於秦而秦不用，反覆議論，痛快，深得作文之法，未易以人廢言也。"

　　(清)吴楚材、吴調侯《古文觀止》卷四："此先秦古書也。中間兩三節，一反一覆，一起一伏，略加轉換數个字，而精神愈出、意思愈明、無限曲折變態，誰謂文章之妙，不在虛字助辭乎？"

嶧山刻石

【題解】

　　秦代石刻,根據《史記·秦始皇本紀》記載總共有七處:二十八年嶧山刻石、泰山刻石、琅邪刻石;二十九年之罘刻石、東觀刻石;三十二年碣石刻石;三十七年會稽刻石。但《史記》僅記載了嶧山以外六種的全文,嶧山刻石未見收録。宋初徐鉉有臨摹本,《古文苑》卷一亦有收録。諸家釋文時有差異。根據《漢書·藝文志·六藝略》著録《奏事》二十篇,班固注:"秦時大臣奏事,及刻石名山文也。"姚振宗《漢書藝文志條理》認爲,嚴可均輯《全秦文》有王綰、李斯、公子高、周青臣、淳于越及諸儒生群臣議凡十五篇。"李斯《獄中上書》云:'更剋畫,平斗斛度量,文章布之天下,以樹秦之名。'則刻石名山文,當斯手筆也。"這些石刻文字,文詞簡古,韻律嚴整,可見當時頌美文章之體制風格。

　　皇帝立國[1],維初在昔[2],嗣世稱王[3]。討伐亂逆,威動四極[4],武義直方[5]。戎臣奉詔[6],經時不久,滅六暴強[7]。廿有六年,上薦高號[8],孝道顯明。既獻泰成[9],乃降專惠[10],親巡遠方[11]。登于繹山[12],群臣從者,咸思攸長[13]。追念亂世,分土建邦[14],以開爭理[15]。功戰日作[16],流血於野,自泰古始[17]。世無萬數,陀及五帝[18],莫能禁止。廼今皇帝[19],壹家天下[20],兵不復起。災害滅除,黔首康定[21],利澤長久。群臣誦略[22],刻此樂石[23],以著經紀[24]。

《古文苑》卷一

【校注】

[1]皇帝:秦王嬴政二十六年(前221)統一中國後,採上古"帝"位號,稱曰"皇帝"。見《史記·秦始皇本紀》。　　[2]維初:最早。在昔:從前、往昔。　　[3]嗣世:繼位。按:公元前247年,秦莊襄王死,其子繼位,是爲秦王政。　　[4]四極:四方。　　[5]武義直方:武義,即武事。直方,公正端方。意爲出師有名。　　[6]戎臣:武臣。　　[7]滅六暴強:平定六國。　　[8]號:指帝號。《史記·秦始皇本紀》載,李斯等人上書議帝號説"古有天皇,有地皇,有泰皇"。秦王"去'泰',著'皇',采上古'帝'位號,號曰'皇帝'"。　　[9]既獻泰成:登基後告成於天。[10]專惠:流佈恩惠。專,"敷"的古字,分佈、散佈。　　[11]親:《金石萃編》作"窺"。《説文》:"窺,至也。"　　[12]繹山:即嶧山,在今山東鄒城。　　[13]咸

思攸長：都思緒綿長。《説文》：“攸，行水也。”　　　[14]分土建邦：邦指古代諸侯的封國，後來泛指國家。這句是説東周列國紛紛擴充地盤，争雄天下。　　　[15]以開争理：挑起争端。　　　[16]功：通“攻”。作：起。　　　[17]泰古：上古、遠古。[18]阤：同“他”。五帝：《史記·五帝本紀》指黄帝、顓頊、帝嚳、唐堯、虞舜。[19]迺今：如今、而今。　　　[20]壹家天下：以天下爲一家，即統一天下的意思。[21]黔首：秦始皇統一中國後，統稱民曰“黔首”。　　　[22]誦略：頌揚功略。《史記·秦始皇本紀》：“群臣誦功，請刻於石。”　　　[23]刻此樂石：此，唐顔師古《匡謬正俗》卷八引作“兹”。顔氏又引《説文》：“磬，樂石也。”據《禹貢》，泗水之濱有石可以爲磬，嶧山刻石即用此磬石刻字。故樂石即是磬石。依此，樂，讀如閲字。[24]經紀：綱常、法度。

【集評】

　　（南朝梁）劉勰《文心雕龍·封禪》：“秦皇銘岱，文自李斯，法家辭氣，體乏弘潤；然疏而能壯，亦彼時之絶采也。”

　　（宋）趙明誠《金石録》卷十三：“右《秦嶧山刻石》者，鄭文寶得其摹本於徐鉉，刻石置之長安，此本是也。唐封演《聞見記》載此碑云：‘後魏太武帝登山，使人排倒之，然而歷代摹拓之，以爲楷則。邑人疲於供命，聚薪其下，因野火焚之，由是殘缺，不堪摹寫，然猶求者不已。有縣宰取舊文勒於石碑之上，置之縣廨。今人間有《嶧山碑》者，皆是新刻之本。’而杜甫詩直以爲‘棗木傳刻’者，豈又有别本歟？案《史記·本紀》：‘二十八年，始皇東行郡縣，上鄒嶧山，立石，與魯諸儒生議刻石頌秦德。’而其頌詩不載。其他始皇登名山凡六刻石，《史記》皆具載其詞，而獨遺此文，何哉？然其文詞簡古，非秦人不能爲也。秦時文字見於今者少，此雖傳摹之餘，然亦自可貴云。”

鄒　陽

【作者簡介】

　　鄒陽，齊人。初仕吳王劉濞，與莊忌、枚乘等人以文辯著名於當時。吳王劉濞蓄意謀反，鄒陽上書諫阻，吳王不予採納。於是鄒陽、枚乘、莊忌等辭行，去梁國作梁孝王的幕僚。鄒陽到梁國後，與羊勝、公孫詭等不合，羊勝等在梁孝王前進讒言,梁孝王於是把鄒陽投入獄中欲置之死地。鄒陽在獄中上書梁孝王,文辭委婉而雄辯。梁王看到上書後立即釋放了鄒陽,並延爲上客。後來羊勝、公孫詭想讓梁王爭作皇儲,鄒陽認爲不可行而力勸。景帝立劉徹(武帝)爲太子後,梁王怨恨,與羊勝、公孫詭等謀劃,使人刺殺朝中大臣。事後羊勝、公孫詭自殺,梁王向鄒陽悔過,並請教解罪的方略。經過鄒陽的活動,梁王最後幸免於死。《史記》卷八三、《漢書》卷五一有傳。

於獄中上書自明

【題解】

《漢書·藝文志》有《鄒陽》七篇,現在只保留有二賦二文,清嚴可均已輯入《全上古三代秦漢三國六朝文》。二賦即《西京雜記》所載《酒賦》、《几賦》,但歷來學者對這兩篇辭賦多持存疑態度,所以流傳不廣。二文即《上書吳王》、《於獄中上書自明》,尤以後者著名,《文選》、《古文辭類纂》以及《古文觀止》都曾選録,可見它在文學史上的地位。此文博引史實,鋪張排比,在哀婉悲歎之中包含着激憤感慨,頗有戰國游士縱橫善辯之風。故《漢書·藝文志》將其列入縱橫家。

臣聞忠無不報,信不見疑,臣常以爲然,徒虛語耳[1]!昔者荆軻慕燕丹之義,白虹貫日,太子畏之[2];衛先生爲秦畫長平之事,太白食昴,而昭王疑之[3]。夫精變天地,而信不喻兩主[4],豈不哀哉!今臣盡忠竭誠,畢議願知[5],左右不明[6],卒從吏訊[7],爲世所疑。是使荆軻、衛先生復起[8],而燕、秦不悟也[9]。願大王孰察之[10]。

昔卞和獻寶,楚王刖之[11];李斯竭忠,胡亥極刑[12]。是以箕子詳狂[13],接輿辟世[14],恐遭此患也。願大王孰察卞和、李斯之意,而後楚王、胡亥之聽[15],无使臣爲箕子、接輿所笑。臣聞比干剖心[16],子胥鴟夷[17],臣始不信,乃今知之。願大王孰察,少加憐焉!

諺曰:"有白頭如新[18],傾蓋如故[19]。"何則?知與不知也。故昔樊於期逃秦之燕,藉荆軻首以奉丹之事[20];王奢去齊之魏,臨城自剄以卻齊而存魏[21]。夫王奢、樊於期非新於齊、秦而故於燕、魏也[22],所以去二國死兩君者[23],行合於志而慕義無窮也[24]。是以蘇秦不信於天下[25],而爲燕尾生[26];白圭戰亡六城[27],爲魏取中山。何則?

誠有以相知也。蘇秦相燕[28]，燕人惡之於燕王[29]，王按劍而怒，食以
駃騠[30]；白圭顯於中山[31]，中山人惡之魏文侯，文侯投之以夜光之
璧。何則？兩主二臣，剖心坼肝相信，豈移於浮辭哉[32]！

　　故女無美惡，入宮見妒[33]；士無賢不肖[34]，入朝見嫉。昔者司馬
喜髕脚於宋，卒相中山[35]；范睢摺脅折齒於魏，卒爲應侯[36]。此二人
者，皆信必然之畫[37]，捐朋黨之私[38]，挾孤獨之位[39]，故不能自免於
嫉妒之人也。是以申徒狄自沉於河[40]，徐衍負石入海[41]，不容於世，
義不苟取[42]，比周於朝[43]，以移主上之心。故百里奚乞食於路[44]，
繆公委之以政；甯戚飯牛車下[45]，而桓公任之以國。此二人者，豈借
宦於朝[46]，假譽於左右，然後二主用之哉？感於心，合於行[47]，親如
膠漆，昆弟不能離[48]，豈惑於衆口哉？故偏聽生姦，獨任成亂。昔者
魯聽季孫之説而逐孔子[49]，宋信子罕之計而囚墨翟[50]。夫以孔、墨
之辯，不能自免於讒諛，而二國以危。何則？衆口鑠金[51]，積毀銷骨
也[52]。是以秦用戎人由余而霸中國[53]，齊用越人蒙而彊威、宣[54]。
此二國豈拘於俗[55]，牽於世，繫阿偏之辭哉[56]？公聽並觀[57]，垂名
當世。故意合則胡越爲昆弟[58]，由余、越人蒙是矣；不合則骨肉出逐
不收，朱、象、管、蔡是矣[59]。今人主誠能用齊、秦之義，後宋、魯之聽，
則五伯不足稱[60]，三王易爲也[61]。

【校注】

[1]徒虛語：只不過是空話。　　[2]"昔者荆軻"三句：燕太子丹在秦國作人質，
秦王對他不禮貌，於是逃回燕國，厚待刺客荆軻，讓他刺殺秦王。荆軻出發後，太
子相氣，見白虹貫日，歎曰："吾事不成矣。"白虹：兵象。日喻君。白虹穿過太陽，
預示凶相即將發生。詳見《史記·燕世家》及《燕丹子》等。　　[3]衛先生：戰國
時秦人。秦將白起伐趙，在長平大敗趙軍，打算乘勝滅趙。派遣衛先生回朝請兵
增糧。丞相應侯范睢從中作梗，秦昭王疑之，事竟不成。太白食昴：即金星遮蔽昴
宿，意謂將兵臨趙國，衛先生的這種精誠也上達天際。太白，金星。昴，星宿名，古
人認爲屬於趙國的分野。　　[4]喻：明白、知道。這裏用作使動詞，意謂"使……
明白"。　　[5]畢議：盡其計議。願知：願大王知曉。　　[6]左右：指梁王。古
人往往婉轉稱呼對方，如陛下、足下之類，表示尊重。　　[7]卒：最終。訊：審問。
[8]是使：假使。　　[9]悟：省悟。　　[10]孰察：詳細體察。　　[11]"昔卜

和”二句:指卞和獻玉被刖足事。楚人卞和在山中得到一塊璞玉進獻朝廷。楚武王命玉工查驗,以爲是石,認爲卞和欺詐,便砍斷卞和左腳。楚文王即位,卞和又獻玉,又以欺詐罪被砍斷右腳。至成王時這塊玉才被賞識。　　〔12〕李斯竭忠:秦始皇任命李斯爲秦相。始皇死後,李斯與趙高等矯詔立二世胡亥,後來李斯卻被二世腰斬於咸陽。竭忠,盡忠。極刑:死刑。　　〔13〕箕子詳狂:胥餘爲商紂王的叔伯,封於箕,因稱箕子。商紂荒淫無道,箕子諫而不聽,於是裝瘋爲奴。事見《史記·宋微子世家》。詳,通“佯”,假裝。　　〔14〕接輿:楚人,爲逃避亂世,假裝瘋狂,人稱狂輿。《論語·微子》記載其過孔子門,唱曰:“鳳兮鳳兮,何德之衰。往者不可諫,來者猶可追。已而已而,今之從政者殆矣。”　　〔15〕後:動詞,以……爲後,意謂不要像楚王、胡亥那樣聽信讒言。　　〔16〕比干:商紂王的叔父,極力勸諫商紂王。商紂王怒曰:“吾聞聖人心有七竅”,剖比干觀其心。事見《史記·宋微子世家》。　　〔17〕子胥:即伍子胥,原本楚人,父兄被殺,他逃難到吳國,輔佐吳王夫差攻楚降越。後來吳王反感子胥的强諫,命其自殺,並用馬皮袋裹屍投到江中。鴟夷:皮口袋,這裏作動詞,裝進皮口袋中。事見《戰國策·燕策二》。　　〔18〕白頭如新:相交許久,卻還像新相識一樣,意謂相知不深。《漢書》於“白頭”前多一“有”字。　　〔19〕傾蓋如故:意謂路上偶然相遇,停車而談,車蓋相傾,像老朋友一樣。　　〔20〕樊於期:秦將,因被讒言而逃到燕國。秦王殺死他的全家,並懸賞取其頭顱。荆軻計畫爲燕太子丹刺殺秦王,就與樊於期商量,希望用樊於期的頭顱作爲進獻之禮,以便接近秦王,伺機行刺。樊於期遂自刎。事見《史記·刺客列傳》。之燕:前往燕國。藉:借。　　〔21〕王奢:齊臣,後逃到魏國。齊怒伐魏,王奢登上城頭對齊將説:齊兵前來攻魏,就是因爲我的緣故,我不願意苟且偷生,遂自刎身亡。去:離開。卻:使動用法,“使……退卻”。存:也是使動用法,“使……保存”。　　〔22〕“夫王奢、樊於期”句:大意是説,王奢和樊於期與齊、秦等故國並非如“白首如新”那樣的隔膜,而和燕、魏等國也並非如“傾蓋如故”那樣的契合。　　〔23〕死:動詞,“爲……而死”。　　〔24〕慕義:傾慕道義。〔25〕蘇秦:戰國時縱橫家。朝秦暮楚,頗失信於諸國。　　〔26〕燕尾生:《史記索隱》引服虔注曰:“蘇秦於齊不出其信,於燕則出尾生之信也。”即蘇秦像尾生那樣守信用。相傳尾生與女子相約橋下,女子未到,這時大水氾濫,尾生抱樑柱而死。史載,蘇秦説齊宣王使還燕十城,又令閔王厚葬以弊齊,終死爲燕。　　〔27〕白圭:中山國將領,戰敗後丢失六城,中山王欲殺他,他只好逃到魏國。魏文侯對他很優厚。後來,白圭率魏兵攻取了中山國。　　〔28〕相燕:相,動詞,作燕國相。〔29〕惡:進讒言。　　〔30〕食以駃(jué 決)騠(tí 題):燕王敬重蘇秦,雖有讒謗,反而把自己的駿馬殺了給蘇秦吃。食(sì 寺),動詞。　　〔31〕顯於中山:因攻取中山而尊顯一時。　　　［32］移：移動、改變。浮辭：浮泛無稽之詞。　　　［33］見妒：被妒嫉。　　　［34］不肖：不才。　　　［35］司馬喜：戰國時人。《戰國策·中山策》記載，司馬喜在宋受到臏刑，最終爲中山國之相。臏，同臏（bìn 擯）：古代刑法之一，割去膝蓋骨。　　　［36］范睢：戰國魏人，與須賈出使齊國，齊襄王賜給范睢黃金及牛酒。回國後，須賈告知此事，魏相以爲范睢裏通外國，毒打范睢，以至打斷肋骨，牙齒脫落。後來，范睢逃往秦國，被封爲應侯。事見《史記·范睢列傳》。［37］畫：計策。　　　［38］捐：放棄。　　　［39］挾：秉持。　　　［40］申徒狄：商末人，多次上諫無效後，負石自投雍河而死。　　　［41］徐衍：周末人，厭惡亂世，投海而死。　　　［42］苟取：苟且獲取。　　　［43］比周：結夥營私。　　　［44］百里奚：春秋時虞國大夫。《漢書·鄒陽傳》顏師古注引應劭曰：“虞人也，聞秦繆公賢，欲往干之，乏資，乞食以自致也。”　　　［45］甯戚：春秋時衛國人，因不得任用，行商至齊，擊牛角而歌曰：“南山矸，白石爛，生不遭堯與舜禪。短布單衣適至骭，從昏飯牛薄夜半，長夜曼曼何時旦！”桓公知其賢者，舉爲大夫。事見《史記集解》引應劭注。　　　［46］借宦：寄身於朝廷爲官。　　　［47］行：《文選》作“意”。　　　［48］昆弟：兄弟。　　　［49］季孫：魯大夫季桓子，名斯。《論語·微子》：“齊人歸女樂，季桓子受之，三日不朝，孔子行。”　　　［50］“子罕”句：宋國聽信子罕的話而拘禁了墨子。子罕，《漢書》作“子冉”。　　　［51］衆口鑠金：衆口所惡，金爲之熔化。鑠，銷、熔化。《國語·周語下》：“衆心成城，衆口鑠金。”　　　［52］積毀銷骨：積詆毀之言，骨肉爲之毀滅。積毀，積讒。　　　［53］由余：本晉人，後在西戎任職。曾作爲西戎使者到秦國。秦穆公離間由余與西戎王的關係，迫使由余投奔秦國。穆公用由余之計討伐西戎。　　　［54］越人蒙：《漢書》作“子臧”。春秋時越人，齊威王、宣王先後重用子臧，國力强盛。　　　［55］拘：《漢書》作“繫”。　　　［56］阿偏之辭：片面之辭。　　　［57］公聽並觀：無私無偏。　　　［58］胡越：胡地在北，越地在南。用此比喻疏遠、隔絕。　　　［59］朱、象、管、蔡：朱，指丹朱，唐堯子，頑凶不已，所以堯没有傳位給他，而是禪位於舜。象，虞舜弟，曾謀害舜。管叔、蔡叔，周武王之弟。武王死，成王年幼，周公輔政。二人作亂，周公殺了管叔，流放了蔡叔。［60］五伯：即五霸，指齊桓、晉文、秦穆、宋襄、楚莊等勢力强大、稱霸一時的五個諸侯王。稱：稱道。　　　［61］三王：夏、商、周三代創始之王，即夏禹、商湯、周文王武王。

　　　是以聖王覺寤，捐子之之心[1]，而能不説於田常之賢[2]。封比干之後，修孕婦之墓[3]，故功業復就於天下。何則？欲善無厭也[4]。夫晉文公親其讎，彊霸諸侯[5]；齊桓公用其仇，而一匡天下[6]。何則？

慈仁慇懃,誠加於心,不可以虛辭借也。

　　至夫秦用商鞅之法,東弱韓、魏,兵彊天下,而卒車裂之[7]。越用大夫種之謀,禽勁吳,霸中國,而卒誅其身[8]。是以孫叔敖三去相而不悔[9],於陵子仲辭三公爲人灌園[10]。今人主誠能去驕傲之心,懷可報之意[11],披心腹,見情素[12],墮肝膽[15],施德厚,終與之窮達[14],無愛於士[15],則桀之狗可使吠堯[16],而蹠之客可使刺由[17],況因萬乘之權[18],假聖王之資乎!然則荆軻之湛七族[19],要離之燒妻子[20],豈足道哉!

　　臣聞明月之珠,夜光之璧,以闇投人於道路,人無不按劍相眄者[21]。何則?無因而至前也。蟠木根柢[22],輪囷離詭[23],而爲萬乘器者[24]。何則?以左右先爲之容也[25]。故無因至前,雖出隨侯之珠,夜光之璧,猶結怨而不見德[26];故有人先談[27],則以枯木朽株樹功而不忘[28]。今夫天下布衣窮居之士,身在貧賤[29],雖蒙堯、舜之術,挾伊、管之辯[30],懷龍逢、比干之意[31],欲盡忠當世之君,而素無根柢之容,雖竭精思,欲開忠信[32],輔人主之治,則人主必有按劍相眄之跡[33],是使布衣不得爲枯木朽株之資也。

　　是以聖王制世御俗,獨化於陶鈞之上[34],而不牽乎卑亂之語[35],不奪於衆多之口[36]。故秦皇帝任中庶子蒙嘉之言,以信荆軻之說,而匕首竊發[37];周文王獵涇、渭,載呂尚而歸,以王天下[38]。故秦信左右而殺,周用烏集而王[39]。何則?以其能越攣拘之語[40],馳域外之議[41],獨觀於昭曠之道也[42]。

　　今人主沈於諂諛之辭[43],牽於帷裳之制[44],使不羈之士與牛驥同皁[45],此鮑焦所以忿於世而不留富貴之樂也[46]。臣聞盛飾入朝者[47],不以利汙義;砥厲名號者[48],不以欲傷行[48]。故縣名勝母,而曾子不入[49];邑號朝歌,而墨子回車[50]。今欲使天下寥廓之士[51],攝於威重之權,主於位勢之貴,故回面汙行[52],以事諂諛之人,而求親近於左右,則士伏死堀穴巖藪之中耳[53],安肯有盡忠信而趨闕下者哉[54]!

《史記》卷八三《魯仲連鄒陽列傳》

【校注】

[1]捐:放棄。子之:燕國相,頗得燕王噲的信任,總理國政。後燕國大亂,齊國乘機而入。事見《史記·燕召公世家》。　　[2]田常:春秋時齊簡公的大臣。殺簡公而立平公,晉爲齊相。五年後田氏獨攬朝政。事見《史記·齊太公世家》。

[3]修孕婦之墓:商紂王曾剖孕婦之腹觀其胎産。周武王滅商後,爲此孕婦修墓。

[4]無厭:《漢書》作"亡厭",意義相同,即不知滿足。　　[5]親其讎:親近其仇人。晉文公重耳爲太子時,流亡在外。獻公派寺人勃鞮追殺他,逃脱時被割掉衣袖。晉文公即位後,没有追究此事。晉國舊臣吕郤、冀芮謀亂,勃鞮將此密謀告發,晉文公免於一劫。　　[6]用其仇:啓用其仇人。齊襄公死後,公子小白搶先從莒回到齊地。管仲用兵阻攔,並射中小白的帶鉤。小白即位後,依然啓用管仲爲相,遂稱霸諸侯,匡正天下。事見《史記·齊太公世家》。　　[7]商鞅:戰國時衛人,少學刑名之學,入秦爲相,勸秦孝公推行變法,重耕備戰,使秦國強盛。但是,商鞅變法也觸動了貴族宗室的利益。孝公死後,商鞅被處以車裂之刑。事見《史記·商君列傳》。弱:使動詞,即"使……弱"。卒:最終。　　[8]大夫種:春秋時越國大夫文種,輔佐越王復興越國,稱霸諸侯。但後來,文種也被越王殺害。事見《吳越春秋·句踐外傳》。勁吳:強大的吳國。　　[9]孫叔敖:楚人,曾三爲相而三去之。有人問:"吾聞處官久者士妒之,禄厚者衆怨之,位尊者君恨之。今相國有此三者,而不得罪於楚之士衆,何也?"孫叔敖回答説:"吾三相楚而身愈卑,每益禄而施愈博,位滋尊而禮愈恭,是以不得罪於楚人也。"故《史記·循吏列傳》説他"三得相而不喜,知其材自得之也;三去相而不悔,知其非己之罪也"。

[10]於陵:地名。清閻若璩《四書釋地續》以爲在今山東長山南。子仲:陳仲子。其先人與齊同族,其兄爲齊相。陳仲子以爲不義,遂與妻子移居楚國於陵,自謂於陵子仲。楚王欲以爲相,派使者重金聘請。陳仲子與妻一起逃離,爲人澆菜,終身不仕。事見《孟子·滕文公下》、《荀子·非十二子》等。　　[11]可報之意:可以報答的誠意。意謂士人有功可報者就一定要給予報答。　　[12]見情素:見,通"現"。情愫,情意。素,通"愫"。　　[13]墮肝膽:肝膽塗地。　　[14]與之窮達:即同甘共苦。窮達,困阨與顯達。　　[15]無愛於士:對於士人的所求不吝嗇。愛,吝嗇。　　[16]桀:夏桀,歷史上著名的暴君。狗:《漢書》作"犬"。這句意謂夏桀愛犬也會爲主人向聖人唐堯狂吠。　　[17]蹠:盜蹠,相傳春秋末期人,大盜。由:許由,歷史上著名的賢人。這句意謂盜蹠的客人也會爲主子向賢人許由行刺。　　[18]因:憑藉。萬乘:這裏指代天子。　　[19]荆軻之湛七族:荆軻刺秦王失敗後,秦王滅其家族。湛,通"沉",淹没、消滅。七族,上至曾祖,下至曾孫。　　[20]要離:春秋時吳人。吳王闔閭欲派要離刺殺王子慶忌,假裝使要離

獲罪逃亡,吳王燒死了要離的妻子。要離逃離求見慶忌,以劍刺之。事見《吳越春秋·闔閭內傳》。　　[21]眄:斜視。　　[22]柢:樹根。　　[23]輪囷離詭:盤根委曲。　　[24]萬乘器:國王用的車輿裝飾之類的器物。　　[25]容:形容,即雕刻裝飾。　　[26]猶結怨:《漢書》作“衹怨結”。　　[27]談:《漢書》作“游”。顏師古曰:“先游,謂進納之也。”　　[28]“則以”句:意謂如果有人事先作好準備,就是枯木也會派上用場,不會被世人遺忘。　　[29]貧賤:《漢書》作“貧贏”。顏師古注:“衣食不充,故贏瘦也。一曰贏謂無威力。”　　[30]伊、管:即伊尹、管仲。古代兩個著名賢人。　　[31]龍逢、比干:古代兩個賢臣。龍逢,夏代的賢臣,因强諫而被夏桀殺害。　　[32]開:陳說。　　[33]相眄之跡:謂重現按劍斜視的故跡。　　[34]陶鈞:製陶的模具。《漢書·鄒陽傳》顏師古注引張晏曰:“陶家名模下圓轉者爲鈞。”意謂聖王治理天下,猶如陶人轉鈞。　　[35]不牽乎卑亂之語:不爲卑亂的言辭所牽制。　　[36]奪:奪去。這裏指聖人深謀遠慮,不會輕易感於眾人之口。　　[37]蒙嘉:秦王寵臣。《戰國策》記載,荊軻到秦國後,持千金資幣,暗中疏通秦王寵臣蒙嘉。蒙嘉對秦王說:“燕願舉國爲內臣,如郡縣。”並進獻地圖。荊軻在秦王面前展開地圖,展示到最後,露出了匕首。荊軻以匕首刺秦王。事見《戰國策·燕策三》、《史記·刺客列傳》。竊發:偷偷刺出。

[38]呂尚:姜姓,其祖先封於呂地,因名呂尚。周文王狩獵涇渭之濱,見呂尚在河邊垂釣,因與交談,知其賢者,遂載與同行。後來呂尚輔佐周武王得到天下。事見《史記·齊太公世家》。王:動詞,稱王於天下。　　[39]烏集:如烏鵲一樣猝然相聚。這句是說周文王與呂尚等偶然相遇,卻彼此合作而稱王天下。　　[40]攣拘:拘束。　　[41]域外:境外、宇外。　　[42]昭曠:寬宏、豁達。　　[43]沈:通“沉”,沉溺。　　[44]牽於帷裳之制:爲左右近臣妻妾所牽制。帷裳,《漢書》作“帷廬”。　　[45]不羈之士:不受世俗拘束的人。皁:馬槽。　　[46]鮑焦:春秋時的隱士。《史記索隱》引《列士傳》記載,鮑焦懷才不遇,在道邊採集野菜。子貢責難說:“非其代而采其蔬,此焦之有哉!”於是鮑焦扔掉野菜,餓死洛水之畔。[47]盛飾入朝:穿戴整齊的禮服入朝議事。　　[48]砥厲:廉隅自律,有如磨厲於石。砥,磨石。　　[49]縣名勝母,曾子不入:曾子至孝,認爲地名勝母不好,所以不肯進來。　　[50]邑號朝歌,墨子回車:朝歌,殷之故都,在今河南湯陰南。墨子反對繁縟的禮樂,故《淮南子》說:“墨子非樂,不入朝歌。”　　[51]寥廓之士:志向遠大的人。　　[52]回面汙行:同流合污之意。回,邪。汙,不潔。[53]堀穴巖藪:洞穴草澤。堀,通“窟”。澤無水曰藪。　　[54]趨闕下:奔走宮闕之下,即效忠於王室。

【集評】

　　(清)吳楚材、吳調侯《古文觀止》卷六:"此書詞多偶麗,意多重複,蓋情至窘迫,嗚咽涕洟,故反覆引喻,不能自已耳。其間段落雖多,其實不過五大段文字。每一援引,一結束,即以'是以'字、'故'字接下,斷而不斷,一氣呵成。"

　　(清)李兆洛《駢體文鈔》卷十六:"迫切之情,出以微婉;嗚咽之響,流爲橄亮。此言情之善者也。"

賈　誼

【作者簡介】

　　賈誼(前 200—前 168),洛陽(今屬河南)人。世稱賈生。年十八,以能誦《詩》、《書》,善屬文而稱於郡中。河南守吳公召置門下。文帝初立,徵吳公爲廷尉。吳公因向漢文帝推薦賈誼。賈誼二十餘歲被召爲博士,提出了一系列改革政治的主張。不久遷至太中大夫。漢文帝頗器重賈誼,欲任以公卿之位,但是受到大臣周勃、灌嬰、張相如、馮敬等人的排斥,結果被貶爲長沙王太傅。在長沙滯留四年多,又被徵回京城。後拜賈誼爲梁懷王劉揖太傅。漢文帝十一年(前 169),梁懷王劉揖墜馬死,賈誼自傷没有盡到做太傅的責任,常哭泣,逾年而亡,年僅三十三歲。賈誼是西漢著名的辭賦家。據《漢書·藝文志》著録,其辭賦凡七篇。今存者以《史記》、《漢書》本傳所載《弔屈原賦》、《鵩鳥賦》爲最著名。又有《古文苑》所載《旱雲賦》,《楚辭》所載《惜逝》傳於世。《史記》卷八四、《漢書》卷四八有傳。

鵩　鳥　賦

【題解】

　　賈誼任長沙王太傅時所作。因爲鵩鳥入室,他認爲是不祥之兆,於是寫下這篇作品,借此以論世事的變化,具有樸素的辯證法思想。賦中還説禍福相倚伏,明顯受到老子的影響。所以司馬遷説他讀此賦有"同生死,輕去就,又爽然自失"之感。這篇作品已趨向於散體化,多用四言句,顯示了從楚辭過渡到新體賦的痕跡。

單閼之歲兮[1]，四月孟夏[2]。庚子日施兮[3]，服集予舍[4]。止于坐隅，貌甚閒暇[5]。異物來集兮[6]，私怪其故[7]。發書占之兮[8]，筴言其度[9]。曰：“野鳥入處兮，主人將去[10]。”請問于服兮：“予去何之[11]？吉乎告我，凶言其菑[12]。淹數之度兮[13]，語予其期。”服乃歎息，舉首奮翼，口不能言，請對以意[14]。

萬物變化兮，固無休息[15]。斡流而遷兮[16]，或推而還。形氣轉續兮，變化而嬗[17]。沕穆無窮兮[18]，胡可勝言[19]。禍兮福所倚，福兮禍所伏[20]。憂喜聚門兮[21]，吉凶同域[22]。彼吳彊大兮，夫差以敗[23]。越棲會稽兮，句踐霸世[24]。斯游遂成兮，卒被五刑[25]。傅説胥靡兮，乃相武丁[26]。夫禍之與福兮，何異糾纆[27]。命不可説兮，孰知其極[28]？水激則旱兮[29]，矢激則遠[30]。萬物回薄兮，振盪相轉[31]。雲蒸雨降兮[32]，錯繆相紛[33]。大專槃物兮[34]，坱軋無垠[35]。天不可與慮兮，道不可與謀[36]。遲數有命兮，惡識其時[37]。

且夫天地爲鑪兮，造化爲工[38]。陰陽爲炭兮，萬物爲銅[39]。合散消息兮，安有常則[40]。千變萬化兮，未始有極。忽然爲人兮，何足控摶[41]。化爲異物兮[42]，又何足患。小知自私兮，賤彼貴我[43]。通人大觀兮，物無不可[44]。貪夫徇財兮[45]，烈士徇名。夸者死權兮[46]，品庶馮生[47]。怵迫之徒兮，或趨西東[48]。大人不曲兮，億變齊同[49]。拘士繫俗兮，攌若囚拘[50]。至人遺物兮[51]，獨與道俱。衆人或或兮[52]，好惡積意[53]。真人淡漠兮，獨與道息[54]。釋知遺形兮[55]，超然自喪。寥廓忽荒兮[56]，與道翺翔。乘流則逝兮，得坻則止[57]。縱軀委命兮[58]，不私與己。其生若浮兮[59]，其死若休。澹乎若深淵之静[60]，氾乎若不繫之舟[61]。不以生故自寶兮[62]，養空而浮[63]。德人無累兮，知命不憂[64]。細故蔕葪兮，何足以疑[65]。

《史記》卷八四《屈原賈生列傳》

【校注】

[1]單(chán 蟬)閼(yān 煙)之歲：太歲在卯曰單閼。《史記集解》引徐廣説，以爲此指文帝六年(前174)，即丁卯年。而清人錢大昕《廿二史劄記》則以爲丁卯年爲文帝七年。錢説是。　　[2]孟夏：初夏。　　[3]庚子日施(yí 移)：庚子，四月二十八日。日施，《漢書·賈誼傳》作“日斜”，夕陽西下之時。　　[4]服集予舍：鵩鳥

來到我的屋子。鵩鳥,即今天所説的貓頭鷹,古人認爲是不祥之鳥。　　[5]閒暇:從容不迫,毫無驚恐之意。　　[6]異物:怪異之物,這裏指鵩鳥。　　[7]私怪:暗自奇怪。　　[8]發書占之:發,猶言打開。占,占卜。則這裏所説的"書"乃占卜用的策數之類的書籍。　　[9]筴言其度:筴,策數之書,《漢書》作"讖",預言吉凶的話。度,數。　　[10]去:離去。　　[11]何之:到什麼地方。之,動詞,"到⋯⋯去"。　　[12]"吉乎"兩句:意謂有吉祥的話就告訴我;如果是凶險的事,也叫我知道。　　[13]淹數:遲速,意謂生與死是或遲或速都要發生的事。淹,遲。數,通"速"。　　[14]請對以意:意,《文選》卷十三作"臆"。李善注:"請以臆中之事以對也。"臆,胸。即生死問題不能言傳,只可意會。　　[15]固無休息:從來就没有停止。固,從來。休息,停止。　　[16]斡(wò 沃)流而遷:運轉變遷。斡,旋轉。　　[17]變化而嬗(chán 蟬):《史記集解》引服虔曰:"嬗音如蟬,謂變蜕也。"即萬物變化猶如蜩蟬之蜕變。　　[18]汩(wù 勿)穆:深微難測的樣子。　　[19]胡可勝言:怎麼可能盡言?胡,何,怎麼。　　[20]"禍兮"二句:這是《老子》中的兩句話,大意是説禍中隱含着福的成分,福中也依附着禍的因素。福與禍在某種條件下會相互轉化。倚:因倚。伏:隱藏。　　[21]聚門:聚集在同一家門。　　[22]同域:同在一處。　　[23]"彼吳"二句:春秋時期,吳國和越國爲東南兩大諸侯國。吳越兩國在夫椒山一戰,越兵大敗。吳兵乘勝追擊,將越王句踐困在會稽,越王只好臣服於吳王夫差。此後,句踐卧薪嚐膽,發奮圖强,最終打敗吳國。見《史記·越王句踐世家》。　　[24]"越棲"二句:句踐從會稽回來後,勵精圖治,轉弱爲强,最終滅吳,稱霸一方。　　[25]"斯游"二句:李斯西游秦國,身居相位。但最後還是爲趙高所讒,被腰斬於咸陽。見《史記·李斯列傳》。卒:最終。　　[26]"傅説"二句:傅説:殷商時賢人。《尚書·説命上》記載説,武丁在傅巖遇到服刑的傅説,以爲賢人,舉爲相。胥靡:刑名。武丁:殷高宗。[27]"夫禍"二句:大意説禍與福互爲表裏,與糾纏在一起的繩索有何區别呢?糾纆(mò 墨):泛指繩索。　　[28]極:止。這句話的意思説,命運很難説清,誰能知道它的終極在哪裏呢?　　[29]水激則旱:水急,流去的就快。旱,通"悍",迅猛强勁。　　[30]矢激則遠:箭猛,射出的就遠。　　[31]回薄:猶言循環往復地磨合。回,返。薄,迫。《文選》李善注:"言矢飛水流,各有常度,爲物所激,或旱或遠,斯則萬物變化,烏有常則乎?"　　[32]雲蒸:地氣上升爲雲。蒸,上升。[33]錯繆相紛:糾纏紛雜。　　[34]大專:《漢書》作"大鈞",造化,大自然。唐顔師古注引如淳曰:"陶者作器於鈞上,此以造化爲大鈞也。"槃物:《漢書》作"播物",播撒萬物。　　[35]坱(ǎng 昂上聲)圠(yà 亞)無垠:無邊無際。垠,邊際。[36]"天不可"二句:大意説,天道深微,人力無法探知,也就無法改變其運行規律。

[37]惡識其時:怎麼能够知道它的期限呢? [38]“且夫”二句:鑪:熔鑪。工:冶匠。《莊子·大宗師》:“今一以天地爲大鑪,以造化爲大冶,惡乎往而不可哉?”

[39]“陰陽”二句:我國古代思想家認爲,陰陽爲宇宙間最基本的兩種物質範疇,陰陽對立與轉化,生成萬物。既以陶冶喻造化,故以陰陽爲炭,萬物爲銅作比喻。

[40]“合散”二句:合:聚合。散:離散。消:消滅。息:生長。合散與消息爲兩組對立的範疇。他們之間的轉化没有固定不變的規則。安:哪裏。 [41]控搏:珍惜、珍愛之意。控,引。搏,持。《史記集解》引如淳曰:“控搏,玩弄愛生之意也。”

[42]化爲異物:異物,另類,指人死之後轉化爲另外一種物質。 [43]小知:目光短淺的人。知,通“智”。 [44]通人:通達知命的人。大觀:視野深遠。《莊子·齊物論》曰:“物固有所然,物固有所可,無物不然,無物不可。”即達人知命,對待萬物無可無不可,一切適宜。 [45]徇:《史記集解》引臣瓚曰:“以身從物曰徇。”即不顧性命追逐物欲。 [46]夸者死權:追求虚名的人爲權勢而死。

[47]品庶馮生:品庶,《漢書》顔注以爲即“庶品”,指衆生。馮,貪婪。 [48]“怵迫”二句:《史記集解》引孟康曰:“怵,爲利所誘怵也。迫,迫貧賤,東西趨利也。”意謂爲利禄貧賤所驅使的人,東奔西走。 [49]大人:道德修養極高的人。不曲:不爲外物所屈。億變:即千變萬化。齊同:等量齊觀,近於莊子的“齊物”,即“萬物皆一也”。 [50]囿拘:拘謹困迫。 [51]至人:道德修養至高的人。《莊子·天下》:“不離於真,謂之至人。” [52]或或:通“惑惑”,困惑。

[53]好惡積意:《史記集解》引李奇曰:“所好所惡,積之萬億也。”意謂衆人或喜或憎,都積於心中。 [54]真人:得道之人。淡漠:清心寡欲。息:生長。

[55]釋知遺形:丢棄智慧,遺棄形體。即《老子》所説的“絶聖棄智”。知,通“智”。

[56]寥廓忽荒:寥廓,空曠深遠。忽荒,恍惚不明。 [57]“乘流”二句:順流而往,遇到水中小洲就停下來。逝:往。坻:水中小洲。《漢書》作“坎”。唐顔師古注引孟康説以爲用《周易》“坎爲險”,即遇到險難即止。亦通。 [58]縱軀委命:縱軀,縱身,忘身。委命,委運天命。 [59]浮:飄浮。人生在世,漂浮不定。《莊子·刻意》曰:“其生若浮,其死若休。” [60]澹乎若深淵之靜:恬淡得就像深淵中那樣安静。澹,安。静,《漢書》作“靚”,亦通。 [61]氾乎若不繫之舟:躍動就像鬆開纜繩的小船一樣自由漂流。 [62]自寶:自我珍重。 [63]養空而浮:養空,道家注重空虚養性,有如浮舟,隨水而流。 [64]“德人”二句:德人不爲世俗所累,樂天知命,故無煩憂。德人:有德之人。知命不憂:出《周易·繫辭上》:“樂天知命,故不憂。” [65]“細故”二句:細故:細小的事。蔕(dì 地)薊(jiè 借):小鯁。這句話是全文的主旨,意謂所有吉凶福禍不過都是細小之事,不該爲此而疑慮。

【集評】

（南朝梁）劉勰《文心雕龍·詮賦》:"賈誼《鵬鳥》,致辨於情理。"

（明）徐師曾《文體明辨序説》:"兩漢而下,作者繼起,獨賈生以命世之才,俯就騷律,非一時諸人所及。"

（清）劉熙載《藝概·賦概》:"《鵬賦》爲賦之變體。即其體而通之,凡能爲子書者,於賦皆足自成一家。"

過 秦 論

【題解】

《史記·陳涉世家》,《集解》引班固《奏事》曰:"太史遷取賈誼《過秦》上下篇以爲《秦始皇本紀》、《陳涉世家》下贊文。"據此而知,《過秦論》原本似分爲兩篇。然今本《史記·秦始皇本紀》所載又分爲三篇。第三篇"秦并海内,兼諸侯,南面稱帝"句下,《集解》引徐廣曰:"一本有此篇,無前者'秦孝公'已下,而又以'秦并兼諸侯山東三十餘郡'繼此末也。"似爲後人所加。這裏僅選錄中篇。"過秦",顧名思義,是總結批判秦國的過失、説明秦爲什麽滅亡。此文論秦之亡,由於"仁義不施",蓋漢初人總結秦亡經驗,多持此説,然文章之藝術感染力鮮有能及賈誼此論者。開篇首先鋪述了秦國如何走向强盛,諸侯又如何集中大批政治、軍事人才和龐大兵力竭力想消滅秦國,反而被秦國擊敗。文中對這個過程加以渲染和誇大,繪聲繪色,十分動人。尤其是開篇,用排比的句式寫來,氣勢磅礴。强大無敵的秦國竟被一群手無利刃的農民一舉推翻,原因是什麽呢? 作者的回答是"仁義不施,而攻守之勢異也",即不知道根據天下大勢的變化而改變基本的治世方略。賈誼在分析秦亡的教訓中得出了"是以牧民之道,務在安之而已"的結論。文章縱横開闔,有氣吞萬里之勢,爲西漢第一篇鴻文巨製。魯迅在《漢文學史綱要》中説:"其《治安策》、《過秦論》,與晁錯之《賢良對策》、《言兵事疏》、《守邊勸農疏》,皆爲西漢鴻文,沾溉後人,其澤遠矣。"如西晉左思《詠史詩》就自稱"著論準《過秦》"。劉宋范曄《獄中與諸甥侄書》裏對於自己編著《後漢書》頗爲自負,稱"循吏以下及六夷諸序論,筆勢縱放,實天下之奇作。其中合者,往往不減《過秦》篇"。這些論述可以説明賈誼的這篇散文在後人心目中的崇高地位。

秦孝公據殽函之固[1],擁雍州之地[2],君臣固守而窺周室[3],有席卷天下[4],包舉宇内[5],囊括四海之意[6],并吞八荒之心[7]。當是時,商君佐之[8],内立法度,務耕織[9],修守戰之備[10],外連衡而鬬諸侯[11]。於是秦人拱手而取西河之外[12]。

　　孝公既没[13],惠王、武王蒙故業[14],因遺册[15],南兼漢中[16],西舉巴蜀[17],東割膏腴之地[18],收要害之郡[19]。諸侯恐懼,會盟而謀弱秦[20],不愛珍器重寶肥美之地[21],以致天下之士[22],合從締交[23],相與爲一[24]。當是時,齊有孟嘗[25],趙有平原[26],楚有春申[27],魏有信陵[28]。此四君者,皆明知而忠信[29],寬厚而愛人,尊賢重士,約從離衡[30],并韓、魏、燕、楚、齊、趙、宋、衛、中山之衆[31]。於是六國之士,有寧越、徐尚、蘇秦、杜赫之屬爲之謀[32],齊明、周最、陳軫、昭滑、樓緩、翟景、蘇厲、樂毅之徒通其意[33],吳起、孫臏、帶佗、兒良、王廖、田忌、廉頗、趙奢之朋制其兵[34]。嘗以十倍之地,百萬之衆,叩關而攻秦[35]。秦人開關延敵[36],九國之師逡巡遁逃而不敢進[37]。秦無亡矢遺鏃之費[38],而天下諸侯已困矣。於是從散約解,争割地而奉秦[39]。秦有餘力而制其敝[40],追亡逐北[41],伏尸百萬,流血漂鹵[42]。因利乘便[43],宰割天下[44],分裂河山,彊國請服[45],弱國入朝[46]。延及孝文王、莊襄王[47],享國日淺[48],國家無事。

【校注】

[1]秦孝公:名渠梁,公元前361至前338年在位。殽函:殽山、函谷關。關在西殽山谷中,深險如函,在今河南寶應西南。固:堅固。　　[2]雍州:古代九州之一,包括今甘肅、陝西和青海部分地區。　　[3]周室:東周王朝政權。　　[4]席卷:像捲席一樣佔領土地。　　[5]包舉:全部佔有。　　[6]囊括:像用口袋裝一樣全部裝走。　　[7]八荒:八方荒遠之地。四方及四隅稱爲八方。　　[8]商君:商鞅。衛國人,故又稱衛鞅。入秦爲相,封商,故有商鞅之稱。《史記》卷六八有傳。佐:輔佐。　　[9]務:致力於。　　[10]修守戰之備:整治攻守用的軍備。修,整治。　　[11]外連衡而鬬諸侯:對外則實行連橫政策,讓各國之間彼此争鬬。連橫,是當時縱橫家張儀所倡行的政策,使六國之間彼此不信任,共同事秦。[12]拱手而取西河之外:輕易收取了西河之外的廣大地區。拱手,古代施禮,雙手合抱,形容輕而易舉的樣子。西河,陝西、山西界上自北而南的一段黃河。所以李斯《諫逐客書》説秦孝公用商鞅之法,"諸侯親服,獲楚、魏之師,舉地千里,至今治彊"。　　[13]没:通"殁",死。　　[14]惠王、武王:秦孝公以後秦國的兩代君

王。蒙:繼承。　　　[15]因:因襲。　　　[16]漢中:今陝西南部,原屬楚地,後爲秦所佔。　　　[17]巴蜀:今四川一帶。　　　[18]膏腴:肥沃。　　　[19]收要害之郡:獲取重要郡縣。　　　[20]謀弱秦:密謀削弱秦國勢力。　　　[21]愛:愛惜。[22]致:招致。　　　[23]合從締交:即合縱結成同盟,聯合六國共同抗秦。締,締結。　　　[24]相與爲一:相互聯合成爲一體。　　　[25]孟嘗:孟嘗君田文,任齊相。《史記》卷七五有傳。　　　[26]平原:平原君趙勝,任趙相。《史記》卷七六有傳。　　　[27]春申:春申君黃歇,任楚相。《史記》卷七八有傳。　　　[28]信陵:信陵君魏無忌,魏國公子。《史記》卷七七有傳。　　　[29]明知:明智。　　　[30]約從離衡:從,通“縱”。離,分離。這句大意是説,締結六國聯合的約定,破壞秦國的連橫政策。　　　[31]并:兼併。《史記索隱》曰:“六國者,韓、魏、趙、燕、齊、楚是也。與秦爲七國,亦謂之七雄。又六國與宋、衛、中山爲九國。其三國蓋微,又前亡。”　　　[32]“有寧越”句:句中提到的四人均爲當時著名的游説之士,協助六國壯大勢力。寧越:趙人。徐尚:未詳。蘇秦:洛陽人。杜赫:周人。　　　[33]“齊明”句:齊明等人也是六國重要謀士,在外交方面卓有成績。齊明:東周臣,後仕秦、楚及韓。周最:周室公子,後仕秦。陳軫:夏人,亦仕秦。昭滑:楚人。樓緩:魏文侯弟。翟景:未詳。蘇厲:蘇秦之弟,仕齊。樂毅:本齊臣,入燕,燕昭王以客禮待之,以爲亞卿。　　　[34]“吳起”句:句中提到諸人均是六國軍事方面的人才。吳起:衛人,事魏文侯爲將。孫臏:孫武之後。帶佗:未詳。兒良、王廖:爲當時豪士。田忌:齊將。廉頗、趙奢:均爲趙國將領。制其兵:統帥軍隊。　　　[35]叩關:攻打函谷關。　　　[36]延敵:迎擊敵人。　　　[37]九國之師:九國的軍隊。九國,謂齊、楚、韓、魏、燕、趙、宋、衛、中山等。逡巡:遲疑不敢前進的樣子。　　　[38]亡矢遺鏃:丟棄武器。矢,箭。鏃,箭頭。　　　[39]奉秦:討好侍奉秦國。　　　[40]制其敝:利用九國的弱點加以控制。敝,通“弊”。　　　[41]追亡逐北:追殺節節敗退的敵人。亡,逃亡。北,敗退。　　　[42]流血漂鹵:盾牌在血河中漂起來。《史記集解》引徐廣曰:“鹵,楯也。”　　　[43]因利乘便:根據有利地勢,抓緊機宜。[44]宰割:分割。　　　[45]請服:請求順服。　　　[46]入朝:入秦朝拜,表示臣服。[47]孝文王:昭襄王之子,即位三天就死了。莊襄王:孝文王之子,在位三年。[48]享國:執掌國政。淺:少。

及至秦王[1],續六世之餘烈[2],振長策而御宇內[3],吞二周而亡諸侯[4],履至尊而制六合[5],執棰拊以鞭笞天下[6],威振四海[7]。南取百越之地[8],以爲桂林、象郡[9]。百越之君,俛首係頸[10],委命下吏^[11]。乃使蒙恬北築長城而守藩籬^[12]，卻匈奴七百餘里^[13]，胡人不敢南下而牧馬^[14]，士不敢彎弓而報怨^[15]。於是廢先王之道^[16]，焚百家之言^[17]，以愚黔首^[18]。墮名城^[19]，殺豪俊^[20]，收天下之兵聚之咸陽^[21]，銷鋒鑄鐻，以爲金人十二^[22]，以弱黔首之民^[23]。然後斬華爲城^[24]，因河爲津^[25]，據億丈之城，臨不測之谿以爲固^[26]；良將勁弩，守要害之處^[27]；信臣精卒^[28]，陳利兵而誰何^[29]？天下以定，秦王之心，自以爲關中之固^[30]，金城千里^[31]，子孫帝王萬世之業也^[32]。

秦王既没，餘威振於殊俗^[33]。陳涉^[34]，甕牖繩樞之子^[35]，甿隸之人^[36]，而遷徙之徒^[37]，才能不及中人^[38]，非有仲尼、墨翟之賢^[39]，陶朱、猗頓之富^[40]，躡足行伍之間^[41]，而倔起什伯之中^[42]，率罷散之卒^[43]，將數百之衆^[44]，而轉攻秦，斬木爲兵^[45]，揭竿爲旗^[46]，天下雲集響應^[47]，贏糧而景從^[48]，山東豪俊^[49]，遂並起而亡秦族矣。

且夫天下非小弱也^[50]，雍州之地，殽函之固自若也^[51]。陳涉之位，非尊於齊、楚、燕、趙、韓、魏、宋、衛、中山之君；鉏櫌棘矜^[52]，非銛於鉤戟長鎩也^[53]；適戍之衆^[54]，非抗於九國之師；深謀遠慮，行軍用兵之道，非及鄉時之士也^[55]。然而成敗異變，功業相反也。試使山東之國與陳涉度長絜大^[56]，比權量力，則不可同年而語矣^[57]。然秦以區區之地^[58]，千乘之權^[59]，招八州而朝同列^[60]，百有餘年矣。然後以六合爲家，殽函爲宮^[61]，一夫作難而七廟墮^[62]，身死人手^[63]，爲天下笑者^[64]，何也？仁義不施，而攻守之勢異也^[65]。

《史記》卷六《秦始皇本紀》

【校注】

[1]秦王：指秦始皇，莊襄王之子。即位二十六年，消滅六國，建立統一的秦王朝，自稱始皇帝。　　[2]六世之餘烈：指秦孝公、惠文王、武王、昭襄王、孝文王、莊襄王。餘烈，遺留下來的功業。　　[3]振長策而御宇内：揮動長鞭，統理天下。振，舉。御，駕馭、統理。　　[4]吞二周而亡諸侯：吞併二周，滅亡諸侯。二周，周末周王朝分爲東西二周。　　[5]履至尊而制六合：登上皇位，統一天下。履至尊，登上皇位。六合，指天下。　　[6]棰拊：木杖類。鞭笞：鞭打。　　[7]振：震動。[8]百越：戰國時越人分佈很廣，建立許多小國，統稱百越。　　[9]桂林、象郡：秦國在南方設置的兩個郡，在今廣西一帶。　　[10]俛首係頸：俯首把繩子捆在脖

子上,表示認罪。俛,通“俯”。頸,脖頸。　　　[11]委命下吏:聽從秦國小吏的命令。　　　[12]蒙恬:秦名將,秦滅六國後,曾率三十萬大軍擊退匈奴,並修築長城。《史記》卷八九有傳。　　　[13]卻:擊退。　　　[14]牧馬:放馬。這裏指匈奴入侵。　　　[15]彎弓:拉開弓箭。報怨:報仇。　　　[16]先王之道:指堯、舜以來治理天下的方法。　　　[17]焚百家之言:李斯上書請廢博士官所職,燒毀《詩》、《書》、百家語等,施行愚民政策。　　　[18]愚黔首:使老百姓愚昧。愚,使動詞,“使……愚”。黔首,秦時稱老百姓爲黔首。　　　[19]墮:毀壞。　　　[20]豪俊:雄豪俊傑之士。　　　[21]兵:兵器。咸陽:秦國都城。　　　[22]“銷鋒”二句:銷毀兵器,熔鑄十二個金人。　　　[23]弱:使動詞,“使……弱”。秦始皇以爲收繳兵器,就可以阻止人民的反抗。　　　[24]斬華爲城:據守華山。斬,《史記集解》引徐廣曰:“一作‘踐’。”又引服虔注:“斷華山爲城。”踐,登。　　　[25]因河爲津:憑藉黃河作爲城池。　　　[26]不測之谿:指黃河。　　　[27]勁弩:强弓。這裏指持强弓的士兵。　　　[28]信臣:忠誠的大臣。　　　[29]誰何:《史記集解》引如淳曰:“何猶問也。”即盤查行人。　　　[30]關中:自函谷關以西,秦嶺以北,總稱關中。《史記·留侯世家》載張良的話説:“(關中)此所謂金城千里,天府之國也。”[31]金城:堅固的城墻。　　　[32]萬世之業:秦始皇曾下詔説:“朕爲始皇帝。後世以計數,二世三世,至於萬世,傳之無窮。”(《史記·秦始皇本紀》)　　　[33]殊俗:不同的民俗。　　　[34]陳涉:秦末農民起義領袖。　　　[35]甕牖繩樞:以瓦甕爲窗户,用繩索繫門户,極言其困窮。　　　[36]甿隸:貧民百姓。甿,通“氓”。[37]遷徙之徒:指陳涉被徵發去戍守邊地。　　　[38]中人:中等的人,即常人。[39]仲尼:孔子。墨翟:墨子。儒、墨兩派爲先秦顯學。　　　[40]陶朱:春秋時越國范蠡功成身退,以經商致富,號陶朱公。猗頓:春秋時魯人。他到猗氏從事畜牧業致富。猗氏,地名。　　　[41]躡足行伍:意謂在軍隊中行走奔跑的小兵。[42]倔起什伯之中:崛起於田野。倔,通“崛”。什伯,《文選》卷五十一作“阡陌”。[43]率罷散之卒:率領渙散的士兵。罷散,渙散、疲乏。　　　[44]將:統領。[45]斬木爲兵:砍斷樹枝作爲兵器。　　　[46]揭竿爲旗:高舉竹杆作爲旗幟。[47]雲集:像雲彩一樣集結。　　　[48]贏糧而景從:背負糧食,像影子一樣隨從。贏,擔負。　　　[49]山東豪俊:指函谷關以東地區的人。　　　[50]且夫:表示遞進的連詞,更何況。　　　[51]自若:像原來一樣。　　　[52]鉏櫌(yōu 優)棘矜(jīn今):鉏櫌,古代用於擊碎土塊的農具。棘矜,用棘木做的矛柄。　　　[53]非銛於鉤戟長鎩:意謂陳涉等人用的農具比不上大刀長矛那樣鋒利。銛,《文選》作“銛”,鋒利。鉤戟,長刃矛。長鎩,大矛。　　　[54]適戍:因有罪而被貶去戍邊。[55]鄉時:以往。鄉,通“嚮”。　　　[56]試使:假使。度長絜大:較量長短大小。

[57]同年而語:相提並論。　　　[58]區區:形容其小。　　　[59]千乘之權:乘,兵車。古時一車四馬爲一乘。千乘,極言其多,形容帝王權力浩大。　　　[60]招八州而朝同列:招舉八州,使他們都同列朝秦。招,舉。八州,即冀、豫、荆、揚、兗、徐、青、梁等。朝同列,各國同列朝秦。　　　[61]六合爲家,殽函爲宮:以天地四方爲家,以殽函作爲宮殿,意謂兼併天下,完成統一帝業。　　　[62]一夫作難而七廟墮:陳涉發難而秦國帝業崩潰。一夫,指陳涉。七廟,即祖廟。天子廟中供奉七代祖先,故稱七廟。墮,毀壞。七廟毀壞,意味秦朝統治崩潰。　　　[63]身死人手:秦王子嬰被項羽殺死。　　　[64]笑:嘲笑。　　　[65]"仁義"二句:不施行仁義,攻與守便面臨着兩種完全不同的形勢。攻:秦併六國。守:秦始皇統一中國後對自己政權的防衛守護。

【集評】

　　(清)吳楚材、吳調侯《古文觀止》卷六:"《過秦論》者,論秦之過也。秦過只是末'仁義不施'一句便斷盡,從前竟不説出。層次敲擊,筆筆放鬆,正筆筆筆鞭緊,波瀾層折、姿態橫生,使讀者有一唱三歎之致。"

晁　錯

【作者簡介】

　　晁錯(? —前154),潁川(今屬河南禹縣)人。少學申、商刑名之學,曾爲太常掌故,又到齊國從伏生治《尚書》。爲太子舍人,上書言太子當知術數。其所謂術數者,即臨制臣下,及聽言受事,安利萬民,使下知以忠孝事上之術。文帝對他很欣賞,任命爲太子家令。亦爲太子所信任,號曰"智囊"。晁錯數上書提出抵禦匈奴及貴粟賤商之術。後舉賢良文學,對策高第,遷中大夫。晁錯又言宜削諸侯事及法令可更定者,著書幾三十篇。景帝即位,任晁錯爲内史,遷御史大夫,建言削諸侯。力主改革,法令多所更定。因爲削奪諸侯王國部分封地,遭到諸侯王和貴族的激烈反對,後來吳王劉濞以誅晁錯、"清君側"爲名,發動叛亂。晁錯爲袁盎等譖害,斬於東市。晁錯所著書,《漢書·藝文志》有《晁錯》三十一篇。《隋書·經籍志》著録《晁錯集》三卷,漢御史大夫晁錯撰。亡。又《晁錯集》三卷,亦亡。存文九篇,清嚴可均輯入《全上古三代秦漢三國六朝文》。《史記》卷一一〇、《漢書》卷四九有傳。

論貴粟疏

【題解】

　　本篇原載《漢書·食貨志》,無題。此題本於《古文觀止》。這是晁錯的一篇奏疏,集中討論糧食問題。西漢初年,隨着戰事的逐漸平息,糧食問題日益嚴峻地擺在了統治者的面前。此文認爲獎勵農業,減輕賦斂,廣積糧食,打擊不法商販,不僅僅是一時的權宜之計,從長遠的觀點看,對內更有助於中央集權的加強,諸侯勢力的削弱;對外,可以徙民實邊,抗擊匈奴,永久解決邊患問題。文帝充分採納了晁錯的主張,有力地促進了農業生産,逐漸扭轉了漢代初年國力不足的被動局面,爲漢武帝時期的高度統一和發展奠定了相當的基礎。文章雄辯有力,通達流暢,對後世政論文有較大的影響。

　　聖王在上而民不凍飢者,非能耕而食之[1],織而衣之也[2],爲開其資財之道也[3]。故堯、禹有九年之水[4],湯有七年之旱[5],而國亡捐瘠者[6],以畜積多而備先具也[7]。今海內爲一[8],土地人民之衆不避湯、禹[9],加以亡天災數年之水旱,而畜積未及者[10],何也?地有遺利[11],民有餘力[12],生穀之土未盡墾,山澤之利未盡出也,游食之民未盡歸農也[13]。民貧,則姦邪生。貧生於不足[14],不足生於不農[15],不農則不地著[16],不地著則離鄉輕家,民如鳥獸[17],雖有高城深池[18],嚴法重刑,猶不能禁也[19]。

　　夫寒之於衣,不待輕煖[20];飢之於食,不待甘旨[21];飢寒至身,不顧廉恥[22]。人情,一日不再食則飢[23],終歲不製衣則寒[24]。夫腹飢不得食,膚寒不得衣,雖慈母不能保其子[25],君安能以有其民哉!明主知其然也[26],故務民於農桑[27],薄賦斂[28],廣畜積,以實倉廩[29],備水旱,故民可得而有也。

　　民者,在上所以牧之[30],趨利如水走下[31],四方亡擇也[32]。夫珠玉金銀,飢不可食,寒不可衣,然而衆貴之者[33],以上用之故也[34]。其爲物輕微易臧[35],在於把握[36],可以周海內而亡飢寒之患[37]。此令臣輕背其主[38]，而民易去其鄉[39]，盜賊有所勸[40]，亡逃者得輕資也[41]。粟米布帛生於地，長於時，聚於力，非可一日成也[42]；數石之重，中人弗勝[43]，不爲姦邪所利[44]，一日弗得而飢寒至。是故明君貴五穀而賤金玉[45]。

【校注】

[1]食(sì寺)：使動詞，即"使(讓)……有飯吃"。　　[2]衣：使動詞，即"使(讓)……有衣穿"。　　[3]資財：資本財富。道：途徑、方法。　　[4]堯禹有九年之水：《史記·夏本紀》載："堯聽四嶽，用鯀治水，九年而水不息。"　　[5]湯有七年之旱：先秦子書記載湯時乾旱，或五年，或七年，歧説不一。　　[6]國亡捐瘠：國家沒有被遺棄以至餓死的人。亡，通"無"。捐，抛棄。唐顔師古注引孟康曰："肉腐爲瘠。"顔師古則以爲"瘠，瘦病也。言無相棄捐而瘦病者耳"。　　[7]畜積：即蓄積。畜，通"蓄"。備先具：事先有所準備。　　[8]海内爲一：國家統一。[9]不避：不亞於。　　[10]未及：趕不上。　　[11]遺利：還有繼續開墾的價值。　　[12]餘力：還有繼續開發的潛力。　　[13]游食之民：不肯自食其力的游手好閒之人。　　[14]不足：不能滿足。　　[15]不農：不能從事農耕。[16]不地著：不能定居於一地。地著，即後來所稱的"土著"、"土斷"，意謂定居於一地。　　[17]民如鳥獸：老百姓就像鳥獸一樣四處游弋覓食，居無定所。[18]高城深池：高大的城墙和很深的護城河。　　[19]猶：仍然、還。　　[20]輕煖：柔和靡麗的衣服。煖，同"暖"。這句的大意説，人在寒冷的時候首先急需的是禦寒衣服，而不在乎其成色品質。　　[21]甘旨：美味。這句的大意説，人在饑餓的時候首先需要食物填飽肚子，而不在意其美味。　　[22]飢寒至身，不顧廉恥：飢寒交迫的時候就顧不上禮義廉恥。《管子》説："倉廩足而知禮節。"　　[23]再：兩次。　　[24]終歲：終年。　　[25]保：保護、守護。　　[26]然：指示代詞，這樣。　　[27]務：致力於。　　[28]薄賦歛：減輕賦税。薄，動詞，減輕。[29]以實倉廩：讓糧庫充實。倉廩，儲存糧食的倉庫。　　[30]牧：統治、管理。[31]趨利：追逐利益。　　[32]亡擇：沒有選擇。　　[33]貴之：以之爲貴，即珍重它。　　[34]以上用之故：因爲皇上愛好使用的緣故。以，因爲。　　[35]臧：通"藏"。　　[36]把握：掌握在手中。　　[37]周海内：走遍各地。　　[38]"此令"句：這樣就會讓大臣輕易地背叛其君主。　　[39]"而民"句：老百姓也容易離開他的家鄉。　　[40]有所勸：即得到某種激勵。勸，鼓勵。　　[41]輕資：輕便易攜帶的資産，這裏指珠玉金銀之類。　　[42]"粟米"四句：糧食布帛要在一

定的地方生長,需要一定時間,需要很多人力,不是短時間內就可以完成的。
[43]"中人"二句:一定重量的糧食布帛,就是中等體力的人也難以擔負。數石
(dàn 但):一定重量的糧食。石,古代計量單位。中人:中等體力的人。勝:勝任。
[44]所利:得到好處。　　　[45]是故:因此。

　　今農夫五口之家,其服役者不下二人[1],其能耕者不過百畮,百
畮之收不過百石。春耕夏耘,秋穫冬臧,伐薪樵[2],治官府[3],給繇
役[4];春不得避風塵,夏不得避暑熱,秋不得避陰雨,冬不得避寒凍,
四時之間亡日休息;又私自送往迎來[5],弔死問疾[6],養孤長幼在其
中[7]。勤苦如此,尚復被水旱之災[8],急政暴賦[9],賦斂不時[10],朝
令而暮改。當具有者半賈而賣[11],亡者取倍稱之息[12],於是有賣田
宅鬻子孫以償責者矣[13]。而商賈大者積貯倍息[14],小者坐列販
賣[15],操其奇贏[16],日游都市。乘上之急,所賣必倍[17]。故其男不
耕耘,女不蠶織,衣必文采[18],食必粱肉[19];亡農夫之苦,有仟伯之
得[20]。因其富厚,交通王侯[21],力過吏勢[22],以利相傾[23];千里游
敖,冠蓋相望[24],乘堅策肥[25],履絲曳縞[26]。此商人所以兼并農人,
農人所以流亡者也。
　　今法律賤商人[27],商人已富貴矣;尊農夫,農夫已貧賤矣。故俗
之所貴[28],主之所賤也[29];吏之所卑,法之所尊也。上下相反,好惡
乖迕[30],而欲國富法立,不可得也。方今之務,莫若使民務農而已矣。
欲民務農,在於貴粟[31];貴粟之道,在於使民以粟爲賞罰。今募天下
入粟縣官[32],得以拜爵[33],得以除罪[34]。如此,富人有爵,農民有
錢,粟有所渫[35]。夫能入粟以受爵,皆有餘者也;取於有餘,以供上
用,則貧民之賦可損[36],所謂損有餘補不足[37],令出而民利者也。順
於民心,所補者三:一曰主用足,二曰民賦少,三曰勸農功[38]。今令民
有車騎馬一匹者,復卒三人[39]。車騎者,天下武備也,故爲復卒。神
農之教曰[40]:"有石城十仞[41],湯池百步[42],帶甲百萬[43],而亡粟,
弗能守也。"以是觀之,粟者,王者大用,政之本務。令民入粟受爵至
五大夫以上[44],乃復一人耳,此其與騎馬之功相去遠矣。爵者,上之
所擅[45],出於口而亡窮;粟者,民之所種,生於地而不乏。夫得高爵與

免罪,人之所甚欲也。使天下人入粟於邊[46],以受爵免罪,不過三歲,塞下之粟必多矣。

　　陛下幸使天下入粟塞下以拜爵,其大惠也[47]。竊恐塞卒之食不足用大渫天下粟[48]。邊食足以支五歲[49],可令入粟郡縣矣[50];足支一歲以上,可時赦,勿收農民租。如此,德澤加於萬民[51],民俞勤農[52]。時有軍役[53],若遭水旱,民不困乏,天下安寧;歲孰且美[54],則民大富樂矣。

《漢書》卷二四上《食貨志》

【校注】

[1]服役:爲官府服務。　　[2]薪樵:做飯用的柴火。　　[3]治官府:爲官府修繕房屋。　　[4]繇役:爲國家服勞役。　　[5]送往迎來:各種交際應酬。
[6]弔死問疾:悼念死去的人,看望得病的人。　　[7]養孤長幼:撫養孤兒,哺育幼兒。養、長,均爲動詞。　　[8]被(pī 批):施及,加於……之上。引申爲蒙受、遭受。　　[9]急政暴賦:政,王念孫《讀書雜志》以爲作“徵”,急徵,即迫不及待地徵歛。暴賦:深重的賦稅。　　[10]賦歛不時:徵歛賦稅也沒有準時。
[11]“當具”句:該繳納賦稅的時候,官府不收實物,只能半價出售自己的東西。賈:通“價”。　　[12]“亡者”句:沒有辦法繳納賦歛的時候,只能舉債償還。倍稱:顏師古注引如淳曰:“取一償二爲倍稱。”則“倍稱之息”,即相當於一倍的利息。
[13]鬻:出售。償責:即償債。責,通“債”。　　[14]商賈(gǔ 古):行賣曰商,坐販曰賈,簡稱行商坐賈,或商賈,即商人。積貯:積存。倍息:成倍的利息。
[15]坐列:坐在小商鋪中。　　[16]奇贏:顏師古注:“奇贏,謂有餘財而畜(儲)聚奇異之物也。”即獲得豐厚利潤,購進大量珍寶。奇,稀有。贏,盈餘。　　[17]“乘上”二句:乘皇上急需的時候,以高於原價一倍的價格出售。乘:通“趁”,趁機。
[18]文采:文采華麗的織物。　　[19]粱肉:美食佳餚。顏師古注:“粱,好粟也。即今之粱米。”　　[20]仟伯之得:獲得豐厚的利潤。顏師古曰:“仟謂千錢,伯謂百錢也。”　　[21]交通王侯:疏通與王侯的關係。　　[22]吏勢:官吏的威勢。
[23]以利相傾:彼此以利益傾軋。　　[24]冠蓋相望:冠指冠冕,蓋指車蓋。這裏形容達官顯貴往來奔走於路上,氣勢非凡。　　[25]乘堅策肥:乘坐着堅固的大車,鞭趕着肥壯的馬匹。堅指堅固的馬車。肥指肥壯的馬匹。　　[26]履絲曳(yè 葉)縞(gǎo 搞):腳穿絲織的鞋,身披潔白的長裾。顏師古曰:“縞,皓素也,繒之精白者也。”　　[27]“今法律”句:《史記·高祖本紀》載,高祖八年,規定賈人

不得衣錦、繡、綺、縠、絺、紵、罽，操兵，乘車，騎馬等。孝惠、高后時，對商賈的禁律有所鬆動，但依然規定市井之子孫不得仕宦爲吏。　　[28]俗之所貴：世俗所看重的。　　[29]主之所賤：君主所輕視的。　　[30]乖迕(wǔ 午)：違背、相反。
[31]貴粟：以粟爲貴。　　[32]入粟：交納糧食。　　[33]拜爵：賜予爵位。
[34]除罪：免除罪行。　　[35]渫(xiè 謝)：分散、流通。　　[36]損：減少。
[37]損有餘補不足：本於《老子》：“損有餘而補不足。”　　[38]農功：農事。
[39]復卒三人：復卒，免除兵役。顏師古注：“當爲卒者，免其三人；不爲卒者，復其錢耳。”即應該服兵役的，可以免除三個人的兵役；不該服兵役的，則免除三個人的稅收。　　[40]神農：相傳爲上古氏族的一個首領，宣導百姓種田，並發明許多農具，故稱“神農”。　　[41]仞：古代以八尺爲一仞。十仞，比喻其高。　　[42]湯池：用沸騰的熱水作爲護城河的水，比喻城池牢不可破。湯，沸騰的熱水。池，護城河。　　[43]帶甲：披甲的將士。甲，兵器。　　[44]五大夫：漢代爵位有二十等。五大夫爲第九等爵。　　[45]擅：專有、專用。　　[46]邊：邊塞。
[47]惠：仁慈、仁愛。　　[48]塞卒：戍守邊塞的士兵。　　[49]支：支持、支撐。
[50]入粟郡縣：將糧食存到郡縣，以備急需。　　[51]德澤：德化和恩澤。
[52]民俞勤農：老百姓更加盡力從事農業。俞，通“愈”。　　[53]時有：時常有。軍役：戰事。　　[54]歲孰：每年穀物成熟。孰，通“熟”。

【集評】

　　(唐)劉知幾《史通》卷二：“晁錯、董生之對策……斯並德冠人倫，名馳海内，識洞幽顯，言窮軍國。”

　　(清)吳楚材、吳調侯《古文觀止》卷六：“此篇大意，只在入粟于邊，以富强其國。故必使民務農，務農在貴粟，貴粟在以粟爲賞罰。一意相承，似開後世賣鬻之漸。然錯爲足邊儲計，因發此論，固非泛談。”

劉　安

【作者簡介】

劉安（前179—前122），漢高帝子淮南王劉長子，初封阜陵侯，文帝十六年（前164），襲父封爲淮南王。博學善文，招致賓客方術之士數千人，作《內書》二十一篇，《外書》三十三篇。又有《中篇》八卷，言神仙黃白之術。劉安入朝，獻《內書》，受到漢武帝的重視，又獻《頌德》及《長安都國頌》。劉安工於辭賦，才思敏捷。有賦八十二篇，今僅存《屏風賦》，見《藝文類聚》卷六十九。有集兩卷，已佚。曾奉武帝詔作《離騷傳》，今仍有片段保留在《史記·屈原賈生列傳》中，是目前所知最早解說《離騷》的著作，其中給《離騷》以崇高的評價，稱其兼有“國風”、“小雅”之長，可與日月爭光。《楚辭章句》及《文選》有淮南小山《招隱士》一篇，或以爲劉安作，或以爲劉安賓客作，疑莫能明。《史記》卷一一八、《漢書》卷四四有傳。

魯陽揮戈止日

【題解】

本文選自《淮南子·覽冥訓》，原無標題，係後人所擬。《淮南子》又名《淮南鴻烈》，今存二十一篇，當是《漢書》記載的《內書》。據高誘序，此書係門客所著。漢代有許慎、高誘二家作注。許注今佚，唯高注存。今人劉文典有《淮南鴻烈集解》、何寧有《淮南子集解》等。《淮南子》雜取諸家之說而歸本於黃老之言，善於運用古代傳說和神話故事來闡發道理，“牢籠天地，博極古今”（唐劉知幾《史通》），爲後人保存了一些珍貴的神話傳說，如《共工怒觸不周山》、《女媧補天》、《后羿射日》以及這篇《魯陽揮戈止日》等，多爲後人傳誦。晉陸機《弔魏武帝文》：“夫以迴天倒日之力，而不能振形骸之內。”左思《吳都賦》：“魯陽揮戈而高麾，迴曜靈於太清。”郭璞《游仙詩》：“愧無魯陽德，迴日向三舍。”唐李白《日出入行》：“魯陽何德，駐景揮戈。”都用到這個典故，其影響可見一斑。

魯陽公與韓搆難[1]，戰酣日暮[2]，援戈而撝之[3]，日爲之反三舍[4]。夫全性保真[5]，不虧其身[6]，遭急迫難，精通於天[7]。若乃未始出其宗者[8]，何爲而不成？夫死生同域，不可脅陵[9]，勇武一人[10]，爲三軍雄，彼直求名耳，而能自要者尚猶若此[11]，又況夫宮天地^[12]，懷萬物，而友造化^[13]，含至和^[14]，直偶于人形^[15]，觀九鑽一^[16]，知之所不知^[17]，而心未嘗死者乎？

《淮南鴻烈集解》卷六《覽冥訓》

【校注】

[1]魯陽：今河南南陽。楚平王之孫文子封公於此，故稱魯陽公。搆難：交戰。《文選》卷二十一郭璞《游仙詩》李善注引作“遘難”。　　[2]戰酣：交戰激烈。酣，本意是飲酒盡興，後泛指盡興、暢快、進入高潮。　　[3]撝（huī揮）：通“麾”，指揮。[4]三舍：高誘注以爲“舍，次宿也”。古人將天空分爲二十八宿，各有分度，一舍十度，日反三舍，即三十度。《左傳》僖公二十三年、二十八年有“避君三舍”之語，古時軍行三十里爲一舍。三舍，這裏是約指。　　[5]全性保真：性指本性，真指本真。《莊子·庚桑楚》：“性者，生之質也。”《莊子·漁父》：“真者，精誠之至也。”“真者，所以受於天也，自然不可易也。”　　[6]虧：毀壞。　　[7]精通於天：《淮南子》高誘注：“謂聖人質成上通，爲天所助。”質成，即質誠，以質誠釋“精”。[8]“若乃”句：高誘注：“宗者，道之本也。謂性不外逸，生與道同也。”　　[9]脅陵：脅迫欺凌。《文子·精誠》：“死生同域，不可脅淩。”　　[10]勇武：勇士。[11]自要：自求。　　[12]宮天地：《淮南子》高誘注：“以天地爲宮室。”《文子·精誠》作“官天地”。官，主宰。官天地即主宰天地。　　[13]友造化：以造化爲友。造化，謂陰陽。　　[14]含至和：蘊含天地祥和之氣。　　[15]直偶於人形：俞樾謂“偶”通“寓”，即僅僅寄寓爲人的形體而已。　　[16]觀九鑽一：對此句理解頗有分歧，俞樾謂所觀者多，而鑽研者少。九與一均爲數詞。而蔣禮鴻以爲“一”字屬下。《莊子·德充符》：“夫保始之徵，不懼之實，勇士一人，雄入於九軍。將求名而能自要者，而猶若是，而況官天地，府萬物，直寓六骸，象耳目，一知之所知，而心未嘗死者乎。”此爲《淮南子》所本。觀九鑽，即“象耳目”。九鑽即九竅，謂以九竅爲形觀。　　[17]知之所不知：依據上引《莊子》，似衍“不”字。成玄英《南華真經疏》：“一知，智也。所知，境也。能知之智，照所知之境。”

【集評】

(唐)劉知幾《史通》：“《淮南子》牢籠天地，博極古今。”

漢武帝劉徹

【作者簡介】

　　漢武帝劉徹(前 156—前 87),景帝子。十六歲即位,在位五十四年,内興禮樂,外拓疆土,歷來盛稱其雄才大略。武帝酷愛文學藝術,許多文學雅士得到提拔重用,自己也寫作了許多作品,明顯受到《楚辭》的影響。《漢書·藝文志》詩賦略著録"上所自造賦二篇",有學者認爲就是《漢書》所載的《李夫人歌》和《文選》所載的《秋風辭》。《史記》卷一二、《漢書》卷六有傳。

秋　風　辭　并序

【題解】

　　《漢武故事》説這首詩是劉徹行幸河東祭祀后土後,與群臣舟中宴飲時所作。《文選》卷四十五收録此詩,撰人題"漢武帝"。漢武帝多次巡訪河東,這首詩作於何時,歷來有爭議。有研究者以爲在元鼎四年(前 113)十月冬。但這時尚未改曆,十月乃歲首,非秋季,而是春季。宋王益之《西漢年紀》卷十六繫於天漢元年(前 100),而這一年是三月巡訪河東,都不是秋風起時。而且,《文選》所載詩序説是巡訪河東均爲祠后土,詩中卻無一句交待。據此,清代學者費錫璜《漢詩説》以爲"儼然文士之作"。而今人鄭文甚至認爲此詩是東漢以後人僞造的(《漢詩研究》,甘肅民族出版社,1994),然難提出確證。

　　詩歌的創作背景是在秋風蕭瑟的季節,故以秋風起興,引發了懷念故人的情思,感歎人生苦短。起句摹仿高祖《大風歌》,三、四句摹仿《九歌·湘夫人》"沅有芷兮澧有蘭,思公子兮未敢言",明顯受到楚歌風格的影響。

　　　　上行幸河東,祠后土。顧視帝京欣然,中流與群臣飲燕。上歡甚,乃自作秋風辭曰:

　　　　秋風起兮白雲飛[1],草木黄落兮鴈南歸[2]。蘭有秀兮菊有芳[3],攜佳人兮不能忘[4]。泛樓舡兮濟汾河[5],横中流兮揚素波[6]。簫鼓鳴兮發棹歌[7],歡樂極兮哀情多[8],少壯幾時兮奈老何[9]!

《文選》卷四五

【校注】

[1]“秋風”句：或本於漢高祖劉邦《大風歌》：“大風起兮雲飛揚。”　　[2]草木黄落：《禮記·月令》説：季秋之月，“草木黄落……鴻鴈來賓”。　　[3]蘭有秀兮：《太平御覽》卷五七〇引此作“蘭有秀才兮”。蘭、菊，比喻佳人。　　[4]攜：《太平御覽》卷五七〇引作“懷”，而卷五九一則引作“攜”。　　[5]樓舡（xiāng 香）：樓船。汾河：流經今山西境内。　　[6]素波：白色浪花。　　[7]簫鼓：古代兩種樂器，也泛指簫鼓之聲。棹歌：引棹而歌。棹，船槳。《漢武故事》引此無“兮”。
[8]歡樂極：《漢武故事》作“極歡樂”。歡，《太平御覽》卷五七〇作“忻”。
[9]少壯幾時：幾時，多少時候，此言少壯短暫。幾，疑問詞。

【集評】

（清）沈德潛《古詩源》卷二：“《離騷》遺響。文中子謂樂極哀來，其悔心之萌乎？”

（清）張玉穀《古詩賞析》卷三：“此辭有感秋摇落，繫念求仙意。‘懷佳人’句，一篇之骨，泛以爲樂極哀來，驚心老至，未盡神理也。首二，就秋時景物蕭颯滿前，飄然叙起，已爲結處老至可哀，鏡中取影。‘蘭有’二句，以蘭菊比佳人，即指仙也。蒙上草木黄落作轉，言於時惟有蘭菊，獨擅秀芳，猶世人易老，而仙人常好容顔，能無懷之而不忘哉？作辭之旨已揭。‘泛樓’三句，突接本事鋪叙，以見在非不歡樂，作一開勢。末二，從樂遞哀，點明時不我與，就‘老’字凄然收住，兜應首二，是謂即景生情，卻已爲‘蘭有’二句添取一重注腳。求仙意未嘗繳醒，而言下顯然，妙妙。以佳人爲仙人，似近乎鑿，然帝之幸河東，祠后土，皆爲求仙起見，必作是解，於時事始合，而章義亦前後一綫穿去。友人卜近村固具眼者，質之適符其意，不覺相視笑來。”

柏　梁　詩

【題解】

《柏梁臺》詩的作者及年代問題，歷來争議不休。《世説新語·排調篇》劉孝標注引《東方朔别傳》：“漢武帝在柏梁臺上，使群臣作七言詩。”《文心雕龍·明詩篇》、舊題任昉《文章緣起》等也都言及作詩事，但未引詩。《藝文類聚》卷五六《雜文部》曰：“漢孝武帝元封三年作柏梁臺，詔群臣二千石有能爲七言者，乃得上坐，皇帝曰：‘日月星辰和四時’，梁王曰：‘驂駕駟馬從梁來’”云云，將此詩與漢武帝聯繫起來。相傳發現於唐代的《古文苑》卷八亦收録此詩，但不是每句前稱官位，而是放在每句末。吴兢《樂府古題要解》稱聯句詩"起漢武帝柏梁宴作,人爲一句,連以成文,本七言詩。詩有七言始於此也。"上述材料爲唐代或是唐代以前的文獻記載,多署名漢武帝劉徹。因此,多數學者對此深信不疑。宋代嚴羽《滄浪詩話·詩體》就説:"七言起於漢武《柏梁》。"并注"柏梁體"説:"漢武帝與群臣共賦七言,每句用韻,後人謂此體爲柏梁體。"不過,此事在專門記載漢代歷史的《漢書》裏並没有任何蹤影,所以清顧炎武乃至當代的游國恩等學者都對此詩表示懷疑。同時也有很多學者,如錢大昕、丁福保、逯欽立等又都充分肯定此詩爲漢代作品。其分歧集中在聯句後面標注的職官和人名,有些是漢武帝元封三年之後才出現的。問題是,這些官名和人名是否爲原來就有,頗可懷疑。在没有更確切的證據之前,還應以唐前著録爲準。

全詩二十六句,一百八十二字(官名不計),遣辭用韻,古樸重拙,似非後人依託之作。如果《柏梁聯句》確爲武帝等人於元封三年所作的話,那麼,就可以證明七言詩早在西漢前期就已經出現。而且,作爲一種詩体,"聯句當以漢武《柏梁》爲始"(清人趙翼《陔餘叢考》)。

日月星辰和四時(皇帝)[1]。駟駕駟馬從梁來(梁王)[2]。郡國士馬羽林才(大司馬)[3]。總領天下誠難治(丞相)[4]。和撫四夷不易哉(大將軍)[5]。刀筆之吏臣執之(御史大夫)[6]。撞鐘擊鼓聲中詩(太常)[7]。宗室廣大日益滋(宗正)[8]。周衛交戟禁不時(衛尉)[9]。總領從官柏梁臺(光禄勳)[10]。平理請讞決嫌疑(廷尉)[11]。循飭輿馬待駕來(太僕)[12]。郡國吏功差次之(大鴻臚)[13]。乘輿御物主治之(少府)[14]。陳粟萬石楊以箕(大司農)[15]。徼道宫下隨討治(執金吾)[16]。三輔盜賊天下尤(左馮翊)[17]。盜阻南山爲民災(右扶風)[18]。外家公主不可治(京兆尹)[19]。椒房率更領其財(詹事)[20]。蠻夷朝賀常會期(典屬國)[21]。柱枅薄櫨相枝持(大匠)[22]。枇杷橘栗桃李梅(太官令)[23]。走狗逐兔張罝罘(上林令)[24]。齧妃女唇甘如飴(郭舍人)[25]。迾窘詰屈幾窮哉(東方朔)[26]。

《藝文類聚》卷五六

【校注】

[1]和:相應、諧和。四時:四季。皇帝:指漢武帝劉徹。　　[2]駟駕駟馬:高車大馬。駟駕,指三匹馬所駕的車。駟馬,指四匹馬所駕的車。《詩·小雅·采菽》:"載驂載駟,君子所屆。"梁:梁國。梁王當指梁孝王劉武。　　[3]羽林才:指郡國

的兵馬。羽林,本爲星宿名。《史記·天官書》:"北宮玄武,虛、危……其南有衆星,曰羽林天軍。"漢武帝劉徹太初元年(前104)組建建章營騎,後改名羽林,"以天有羽林之星,故取名焉"。但這是後來的事。這裏僅指地方軍事。才,《古文苑》卷八引作"材",似指材官,秦漢地方兵種之一,特指步兵。大司馬:漢武帝元狩四年(前119)置大司馬以冠將軍之號。衛青爲大司馬大將軍,霍去病爲大司馬驃騎將軍。霍去病死後,衛青兼領二職。　　　[4]總領:統轄、統管。誠:確實。治:治理。《漢名臣奏議》(《北堂書鈔》卷五十八引)載張禹奏記有"丞相獨綱領天下萬事"。綱領即總領。《古文苑》署此丞相爲石慶。　　　[5]和撫四夷:安撫周圍的少數民族。和,《北堂書鈔》卷五十一引《柏梁臺》詩"大將軍'鎮撫四夷'者也"。是"和"作"鎮"。大將軍:中樞官名。武帝元狩四年廢太尉,置大司馬大將軍,在內朝執掌政務。《古文苑》署此大司馬爲衛青。　　　[6]刀筆之史:指主辦文案的官吏。御史大夫:官名。秦及西漢時期,御史大夫兼具中央政府秘書長及監察長的雙重身份,與丞相、太尉合稱三公。故自稱"刀筆之史"。《古文苑》署此御史大夫爲兒寬。　　　[7]詩:這裏用作動詞,指誦詩。太常:官名,主要掌管宗廟、朝廷的禮儀祭祀事務。故有"撞鐘擊鼓"之舉。而樂府又爲其管轄,故有誦詩的活動。《古文苑》署此太常爲周建德。　　　[8]日益滋:日益增長。滋,生長、增長。宗正:官名,主要掌管皇族和外戚事務。《古文苑》署此宗正爲劉安國。　　　[9]周衛:防衛、禁衛,引申爲宮禁。交戟:衛士執戟相交。戟,古代兵器名,合戈矛爲一體,可以直刺和橫擊。不時:隨時。衛尉:官名,主要掌管宮門衛屯兵。《古文苑》署此衛尉爲路博德。　　　[10]光禄勳:皇帝的顧問參議官,主要是大夫,有太中大夫、中大夫、諫大夫等,有時多至數十人。這句是説,光禄勳率領百官登上柏梁臺。《古文苑》署此光禄勳爲徐自爲。　　　[11]平理請讞(yàn 艷):平理,評斷是非。請讞,古代下級官吏遇到疑難案件不能決斷,請求上級機關審核定案,稱請讞。廷尉:官名,職掌刑法,郡國決獄有疑,都由廷尉審核平決。《古文苑》署此廷尉爲杜周。　　　[12]循飭:修飾裝扮。《初學記》卷十二作"牧拭"。《古文苑》卷八作"修飾"。待駕來:《初學記》作"待警來"。駕,車乘,後來專指皇帝的車駕,又特指皇帝。太僕:官名,主要掌管輿馬及畜牧之類的事務。《古文苑》署此太僕爲公孫賀。[13]吏功:地方官吏的業績。功,功績、成就。差次:等級次序,順序安排。大鴻臚:官名,主要掌管諸侯及少數民族首領入朝、迎送、接待、朝會、封授、弔慶等禮儀事項。《古文苑》署此大鴻臚爲趙充國。　　　[14]乘輿御物:乘輿,皇帝、諸侯乘坐的車子。御物,皇帝使用的器物。少府:官名,西漢時少府職掌皇室的財政。《古文苑》署此少府爲王温舒。　　　[15]陳粟:陳年的糧食。萬石(dàn 但):形容存糧之多。石,量詞。作容量單位,十斗爲石。作重量單位,百二十斤爲石。石,原作

"碩",今據《古文苑》改。箕(jī機):簸箕。大司農:官名,主要掌管國家財政和皇室財務。《古文苑》署此大司農爲張成。　　［16］徼道:巡行警戒的道路。徼,巡察。班固《西都賦》:"周廬千列,徼道綺錯。"討治:巡究治理。執金吾:官名,主要負責京師的警戒工作。《古文苑》署此執金吾爲中尉豹。　　［17］三輔:指西漢治理京畿地區的三個職官。西漢建都長安,京畿官通稱内史。景帝時分置左右内史及都尉,即有三輔的名稱。武帝太初元年(前104)改右内史爲京兆尹,治長安以東;左内史爲左馮翊,治長陵以北;都尉爲右扶風,治渭城以西。其所管轄的地區爲三輔。尤:《古文苑》作"尢"。　　［18］阻:依傍、靠近。《文選》載張衡《東京賦》:"邪阻城洫。"李善注:"阻,依也。"南山:終南山,即今陝西秦嶺山脈。　　［19］外家公主:外家,外祖父母家、舅家。這裏指外戚家族。治:治理。　　［20］椒房:漢代皇后所居的宮殿,以椒和泥塗壁,取温、香、多子之義。率更:古代掌管漏刻記時的官吏。財:《古文苑》作"材"。詹事:負責皇后、太子生活的官吏。《古文苑》署此詹事爲陳掌。　　［21］蠻夷:古代泛指華夏中原民族以外的少數民族。朝賀:朝覲慶賀。會期:會盟的日期。典屬國:官名。凡邊疆各民族降服於漢,仍保存其國號者,叫屬國,由典屬國掌之。　　［22］柱枅薄櫨:建築上使用的各種木材。柱,支撐房屋的柱子。枅(jī機),柱上方木。薄櫨,柱上承托棟樑的方形短木,即斗拱。相枝持:相互勾連支撐。枝,一本作"支"。大匠:將作大匠的簡稱,漢代官名,主要掌管宗廟、宮室、陵寢及其他土木營建,也管理宮室及陵園的綠化。　　［23］枇杷橘栗桃李梅:各種水果的名稱。太官令:官名,掌管皇帝的膳食及燕享之事。　　［24］罝(jū居)罘(fú福):疊韻連綿字,捕兔的網。上林令:上林令丞的簡稱,漢代官名,主要掌管上林苑及農田、水利、造船、鑄錢等事宜。［25］齧妃女脣甘如飴:美女就像糖一樣甜蜜。飴,用麥芽熬成的糖漿。郭舍人:歌舞藝人。《漢書·東方朔傳》:"時有幸倡郭舍人,滑稽不窮,常侍左右。"　　［26］迫窘詰屈:處境尷尬,文辭難懂。東方朔最後誦詩,謙稱自己幾乎没有文辭可以陳述。東方朔,漢代以機智詼諧著稱的文學家。《史記》卷一二六、《漢書》卷六五有傳。

【集評】

　　(南朝梁)劉勰《文心雕龍·明詩》:"漢初四言,韋孟首唱,匡諫之義,繼軌周人。孝武愛文,《柏梁》列韻,嚴馬之徒,屬辭無方。至成帝品録,三百餘篇,朝章國采,亦云周備。而辭人遺翰,莫見五言,所以李陵、班婕妤見疑於後代也。"

　　(清)沈德潛《古詩源》卷二:"此七言古權輿,亦後人聯句之祖也。武帝句,帝王氣象,以下難追後塵矣,存之以備一體。篇中三'之'字,三'治'字,二'哉'字,二'時'字,二'材'字。古人作詩,不忌重複。且如《三百篇·株林》一詩,四句中連用二‘林’字、二‘南’字,《采薇》首章連用‘獫狁之故’句,此類不可勝數。”

李延年

【作者簡介】

李延年,中山(今河北定縣)人,他本人及其父母兄弟都是歌舞藝人。延年犯法受到腐刑,給事狗監中。由於其妹得到了武帝的寵信,任協律都尉。李延年善歌,爲新變聲,與司馬相如等一起創作詩頌。李夫人死後,李延年被武帝所殺。《史記》卷一二五、《漢書》卷九三有傳。

北方有佳人

【題解】

《漢書·外戚傳》:“孝武李夫人,本以倡進。初,夫人兄延年性知音,善歌舞,武帝愛之。每爲新聲變曲,聞者莫不感動。延年侍上起舞,歌曰(略)。上歎息曰:‘善!世豈有此人乎?’平陽主因言延年有女弟,上乃召見之,實妙麗善舞。由是得幸,生一男,是爲昌邑哀王。”《資治通鑑》卷二十記載李延年與司馬相如同時在宫廷作詩,司馬相如卒於元狩六年(前117),則李延年創作此詩并入宫當在元鼎六年(前111)前後。這首詩在五言詩形成發展的歷史上佔有重要地位。全詩六句,除第五句外,均爲五言。有的本子連第五句也是五言。如此,則通篇五言。當然,這裏還是以通行本《漢書》的記載爲準。

　　北方有佳人,絶世而獨立[1]。一顧傾人城[2],再顧傾人國[3]。寧不知傾城與傾國[4],佳人難再得[5]!

《漢書》卷九七《外戚傳》

【校注】

[1]絶世:並世無雙。　　[2]傾人城:全城爲之傾倒。傾,傾倒。　　[3]傾人

國：全國爲之傾倒。　　　〔4〕寧不知傾城與傾國：《文選》卷二一顏延年《咏史》李善注引《漢書》作“寧知傾城國”。《玉臺新詠》卷一收録此詩，作“傾城復傾國”。《太平御覽》卷三八一引作“豈不言傾城國”；卷五一七引作“不惜傾城傾國”。寧，難道，哪裏。　　　〔5〕難再得：《太平御覽》卷三八〇引作“不可得”。

【集評】

（清）沈德潛《古詩源》卷二：“欲達女弟，而先爲此歌。倡優下賤之技也。然寫情自深。古來破家亡國，何必皆庸愚主耶？”

枚　乘

【作者簡介】

枚乘（？—前140），字叔。淮陰（今屬江蘇）人。初爲吳王劉濞郎中，劉濞謀爲叛亂，枚乘反復上書諷諫，鞭辟入裏，表現了作者高度敏鋭的政治眼光和很強的邏輯思辨能力。吳王不納，枚乘遂去吳歸梁，從梁孝王游。七國之亂既平，枚乘名聲鵲起，被召拜爲弘農都尉。枚乘久客諸侯，不願作郡吏，遂以官去職，復從梁王游。當時，梁孝王賓客大都善長辭賦，枚乘才能最高。漢武帝即位，素聞枚乘文名，於是徵召枚乘入京。枚乘年老多病，死於道中。《漢書·藝文志》著録“枚乘賦”九篇，《隋書·經籍志》謂梁朝存《枚乘集》二卷，亡。其辭賦、散文之存者，清人嚴可均輯入《全上古三代秦漢三國六朝文》。《漢書》卷五一有傳。

七　發

【題解】

《七發》兩千餘字，假設楚太子有病，吳客云看望，通過反復問答，構成八段文字。唐李善《文選注》以爲是“説七事以啓發太子也”。這是一篇具有諷勸意義的作品，勸告貴族子弟以及整個貴族統治集團，不要縱情聲色，貪戀安逸，過分沉緬於享樂。貪戀安逸的生活方式，其本身就是病，所以藥石針灸無能爲力，根治的方法唯有用“要言妙道”來消滅思想裏的毒菌。這篇作品幾乎具有漢賦的所有特色。在内容上,所描寫的音樂、飲食、車馬、游觀、田獵、觀濤等涉及許多方面。在體制上,篇幅闊大,義脈貫通,跌宕多姿,起伏變化,給人以移步換形的强烈感受。至於語言之豐富,文采之華麗以及鋪陳排比、誇張比喻的成功運用等,可謂上繼《楚辭·招魂》,下開漢大賦之體。甚至可以説是漢賦正式形成的標誌。《七發》問世後,模仿者絡繹不絶。有人統計過,唐代以前模仿《七發》的作者就不下四十餘家,昭明太子編《文選》,就專設"七"類。除《七發》外,還收録有曹植《七啓》、張協《七命》等,其影響之久遠於此可見。

　　楚太子有疾,而吴客往問之,曰:"伏聞太子玉體不安,亦少閒乎[1]?"太子曰:"憊! 謹謝客[2]。"客因稱曰[3]:"今時天下安寧,四宇和平。太子方富於年[4],意者久耽安樂[5],日夜無極。邪氣襲逆[6],中若結轖[7]。紛屯澹淡[8],嘘唏煩酲[9]。惕惕怵怵,卧不得瞑[10]。虚中重聽[11],惡聞人聲[12]。精神越渫[13],百病咸生。聰明眩曜[14],悦怒不平[15]。久執不廢[16],大命乃傾[17]。太子豈有是乎?[18]"太子曰:"謹謝客。賴君之力,時時有之,然未至於是也[19]。"客曰:"今夫貴人之子,必宫居而閨處[20],内有保母[21],外有傅父[22],欲交無所[23]。飲食則温淳甘膬[24],脭醲肥厚[25]。衣裳則雜遝曼煖[26],燀爍熱暑[27]。雖有金石之堅,猶將銷鑠而挺解也[28]。況其在筋骨之間乎哉[29]? 故曰:縱耳目之欲,恣支體之安者,傷血脈之和[30]。且夫出輿入輦[31],命曰蹷痿之機[32];洞房清宫[33],命曰寒熱之媒[34];皓齒娥眉,命曰伐性之斧[35];甘脆肥膿[36],命曰腐腸之藥。今太子膚色靡曼[37],四支委隨[38],筋骨挺解,血脈淫濯[39],手足墮窳[40];越女侍前,齊姬奉後[41]。往來游醼[42],縱恣於曲房隱間之中[43]。此甘餐毒藥[44],戲猛獸之爪牙也[45]。所從來者至深遠,淹滯永久而不廢[46];雖令扁鵲治内[47],巫咸治外[48],尚何及哉! 今如太子之病者,獨宜世之君子,博見强識[49],承間語事[50],變度易意[51],常無離側,以爲羽翼[52]。淹沈之樂[53],浩唐之心[54],遁佚之志,其奚由至哉[55]!"太子曰:"諾。病已[56],請事此言[57]。"客曰:"今太子之病,可無藥石針刺灸療而已[58],可以要言妙道説而去也[59]。不欲聞之乎?"太子曰:"僕願聞之[60]。"

【校注】

[1]少間:病情稍見好轉。　　[2]憊:疲乏無力。謝:辭謝。　　[3]因稱曰:因此乘機説道。　　[4]方富於年:正年富力強。　　[5]意者:想來、料想。耽:沉溺、迷戀。　　[6]襲逆:侵入。　　[7]中若結轖(sè 色):胸腔内部好像鬱結堵塞。轖,通"塞"。　　[8]紛屯澹淡:昏聵煩悶的樣子。　　[9]嘘唏煩酲(chéng成):心緒煩躁就像喝醉酒一樣。酲,喝醉酒。　　[10]"惕惕"二句:心神不寧,以致不能入眠。《尚書·冏命》:"怵惕惟厲,中夜以興。"　　[11]虛中:中氣空虛,五臟衰竭。重聽:耳中鳴叫,聽力受阻。　　[12]惡聞人聲:唐李善注引《黄帝八十一問》曰:"陰病惡聞人聲。"　　[13]精神越渫(xiè 謝):精神涣散。　　[14]聰明眩曜:聽覺視覺,昏聵迷亂。聰,指聽覺。明,指視覺。眩曜,迷惑混亂。　　[15]悦怒不平:喜怒無常。　　[16]久執不廢:長久這樣下去。不廢,不止,此指不痊癒。
[17]大命乃傾:性命將要不保。傾,坍塌。　　[18]是:這樣。　　[19]"賴君之力"三句:憑藉着國君的力量,天下和平,沉溺安樂,故有此患,但是還没有到這種危險地步。賴:憑藉。　　[20]宫居而閨處:居於宫室,處於閨房。　　[21]内有保母:宫廷内有照顧太子生活的保姆。保母,即保姆。　　[22]外有傅父:朝廷上有輔導太子學習的老師。傅父,教育太子的師傅。　　[23]欲交無所:想要結交朋友也没有機會。　　[24]温淳甘膬(cuì 翠):味道醇厚香脆。膬,通"脆"。
[25]腥(chéng 成)醲(nóng 農)肥厚:即腥肥醲厚。腥,精肉。醲,濃酒。
[26]雜遝曼煖:形容衣裳衆多,質地輕細。雜遝,衆多。曼,輕細柔軟。
[27]燀爍(shuò 碩):炎熱。　　[28]銷鑠:熔化。挺解:解體。　　[29]"況其"句:此承上句,大意是説穿着很多輕細温暖的衣服,燥熱異常,容易生病。時間久了,就是金屬石頭也會熔化消解,更何況是血肉之軀呢?　　[30]"縱耳目"三句:大意是説,如果貪圖耳目四肢的享受,身體各個器官的調和功能就會受到傷害。恣:放縱。支體:即肢體。血脈:泛指身體内部的各個器官。和:調和。　　[31]出輿入輦:出入乘車。輿,馬拉的車。輦,人拉的車。這裏泛指車輛。　　[32]蹷(jué決)痿之機:《吕氏春秋·重己》:"多陰則蹷,多陽則痿。"高誘曰:"蹷,逆寒疾也。痿,躄不能行也。"即受寒而腿不能行。機,徵兆。　　[33]洞房清宫:深邃的房子,清冷的宫室。　　[34]寒熱之媒:感寒受熱等疾病的媒介。　　[35]皓齒娥眉:形容美女。伐性之斧:戕害性命的斧頭。　　[36]臊:味道濃厚。　　[37]靡曼:虛弱。　　[38]委隨:四肢不能屈伸。　　[39]淫濯:膨脹過度。淫,過。濯,大。　　[40]堕窳(yǔ 雨):懈怠無力。窳,病弱。　　[41]"越女"二句:越國的女子侍奉在前,齊國的女子服侍在後,泛指有很多女子服侍。侍、奉同義。
[42]游醼:即游宴,宴飲歡樂。醼,同讌(yàn 燕),宴會。　　[43]縱恣(zì 自):放

肆。曲房隱間：深邃幽暗的房室。　　　[44]甘餐毒藥：把毒藥當作美食。
[45]戲猛獸之爪牙：與猛獸爪牙爲戲，即把生命當兒戲。　　　[46]淹滯：滯留、拖
延。不廢：不止。　　　[47]扁鵲：古代名醫，《史記·扁鵲倉公列傳》：“扁鵲者，勃
海郡鄭人也。姓秦氏，名越人。”治內：診治腑臟的疾病，相傳扁鵲擅長診治五臟的
疾病。　　　[48]巫咸：古代傳說中的神巫。　　　[49]獨宜：唯獨應當。《禮記·曲
禮上》：“博聞强識而讓，敦善行而不怠，謂之君子。”　　　[50]承間：乘機。間，間
隙。語事：敍說這方面的道理。　　　[51]變度易意：改變態度。度、意，均爲意念、
想法的意思。　　　[52]羽翼：輔佐、輔助。　　　[53]淹沈：沉溺。　　　[54]浩唐：
即浩蕩，放縱的意思。　　　[55]遁佚：猶言怠懈。奚：何。　　　[56]病已：病好了。
[57]請事此言：請按照你說的去做。　　　[58]藥石：藥物。　　　[59]要言妙道：中
肯的語言，精妙的道理。　　　[60]僕：自謙之稱。以上爲全篇的引言，引出下列七
事。

　　　客曰：“龍門之桐[1]，高百尺而無枝。中鬱結之輪菌[2]，根扶疏以分
離[3]。上有千仞之峰[4]，下臨百丈之谿。湍流遡波[5]，又澹淡之[6]。其
根半死半生。冬則烈風漂霰飛雪之所激也[7]，夏則雷霆霹靂之所感
也[8]。朝則鸝黃鳱鴠鳴焉[9]，暮則羈雌迷鳥宿焉[10]。獨鵠晨號乎其
上[11]，鵾雞哀鳴翔乎其下[12]。於是背秋涉冬，使琴摯斫斬以爲琴[13]，
野繭之絲以爲絃，孤子之鈎以爲隱[14]，九寡之珥以爲約[15]。使師堂
操《暢》[16]，伯子牙爲之歌[17]。歌曰：‘麥秀蘄兮雉朝飛[18]，向虛壑兮
背槁槐[19]，依絕區兮臨迴溪[20]。’飛鳥聞之，翕翼而不能去[21]；野獸
聞之，垂耳而不能行；蚑蟜螻蟻聞之[22]，柱喙而不能前[23]。此亦天下
之至悲也[24]，太子能强起聽之乎？”太子曰：“僕病，未能也。”

【校注】

[1]龍門：山名，在今山西河津縣境內，跨黃河兩岸。　　　[2]鬱結：李善注：“隆高
之貌也。”輪菌：樹輪紋路盤曲的樣子。　　　[3]扶疏：四面分佈開來的樣子。
[4]千仞：極言其高。古人以七尺爲一仞。　　　[5]遡（sù 素）波：逆流之波。
[6]澹淡：搖盪衝擊的樣子。　　　[7]漂霰：飄飛的雪粒。　　　[8]感：疑是“撼”的
假借字，作觸動講。　　　[9]鸝黃：又作“黎黃”，即鶬鶊。鳱（hàn 漢）鴠（dàn
但）：山鳥。李善注引郭璞《方言注》曰：“鳥似雞，冬無毛，晝夜鳴。”　　　[10]羈
雌：失去同伴的雌鳥。迷鳥：迷失方向的鳥。　　　[11]獨鵠：孤獨的鵠。鵠，即天

鵝。　　[12]鵾(kūn 昆)雞:鳥名。李善注引《楚辭》:"鵾雞啁哳而悲鳴。"
[13]琴摯:古代魯國的琴師,因爲擅長彈琴,故稱琴摯。斫斬:砍斷。　　[14]孤
子之鈎:孤兒衣服上的鈎子。隱:琴上的飾物。　　[15]九寡之珥:寡婦耳朵上的
飾物。李善注引《列女傳》:"魯之母師,九子之寡母也。不幸早喪夫,獨與九子
居。"珥,玉製的耳飾。約:琴徽。　　[16]師堂:即師堂子京,古代著名琴師,李善
注引《韓詩外傳》載,孔子曾向師堂子京學琴。《暢》:相傳是堯時的琴曲名。
[17]伯子牙:伯牙,古代著名樂師。　　[18]蕲(jiān 間):麥芒。雉:野雞。
[19]虛壑:空谷。槁槐:枯槁的槐樹。　　[20]絕區:斷絕的區域。這裏指懸崖斷
岸這類地方。　　[21]翕(xī 西)翼:收攏翅膀。　　[22]蚑(qí 齊)蟜(jiǎo 腳)
螻蟻:爬行類昆蟲。　　[23]柱(zhǔ 主)喙(huì 匯):張着嘴。柱,支撐、張開。
喙,嘴。　　[24]至悲:最感人的音樂。以上爲"一發",是用音樂啓發楚太子。

　　客曰:"犓牛之腴[1],菜以筍蒲[2]。肥狗之和[3],冒以山膚[4]。楚
苗之食[5],安胡之飰[6]。搏之不解[7],一啜而散[8]。於是使伊尹煎
熬[9],易牙調和[10]。熊蹯之臑[11],勺藥之醬[12]。薄耆之炙[13],鮮鯉
之鱠[14]。秋黃之蘇[15],白露之茹[16]。蘭英之酒[17],酌以滌口[18]。
山梁之餐[19],豢豹之胎[20]。小飰大歠[21],如湯沃雪[22]。此亦天下之
至美也[23],太子能強起嘗之乎?"太子曰:"僕病,未能也。"

【校注】

[1]犓(chú 除)牛之腴:小牛腹部的肥肉。犓,通"雛"。牛之小者曰犓,鳥之小者
曰雛。　　[2]菜以筍蒲:用竹筍和香蒲作配菜。菜,動詞。　　[3]和:和羹、湯
羹。　　[4]冒以山膚:用石耳菜調和成湯羹。李善注:"冒與芼,古字通。"用菜和
肉做成的湯叫芼。山膚,李善注曰未詳。明方以智《通雅》認爲是石耳菜,生長在
懸崖峭壁上。　　[5]楚苗之食:楚地苗山生長的禾苗,可以食用。　　[6]安胡
之飰:安胡,李善注引一説作彫胡,即菰米。《藝文類聚》卷二十四引宋玉《諷賦》:
"爲臣炊彫胡之飯。"飰,同"飯"。　　[7]搏之不解:食物糅在一起無法分開。
[8]啜(chuò 綽):用嘴吸。　　[9]伊尹:商湯的大臣,擅長烹飪。所以《呂氏春
秋》有"伊尹説湯以至味"的記載。煎熬:烹調。　　[10]易牙:春秋時齊桓公的
大臣,長於調味。調和:調味。　　[11]熊蹯:熊掌。臑(ěr 耳):通"胹",煮熟。
[12]勺藥之醬:調和五味的湯汁。勺藥,五味調料的總稱。王念孫《讀書雜志》認爲
應讀若酌略。　　[13]薄耆之炙:薄耆,野獸脊背上的肉。炙,燒烤。　　[14]鱠

（kuài 塊）：切成細絲的魚肉。　　　［15］秋黄之蘇：秋天變黄的紫蘇。蘇，紫蘇，草藥名，可以食用。　　　［16］白露之茹：白露以後的蔬菜。茹，菜之總名。　　　［17］蘭英之酒：香如蘭英一樣的美酒。　　　［18］滫口：漱口。　　　［19］山梁之餐：這裏指飛禽美味。《論語·鄉黨》：“子曰：山梁雌雉，時哉時哉。”後來用山梁指代野雉。［20］豢豹之胎：豢豹，人工飼養的小豹。古人認爲熊掌、豹胎都是大補的食品。［21］小飰大歠（chuò 綽）：飰，即飯字。歠，通“啜”，喝。　　　［22］如湯沃雪：就像熱水澆在雪地上一樣舒暢。李善注引《孔子家語》：“人之棄惡，如湯之灌雪焉。”［23］至美：最美的味道。以上爲“二發”，用美味啓發楚太子。

　　　客曰：“鍾、岱之牡[1]，齒至之車[2]，前似飛鳥，後類距虚[3]。稺麥服處[4]，躁中煩外[5]。羈堅轡[6]，附易路[7]。於是伯樂相其前後[8]，王良造父爲之御[9]，秦缺樓季爲之右[10]。此兩人者，馬佚能止之[11]，車覆能起之[12]。於是使射千鎰之重，争千里之逐[13]。此亦天下之至駿也[14]。太子能强起乘之乎？”太子曰：“僕病，未能也。”

【校注】

［1］鍾、岱：兩地名，古屬趙國，盛産馬匹。一説“鍾”指陰山，在今陝西長城外河套地區；“岱”當作“代”，即今山西代縣。牡：雄馬，這裏泛指馬。　　　［2］齒至：馬到了可以駕車的年齡。李善注引《戰國策》曰：“驥之齒至矣，服檻車而上太行也。”［3］距虚：千里馬名。李善注引《吕氏春秋》曰：“距虚，鼠後而兔前。”　　　［4］稺（zhuō 捉）：早收的穀物。服處：服用，指餵養馬匹。　　　［5］燥中煩外：馬匹煩躁不安，躍躍欲試。李善注：“以稺麥分劑而食馬，馬肥，故中躁而外煩也。”　　　［6］羈堅轡：繫上結實的馬繮繩。　　　［7］附易路：憑藉着平坦的大路。附，依附、憑藉。易路，好走的大路。　　　［8］伯樂：春秋時秦穆公時人，姓孫，名陽，以善相馬著稱。［9］王良：春秋時晉國最擅長於駕車的人。李善注引《吕氏春秋》曰：“古之善相馬者，若趙之王良，秦之伯樂，尤盡其妙。”造父：周穆王時善於駕車的人。御：駕車。［10］秦缺樓季：古代勇士。秦缺，未詳。樓季，魏文侯之弟。爲之右：站在車的右邊護衛。　　　［11］馬佚：馬驚而狂奔。佚，通“逸”，馬匹驚逸。　　　［12］車覆：翻車。起之：把車扶正過來。　　　［13］射千鎰之重，争千里之逐：投入巨額賭注，角逐千里奔跑。鎰，古代重量單位。李善注引《史記》曰：“田忌數與齊公子馳逐重射。孫子見其馬足不甚相遠，有上、中、下輩，於是謂田忌曰：君第重射，臣能令君勝。忌然之，與射千金。及臨質，孫子曰：今以君之下駟，與彼上駟；取君之上駟，

與彼中駟;取君中駟,與彼下駟。既馳三輩,而忌一不勝而再勝,卒得千金。”
[14]至駿:最快的馬。以上爲“三發”,用車馬啓發楚太子。

　　客曰:“既登景夷之臺[1],南望荆山[2],北望汝海[3],左江右湖,其樂無有[4]。於是使博辯之士[5],原本山川,極命草木[6],比物屬事[7],離辭連類[8]。浮游覽觀,乃下置酒於虞懷之宮[9]。連廊四注[10],臺城層構,紛紜玄緑[11]。輦道邪交[12],黄池紆曲[13]。溷章白鷺[14],孔鳥鶤鵠[15]。鵷鶵鵁鶄[16],翠鬣紫纓[17]。螭龍德牧,邕邕群鳴[18]。陽魚騰躍[19],奮翼振鱗。潚瀄菁蒋[20],蔓草芳苓[21]。女桑河柳[22],素葉紫莖[23]。苗松豫章[24],條上造天[25]。梧桐并閭[26],極望成林[27]。衆芳芬鬱,亂於五風[28]。從容猗靡[29],消息陽陰[30]。列坐縱酒[31],蕩樂娛心。景春佐酒[32],杜連理音[33]。滋味雜陳,肴糅錯該[34]。練色娛目[35],流聲悦耳。於是乃發激楚之結風[36],揚鄭衛之皓樂[37]。使先施、徵舒、陽文、段干、吴娃、閭娵、傅予之徒[38],雜裾垂髾[39],目窈心與[40]。揄流波[41],雜杜若[42],蒙清塵[43],被蘭澤[44],嬿服而御[45]。此亦天下之靡麗皓侈廣博之樂也[46],太子能强起游乎?”太子曰:“僕病,未能也。”

【校注】

[1]景夷:即楚國著名的章華之臺。　　[2]荆山:在今湖北境内。　　[3]汝海:即汝水,源出河南,注入淮河。李善注:“汝稱海,大言之也。”　　[4]其樂無有:其樂無有過之者。李善注引《戰國策》曰:“楚王登京臺,南望獵山,左江右湖,其樂之,忘死無有,天下無有。”　　[5]博辯之士:博學善辯的人。　　[6]原本山川,極命草木:考訂山川的本原,探究草木的名稱。極,儘量。命,名。　　[7]比物屬事:排比連綴各類事物。　　[8]離辭連類:離,通“麗”,作附麗講。與比、屬、連等都是歸納排列的意思。　　[9]虞懷:宮殿名。　　[10]四注:注,疑通“柱”字。[11]紛紜玄緑:形容建築色彩紛紜。玄,黑色。　　[12]輦道:大道。邪交:縱横交錯。邪,通“斜”。　　[13]黄池:即城池。黄,通“湟”。紆曲:曲折迴環。[14]溷(hún 混)章白鷺:兩種鳥名。　　[15]孔鳥:孔雀。鶤(kūn 昆)鵠(hú 胡):不詳。一説指鵝。　　[16]鵷(yuān 冤)鶵(chú 除):《莊子·秋水》:“南方有鳥,其名鵷鶵。”鵁(jiāo 焦)鶄(jīng 京):又作“交精”,見《爾雅》,郭璞注:“似

鴢,腳高,毛冠,江東人家養之。”　　[17]翠鬣紫纓:頭上的毛是翠綠的,脖子上的毛是紫色的。形容羽毛色彩艷麗。李善注:“鬣,首毛也。纓,頸毛也。”　　[18]螭(chī 吃)龍德牧:兩種鳥名。邕邕:衆鳥鳴叫之聲。　　[19]陽魚:古人認爲魚和鳥都屬陽,故曰陽魚。李善注引曾子曰:“鳥魚皆生於陰,而屬於陽。故鳥魚皆卵生,魚游於水,鳥飛於雲。”　　[20]淑(jì 既)漻(liáo 聊)菷(chóu 仇)蓼(liǎo 遼上聲):淑漻,即寂漻,平静清澈的水。菷蓼,水草。李善注:“言水清净之處,生菷、蓼二草也。”　　[21]蔓草:蔓生的雜草。芳苓:一種芳草。　　[22]女桑:柔嫩的小桑樹。河柳:即“檉(chéng 成)”,生於水邊的一種柳樹。　　[23]素葉:指女桑。紫莖:指河柳。　　[24]苗松:苗山之松。豫章:樹名。　　[25]造天:到達天上。造,至。　　[26]并閭:通“栟櫚”,即棕櫚。　　[27]極望:極目遠望。
[28]五風:李善注:“五風,異色也。”或謂五方之風。　　[29]猗靡:林木茂盛,隨風飄動的樣子。　　[30]消:滅。息:生。這裏指變化。陽陰:指樹葉正反兩面。這句指樹葉隨風翻動。　　[31]列坐縱酒:依次坐下來,飲酒歡樂。　　[32]景春:孟子同時的人,擅長於辭令。見《孟子·滕文公下》。佐酒:陪着喝酒以助興。
[33]杜連理音:杜連演奏樂器。杜連,《文選》五臣注劉良曰:“杜連即田連,善鼓琴者。”　　[34]肴:魚肉類的葷菜。糅:雜食。錯該:種類齊備。　　[35]練色娛目:選擇美色,賞心悦目。練,選擇。色,美色。　　[36]激楚:歌舞曲名。《楚辭·招魂》:“《激楚》之結,獨秀先些。”結風:指曲調結尾迅疾哀切。　　[37]鄭衛:今河南境内。李善注:“鄭、衛,新聲所出國也。”皓樂:悠揚的樂聲。　　[38]先施、徵舒、陽文、段干、吳娃、閭娵、傅予:皆古代美女。先施,即西施。　　[39]裾(jū 居):衣服的前後襟。髾(shāo 燒):古代婦女衣裙上的形似燕尾的飾物。
[40]宎:通“挑”,即眉目傳情。心與:心中相許。與,給與、許可。　　[41]揄流波:李善注:“言引流波以自潔。”揄,引。　　[42]雜杜若:李善注:“雜杜若以爲芳。”杜若,香草名。　　[43]蒙清塵:《文選》五臣注張銑曰:“望其氣如蒙覆清塵。”即頭上似乎蒙罩着薄薄清霧。　　[44]被(pī 批):通“披”,披沐。蘭澤:香脂。　　[45]嬿服而御:穿着美好的服飾,前來服侍。嬿服,漂亮的衣服。御,侍奉。　　[46]靡麗:即華麗。皓侈:即浩侈,排場奢侈。廣博:無窮無盡。以上爲“四發”,用聲色啓發楚太子。

　　客曰:“將爲太子馴騏驥之馬[1],駕飛軨之輿[2],乘牡駿之乘[3]。右夏服之勁箭[4],左烏號之雕弓[5]。游涉乎雲林,周馳乎蘭澤,弭節乎江潯[6]。掩青蘋[7],游清風。陶陽氣[8],蕩春心。逐狡獸,集輕禽。

於是極犬馬之才,困野獸之足,窮相御之智巧[9]。恐虎豹,慴鷙鳥[10]。逐馬鳴鑣[11],魚跨麋角[12]。履游麕兔[13],蹈踐麖鹿[14],汗流沫墜,冤伏陵窘[15],無創而死者,固足充後乘矣。此校獵之至壯也。太子能强起游乎?"太子曰:"僕病,未能也。"然陽氣見於眉宇之間[16],侵淫而上,幾滿大宅[17]。

客見太子有悦色,遂推而進之曰:"冥火薄天[18],兵車雷運[19]。旍旗偃蹇[20],羽毛蕭紛[21],馳騁角逐,慕味爭先。徼墨廣博,觀望之有圻[22]。純粹全犧[23],獻之公門[24]。"太子曰:"善,願復聞之。"

客曰:"未既[25]。於是榛林深澤,煙雲闇莫[26],兕虎並作。毅武孔猛[27],袒裼身薄[28]。白刃磑磑,矛戟交錯[29]。收獲掌功,賞賜金帛。掩蘋肆若[30],爲牧人席。旨酒嘉肴[31],羞鱠膾炙[32],以御賓客[33]。涌觸並起,動心驚耳。誠必不悔,決絶以諾[34]。貞信之色[35],形於金石[36]。高歌陳唱,萬歲無斁[37]。此真太子之所喜也,能强起而游乎?"太子曰:"僕甚願從,直恐爲諸大夫累耳[38]。"然而有起色矣。

【校注】

[1]騏驥:駿馬。　　[2]飛軨(líng 玲):輕便的獵車。李善注引《尚書大傳》:"未命爲士,車不得有飛軨。"鄭玄注:"如今窗車也。"　　[3]牡駿:清人王念孫等考證當是"壯駿"之誤。壯駿,駿馬。前一"乘"爲動詞,作乘坐講。後一"乘"爲名詞,指車輛。　　[4]夏服:李善注引服虔曰:"服,盛箭器也。夏后氏之良弓名繁弱,其矢亦良,即繁弱箭服,故曰夏服也。"　　[5]烏號:良弓名。相傳烏號之弓是黃帝使用的弓名,爲柘木所製。　　[6]弭節:按轡慢行。《文選·子虚賦》李善注引郭璞曰:"弭,猶低也。節,所仗信節也。"江海:江邊。　　[7]掩:李善注作"息也"。又可作"覆蓋"講。青蘋:水草名。《藝文類聚》卷一引宋玉《風賦》:"夫風生於地,起於青蘋之末。"　　[8]陶陽氣:陶醉於春天的氣息裏。陶,陶醉。陽氣,春天的氣息。　　[9]相御:似指嚮導和駕車的人。《爾雅》:"相,導也。"御,駕車。[10]恐虎豹,慴鷙鳥:恐與慴,均爲使動詞。鷙鳥指猛禽。　　[11]逐馬:奔馳的馬。鳴鑣:李善注:"鑾鳴於鑣也。"鑣,馬嚼子上裝飾的鈴鐺,因馬的奔馳而作響。[12]魚跨麋角:李善注:"魚跨,跨度魚也。麋角,執麋之角也。"這種解釋依然費解。清胡紹煐《文選箋證》以爲"跨"與"角"並作捕取講。又一説,跨,指魚受到

驚嚇而越出水面。角,作角逐講。　　　[13]麏(jūn 君)兔:一種野獸名,科屬不詳。　　　[14]麖(jīng 京)鹿:鹿一類的動物。　　　[15]陵窘:窘迫無奈的樣子。[16]陽氣:這裏指喜氣。　　　[17]大宅:臉面。《文選》五臣注劉良曰:"大宅,謂面也。"　　　[18]冥火:夜火,這裏指獵場的點點篝火。薄:靠近,到達。　　　[19]雷運:有如雷聲滾動,這裏形容打獵時車馬飛馳的聲響。　　　[20]斾(líng 玲)旗:旌旗。偃(yǎn 眼)蹇(jiǎn 減):高舉。　　　[21]蕭紛:整齊盛多的樣子。　　　[22]"徼(jiào 叫)墨"二句:爲了圍剿野獸,燒毀了大片的草場,觀望的人也感到驚愕。徼墨:指燒田的範圍。李善注:"墨,燒田也。言逐獸於燒田廣博之所,而觀望之有圻堮也。"徼,邊界。　　　[23]純粹全犧:毛色純一的野獸。毛色純粹曰犧,肢體完整曰全。　　　[24]公門:公侯之門。　　　[25]未既:未盡。　　　[26]闇莫:指黃昏黯淡。闇,即暗。莫,通"暮"。　　　[27]孔猛:勇猛。孔,非常。　　　[28]袒(tǎn毯)裼(xī 西):袒露身體。薄:靠近,指靠近野獸。　　　[29]磑(ái 皚)磑:通"皚皚",白色,形容刀光閃爍。一說"磑磑"是鋭利的樣子,音鎧。交錯:指矛戟揮動。[30]掩蘋肆若:覆蓋上青蘋,擺放着香草。掩,覆蓋。肆,陳列。若,杜若,指香草。[31]旨酒:美酒。佳肴:美食,特指有魚、肉的葷菜。　　　[32]羞:美味食物。炰:燒烤。膾:細切成的肉絲。炙:火烤。　　　[33]以御賓客:用這些食品招待賓客。[34]決絕:堅決。諾:承諾,不猶豫。　　　[35]貞信:誠信。　　　[36]形於金石:都通過音樂表現出來。古代樂器多用金屬石器製造,演奏者可以擊打出不同的感情來。故李善注引《孔子家語》:"孔子曰:夫鐘鼓之音,憂而擊之,則悲;喜而擊之,則樂。故志誠感之,通於金石,而況人乎哉。"　　　[37]無斁(yì 義):即無厭,不滿足的意思。　　　[38]直恐:只恐。累:拖累。以上爲"五發",用打獵啓發楚太子。

客曰:"將以八月之望[1],與諸侯遠方交游兄弟,並往觀濤乎廣陵之曲江[2]。至則未見濤之形也,徒觀水力之所到,則恤然足以駭矣[3]。觀其所駕軼者[4],所擢拔者[5],所揚汩者[6],所温汾者[7],所滌汔者[8],雖有心略辭給,固未能縷形其所由然也[9]。怳兮忽兮,聊兮慄兮,混汨汨兮[10],忽兮慌兮,俶兮儻兮[11],浩瀁瀁兮[12],慌曠曠兮[13]。秉意乎南山[14],通望乎東海[15]。虹洞兮蒼天[16],極慮乎崖涘[17]。流攬無窮,歸神日母[18]。汩乘流而下降兮[19],或不知其所止。或紛紜其流折兮,忽繆往而不來[20]。臨朱汜而遠逝兮[21],中虛煩而益怠[22]。莫離散而發曙兮[23],内存心而自持。於是澡概胸中[24],灑練五藏[25],澹澉手足[26],頹濯髮齒[27]。揄棄恬怠[28],輸寫

渳濁[29]，分決狐疑[30]，發皇耳目[31]。當是之時，雖有淹病滯疾，猶將伸傴起躄[32]，發瞽披聾而觀望之也[33]。況直眇小煩懣[34]，酲醲病酒之徒哉[35]！故曰發蒙解惑，不足以言也。"太子曰："善，然則濤何氣哉？"

客曰："不記也。然聞於師曰，似神而非者三：疾雷聞百里；江水逆流，海水上潮；山出内雲，日夜不止。衍溢漂疾[36]，波涌而濤起。其始起也，洪淋淋焉[37]，若白鷺之下翔。其少進也，浩浩澄澄[38]，如素車白馬帷蓋之張。其波湧而雲亂，擾擾焉如三軍之騰裝。其旁作而奔起也，飄飄焉如輕車之勒兵。六駕蛟龍，附從太白[39]。純馳浩蜺[40]，前後駱驛。顒顒卬卬[41]，椐椐彊彊[42]，莘莘將將[43]。壁壘重堅，沓雜似軍行。訇隱匈礚[44]，軋盤涌裔[45]，原不可當。觀其兩傍，則滂渤怫鬱[46]，闇漠感突[47]，上擊下律[48]。有似勇壯之卒，突怒而無畏。蹈壁衝津，窮曲隨隈[49]，踰岸出追[50]。遇者死，當者壞。初發乎或圍之津涯[51]，荄軫谷分[52]。迴翔青篾[53]，衘枚檀桓[54]。弭節伍子之山[55]，通厲骨母之場[56]。凌赤岸[57]，篲扶桑[58]，橫奔似雷行。誠奮厥武[59]，如振如怒。沌沌渾渾[60]，狀如奔馬。混混庉庉[61]，聲如雷鼓。發怒庢沓，清升踰跇[62]，侯波奮振[63]，合戰於藉藉之口[64]。鳥不及飛，魚不及迴，獸不及走。紛紛翼翼[65]，波涌雲亂。蕩取南山，背擊北岸。覆虧丘陵[66]，平夷西畔[67]。險險戲戲[68]，崩壞陁池[69]，決勝乃罷。瀄汨潺湲[70]，披揚流灑[71]。橫暴之極，魚鱉失勢，顛倒偃側[72]，沈沈湲湲[73]，蒲伏連延[74]。神物怪疑，不可勝言。直使人踣焉[75]，洄闇悽愴焉[76]。此天下怪異詭觀也[77]，太子能强起觀之乎？"太子曰："僕病，未能也。"

【校注】

[1]望：指陰曆十五日。　　[2]廣陵：今江蘇揚州。曲江：這裏指長江。

[3]怵然：驚恐的樣子。　　[4]駕軼：凌駕超越。　　[5]擢拔：抽拔。

[6]揚汩：揚起激蕩。汩，亂。　　[7]温汾：迴旋轉動。　　[8]滌汔：沖刷。

[9]"雖有"二句：雖然内心略有印象並想把它措繪出來，但還是不能詳細地描繪出這些波濤的形狀以及形成這種狀況的原由。辭給：用言辭描繪。縷形：條分縷析地描繪其形狀。所由然：所以形成這種狀況的原由。　　[10]怳（huǎng 恍）：通

"恍"。聊、慄:恐懼的樣子。混、泪:亂的意思,指波濤洶湧淩亂。　　　[11]俶(tì替)、儻(tǎng 淌):卓異不凡。俶,同"倜"。　　　[12]潒(wǎng 往)瀁(yàng 樣):通"汪洋"。　　　[13]慌曠:廣大無邊。　　　[14]秉意:執意,即集中精力。
[15]通望:遠望。　　　[16]虹洞:相連的樣子。　　　[17]崖涘(sì 四):水邊。
[18]日母:李善注引《春秋内事》:"日者,陽德之母。"大意是説,縱覽無邊的波濤,最終將注意力集中到了天邊日出的地方。　　　[19]泪(yù 玉):迅疾的樣子。
[20]"或紛紜"二句:江水奔騰,浪花翻捲,有時突然逆流而上,卻不見迴返。
[21]朱汜:地名。　　　[22]中虛煩:内心空虛煩躁。　　　[23]莫離散而發曙:李善注:"莫離散,謂精神不離散也。發曙,發夕至曙也。《説文》曰:曙,旦明也。"意謂觀潮者精神不散亂。又一説"莫"通"暮",是説觀濤的人晚上離去,早上再來(清姚鼐《古文辭類纂》)。　　　[24]澡概:洗滌。概,通"溉"。　　　[25]灑練:洗滌。練,猶"汰"字。　　　[26]澹(dàn 但)澉(gǎn 敢):洗滌。　　　[27]頮(huì 匯)濯(zhuó 酌):頮,洗臉,這裏也是泛指洗滌。　　　[28]揄(yú 于)棄:放棄。揄,手揮。恬愑:懶散。　　　[29]輸寫:排除。輸,脱。寫,或通"瀉"。淟(tiǎn 舔)濁:污垢、污物。　　　[30]分決狐疑:辨别判斷各種猶豫不決的事。　　　[31]發皇耳目:(觀濤)可以讓人耳聰目明。李善注引《謚法》曰:"明者曰皇也。"　　　[32]伸傴(yǔ 羽)起躄(bì 畢):伸直駝背,抬起跛腳。傴,駝背。躄,足不能行。　　　[33]發聾披聾:讓盲人睜開眼睛,聾子聽到聲音。　　　[34]況直眇小煩懑:直,只、僅僅。眇小,微不足道。　　　[35]酲釀:病酒。　　　[36]衍溢漂疾:《文選》五臣注吕向曰:"衍溢,平滿貌;漂疾,急流貌。然後波湧而濤起。"　　　[37]淋淋:山洪下泄。又一説,淋,通"汧",漂。　　　[38]澄澄:通"皚皚",潔白的樣子。　　　[39]太白:河伯,河神。　　　[40]純馳浩蜺:純,專。浩蜺,李善注:"即素蜺也。波濤之勢,若素蜺而馳,言其長也。"素蜺,長虹的一種。蜺,通"霓"。即形容波濤如長虹一樣長。　　　[41]顒(yóng 雍陽平)顒卬(áng 昂)卬:波濤高揚的樣子。　　　[42]椐(jū 居)椐彊彊:波濤相隨翻捲的樣子。　　　[43]莘(shēn 身)莘將(qiāng 槍)將:形容波濤相互撞擊而發出的巨大聲響。將將,通"鏘鏘"。　　　[44]訇(hōng 烘)隱匈磕(kē 科):《文選》五臣注劉良曰:"訇隱、匈磕,皆大聲也。"　　　[45]軋盤涌裔:洶湧澎湃廣大無邊。涌裔,奔騰前湧。　　　[46]怫鬱:抑鬱。　　　[47]闉漠感突:江濤沖蕩。感,疑通"撼"字,撼突,激蕩的意思。　　　[48]律:通"硉(lù 路)",從高處往下推石曰硉。　　　[49]隈:水曲處。　　　[50]追:通"堆",指沙堆。
[51]或圍:地名。　　　[52]荄軫谷分:李善注:"言涯如轉,而谷似裂也。一曰:涯如草轉也。《方言》曰:荄,根也。謂草之根也。"荄,草根。軫,旋轉。　　　[53]迴翔:江水迴流。青篾:李善注以爲地名。清胡紹煐《文選箋證》以爲車名,篾即覆蓋

在車欄上的帷幔。　　[54]銜枚：古代行軍有時爲避免出聲，要求士兵口銜木片或竹片。這裏形容流水無聲。檀桓：地名。　　[55]伍子之山：伍子胥，原本楚人，逃難到吳國，輔佐吳王夫差攻楚降越。後來吳王反感子胥的强諫，命其自殺，並用馬皮袋裹屍投到江中。吳人立祠江上，伍子山由此得名。事見王充《論衡·書虛篇》。　　[56]通厲：遠行。骨母：李善疑作"胥母"，乃吳國地名。

[57]淩：浸逼。赤岸：地名。　　[58]彗：這裏作動詞"打掃"講。扶桑：相傳太陽升起的地方。　　[59]誠奮厥武：大意是説，波濤確實展示了它的威武。誠，確實。奮，奮發揚厲。　　[60]沌沌渾渾：波濤相隨的樣子。　　[61]混混庉庉(tún 屯)：波浪相擊的聲音。　　[62]岸(zhì 至)泬、踰跇：江水受阻後湧起的樣子。踰跇，超越。　　[63]侯波：陽侯之波，即大波。相傳陽侯爲大波之神。[64]藉藉：李善注以爲地名。清胡紹煐謂此是寫言，非實指其地。　　[65]紛紛翼翼：形容波濤沟湧翻滾。翼翼，飛翔的樣子。　　[66]覆虧：顛覆衝垮。[67]平夷西畔：削平西岸。畔，猶岸。　　[68]險險戲戲：險阻危傾。　　[69]陂(bēi 杯)池：池塘。又一説"池"通"陁"，陂陁，即斜坡。是説大水沖毁岸堤斜坡。[70]潏(zhì 至)汨(yù 玉)：水流湍急的樣子。潺湲(chán 蟬) 湲(yuán 原)：水流狀。　　[71]披揚流灑：浪花飛濺，四處飛灑。　　[72]顛倒偃側：上下翻滾。頭朝下曰顛，側倒曰偃。　　[73]沈(yóu 由)沈湲湲：魚鱉顛倒的樣子。[74]蒲伏連延：蒲伏，即匍匐。連延，相連不斷的樣子。　　[75]踣(bó 博)：跌倒。　　[76]洄闇：混亂迷惑。洄，通"回"。悽愴：悲傷。　　[77]怪異詭觀：不同尋常的奇異景觀。以上爲"六發"，用觀濤啓發楚太子。

　　客曰："將爲太子奏方術之士有資略者[1]，若莊周、魏牟、楊朱、墨翟、便蜎、詹何之倫[2]。使之論天下之釋微[3]，理萬物之是非。孔、老覽觀[4]，孟子持籌而筭之[5]，萬不失一。此亦天下要言妙道也[6]，太子豈欲聞之乎？"於是太子據几而起曰[7]："涣乎若一聽聖人辯士之言[8]。"涊然汗出[9]，霍然病已[10]。

《文選》卷三四

【校注】

[1]奏方術之士：薦舉有道術的人。資略：資望、材量。　　[2]莊周：莊子，戰國末宋國蒙(今河南商丘)人，爲道家學派的重要代表人物。《史記》卷六三有傳。魏牟：戰國時魏公子牟。楊朱：戰國時期思想家，宣導"爲我"之説，與墨子"兼愛"相

對立。其學説散見於《莊子》、《孟子》等書。墨翟:戰國時期的思想家,墨子學派的創始人。主要思想見《墨子》一書。便蜎:李善注以爲即《淮南子》提到的蜎蠉,《史記》作環淵。《漢書·藝文志》著録《蜎子》十三篇,注"名淵,楚人,老子弟子"。詹何:與魏牟同時代的思想家。《吕氏春秋》高誘注:"詹子,古得道者也。"倫:類別。　　[3]釋微:精微的道理。　　[4]孔、老覽觀:孔子和老子的學説供太子觀覽。孔子,字仲尼,儒家學派創始人。《史記》卷四七有傳。老子,即老聃。主要思想見於《老子》,是道家學派的主要代表。《史記》卷六三有傳。　　[5]孟子:名軻,戰國時期思想家,《孟子》一書爲儒家學派的重要著作。《史記》卷七四有傳。籌:古代用來記數和計算的工具,這裏指籌畫。　　[6]要言妙道:《曾子·内篇》:"子曰:君子之教以孝也,非家至而日見之也。教以孝,所以敬天下之爲人父者也。教以悌,所以敬天下之爲人兄者也。教以臣,所以敬天下之爲人君者也……此之謂要道。"由此來看,所謂要道,一言以蔽之,曰孝悌而已。　　[7]几:几案。[8]涣乎:清醒的樣子。意思是説,我現在好像聽到了聖人和辯士的言論。[9]澁(niǎn 輦)然:出汗的樣子。　　[10]霍然:很快消散。

【集評】

　　(南朝梁)劉勰《文心雕龍·雜文》:"蓋七竅所發,發乎嗜欲,始邪末正,所以戒膏粱之子也。"

　　(清)劉熙載《藝概·賦概》:"枚乘《七發》出於宋玉《招魂》。枚之秀韻不及宋,而雄節殆於過之。"

東方朔

【作者簡介】

　　東方朔,字曼倩。平原厭次(今山東惠民)人。生卒年不詳。漢武帝初即位,徵天下賢良方正文學之士,東方朔二十二歲上書自薦。據此,他的生年應在文帝後元四年(前160)左右。因爲這篇上書,得到了漢武帝的重視,詔拜他爲郎,後又待詔金馬門,擢常侍郎,官至中大夫、給事中,得以在皇帝身邊作隨從,但其地位還不如語言侍從之臣司馬相如等人。因爲他們都曾奉使方外,或爲郡國守相至公卿,而他卻只能在皇帝身邊"詼啁而已",這角色,實際就是古代的"俳優"。這種境遇,自然是他始料所不及的,他當然不滿,常以隱蔽恢諧的方式對於現實表示微弱的反抗。東方朔約卒於武帝世。東方朔作品,《漢書》本傳收錄《答客難》和《非有先生論》,並説:"朔之文辭,此二篇最善。其餘有《封泰山》,《責和氏璧》及《皇太子生禖》,《屏風》,《殿上柏柱》,《平樂觀賦獵》,《八言》,《七言》上下,《從公孫弘借車》,凡劉向所錄朔書具是矣。世所傳他事皆非也。"《史記》卷一二六、《漢書》卷六五有傳。

答　客　難

【題解】

　　《漢書·東方朔傳》記載朔"嘗至太中大夫,後常爲郎,與枚皋、郭舍人俱在左右,詼啁而已。久之,朔上書陳農戰彊國之計,因自訟獨不得大官,欲求試用,其言專商鞅、韓非之語也。指意放蕩,頗復恢諧,辭數萬言,終不見用。朔因著論,設客難己,用位卑以自慰諭,其辭曰"云云。由此來看,《答客難》實際是作者自寬自解的牢騷之辭。此文言漢代一統之世,士之仕宦與戰國異,其進退一出君主之意,頗多失意之感。後來文人迭相效仿,如揚雄的《解嘲》、班固的《答賓戲》、張衡的《應間》、蔡邕的《釋悔》、郭璞的《客傲》,以至韓愈的《進學解》等,都可以説是《答客難》的擬作,可見其影響之大。

　　客難東方朔曰:"蘇秦、張儀一當萬乘之主[1],而都卿相之位[2],澤及後世。今子大夫修先王之術[3],慕聖人之義,諷誦《詩》《書》百家之言,不可勝數,著於竹帛[4],唇腐齒落、服膺而不釋[5],好學樂道之效,明白甚矣,自以智能海內無雙,則可謂博聞辯智矣[6]。然悉力盡忠[7],以事聖帝,曠日持久,官不過侍郎[8],位不過執戟[9],意者尚有遺行邪[10]?同胞之徒無所容居[11],其故何也?"

　　東方先生喟然長息,仰而應之曰:"是固非子之所能備也[12]。彼一時也,此一時也,豈可同哉?夫蘇秦、張儀之時,周室大壞[13],諸侯不朝[14],力政爭權,相禽以兵[15],并爲十二國[16],未有雌雄[17],得士者彊,失士者亡,故談說行焉[18]。身處尊位,珍寶充內,外有廩倉[19],澤及後世,子孫長享。今則不然。聖帝流德[20],天下震慴,諸侯賓服[21],連四海之外以爲帶[22],安於覆盂[23],動猶運之掌,賢不肖何以異哉?遵天之道,順地之理,物無不得其所。故綏之則安[24],動之則苦;尊之則爲將,卑之則爲虜;抗之則在青雲之上,抑之則在深泉之下;用之則爲虎,不用則爲鼠;雖欲盡節效情[25],安知前後?夫天地之大,士民之衆,竭精談說[26],並進輻湊者[27],不可勝數,悉力募之,困於衣食,或失門戶[28]。使蘇秦、張儀與僕並生於今之世,曾不得掌故[29],安敢望侍郎乎[30]!故曰時異事異[31]。

　　"雖然[32],安可以不務修身乎哉[33]?《詩》云:'鼓鐘于宮,聲聞于外[34]。''鶴鳴于九皋,聲聞于天[35]。'苟能修身[36],何患不榮[37]?太公體行仁義,七十有二,乃設用於文武,得信厥說,封於齊[38],七百歲而不絕。此士所以日夜孳孳[39],敏行而不敢怠也[40]。譬若鵾鶋[41],飛且鳴矣。傳曰[42]:'天不爲人之惡寒而輟其冬[43],地不爲人之惡險而輟其廣,君子不爲小人之匈匈而易其行[44]。''天有常度[45],地有常形,君子有常行;君子道其常[46],小人計其功[47]。'《詩》云:'禮義之不愆,何恤人之言[48]?'故曰:'水至清則無魚,人至察則無徒,冕而前旒,所以蔽明;黈纊充耳,所以塞聰[49]。'明有所不見,聰有所不聞,舉大德,赦小過[50],無求備於一人之義也。枉而直之[51],使自得之;優而柔之,使自求之;揆而度之[52],使自索之[53]。蓋聖人教化如此,欲自得之;自得之,則敏且廣矣。

　　"今世之處士[54],魁然無徒,廓然獨居[55],上觀許由,下察接輿,計同范蠡,忠合子胥[56],天下和平,與義相扶,寡耦少徒[57],固其宜也,子何疑於我哉?若夫燕之用樂毅[58],秦之任李斯,酈食其之下齊[59]，說行如流，曲從如環，所欲必得，功若丘山，海內定，國家安，是遇其時也，子又何怪之邪？語曰：‘以筦窺天，以蠡測海，以莛撞鐘[60]’，豈能通其條貫[61]，考其文理[62]，發其音聲哉！繇是觀之，譬猶鼱鼩之襲狗[63]，孤豚之咋虎[64]，至則靡耳[65]，何功之有？今以下愚而非處士[66]，雖欲勿困，固不得已。此適足以明其不知權變[67]，而終惑於大道也[68]。”

《漢書》卷六五《東方朔傳》

【校注】

[1]蘇秦、張儀：戰國策士。張儀曾爲秦相，位置僅次於國君。　　[2]都：位居。《文選》“都”字上有“身”字。　　[3]子大夫：子，古代男子美稱。大夫，東方朔曾爲太中大夫。先王：泛指前代聖明君主。　　[4]著於竹帛：記錄在竹簡和白絹上。竹簡和白絹爲古代主要的書寫材料。　　[5]服膺：信服、佩服。釋：放棄、廢釋。　　[6]博聞辯智：知識廣博，善於辯論。　　[7]悉力：竭盡全力。

[8]侍郎：漢時郎官的一種，爲宮中近侍。《文選》在“官不過侍郎”上有“積數十年”四字。郎，戰國至秦漢時期君主侍從官的統稱。　　[9]執戟(jǐ 擠)：朝廷內充當持戟護衛郎級官員。　　[10]遺行：可遺之行。意謂不能盡善。　　[11]容居：安置、居住。　　[12]是固：原本。備：竭盡。這裏作完全知曉講。　　[13]周室大壞：周王朝統治衰敗。　　[14]不朝：不朝拜。朝，爲動詞，朝拜、朝見。

[15]相禽以兵：以武力相互攻戰。禽，通“擒”。兵，指兵器，引申爲武力。

[16]并爲十二國：合併爲十二個諸侯大國，指魯、衛、齊、宋、楚、鄭、燕、趙、韓、魏、秦、中山。　　[17]未有雌雄：不分勝負。　　[18]談說：這裏指游說。《孔叢子》：“今天下諸侯方欲力爭，競招英雄以自輔翼，此乃得士則昌，失士則亡之秋也。”士：先秦四民(士、農、工、商)之一。　　[19]廩倉：糧倉。《文選》卷四五作“倉廩”。李善注引蔡邕《月令章句》：“穀藏曰倉，米藏曰廩。”　　[20]流德：聖德流佈天下。　　[21]賓服：順服。　　[22]“連四海”句：四周就像繩帶一樣緊密相連。　　[23]安於覆盂：就像倒扣着的盆盂一樣平穩。《文選》在此句下尚有“天下平均，合爲一家，動發舉事”數字。　　[24]綏：安撫、撫慰。　　[25]盡節效情：竭盡操守，傾注情感。節，節操。　　[26]竭精談說：竭盡全力游說各地。精，精力。談說，游說。　　[27]並進輻湊：人員聚集。輻，車輪中的輻條。

[28]“悉力”三句：大意說，這些游說之士都聚集到這裏，但有的無從施展才華，有的甚至遭到殺戮。　　[29]掌故：漢代官名，屬太常，主管禮樂制度等故事。

[30]安敢：怎敢。　　　[31]"故曰"句：《文選》在此句上有"傳曰：'天下無害，雖有聖人，無所施才；上下和同，雖有賢者，無所立功'"數字。　　　[32]雖然：即使這樣。　　　[33]務：致力於。　　　[34]"鼓鐘"兩句：見《詩·小雅·白華》第五章。大意是説，在宫内敲鐘，聲音可以傳到宫外。　　　[35]"鶴鳴"兩句：見《詩·小雅·鶴鳴》第二章。毛傳："有諸中，必見於外也。"鶴在沼澤裏的鳴叫可以傳到遠處，人如果具備了内在的美，雖處境卑微，也一定會被外界所知曉。皋：沼澤。

[36]苟：如果、假如。　　　[37]榮：榮耀。　　　[38]"太公"五句：太公指姜太公吕望，相傳他早年貧困，直至七十二歲才被周文王賞識，拜爲相。周建國之後，封吕望於齊，爲齊國的始祖。設用：重用。文武：指周文王和周武王。得信厥説：得以伸展他的才能。信，通"伸"，施展。厥，代詞。　　　[39]孳孳：通"孜孜"，勤勉不息。　　　[40]敏行：勤於修身，致力品德。敏，勉勵。《文選》本"敏行"上有"修學"二字。　　　[41]鷗鴿：鳥名。　　　[42]"傳曰"以下八句：引自《荀子·天論》。

[43]輟（chuò 綽）：停止。　　　[44]匈匈：議論紛紛。易：改變。　　　[45]常度：永久的規律。度，法度、規律。　　　[46]道其常：循其常道。道，由。　　　[47]計其功：計較功利。　　　[48]"禮義"二句：這兩句未見今本《詩經》，是所謂的"逸詩"。大意是説，如果能堅持自己的操守，又怎麽會擔心别人的閒言碎語呢？愆（qiān 千）：過失。恤：擔憂。　　　[49]"水至清"六句：見《大戴禮記·子張問入官》。至察：過分觀察。冕旒（liú 劉）：古代禮冠中最尊貴的一種。外面黑色，裏面朱紅色，冠頂有版，稱爲延，後高前低，略向前傾。延的前端垂有組纓，穿掛着珠玉，叫做旒。天子的冕十二旒，諸侯九旒，上大夫七旒，下大夫五旒。黈（tǒu 頭上聲）：黄色。纊（kuàng 况）：綿。古代冕制，以黄綿大如丸，懸於冕兩邊，以示不聽無益之言。　　　[50]舉大德，赦小過：推舉品德優秀的人，原諒其無關緊要的過失。《漢書》顏師古注："士有百行，功過相除，不可求備也。"　　　[51]枉而直之：彎曲的就讓它直起來。枉，彎曲。直，動詞。　　　[52]揆（kuí 魁）：揣度、判斷。

[53]索：求索。　　　[54]處士：隱居不仕且有才能的人。　　　[55]廓然：空寂的樣子。　　　[56]"上觀"四句：許由：歷史上著名的隱士。堯想讓位給他，他就跑到水邊洗耳，以爲玷污了他的耳朵。見《莊子·逍遥游》。接輿：楚人。爲逃避亂世，假裝瘋狂，人稱狂輿。見《論語·微子》。范蠡：越王重要謀臣，曾爲越王設計滅吴。見《史記·越王句踐世家》。子胥：即伍子胥，原本楚人，後來逃難到吴國，輔佐吴王夫差攻楚降越。後來吴王反感子胥的强諫，命其自殺，並用馬皮袋裹屍投到江中。見《國語·吴語》。　　　[57]寡耦少徒：很少志同道合的人，從學者也很少。耦，合。　　　[58]樂毅：本是齊臣，入燕，燕昭王以客禮待之，以爲亞卿。　　　[59]酈食（yì 易）其（jī 基）：楚漢相争時的著名説客。他曾爲劉邦説服齊王稱藩。下齊：

使齊王稱臣。下，使動用法。　　　［60］"以筦窺天"三句：用竹管望天，用瓠瓢量海，用草杆擊鐘，比喻見識片面狹隘，沒有看到事物的全貌。筦：通"管"。蠡：瓠瓢。莛(tíng 廷)：草杆。　　　［61］條貫：條理、層次。　　　［62］考：究。文理：紋路、脈絡。　　　［63］鼱(jīng 京)鼩(qú 渠)：一種小鼠。　　　［64］豚：小豬。咋虎：咬老虎。咋，咬。　　　［65］靡：倒下，意謂被咬死。李善注引《説文》："靡，爛也。靡與糜古字通也。"　　　［66］下愚：愚昧不可造就。　　　［67］權變：隨機應變。［68］大道：深邃的道理。

【集評】

　　(明)張溥《漢魏六朝百三家集題辭·東方大中集》："東方曼倩求大官不得，始設《客難》，揚子雲草《太玄》，乃作《解嘲》，學者爭慕效之，假主客，遣抑鬱者，篇章疊見，無當玉巵，世亦頗厭觀之，其體不尊，同於游戲。然二文初立，詞鋒競起，以蘇、張爲輸攻，以荀、鄒爲墨守，作者之心，實命奇偉，隨者自貧，彼不任咎，未可薄連珠而笑士衡，鄙七體而譏枚叔也。"

司馬相如

【作者簡介】

　　司馬相如(？—前 118)，字長卿，小名犬子。蜀郡成都(今屬四川)人。少時好讀書，學擊劍。漢景帝時曾從梁王游，著《子虛賦》。梁孝王死後，司馬相如回到蜀郡的臨邛，依附於臨邛令王吉，與卓王孫女卓文君成就一段姻緣。漢武帝好辭賦，司馬相如遂有機會在朝廷獲得官職，作《諭巴蜀檄》、《難蜀父老》等文，認爲開發西南是必須的，爲漢帝國便利交通，恢拓疆土，溝通與西南少數民族的聯繫作出重要貢獻。漢武帝好打獵，自擊熊豕，司馬相如因作書諫。後又從武帝過宜春宮，作《哀二世賦》，拜孝文園令。漢武帝好神仙，司馬相如因進獻《大人賦》欲以風諫。武帝讀之，反而飄飄然有凌雲天地間之意。後人説漢賦多勸百而諷一，所指就是這一點。司馬相如死後，其妻上書一卷，言封禪之事。這就是後世盛傳的《封禪文》。《漢書·司馬相如傳》記載："既卒五歲，上始祭后土。八年而遂禮中嶽，封於泰山，至梁甫，禪肅然。"據此，司馬相如的卒年應爲元狩五年(前 118)。《史記》卷

一一七、《漢書》卷五七有傳。

司馬相如辭賦,據《漢書·藝文志》著録,共二十九篇。所寫文章,多見《漢書》本傳記載。又有文字學著作《凡將篇》,久佚。文集一卷,也已散佚。明人輯有《司馬文園集》。清人嚴可均《全上古三代秦漢三國六朝文》輯其辭賦、散文凡十餘篇。其中《美人賦》、《長門賦》分別見於《文選》和《古文苑》,後世學者頗有懷疑,但限於資料,難以確證。

子　虚　賦

【題解】

《子虚賦》和《上林賦》,《史記》和《漢書》引作一篇,稱《天子游獵賦》。南朝梁昭明太子蕭統編《文選》時析爲兩篇,第一、二部分,叫《子虚賦》,第三部分,稱《上林賦》。對此,歷代學者多有分歧意見。《史記》記載説,司馬相如在梁時作《子虚賦》,武帝讀過後召爲郎,始“請爲天子游獵賦”,似乎《上林賦》是《子虚賦》的續篇,這也許是《文選》分爲兩篇的根據。此賦體制宏偉,尤長誇飾,組織嚴密而音調富有變化。文體較之《楚辭》,頗見散文化的特點。其結構略近戰國游説文字,往往東西南北,羅列名詞,較少變化。然氣勢雄肆,亦不乏精彩之筆,故昔人評爲“尤以氣勝”。相傳司馬相如在構思這篇巨制時,神思蕭散,不與外界相來往,忽然而睡,涣然而醒,經歷了百餘日的緊張構思寫作,纔終於完成。《西京雜記》卷二記載了司馬相如關於此賦的一段話,也成爲文學史上一段佳話:“合纂組以成文,列錦繡而爲質,一經一緯,一宫一商,此賦之跡也。賦家之心,苞括宇宙,總攬人物,斯乃得之於内,不可得而傳。”儘管這段話的真實性還有人表示懷疑,但是,它確實寫出了司馬相如辭賦創作的特色。司馬相如的辭賦創作博得了時人的高度讚揚,甚至辭賦大家揚雄也懷疑司馬相如的賦不似從人間來,乃神化所至。全篇設計了三個虚構人物,即子虚、烏有、亡是公。子虚,即虚言的意思,極力稱説楚國風物之美。烏有,即無有,作爲子虚的對立面,許難楚國之事。而亡是公,即無是人的意思,在兩者之間作折中之談。

楚使子虚使於齊[1],王悉發車騎與使者出畋[2]。畋罷,子虚過姹烏有先生[3],亡是公存焉[4]。坐定,烏有先生問曰:“今日畋樂乎?”子虚曰:“樂。”“獲多乎?”曰:“少。”“然則何樂?”對曰:“僕樂齊王之欲夸僕以車騎之衆[5],而僕對以雲夢之事也。[6]”曰:“可得聞乎?”子虚曰:“可。王車駕千乘,選徒萬騎,畋於海濱。列卒滿澤,罘網彌山[7]。

掩兔轔鹿^[8]，射麋腳麟^[9]。騖於鹽浦^[10]，割鮮染輪^[11]。射中獲多，矜而自功^[12]，顧謂僕曰：‘楚亦有平原廣澤游獵之地，饒樂若此者乎？^[13]楚王之獵，孰與寡人乎？^[14]’僕下車對曰：‘臣，楚國之鄙人也^[15]。幸得宿衛十有餘年^[16]，時從出游，游於後園，覽於有無^[17]，然猶未能徧睹也^[18]，又焉足以言其外澤乎？’齊王曰：‘雖然，略以子之所聞見而言之。’

【校注】

[1]子虛：李善注：“以子虛，虛言也，爲楚稱；烏有先生，烏有此事也，爲齊難；亡是公者，亡是人也。欲明天子之義，故虛藉此三人爲辭，以風諫焉。”　　[2]畋：打獵。《史記·司馬相如列傳》作“齊王悉發境内之士，備車騎之衆，與使者出田”。　　[3]過姹（chà 岔）：過訪。姹，《史記》作“詑”，誇耀。　　[4]亡：《史記》作“無”。存焉：在此。存，《史記》作“在”。焉，於此。　　[5]誇僕：對我誇耀。僕，古代男子謙稱。　　[6]雲夢：春秋時楚國的湖泊，在今湖北、湖南一帶。　　[7]罘（fú福）網彌山：捕兔的網佈滿山梁。罘，網。彌，覆蓋。　　[8]掩：用大網捕捉。轔：用車輪碾壓。　　[9]射麋腳麟：射殺糜鹿，捉住麟的一腳。麟，這裏指大鹿。　　[10]騖（wù 勿）：馳騁。鹽浦：海邊鹽灘。　　[11]鮮：指鳥獸的鮮肉。染輪：似言獵物很多，鮮血浸染車輪。又一説，染，通“擩”，作擩解，指用手指蘸物。這裏指蘸着車輪上的鹽吃生肉。　　[12]矜而自功：驕傲自誇。矜，矜持自傲。　　[13]饒樂：富有樂趣。　　[14]與：猶“如”。　　[15]鄙人：小人，這裏用作謙辭。　　[16]宿衛：在宫中值班守夜。　　[17]覽於有無：李善注：“謂或有所見，或復無也。”　　[18]徧睹：逐一觀覽。徧，通“遍”。

“僕對曰：‘唯唯^[1]。臣聞楚有七澤，嘗見其一，未睹其餘也。臣之所見，蓋特其小小者耳^[2]，名曰雲夢。雲夢者，方九百里，其中有山焉。其山則盤紆茀鬱^[3]，隆崇嵂崒^[4]。岑崟參差^[5]，日月蔽虧^[6]。交錯糾紛，上干青雲^[7]。罷池陂陀^[8]，下屬江河^[9]。其土則丹青赭堊^[10]，雌黄白坿^[11]，錫碧金銀^[12]。衆色炫耀，照爛龍鱗^[13]。其石則赤玉玫瑰^[14]，琳瑉昆吾^[15]。瑊玏玄厲^[16]，碝石碔砆^[17]。其東則有蕙圃^[18]，衡蘭芷若^[19]，芎藭菖蒲^[20]，茳蘺蘼蕪^[21]，諸柘巴苴^[22]。其南則有平原廣澤，登降陁靡^[23]，案衍壇曼^[24]。緣以大江，限以巫山。其

高燥則生葴菥苞荔[25]，薜莎青薠[26]。其埤濕則生藏莨兼葭[27]，東薔
雕胡[28]，蓮藕觚盧[29]，菴䕡軒于[30]。眾物居之，不可勝圖[31]。其西
則有湧泉清池，激水推移。外發芙蓉菱華，內隱鉅石白沙。其中則有
神龜蛟鼉[32]，瑇瑁鼈黿[33]。其北則有陰林，其樹楩枏豫章[34]，桂椒
木蘭，檗離朱楊[35]，樝梨梬栗[36]，橘柚芬芳[37]。其上則有鵷鶵孔
鸞[38]，騰遠射干[39]。其下則有白虎玄豹，蟃蜒貙犴[40]。

【校注】

[1]唯唯：應諾謙恭之辭。　　[2]特：獨。　　[3]嵏(fó 佛)鬱：形容山勢曲折重
疊的樣子。　　[4]隆崇嵂崒：山勢高聳險峻。郭璞注："隆崇，竦起也。"
[5]岑崟(yín 銀)參差：山巒高峻起伏的樣子。崟，《史記》作"巖"。　　[6]日月
蔽虧：群山起伏，遮擋日月，有時只能看到半個日月。蔽，全隱。虧，半缺。
[7]上干青雲：李善注引孔安國《尚書傳》曰："干，犯也。"即觸及。　　[8]罷(pí
皮)池(tuó 駝)陂陀：罷池與"陂陀"音義並同，形容山勢綿延起伏的樣子。
[9]屬：連接。　　[10]丹青赭(zhě 者)堊(è 惡)：丹，丹沙。青，青䐉，一種礦石，
可以作染料。赭，赤土。堊，白土，或曰白石灰。　　[11]雌黃白坿(fù 父)：雌
黃，礦物，可作染料。白坿，白石英。　　[12]錫碧金銀：錫、金、銀，並金屬名。碧，
青石。　　[13]照爛龍鱗：形容各種礦物色彩斑斕，如同龍之鱗彩。　　[14]赤玉：
赤色的玉石。玫瑰：火齊珠。　　[15]琳(lín 林)瑉(mín 民)：琳，珠玉。瑉，次於
玉的石塊。昆吾：山名，盛產美玉，後來以這兩字指代美玉。《史記》作"琨珸"，
《索隱》引司馬彪云："石之次玉者。"　　[16]瑊(jiān 艱)玏(lè 樂)：次於玉的石
塊。玄厲：黑色的石塊，可用作磨刀石。　　[17]碝(ruǎn 軟)石碔(wǔ 武)砆(fū
夫)：都是僅次於玉的石塊。碝石，白色如冰，半有赤色。碔砆，赤地白采。
[18]蕙圃：種植花草的苗圃。　　[19]衡蘭芷若：各種香草名稱。衡，杜衡。蘭，
蘭草。芷，白芷。若，杜若。《史記》"芷若"下有"射干"二字。王觀國《學林》卷四
以爲當有"射干"爲是，而"衡蘭"二字上屬，構成四字句。射干，草名，又一說獸名。
[20]穹(xiōng 兄)窮(qióng 窮)菖(chāng 昌)蒲(pú 僕)：兩種香草名，均可以入
藥。穹窮，生於山谷間。菖蒲，生於水邊。　　[21]茳(jiāng 江)蘺(lí 離)麋(mí
迷)蕪(wú 吳)：兩種香草名。《史記》作"諸蔗猼且"。　　[22]諸柘(zhè 這)巴
苴(jū 居)：兩種香草名。　　[23]登降：指地勢高低。陁(yǐ 以)靡(mí 迷)：與
"陂陀"近義，指山勢綿延起伏。　　[24]案衍壇曼：地勢平坦寬廣的樣子。
[25]葴(zhēn 珍)菥(xī 惜)苞荔：各類植物。葴，馬藍。菥，似燕麥的草。苞，茅類

的草。荔，似蒲類的草。　　　　〔26〕薛莎（sㄨō 梭）青蘋（fán 凡）：各類植物。薛，藾蒿。莎，莎草。青蘋，似莎而大，生於江湖邊。　　　　〔27〕坥（bèi 倍）濕：低窪的濕地。藏（zāng 臧）莨（làng 浪）：草名，俗稱狼尾草。蒹（jiān 兼）葭（jiā 夾）：蘆葦。〔28〕東薔：草名，其子可以食用。雕胡：即菰米。　　　　〔29〕菰盧：即菰蘆，水邊植物。〔30〕菴（ān 安）閭（lú 驢）：蒿類植物。軒于：蕕草，生於水中。　　　　〔31〕不可勝圖：難以詳盡描繪。圖，描繪。　　　　〔32〕咬鼉（tuó 駝）：水中動物。蛟，傳說中的龍一類的動物。鼉，即今天所說的揚子鰐。　　　　〔33〕瑇（dài 戴）瑁（mào 冒）：一種似龜的爬行動物，甲上有花紋，可以作裝飾物。鱉（biē 憋）黿（yuán 元）：龜類動物。〔34〕楩（pián 駢）柟（nán 南）：楠木。豫章：樟木。　　　　〔35〕檗（bò 擘）離朱楊：各類樹木。檗，黃蘗。離，山梨。朱楊，河柳。　　　　〔36〕櫨梨樗（yǐng 影）栗：各種果類。櫨梨，梨的一種。樗栗，棗的一種。　　　　〔37〕橘（jú 菊）柚（yòu 右）：橘子和柚子。　　　　〔38〕鵷（yuān 冤）鶵（chú 除）：鳥名。孔：孔雀。鸞：鸞鳥。在此句上，《史記》有“赤猨蠷蝚”四字。猨，通“猿”。蠷蝚，五臣注《文選》以爲是獼猴類動物。　　　　〔39〕騰遠：野獸名，似猿類動物。射干：似狐而小，能攀樹木。〔40〕蟃（wàn 萬）蜒（yán 延）貙（chū 出）犴（àn 岸）：蟃蜒，大獸，似狸。貙，似狸而大。犴，野狗。此句下，《史記》有“兕象野犀，窮奇獌狿”八字。

　　“‘於是乎乃使剸諸之倫[1]，手格此獸[2]。楚王乃駕馴駮之駟[3]，乘彫玉之輿。靡魚須之橈旃[4]，曳明月之珠旗[5]。建干將之雄戟[6]，左烏號之雕弓[7]，右夏服之勁箭[8]。陽子驂乘[9]，孅阿爲御[10]。案節未舒[11]，即陵狡獸[12]。蹴蛩蛩[13]，轔距虛[14]。軼野馬[15]，轊陶駼[16]。乘遺風[17]，射游騏[18]。儵眒倩浰[19]，雷動焱至[20]，星流霆擊[21]。弓不虛發，中必決眦[22]。洞胸達掖[23]，絕乎心繫[24]。獲若雨獸[25]，揜草蔽地[26]。於是楚王乃弭節徘徊[27]，翱翔容與[28]。覽乎陰林，觀壯士之暴怒，與猛獸之恐懼。徼𡓥受詘[29]，殫睹眾物之變態[30]。

　　“‘於是鄭女曼姬[31]，被阿緆[32]，揄紵縞[33]，雜纖羅[34]，垂霧縠[35]。襞積褰縐[36]，紆徐委曲，鬱橈谿谷。衯衯裶裶[37]，揚袘戌削[38]，蜚襳垂髾[39]。扶輿猗靡[40]，翕呷萃蔡[41]。下靡蘭蕙[42]，上拂羽蓋[43]。錯翡翠之威蕤[44]，繆繞玉綏[45]。眇眇忽忽，若神仙之髣髴。

　　“‘於是乃相與獠於蕙圃[45]，媻姍勃窣[47]，上乎金隄。掔翡翠^[48]，射鵔鸃^[49]。微矰出^[50]，孅繳施^[51]。弋白鵠^[52]，連駕鵝^[53]。雙鶬下^[54]，玄鶴加^[55]。怠而後發^[56]，游於清池。浮文鷁^[57]，揚旌栧^[58]。張翠帷，建羽蓋。罔瑇瑁^[59]，鉤紫貝^[60]。摐金鼓^[61]，吹鳴籟^[62]。榜人歌，聲流喝。水蟲駭，波鴻沸。涌泉起，奔揚會^[63]。礧石相擊，硠硠礚礚^[64]。若雷霆之聲，聞乎數百里之外。將息獠者^[65]，擊靈鼓^[66]，起烽燧。車按行，騎就隊。纚乎淫淫^[67]，般乎裔裔^[68]。

　　"'於是楚王乃登雲陽之臺^[69]，怕乎無爲^[70]，憺乎自持^[71]。勺藥之和^[72]，具而後御之^[73]。不若大王終日馳騁，曾不下輿^[74]。脟割輪焠^[75]，自以爲娛。臣竊觀之，齊殆不如^[76]。'於是齊王無以應僕也^[77]。"

【校注】

[1]剚諸之倫：剚諸，《史記》作"專諸"，春秋吳國的勇士，曾爲吳公子光刺殺吳王僚。事見《史記·刺客列傳》。倫，類。　　[2]手格：空手擊之。　　[3]馴駁之駟：馴，馴服。駁，《史記》作"駮"，通，指毛色不純的馬。駟，四馬合駕一車稱"駟"。　　[4]靡魚須之橈（ráo 饒）旃（zhān 沾）：靡，通"麾"，指揮動。橈旃，旌旗的曲柄。這句是說楚王的隨從揮動着用魚須爲旒穗的旌旗。　　[5]曳明月之珠旗：揮動着用明月珠綴飾的旌旗。　　[6]干將：古代著名的劍師。雄戟：兵器。[7]烏號：弓箭名。李善注引張揖曰："黃帝乘龍上天，小臣不得上，挽持龍鬚，鬚拔，墮黃帝弓，臣下抱弓而號，名烏號也。"雕：畫。　　[8]夏服：夏后氏的劍囊。[9]陽子：即春秋時代的伯樂，秦繆公臣，姓孫名陽字伯樂，以知馬、善於駕車聞名。驂乘：陪乘。　　[10]孅阿：古代善於御車的人。御：駕車。　　[11]案節：按着節拍行走。未舒：意謂馬足尚未舒展。這裏指行走遲緩。　　[12]陵：踐踏。[13]蹴（cù 促）：踩踏。《史記》作"躪"。蛩（qióng 窮）蛩：野獸名，青色，形狀如馬。《史記》作"邛邛"。　　[14]躪：踩踏。《史記》作"蹴"。距虛：野獸名，形狀似騾而小。　　[15]軼（yì 義）：過、衝犯。　　[16]轊（wèi 未）：與"軼"互文見義，衝犯。陶駼（tú 圖）：同"騊駼"，野馬。　　[17]遺風：良馬名。千里馬。[18]游騏：奔馳的馬。　　[19]倏（shū 書）眒（shēn 申）倩（qiàn 欠）浰（lì 力）：飛馳的樣子。　　[20]焱（biāo 標）至：焱，《史記》作"熛"，均通"飆"，疾風。[21]霆擊：比喻氣勢迅猛。霆，指霹靂。　　[22]決眦：比喻射箭巧妙，決於目眦。眦，眼眶。　　[23]洞胸達掖：洞、達，均爲動詞。掖，《史記》作"腋"，指野獸的腋下。　　[24]絕：擊斷。心繫：心臟系統。　　[25]雨獸：形容獲取野獸之多。

雨,動詞,下雨。　　　[26]揜(yǎn 掩):草蔽地。揜,與"蔽"互文見義,覆蓋。
[27]弭(mǐ 米)節:按轡徐行。弭,按。　　[28]翱翔容與:從容自得的樣子。
[29]徼敪(jù 巨)受詘:徼,攔截、獲取。敪,非常疲倦。　　[30]殫睹:盡睹。睹,
通"睹"。變態:姿態。　　[31]鄭女曼姬:李善注引如淳曰:"鄭女,夏姬也。曼
姬,楚武王夫人鄧曼也。"這裏泛指美女。　　[32]被(pī 批):通"披"字。阿:絲
織品。緆(xì 細):細布。《史記》引作"錫"。緆與錫古字通。　　[33]揄(yú 于)
紵(zhù 注)縞(gǎo 搞):揄,曳。紵,麻布。縞,細繒。　　[34]纖羅:纖,細。羅,
絲織品。　　[35]霧縠:是説絲織品薄細如霧。　　[36]襞(bì 畢)積:形容裙子
褶疊很多。襞,裙褶。褰(qiān 千)縐(zhòu 皺):形容衣服紋理很多。褰,縮。縐,
裁。　　[37]紛紛裶(fēi 非)裶:形容衣服飄逸的樣子。　　[38]揚:舉起。袿:
衣袖。戌削:李善注引張揖曰:"裁制貌也。"王先謙以爲"狀行時裳緣之整齊也"。
[39]蜚:古"飛"字。襳:衣上長帶。髾(shāo 燒):燕尾。　　[40]扶輿:猶"扶
于",形容柔美多姿。猗靡:也是柔美的樣子。這裏形容衆多女子扶持楚王車輿相
隨而行。　　[41]翕(xī 西)呷(xiā 瞎):衣服擺動的樣子。萃蔡:衣服擺動的聲
音。　　[42]靡:《史記》引作"摹",與下文"拂"相對。蘭蕙:這裏泛指香草。
[43]羽蓋:用羽毛作裝飾的車蓋。　　[44]錯:錯雜。翡翠:這裏指艷麗的羽毛。
威蕤:形容裝飾華美。　　[45]繆繞:相互纏繞。玉綏:即用玉飾綏。綏,通"緌",
指纓緌。　　[46]獠:狩獵。蕙圃:園林。　　[47]嫳(pán 蹣)姍(shān 跚):通
"蹣跚"。敦(bèi 貝):通"勃"。嫳姍、敦窣(sù 素),皆緩行的樣子。　　[48]揜:
張網捕取。　　[49]駿蟻:鳥名。　　[50]矰:《史記·留侯世家》索隱引馬融注
《周禮》云:"矰者,繳繫短矢謂之矰。"即用絲繩連接着的短箭。　　[51]蔵:小。
繳:生絲繩,繫在箭上。施:放射。　　[52]弋:用帶繩的箭射鳥。　　[53]連:與
"弋"對舉,意義相近。李善注:"言既弋白鵠,而因連駕鵝也。"駕鵝:野鵝。
[54]雙鶬:鳥名。下:落下。　　[55]玄鶴:黑鶴。加:指射中。　　[56]怠:倦。
[57]浮:泛舟水上。文鷁:指畫有文鷁的船。鷁,水鳥。　　[58]揚:舉。旌:《史
記》作"桂"。枻(yì 義):船舷。　　[59]罔:通"網"。　　[60]紫貝:紫質黑紋的
貝類。　　[61]摐(chuāng 窗):撞擊。金鼓:鉦,古代軍中器樂。　　[62]籟:
簫。　　[63]奔揚:波濤。　　[64]琅(láng 狼)硠礚(kē 科)礚:水石相擊發出
的聲音。　　[65]息獠:停止狩獵活動。　　[66]靈鼉:六面鼓。　　[67]纚(shǐ
始):若織絲連屬相續。淫淫:漸進。這句指車馬群行,連綿不斷。　　[68]般(pán
盤):《史記》作"班",依次相連而前行。裔裔:行進的樣子。　　[69]雲陽之臺:
又名陽臺,在雲夢澤中。宋玉《神女賦》描寫楚王與神女相會之處。　　[70]怕:
《史記》作"泊",通。與下文的"憺"字互文見義,即淡泊無爲。唐李善注引郭璞

曰:"養神氣也。"　　　[71]憺:通"澹",静。自持:保持心境平和。　　　[72]勺藥
之和:即以勺藥爲調和之意。　　　[73]具而後御之:郭璞注引服虔曰:"具,美也。
或以芍藥調食也。"若依後解,則作具備講。　　　[74]曾:甚至、竟。《史記》作
"而"。　　　[75]胹(luán 攣)割輪焠(cuì 翠):胹,通"臠",把肉切成小塊。焠,烤
炙。輪焠,在車旁烤肉。　　　[76]齊殆不如:《史記》無"齊"字。殆,相近、大約。
[77]齊王無以應僕:《史記》於"齊王"下有"默然"二字。

　　烏有先生曰:"是何言之過也! 足下不遠千里,來貺齊國[1],王悉發
境内之士,備車騎之衆,與使者出畋[2],乃欲戮力致獲[3],以娛左右,何
名爲夸哉! 問楚地之有無者,願聞大國之風烈[4],先生之餘論也。今足
下不稱楚王之德厚,而盛推雲夢以爲高[5],奢言淫樂而顯侈靡,竊爲
足下不取也。必若所言,固非楚國之美也。無而言之[6],是害足下之
信也。彰君惡,傷私義,二者無一可。而先生行之,必且輕於齊而累
於楚矣。且齊東陼鉅海[7],南有琅邪。觀乎成山[8],射乎之罘[9]。浮
渤澥[10],游孟諸[11]。邪與肅慎爲鄰[12],右以湯谷爲界[13]。秋田乎青
丘[14],傍徨乎海外。吞若雲夢者八九,於其胸中曾不蔕芥[15]。若乃
俶儻瑰瑋[16],異方殊類。珍怪鳥獸,萬端鱗崒[17]。充牣其中[18],不
可勝記。禹不能名,卨不能計[19]。然在諸侯之位,不敢言游戲之樂,
苑囿之大。先生又見客[20],是以王辭不復[21],何爲無以應哉[22]!"

《文選》卷七

【校注】

[1]貺(kuàng 況):有惠賜。　　　[2]與使者出畋:《史記》作"以出田"。
[3]戮力:並力。　　　[4]風烈:逸風餘烈。　　　[5]高:高談闊論。　　　[6]無而
言之:《史記》、《漢書》此句上有"有而言之,是章君之惡"二句。　　　[7]陼:通
"渚",指水邊。這裏有邊臨的意思。鉅海:大海。　　　[8]成山:山名,在今山東榮
城境,瀕臨大海。　　　[9]之罘:山名,在今山東福山境。　　　[10]渤澥:即渤海。
[11]孟諸:古代湖泊名,在今河南商丘一帶。　　　[12]邪:通"斜",與下文的"右"
相應,均爲方位詞。肅慎:古國名,在今東北三省一帶。　　　[13]湯(yáng 羊)谷:
即暘谷,日出之地。李善注:"言爲東界,則右當爲左字之誤也。"　　　[14]田:通
"畋"字,畋獵。青丘:國名,當指遼東一帶。　　　[15]蔕芥:細小的填塞物。
[16]俶(tì 替)儻(tǎng 淌)瑰瑋:卓異珍奇的意思。　　　[17]鱗崒:如鱗之聚集。

崒,與"萃"同,彙集的意思。　　　[18]充牣:充滿。　　　[19]禹不能名,卨不能計:李善注引張揖曰:"禹爲堯司空,辨九州名山,別草木。卨爲堯司徒,敷五教,率萬事。"卨,《史記》作"契"。　　　[20]先生:這裏指子虛。　　　[21]不復:不答。[22]何爲:爲何,表示反問。

上 林 賦

【題解】

　　子虛、烏有二人相互誇飾各自國家的強大和富有,於是引出了亡是公的話。亡是公先是批評子虛、烏有"欲以奢侈相勝,荒淫相越",然後極力鋪陳天子上林苑的繁華、富庶、廣大和天子打獵的盛大場面,閒暇張樂,"奏陶唐氏之舞,聽葛天氏之歌,千人唱,萬人和,山陵爲之震動,川谷爲之蕩波"。以極盡誇張的筆調寫出天子的豪奢,最終的落腳點卻是爲了諷諭。最後寫天子自省,認識到"此大奢侈",於是拆墻毀圍,實行王道仁政,"改制度,易服色。革正朔,與天下爲始"。而子虛、烏有"愀然改容,超若自失,逡巡避席"而退。從作品的最後處理來看,作者想要表達的基本思想,是勸誡漢武帝應"德隆於三王,而功羡於五帝",而不能追逐聲色之樂,不過,"勸百而諷一",反而衝淡了其真實的用意,因而也引起了後來者的一些不滿。如果拋開傳統的諷諫舊說,我們僅僅從賦本身來看,這篇作品確實寫出了漢帝國政治統一、經濟繁榮、文化發達的蓬勃氣象。

　　亡是公听然而笑曰[1]:"楚則失矣,而齊亦未爲得也。夫使諸侯納貢者[2],非爲財幣,所以述職也[3];封疆畫界者[4],非爲守禦,所以禁淫也[5]。今齊列爲東藩,而外私肅慎[6],捐國踰限[7],越海而田,其於義固未可也。且二君之論,不務明君臣之義,正諸侯之禮,徒事爭於游戲之樂,苑囿之大,欲以奢侈相勝,荒淫相越,此不可以揚名發譽[8],而適足以貶君自損也[9]。

　　"且夫齊楚之事又烏足道乎[10]?君未睹夫巨麗也,獨不聞天子之上林乎?左蒼梧,右西極。丹水更其南,紫淵徑其北[11]。終始灞滻,出入涇渭[12]。酆鎬潦潏[13],紆餘委蛇[14],經營乎其內。蕩蕩乎八川分流[15],相背而異態。東西南北,馳騖往來。出乎椒丘之闕[16],行乎洲淤之浦[17]。經乎桂林之中,過乎泱漭之壄[18]。汩乎混流[19],順阿而下^[20]，赴隘陿之口^[21]。觸穹石^[22]，激堆埼^[23]，沸乎暴怒，洶涌彭湃。滭弗宓汩^[24]，偪側泌瀄^[25]。橫流逆折^[26]，轉騰潎洌^[27]。滂濞沆溉^[28]，穹隆雲橈^[29]，宛潬膠盭^[30]。踰波趨浥^[31]，涖涖下瀨^[32]。批巖衝擁^[33]，奔揚滯沛^[34]。臨坻注壑^[35]，瀺灂霣墜^[36]。沈沈隱隱，砰磅訇礚^[37]。潏潏淈淈^[38]，湁潗鼎沸^[39]。馳波跳沫，汩濦漂疾^[40]，悠遠長懷。寂漻無聲，肆乎永歸^[41]。然後灝溔潢漾^[42]，安翔徐回。翯乎滈滈^[43]，東注太湖，衍溢陂池^[44]。於是乎蛟龍赤螭，䱥𩶡漸離^[45]，鰅鰫鰬魠^[46]，禺禺魼鰨^[47]，揵鰭掉尾^[48]，振鱗奮翼，潛處乎深巖。魚鼈讙聲，萬物衆夥^[49]。明月珠子，的皪江靡^[50]，蜀石黃碝^[51]，水玉磊砢^[52]，磷磷爛爛^[53]，采色澔汗^[54]，叢積乎其中^[55]。鴻鷫鵠鴇^[56]，駕鵝屬玉^[57]，交精旋目^[58]，煩鶩庸渠^[59]，箴疵鵁盧^[60]，群浮乎其上。汎淫泛濫，隨風澹淡。與波搖蕩，奄薄水渚^[61]。唼喋菁藻^[62]，咀嚼菱藕^[63]。

【校注】

[1]亡：《史記·司馬相如傳》作“無”。听然：笑貌。　　[2]納貢：諸侯及藩屬國向天子貢獻特産珍寶。　　[3]述職：諸侯王向天子陳述政事。　　[4]封疆畫界：劃定疆界。　　[5]禁淫：杜絕過度享樂。淫，過。　　[6]外私肅慎：私自與肅慎國來往。肅慎，古國名。　　[7]捐國踰限：離開本土，超越國境。捐，棄。踰，越。　　[8]揚名發響：傳播名聲，擴大聲譽。　　[9]適：恰巧、正好。貶君自損：貶低了齊、楚君王，對於子虛、烏有本人也有損抑。　　[10]烏足道：哪裏值得稱説呢？　　[11]徑：通“經”，經過。　　[12]“終始”二句：“終始”與“出入”對舉。灞、滻、涇、渭，四條水名。　　[13]酆鎬潦潏：皆水名。　　[14]紆餘委蛇：曲折宛轉的樣子。　　[15]八川分流：上面所提到的八條河流分道流淌。李善注引潘岳《關中記》曰：“涇、渭、灞、滻、酆、鄗、潦、潏，凡八川。”　　[16]椒丘：峰頂突出的山丘。闕：門觀，古代建築兩側通常修建兩座高臺，故稱雙闕。這裏形容兩峰對峙，猶如雙闕。　　[17]淤：李善注引《方言》曰：“水中可居者曰洲，三輔謂之淤也。”浦：水邊。　　[18]泱漭之壄：即大荒之野。壄，“野”的異體字。　　[19]汩乎混流：衆水並流，奔騰而逝。汩，水流迅疾的樣子。混，《史記》作“渾”，均爲合併的意思。　　[20]順阿而下：順着山丘而下。阿，大陵。　　[21]隘陿：郭璞注：“夾岸間爲陿。”陿，《史記》作“陝”，意同。　　[22]穹石：大石。　　[23]堆：沙堆。埼：郭璞注：“曲岸頭也。”按：“穹石”與“堆埼”相對應。　　[24]滭（bì 畢）弗

(fèi 沸):水勢盛大的樣子。宓(mì 密)汩(yù 三):水勢湍急的樣子。 [25]偪
(bī 逼)側(zè 仄)泌瀄:水流洶湧奔騰,相擊有聲。偪側,《史記》作"湢測",《索
隱》引司馬彪曰:"相迫也。"泌瀄,司馬彪曰:"相摤也。" [26]逆折:迴旋。
[27]轉騰潎(piē 瞥)冽(liè 烈):轉騰,水波翻轉的樣子。潎冽,水浪相擊發出的聲
音。 [28]滂濞沆溉:滂濞,即澎湃。滂,《史記》引作"澎"。沆溉,《史記》作
"沆瀣",猶言慷慨。均描繪水流激蕩的聲音。 [29]穹隆雲橈(ráo 饒):穹隆,
水勢隆起。李善注:"雲橈,如雲屈橈也。"即水勢如雲之低迴彎曲的樣子。
[30]宛潬(shàn 善)膠盭(lì 力):形容水勢蜿蜒曲折的樣子。膠盭,水勢糾纏縈繞
之狀。盭,古"戾"字。 [31]踰波趨浥:踰波,後浪推前浪。趨浥,水勢往下沖。
浥,地勢低下幽濕。 [32]涖(lì 力)涖:水聲。瀨(lài 賴):水流湍急。
[33]批巖:水勢衝擊巖石。衝擁:即水勢衝擊堤防。擁,通"雍",堤防。
[34]滭沸:水花四濺。 [35]坻(chí 池):水中小洲。 [36]瀺灂霣墜:李善
注引《字林》曰:"瀺灂,小水聲也。霣,即隕字也。" [37]砰磅訇磕:水流激蕩
的聲音。 [38]潏(yù 玉)潏淈(gǔ 古)淈:水波相擊之狀。 [39]湁(chì
事)潗(jí 集)鼎沸:水花翻騰,就像開了鍋的水似的。 [40]汩(yù 玉)濦(xī
西):水聲。漂疾:水流急速。 [41]"寂漻"二句:水流寂靜地奔湧着,終歸於湖
海。 [42]灝(hào 浩)溔(yǎo 咬)潢(huāng 晃)漾(yàng 恙):水波浩森之
狀。 [43]囂(hè 鶴)乎滈(hào 浩)滈:囂灬白光貌。滈滈,通"浩浩",水勢浩
大。 [44]衍溢陂池:衍溢,水漲溢出。陂池,江旁小水。 [45]鯩(gèng
更)爲(méng 蒙)漸離:兩種魚名。 [46]鰨鰫鰜魠:四種魚名。 [47]禺禺
魼鰨:三種魚名。 [48]捷:舉起。鰭:魚鰭。掉:《史記》作"擢",擺動。
[49]"魚鱉"二句:讙聲,即歡聲。眾夥,眾多。 [50]"明月"二句:指明月珠子
生於江中,光耀江邊。的皪,通"玓瓅",珠光。靡:水邊。 [51]蜀石:僅次於玉
的石頭。硯:黃色的玉石。 [52]水玉:水晶石。磊砢:郭璞注:"魁壘貌。"
[53]磷磷爛爛:形容玉石光采映耀。 [54]瀺汗:《史記》作"澔旰",光彩鮮艷
的樣子。 [55]叢積:即聚集。叢,《史記》作"叢",兩字相通。 [56]鴻
(hóng 紅)鸖(sù 訴)鵠(hú 胡)鴇(bǎo 保):四種鳥名。 [57]駕鵝屬玉:兩種
鳥名。屬玉,《史記》作"鸀鳿"。 [58]交精旋目:兩種鳥名。交精,《史記》作
"鵁鶄"。 [59]煩鶩(wù 勿)庸渠:兩種鳥名。庸渠,《史記》作"鷛𪃷"。
[60]箴(zhēn 真)疵(cī 呲)鵁(jiāo 交)盧(lú 蘆):均鳥名。箴疵,《史記》作"驤
鴜"。 [61]奄薄水渚:李善注引張揖曰:"奄,覆也。郭璞曰:薄,猶集也。"水
渚,水中小洲或陸地。 [62]唼喋:水鳥吃食時發出的聲音。菁藻:水草。
[63]咀(jǔ 舉)嚼(jué 絕):嚼東西。菱藕:水中植物。

“於是乎崇山矗矗，巃嵸崔巍[1]。深林巨木，嶄巖參嵯[2]。九嵕
巀嶭[3]，南山峨峨。巖陁甗錡[4]，摧崣崛崎[5]。振溪通谷[6]，寔產溝
瀆[7]。谽呀豁閜[8]，阜陵別隝[9]。崴磈嵔廆[10]，丘虛堀礨[11]。隱轔
鬱壘[12]，登降施靡[13]，陂池貏豸[14]。沇溶淫鬻[15]，散渙夷陸[16]。亭
皋千里，靡不被築[17]。揜以綠蕙[18]，被以江蘺[19]。糅以蘪蕪，雜以
留夷[20]。布結縷[21]，攢戾莎[22]，揭車衡蘭[23]，槀本射干[24]。茈薑蘘
荷[25]，葴持若蓀[26]。鮮支黃礫[27]，蔣芋青薠[28]。布濩閎澤[29]，延曼
太原。離靡廣衍[30]，應風披靡。吐芳揚烈，郁郁菲菲。衆香發越，肸
蠁布寫[31]，晻薆咇茀[32]。

【校注】

[1]巃（lóng 龍）嵸（sǒng 聳）崔（cuí 催陽平）巍（wéi 維）：李善注引郭璞曰：“皆高
峻貌也。”此二句，《史記》作“於是乎崇山巃嵸，崔巍嵯峨”。　　　[2]嶄（chán 蟬）
巖參（cēn 岑陰平）嵯（cī 玼）：李善注引郭璞曰：“皆峰嶺之貌也。”參嵯，《漢書》作
“參差”，高低不平的樣子。　　　[3]九嵕（zōng 宗）：山名。巀（zá 咂陽平）嶭（è
厄）：李善注引郭璞曰：“高峻貌也。”　　　[4]巖陁（yǐ 以）甗（yǎn 眼）錡（qí 奇）：形
容山石嵌空的形狀。李善注引司馬彪曰：“陁，靡也。甗，甑也。錡，攲也。上大下
小，有似攲甑也。”　　　[5]摧崣：即崔巍，高大的樣子。崛崎：即崛崎，山路不平的
樣子。　　　[6]振溪通谷：李善注引張揖曰：“振，拔也。水注川曰溪，注溪曰谷。”通，
流動。　　　[7]寔產：曲折的樣子，這裏形容“溝瀆”。溝瀆：即溝渠。　　　[8]谽
（hān 鼾）呀（xiā 瞎）豁（huò 或）閜（xiā 瞎）：形容山谷空曠的樣子。李善注引司
馬彪曰：“谽呀，大貌。豁閜，空虛也。”　　　[9]阜陵：丘陵。隝（dǎo 島）：李善注引
郭璞曰：“水中山也。”《史記》作“島”。　　　[10]崴磈嵔廆（皆讀 wěi 偉）：形容山
勢險峻。　　　[11]丘虛堀礨：形容山岡錯落不平的樣子。虛，《史記》作“墟”。
[12]隱轔鬱壘：形容山勢高低不平的樣子。　　　[13]登降施靡：形容山勢起伏連
綿的樣子。　　　[14]陂（pō 坡）池（tuó 駝）：李善注引郭璞曰：“陂池，旁頹貌也。”
貏（bǐ 比）：獸名。豸（zhì 至）：蟲名。這裏借獸蟲形容山勢高低不平的樣子。
[15]沇溶淫鬻（yù 玉）：水流緩慢的樣子。李善注引張揖曰：“水流溪谷之間也。”
[16]散渙夷陸：李善注引司馬彪曰：“布平地也。”即寬廣的平地。　　　[17]靡不：
猶言“無不”。　　　[18]揜以綠蕙：揜，通“掩”。蕙，香草。　　　[19]被：覆蓋。江
蘺：生長在水邊的香草。　　　[20]留夷：香草。　　　[21]布：分布。《史記》作

"畟"。結縷:草名。　　[22]攢(cuán 篡陽平):聚集。戾莎(suō 梭):莎草。[23]揭車衡蘭:均爲香草名。　　[24]槀本射干:均爲香草名。　　[25]芘(zǐ 紫)薑:即紫薑。襄荷:草名。　　[26]葴持若蓀:四種草名。還有的認爲是兩種草名。　　[27]鮮支黃礫:均爲香草名。　　[28]蔣芧(zhù 住)青薠:均爲草名。芧,《史記》《漢書》作"芧"。　　[29]布濩:散佈。閎澤:大澤。　　[30]離靡:連綿不絕。廣衍:無邊無際。　　[31]胮(xī 西)蠁(xiǎng 響)布寫:謂香氣四散,沁人心脾。李善注引司馬彪曰:"胮,過也。芬芳之過,若蠁之布寫也。"蠁,《説文》曰:"知聲蟲也。"布寫,猶言四布。　　[32]晻(yǎn 兖)薆(ài 愛)咇(bì 畢)茀(bó 勃):李善注引《説文》曰:"馣馤,香氣奄藹也。"又曰:"馣與晻,馤與薆,音義同。"

　　"於是乎周覽泛觀[1],繽紛軋芴[2],芒芒恍忽[3]。視之無端,察之無涯。日出東沼,入乎西陂。其南則隆冬生長,涌水躍波。其獸則㺎旄貘犛[4],沈牛麈麋[5]。赤首圜題[6],窮奇象犀[7]。其北則盛夏含凍裂地,涉冰揭河。其獸則麒麟角端[8],騊駼橐駝[9]。蛩蛩驒騱[10],駃騠驢贏[11]。

　　"於是乎離宮別館,彌山跨谷[12]。高廊四注,重坐曲閣[13]。華榱璧璫[14],輦道纚屬[15]。步櫩周流[16],長途中宿[17]。夷峻築堂[18],累臺增成[19],巖突洞房[20]。頫杳眇而無見[21],仰攀橑而捫天[22]。奔星更於閨闥[23],宛虹拖於楯軒[24]。青龍蚴蟉於東箱[25],象輿婉僤於西清[26]。靈圉燕於閒館[27],偓佺之倫暴於南榮[28]。醴泉涌於清室[29],通川過於中庭。磐石振崖,嶔巖倚傾。嵯峨嶸嶆[30],刻削崢嶸。玫瑰碧琳,珊瑚叢生。瑉玉旁唐[31],玢豳文鱗[32]。赤瑕駁犖[33],雜臿其間。晁采琬琰[34],和氏出焉。

【校注】

[1]周覽泛觀:環顧四周。　　[2]繽紛軋芴(hū 忽):細密繁盛的樣子。李善注引孟康曰:"繽紛,衆盛也。軋芴,緻密也。"《史記》作"瞋盼軋沕"。　　[3]芒芒恍忽:眼花繚亂。李善注引郭璞曰:"言眼亂也。"　　[4]㺎(yōng 慵)旄貘犛(lí 梨):㺎,牛類,一名封牛。旄,即旄牛。貘,獸名。犛,牛類。　　[5]沈牛:即水牛。麈麋:鹿類。　　[6]赤首:獸名。圜:通"圓"。題:通"蹄"。　　[7]窮奇:

獸名。象犀:即大象和犀牛。　　[8]麒麟角端:傳説中的兩種獸名。　　[9]橐(tuó 馱)駝:即駱駝。　　[10]蛩(qióng 窮)蛩:野獸名,狀如馬。驒(diān 滇)騱(xī 西):野馬名。　　[11]騊駼:即騊馬雜配生的騾子。駼,即"騾"字。　　[12]彌:遍。　　[13]重坐曲閣:李善注引司馬彪曰:"廊廡上級下級皆可坐,故曰重坐。曲閣,閣道委曲也。"　　[14]華榱(cuī 崔):繪有花紋的椽子。璧璫:用玉雕飾的椽子。　　[15]輦道:閣道。纚屬:連續不斷。　　[16]步櫩(yán 延):步廊。周流:環繞遍佈。　　[17]長途中宿:誇飾步廊很長,要中途夜宿。　　[18]夷嶕:即削平山頭。嶕,山。　　[19]累臺增成:搭建高臺。成,通"層"。　　[20]巖突(yào 藥)洞房:在山底修築幽深的房屋。巖突,深邃貌。　　[21]頫:通"俯",低頭看。杳眇:深遠幽深。　　[22]橑(liáo 聊):屋椽。　　[23]奔星:流星。更:經歷。閨闥:宮中小門。　　[24]宛虹:彎曲的彩虹。拖:通"拖"。楯軒:有欄杆的長廊。　　[25]蚴蟉:彎曲而行,這裏用來形容"青龍"行走的樣子。　　[26]象輿:神仙所乘車輿。婉僤(shàn 善):走動貌。　　[27]靈圉:指衆仙人。燕:通"宴"。或謂"燕"爲悠閒的意思。閒館:即閒居之館。《史記》作"閒觀"。　　[28]偓佺:仙人名。暴:郭璞注:"謂偃卧日中也。"南榮:南屋的房檐。　　[29]醴泉:瑞水。　　[30]嵯峨嶵(jí 集)嶫(yè 業):形容石塊高危。　　[31]旁唐:猶言磅礴。　　[32]玢(bīn 賓)豳(bān 班)文鱗:疊韻連綿詞,形容斑紋形狀。玢豳,《史記》作"璸斒"。　　[33]赤瑕:赤玉。駮犖:文采間雜。　　[34]晁采:玉名。晁,通"朝"。琬琰:美玉名。

　　"於是乎盧橘夏熟,黃甘橙楱。枇杷橪柿,亭奈厚朴。樗棗楊梅,櫻桃蒲陶。隱夫薁棣,荅遝離支[1]。羅乎後宮,列乎北園。貤丘陵[2],下平原。揚翠葉,扤紫莖[3]。發紅華,垂朱榮。煌煌扈扈,照曜鉅野。沙棠櫟櫧,華楓枰櫨。留落胥邪,仁頻并閭。欃檀木蘭,豫章女貞[4]。長千仞,大連抱。夸條直暢[5],實葉葰楙[6]。攢立叢倚[7],連卷欐佹[8]。崔錯癹骫[9],坑衡閌砢[10]。垂條扶疏[11],落英幡纚[12]。紛溶萷蔘[13],猗狔從風[14]。藰莅芔歙[15],蓋象金石之聲,管籥之音。傺池茈虒[16],旋還乎後宮。雜襲絫輯[17],被山緣谷,循阪下隰,視之無端,究之無窮。

　　"於是乎玄猨素雌,蜼玃飛蠝[18],蛭蜩蠼猱[19],獑胡縠蛫[20],棲息乎其間。長嘯哀鳴,翩幡互經[21],夭蟜枝格[22],偃蹇杪顛[23]。踰絕梁[24],騰殊榛[25],捷垂條[26],掉希間[27]。牢落陸離[28],爛漫遠遷。

　　“若此者數百千處,娛游往來,宮宿館舍[29]。庖廚不徙,後宮不移,百官備具。

【校注】

[1]“盧橘夏熟”八句:所列均爲各種水果名。　　[2]貤:通“拖”,延展。

[3]扤(wù 務):搖。　　[4]“沙棠櫟櫧”六句:以上所列均爲各種樹木名。

[5]夸條直暢:樹枝向四方伸展。夸,夸張。　　[6]葰(jùn 峻):大。　　[7]攢立叢倚:攢立,聚集。叢倚,依託。　　[8]欐(lì 力)佹(guǐ 鬼):支柱、支撐。

[9]崔錯:交錯雜亂。嶭(bá 拔)骪(wěi 委):盤曲迴旋。骪,通“委”。

[10]坑衡閌硊:李善注引郭璞曰:“坑衡,徑直貌。閌硊,相扶持也。”　　[11]扶疏:向四方分佈。　　[12]落英:落花。幡纚:飛揚貌。　　[13]紛溶箾(xiāo 蕭)蔘(sēn 森):茂盛高達的樣子。　　[14]猗狔從風:婀娜多姿,隨風擺動。

[15]薎(liú 流)莅(lì 麗)芔(huì 會)歙(xī 西):風吹草動的聲音。芔,古卉字。

[16]俟(cī 疵)池虒(cī 疵)虒(zhì 至):參差不齊的樣子。　　[17]雜襲絫輯:形容樹木重疊聚集。李善注引郭璞曰:“相重被也。”絫,通“累”。輯與“集”同。

[18]蜼(wèi 渭)玃(jué 決):猿猴類。飛蠝(lěi 磊):鼠類。　　[19]蛭(zhì 質)蜩(tiáo 條):郭璞注曰未聞,似兩種獸名。蠼(jué 決)猱(náo 撓):獼猴。

[20]獑(chán 蟾)胡:猴類。縠(hù 互)蜼(guǐ 鬼):李善注引郭璞曰:“縠,似鼬而大,要以後黃,一名黃要,食獼猴。蜼,未聞也。”　　[21]翩幡:即翩翻。互經:李善注引郭璞曰:“互經,互相經過也。”　　[22]夭蟜(jiǎo 佼)枝格:李善注引郭璞曰:“皆獼猴在樹暴戲姿態也。夭蟜,頻申也。”　　[23]偃塞杪顚:形容猿猴在樹梢嬉鬧游戲。杪顚,樹梢。　　[24]踰:與“踰”同。絕梁:小溪上的石橋。

[25]殊榛:異梈,即砍伐後從樹根上新生的枝條。　　[26]捷:通“接”,連接。垂條:下垂的樹枝。　　[27]掉:《史記》作“踔”,跳躍。希間:空隙。希,通“稀”。

[28]牢落:李善注:“猶遼落也。”即零星的意思。陸離:參差不齊狀。　　[29]宮宿館舍:指天子游樂休息的場所。

　　“於是乎背秋涉冬,天子校獵。乘鏤象[1],六玉虯[2]。拖蜺旌[3],靡雲旗[4]。前皮軒[5],後道游[6]。孫叔奉轡[7],衛公參乘[8]。扈從橫行[9],出乎四校之中。鼓嚴簿[10]。縱獵者,河江爲阹[11],泰山爲櫓[12]。車騎靁起[13],殷天動地[14]。先後陸離,離散別追。淫淫裔裔,緣陵流澤,雲布雨施[15]。生貙豹[16],搏豺狼。手熊羆[17],足壄羊[18]。蒙鶡蘇[19],絝白虎[20]。被班文[21],跨壄馬。陵三㠖之危[22],下磧歷之坻[23]。徑峻赴險,越壑厲水[24]。椎蜚廉[25],弄獬豸[26]。格蝦蛤,鋌猛氏[27]。羂騕褭[28],射封豕[29]。箭不苟害,解脰陷腦[30]。弓不虛發,應聲而倒。

　　“於是乘輿弭節徘徊[31],翱翔往來。睨部曲之進退[32],覽將帥之變態。然後侵淫促節[33],儵夐遠去[34]。流離輕禽[35],蹴履狡獸[36]。轊白鹿[37],捷狡兔[38]。軼赤電[39],遺光耀[40]。追怪物,出宇宙。彎蕃弱[41],滿白羽[42]。射游梟,櫟蜚遽[43]。擇肉而後發,先中而命處。弦矢分,藝殪仆[44]。

　　“然後揚節而上浮,凌驚風,歷駭猋,乘虛無,與神俱。蹴玄鶴[45],亂昆雞[46]。遒孔鸞[47],促鵔鸃[48]。拂翳鳥,捎鳳凰。捷鴛鶵,揜焦明[49]。

【校注】

[1]鏤象:用象牙裝飾的天子乘坐的車駕。　　　[2]六玉虯(qiú 球):駕六馬。虯,無角的小龍。　　　[3]拖蜺旌:高舉着霓虹作爲旗幟。蜺,通“霓”。旌,旗。[4]靡:傾。雲旗:以雲爲旗。李善注引張揖曰:“畫熊虎於旒爲旗,似雲氣也。”[5]皮軒:以虎皮裝飾車。　　　[6]道游:導車,天子出行時前導的車。　　　[7]孫叔:李善注以爲是太僕公孫賀,字子叔。　　　[8]衛公:李善注以爲是大將軍衛青。[9]扈從橫行:隨從天子打獵的百官侍從圍攻野獸,率意而行。　　　[10]鼓嚴簿:敲擊戰鼓,扈從衆多。李善注引張揖曰:“鼓,嚴鼓也。簿,鹵簿也。”天子出,車駕依次排列,謂之鹵簿。　　　[11]河江爲陑:用江河作爲圍陣。陑,《説文》曰:“依山谷爲牛馬圈也。”　　　[12]泰山爲櫓:用大山作爲望樓。櫓,指望樓。　　　[13]靁:古“雷”字。　　　[14]殷:震動。《史記》作“隱”。　　　[15]雲布雨施:滿山遍野。[16]生貙(pí 皮)豹:謂生取貙豹。　　　[17]手熊羆:用手擊殺熊羆。　　　[18]足壄羊:用腳踩踏野羊。壄,通“野”。　　　[19]蒙鶡蘇:佩戴着鳥羽作裝飾的帽子。蒙,覆蓋,引申爲佩戴。鶡蘇,雞尾羽毛。　　　[20]絝(kù 庫)白虎:獵者穿着白虎紋的褲子。絝,通“褲”。又一說,通“跨”,即乘着白虎,但下文有“跨壄馬”之句,故應取前説。　　　[21]被班文:披着虎文單衣。班文,即斑紋。　　　[22]陵:上。三㠖:山名。李善注引郭璞《三倉注》曰:“三㠖山在聞喜。”　　　[23]磧歷:高低不平。坻(chí 池):山坡。　　　[24]厲水:涉水。　　　[25]椎蜚廉:椎殺飛廉。飛

廉,傳説中的龍雀,鳥身鹿頭。 [26]獬(xiè謝)豸(zhì至):傳説中的野獸,似鹿而一角。 [27]鋋:小矛。這裏作動詞。猛氏:獸名。 [28]羂(juān絹)騕(yǎo吾)褭(niǎo鳥):用繩索套住野獸。羂,繫取。騕褭,神馬名,相傳日行萬里。 [29]封豕:大豬。 [30]解脰(dòu豆)陷腦:結合上句,謂獵手不隨便射殺,出手即擊中其頭顱等要害部位。解,分、破。脰,脖子。 [31]弭節徘徊:拉住馬轡繩慢慢行走。 [32]睨(nì逆):觀看。 [33]侵淫促節:逐漸快馬加鞭。侵淫,漸進之貌。 [34]儵(shū輸)夐(xiòng熊去聲):忽然遠去的樣子。儵,通“倏”。夐,遠。 [35]流離:放散。輕禽:飛鳥。 [36]蹵(cù促)履:踐踏。 [37]轊:車軸頭。這裏用作動詞。 [38]捷狡兔:追獲狡兔。捷,通“接”,追獲。 [39]軼赤電:超過電光。軼,超過。赤電,電光。[40]遺光耀:把電光拋棄在後面。遺,留下。光耀,電光。 [41]彎:牽引。蕃弱:夏后氏良弓之名。《史記》作“繁弱”。 [42]白羽:用白羽製作的箭。[43]櫟:樹梢。蜚遽(jù巨):即飛遽,天上神獸,鹿頭而龍身。 [44]弦矢分,藝殪仆:箭剛離弦,禽獸就應聲而倒。李善注引文穎曰:“所射准的爲藝,壹發死爲殪。”仆,倒下。 [45]躪玄鶴:踐踏黑鶴。 [46]昆雞:鳥名。 [47]孔鸞:孔雀和鸞鳥。 [48]鵔(jùn俊)鸃(yí儀):鳥名。 [49]捎焦明:獲取焦明鳥。案:這裏並列的拂、捎、捷、捎,並是獲取的意思。翳鳥、鳳凰、鵔鸃、焦明,均爲鳥名。

“道盡途殫[1],迴車而還。消摇乎襄羊[2],降集乎北紘[3]。率乎直指[4],晻乎反鄉[5]。蹵石闕,歷封巒。過鳷鵲,望露寒[6]。下棠黎,息宜春[7],西馳宣曲,濯鷁牛首[8]。登龍臺,掩細柳[9]。觀士大夫之勤略,均獵者之所得獲。徒車之所轔轢[10],步騎之所蹂若,人臣之所蹈籍。與其窮極倦㰅[11],驚憚讋伏[12]。不被創刃而死者,他他籍籍[13]。填阬滿谷,掩平彌澤[14]。

【校注】

[1]殫:盡。 [2]消摇:通“逍遥”。襄羊:猶彷徉。 [3]降集乎北紘:李善注引張揖曰:“《淮南子》云:八澤之外,乃有八紘,北方之紘曰委羽。” [4]率乎直指:飄然直去。 [5]晻乎反鄉:忽焉返鄉。晻,忽然疾歸貌。《史記》作“闇”。 [6]“蹵(jué決)石闕”四句:蹵,蹋。石闕、封巒、鳷鵲、露寒,均爲漢代樓觀名。 [7]棠黎、宜春:均爲漢代宮殿名。 [8]宣曲:宮殿名。濯鷁:持

槳划船。濯,通“櫂”。牛首:池塘名。　[9]龍臺、細柳:均爲樓觀名。掩:息。[10]徒:卒徒。車:車輛。轥轢:踐踏輾壓。　[11]窮極倦谻:指動物走投無路,極其疲憊。谻,又作엮,疲倦。　[12]驚憚(dàn 但)讋(zhé 折)伏:極其恐懼,不敢動唤。憚,畏懼。讋,驚恐。　[13]他他籍籍:縱横交錯、雜亂無章的樣子。[14]掩平彌澤:佈滿原野。李善注引《廣雅》曰:“大野曰平。”掩,遮敝。彌澤,填滿河澤。

“於是乎游戲懈怠,置酒乎顥天之臺[1],張樂乎膠葛之寓[2]。撞千石之鍾,立萬石之虡[3]。建翠華之旗,樹靈鼉之鼓[4],奏陶唐氏之舞[5],聽葛天氏之歌[6]。千人唱,萬人和。山陵爲之震動,川谷爲之蕩波。巴渝宋蔡,淮南干遮[7],文成顛歌[8]。族居遞奏,金鼓迭起。鏗鎗闛鞈,洞心駭耳。荆吴鄭衛之聲[9],《韶》《濩》《武》《象》之樂[10],陰淫案衍之音[11]。鄢郢繽紛,激楚結風[12]。俳優侏儒[13],狄鞮之倡[14],所以娱耳目樂心意者,麗靡爛漫於前,靡曼美色[15]。

【校注】

[1]顥天之臺:臺名。顥,《史記》作“昊”。太空之間,元氣浩渺,故曰昊天。此處言臺高接天,故曰顥天之臺。　[2]張樂:擺開樂器。膠葛之寓:言曠遠深遠之貌。膠葛,猶寥廓。　[3]萬石之虡(jù 巨):石,古代計量單位。百二十斤爲一石。虡,本爲獸名,這裏指雕有虡形的鼓架。《史記》作“鉅”。　[4]靈鼉之鼓:用鼉皮製作的鼓。　[5]陶唐氏之舞:演奏唐堯時代的舞曲,即《咸池》。陶唐氏,即傳説中五帝之一的堯。　[6]葛天氏之歌:葛天氏,三皇時君號。《吕氏春秋·古樂》曰:“葛天氏之樂,三人操牛尾,投足以歌八闋。”　[7]“巴渝”二句:巴渝、宋蔡、淮南本爲地名,這裏指三地演奏的舞曲。干遮:曲名。《史記》作“于遮”。　[8]文成顛歌:文成、顛,均爲地名。兩地人均善歌,故這兩句指兩地的歌曲。顛與“滇”通。　[9]荆吴鄭衛之聲:荆、吴、鄭、衛,均爲地名。這裏的人們長於輕艷之歌。故《禮記》稱:“鄭衛之音,亂世之音也。”　[10]《韶》《濩(hù 護)》《武》《象》之樂:《韶》,舜樂。《濩》,湯樂。《大武》,武王樂。《象》,周公樂。皆所謂典雅之樂。　[11]陰淫案衍之音:李善注引郭璞曰:“流沔曲也。”[12]“鄢郢”二句:鄢、郢兩地舞曲交錯。繽紛:舞蹈狀。《激楚》、《結風》:均舞曲名。　[13]俳優:演奏歌舞技藝的藝人。侏儒:身材短小的雜技藝人。[14]狄鞮:少數民族名。倡:通“唱”。　[15]靡曼美色:華麗柔美。《史記》此

四字下有“之後”二字。

　　“若夫青琴宓妃之徒[1]，絶殊離俗，妖冶嫺都[2]。靚糚刻飾[3]，便嬛綽約[4]。柔橈嫚嫚[5]，嫵媚孅弱[5]。曳獨繭之褕紲[7]，眇閻易以邮削[8]。便姍嫳屑[9]，與俗殊服。芬芳漚鬱[10]，酷烈淑郁[11]。皓齒粲爛，宜笑的皪[12]。長眉連娟[13]，微睇綿藐[14]。色授魂與[15]，心愉於側[16]。

【校注】

[1]青琴宓妃：並古代神女名。宓妃，伏羲氏之女，溺死洛水，遂爲洛水之神。
[2]妖冶嫺都：艷麗閒雅。妖，《史記》作“姣”。　　[3]靚（jìng 静）糚刻飾：盛妝粉飾，鬢髮梳理得如同刻畫一樣。靚糚，粉白黛黑。　　[4]便嬛（yuān 淵）綽約：形容女子體態柔弱美麗。便嬛，輕利。綽約，婉約。　　[5]柔橈（náo 撓）嫚嫚：形容女子體態修長輕盈。　　[6]嫵媚孅弱：形容女子纖麗動人。李善注引《方言》曰：“自關而西，凡物小謂之孅。孅，即纖字。”　　[7]曳：拖。獨繭：郭璞注：“一繭之絲也。”指絲色之純。褕（yú 于）：罩在外面的直襟單衣。紲（yè 業）：衣袖。　　[8]閻易：衣服長大的樣子。邮削：形容衣服邊緣整齊猶如刻畫一般。
[9]便（pián 駢）姍（shān 山）嫳（piě 撇）屑（xiè 謝）：步履輕盈舒緩的樣子。《史記》作“媥姺㜺㜏”。　　[10]漚（ōu 歐）鬱：聚積。　　[11]酷烈淑郁：濃烈濃郁。　　[12]宜笑的皪（lì 力）：笑容燦爛。的皪，光亮、鮮明的樣子。　　[13]連娟：彎曲細長的樣子。　　[14]綿藐：遠視貌。　　[15]色授魂與：李善注引張揖曰：“彼色來授我，我魂往與接也。”　　[16]心愉：猶言傾心。愉，通“輸”字。

　　“於是酒中樂酣[1]，天子芒然而思，似若有亡[2]，曰：‘嗟乎，此大奢侈！朕以覽聽餘閒，無事棄日[3]。順天道以殺伐[4]，時休息於此。恐後葉靡麗[5]，遂往而不返，非所以爲繼嗣創業垂統也[6]。’於是乎乃解酒罷獵，而命有司曰：‘地可墾闢[7]，悉爲農郊，以贍萌隸[8]。隤墻填塹[9]，使山澤之人得至焉。實陂池而勿禁[10]，虛宮館而勿仞[11]。發倉廩以救貧窮，補不足。恤鰥寡[12]，存孤獨[13]。出德號[14]，省刑罰。改制度[15]，易服色[16]。革正朔[17]，與天下爲更始[18]。’

【校注】

[1]酒中樂酣:宴飲歌舞正濃之時。　　[2]似若有亡:若有所失的樣子。亡,喪失。　　[3]無事棄日:聽政餘暇,無事而虛棄時日。　　[4]順天道以殺伐:順應天時,狩獵於此。　　[5]恐後葉靡麗:擔心後代奢侈。葉,《史記》作"世"。靡麗,奢侈的意思。　　[6]繼嗣:繼承。創業垂統:創建功業,傳給後代。　　[7]墾闢:開墾耕種。　　[8]以贍萌隸:供養百姓。萌,民。隸,小臣。　　[9]隳墻填塹:推倒苑墻,填平溝塹。隳,倒塌。　　[10]實陂池而勿禁:池塘裏養滿魚鱉,不禁止百姓捕獲。　　[11]虛宮館而勿仞:廢置宮館,不讓人居住。仞,充滿。[12]恤鰥寡:撫恤孤寡老人。男人喪偶曰鰥,女人喪偶曰寡。　　[13]存孤獨:慰問那些孤兒和没兒没女的老人。幼而無父曰孤,老而無子曰獨。　　[14]出德號:發佈實行仁政的號令。　　[15]改制度:改變國典、朝章、禮俗、法令方面的舊制度。　　[16]易服色:使車馬服色各隨其宜。　　[17]革正朔:改變舊的曆法。正,指每年的正月。朔,指每月的初一。　　[18]爲更始:一切重新開始。

　　"於是歷吉日以齋戒[1],襲朝服[2],乘法駕[3],建華旗,鳴玉鸞[4],游於六藝之囿[5],馳騖乎仁義之塗[6]。覽觀《春秋》之林[7],射《狸首》[8],兼《騶虞》[9]。弋玄鶴[10],舞干戚[11]。載雲罕[12],掩群雅[13]。悲《伐檀》[14],樂樂胥[15]。修容乎禮園,翺翔乎書圃。述《易》道[16],放怪獸。登明堂[17],坐清廟[18]。次群臣,奏得失。四海之内,靡不受獲。於斯之時,天下大説,鄉風而聽,隨流而化。岉然興道而遷義[19],刑錯而不用[20],德隆於三王,而功羨於五帝。若此故獵,乃可喜也。

　　"若夫終日馳騁[21],勞神苦形。罷車馬之用,抏士卒之精[22]。費府庫之財,而無德厚之恩。務在獨樂,不顧衆庶。忘國家之政,貪雉兔之獲。則仁者不繇也[23]。從此觀之,齊楚之事,豈不哀哉！地方不過千里,而囿居九百,是草木不得墾辟,而人無所食也。夫以諸侯之細,而樂萬乘之侈,僕恐百姓被其尤也[24]。"

　　於是二子愀然改容[25],超若自失,逡巡避廗[26],曰:"鄙人固陋,不知忌諱,乃今日見教,謹受命矣[27]。"

《文選》卷八

【校注】

[1]歷:選擇。齋戒:修身反省。李善注引韓康伯曰:"洗心曰齋,防患曰戒。"

[2]襲朝服:穿上朝服。服,《史記》作"衣"。　　[3]乘法駕:乘坐六馬大車。

[4]玉鸞:玉製的鸞鳥形狀的鈴鐺。　　[5]六藝:禮、樂、射、御、書、數。又一説,指六經。　　[6]馳騖乎仁義之塗:奔走於道德仁義的正途。塗,通"途"。《史記》無"馳"字。　　[7]《春秋》之林:《春秋》,傳孔子作,爲儒家經典之一。李善注引如淳曰:"《春秋》義理繁茂,故比之於林藪也。"　　[8]射《狸首》:李善注引郭璞曰:"《狸首》,逸詩篇名,諸侯以爲射節。"　　[9]《騶虞》:《詩·召南》最後一章,天子行禮時所演奏。　　[10]玄鶴:李善注:"言古者舞玄鶴以爲瑞,令弋取之而舞干戚也。"疑"玄鶴"爲舞曲名。　　[11]干戚:兩種兵器。干,盾牌。戚,斧頭。這裏指舞蹈道具。　　[12]載雲罕:雲罕,本指捕鳥的大網,這裏指帝王出行的旗幟。李善注引張揖曰:"罕,罼也,前有九流雲罕之車。"　　[13]揜群雅:網羅天下閒雅之士。揜,通"掩",捕獲。　　[14]《伐檀》:《詩·魏風》篇名。李善注引張揖曰:"其詩刺賢者不遇明王也。"　　[15]樂樂胥:喜歡《詩·小雅》"君子樂胥,受天之祐"的詩句。李善注:"言王者樂得材智之人使在位,故天與之福祿也。"　　[16]述《易》道:闡述《周易》中的精微道理。　　[17]明堂:朝會諸侯的地方。　　[18]清廟:太廟。李善注引《禮記月令》曰:"天子居太廟太室。"

[19]翄然:猶勃然。《史記》作"喟然"。　　[20]刑錯:刑罰被廢置。錯,通"措",廢置一旁。　　[21]終日馳騁:《史記》作"終日暴露馳騁"。　　[22]抏(wán玩)士卒之精:抏,損耗。精,精神、體力。　　[23]仁者不繇(yóu由):仁義之士不遵從。繇,通"由",遵從。　　[24]被其尤:遭受禍害。被,遭遇。尤,損失、禍害。　　[25]愀(qiǎo巧)然改容:慚愧變色的樣子。　　[26]逡巡避廗:向後退步,離開席座。逡巡,卻退。廗,通"席"。　　[27]謹受命:接受教誨。

【集評】

　　舊題(晉)葛洪《西京雜記》卷二:"司馬相如爲《上林》、《子虛》賦,意思蕭散,不復與外事相關,控引天地,錯綜古今,忽然如睡,焕然而興,幾百日而後成⋯⋯相如曰:'合綦組以成文,列錦繡而爲質。一經一緯,一宫一商,此賦之跡也。賦家之心,苞括宇宙,總覽人物,斯乃得之於内,不可得而傳。'"

　　(明)張溥《漢魏六朝百三家集題辭·司馬文園集》:"太史公曰:'長卿賦多虛辭濫説,要歸節儉,與《詩》諷諫何異?'余讀之良然。《子虛》、《上林》非徒極博,實發於天材,揚子雲鋭精揣煉,僅能合轍,猶《漢書》於《史記》也。"

長門賦 并序

【題解】

賦序點明司馬相如代陳皇后作,但陳皇后奉金買賦與復得親幸事,《漢書》陳后紀及司馬相如本傳並無記載,故歷來有人懷疑其僞。是真是僞,已難究實(在没有確切證據證其爲僞的情況下,姑從傳統的説法,將其歸於司馬相如)。惟此賦受屈賦的影響至深,對後代文人士大夫的影響亦甚巨,卻是明白不誤。本篇細緻地刻劃佳人從白天至月夜,從暗夜迄黎明的等待和彷徨,足跡從蘭臺、宮殿至洞房,内心從希望到失望,從暗自省察至勤加歷煉,如此複雜的心理歷程,實脱胎於《山鬼》,而描寫更趨細膩,相形之下情感的抒發則呈現出淡化趨勢,使此賦具備了漢賦的品格。本篇中所用的香草象徵,承繼《離騷》等辭賦中屈原對自身偉岸人格的刻劃,採香草香木建房的意象則模仿《湘夫人》等篇。《文選》將其列爲“哀傷類”之首,代表了後人對《長門賦》的經典解讀。《長門賦》在男女之悲歡離合的外衣下,寄寓了君臣際遇之内核。後代文人士子每有賢才不遇之歎,便引《長門賦》作説辭,唐韓偓有“長卿祇爲長門賦,未識君臣際會難”的譏諷(《中秋禁直》),宋陳師道有“黄金擬買《長門賦》,未信君恩屬畫工”的感歎(《擬漢宮詞》),辛棄疾退一步講:“千金縱買相如賦,脈脈此情誰訴?”(《摸魚兒》[更能消幾番風雨])

　　孝武皇帝陳皇后時得幸[1],頗妒。别在長門宮,愁悶悲思。聞蜀郡成都司馬相如天下工爲文,奉黄金百斤爲相如文君取酒,因于解悲愁之辭[2]。而相如爲文以悟主上,陳皇后復得親幸。其辭曰:

　　夫何一佳人兮,步逍遥以自虞[3]。魂踰佚而不反兮[4],形枯槁而獨居。言我朝往而暮來兮,飲食樂而忘人。心慊移而不省故兮[5],交得意而相親。伊予志之慢愚兮[6],懷貞愨之懽心[7]。願賜問而自進兮,得尚君之玉音[8]。奉虚言而望誠兮,期城南之離宮。脩薄具而自設兮[9],君曾不肯乎幸臨。

　　廓獨潛而專精兮[10],天漂漂而疾風[11]。登蘭臺而遥望兮[12],神怳怳而外淫[13]。浮雲鬱而四塞兮,天窈窈而晝陰。雷殷殷而響起兮[14],聲象君之車音。飄風迴而起閨兮[15],舉帷幄之襜襜[16]。桂樹交而相紛兮,芳酷烈之誾誾[17]。孔雀集而相存兮[18],玄猨嘯而長吟。翡翠脅翼而來萃兮[19],鸞鳳翔而北南。心憑噫而不舒兮[20],邪氣壯而攻中。

　　下蘭臺而周覽兮,步從容於深宮。正殿塊以造天兮[21],鬱並起而穹崇[22]。間徙倚於東廂兮[23],觀夫靡靡而無窮[24]。擠玉户以撼金鋪兮[25],聲噌吰而似鍾音[26]。

【校注】

[1]陳皇后:《漢書·外戚傳》載,陳皇后名阿嬌,是漢武帝的姑母長公主之女,武帝被立太子後娶其爲妻,稱帝後,阿嬌被封爲皇后,恃貴專寵十餘年而無子。聞知武帝寵倖衛子夫,幾死者數焉。元光五年,“女子楚服等坐爲皇后巫蠱祠祭咒詛……罷退居長門宮”。　　　[2]于:爲。　　　[3]虞:思忖。思忖的内容,即後文所指“謇殃”。　　　[4]踰佚:散佚。反:通“返”。　　　[5]慊移:心意决然轉移。一説“慊移”即《玉篇》、《廣韻》之“嫌燨”,火不絶之意。　　　[6]伊:發語詞,無義。慢愚:遲鈍蒙昧。　　　[7]愨(què 却):篤誠矜慎。懽:通“歡”。　　　[8]尚:尊奉。[9]脩:通“修”。薄具:菲薄的飲食,自謙之辭。　　　[10]廓:憂愁於心之貌。獨潛:獨自索居。　　　[11]漂漂:同“飄飄”,風迅疾之貌。　　　[12]蘭臺:漢代宮殿臺名。　　　[13]怳(huǎng 恍)怳:失意恍惚。外淫:心神外游而無所定。[14]殷(yǐn 引)殷:形容雷聲隆隆。　　　[15]飄風:旋風、颶風。迴:迴旋。閶:門。　　　[16]襜(chān 摻)襜:摇動貌。　　　[17]酷烈:香氣濃鬱。誾(yín 銀)誾:香氣盛大之貌。　　　[18]存:噓寒問暖。　　　[19]脅:歛。　　　[20]憑噫而不舒:氣滿而不能排遣之貌。　　　[21]塊:塊然獨立貌。造:至。　　　[22]鬱(yù 預):壯大貌。穹崇:高聳之貌。　　　[23]間:一會兒。徙倚:徘徊。　　　[24]靡靡:指建築玲瓏細緻。　　　[25]擠玉户:推門。玉户,門的美稱。撼:摇動。金鋪:指門上金屬製作的環。鋪,本指門環的底座,此指代門環。　　　[26]噌(chēng 撑)吰(hóng 紅):形容鐘聲宏大。

　　刻木蘭以爲榱兮,飾文杏以爲梁[1]。羅丰茸之游樹兮[2],離樓梧而相撐[3]。施瑰木之欂櫨兮[4],委參差以槺梁[5]。時仿佛以物類兮[6],象積石之將將[7]。五色炫以相曜兮,爛耀耀而成光。緻錯石之瓴甓兮[8],象瑇瑁之文章[9]。張羅綺之幔帷兮,垂楚組之連綱[10]。

　　撫柱楣以從容兮,覽曲臺之央央[11]。白鶴噭以哀號兮[12],孤雌峙於枯楊^[13]。日黃昏而望絕兮，悵獨托於空堂。懸明月以自照兮，徂清夜於洞房^[14]。援雅琴以變調兮^[15]，奏愁思之不可長。案流徵以卻轉兮^[16]，聲幼妙而復揚^[17]。貫歷覽其中操兮^[18]，意慷慨而自卬^[19]。左右悲而垂淚兮，涕流離而從橫^[20]。

　　舒息悒而增欷兮^[21]，蹝履起而彷徨^[22]。揄長袂以自翳兮^[23]，數昔日之諐殃^[24]。無面目之可顯兮，遂頹思而就牀。搏芬若以爲枕兮^[25]，席荃蘭而苾香。忽寢寐而夢想兮，魄若君之在旁。惕寤覺而無見兮，魂迁迁若有亡^[26]。

　　衆雞鳴而愁予兮，起視月之精光。觀衆星之行列兮，畢昂出於東方^[27]。望中庭之藹藹兮^[28]，若季秋之降霜。夜曼曼其若歲兮，懷鬱鬱其不可再更^[29]。澹偃蹇而待曙兮^[30]，荒亭亭而復明^[31]。妾人竊自悲兮，究年歲而不敢忘。

《文選》卷一六

【校注】

［1］木蘭：與文杏等同爲樹名。榱（cuī 崔）：房椽。　　［2］丰茸：裝飾衆多之貌。游樹：浮柱。　　［3］離樓：彙聚輻輳之貌。梧：支撐。　　［4］瑰木：瑰奇之木。欂櫨：斗拱。　　［5］委：積。榬（kāng 康）梁：虛梁。因屋宇闊大，故屋樑顯得空虛。［6］仿佛：比擬。類：相似。　　［7］將（qiāng 槍）將：高大貌。　　［8］緻：細密。錯：指交錯以成文。瓴（líng 玲）甓（pì 譬）：地磚。　　［9］瑇（dài 戴）瑁（mào 冒）：海中動物，似龜。文章：花紋。　　［10］組：絲帶。連綱：此處指維繫帷幔的綬帶。　　［11］曲臺：據《三輔黃圖》，未央宮東有曲臺殿。央央：廣大貌。［12］噭（jiào 叫）：哀號聲。　　［13］峙（zhì 至）：止歇。　　［14］徂（cú 簇陽平）清夜於洞房：謂清夜消逝於洞房。徂，通“殂”，此借指時光流去。　　［15］援：拿將過來。　　［16］案：同“按”。流徵（zhǐ 止）：流暢的徵音。徵，宮商角徵羽中的第四音，適於表達哀傷的情緒。卻轉：指音聲往來迴復。　　［17］幼（yào 藥）妙：指音聲幽微綿邈。　　［18］貫歷覽其中操：由琴聲推及琴中之義。貫，穿。歷覽，依次觀覽。操，琴中蘊含的情操，一說指琴曲的一種。　　［19］意慷慨而自卬（áng 昂）：謂琴聲悲涼綿密。慷慨，指音調悲涼纏綿。卬，指音調之激揚。［20］涕：淚。從橫：通“縱橫”。　　［21］舒息悒而增欷（xī 西）：指舒發愁悶而徒增感欷。息悒，欷氣愁悶。欷，感歎聲。　　［22］蹝（xǐ 洗）履：跂鞋。　　［23］揄：拉，引。翳（yì 易）：指遮蔽面容。　　［24］諐：一作“愆”，過錯。殃：過咎。

[25]搏:聚集。芬:與若、荃、蘭、茝同爲香草名。　[26]迋(guàng 逛)迋:恐懼貌。亡:失。　[27]畢、昴(mǎo 卯):兩星宿名,五六月份凌晨時出現在東方。
[28]藹藹:月光微暗貌。　[29]不可再更:不能再忍受。更,經歷。　[30]澹(dàn 但):微動貌。偃蹇:佇立貌。　[31]荒:天欲明之貌。亭亭:遠貌。

【集評】

　　(宋)朱熹《楚辭後語》卷二:"《長門賦》者,司馬相如之所作也。歸來子曰:'此諷也,非《高唐》、《洛神》之比。'梁蕭統《文選》云:'漢武帝陳皇后得幸,頗妒,別在長門宮。聞蜀郡司馬相如天下工爲文,奉黄金百斤,爲相如、文君取酒,因求解悲愁之辭,而相如爲文以悟主上,皇后復得幸。'而《漢書》皇后及相如傳無奉金求賦復幸事,然此文古妙,最近《楚辭》。或者相如以后得罪,目爲文以諷,非后求之,不知叙者何從實此云。"

司馬遷

【作者簡介】

　　司馬遷(前 145 或前 135—?),字子長,左馮翊夏陽龍門(今陝西韓城南)人。其父司馬談,武帝建元至元鼎間(前 140—前 111)任太史令,嘗"學天官於唐都,受《易》於楊何,習道論於黄子"。作《論六家要旨》,於陰陽、儒、墨、名、法、道德諸學派皆有所論述,而獨推尊道家。元封元年(前 110)卒於洛陽。司馬遷幼年在家鄉耕讀,十歲隨父親到長安,曾從經學大師董仲舒、孔安國學習古文典籍。二十歲開始漫游,又奉使出使西南,侍從武帝巡狩,足跡幾乎遍及全國。漢武帝元封三年,爲太史令。他一方面參加侍從武帝巡祭封禪、改訂曆法等活動,一方面繼承父親修史的遺業,努力整理彙集保存在"石室金匱"即國家藏書室的歷史文獻資料。經過幾年的認真準備之後,於太初元年(前 104)正式開始撰寫《史記》。天漢二年(前 99),西漢名將李廣的孫子李陵率兵與匈奴決戰,最後兵敗投降匈奴。司馬遷同情李陵,爲此觸怒漢武帝,關進監獄,處以宫刑。司馬遷卒年無可確考,大抵卒於武帝末或者昭帝初。今人王國維有《太史公行年考》,較有參考價值。《漢書》卷六二有傳。

　　司馬遷著述,以《史記》爲最著,除《史記》外,《漢書·藝文志》著録有賦八篇。《隋書·經籍志》著録《司馬遷集》一卷。今所存《史記》外文字,另有《悲士不遇賦》,見於《藝文類聚》卷三〇,尚有《報任安書》及書信佚文二篇,清人嚴可均已輯入《全上古三代秦漢三國六朝文》。

項羽本紀

【題解】

　　《項羽本紀》突出描寫了"鉅鹿之戰"、"鴻門宴"、"垓下之圍"這三個富有歷史意義的場景,將項羽英勇善戰、叱咤風雲、所向無敵的英雄氣概表現得維妙維肖;同時,作者也寫出項羽剛愎自用、殘酷暴烈、性格直率、短於心計的特徵,結果爲劉邦和他的謀臣所暗算,最終導致失敗。司馬遷對這樣一位歷史人物抱有深切的同情,使得千載之下的讀者,對於劉邦之所以得天下,項羽之所以失敗,有了一個更加全面的認識。

　　項籍者,下相人也[1],字羽[2]。初起時,年二十四。其季父項梁[3],梁父即楚將項燕,爲秦將王翦所戮者也。項氏世世爲楚將,封於項[4],故姓項氏。

　　項籍少時,學書不成,去學劍,又不成。項梁怒之。籍曰:"書足以記名姓而已。劍一人敵,不足學,學萬人敵。"於是項梁乃教籍兵法,籍大喜,略知其意,又不肯竟學[5]。項梁嘗有櫟陽逮[6],乃請蘄[7]。獄掾曹咎書抵櫟陽獄掾司馬欣[8],以故事得已[9]。項梁殺人,與籍避仇於吳中。吳中賢士大夫皆出項梁下。每吳中有大繇役及喪,項梁常爲主辦,陰以兵法部勒賓客及子弟,以是知其能。秦始皇帝游會稽,渡浙江,梁與籍俱觀。籍曰:"彼可取而代也。"梁掩其口,曰:"毋妄言,族矣[10]!"梁以此奇籍。籍長八尺餘,力能扛鼎[11],才氣過人,雖吳中子弟皆已憚籍矣[12]。

　　秦二世元年七月,陳涉等起大澤中。其九月,會稽守通謂梁曰[13]:"江西皆反,此亦天亡秦之時也。吾聞先即制人,後則爲人所制。吾欲發兵,使公及桓楚將。"是時桓楚亡在澤中。梁曰:"桓楚亡[14],人莫知其處,獨籍知之耳。"梁乃出,誡籍持劍居外待。梁復入,與守坐,曰:"請召籍,使受命召桓楚。"守曰:"諾。"梁召籍入。須臾,梁眴籍曰[15]:"可行矣!"於是籍遂拔劍斬守頭。項梁持守頭,佩其印綬[16]。門下大驚,擾亂,籍所擊殺數十百人。一府中皆慴伏[17],莫敢起。梁乃召故所知豪吏,諭以所爲起大事[18],遂舉吳中兵。使人收下縣,得精兵八千人。梁部署吳中豪傑爲校尉、候、司馬。有一人不得用,自言於梁。梁曰:"前時某喪使公主某事,不能辦,以此不任用公。"衆乃皆伏。於是梁爲會稽守,籍爲裨將[19],徇下縣[20]。

【校注】

[1]下相:今江蘇宿遷西南。　　[2]字羽:按《太史公自序》又作"字子羽"。
[3]季父:古代兄弟次序按伯、仲、叔、季排列。故叔稱叔父,季稱季父。
[4]項:本古國名,春秋時爲魯所滅。其後楚又滅魯,乃以項封給項燕的先人。
[5]竟學:完成學業。竟,完成。　　[6]櫟(yuè月)陽:今陝西臨潼東北。逮:及。有罪相連及曰逮。　　[7]蘄(qí奇):今安徽宿縣南。　　[8]獄掾:主管監獄的官吏。抵:至。項梁被追捕入獄,曾暗中托蘄縣獄吏曹咎寫信給司馬欣,得以解脫。　　[9]以故事得已:過去被牽連的事,得以平息。已,停息。　　[10]族:族誅。　　[11]扛鼎:舉鼎。　　[12]憚:懼怕。　　[13]會稽守通:《史記集解》引《楚漢春秋》曰:"會稽假守殷通。"　　[14]亡:逃亡。　　[15]眴:使眼色。
[16]印綬:官吏的象徵。印指印章,綬指穿縛印的佩帶。　　[17]慴(zhé折)伏:又作讋伏,恐懼異常,喪失勇氣。　　[18]諭:宣告。　　[19]裨將:僅次於主將的輔佐將軍。裨,輔助。　　[20]徇:攻佔、劫持。

　　廣陵人召平於是爲陳王徇廣陵[1],未能下。聞陳王敗走,秦兵又且至,乃渡江矯陳王命[2],拜梁爲楚王上柱國[3]。曰:"江東已定,急引兵西擊秦。"項梁乃以八千人渡江而西。聞陳嬰已下東陽,使使欲與連和俱西[4]。陳嬰者,故東陽令史[5],居縣中,素信謹,稱爲長者。東陽少年殺其令,相聚數千人,欲置長,無適用,乃請陳嬰。嬰謝不能[6],遂彊立嬰爲長,縣中從者得二萬人。少年欲立嬰便爲王,異軍蒼頭特起[7]。陳嬰母謂嬰曰:"自我爲汝家婦,未嘗聞汝先古之有貴者。今暴得大名,不祥。不如有所屬,事成猶得封侯,事敗易以亡,非世所指名也。"嬰乃不敢爲王。謂其軍吏曰:"項氏世世將家,有名於

楚。今欲舉大事，將非其人，不可。我倚名族，亡秦必矣。”於是衆從
其言，以兵屬項梁。項梁渡淮，黥布、蒲將軍亦以兵屬焉[8]。凡六七
萬人，軍下邳[9]。

　　當是時，秦嘉已立景駒爲楚王[10]，軍彭城東，欲距項梁。項梁謂
軍吏曰：“陳王先首事[11]，戰不利，未聞所在。今秦嘉倍陳王而立景
駒，逆無道。”乃進兵擊秦嘉。秦嘉軍敗走，追之至胡陵。嘉還戰一
日，嘉死，軍降。景駒走死梁地。項梁已并秦嘉軍，軍胡陵，將引軍而
西。章邯軍至栗[12]，項梁使別將朱雞石、餘樊君與戰。餘樊君死。朱
雞石軍敗，亡走胡陵。項梁乃引兵入薛，誅雞石。項梁前使項羽別攻
襄城，襄城堅守不下。已拔，皆阬之[13]。還報項梁。項梁聞陳王定
死，召諸別將會薛計事。此時沛公亦起沛[14]，往焉。

　　居鄛人范增[15]，年七十，素居家，好奇計，往説項梁曰：“陳勝敗固
當。夫秦滅六國，楚最無罪。自懷王入秦不反，楚人憐之至今，故楚
南公曰[16]：‘楚雖三戶，亡秦必楚’也[17]。今陳勝首事，不立楚後而自
立，其勢不長。今君起江東，楚蠭午之將皆爭附君者[18]，以君世世楚
將，爲能復立楚之後也。”於是項梁然其言[19]，乃求楚懷王孫心民間，
爲人牧羊，立以爲楚懷王，從民所望也。陳嬰爲楚上柱國，封五縣，與
懷王都盱台[20]。項梁自號爲武信君。

　　居數月，引兵攻亢父，與齊田榮、司馬龍且軍救東阿[21]，大破秦軍
於東阿。田榮即引兵歸，逐其王假[22]。假亡走楚。假相田角亡走趙。
角弟田閒故齊將，居趙不敢歸。田榮立田儋子市爲齊王。項梁已破
東阿下軍，遂追秦軍。數使使趣齊兵，欲與俱西。田榮曰：“楚殺田
假，趙殺田角、田閒，乃發兵。”項梁曰：“田假爲與國之王[23]，窮來從
我，不忍殺之。”趙亦不殺田角、田閒以市於齊[24]。齊遂不肯發兵助
楚。項梁使沛公及項羽別攻城陽，屠之[25]。西破秦軍濮陽東，秦兵收
入濮陽。沛公、項羽乃攻定陶。定陶未下，去，西略地至雝丘，大破秦
軍，斬李由[26]。還攻外黃，外黃未下。

　　項梁起東阿，西，比至定陶，再破秦軍，項羽等又斬李由，益輕秦，
有驕色。宋義乃諫項梁曰：“戰勝而將驕卒惰者敗[27]。今卒少惰矣，
秦兵日益，臣爲君畏之。”項梁弗聽。乃使宋義使於齊。道遇齊使者

高陵君顯,曰:"公將見武信君乎?"曰:"然。"曰:"臣論武信君軍必敗。公徐行即免死,疾行則及禍。"秦果悉起兵益章邯^[28],擊楚軍,大破之定陶,項梁死。沛公、項羽去外黄攻陳留,陳留堅守不能下。沛公、項羽相與謀曰:"今項梁軍破,士卒恐。"乃與吕臣軍俱引兵而東。吕臣軍彭城東,項羽軍彭城西,沛公軍碭。

【校注】

[1]陳王:指陳勝。廣陵:今江蘇揚州。　　[2]矯陳王命:假傳陳王的命令。矯,詐稱、謊稱。　　[3]上柱國:上卿官,相當於後世的相國。　　[4]使使:派遣使者。前"使"爲動詞,後者爲名詞,即使者。　　[5]東陽:今江蘇盱眙東南。
[6]謝:辭謝。　　[7]異軍:與衆不同的軍隊。蒼頭特起:謂與衆不同。蒼頭,士兵用青色頭巾裹頭作爲標誌以便區別其他軍隊。　　[8]黥布:本名英布,後獲罪被黥面,故改名黥布。初起於江湖之間。《史記》卷九一、《漢書》卷三四有傳。蒲將軍:史失其名。　　[9]軍下邳:駐軍於下邳。下邳,今江蘇睢寧西北。
[10]秦嘉:《史記集解》以爲廣陵人。景駒:楚國貴族後代。姓景氏,名駒。
[11]先首事:首先領頭起事。　　[12]章邯:秦將。　　[13]阬:即坑殺。
[14]沛公亦起沛:沛公指劉邦,初起兵於沛,稱沛公。　　[15]居鄛(cháo 潮):今安徽巢縣東北。范增:荀悦《漢紀》云:"范增,阜陵人也。"　　[16]楚南公:六國時楚人。《漢書·藝文志》陰陽家類著録《南公》十三篇,當即此人著作。
[17]楚雖三户,亡秦必楚:三户,按字面意義解指三户人家。《史記索隱》引韋昭説,認爲是指楚三大姓,即昭、屈、景家族。《史記集解》引臣瓚曰:"楚人怨秦,雖三户猶足以亡秦也。"意謂即使楚只剩下三户人家,也必定滅亡秦國。另一説是地名。《左傳·哀公四年》有"畀楚師於三户"之句。《項羽本紀》下文又有"羽使蒲將軍引兵渡三户"之句,服虔注以爲指"漳水津也"。　　[18]楚蠭午之將:楚國很多人都追隨其後。《史記集解》引如淳曰:"蠭午猶言蠭起也。衆蠭飛起,交橫若午,言其多也。"　　[19]然其言:贊同范增的説法。　　[20]都盱台:以盱台爲都。盱台,今江蘇盱眙東北。　　[21]田榮:齊國王族。龍且:原本齊人,後爲楚國戰將。東阿:今山東陽谷東北。陳涉起兵後,故齊王族田儋亦起兵於狄,自立爲齊王。後爲秦將章邯所殺。他的從弟田榮乃收其餘部奔東阿。章邯圍攻東阿,項梁派龍且前往解救,田榮爲内應,東阿遂解圍。　　[22]逐其王假:驅逐齊王田假。田儋被殺後,齊人立齊王建之弟曰假爲王,以田角爲相,田閒爲將。田榮東阿解圍後回歸故里,廢田假,立儋子市爲齊王,自爲齊相。　　[23]與國之王:相與

交好之國的故王。《史記索隱》引《戰國策》高誘注云："與國,同禍福之國也。"
[24]市於齊:即不殺田角、田閒與齊國作爲交易。　　　[25]屠:指屠城。
[26]李由:李斯子,時爲秦將。　　　[27]將驕卒惰:將領驕傲,士兵怠惰。
[28]益:增加、增援。

　　章邯已破項梁軍,則以爲楚地兵不足憂,乃渡河擊趙,大破之。當此時,趙歇爲王,陳餘爲將,張耳爲相,皆走入鉅鹿城。章邯令王離、涉閒圍鉅鹿[1],章邯軍其南,築甬道而輸之粟。陳餘爲將,將卒數萬人而軍鉅鹿之北,此所謂河北之軍也。

　　楚兵已破於定陶,懷王恐,從盱台之彭城[2],并項羽、吕臣軍自將之。以吕臣爲司徒,以其父吕青爲令尹。以沛公爲碭郡長,封爲武安侯,將碭郡兵。

　　初,宋義所遇齊使者高陵君顯在楚軍,見楚王曰:"宋義論武信君之軍必敗,居數日,軍果敗。兵未戰而先見敗徵,此可謂知兵矣。"王召宋義與計事而大説之,因置以爲上將軍,項羽爲魯公,爲次將,范增爲末將,救趙。諸別將皆屬宋義,號爲卿子冠軍[3]。行至安陽,留四十六日不進。項羽曰:"吾聞秦軍圍趙王鉅鹿,疾引兵渡河,楚擊其外,趙應其内,破秦軍必矣。"宋義曰:"不然。夫搏牛之蝱不可以破蟣蝨[4]。今秦攻趙,戰勝則兵罷[5],我承其敝;不勝,則我引兵鼓行而西,必舉秦矣[6]。故不如先鬭秦趙。夫被堅執鋭,義不如公;坐而運策,公不如義。"因下令軍中曰:"猛如虎,很如羊[7],貪如狼,彊不可使者,皆斬之。"乃遣其子宋襄相齊,身送之至無鹽,飲酒高會[8]。天寒大雨,士卒凍飢。項羽曰:"將戮力而攻秦[9],久留不行。今歲饑民貧,士卒食芋菽[10],軍無見糧[11],乃飲酒高會,不引兵渡河因趙食,與趙并力攻秦,乃曰'承其敝'。夫以秦之彊,攻新造之趙,其勢必舉趙。趙舉而秦彊,何敝之承!且國兵新破,王坐不安席,埽境内而專屬於將軍,國家安危,在此一舉。今不恤士卒而徇其私[12],非社稷之臣。"項羽晨朝上將軍宋義,即其帳中斬宋義頭,出令軍中曰:"宋義與齊謀反楚,楚王陰令羽誅之。"當是時,諸將皆慴服,莫敢枝梧[13]。皆曰:"首立楚者,將軍家也。今將軍誅亂。"乃相與共立羽爲假上將軍。使人追宋義子,及之齊,殺之。使桓楚報命於懷王。懷王因使項羽爲上將軍,當陽君、蒲將軍皆屬項羽。

　　項羽已殺卿子冠軍,威震楚國,名聞諸侯。乃遣當陽君、蒲將軍將卒二萬渡河,救鉅鹿。戰少利[14],陳餘復請兵。項羽乃悉引兵渡河,皆沈船,破釜甑[15],燒廬舍,持三日糧,以示士卒必死,無一還心。於是至則圍王離,與秦軍遇,九戰,絕其甬道,大破之,殺蘇角,虜王離。涉閒不降楚,自燒殺。當是時,楚兵冠諸侯。諸侯軍救鉅鹿下者十餘壁[16],莫敢縱兵。及楚擊秦,諸將皆從壁上觀。楚戰士無不一以當十,楚兵呼聲動天,諸侯軍無不人人惴恐。於是已破秦軍,項羽召見諸侯將,入轅門,無不膝行而前,莫敢仰視。項羽由是始爲諸侯上將軍,諸侯皆屬焉[17]。

【校注】

[1]涉閒:人名。時爲秦將。　　[2]之:至、到。　　[3]卿子冠軍:《史記集解》引徐廣曰:卿,又作“慶”。卿子,時人相褒尊之辭,猶言公子。　　[4]“夫搏牛”句:《史記集解》引如淳曰:“用力多而不可以破蟣蝨,猶言欲以大力伐秦而不可以救趙也。”比喻鉅鹿城小而堅固,秦兵不能馬上攻破它。　　[5]罷:通“疲”。[6]舉秦:戰勝秦國。　　[7]很:通“狠”。　　[8]高會:大會。　　[9]戮力:并力。　　[10]芋菽:芋,芋芳。菽,豆類。這裏泛指蔬菜。　　[11]見糧:即現糧。[12]徇其私:追求自己的私情。　　[13]枝梧:猶今言“抗拒”。　　[14]戰少利:戰事較少勝利,故下文有陳餘請兵事。　　[15]釜甑:軍中做飯的器皿。[16]壁:營壁。　　[17]屬:歸屬。

　　章邯軍棘原,項羽軍漳南,相持未戰。秦軍數卻,二世使人讓章邯[1]。章邯恐,使長史欣請事[2]。至咸陽,留司馬門三日,趙高不見[3],有不信之心。長史欣恐,還走其軍,不敢出故道,趙高果使人追之,不及。欣至軍,報曰:“趙高用事於中,下無可爲者。今戰能勝,高必疾妒吾功;戰不能勝,不免於死。願將軍孰計之。”陳餘亦遺章邯書曰[4]:“白起爲秦將[5],南征鄢郢,北阬馬服,攻城略地,不可勝計,而竟賜死。蒙恬爲秦將[6],北逐戎人,開榆中地數千里,竟斬陽周。何者?功多,秦不能盡封,因以法誅之。今將軍爲秦將三歲矣,所亡失以十萬數,而諸侯並起滋益多。彼趙高素諛日久[7],今事急,亦恐二世誅之,故欲以法誅將軍以塞責,使人更代將軍以脫其禍。夫將軍居外久,多内卻[8],有功亦誅,無功亦誅。且天之亡秦[9],無愚智皆知之。今將軍内不能直諫,外爲亡國將,孤特獨立而欲常存,豈不哀哉!將軍何不還兵與諸侯爲從[10],約共攻秦,分王其地[11],南面稱孤[12];此孰與身伏鈇質[13],妻子爲僇乎[14]?"章邯狐疑,陰使候始成使項羽[15],欲約。約未成,項羽使蒲將軍日夜引兵度三户,軍漳南,與秦戰,再破之。項羽悉引兵擊秦軍汙水上,大破之。

　　章邯使人見項羽,欲約。項羽召軍吏謀曰:"糧少,欲聽其約。"軍吏皆曰:"善。"項羽乃與期洹水南殷虚上。已盟,章邯見項羽而流涕,爲言趙高。項羽乃立章邯爲雍王,置楚軍中。使長史欣爲上將軍,將秦軍爲前行。

　　到新安。諸侯吏卒異時故繇使屯戍過秦中[16],秦中吏卒遇之多無狀[17],及秦軍降諸侯,諸侯吏卒乘勝多奴虜使之[18],輕折辱秦吏卒[19]。秦吏卒多竊言曰:"章將軍等詐吾屬降諸侯,今能入關破秦,大善;即不能,諸侯虜吾屬而東,秦必盡誅吾父母妻子。"諸將微聞其計[20],以告項羽。項羽乃召黥布、蒲將軍計曰:"秦吏卒尚衆,其心不服,至關中不聽,事必危,不如擊殺之,而獨與章邯、長史欣、都尉翳入秦。"於是楚軍夜擊阬秦卒二十餘萬人新安城南。

【校注】

[1]讓:責備。　　[2]請事:請示。　　[3]趙高:秦宦官,秦二世時專權,自爲丞相。事見《史記·秦始皇本紀》。　　[4]遺:致送。　　[5]白起:秦昭王時著名將領,後來被賜死。　　[6]蒙恬:秦始皇時著名將領,後爲趙高讒陷致死。
[7]素諛:諂媚已久的意思。　　[8]多卻:卻與"隙"通,多裂痕,引申爲多仇。
[9]亡秦:使秦滅亡。　　[10]與諸侯爲從:與東方起兵之人聯合起來。從,讀爲"縱"。　　[11]王:這裏作動詞,分割秦地,各自爲王。　　[12]南面稱孤:古代以坐北朝南爲尊位,後來引申泛指帝王。稱孤即稱王。　　[13]身伏鈇質:即身受刑戮。鈇,通"斧"。　　[14]僇:通"戮"。　　[15]陰使:暗中派遣。候:軍候,官名。始成:其名。　　[16]"諸侯"句:大意是説各路反秦的士兵,從前被派遣到邊疆服役,路過關中。吏卒,士兵。異時,過去。故,曾經。　　[17]無狀:没

有禮貌。　　　［18］奴虜使之：像奴隸、俘虜那樣使喚他們。　　　［19］折辱：挫折侮辱。　　　［20］微聞：暗中查訪聽説。

行略定秦地[1]。函谷關有兵守關[2]，不得入。又聞沛公已破咸陽，項羽大怒，使當陽君等擊關。項羽遂入，至於戲西[3]。沛公軍霸上，未得與項羽相見。沛公左司馬曹無傷使人言於項羽曰："沛公欲王關中，使子嬰爲相，珍寶盡有之。"項羽大怒，曰："旦日饗士卒[4]，爲擊破沛公軍！"當是時，項羽兵四十萬，在新豐鴻門，沛公兵十萬，在霸上。范增説項羽曰："沛公居山東時[5]，貪於財貨，好美姬。今入關，財物無所取，婦女無所幸，此其志不在小。吾令人望其氣，皆爲龍虎，成五采，此天子氣也。急擊勿失。"

楚左尹項伯者[6]，項羽季父也，素善留侯張良[7]。張良是時從沛公，項伯乃夜馳之沛公軍，私見張良，具告以事[8]，欲呼張良與俱去，曰："毋從俱死也。"張良曰："臣爲韓王送沛公[9]，沛公今事有急，亡去不義，不可不語。"良乃入，具告沛公。沛公大驚，曰："爲之奈何？"張良曰："誰爲大王爲此計者？"曰："鯫生説我曰[10]：'距關，毋内諸侯，秦地可盡王也。'故聽之。"良曰："料大王士卒足以當項王乎[11]？"沛公默然，曰："固不如也，且爲之奈何？"張良曰："請往謂項伯，言沛公不敢背項王也[12]。"沛公曰："君安與項伯有故？"張良曰："秦時與臣游，項伯殺人，臣活之[13]。今事有急，故幸來告良。"沛公曰："孰與君少長？[14]"良曰："長於臣。"沛公曰："君爲我呼入，吾得兄事之。"張良出，要項伯[15]。項伯即入見沛公。沛公奉卮酒爲壽[16]，約爲婚姻，曰："吾入關，秋豪不敢有所近[17]，籍吏民[18]，封府庫，而待將軍。所以遣將守關者，備他盜之出入與非常也[19]。日夜望將軍至，豈敢反乎！願伯具言臣之不敢倍德也。"項伯許諾，謂沛公曰："旦日不可不蚤自來謝項王。"沛公曰："諾。"於是項伯復夜去，至軍中，具以沛公言報項王。因言曰："沛公不先破關中，公豈敢入乎？今人有大功而擊之，不義也，不如因善遇之。"項王許諾。

沛公旦日從百餘騎來見項王，至鴻門，謝曰："臣與將軍戮力而攻秦，將軍戰河北，臣戰河南，然不自意能先入關破秦，得復見將軍於此。今者有小人之言,令將軍與臣有郤[20]。”項王曰:“此沛公左司馬曹無傷言之;不然,籍何以至此。”項王即日因留沛公與飲。項王、項伯東嚮坐。亞父南嚮坐[21]。亞父者,范增也。沛公北嚮坐,張良西嚮侍。范增數目項王,舉所佩玉玦以示之者三,項王默然不應。范增起,出召項莊,謂曰:“君王爲人不忍,若入前爲壽,壽畢,請以劍舞,因擊沛公於坐,殺之。不者,若屬皆且爲所虜[22]。”莊則入爲壽,壽畢,曰:“君王與沛公飲,軍中無以爲樂,請以劍舞。”項王曰:“諾。”項莊拔劍起舞,項伯亦拔劍起舞,常以身翼蔽沛公[23],莊不得擊。於是張良至軍門,見樊噲。樊噲曰:“今日之事何如?”良曰:“甚急。今者項莊拔劍舞,其意常在沛公也。”噲曰:“此迫矣。臣請入,與之同命。”噲即帶劍擁盾入軍門。交戟之衛士欲止不内[24],樊噲側其盾以撞,衛士仆地,噲遂入,披帷西嚮立,瞋目視項王,頭髮上指,目眥盡裂[25]。項王按劍而跽曰[26]:“客何爲者?”張良曰:“沛公之參乘樊噲者也[27]。”項王曰:“壯士,賜之卮酒。”則與斗卮酒。噲拜謝,起,立而飲之。項王曰:“賜之彘肩[28]。”則與一生彘肩。樊噲覆其盾於地,加彘肩上,拔劍切而啗之[29]。項王曰:“壯士,能復飲乎?”樊噲曰:“臣死且不避,卮酒安足辭! 夫秦王有虎狼之心,殺人如不能舉,刑人如不恐勝,天下皆叛。懷王與諸將約曰‘先破秦入咸陽者王之’。今沛公先破秦入咸陽,豪毛不敢有所近,封閉宫室,還軍霸上,以待大王來。故遣將守關者,備他盜出入與非常也。勞苦而功高如此,未有封侯之賞,而聽細説[30],欲誅有功之人。此亡秦之續耳,竊爲大王不取也。”項王未有以應,曰:“坐。”樊噲從良坐。坐須臾,沛公起如厠,因招樊噲出。

　沛公已出,項王使都尉陳平召沛公[31]。沛公曰:“今者出,未辭也,爲之奈何?”樊噲曰:“大行不顧細謹,大禮不辭小讓[32]。如今人方爲刀俎,我爲魚肉,何辭爲?”於是遂去。乃令張良留謝。良問曰:“大王來何操?”曰:“我持白璧一雙,欲獻項王;玉斗一雙,欲與亞父,會其怒,不敢獻。公爲我獻之。”張良曰:“謹諾。”當是時,項王軍在鴻門下,沛公軍在霸上,相去四十里。沛公則置車騎[33],脱身獨騎,與樊噲、夏侯嬰、靳彊、紀信等四人持劍盾步走,從酈山下,道芷陽閒行。沛公謂張良曰:“從此道至吾軍,不過二十里耳。度我至軍中[34],公乃入。"沛公已去,閒至軍中,張良入謝,曰:"沛公不勝桮杓[35],不能辭。謹使臣良奉白璧一雙,再拜獻大王足下;玉斗一雙,再拜奉大將軍足下。"項王曰:"沛公安在?"良曰:"聞大王有意督過之[36],脱身獨去,已至軍矣。"項王則受璧,置之坐上。亞父受玉斗,置之地,拔劍撞而破之,曰:"唉!豎子不足與謀[37]。奪項王天下者,必沛公也,吾屬今爲之虜矣。"沛公至軍,立誅殺曹無傷。

居數日,項羽引兵西屠咸陽,殺秦降王子嬰,燒秦宮室,火三月不滅;收其貨寶婦女而東。人或説項王曰:"關中阻山河四塞[38],地肥饒,可都以霸。"項王見秦宮室皆以燒殘破,又心懷思欲東歸,曰:"富貴不歸故鄉,如衣繡夜行,誰知之者!"説者曰:"人言楚人沐猴而冠耳[39],果然。"項王聞之,烹説者[40]。

【校注】

[1]行:將要。　　[2]函谷關:秦時故關,山形如函,故稱函關。在今河南靈寶東北。　　[3]戲西:戲水之西。　　[4]旦日:明日。饗:犒勞。　　[5]山東:函谷關之東。　　[6]項伯:項羽的族叔。名纏,字伯,後封射陽侯。　　[7]素善留侯張良:向來與張良關係很好。張良,見下篇《留侯世家》注。　　[8]具告以事:將項羽欲襲擊沛公的事詳細告訴張良。　　[9]臣爲韓王送沛公:見《留侯世家》注。　　[10]鯫(zōu 鄒)生:小生。鯫,雜小魚。鯫生,含有賤視的意思。又一説,鯫,姓氏。　　[11]當:抵擋。　　[12]背:違背、背叛。　　[13]活之:救活他。　　[14]孰與君少長:項伯與你的年齡誰大誰小?　　[15]要:邀請。[16]奉卮酒爲壽:端酒杯致辭祝頌。　　[17]秋豪:獸類秋天更新的新毛,比喻細微。　　[18]籍吏民:登記官吏民衆的户口。籍,指造籍。　　[19]非常:非常之事,這裏指變故。　　[20]有郤:即有隙,有裂痕。　　[21]亞父:僅次於父親的長輩。亞,次。　　[22]若屬:你們這些人。　　[23]翼蔽:像鳥兒似的張開翅膀保護。　　[24]交戟之衛士:持戟交叉着把守軍門的衛士。内:通"納"。[25]眥(zì 自):眼眶。　　[26]跽(jì 忌):半跪。　　[27]參乘:即驂乘,亦稱陪乘。　　[28]彘(zhì 滯)肩:即豬肩胛。　　[29]啗(dàn 但):食。　　[30]聽細説:聽信閒話。　　[31]陳平:時爲項羽帳下都尉之官,明年即去楚歸漢。[32]"大行"二句:大行:大事。細謹:細微末節。大禮:大節。小讓:瑣碎的禮節。[33]置車騎:將隨行車馬人員等留下來。置,拋棄。　　[34]度(duó 奪):估計。[35]不勝桮(bēi 杯)杓(sháo 勺):不勝酒力。桮杓,酒器,這裏指代酒。

[36]督過:譴責。　　　[37]豎子:猶言“小子”。　　　[38]四塞:指東邊的函谷關,南邊的武關,西邊的散關,北邊的蕭關。　　　[39]沐猴而冠:這句意思說,猴子戴上人的帽子,徒具人形而已。沐猴,獼猴。　　　[40]烹說者:將說這話的人扔到熱鍋中煮死。

　　項王使人致命懷王[1]。懷王曰:“如約。”乃尊懷王爲義帝。項王欲自王,先王諸將相[2]。謂曰:“天下初發難時,假立諸侯後以伐秦。然身被堅執銳首事,暴露於野三年,滅秦定天下者,皆將相諸君與籍之力也。義帝雖無功,故當分其地而王之。”諸將皆曰:“善。”乃分天下,立諸將爲侯王。項王、范增疑沛公之有天下,業已講解[3],又惡負約[4],恐諸侯叛之,乃陰謀曰:“巴、蜀道險,秦之遷人皆居蜀。”乃曰:“巴、蜀亦關中地也。”故立沛公爲漢王,王巴、蜀、漢中,都南鄭。而三分關中,王秦降將以距塞漢王。項王乃立章邯爲雍王,王咸陽以西,都廢丘。長史欣者,故爲櫟陽獄掾,嘗有德於項梁;都尉董翳者,本勸章邯降楚。故立司馬欣爲塞王,王咸陽以東至河,都櫟陽;立董翳爲翟王,王上郡,都高奴。徙魏王豹爲西魏王,王河東,都平陽。瑕丘申陽者,張耳嬖臣也[5],先下河南,迎楚河上,故立申陽爲河南王,都雒陽。韓王成因故都,都陽翟。趙將司馬卬定河內,數有功,故立卬爲殷王,王河內,都朝歌。徙趙王歇爲代王。趙相張耳素賢,又從入關,故立耳爲常山王,王趙地,都襄國。當陽君黥布爲楚將,常冠軍,故立布爲九江王,都六。鄱君吳芮率百越佐諸侯,又從入關,故立芮爲衡山王,都邾。義帝柱國共敖將兵擊南郡,功多,因立敖爲臨江王,都江陵。徙燕王韓廣爲遼東王。燕將臧荼從楚救趙,因從入關,故立荼爲燕王,都薊。徙齊王田市爲膠東王。齊將田都從共救趙,因從入關,故立都爲齊王,都臨菑。故秦所滅齊王建孫田安,項羽方渡河救趙,田安下濟北數城,引其兵降項羽,故立安爲濟北王,都博陽。田榮者,數負項梁,又不肯將兵從楚擊秦,以故不封。成安君陳餘棄將印去,不從入關,然素聞其賢,有功於趙,聞其在南皮,故因環封三縣。番君將梅鋗功多,故封十萬戶侯。項王自立爲西楚霸王[6],王九郡,都彭城。

【校注】

[1]致命:報命,報告。　　[2]王:這裏“欲自王”和“先王”的“王”均爲動詞。“先王諸將相”即首先分封將相爲王。　　[3]業已講解:業,已經。講解,和解。[4]惡負約:嫌忌負約之惡名。　　[5]嬖臣:寵臣。　　[6]西楚:舊名江陵爲南楚,吳爲東楚,彭城爲西楚。

　　漢之元年四月,諸侯罷戲下,各就國。項王出之國,使人徙義帝,曰:“古之帝者地方千里,必居上游。”乃使使徙義帝長沙郴縣。趣義帝行[1],其群臣稍稍背叛之[2],乃陰令衡山、臨江王擊殺之江中。

　　韓王成無軍功,項王不使之國[3],與俱至彭城,廢以爲侯,已又殺之。臧荼之國,因逐韓廣之遼東,廣弗聽,荼擊殺廣無終,并王其地。

　　田榮聞項羽徙齊王市膠東,而立齊將田都爲齊王,乃大怒,不肯遣齊王之膠東,因以齊反,迎擊田都。田都走楚。齊王市畏項王,乃亡之膠東就國。田榮怒,追擊殺之即墨。榮因自立爲齊王,而西擊殺濟北王田安,并王三齊[4]。榮與彭越將軍印,令反梁地。陳餘陰使張同、夏説説齊王田榮曰:“項羽爲天下宰,不平。今盡王故王於醜地,而王其群臣諸將善地,逐其故主,趙王乃北居代,餘以爲不可。聞大王起兵,且不聽不義,願大王資餘兵,請以擊常山,以復趙王,請以國爲扞蔽[5]。”齊王許之,因遣兵之趙。陳餘悉發三縣兵,與齊并力擊常山,大破之。張耳走歸漢。陳餘迎故趙王歇於代,反之趙。趙王因立陳餘爲代王。

　　是時,漢還定三秦[6]。項羽聞漢王皆已并關中,且東,齊、趙叛之,大怒。乃以故吳令鄭昌爲韓王,以距漢。令蕭公角等擊彭越。彭越敗蕭公角等。漢使張良徇韓,乃遺項王書曰:“漢王失職,欲得關中,如約即止,不敢東。”又以齊、梁反書遺項王曰:“齊欲與趙并滅楚。”楚以此故無西意,而北擊齊。徵兵九江王布。布稱疾不往,使將將數千人行。項王由此怨布也。漢之二年冬,項羽遂北至城陽,田榮亦將兵會戰。田榮不勝,走至平原,平原民殺之。遂北燒夷齊城郭室屋,皆阬田榮降卒,係虜其老弱婦女。徇齊至北海,多所殘滅。齊人相聚而叛之。於是田榮弟田橫收齊亡卒得數萬人,反城陽。項王因留,連戰未能下。

　　春,漢王部五諸侯兵[7],凡五十六萬人,東伐楚。項王聞之,即令諸將擊齊,而自以精兵三萬人南從魯出胡陵。四月,漢皆已入彭城,收其貨寶美人,日置酒高會。項王乃西從蕭,晨擊漢軍而東,至彭城,日中,大破漢軍。漢軍皆走,相隨入穀、泗水,殺漢卒十餘萬人。漢卒皆南走山,楚又追擊至靈壁東睢水上。漢軍卻,爲楚所擠,多殺,漢卒十餘萬人皆入睢水,睢水爲之不流。圍漢王三匝。於是大風從西北而起,折木發屋,揚沙石,窈冥晝晦[8],逢迎楚軍。楚軍大亂,壞散,而漢王乃得與數十騎遁去,欲過沛,收家室而西;楚亦使人追之沛,取漢王家;家皆亡,不與漢王相見。漢王道逢得孝惠、魯元[9],乃載行。楚騎追漢王,漢王急,推墮孝惠、魯元車下,滕公常下收載之[10]。如是者三。曰:“雖急不可以驅,奈何棄之?”於是遂得脫。求太公、吕后不相遇。審食其從太公、吕后閒行[11],求漢王,反遇楚軍。楚軍遂與歸,報項王,項王常置軍中。

　　是時吕后兄周吕侯爲漢將兵居下邑,漢王閒往從之,稍稍收其士卒。至滎陽,諸敗軍皆會,蕭何亦發關中老弱未傅悉詣滎陽[12],復大振。楚起於彭城,常乘勝逐北,與漢戰滎陽南京、索閒[13],漢敗楚,楚以故不能過滎陽而西。項王之救彭城,追漢王至滎陽,田橫亦得收齊,立田榮子廣爲齊王。漢王之敗彭城,諸侯皆復與楚而背漢[14]。漢軍滎陽,築甬道屬之河,以取敖倉粟。

　　漢之三年,項王數侵奪漢甬道,漢王食乏,恐,請和,割滎陽以西爲漢。項王欲聽之。歷陽侯范增曰:“漢易與耳[15],今釋弗取,後必悔之。”項王乃與范增急圍滎陽。漢王患之,乃用陳平計閒項王[16]。項王使者來,爲太牢具[17],舉欲進之。見使者,詳驚愕曰[18]:“吾以爲亞父使者,乃反項王使者。”更持去,以惡食食項王使者[19]。使者歸報項王,項王乃疑范增與漢有私,稍奪之權。范增大怒,曰:“天下事大定矣,君王自爲之。願賜骸骨歸卒伍[20]。”項王許之。行未至彭城,疽發背而死。

　　漢將紀信説漢王曰:“事已急矣,請爲王誑楚爲王[21],王可以閒出。”於是漢王夜出女子滎陽東門被甲二千人,楚兵四面擊之。紀信乘黃屋車,傅左纛[22],曰:“城中食盡,漢王降。”楚軍皆呼萬歲。漢王亦與數十騎從城西門出,走成皋。項王見紀信,問:“漢王安在?”曰:“漢王已出矣。”項王燒殺紀信。

漢王使御史大夫周苛、樅公、魏豹守滎陽。周苛、樅公謀曰:“反國之王,難與守城。”乃共殺魏豹[23]。楚下滎陽城,生得周苛。項王謂周苛曰:“爲我將,我以公爲上將軍,封三萬户。”周苛罵曰:“若不趣降漢,漢今虜若,若非漢敵也。[24]”項王怒,烹周苛,并殺樅公。

漢王之出滎陽,南走宛、葉,得九江王布,行收兵,復入保成皋。漢之四年,項王進兵圍成皋。漢王逃,獨與滕公出成皋北門,渡河走脩武,從張耳、韓信軍。諸將稍稍得出成皋,從漢王。楚遂拔成皋,欲西。漢使兵距之鞏,令其不得西。

是時,彭越渡河擊楚東阿,殺楚將軍薛公。項王乃自東擊彭越。漢王得淮陰侯兵,欲渡河南。鄭忠説漢王,乃止壁河内。使劉賈將兵佐彭越,燒楚積聚。項王東擊破之,走彭越。漢王則引兵渡河,復取成皋,軍廣武,就敖倉食。項王已定東海來,西,與漢俱臨廣武而軍,相守數月。當此時,彭越數反梁地,絶楚糧食,項王患之。爲高俎[25],置太公其上,告漢王曰:“今不急下[26],吾烹太公。”漢王曰:“吾與項羽俱北面受命懷王,曰‘約爲兄弟’,吾翁即若翁,必欲烹而翁[27],則幸分我一桮羹。”項王怒,欲殺之。項伯曰:“天下事未可知,且爲天下者不顧家,雖殺之無益,祇益禍耳[28]。”項王從之。

【校注】

[1]趣:催促。　　[2]稍稍:漸漸。　　[3]不使之國:不讓他到自己的封國去。
[4]三齊:指即墨、臨淄、平陸三地。　　[5]扞(hàn 汗)蔽(bì 必):屏障。
[6]三秦:雍、塞、翟三國。　　[7]五諸侯兵:《漢書》顏師古注指常山、河南、韓、魏、殷五國。　　[8]窈冥晝晦:窈冥,幽暗昏黑的樣子。晝晦,白天也變得昏暗。
[9]孝惠、魯元:孝惠,指惠帝劉盈。孝惠爲其謚號。魯元,劉盈之姊。魯元亦爲其謚號。　　[10]滕公:即夏侯嬰,他曾爲滕令,故又稱滕公。　　[11]“審食其”句:審食其:沛人,後封辟陽侯,爲左丞相。太公:劉邦父。吕后:即吕雉,劉邦妻。閒行:微行。　　[12]蕭何:沛人,從劉邦起兵,並輔佐劉邦成就帝業,爲漢帝國的開國名相。《史記》卷五三、《漢書》卷三九有傳。老弱未傅:不符合服役年齡的老

弱。詣：至、前往。　　　[13]京、索：地名，即京邑、索城之間，均在今河南境内。
[14]復與楚而背漢：又歸附楚而背叛漢。　　　[15]漢易與耳：漢容易打交道，即容
易戰勝。　　　[16]閒項王：設反間計挑撥范增與項羽的關係。　　　[17]太牢具：
特設豐盛的宴席。古代用牛、羊、豬作祭品叫太牢，有羊、豬而無牛則叫少牢。
[18]詳驚愕：假裝驚愕。詳，通“佯”。　　　[19]食（shí十）食（sì四）項王使者：前
“食”爲名詞，後“食”爲動詞。　　　[20]賜骸骨歸卒伍：即懇請引退。卒伍，普通
士兵。　　　[21]誑楚爲王：冒充漢王去哄騙楚兵。　　　[22]傅左纛（dào到）：
纛，毛羽組成之幢，豎立在車子的左前方，稱左纛。　　　[23]魏豹：本來已經叛漢，
後又降漢，因此，周苛等認爲他不可靠。　　　[24]“若不”三句：大意是説，你如果
不趕緊投降漢王，漢王把你抓住，你不是漢王的對手。若：你，這裏指項羽。趣：通
“促”，趕緊。　　　[25]高俎（zǔ阻）：高大的禮器，似几，裝載祭祀用的牲肉。
[26]下：這裏有投降的意思。　　　[27]而：你。　　　[28]衹益禍：只能增加禍害。
衹，僅、適。益，增加。

　　楚漢久相持未決，丁壯苦軍旅[1]，老弱罷轉漕[2]。項王謂漢王
曰：“天下匈匈數歲者，徒以吾兩人耳，願與漢王挑戰決雌雄，毋徒苦
天下之民父子爲也。”漢王笑謝曰：“吾寧鬬智，不能鬬力。”項王令壯
士出挑戰。漢有善騎射者樓煩[3]，楚挑戰三合[4]，樓煩輒射殺之。項
王大怒，乃自被甲持戟挑戰。樓煩欲射之，項王瞋目叱之[5]，樓煩目
不敢視，手不敢發，遂走還入壁[6]，不敢復出。漢王使人閒問之[7]，乃
項王也。漢王大驚。於是項王乃即漢王相與臨廣武閒而語[8]。漢王
數之[9]，項王怒，欲一戰。漢王不聽，項王伏弩射中漢王。漢王傷，走
入成皋。
　　項王聞淮陰侯已舉河北，破齊、趙，且欲擊楚，乃使龍且往擊之。
淮陰侯與戰，騎將灌嬰擊之，大破楚軍，殺龍且。韓信因自立爲齊王。
項王聞龍且軍破，則恐，使盱台人武涉往説淮陰侯。淮陰侯弗聽。是
時，彭越復反，下梁地[10]，絕楚糧。項王乃謂海春侯大司馬曹咎等曰：
“謹守成皋，則漢欲挑戰，慎勿與戰，毋令得東而已。我十五日必誅彭
越，定梁地，復從將軍[11]。”乃東，行擊陳留、外黃。
　　外黃不下。數日，已降，項王怒，悉令男子年十五已上詣城東，欲
阬之。外黃令舍人兒年十三，往説項王曰：“彭越彊劫外黃，外黃恐，

故且降,待大王。大王至,又皆阬之,百姓豈有歸心?從此以東,梁地十餘城皆恐,莫肯下矣。"項王然其言[12],乃赦外黃當阬者。東至睢陽,聞之皆爭下項王[13]。

漢果數挑楚軍戰,楚軍不出。使人辱之,五六日,大司馬怒,渡兵汜水。士卒半渡,漢擊之,大破楚軍,盡得楚國貨賂。大司馬咎、長史翳、塞王欣皆自剄汜水上。大司馬咎者,故蘄獄掾,長史欣亦故櫟陽獄吏,兩人嘗有德於項梁,是以項王信任之。當是時,項王在睢陽,聞海春侯軍敗,則引兵還。漢軍方圍鍾離眛於滎陽東[14],項王至,漢軍畏楚,盡走險阻。

是時,漢兵盛食多,項王兵罷食絕。漢遣陸賈說項王[15],請太公,項王弗聽。漢王復使侯公往說項王,項王乃與漢約,中分天下[16],割鴻溝以西者爲漢,鴻溝而東者爲楚[17]。項王許之,即歸漢王父母妻子。軍皆呼萬歲。漢王乃封侯公爲平國君,匿弗肯復見[18],曰:"此天下辯士,所居傾國。"故號爲平國君。項王已約,乃引兵解而東歸。

漢欲西歸,張良、陳平說曰:"漢有天下太半[19],而諸侯皆附之。楚兵罷食盡,此天亡楚之時也,不如因其機而遂取之[20]。今釋弗擊[21],此所謂'養虎自遺患'也。"漢王聽之。漢五年,漢王乃追項王至陽夏南,止軍[22],與淮陰侯韓信、建成侯彭越期會而擊楚軍。至固陵,而信、越之兵不會。楚擊漢軍,大破之。漢王復入壁,深塹而自守[23]。謂張子房曰:"諸侯不從約[24],爲之奈何?"對曰:"楚兵且破,信、越未有分地,其不至固宜。君三能與共分天下,今可立致也[25]。即不能,事未可知也[26]。君王能自陳以東傅海[27],盡與韓信;睢陽以北至穀城,以與彭越:使各自爲戰,則楚易敗也。"漢王曰:"善。"於是乃發使者告韓信、彭越曰:"并力擊楚。楚破,自陳以東傅海與齊王,睢陽以北至穀城與彭相國。"使者至,韓信、彭越皆報曰:"請今進兵。"韓信乃從齊往,劉賈軍從壽春並行,屠城父,至垓下。大司馬周殷叛楚,以舒屠六[28],舉九江兵,隨劉賈、彭越皆會垓下[29],詣項王[30]。

【校注】

[1]丁壯苦軍旅:成年可以服兵役的人爲戰事所苦。　　[2]老弱罷轉漕:年老體

弱的人也疲於水陸運輸的軍役。罷,通"疲"。　　　[3]樓煩:本北方種族名。這裏
有兩解:一是樓煩族的士兵,以善騎射聞名。二是善騎射的人,未必就是樓煩人。
[4]三合:三個回合。　　　[5]瞋(chēn 嗔)目叱(chì 斥)之:瞪着眼睛呵斥那個射
手。　　　[6]走還入壁:逃回營壁中。　　　[7]閒問之:趁機打聽那個射手。
[8]"於是"句:於是項王接近劉邦,隔澗而語。即:就。閒:通"澗"。　　　[9]漢王
數之:劉邦斥責項羽。其斥責的内容見《史記·高祖本紀》,歷數項羽十種罪責。
[10]下梁地:攻下梁地。　　　[11]復從將軍:指項羽回兵後即與曹咎將軍會合。
[12]然其言:認同他的看法。　　　[13]爭下項王:紛紛臣服項羽。　　　[14]鍾離
眛(mò 末):人名,楚國勇將。　　　[15]陸賈:楚人,著名辯士。著有《新語》保存
至今。《史記》卷九七有傳。　　　[16]中分天下:平分天下。　　　[17]鴻溝:今河
南中牟,爲古汴水的支流。　　　[18]匿弗肯復見:漢王避而不肯再見侯公。
[19]太半:過半。　　　[20]因其機:趁着這個機會。　　　[21]今釋弗擊:今天放棄
不追擊。釋,放棄。　　　[22]止軍:屯兵不動。　　　[23]深壍而自守:挖深壕堅
守自衛。　　　[24]從約:遵守諸言。　　　[25]立致:立刻可以招他過來。
[26]"即不能"二句:假使不這樣做,結果就不好預測了。　　　[27]自陳以東傅
海:自陳地以東至靠近海邊。傅,附着,引申爲"臨近"之意。　　　[28]以舒屠六:
舒、六,均爲地名。舒,即今安徽舒城。六爲六安,均在安徽境内。楚將周殷據守
舒城反叛,帶兵屠戮六安城。　　　[29]垓下:今安徽靈璧東南。　　　[30]詣:往、
到。謂各路兵馬都集中圍剿項羽。

　　項王軍壁垓下,兵少食盡,漢軍及諸侯兵圍之數重。夜聞漢軍四面
皆楚歌[1],項王乃大驚曰:"漢皆已得楚乎?是何楚人之多也!"項王則
夜起,飲帳中。有美人名虞[2],常幸從;駿馬名騅[3],常騎之。於是項王
乃悲歌忼慨,自爲詩曰:"力拔山兮氣蓋世,時不利兮騅不逝。騅不逝兮
可奈何,虞兮虞兮奈若何![4]"歌數闋,美人和之[5]。項王泣數行下,左
右皆泣,莫能仰視。於是項王乃上馬騎,麾下壯士騎從者八百餘人,直
夜潰圍南出[6],馳走。平明,漢軍乃覺之,令騎將灌嬰以五千騎追之[7]。
項王渡淮,騎能屬者百餘人耳[8]。項王至陰陵[9],迷失道,問一田父,田
父紿曰"左"[10]。左,乃陷大澤中。以故漢追及之。項王乃復引兵而
東,至東城[11],乃有二十八騎。漢騎追者數千人。項王自度不得脱[12]。
謂其騎曰:"吾起兵至今八歲矣,身七十餘戰,所當者破,所擊者服,未嘗
敗北,遂霸有天下。然今卒困於此,此天之亡我,非戰之罪也。今日固

決死,願爲諸君快戰,必三勝之[13],爲諸君潰圍,斬將,刈旗,令諸君知天亡我,非戰之罪也。"乃分其騎以爲四隊,四嚮[14]。漢軍圍之數重。項王謂其騎曰:"吾爲公取彼一將。"令四面騎馳下,期山東爲三處[15]。於是項王大呼馳下,漢軍皆披靡,遂斬漢一將。是時,赤泉侯爲騎將[16],追項王,項王瞋目而叱之,赤泉侯人馬俱驚,辟易數里[17]。與其騎會爲三處。漢軍不知項王所在,乃分軍爲三,復圍之。項王乃馳,復斬漢一都尉,殺數十百人,復聚其騎,亡其兩騎耳。乃謂其騎曰:"何如?"騎皆伏曰:"如大王言[18]。"

　　於是項王乃欲東渡烏江[19]。烏江亭長檥船待[20],謂項王曰:"江東雖小,地方千里,衆數十萬人,亦足王也。願大王急渡。今獨臣有船,漢軍至,無以渡。"項王笑曰:"天之亡我,我何渡爲!且籍與江東子弟八千人渡江而西,今無一人還,縱江東父兄憐而王我[21],我何面目見之?縱彼不言,籍獨不愧於心乎?"乃謂亭長曰:"吾知公長者。吾騎此馬五歲,所當無敵,嘗一日行千里,不忍殺之,以賜公。"乃令騎皆下馬步行,持短兵接戰。獨籍所殺漢軍數百人。項王身亦被十餘創。顧見漢騎司馬呂馬童,曰:"若非吾故人乎?"馬童面之[22],指王翳曰:"此項王也。"項王乃曰:"吾聞漢購我頭千金,邑萬户,吾爲若德[23]。"乃自刎而死。王翳取其頭,餘騎相蹂踐爭項王,相殺者數十人。最其後,郎中騎楊喜,騎司馬呂馬童,郎中呂勝、楊武各得其一體。五人共會其體,皆是[24]。故分其地爲五:封呂馬童爲中水侯[25],封王翳爲杜衍侯[26],封楊喜爲赤泉侯,封楊武爲吳防侯[27],封呂勝爲涅陽侯[28]。

　　項王已死,楚地皆降漢,獨魯不下。漢乃引天下兵欲屠之,爲其守禮義,爲主死節,乃持項王頭視魯,魯父兄乃降。始,楚懷王初封項籍爲魯公,及其死,魯最後下,故以魯公禮葬項王穀城。漢王爲發哀,泣之而去。諸項氏枝屬[29],漢王皆不誅。乃封項伯爲射陽侯。桃侯、平皋侯、玄武侯皆項氏,賜姓劉。

　　太史公曰[30]:吾聞之周生曰"舜目蓋重瞳子[31]",又聞項羽亦重瞳子。羽豈其苗裔邪[32]?何興之暴也[33]!夫秦失其政,陳涉首難,豪傑蠭起,相與並爭,不可勝數。然羽非有尺寸[34],乘埶起隴畝

之中[35]，三年，遂將五諸侯滅秦，分裂天下，而封王侯，政由羽出，號
爲"霸王"，位雖不終，近古以來未嘗有也。及羽背關懷楚[36]，放逐
義帝而自立，怨王侯叛己，難矣。自矜功伐[37]，奮其私智而不師
古[38]，謂霸王之業，欲以力征經營天下[39]，五年卒亡其國，身死東
城，尚不覺寤而不自責，過矣[40]。乃引"天亡我，非用兵之罪也"，豈
不謬哉！

《史記》卷七《項羽本紀》

【校注】

[1]楚歌：楚人用方言土語所唱的歌。《史記正義》引顏師古注："楚人之歌也，猶
言'吳謳'、'越吟'。"　　[2]"有美人"句：《史記集解》引徐廣曰："一云姓虞氏。"
《史記正義》引《括地志》云："虞姬墓在濠州定遠縣東六十里。長老傳云項羽美人
塚也。"　　[3]騅(zhuī 錐)：《史記正義》引顧野王云："青白色也。"　　[4]可奈
何：猶言"將怎麼辦呢？"奈若何：意謂虞姬虞姬，我將你怎麼安排呢？若，你。
[5]和：去聲，指應和着一同唱歌。虞姬所和歌見《史記正義》引《楚漢春秋》記載：
"漢兵已略地，四方楚歌聲。大王意氣盡，賤妾何聊生。"前人或疑以爲僞託之作。
錄以備考。　　[6]直夜：猶言當天夜裏。　　[7]灌嬰：劉邦大將。　　[8]"騎
能屬者"句：意謂能夠隨從項羽的騎士不過百餘人而已。屬：隨從。　　[9]陰陵：
今安徽定遠西北。　　[10]紿(dài 殆)：欺騙。　　[11]東城：今安徽定遠東南。
[12]自度：自我揣摩。脫：脫身。　　[13]快戰：速戰速決。三勝：即下文所説的
潰圍、斬將、刈旗。　　[14]四嚮：嚮着四面。　　[15]期：約定。三處：《史記正
義》謂期遇山的東側，分爲三處集合。　　[16]赤泉侯：即楊喜。按楊喜因斬項羽
有功，封赤泉侯。此時尚未封侯，當是史家追述之辭。　　[17]辟易數里：《史記
正義》謂："言人馬俱驚，開張易舊處，乃至數里。"意謂楊喜嚇得連人帶馬倒退了好
幾里。　　[18]伏：通"服"，謂心服。如大王言：正如大王所説。　　[19]烏江：
今安徽和縣烏江浦。　　[20]亭長：漢代地方小官吏。艤：《史記集解》引孟康曰：
"艤音蟻，附也，附船着岸也。"引如淳曰："南方人謂整船向岸曰艤。"　　[21]王
我：推舉我爲王。　　[22]面之：《史記集解》引張晏曰："以故人故，難視斫之，故
背之。"如淳曰："面，不正視也。"　　[23]若：你。這句意爲"我就送你個人情
吧"。　　[24]"五人"句：言楊喜等五人把所奪到的屍體合併到一處，證明他們所
得到的一部分確實是項羽的殘骸。　　[25]中水：今河北獻縣西北。　　[26]杜
衍：今河南南陽西南。　　[27]吳防：即吳房，今河南遂平。　　[28]涅陽：在今河

南鄧縣東北。 ［29］枝屬:宗族旁支。 ［30］太史公:太史令,官名。後文是司馬遷的論贊之辭。 ［31］重瞳:雙眸子。 ［32］苗裔:後代。 ［33］何興之暴:爲什麼崛起如此之快呢? 興,興起。暴,驟然。 ［34］尺寸:微少之意。［35］乘埶:乘秦末大亂之勢。埶,通"勢"。隴畝:田野、草莽。 ［36］背關懷楚:捨棄關中之地而都彭城。 ［37］自矜功伐:居功自負的意思。 ［38］奮其私智而不師古:逞其私欲而不以古代成功立業的帝王爲師。 ［39］力征經營天下:靠武力來控制天下。力征,憑藉武力。經營,治理。 ［40］過:過錯。

【集評】

(宋)李塗《文章精義》:"史遷《項籍傳》最好,立義帝以後,一日氣魄一日,殺義帝以後,一日衰颯一日,是一篇大綱領。至其筆力馳驟處,有喑嗚叱咤之風。"

留侯世家

【題解】

本篇歷叙留侯張良一生行狀,着重記載他在輔佐劉邦奪取天下以及維持漢室天下過程中的種種卓越功勳,突出表現了他運籌帷幄智謀過人的超群才幹;同時,在文中又點綴以張良自請留侯之封及閉門潛修導引、辟穀之術諸事,表現他功成不居與遠禍全身的追求。至於篇中所記狙擊秦始皇及遇黃石公等事,若有若無,恍惚迷離,從而在張良才智雙全的形象之外又賦予濃重的傳奇色彩。

留侯張良者,其先韓人也[1]。大父開地,相韓昭侯、宣惠王、襄哀王[2]。父平,相釐王、悼惠王[3]。悼惠王二十三年,平卒。卒二十歲,秦滅韓。良年少,未宦事韓[4]。韓破,良家僮三百人,弟死不葬[5],悉以家財求客刺秦王,爲韓報仇,以大父、父五世相韓故。

良嘗學禮淮陽[6]。東見倉海君[7]。得力士,爲鐵椎重百二十斤[8]。秦皇帝東游,良與客狙擊秦皇帝博浪沙中,誤中副車[9]。秦皇帝大怒,大索天下[10],求賊甚急,爲張良故也。良乃更名姓,亡匿下邳[11]。

良嘗閒從容步游下邳圯上[12],有一老父,衣褐[13],至良所,直墮其履圯下[14],顧謂良曰:"孺子[15],下取履!"良鄂然[16],欲毆之。爲其老,彊忍,下取履。父曰:"履我!"良業爲取履,因長跪履之[17]。父

以足受,笑而去。良殊大驚,隨目之[18]。父去里所[19],復還,曰:"孺
子可教矣。後五日平明,與我會此。"良因怪之,跪曰:"諾。"五日平
明,良往。父已先在,怒曰:"與老人期,後,何也?"去,曰:"後五日早
會。"五日雞鳴,良往。父又先在,復怒曰:"後,何也?"去,曰:"後五日
復早來。"五日,良夜未半往。有頃,父亦來,喜曰:"當如是。"出一編
書[20],曰:"讀此則爲王者師矣。後十年興。十三年孺子見我濟
北[21],穀城山下黃石即我矣[22]。"遂去,無他言,不復見。旦日視其
書,乃《太公兵法》也[23]。良因異之,常習誦讀之。居下邳,爲任
俠[24]。項伯常殺人[25],從良匿。

【校注】

[1]張良:字子房。漢高祖六年(前201)封於留地。留在今江蘇沛縣東南。

[2]大父:祖父。韓昭侯:公元前358—前333年在位。宣惠王:公元前332—前
312年在位。襄哀王:公元前311—前296年在位。　　[3]釐王:公元前295—前
273年在位。悼惠王:《韓世家》作"桓惠王",公元前272—前239年在位。

[4]未宦事韓:未仕韓爲官。　　[5]僮:奴僕。不葬:不以禮下葬,即不厚葬。古
時喪葬有種種隆重而繁瑣的禮儀規定,張良爲節省錢財,以求客刺秦王,故弟死不
以禮下葬。　　[6]淮陽:漢郡、國名,今屬河南。　　[7]倉海君:東夷穢貊國的
君長,元朔元年(前128)降漢。漢置爲倉海郡。地在今朝鮮中部。一說倉海君爲
當時賢者之號。　　[8]鐵椎:即鐵錘,狀如瓜,用以奮擊。百二十斤:約合今六
十市斤。　　[9]狙擊:伏擊。博浪沙:今河南原陽東南。副車:屬車,皇帝的侍
從車輛。《漢官儀》:"天子屬車三十六乘。"　　[10]索:搜索,通緝。　　[11]下
邳:今江蘇睢寧西北古邳鎮。　　[12]圯(yí移):橋,下邳人謂橋爲圯。

[13]褐:貧者所服的粗布短衣。　　[14]直:特,故意。一說爲正,猶言恰逢。

[15]孺子:小子。　　[16]鄂:通"愕"。　　[17]業:已。長跪:挺直腰身跪着,
表示尊敬。　　[18]目:注視,目送。　　[19]所:許,左右。　　[20]一編:猶一
本、一冊。古時多書寫於竹簡上,以皮條或繩子編聯,故以編作爲量詞。

[21]濟北:濟水之北。　　[22]穀城山:亦稱黃山,今山東平陰西南。　　[23]《太
公兵法》:相傳爲姜太公所著兵書。　　[24]任俠:見義勇爲,打抱不平。

[25]項伯:項羽叔父,以護劉邦有功,漢初封爲射陽侯,賜姓劉。常:嘗,曾。

　　後十年,陳涉等起兵,良亦聚少年百餘人[1]。景駒自立爲楚假

王[2]，在留。良欲往從之，道遇沛公。沛公將數千人，略地下邳西[3]，
遂屬焉。沛公拜良爲厩將[4]。良數以《太公兵法》説沛公，沛公善之，
常用其策。良爲他人言，皆不省[5]。良曰：“沛公殆天授。”故遂從之，
不去見景駒。

及沛公之薛，見項梁[6]。項梁立楚懷王[7]。良乃説項梁曰：“君
已立楚後，而韓諸公子橫陽君成賢[8]，可立爲王，益樹黨。”項梁使良
求韓成，立以爲韓王。以良爲韓申徒[9]，與韓王將千餘人西略韓地，
得數城，秦輒復取之，往來爲游兵潁川[10]。

沛公之從雒陽南出轘轅[11]，良引兵從沛公，下韓十餘城，擊破楊
熊軍。沛公乃令韓王成留守陽翟，與良俱南，攻下宛，西入武關[12]。
沛公欲以兵二萬人擊秦嶢下軍[13]，良説曰：“秦兵尚彊，未可輕。臣聞
其將屠者子，賈豎易動以利[14]。願沛公且留壁[15]，使人先行，爲五萬
人具食[16]，益爲張旗幟諸山上，爲疑兵，令酈食其持重寶啗秦將[17]。”
秦將果畔[18]，欲連和俱西襲咸陽[19]，沛公欲聽之。良曰：“此獨其將
欲叛耳，恐士卒不從。不從必危，不如因其解擊之[20]。”沛公乃引兵擊
秦軍，大破之。逐北至藍田[21]，再戰，秦兵竟敗[22]。遂至咸陽，秦王
子嬰降沛公[23]。

沛公入秦宮，宮室帷帳狗馬重寶婦女以千數，意欲留居之。樊噲
諫沛公出舍[24]，沛公不聽。良曰：“夫秦爲無道，故沛公得至此。夫爲
天下除殘賊，宜縞素爲資[25]。今始入秦，即安其樂，此所謂‘助桀爲
虐’。且‘忠言逆耳利於行，毒藥苦口利於病’[26]，願沛公聽樊噲言。”
沛公乃還軍霸上[27]。

項羽至鴻門下[28]，欲擊沛公，項伯乃夜馳入沛公軍，私見張良，欲
與俱去。良曰：“臣爲韓王送沛公，今事有急，亡去不義。”乃具以語沛
公。沛公大驚，曰：“爲將奈何？”良曰：“沛公誠欲倍項羽邪[29]？”沛公
曰：“鯫生教我距關無内諸侯[30]，秦地可盡王，故聽之。”良曰：“沛公
自度能卻項羽乎[31]？”沛公默然良久，曰：“固不能也。今爲奈何？”良
乃固要項伯[32]。項伯見沛公。沛公與飲爲壽，結賓婚[33]。令項伯具
言沛公不敢倍項羽，所以距關者，備他盜也。及見項羽後解，語在《項
羽》事中[34]。

漢元年正月，沛公爲漢王，王巴蜀[35]。漢王賜良金百溢[36]，珠二斗，良具以獻項伯。漢王亦因令良厚遺項伯，使請漢中地[37]。項王乃許之，遂得漢中地。漢王之國，良送至褒中[38]，遣良歸韓。良因説漢王曰："王何不燒絶所過棧道[39]，示天下無還心，以固項王意。"乃使良還。行，燒絶棧道。

良至韓，韓王成以良從漢王故，項王不遣成之國，從與俱東。良説項王曰："漢王燒絶棧道，無還心矣。"乃以齊王田榮反書告項王[40]。項王以此無西憂漢心，而發兵北擊齊。

項王竟不肯遣韓王，乃以爲侯，又殺之彭城[41]。良亡，閒行歸漢王，漢王亦已還定三秦矣[42]。復以良爲成信侯，從東擊楚。至彭城，漢敗而還。至下邑[43]，漢王下馬踞鞍而問曰[44]："吾欲捐關以東等棄之，誰可與共功者[45]？"良進曰："九江王黥布[46]，楚梟將[47]，與項王有郤[48]，彭越與齊王田榮反梁地[49]：此兩人可急使。而漢王之將獨韓信可屬大事[50]，當一面。即欲捐之，捐之此三人，則楚可破也。"漢王乃遣隨何説九江王布[51]，而使人連彭越。及魏王豹反[52]，使韓信將兵擊之，因舉燕、代、齊、趙[53]。然卒破楚者[54]，此三人力也。張良多病，未嘗特將也[55]，常爲畫策臣，時時從漢王。

漢三年，項羽急圍漢王滎陽，漢王恐憂，與酈食其謀橈楚權[56]。食其曰："昔湯伐桀，封其後於杞[57]。武王伐紂，封其後於宋[58]。今秦失德棄義，侵伐諸侯社稷，滅六國之後，使無立錐之地[59]。陛下誠能復立六國後世，畢已受印，此其君臣百姓必皆戴陛下之德，莫不鄉風慕義，願爲臣妾[60]。德義已行，陛下南鄉稱霸，楚必斂衽而朝[61]。"漢王曰："善。趣刻印，先生因行佩之矣[62]。"

食其未行，張良從外來謁。漢王方食，曰："子房前！客有爲我計橈楚權者。"具以酈生語告，曰："於子房何如？"良曰："誰爲陛下畫此計者？陛下事去矣。"漢王曰："何哉？"張良對曰："臣請藉前箸爲大王籌之[63]。"曰："昔者湯伐桀而封其後於杞者，度能制桀之死命也。今陛下能制項籍之死命乎？"曰："未能也。""其不可一也。武王伐紂封其後於宋者，度能得紂之頭也。今陛下能得項籍之頭乎？"曰："未能也。""其不可二也。武王入殷，表商容之閭，釋箕子之拘，封比干之墓[64]。今陛下能封聖人之墓,表賢者之閭,式智者之門乎[65]?"曰:"未能也。""其不可三也。發鉅橋之粟,散鹿臺之錢[66],以賜貧窮。今陛下能散府庫以賜貧窮乎?"曰:"未能也。""其不可四矣。殷事已畢,偃革爲軒[67],倒置干戈,覆以虎皮,以示天下不復用兵。今陛下能偃武行文,不復用兵乎?"曰:"未能也。""其不可五矣。休馬華山之陽,示以無所爲。今陛下能休馬無所用乎?"曰:"未能也。""其不可六矣。放牛桃林之陰,以示不復輸積[68]。今陛下能放牛不復輸積乎?"曰:"未能也。""其不可七矣。且天下游士離其親戚,棄墳墓,去故舊,從陛下游者,徒欲日夜望咫尺之地[69]。今復六國,立韓、魏、燕、趙、齊、楚之後,天下游士各歸事其主,從其親戚,反其故舊墳墓,陛下與誰取天下乎?其不可八矣。且夫楚唯無彊,六國立者復橈而從之,陛下焉得而臣之[70]?誠用客之謀,陛下事去矣。"漢王輟食吐哺,罵曰:"豎儒,幾敗而公事[71]!"令趣銷印。

漢四年,韓信破齊而欲自立爲齊王,漢王怒。張良說漢王,漢王使良授齊王信印,語在《淮陰》事中[72]。

其秋,漢王追楚至陽夏南,戰不利而壁固陵,諸侯期不至[73]。良說漢王,漢王用其計,諸侯皆至。語在《項籍》事中。

【校注】

[1]後十年:博浪沙事件後十年,即二世元年(前209)。少年:年輕人,秦漢時專指勇悍任俠的年少之人。　　[2]景駒:楚貴族後裔。假王:暫時代理爲王。
[3]沛公:劉邦。劉邦在沛縣起兵,被擁立爲沛公。原楚國稱縣令爲公,沛公即沛縣之長。略:攻佔。　　[4]厩將:軍中管理馬匹的官。　　[5]省:領悟。
[6]薛:今山東滕州南。項梁:項羽叔父,公元前209年起兵反秦,後爲秦將章邯所殺。　　[7]楚懷王:名心,戰國時楚懷王之孫,後爲項羽所殺。　　[8]諸公子:諸侯除嫡長子外的其他兒子。橫陽君成:即韓成,曾封於橫陽。　　[9]申徒:即司徒,地位近似丞相。　　[10]游兵:流動作戰的部隊。潁川:郡名。　　[11]雒陽:即洛陽。轘(huán 環)轅(yuán 元):山名,在今河南偃師東南。　　[12]宛:今河南南陽。武關:在今陝西丹鳳東,和函谷關、蕭關、大散關並稱爲關中四塞。
[13]嶢:嶢關,因臨嶢山而得名,在今陝西藍田冞南。　　[14]賈豎:對商人的蔑稱。　　[15]壁:營壘。　　[16]具食:預備糧食。　　[17]酈食其:劉邦手下辯

士,後被齊王田廣烹殺。《史記》卷九七、《漢書》卷四三有傳。啗:收買。
[18]畔:叛。　　　[19]咸陽:秦都城,今陝西咸陽東北。　　　[20]解:懈,鬆懈。
[21]北:敗逃的軍隊。藍田:今陝西藍田西。　　[22]竟:徹底。　　　[23]子嬰:
秦始皇之孫,公元前207年趙高殺二世,立子嬰,在位四十六日即降,後爲項羽所
殺。　　　[24]樊噲:劉邦手下將領,漢初封舞陽侯,《史記》卷九五、《漢書》卷四一
有傳。舍:宿,居住。　　　[25]殘賊:殘暴之人。縞素:白色絲絹,引申爲儉樸。
資:憑藉。　　　[26]毒藥:性質猛烈的藥物。　　　[27]霸上:一作灞上,又名霸頭,
在今陝西西安東,是關東各地出入長安必經的交通要衝。　　　[28]鴻門:今陝西
臨潼新豐鎮。　　　[29]倍:背,背叛。　　　[30]鯫(zōu 鄒)生:罵人的話,指淺薄
愚陋之人。一説鯫爲姓。距:拒,把守。内:納。　　　[31]度:忖度,估計。卻:抵
抗。　　　[32]要:邀。　　　[33]爲壽:敬酒時祝對方健康長壽。《漢書·高帝紀》
顏師古注:"凡言爲壽,謂進爵於尊者,而獻無疆之壽。"結賓婚:結交爲友,約爲兒
女婚姻。賓,朋友。　　　[34]解:和解。《項羽》:指《項羽本紀》。　　　[35]漢元
年:公元前206年。巴:郡名,地在今四川東部。蜀:郡名,地在今四川西部。
[36]溢:通"鎰",古代重量單位,一鎰二十四兩,一説二十兩爲一鎰。
[37]遺:贈。漢中:郡名,地在今陝西秦嶺以南。　　　[38]褒中:今陝西勉縣東南。
褒中是褒斜道的起點,褒斜道位於漢中市北,是古代連接關中與漢中的一條要道。
[39]棧道:在山路險峻難通處鑿孔架木鋪成的窄道。　　　[40]田榮:齊國貴族後
裔,秦末聚衆起兵,公元前206年,以項羽分封不公,舉兵反楚,兵敗死,事見《史
記·田儋列傳》。　　　[41]彭城:今江蘇徐州。秦亡後,項羽自封爲西楚霸王,都
彭城。　　　[42]間行:從小路走。三秦:即關中地。秦亡後,項羽分關中地爲雍、
塞、翟三國,分別以秦降將章邯、司馬欣、董翳爲王,故稱三秦。　　　[43]下邑:今
安徽碭山東。　　　[44]踞鞍:古時行軍,常解下馬鞍用以坐臥。踞,倚靠。
[45]"吾欲"二句:意謂誰能與我共建大業,我願捨棄函谷以東之地給他。捐:棄。
關:指函谷關,在今河南靈寶東北。　　　[46]黥布:即英布,項羽手下將領,以戰功
封爲九江王。後歸劉邦,封淮南王。漢初舉兵反叛,兵敗被殺。《史記》卷九一、
《漢書》卷三四有傳。　　　[47]梟將:猛將。　　　[48]有郄:有矛盾。郄,隙。
[49]彭越:字仲。秦末聚衆起兵,後屬劉邦,封爲梁王。漢初被告發謀反,爲劉邦
所殺。《史記》卷九〇、《漢書》卷三四有傳。　　　[50]屬:託付。　　　[51]隨何:
劉邦的謀士。　　　[52]魏王豹:魏國貴族後裔,秦末聚衆起兵,後從項羽入關,封
爲西魏王。劉邦定三秦,豹叛楚歸漢,不久又叛漢歸楚。公元前205年,爲韓信擊
敗被俘,後在滎陽被殺。《史記》卷九〇、《漢書》卷三三有傳。　　　[53]舉:攻佔。
[54]卒:最終。　　　[55]特將:單獨領兵。　　　[56]漢三年:公元前204年。滎

陽:今屬河南。橈(náo撓):削弱。權:力量。　　　[57]杞:今屬河南。按《史記·陳杞世家》,周武王封禹之後裔東樓公於杞,以奉夏后氏祀。與此處記載不合。

[58]宋:今河南商丘一帶。按《史記·宋微子世家》,周公平定武庚之亂後,封紂兄微子啓於宋。與此處記載不合。　　　[59]立錐之地:可以插一個鐵錐尖那麼大的地方,形容地方極小。　　　[60]陛下:清王先謙《漢書補注》引周壽昌云:"高帝五年即位,此三年猶爲漢王,'陛下'之稱,史臣追書之。"畢:皆。戴:感激。鄉:嚮。風:聲望。　　　[61]南鄉:南嚮,帝王面南臨朝。歛衽:整理衣襟,表示恭敬。

[62]趣:促,速。因行:趁出行之機。佩:《漢書·張良傳》顏師古注:"佩謂授與六國使帶也。"一說,攜帶。　　　[63]箸:筷子。籌:籌劃。　　　[64]表:標榜。商容:殷紂時賢人。間:里門。箕子:紂王叔父,因勸諫紂王被拘禁。一說,"釋箕子之拘"當作"式箕子之門",與下文"式智者之門"相應。封:堆土築墳。比干:紂王叔父,因勸諫紂王被殺。　　　[65]式:軾,車前扶手的橫木,這裏用作動詞,指行車途中扶軾低頭,表示對人的尊敬。　　　[66]鉅橋:紂的糧倉,地在今河北曲周東北。鹿臺:紂所築高臺,紂曾將大量財寶儲藏在這裏。　　　[67]偃:停止,廢棄。革:兵車。軒:有帷幕的車,大夫以上所乘用,這裏泛指乘坐的車。　　　[68]桃林:也稱桃林塞,在今河南靈寶西。輸積:運輸積聚。　　　[69]咫尺之地:極言其地之小。咫,八寸。地:封地。　　　[70]楚唯無彊:唯當使楚無彊。橈:屈從,屈服。漢荀悅《漢紀》:"獨可使楚無彊,若彊,則六國屈橈而從之。"　　　[71]吐哺:吐出嘴中正在咀嚼的食物。豎儒:書呆子,對儒生的鄙稱。而公:乃公,你老子。　　　[72]《淮陰》:指《淮陰侯列傳》。　　　[73]陽夏:今河南太康。壁:構築營壘堅守。固陵:今河南太康南。期:約定的期限。

　　漢六年正月,封功臣。良未嘗有戰鬥功,高帝曰:"運籌策帷帳中[1],決勝千里外,子房功也。自擇齊三萬户。"良曰:"始臣起下邳,與上會留,此天以臣授陛下。陛下用臣計,幸而時中[2],臣願封留足矣,不敢當三萬户。"乃封張良爲留侯,與蕭何等俱封。

　　上已封大功臣二十餘人,其餘日夜爭功不決,未得行封。上在雒陽南宫,從復道望見諸將往往相與坐沙中語[3]。上曰:"此何語?"留侯曰:"陛下不知乎? 此謀反耳。"上曰:"天下屬安定[4],何故反乎?"留侯曰:"陛下起布衣,以此屬取天下,今陛下爲天子,而所封皆蕭、曹故人所親愛,而所誅者皆生平所仇怨[5]。今軍吏計功,以天下不足徧封,此屬畏陛下不能盡封,恐又見疑平生過失及誅,故即相聚謀反

耳。"上乃憂曰:"爲之奈何?"留侯曰:"上平生所憎,群臣所共知,誰最
甚者?"上曰:"雍齒與我故,數嘗窘辱我[6]。我欲殺之,爲其功多,故
不忍。"留侯曰:"今急先封雍齒以示群臣,群臣見雍齒封,則人人自堅
矣[7]。"於是上乃置酒,封雍齒爲什方侯,而急趣丞相、御史定功行
封[8]。群臣罷酒,皆喜曰:"雍齒尚爲侯,我屬無患矣。"

　　劉敬説高帝曰:"都關中[9]。"上疑之。左右大臣皆山東人[10],多
勸上都雒陽:"雒陽東有成皋,西有殽黽,倍河,向伊雒,其固亦足
恃[11]。"留侯曰:"雒陽雖有此固,其中小,不過數百里,田地薄,四面
受敵,此非用武之國也。夫關中左殽函,右隴蜀,沃野千里,南有巴蜀
之饒,北有胡苑之利,阻三面而守,獨以一面東制諸侯[12]。諸侯安定,
河渭漕輓天下,西給京師;諸侯有變,順流而下,足以委輸[13]。此所謂
金城千里,天府之國也[14],劉敬説是也。"於是高帝即日駕[15],西都關
中。

　　留侯從入關。留侯性多病,即道引不食穀,杜門不出歲餘[16]。

　　上欲廢太子[17],立戚夫人子趙王如意。大臣多諫爭,未能得堅決
者也[18]。吕后恐,不知所爲。人或謂吕后曰:"留侯善畫計筴[19],上
信用之。"吕后乃使建成侯吕澤劫留侯[20],曰:"君常爲上謀臣,今上
欲易太子,君安得高枕而卧乎?"留侯曰:"始上數在困急之中,幸用臣
筴。今天下安定,以愛欲易太子,骨肉之閒,雖臣等百餘人何益。"吕
澤彊要曰:"爲我畫計。"留侯曰:"此難以口舌爭也。顧上有不能致
者,天下有四人[21]。四人者年老矣,皆以爲上慢侮人[22],故逃匿山
中,義不爲漢臣。然上高此四人。今公誠能無愛金玉璧帛,令太子爲
書,卑辭安車,因使辯士固請,宜來[23]。來,以爲客,時時從入朝,令上
見之,則必異而問之。問之,上知此四人賢,則一助也。"於是吕后令
吕澤使人奉太子書,卑辭厚禮,迎此四人。四人至,客建成侯所。

　　漢十一年,黥布反,上病,欲使太子將,往擊之。四人相謂曰:"凡
來者[24],將以存太子。太子將兵,事危矣。"乃説建成侯曰:"太子將
兵,有功則位不益太子[25];無功還,則從此受禍矣。且太子所與俱諸
將[26],皆嘗與上定天下梟將也,今使太子將之,此無異使羊將狼也,皆
不肯爲盡力,其無功必矣。臣聞'母愛者子抱',今戚夫人日夜侍御,

趙王如意常抱居前,上曰'終不使不肖子居愛子之上'[27],明乎其代太子位必矣。君何不急請吕后承閒爲上泣言:'黥布,天下猛將也,善用兵,今諸將皆陛下故等夷,乃令太子將此屬,無異使羊將狼,莫肯爲用,且使布聞之,則鼓行而西耳[28]。上雖病,彊載輜車,臥而護之[29],諸將不敢不盡力。上雖苦,爲妻子自彊[30]。'"於是吕澤立夜見吕后,吕后承閒爲上泣涕而言,如四人意。上曰:"吾惟豎子固不足遣[31],而公自行耳。"於是上自將兵而東,群臣居守,皆送至灞上。留侯病,自彊起,至曲郵[32],見上曰:"臣宜從,病甚。楚人剽疾,願上無與楚人爭鋒[33]。"因說上曰:"令太子爲將軍,監關中兵。"上曰:"子房雖病,彊臥而傅太子[34]。"是時叔孫通爲太傅,留侯行少傅事[35]。

漢十二年,上從擊破布軍歸,疾益甚,愈欲易太子。留侯諫,不聽,因疾不視事[36]。叔孫太傅稱說引古今,以死爭太子。上詳許之[37],猶欲易之。及燕[38],置酒,太子侍。四人從太子,年皆八十有餘,鬚眉皓白,衣冠甚偉[39]。上怪之,問曰:"彼何爲者?"四人前對,各言名姓,曰東園公,甪里先生,綺里季,夏黄公。上乃大驚,曰:"吾求公數歲,公辟逃我[40],今公何自從吾兒游乎?"四人皆曰:"陛下輕士善罵,臣等義不受辱,故恐而亡匿。竊聞太子爲人仁孝,恭敬愛士,天下莫不延頸欲爲太子死者[41],故臣等來耳。"上曰:"煩公幸卒調護太子[42]。"

四人爲壽已畢,趨去[43]。上目送之,召戚夫人指示四人者曰:"我欲易之,彼四人輔之,羽翼已成,難動矣。吕后真而主矣[44]。"戚夫人泣,上曰:"爲我楚舞,吾爲若楚歌[45]。"歌曰:"鴻鵠高飛,一舉千里。羽翮已就,橫絕四海。橫絕四海,當可奈何!雖有矰繳,尚安所施[46]!"歌數闋,戚夫人嘘唏流涕[47],上起去,罷酒。竟不易太子者,留侯本招此四人之力也。

留侯從上擊代,出奇計馬邑下[48],及立蕭何相國[49],所與上從容言天下事甚衆,非天下所以存亡,故不著[50]。留侯乃稱曰:"家世相韓[51],及韓滅,不愛萬金之資,爲韓報讎彊秦,天下振動。今以三寸舌爲帝者師,封萬户,位列侯,此布衣之極,於良足矣。願棄人閒事,欲從赤松子游耳[52]。"乃學辟穀,道引輕身。會高帝崩,吕后德留侯,乃彊食之,曰:"人生一世閒,如白駒過隙,何至自苦如此乎[53]!"留侯不得已,彊聽而食。

後八年卒,謚爲文成侯。子不疑代侯。

子房始所見下邳圯上老父與《太公書》者,後十三年從高帝過濟北,果見穀城山下黄石,取而葆祠之[54]。留侯死,并葬黄石。每上冢伏臘[55],祠黄石。

留侯不疑,孝文帝五年坐不敬,國除[56]。

【校注】

[1]籌策:古博局計數和計算的用具,引申爲謀劃、籌劃。　　[2]幸:僥倖。時中:偶中。　　[3]復道:閣道,樓閣間架空的通道。　　[4]屬:纔,剛剛。
[5]布衣:平民。屬:輩,類。蕭:蕭何。《史記》卷五三、《漢書》卷三九有傳。曹:曹參。《史記》卷五四、《漢書》卷三九有傳。　　[6]雍齒:劉邦部將,曾叛離,後復歸。故:有舊怨,指叛離事,事詳《史記·高祖本紀》。一說,故,故交,舊交。窘辱:困辱。　　[7]自堅:自安,不復有謀反之心。　　[8]什方:今四川什邡。
[9]劉敬:本姓婁,以建議入都關中有功,賜姓劉,《史記》卷九九、《漢書》卷四三有傳。關中:今陝西一帶。　　[10]山東:崤山以東。　　[11]成皋:今河南滎陽西,爲洛陽門户。殽:殽山,位於河南洛寧西北,是陝西關中至河南中原的天然屏障。黽:澠池,發源於河南熊耳山,東南流入洛水。倍:背,靠。伊:伊水,發源於河南熊耳山,於河南偃師市入洛水。雒:雒水,發源於陝西塚嶺山,東流入河南,於鞏義市入黄河。　　[12]隴:隴山,在今陝西隴縣西北。蜀:這裏指岷山,在今四川北部,與隴山相連。胡苑之利:關中北接胡地,可以牧養禽獸,又可獲得胡馬,故云胡苑之利。苑,牧場。阻:以……爲阻。　　[13]渭:渭河,發源於甘肅渭源西北鳥鼠山,東南流入陝西,於潼關入黄河。漕:水運。輓:拉車,指陸運。委輸:運輸。
[14]金城:堅固的城池。天府:上天的府庫,極言其富庶。　　[15]駕:駕車起程。《史記索隱》:"高祖即日西遷者,蓋謂其日即定計耳,非即日遂行也。"　　[16]道引:即導引,一種結合肢體活動和呼吸吐納的養生方式。不食穀:也稱辟穀術,一種不食五穀雜糧並結合服食藥物、練氣等的養生方式。　　[17]太子:劉盈,吕后所生。　　[18]堅決:明確的決斷。　　[19]筴:策。　　[20]吕澤:應爲吕釋之。吕澤,吕后長兄,封周吕侯。吕釋之,吕后次兄,封建成侯。劫:脅迫,挾持。
[21]顧:但。四人:東園公、綺里季、夏黄公、甪(lù 路)里先生,漢初隱於商山,時稱"商山四皓"。　　[22]慢侮:輕慢,凌辱。　　[23]安車:用一馬拉之可以坐乘

的小車,古車立乘,此爲坐乘,故稱安車。高官告老或徵召有重望的人,往往賜乘安車。宜:應。　　　[24]凡:一切,全部。　　　[25]益:增,超過。　　　[26]與俱諸將:即同行諸將。俱,同。　　　[27]母愛者子抱:愛其母則必抱其子,猶言其母得寵,則子亦必被寵愛。不肖:不類,特指不類其父。　　　[28]承閒:伺隙,乘機。等夷:等輩。鼓行:大張旗鼓無所顧忌地行軍。　　　[29]輜車:有帷蓋的車,可供傷病者坐卧。護:監督。　　　[30]自彊:勉强自己(堅持)。　　　[31]惟:思,料想。[32]曲郵:村落名,今西安臨潼區東。　　　[33]剽(piào 票)疾:剽悍敏捷。爭鋒:爭鬥以決勝負。　　　[34]傅:輔導。　　　[35]叔孫通:曾爲秦博士,後歸劉邦,漢朝建立後,與儒生共立朝儀。《史記》卷九九、《漢書》卷四三有傳。太傅、少傅:都是輔導太子的官。行:兼任,品級高的人兼低職位。　　　[36]視事:辦公。[37]詳:佯。　　　[38]燕:宴。　　　[39]偉:奇。　　　[40]辟:避。　　　[41]延頸:伸長頭頸,形容急切盼望的樣子。　　　[42]卒:終,一直。調護:調教,扶持。[43]趨:小步快走。　　　[44]而:爾,汝。　　　[45]若:汝。　　　[46]鴻鵠:天鵝。羽翮(hé 和):羽翼。翮,羽毛的莖。絶:越。矰(zēng 增)繳(zhuó 卓):一種繫絲繩用以獵取飛鳥的短箭。矰,短箭。繳,箭上繫着的生絲繩。　　　[47]闋:樂曲終了。數闋猶言數遍。噓唏:哀歎,抽噎。　　　[48]擊代:公元前197年,代相陳豨反,劉邦親自率兵征討。代,漢初諸侯國名。馬邑:今山西朔州。奇計事不詳,清郭嵩燾《史記札記》:"《高祖本紀》:'聞豨將皆故賈人,乃多以金啗豨將。'留侯計劃多此類,尤善窺伺隱秘,所謂'出奇計馬邑下'者,或謂此也。"　　　[49]及立蕭何相國:《史記集解》引《漢書音義》曰:"何時未爲相國,良勸高祖立之。"[50]著:録,記載。　　　[51]世:世代。　　　[52]赤松子:傳說中的仙人,《史記索隱》引《列仙傳》曰:"神農時雨師也,能入火自燒,昆侖山上隨風雨上下也。"[53]高帝崩:事在公元前195年。德:感恩。白駒過隙:形容時光迅速,隙,縫隙。[54]葆:寶。祠:祭祀。　　　[55]上冢:掃墓。伏:伏日,專指三伏中祭祀的一天。臘:臘日,歲終祭祀百神之日。　　　[56]孝文帝五年:公元前175年。坐不敬:犯不敬皇帝之罪。國除:削去封爵,廢除封國。按《高祖功臣侯年表》云:"不疑坐與門大夫謀殺故楚内史,當死,贖爲城旦,國除。"與此處不同。

　　太史公曰:學者多言無鬼神,然言有物[1]。至如留侯所見老父予書,亦可怪矣。高祖離困者數矣[2],而留侯常有功力焉,豈可謂非天乎?上曰:"夫運籌筴帷帳之中,決勝千里外,吾不如子房。"余以爲其人計魁梧奇偉[3],至見其圖,狀貌如婦人好女。蓋孔子曰:"以貌取人,失之子羽[4]。"留侯亦云。

《史記》卷五五《留侯世家》

【校注】

[1]物:魅,精怪,指動植物或無生命者的精靈,王充《論衡·訂鬼篇》:"夫物之老者,其精爲人。亦有未老,性能變化,象人之形。"　　[2]離:罹。　　[3]計:大概。　　[4]以貌取人,失之子羽:《史記·仲尼弟子列傳》:"澹臺滅明,武城人,字子羽。少孔子三十九歲。狀貌甚惡。欲事孔子,孔子以爲材薄。既已受業,退而修行,行不由徑,非公事不見卿大夫。南游至江,從弟子三百人,設取予去就,名施乎諸侯。孔子聞之,曰:'吾以言取人,失之宰予;以貌取人,失之子羽。'"

【集評】

　　(清)李景星《史記評議》:"蓋子房乃漢初第一謀臣,又爲謀臣中第一高人,其策謀甚多,若從詳鋪敍,非繁而失節,即板而不靈。且其事大半已見於《項》、《高》二紀中,世家再見,又嫌於複,故止舉其大計數條著之於篇。而中間又虛括其辭曰:'常爲畫策臣,時時從漢王。'篇末又總結之曰:'所與上從容言天下事甚衆,非天下所以存亡,故不著。'用筆如此,乃覺詳略兼到,通體皆靈。尤妙在'老人授書'及'四皓定太子'兩段,全於淡處著筆,虛處傳神,使留侯逸情高致一一托出,信乎其爲文字中之神品也。讚語沖逸淡遠,極與世家相稱。'至見其圖,狀貌如婦人好女',帶補留侯狀貌,亦爲他處所無。"

魏公子列傳

【題解】

　　司馬遷在《太史公自序》中曾點明《魏公子列傳》的寫作緣起:"能以富貴下貧賤,賢能詘於不肖,唯信陵君爲能行之。"本文通過"預知趙王田獵"、"竊符救趙"、"駕歸救魏"等情節的敍述,熱情讚美信陵君虛懷若谷、禮賢下士、急人之難的高尚品質及賓客們知恩圖報、奮不顧身的俠義精神,寄託着司馬遷的社會理想。文章選材精當,以少總多,以小見大,以賓拱主,情節曲折生動,顯示出高超的敍事藝術。

　　魏公子無忌者,魏昭王少子而魏安釐王異母弟也[1]。昭王薨,安釐王即位,封公子爲信陵君[2]。是時范睢亡魏相秦[3],以怨魏齊故,秦兵圍大梁[4],破魏華陽下軍[5],走芒卯[6]。魏王及公子患之。

公子爲人仁而下士[7],士無賢不肖皆謙而禮交之,不敢以其富貴驕士。士以此方數千里爭往歸之,致食客三千人[8]。當是時,諸侯以公子賢,多客,不敢加兵謀魏十餘年。

公子與魏王博[9],而北境傳舉烽,言“趙寇至,且入界”。魏王釋博,欲召大臣謀。公子止王曰:“趙王田獵耳,非爲寇也。”復博如故。王恐,心不在博。居頃,復從北方來傳言曰:“趙王獵耳,非爲寇也。”魏王大驚,曰:“公子何以知之?”公子曰:“臣之客有能深得趙王陰事者[10],趙王所爲,客輒以報臣,臣以此知之。”是後魏王畏公子之賢能,不敢任公子以國政。

魏有隱士曰侯嬴,年七十,家貧,爲大梁夷門監者[11]。公子聞之,往請,欲厚遺之[12]。不肯受,曰:“臣脩身絜行數十年,終不以監門困故而受公子財。”公子於是乃置酒大會賓客。坐定,公子從車騎,虛左[13],自迎夷門侯生。侯生攝敝衣冠[14],直上載公子上坐,不讓,欲以觀公子。公子執轡愈恭。侯生又謂公子曰:“臣有客在市屠中,願枉車騎過之[15]。”公子引車入市,侯生下見其客朱亥,俾倪[16],故久立與其客語,微察公子[17]。公子顏色愈和。當是時,魏將相宗室賓客滿堂,待公子舉酒。市人皆觀公子執轡。從騎皆竊罵侯生。侯生視公子色終不變,乃謝客就車。至家,公子引侯生坐上坐,遍贊賓客,賓客皆驚。酒酣,公子起,爲壽侯生前[18]。侯生因謂公子曰:“今日嬴之爲公子亦足矣。嬴乃夷門抱關者也[19],而公子親枉車騎,自迎嬴於眾人廣坐之中,不宜有所過[20],今公子故過之。然嬴欲就公子之名,故久立公子車騎市中,過客以觀公子,公子愈恭。市人皆以嬴爲小人,而以公子爲長者能下士也。”於是罷酒,侯生遂爲上客。侯生謂公子曰:“臣所過屠者朱亥,此子賢者,世莫能知,故隱屠閒耳。”公子往數請之,朱亥故不復謝[21],公子怪之。

【校注】

[1]魏昭王:名遫,公元前 295—前 277 年在位。魏安釐王:名圉,公元前 276—前

243 年在位。釐，一作"僖"，音同。　　　[2]信陵：今河南寧陵西。　　　[3]范睢：字叔，魏人，受魏相魏齊迫害，逃亡至秦，改名張祿，後任秦昭王相。《史記》卷七九有傳。　　　[4]大梁：魏都，今河南開封。　　　[5]華陽：今河南密縣。　　　[6]走芒卯：走，使動用法，使……逃跑。芒卯，魏將。按此處記載與史實有出入，秦圍大梁在秦昭王三十二年（前 275），破華陽軍在三十四年（前 273），而范睢相秦在秦昭王四十年（前 267），詳見清梁玉繩《史記志疑》。　　　[7]仁而下士：仁厚而待士謙虛。　　　[8]致：招致。　　　[9]博：下棋。　　　[10]陰事：秘密事情。[11]夷門監者：夷門，指大梁東城門。監者，看守城門的人。　　　[12]遺（wèi味）：贈送錢物。　　　[13]虛左：古代乘車以左爲尊，虛左，空出尊位。　　　[14]攝敝衣冠：整理一下破舊的衣帽。攝，整理。　　　[15]枉：委屈，謙辭。　　　[16]俾（pì 僻）倪（nì 逆）：同"睥睨"，傲慢地斜視。　　　[17]微察：暗中觀察。[18]爲壽：敬酒祝壽。　　　[19]抱關：守門。關，門栓。　　　[20]過：超出常規的禮節。　　　[21]故不復謝：故意不答謝。

　　魏安釐王二十年，秦昭王已破趙長平軍[1]，又進兵圍邯鄲。公子姊爲趙惠文王弟平原君夫人，數遺魏王及公子書，請救於魏。魏王使將軍晉鄙將十萬衆救趙。秦王使使者告魏王曰："吾攻趙旦暮且下，而諸侯敢救者，已拔趙，必移兵先擊之。"魏王恐，使人止晉鄙，留軍壁鄴[2]，名爲救趙，實持兩端以觀望。平原君使者冠蓋相屬於魏[3]，讓魏公子曰[4]："勝所以自附爲婚姻者，以公子之高義，爲能急人之困[5]。今邯鄲旦暮降秦而魏救不至，安在公子能急人之困也！且公子縱輕勝，棄之降秦，獨不憐公子姊邪？"公子患之，數請魏王，及賓客辯士説王萬端[6]。魏王畏秦，終不聽公子。公子自度終不能得之於王，計不獨生而令趙亡，乃請賓客，約車騎百餘乘[7]，欲以客往赴秦軍，與趙俱死。

　　行過夷門，見侯生，具告所以欲死秦軍狀。辭決而行[8]，侯生曰："公子勉之矣[9]，老臣不能從。"公子行數里，心不快，曰："吾所以待侯生者備矣[10]，天下莫不聞，今吾且死而侯生曾無一言半辭送我，我豈有所失哉？"復引車還，問侯生。侯生笑曰："臣固知公子之還也[11]。"曰："公子喜士，名聞天下。今有難，無他端而欲赴秦軍[12]，譬若以肉投餒虎，何功之有哉？尚安事客[13]？然公子遇臣厚，公子往而臣不送,以是知公子恨之復返也。"公子再拜,因問。侯生乃屏人閒語[14],曰:"嬴聞晉鄙之兵符常在王臥內,而如姬最幸[15],出入王臥內,力能竊之。嬴聞如姬父爲人所殺,如姬資之三年[16],自王以下欲求報其父仇,莫能得。如姬爲公子泣[17],公子使客斬其仇頭,敬進如姬。如姬之欲爲公子死,無所辭[18],顧未有路耳。公子誠一開口請如姬,如姬必許諾,則得虎符奪晉鄙軍,北救趙而西卻秦[19],此五霸之伐也[20]。"公子從其計,請如姬。如姬果盜晉鄙兵符與公子。

公子行,侯生曰:"將在外,主令有所不受[21],以便國家。公子即合符,而晉鄙不授公子兵而復請之,事必危矣。臣客屠者朱亥可與俱,此人力士。晉鄙聽,大善;不聽,可使擊之。"於是公子泣。侯生曰:"公子畏死邪? 何泣也?"公子曰:"晉鄙嚄唶宿將[22],往恐不聽,必當殺之,是以泣耳,豈畏死哉?"於是公子請朱亥。朱亥笑曰:"臣迺市井鼓刀屠者,而公子親數存之[23],所以不報謝者,以爲小禮無所用。今公子有急[24],此乃臣效命之秋也。"遂與公子俱。公子過謝侯生。侯生曰:"臣宜從,老不能。請數公子行日,以至晉鄙軍之日,北鄉自剄[25],以送公子。"公子遂行。

至鄴,矯魏王令代晉鄙[26]。晉鄙合符,疑之,舉手視公子曰:"今吾擁十萬之衆,屯於境上,國之重任,今單車來代之,何如哉?"欲無聽。朱亥袖四十斤鐵椎[27],椎殺晉鄙,公子遂將晉鄙軍。勒兵下令軍中曰[28]:"父子俱在軍中,父歸;兄弟俱在軍中,兄歸;獨子無兄弟,歸養[29]。"得選兵八萬人[30],進兵擊秦軍。秦軍解去,遂救邯鄲,存趙。趙王及平原君自迎公子於界,平原君負韊矢爲公子先引[31]。趙王再拜曰:"自古賢人未有及公子者也。"當此之時,平原君不敢自比於人。公子與侯生決,至軍,侯生果北鄉自剄。

魏王怒公子之盜其兵符,矯殺晉鄙,公子亦自知也。已卻秦存趙,使將將其軍歸魏,而公子獨與客留趙。趙孝成王德公子之矯奪晉鄙兵而存趙[32],乃與平原君計,以五城封公子。公子聞之,意驕矜而有自功之色[33]。客有說公子曰:"物有不可忘,或有不可不忘。夫人有德於公子,公子不可忘也;公子有德於人,願公子忘之也。且矯魏王令,奪晉鄙兵以救趙,於趙則有功矣,於魏則未爲忠臣也。公子乃自驕而功之,竊爲公子不取也。"於是公子立自責,似若無所容者。趙王埽除自迎[34],執主人之禮,引公子就西階。公子側行辭讓,從東階上。自言罪過,以負於魏,無功於趙。趙王侍酒至暮,口不忍獻五城,以公子退讓也。公子竟留趙。趙王以鄗爲公子湯沐邑[35],魏亦復以信陵奉公子。公子留趙。

【校注】

[1]長平:今山西高平西北。公元前 260 年,秦將白起在此大敗趙將趙括,坑殺趙士卒四十餘萬。　　[2]壁鄴:在鄴安營紮寨。鄴,今河北臨漳西南。　　[3]冠蓋相屬:極言使者之多,一個接着一個。冠蓋,指冠冕與車蓋。　　[4]讓:埋怨,責備。　　[5]急人之困:熱心幫助別人擺脫困境。　　[6]萬端:萬般,種種辦法。　　[7]約:收拾,整理。　　[8]辭決:辭別。決,通"訣"。　　[9]勉:努力。　　[10]備:周到。　　[11]固知:本來就知道。　　[12]他端:別的辦法。[13]尚安事客:還用得着賓客麼?　　[14]屏人間語:使其他人迴避,私語密謀。[15]幸:寵愛。　　[16]資之:懸賞求人報父仇。　　[17]爲公子泣:嚮公子泣訴。　　[18]辭:推辭。　　[19]卻:打退。　　[20]五霸之伐:春秋五霸那樣的功業。伐,功業。　　[21]將在外,主令有所不受:《孫子·九變》:"將受命於君,合軍聚眾……君命有所不受。"　　[22]嚄(huò 貨)唶(zé 責)宿將:叱吒風雲的老將。嚄唶,聲音雄武的樣子。　　[23]存:慰問。　　[24]急:危急之事。[25]北鄉自剄:面嚮北方自刎。鄉,通"嚮"。　　[26]矯:假傳。　　[27]袖:袖中藏着。　　[28]勒兵:整頓部隊。勒,整飭,約束。　　[29]歸養:回家奉養父母。　　[30]選兵:挑選出來的精兵。　　[31]負韊(lán 蘭)矢爲公子先引:背着箭袋爲公子在前面引路。韊,盛矢之器。　　[32]德:感激。　　[33]驕矜:驕傲誇耀。　　[34]埽除:灑掃街道。　　[35]鄗(hào 號):今河北高邑東南。湯沐邑:古代諸侯因按時朝見天子,故天子在京郊附近賜給諸侯一小塊地以供他們"齋戒沐浴"的開銷之用,此地稱爲湯沐邑。後來王后、王子、公主等也有湯沐邑,其意義已改變,純粹是供給其生活所需之物。

公子聞趙有處士毛公藏於博徒[1],薛公藏於賣漿家[2],公子欲見兩人,兩人自匿不肯見公子。公子聞所在,乃間步往從此兩人游[3],甚歡。平原君聞之,謂其夫人曰:"始吾聞夫人弟公子天下無雙,今吾聞之,乃妄從博徒賣漿者游,公子妄人耳[4]。"夫人以告公子。公子乃謝夫人去,曰:"始吾聞平原君賢,故負魏王而救趙,以稱平原君。平原君之游,徒豪舉耳[5],不求士也。無忌自在大梁時,常聞此兩人賢,至趙,恐不得見。以無忌從之游,尚恐其不我欲也,今平原君乃以爲羞,其不足從游[6]。"乃裝爲去[7]。夫人具以語平原君。平原君乃免冠謝[8],固留公子。平原君門下聞之,半去平原君歸公子,天下士復往歸公子,公子傾平原君客[9]。

　　公子留趙十年不歸。秦聞公子在趙,日夜出兵東伐魏。魏王患之,使使往請公子。公子恐其怒之[10],乃誡門下:"有敢爲魏王使通者,死。"賓客皆背魏之趙,莫敢勸公子歸。毛公、薛公兩人往見公子曰:"公子所以重於趙,名聞諸侯者,徒以有魏也[11]。今秦攻魏,魏急而公子不恤,使秦破大梁而夷先王之宗廟[12],公子當何面目立天下乎?"語未及卒,公子立變色,告亘趣駕歸救魏[13]。

【校注】

[1]處士:有才德而隱居不仕的人。博徒:賭徒。　　[2]賣漿:賣酒。　　[3]閒步:微服前往。　　[4]妄人:荒唐的人。　　[5]徒豪舉耳:只是圖虛名裝門面罷了。豪舉,聲勢顯赫的舉動。　　[6]不足從游:不值得與他交往做朋友。[7]乃裝爲去:於是整理行裝要離開。　　[8]謝:謝罪。　　[9]傾:倒,使之倒向一方。　　[10]恐其怒之:恐怕魏王因竊符救趙一事發怒。　　[11]徒以有魏也:只是因爲有魏國存在罷了。　　[12]夷:鏟平,毀壞。　　[13]告車趣駕:吩咐管理車的迅速備好車輛。趣,通"促",迅速。

　　魏王見公子,相與泣,而以上將軍印授公子,公子遂將。魏安釐王三十年,公子使使遍告諸侯。諸侯聞公子將,各遣將將兵救魏。公子率五國之兵破秦軍於河外[1],走蒙驁[2]。遂乘勝逐秦軍至函谷關,抑秦兵[3],秦兵不敢出。當是時,公子威振天下,諸侯之客進兵法,公子皆名之[4],故世俗稱《魏公子兵法》。

　　秦王患之,乃行金萬斤於魏[5],求晉鄙客,令毀公子於魏王曰[6]:"公子亡在外十年矣,今爲魏將,諸侯將皆屬,諸侯徒聞魏公子,不聞魏王。公子亦欲因此時定南面而王,諸侯畏公子之威,方欲共立之。"秦數使反閒[7],僞賀公子得立爲魏王未也[8]。魏王日聞其毀,不能不信,後果使人代公子將。公子自知再以毀廢,乃謝病不朝[9],與賓客爲長夜飲,飲醇酒,多近婦女。日夜爲樂飲者四歲,竟病酒而卒[10]。其歲,魏安釐王亦薨。

　　秦聞公子死,使蒙驁攻魏,拔二十城,初置東郡。其後秦稍蠶食魏,十八歲而虜魏王,屠大梁。

　　高祖始微少時[11],數聞公子賢。及即天子位,每過大梁,常祠公子。高祖十二年,從擊黥布還[12],爲公子置守塚五家,世世歲以四時奉祠公子。

【校注】

[1]五國之兵:指魏、楚、燕、韓、趙的軍隊。河外:黃河南岸洛陽以西之地。
[2]走蒙驁:打退蒙驁。走,使動用法,使……逃跑。蒙驁爲秦國的上卿,名將蒙恬的祖父。　　[3]抑:遏制。　　[4]公子皆名之:皆署公子之名。　　[5]行:使用。　　[6]毀:詆毀。　　[7]反閒:派出間諜進行離間。　　[8]“僞賀”句:假裝不知而來魏國恭賀公子,問他是否已立爲魏王。　　[9]乃謝病不朝:就稱病不朝拜魏王。　　[10]病酒:縱酒過度而得病。　　[11]微少:微賤,沒有發迹。
[12]黥布:原名英布,因受黥而得名,爲漢初名將,始從項羽,後歸劉邦,以功封淮南王。後“謀反”,高祖十二年(前195)被討平。《史記》卷九一、《漢書》卷三四有傳。

　　太史公曰:吾過大梁之墟[1],求問其所謂夷門。夷門者,城之東門也。天下諸公子亦有喜士者矣[2],然信陵君之接巖穴隱者[3],不恥下交,有以也。名冠諸侯[4],不虛耳。高祖每過之而令民奉祠不絕也。

《史記》卷七七《魏公子列傳》

【校注】

[1]墟:廢墟。　　[2]喜士者:指信陵以外好招賢納士的孟嘗君、平原君、春申君等人。　　[3]巖穴:深山洞穴,喻隱者藏身之處。　　[4]名冠諸侯:名聲在諸侯之上。

【集評】

　　(明)唐順之《精選批點史記》卷三:“此傳不襲《國策》,是太史公得意之文。公子爲人一段,一篇綱領,而'賢'、'多客'三字又此段之綱領。二十年,公子卻秦救趙;三十年公子破秦存魏,存趙正所以存魏,存趙後存魏,而燕韓齊楚相繼而獲俱存矣,此天下之大機也,故史公特筆大書安釐王某年某年,正見公子之繫乎天下安危,非淺鮮也。"

　　(清)湯諧《史記半解·信陵君列傳》:"一篇是救趙抑秦兩大截,起手將線路一一提清,已後一氣貫注。當時秦患已極,六國中公卿將相惟信陵君真能下士,從諫如流,故獨能抑秦。救趙正所以抑秦,而非其始能救趙,則後亦不能抑秦也。文二千五百餘字,而'公子'字凡一百四十餘,見極盡慨慕之意。其神理處處酣暢,精采處處焕發,體勢處處密栗,態味處處穠鬱,機致處處飛舞,節奏處處鏗鏘。初讀之愛其諸美畢兼,領取無盡;讀之既久,便如江心皓月,一片空明。我終不能測其文境之所至矣!"

廉頗藺相如列傳

【題解】

　　本傳是《史記》中膾炙人口的名篇文字。它生動地記載了閼與之戰、長平之戰等大大小小的幾十次戰爭,通過一系列人物畫卷,寄寓了國家興亡之感。本傳首先爲藺相如傳,次爲趙氏父子傳,再次爲李牧傳,各自可以獨立。廉頗的事蹟分散在合傳的全篇。司馬遷着力刻畫了藺相如、廉頗的形象,趙奢、李牧兩人的事蹟自然融於合傳中,其中以"先國家之急而後私仇"的主綫串聯起來,著者高度頌揚了主人公的品德和才幹。

　　廉頗者,趙之良將也。趙惠文王十六年[1],廉頗爲趙將伐齊,大破之,取陽晉[2],拜爲上卿[3],以勇氣聞於諸侯。藺相如者[4],趙人也,爲趙宦者令繆賢舍人[5]。趙惠文王時,得楚和氏璧[6]。秦昭王聞之[7],使人遺趙王書[8],願以十五城請易璧。趙王與大將軍廉頗諸大臣謀:欲予秦,秦城恐不可得,徒見欺[9];欲勿予,即患秦兵之來。計未定,求人可使報秦者,未得。宦者令繆賢曰:"臣舍人藺相如可使。"王問:"何以知之?"對曰:"臣嘗有罪,竊計欲亡走燕[10],臣舍人相如止臣,曰:'君何以知燕王[11]?'臣語曰:'臣嘗從大王與燕王會境上,燕王私握臣手,曰願結友。以此知之,故欲往。'相如謂臣曰:'夫趙彊而燕弱,而君幸於趙王^[12],故燕王欲結於君。今君乃亡趙走燕,燕畏趙,其勢必不敢留君,而束君歸趙矣^[13]。君不如肉袒伏斧質請罪^[14],則幸得脫矣。'臣從其計,大王亦幸赦臣。臣竊以爲其人勇士,有智謀,宜可使。"於是王召見,問藺相如曰:"秦王以十五城請易寡人之璧,可予不^[15]?"相如曰:"秦彊而趙弱,不可不許。"王曰:"取吾璧,不予我城,奈何?"相如曰:"秦以城求璧而趙不許,曲在趙。趙予璧而秦不予趙城,曲在秦。均之二策,寧許以負秦曲^[16]。"王曰:"誰可使者?"相如曰:"王必無人,臣願奉璧往使^[17]。城入趙而璧留秦;城不入,臣請完璧歸趙^[18]。"趙王於是遂遣相如奉璧西入秦。

秦王坐章臺見相如^[19],相如奉璧奏秦王^[20]。秦王大喜,傳以示美人及左右^[21],左右皆呼萬歲。相如視秦王無意償趙城^[22],乃前曰:"璧有瑕^[23],請指示王。"王授璧,相如因持璧卻立^[24],倚柱^[25],怒髮上衝冠^[26],謂秦王曰:"大王欲得璧,使人發書至趙王,趙王悉召群臣議,皆曰'秦貪,負其彊^[27],以空言求璧,償城恐不可得'。議不欲予秦璧。臣以爲布衣之交尚不相欺,況大國乎!且以一璧之故逆彊秦之驩^[28],不可。於是趙王乃齋戒五日^[29],使臣奉璧,拜送書於庭^[30]。何者?嚴大國之威以修敬也^[31]。今臣至,大王見臣列觀^[32],禮節甚倨^[33];得璧,傳之美人,以戲弄臣。臣觀大王無意償趙王城邑,故臣復取璧。大王必欲急臣^[34],臣頭今與璧俱碎於柱矣!"相如持其璧睨柱^[35],欲以擊柱。秦王恐其破璧,乃辭謝固請^[36],召有司案圖^[37],指從此以往十五都予趙。相如度秦王特以詐詳爲予趙城^[38],實不可得,乃謂秦王曰:"和氏璧,天下所共傳寶也^[39],趙王恐,不敢不獻。趙王送璧時,齋戒五日,今大王亦宜齋戒五日,設九賓於廷^[40],臣乃敢上璧。"秦王度之,終不可彊奪,遂許齋五日,舍相如廣成傳^[41]。相如度秦王雖齋,決負約不償城,乃使其從者衣褐^[42],懷其璧,從徑道亡^[43],歸璧於趙。

【校注】

[1]趙惠文王:名何,武靈王之子,爲趙國第七君,在位33年(前298—前266)。趙惠文王十六年即公元前283年。　　[2]陽晉:衛邑,後屬齊,故城在今山東菏澤

西北四十七里。一作"晉陽",非是。　　　[3]上卿:秦以前最高的官位。

[4]藺(lìn 吝):姓。　　　[5]宦者令:宮中太監的首領。舍人:有職務的門客。

[6]楚和氏璧:楚人卞和在山裏得到玉璞,先後獻之武王、文王,玉人均以爲石,楚王以爲卞和欺詐,截其左右足。成王立,始識其寶。因稱其"和氏璧"。見《韓非子·和氏》篇。　　　[7]秦昭王:即昭襄王,名則(一作稷),在位56年(前306—前251)。　　　[8]遺(wèi 味):送。　　　[9]徒見欺:白白地受騙。　　　[10]竊計欲亡走燕:私下打算要逃到燕國去。　　　[11]君何以知燕王:您憑什麼瞭解燕王。

[12]幸於趙王:得寵於趙王。幸,得寵。　　　[13]束君歸趙:把您捆綁起來送回趙國。　　　[14]肉袒伏斧質請罪:解衣露脯,伏在斧質上,表示服罪請求就刑。

[15]不:通"否"。　　　[16]"均之"二句:衡量予璧與不予璧兩條計策,寧可答應秦的請求,使秦負理虧的責任。　　　[17]奉:通"捧"。　　　[18]完璧歸趙:把和氏璧完好無損地歸還趙國。完,完整。　　　[19]章臺:秦離宮(猶別墅),故址在今陝西長安故城西南角。　　　[20]奏:呈獻。　　　[21]傳以示美人及左右:秦王把璧傳遞給姬妾及左右近侍看。　　　[22]償:償還。　　　[23]瑕:小疵點。玉貴純白無疵,有小疵點就是毛病。　　　[24]卻立:後退幾步立定。　　　[25]倚柱:把身體靠在庭柱上。　　　[26]怒髮上衝冠:憤怒得頭髮豎起,把戴在頭上的帽子也頂了起來。　　　[27]負:依仗。　　　[28]逆:拂逆,觸犯。驩:通"歡"。　　　[29]齋戒:古人祭祀之前,必沐浴更衣,不飲酒,不沾葷,以爲如此可以接通鬼神,稱齋戒。[30]拜送書於庭:親送國書於朝會之所。庭,通"廷",正式聽政的朝堂。

[31]嚴:尊重。修敬:致敬。　　　[32]列觀(guàn 慣):一般的臺觀,不在朝廷接見,説明秦對趙使的不尊重。　　　[33]倨:傲慢,輕忽。　　　[34]急臣:逼迫我。

[35]睨(nì 逆):斜視。　　　[36]辭謝:道歉。固請:堅決請求相如不要這樣做。

[37]召有司案圖:召喚主管版圖的官吏來查看圖册。有司,官吏的通稱。案圖,查看地圖。　　　[38]特以詐詳爲予趙城:故意裝作把這幾座城償給趙國。特,故意。詳,有本作"佯"。　　　[39]共傳:公認。　　　[40]九賓:即九儀,當時外交上最隆重的禮節。《周禮·秋官大行人》鄭玄注九儀爲公、侯、伯、子、男、孤、卿、大夫、士。

[41]舍:住宿。傳:傳舍,即賓館。　　　[42]衣褐:穿粗布短衣。　　　[43]徑道:小道。亡:逃跑。

　　　秦王齋五日後,乃設九賓禮於廷,引趙使者藺相如。相如至,謂秦王曰:"秦自繆公以來二十餘君,未嘗有堅明約束者也[1]。臣誠恐見欺於王而負趙,故令人持璧歸,間至趙矣[2]。且秦彊而趙弱,大王遣一介之使至趙,趙立奉璧來。今以秦之彊而先割十五都予趙,趙豈敢留璧而得罪於大王乎?臣知欺大王之罪當誅,臣請就湯鑊[3],唯大王與群臣孰計議之[4]。"秦王與群臣相視而嘻[5]。左右或欲引相如去[6],秦王因曰:"今殺相如,終不能得璧也,而絕秦趙之驩,不如因而厚遇之[7],使歸趙,趙王豈以一璧之故欺秦邪!"卒廷見相如[8],畢禮而歸之[9]。相如既歸,趙王以爲賢大夫使不辱於諸侯,拜相如爲上大夫[10]。秦亦不以城予趙,趙亦終不予秦璧。其後秦伐趙,拔石城[11]。明年,復攻趙,殺二萬人。

秦王使使者告趙王,欲與王爲好會於西河外澠池[12]。趙王畏秦,欲毋行。廉頗、藺相如計曰:"王不行,示趙弱且怯也。"趙王遂行,相如從。廉頗送至境,與王訣曰[13]:"王行,度道里會遇之禮畢[14],還,不過三十日。三十日不還,則請立太子爲王,以絕秦望[15]。"王許之,遂與秦王會澠池。秦王飲酒酣[16],曰:"寡人竊聞趙王好音[17],請奏瑟[18]。"趙王鼓瑟。秦御史前書曰[19]:"某年月日,秦王與趙王會飲,令趙王鼓瑟。"藺相如前曰:"趙王竊聞秦王善爲秦聲,請奏盆缻秦王[20],以相娛樂。"秦王怒,不許。於是相如前進缻,因跪請秦王。秦王不肯擊缻。相如曰:"五步之內,相如請得以頸血濺大王矣!"左右欲刃相如[21],相如張目叱之[22],左右皆靡[23]。於是秦王不懌,爲一擊缻。相如顧召趙御史書曰:"某年月日,秦王爲趙王擊缻。"秦之群臣曰:"請以趙十五城爲秦王壽[24]。"藺相如亦曰:"請以秦之咸陽爲趙王壽。"秦王竟酒,終不能加勝於趙。趙亦盛設兵以待秦,秦不敢動。

既罷歸國,以相如功大,拜爲上卿,位在廉頗之右[25]。廉頗曰:"我爲趙將,有攻城野戰之大功,而藺相如徒以口舌爲勞,而位居我上,且相如素賤人[26],吾羞,不忍爲之下。"宣言曰:"我見相如,必辱之。"相如聞,不肯與會。相如每朝時,常稱病,不欲與廉頗爭列[27]。已而相如出[28],望見廉頗,相如引車避匿。於是舍人相與諫曰:"臣所以去親戚而事君者,徒慕君之高義也[29]。今君與廉頗同列[30],廉君宣惡言而君畏匿之,恐懼殊甚,且庸人尚羞之,況於將相乎!臣等不肖,請辭去。"藺相如固止之,曰:"公之視廉將軍孰與秦王[31]?"曰:

"不若也。"相如曰:"夫以秦王之威,而相如廷叱之,辱其群臣,相如雖
駑[32],獨畏廉將軍哉?顧吾念之[33],彊秦之所以不敢加兵於趙者,徒
以吾兩人在也。今兩虎共鬭,其勢不俱生。吾所以爲此者,以先國家
之急而後私讎也。"廉頗聞之,肉袒負荆[34],因賓客至藺相如門謝
罪[35]。曰:"鄙賤之人,不知將軍寬之至此也。"卒相與驩,爲刎頸之
交[36]。

　　　是歲,廉頗東攻齊,破其一軍。居二年,廉頗復伐齊幾[37],拔之。
後三年,廉頗攻魏之防陵、安陽[38],拔之。後四年,藺相如將而攻齊,
至平邑而罷[39]。其明年,趙奢破秦軍閼與下[40]。

【校注】

[1]堅明約束:堅決明確地遵守信用。　　　[2]閒:頃間。一説,閒,抄小路。
[3]請就湯鑊(huò 獲):意即受烹。鑊,大鍋。　　　[4]孰:通"熟",仔細。
[5]嘻(xī 西):苦笑聲。　　　[6]引:延請。　　　[7]不如因而厚遇之:倒不如趁此
機會善待他。　　　[8]卒廷見相如:終於在朝廷上接見相如。　　　[9]畢禮而歸
之:完成大禮之後遣送相如歸趙國。　　　[10]上大夫:大夫位列中的最高一級,僅
次於卿。　　　[11]拔石城:攻取石城。石城,在今河南林縣西南八十五里。
[12]西河:在黃河西邊。澠池:在今河南澠池西十三里。　　　[13]訣:分別時有所
期約。　　　[14]度道里會遇之禮畢:預計從前往直到會談完畢時。度,揣想,估
計。　　　[15]"則請"二句:擬立太子爲王,以斷絶秦國萬一拘留趙王來要脅敲詐
之望。　　　[16]酣:暢適。　　　[17]好音:喜歡音樂。　　　[18]奏瑟:彈琴。瑟是
與琴並稱的樂器,較琴長大,通常有二十五絃。　　　[19]御史:官名,在戰國時爲
專掌圖籍、記載國家大事的史官。　　　[20]盆瓴(fǒu 否):均爲瓦器。瓴即缶,盛酒
漿的瓦器。　　　[21]刃:刀鋒,這裏用作動詞。　　　[22]叱:呵斥。　　　[23]靡:倒
退。　　　[24]爲秦王壽:向秦王獻禮。　　　[25]右:朝見時席位以右爲尊,以左爲
卑。廉頗與藺相如同爲上卿,藺相如位置在廉頗之上。　　　[26]素賤人:相如本
是太監的家臣,出身卑賤。素,本來。　　　[27]爭列:争位次的先後。　　　[28]已
而:過了一些時候。　　　[29]高義:行爲高尚合於正義。　　　[30]同列:同位。
[31]孰與秦王:比秦王怎麼樣。孰與,何如。　　　[32]駑:愚笨。　　　[33]顧:但
是。　　　[34]肉袒負荆:袒衣露背,背着荆杖,表示服罪。荆是荆條,可以爲鞭。
[35]因:通過。　　　[36]刎頸之交:誓同生死的至交。刎,割。　　　[37]幾(qí
齊):齊邑,在今河北大名東南。　　　[38]防陵:在今河南安陽南二十里,因防水而

名。安陽:故城在今河南安陽東南四十三里。　　　［39］至平邑而罷:兵到平邑便停止了。平邑,趙地,在今河南南樂東北七里的平邑村。　　　［40］閼(è 餓)與:韓邑,後歸趙,在今山西和順西北。

　　趙奢者,趙之田部吏也[1]。收租稅而平原君家不肯出租,奢以法治之,殺平原君用事者九人[2]。平原君怒,將殺奢。奢因說曰:"君於趙爲貴公子,今縱君家而不奉公則法削,法削則國弱,國弱則諸侯加兵,諸侯加兵是無趙也,君安得有此富乎?以君之貴,奉公如法則上下平,上下平則國彊,國彊則趙固,而君爲貴戚,豈輕於天下邪?"平原君以爲賢,言之於王。王用之治國賦[3],國賦大平,民富而府庫實[4]。
　　秦伐韓,軍於閼與。王召廉頗而問曰:"可救不?"對曰:"道遠險狹,難救。"又召樂乘而問焉[5],樂乘對如廉頗言。又召問趙奢,奢對曰:"其道遠險狹,譬之猶兩鼠鬭於穴中,將勇者勝。"王乃令趙奢將,救之。兵去邯鄲三十里,而令軍中曰:"有以軍事諫者死。"秦軍軍武安西[6],秦軍鼓譟勒兵[7],武安屋瓦盡振。軍中候有一人言急救武安[8],趙奢立斬之。堅壁[9],留二十八日不行,復益增壘[10]。秦閒來入[11],趙奢善食而遣之。閒以報秦將,秦將大喜曰:"夫去國三十里而軍不行[12],乃增壘,閼與非趙地也。"趙奢既已遣秦閒,乃卷甲而趨之[13],二日一夜至,令善射者去閼與五十里而軍[14]。軍壘成,秦人聞之,悉甲而至[15]。軍士許歷請以軍事諫,趙奢曰:"内之[16]。"許歷曰:"秦人不意趙師至此[17],其來氣盛,將軍必厚集其陣以待之[18]。不然,必敗。"趙奢曰:"請受令[19]。"許歷曰:"請就鈇質之誅[20]。"趙奢曰:"胥後令邯鄲[21]。"許歷復請諫,曰:"先據北山上者勝,後至者敗。"趙奢許諾,即發萬人趨之。秦兵後至,爭山不得上,趙奢縱兵擊之,大破秦軍。秦軍解而走[22],遂解閼與之圍而歸。趙惠文王賜奢號爲馬服君[23],以許歷爲國尉[24]。趙奢於是與廉頗、藺相如同位。
　　後四年,趙惠文王卒,子孝成王立。七年[25],秦與趙兵相距長平[26],時趙奢已死,而藺相如病篤,趙使廉頗將攻秦,秦數敗趙軍,趙軍固壁不戰。秦數挑戰,廉頗不肯[27]。趙王信秦之閒[28]。秦之閒言曰:"秦之所惡,獨畏馬服君趙奢之子趙括爲將耳。"趙王因以括爲將,代廉頗。藺相如曰:"王以名使括[29],若膠柱而鼓瑟耳[30]。括徒能讀其父書傳,不知合變也[31]。"趙王不聽,遂將之。

趙括自少時學兵法,言兵事,以天下莫能當。嘗與其父奢言兵事,奢不能難[32],然不謂善[33]。括母問奢其故,奢曰:"兵,死地也,而括易言之[34]。使趙不將括即已[35],若必將之,破趙軍者必括也。"及括將行,其母上書言於王曰:"括不可使將。"王曰:"何以?"對曰:"始妾事其父,時爲將[36],身所奉飯飲而進食者以十數[37],所友者以百數[38],大王及宗室所賞賜者盡以予軍吏士大夫[39],受命之日,不問家事。今括一旦爲將,東向而朝[40],軍吏無敢仰視之者;王所賜金帛,歸藏於家,而日視便利田宅可買者買之[41]。王以爲何如其父?父子異心,願王勿遣。"王曰:"母置之[42],吾已決矣。"括母因曰:"王終遣之,即有如不稱,妾得無隨坐乎[43]?"王許諾。

趙括既代廉頗,悉更約束[44],易置軍吏[45]。秦將白起聞之,縱奇兵,詳敗走[46],而絕其糧道,分斷其軍爲二,士卒離心。四十餘日,軍餓,趙括出銳卒自博戰,秦軍射殺趙括。括軍敗,數十萬之衆遂降秦,秦悉阬之[47]。趙前後所亡凡四十五萬。明年,秦兵遂圍邯鄲,歲餘,幾不得脱。賴楚、魏諸侯來救,迺得解邯鄲之圍。趙王亦以括母先言,竟不誅也。

自邯鄲圍解五年,而燕用栗腹之謀[48],曰"趙壯者盡於長平,其孤未壯",舉兵擊趙。趙使廉頗將,擊,大破燕軍於鄗[49],殺栗腹,遂圍燕。燕割五城請和,乃聽之。趙以尉文封廉頗爲信平君[50],爲假相國[51]。

廉頗之免長平歸也,失勢之時,故客盡去。及復用爲將,客又復至。廉頗曰:"客退矣!"客曰:"吁!君何見之晚也[52]?夫天下以市道交[53],君有勢,我則從君,君無勢則去,此固其理也,有何怨乎?"居六年,趙使廉頗伐魏之繁陽[54],拔之。

趙孝成王卒,子悼襄王立,使樂乘代廉頗。廉頗怒,攻樂乘,樂乘走。廉頗遂奔魏之大梁。其明年,趙乃以李牧爲將而攻燕,拔武遂、方城。

廉頗居梁久之,魏不能信用。趙以數困於秦兵,趙王思復得廉頗,廉頗亦思復用於趙。趙王使使者視廉頗尚可用否。廉頗之仇郭開多與使者金，令毀之。趙使者既見廉頗，廉頗爲之一飯斗米肉十斤[55]，被甲上馬，以示尚可用。趙使還報王曰：“廉將軍雖老，尚善飯，然與臣坐，頃之三遺矢矣[56]。”趙王以爲老，遂不召。

　　楚聞廉頗在魏，陰使人迎之。廉頗一爲楚將，無功，曰：“我思用趙人[57]。”廉頗卒死於壽春[58]。

【校注】

[1]田部吏：徵收田賦的官吏。　　[2]用事者：掌權管事的人。　　[3]治國賦：主管全國的賦税。　　[4]府庫：國庫。　　[5]樂乘：燕將樂毅族人，先爲燕將，伐趙，爲廉頗所擒，遂爲趙將，後來趙封他爲武襄君。　　[6]軍武安西：駐紮在武安西。武安，今河北武安西南。　　[7]鼓譟勒兵：指擊鼓操練。　　[8]侯：主管刺探敵情的軍吏。　　[9]堅壁：堅守營壘。　　[10]復益增壘：加築營壘。　　[11]秦聞：秦國間諜。　　[12]去國三十里：指距離邯鄲三十里。　　[13]卷甲而趨：脱下鎧甲，卷持着迅速地趨向敵人。　　[14]去閼與五十里而軍：距離閼與五十里紮營。　　[15]悉甲而至：全軍趕來。　　[16]内之：放他進來。内，通“納”。　　[17]不意：没料到。　　[18]厚集：重點集中。　　[19]請受之：請接受他的説法。　　[20]請就鈇質之誅：請照前令的軍法處置。　　[21]胥後令邯鄲：請等待日後邯鄲（國君處）來的命令，意即不殺了。胥，通“須”，等待。　　[22]解而走：被打散而敗走。　　[23]馬服君：以馬服山爲封號。馬服山在邯鄲西北，當時封此號有國家鎮山之意。　　[24]國尉：僅次於將軍的軍官，相當於後世的都尉、校尉。　　[25]七年：當爲六年之誤，即公元前260年。　　[26]相距長平：對壘於長平。長平，今山西高平西北。　　[27]不肯：不理會秦的挑戰。　　[28]秦之間：秦國間諜的謡言。　　[29]以名使括：憑趙括的聲名來信任他。　　[30]膠柱而鼓瑟：比喻人死守教條，遇事不知變通。　　[31]合變：靈活應變。　　[32]難：駁難。　　[33]不謂善：不以爲然。　　[34]“兵，死地也”三句：用兵本來是極其危險的事，趙括卻輕忽它。易：輕忽。　　[35]即已：罷了。　　[36]時爲將：當時趙奢爲將。　　[37]“身所”句：親自捧着飲食獻給那些被供養的有幾十個。身：親自。奉：通“捧”。　　[38]所友者以百數：當朋友看的有幾百個。　　[39]盡以予軍吏士大夫：都分給僚屬及門客。　　[40]東向而朝：自己坐在高位上接受僚屬的朝見。　　[41]日視便利田宅可買者買之：每天打聽哪有便宜合適的房屋田地，可買的就買下來。　　[42]置之：意思是不要談了。　　[43]隨坐：

連坐,因別人犯罪而受牽連被懲罰。　　[44]悉更約束:把原來的章程辦法都改了。　　[45]易置軍史:更換僚屬。　　[46]詳:通“佯”,假裝。　　[47]阬:通“坑”,活埋。　　[48]栗腹:時爲燕相,鼓動燕王乘危伐趙。　　[49]鄗(hào浩):本晉邑,屬趙,故城在今河北柏鄉北。　　[50]尉文:地名。信平君:封號。[51]假相國:代理相國。　　[52]見之晚:見識落後。　　[53]市道交:市場上的交易。　　[54]繁陽:故城在今河南冥北。　　[55]爲之一飯斗米肉十斤:爲表示健康,一頓飯用斗米,十斤肉。　　[56]頃之三遺矢:一會兒拉了三回屎。[57]我思用趙人:我想爲趙國人所用。　　[58]卒死於壽春:廉頗最終也没有回到祖國,死於楚國的壽春。

李牧者,趙之北邊良將也。常居代鴈門[1],備匈奴。以便宜置吏[2],市租皆輸入莫府,爲士卒費[3]。日擊數牛饗士,習射騎,謹烽火,多閒諜,厚遇戰士。爲約曰:“匈奴即入盜,急入收保[4],有敢捕虜者斬。”匈奴每入,烽火謹,輒入收保,不敢戰。如是數歲,亦不亡失[5]。然匈奴以李牧爲怯,雖趙邊兵亦以爲吾將怯。趙王讓李牧[6],李牧如故。趙王怒,召之,使他人代將。

歲餘,匈奴每來,出戰。出戰,數不利,失亡多,邊不得田畜[7]。復請李牧。牧杜門不出,固稱疾。趙王乃復彊起使將兵。牧曰:“王必用臣,臣如前,乃敢奉令。”王許之。

李牧至,如故約。匈奴數歲無所得。終以爲怯。邊士日得賞賜而不用,皆願一戰。於是乃具選車得千三百乘[8],選騎得萬三千匹[9],百金之士五萬人[10],彀者十萬人[11],悉勒習戰[12]。大縱畜牧,人民滿野。匈奴小入,詳北不勝[13],以數千人委之[14]。單于聞之,大率衆來入。李牧多爲奇陳[15],張左右翼擊之,大破殺匈奴十餘萬騎。滅襜襤[16],破東胡[17],降林胡[18],單于奔走。其後十餘歲,匈奴不敢近趙邊城。

趙悼襄王元年,廉頗既亡入魏,趙使李牧攻燕,拔武遂、方城。居二年,龐煖破燕軍[19],殺劇辛[20]。後七年,秦破殺趙將扈輒於武遂[21],斬首十萬。趙乃以李牧爲大將軍,擊秦軍於宜安[22],大破秦軍,走秦將桓齮[23]。封李牧爲武安君。居三年,秦攻番吾[24],李牧擊破秦軍,南距韓、魏。

　　趙王遷七年[25]，秦使王翦攻趙[26]，趙使李牧、司馬尚禦之。秦多與趙王寵臣郭開金，爲反閒，言李牧、司馬尚欲反。趙王乃使趙蔥及齊將顏聚代李牧[27]。李牧不受命，趙使人微捕得李牧[28]，斬之。廢司馬尚[29]。後三月，王翦因急擊趙，大破殺趙蔥，虜趙王遷及其將顏聚，遂滅趙。

　　太史公曰：知死必勇，非死者難也，處死者難[30]。方藺相如引璧睨柱，及叱秦王左右，勢不過誅[31]，然士或怯懦而不敢發。相如一奮其氣，威信敵國，退而讓頗，名重太山，其處智勇，可謂兼之矣！

《史記》卷八一《廉頗藺相如列傳》

【校注】

[1]代鴈門：代地的雁門郡，今山西寧武以北一帶。　　[2]以便宜置吏：因實際需要，自己委任下屬官員。　　[3]"市租"二句：城市的稅收都送到李牧的帳下，作爲養兵的經費。莫府：同幕府，本是將帥出征時隨地駐紮的大帳，後用以代指將軍的辦事機構。　　[4]收保：收軍保寨，指不出戰。　　[5]亦不亡失：也沒有什麼損失。　　[6]讓：責備。　　[7]不得田畜：不能耕田畜牧。　　[8]選車：經過挑選的戰車。　　[9]選騎：經選合格的馬匹。　　[10]百金之士：指勇士。
[11]彀（gòu 購）者：能拉滿弓的人，指善射之士。彀，拉滿弓。　　[12]悉勒習戰：把這些入選的人都組織起來，訓練他們作戰的技能。　　[13]詳北不勝：假敗下來。詳，通"佯"，假裝。北，敗走。　　[14]委之：丟給他們以誘惑敵人。
[15]多爲奇陳：即多縱奇兵。　　[16]襜（dān 單）襤（lán 蘭）：代指北胡。
[17]東胡：爲北方少數民族，因在匈奴之東，故名。　　[18]林胡：也是北族的別派，活動區域在今河北張家口北面。　　[19]龐煖（xuān 宣）：趙將。　　[20]劇辛：本趙人，後爲燕將，龐煖素與辛交好，至是，擒而殺之。　　[21]武遂：今河北磁縣西南。　　[22]宜安：今河北藁城西南。　　[23]走秦將桓齮（yǐ 乙）：迫使秦將桓齮逃跑。走，使動用法，使……逃跑。　　[24]番（pán 盤）吾：今河北平山南。　　[25]趙王遷七年：公元前 229 年。趙王遷，悼襄王偃之子。　　[26]王翦：秦國名將，協助秦始皇統一全國有大功。　　[27]齊將顏聚：原爲齊將，後歸趙國。　　[28]微捕：緝拿到李牧。微，緝訪。　　[29]廢司馬尚：撤銷司馬尚的職位。廢，罷斥。　　[30]"知死必勇"三句：意思是能知道將死而不怕的，一定是勇敢的人；但死不是難事，怎樣把死處理得好，即死得有意義，纔是難事。
[31]不過誅：最多不過被殺死。

【集評】

(清)李晚芳《讀史管見》卷二《廉藺列傳》:"人徒以完璧歸趙,澠池抗秦二事,艷稱相如,不知此一才辯之士所能耳,未足以盡相如。惟觀其引避廉頗一段議論,只知有國,不知有己,深得古人公爾國爾之意,非大學問人,見不到,亦道不出,宜廉將軍聞而降心請罪也。人只知廉頗善用兵,能戰勝攻取耳,亦未足以盡廉頗;觀其與趙王訣,如期不還,請立太子以絕秦望之語,深得古人社稷爲重之旨,非大膽識,不敢出此言,非大忠大勇不敢任此事。鍾伯敬謂,二人皆有古大臣風,斯足以知廉、藺者也。篇中寫相如智勇,純是道理爛熟胸中,其揣量秦王情事,無不切中者,理也。措辭以當秦王,令其無可置喙者,亦理也。卒禮而歸之,非前倨而後恭,實理順而人服耳。觀其寫持璧睨柱處,鬚眉畢動;進瓴叱左右處,聲色如生。奇事偏得奇文以傳之,遂成一段奇話,琅琅於汗青隃糜間,千古凜凜。廉將軍居趙,事業甚多,《史》獨紀其與王訣及謝相如二事而已,非略之也。見此二事,皆非常事,足以概廉將軍矣。讀此可悟作史去取之法。"

李將軍列傳

【題解】

本文緊緊圍繞着精於奇射、勇敢作戰,熱愛士卒、不貪錢財,爲人簡易、號令不煩三個特點,刻畫了李廣這一作者理想的一代名將的英雄形象,而對李廣坎坷的一生,尤其是對他及其整個家族的悲慘結局,表現了無限的惋惜與同情,對漢代皇帝及其佞臣殘害李廣及其家族的罪行表現出極大的憤慨,對漢代的用人制度進行了有力的抨擊。同時,作者在李廣悲慘的際遇中,也寄託了自己的滿腔悲憤之情與辛酸之感。

李將軍廣者,隴西成紀人也[1]。其先曰李信[2],秦時爲將,逐得燕太子丹者也[3]。故槐里[4],徙成紀。廣家世世受射[5]。孝文帝十四年[6],匈奴大入蕭關[7],而廣以良家子從軍擊胡[8],用善騎射,殺首虜多,爲漢中郎[9]。廣從弟李蔡亦爲郎[10],皆爲武騎常侍[11],秩八百石[12]。嘗從行[13],有所衝陷折關及格猛獸[14],而文帝曰:"惜乎,子不遇時!如令子當高帝時,萬户侯豈足道哉[15]!"

及孝景初立,廣爲隴西都尉[16],徙爲騎郎將[17]。吳楚軍時[18],廣爲驍騎都尉[19],從太尉亞夫擊吳楚軍[20],取旗[21],顯功名昌邑下[22]。以梁王授廣將軍印，還，賞不行[23]。徙爲上谷太守[24]，匈奴日以合戰[25]。典屬國公孫昆邪爲上泣曰[26]："李廣才氣，天下無雙，自負其能，數與虜敵戰，恐亡之[27]。"於是乃徙爲上郡太守[28]。後廣轉爲邊郡太守[29]，徙上郡。嘗爲隴西、北地、鴈門、代郡、雲中太守[30]，皆以力戰爲名。

匈奴大入上郡，天子使中貴人從廣勒習兵擊匈奴[31]。中貴人將騎數十縱[32]，見匈奴三人，與戰。三人還射，傷中貴人，殺其騎且盡。中貴人走廣[33]。廣曰："是必射雕者也[34]。"廣乃遂從百騎往馳三人。三人亡馬步行，行數十里。廣令其騎張左右翼，而廣身自射彼三人者，殺其二人，生得一人，果匈奴射雕者也。已縛之上馬，望匈奴有數千騎，見廣，以爲誘騎，皆驚，上山陳[35]。廣之百騎皆大恐，欲馳還走。廣曰："吾去大軍數十里，今如此以百騎走，匈奴追射我立盡。今我留，匈奴必以我爲大軍之誘[36]，必不敢擊我。"廣令諸騎曰："前！"前未到匈奴陳二里所，止，令曰："皆下馬解鞍！"其騎曰："虜多且近，即有急，奈何？"廣曰："彼虜以我爲走，今皆解鞍以示不走，用堅其意[37]。"於是胡騎遂不敢擊。有白馬將出護其兵[38]，李廣上馬與十餘騎奔射殺胡白馬將，而復還至其騎中，解鞍，令士皆縱馬臥。是時會暮，胡兵終怪之，不敢擊。夜半時，胡兵亦以爲漢有伏軍於旁欲夜取之，胡皆引兵而去。平旦，李廣乃歸其大軍。大軍不知廣所之，故弗從。

【校注】

[1]成紀：漢所置縣，故治在今甘肅秦安北三十里。初屬隴西郡（今甘肅東部），故云隴西成紀。　　[2]先：祖先。　　[3]逐得燕太子丹者：戰國時燕太子丹派荊軻去刺秦王，不中。秦發兵擊燕，秦將李信追太子丹，燕王斬太子丹頭獻給李信。逐得，追獲。　　[4]故槐里：原籍是槐里，今陝西興平東南。　　[5]世世受射：世代都熟悉射法。受，學習、傳授。　　[6]孝文帝十四年：即公元前166年。[7]匈奴大入蕭關：匈奴大舉進攻蕭關。匈奴，當時北方民族。大入，大舉進入。蕭關，在今甘肅環縣西北，爲當時關中四塞之一。　　[8]良家子：家世清白人家的子弟。漢制，醫、巫、商、賈不得列入良家。　　[9]"用善"三句：因爲善奇射，多斬敵首和多虜獲，拔爲漢中郎官。用：因爲。中郎：郎中令屬官，掌守門户，出充車騎，秩比六百石。　　[10]從弟：堂弟。　　[11]武騎常侍：皇帝侍從官。兩句謂

二人皆爲郎而補武騎常侍。　　　[12]秩八百石:漢代俸禄的一種。　　　[13]嘗從行:曾經從文帝行。　　　[14]有所衝陷折關及格猛獸:有好多方面表現他的英勇。格,格鬬。　　　[15]"如令子"二句:意思是假使你生在高帝争天下的時候,做個萬户侯算不得什麽。萬户侯:封邑萬户的侯爵。　　　[16]隴西都尉:即隴西郡尉,掌管該郡武事。　　　[17]騎郎將:統帥騎郎(騎馬護從皇帝車駕的郎官)的將領。[18]吴楚君:指景帝三年(前154)爆發的吴楚七國之亂,後被周亞夫削平。[19]驍騎都尉:率領驍騎的都尉。　　　[20]"從太尉"句:指吴楚七國反時,太尉周亞夫爲主帥,李廣從行。　　　[21]旗:指敵人的旗。　　　[22]昌邑:今山東金鄉西北。　　　[23]"以梁王"三句:李廣以漢將私受梁王授他的將軍印,故還軍後漢朝廷以爲功不抵過,其賞不行。　　　[24]上谷:戰國燕置上谷郡,秦漢時治所在沮陽(今河北懷來東南)。　　　[25]日以合戰:每天來和李廣交戰。　　　[26]典屬國:處理外族降人的官。公孫:姓。昆(hún渾)邪:名。爲上泣:向景帝哭泣。[27]亡:失去。　　　[28]上郡:戰國魏置,秦漢時治所在膚施(今陝西榆林東南)。[29]"後廣轉爲"句:言李廣從上谷太守歷轉沿邊諸郡太守,然後乃徙上郡太守。[30]北地:秦置郡名,治所在義渠(今甘肅慶陽西南)。鴈門:郡名,秦、西漢治所在善無(今山西右玉東南)。代郡:秦、西漢治所在代縣(今河北蔚縣東北)。雲中:戰國趙置郡,秦、西漢治所在雲中(今内蒙古托克托)。　　　[31]天子:指漢景帝。中貴人:指皇帝寵幸的太監。勒習兵:受部勒(約束),習軍事。　　　[32]縱:縱騎赴敵。　　　[33]走廣:逃到李廣跟前,訴説經過。　　　[34]射雕者:專射雕鳥的能手。雕,猛禽,非善射者不能射中。　　　[35]上山陳:上山列陣。陳,通"陣"。[36]爲大軍之誘:匈奴以爲我們是爲大軍設誘,吸引他們中埋伏。　　　[37]用堅其意:我們故意不走,以使他們堅定地認爲我們是誘騎。　　　[38]白馬將:騎白馬的胡將。

　　居久之,孝景崩,武帝立,左右以爲廣名將也,於是廣以上郡太守爲未央衛尉[1],而程不識亦爲長樂衛尉[2]。程不識故與李廣俱以邊太守將軍屯[3]。及出擊胡,而廣行無部伍行陳[4],就善水草屯[5],舍止[6],人人自便,不擊刀斗以自衛[7],莫府省約文書籍事[8],然亦遠斥候[9],未嘗遇害。程不識正部曲行伍營陳[10],擊刀斗,士吏治軍簿至明[11],軍不得休息,然亦未嘗遇害。不識曰:"李廣軍極簡易,然虜卒犯之,無以禁也[12];而其士卒亦佚樂[13],咸樂爲之死。我軍雖煩擾,然虜亦不得犯我。"是時漢邊郡李廣、程不識皆爲名將,然匈奴畏李廣之略[14]，士卒亦多樂從李廣而苦程不識。程不識孝景時以數直諫爲太中大夫[15]。爲人廉，謹於文法[16]。

後漢以馬邑城誘單于[17]，使大軍伏馬邑旁谷，而廣爲驍騎將軍，領屬護軍將軍[18]。是時單于覺之，去，漢軍皆無功[19]。其後四歲，廣以衛尉爲將軍，出鴈門擊匈奴[20]。匈奴兵多，破敗廣軍，生得廣。單于素聞廣賢，令曰："得李廣必生致之[21]。"胡騎得廣，廣時傷病，置廣兩馬間，絡而盛臥廣[22]。行十餘里，廣詳死[23]，睨其旁有一胡兒騎善馬[24]，廣暫騰而上胡兒馬[25]，因推墮兒，取其弓，鞭馬南馳數十里，復得其餘軍，因引而入塞[26]。匈奴捕者騎數百追之，廣行取胡兒弓，射殺追騎，以故得脫。於是至漢，漢下廣吏[27]。吏當廣所失亡多[28]，爲虜所生得，當斬，贖爲庶人[29]。

頃之[30]，家居數歲。廣家與故潁陰侯孫屏野居藍田南山中射獵[31]。嘗夜從一騎出，從人田間飲。還至霸陵亭[32]，霸陵尉醉[33]，呵止廣。廣騎曰："故李將軍。"尉曰："今將軍尚不得夜行，何乃故也！"止廣宿亭下。居無何[34]，匈奴入殺遼西太守[35]，敗韓將軍[36]，後韓將軍徙右北平[37]。於是天子乃召拜廣爲右北平太守。廣即請霸陵尉與俱，至軍而斬之。

廣居右北平，匈奴聞之，號曰"漢之飛將軍"，避之數歲，不敢入右北平。

廣出獵，見草中石，以爲虎而射之，中石沒鏃[38]，視之石也。因復更射之，終不能復入石矣。廣所居郡聞有虎，嘗自射之。及居右北平射虎，虎騰傷廣，廣亦竟射殺之。

廣廉，得賞賜輒分其麾下[39]，飲食與士共之。終廣之身，爲二千石四十餘年，家無餘財，終不言家產事。廣爲人長，猨臂[40]，其善射亦天性也，雖其子孫他人學者，莫能及廣。廣訥口少言[41]，與人居則畫地爲軍陳，射闊狹以飲[42]。專以射爲戲，竟死[43]。

廣之將兵，乏絕之處，見水，士卒不盡飲，廣不近水，士卒不盡食，廣不嘗食。寬緩不苛，士以此愛樂爲用。其射，見敵急，非在數十步之內，度不中不發，發即應弦而倒。用此，其將兵數困辱，其射猛獸亦爲所傷云[44]。

【校注】

[1]未央衛尉:未央宮(皇帝所居)禁衛軍的長官。　　　[2]長樂衛尉:長樂宮(太后所居)禁衛軍的長官。　　　[3]"程不識"句:程不識從前與李廣都任邊郡太守而兼管軍防屯紮諸事。　　　[4]廣行(xíng刑)無部武行(háng航)陳:李廣行軍,没有嚴格的編制和行列陣勢。　　　[5]就善水草:選擇有好水草的地方。　　　[6]舍:留居,留宿。　　　[7]刀(diāo刁)斗:銅鍋。《史記集解》引孟康曰:"以銅作鐎器,受一斗,晝炊飯食,夜擊持行,名曰刀斗。"　　　[8]"莫府"句:幕府把軍中的文書簿籍等事一切簡化。莫府:即幕府。省:簡省。約:節約。　　　[9]遠斥候:在前綫遠遠地佈置哨兵。斥候就是偵察敵人的哨兵。斥,偵察。候,窺視。　　　[10]正部曲行伍營陳:嚴肅地約束手下的部隊,整頓編制和軍規。正,整齊劃一。那時的將軍領兵都有部曲,大將軍營五部,部有校尉一人;部下有曲,曲有軍候一人;曲下有屯,屯有屯長一人。　　　[11]治軍簿至明:辦理軍事文書直到天亮。
[12]"然虜卒犯"兩句:敵人驟然來犯,也奈何不了他。卒:通"猝",突然。禁:干涉。　　　[13]佚樂:同逸樂。　　　[14]略:策略。　　　[15]太中大夫:掌議論的官。　　　[16]謹於文法:謹守文書法度,毫不苟且。　　　[17]"後漢"句:武帝元光二年(前133)漢朝派馬邑人聶壹去誘惑單于,自稱願給單于做內應。單于相信了他,帶十萬騎兵進攻馬邑。　　　[18]"而廣爲"兩句:驍騎和護軍都是當時將軍的冠號。冠號的將軍不常設,有征伐始命之。當時李廣爲驍騎將軍,韓安國爲護國將軍,廣受安國節制,故云領屬護國將軍。　　　[19]"是時"三句:當時匈奴單于抓住漢朝的一個尉吏(武官),從他口裏知道漢兵埋伏在山谷中,隨即退回。漢人發覺以後,派兵去追,没有追着。　　　[20]其後四歲:爲元光六年(前129)。出鴈門:從鴈門山北出。鴈門山在今山西代縣西北三十五里。　　　[21]生致之:把活的送來。　　　[22]"置廣"兩句:用繩子結成的絡子把李廣套住,這絡子就張在兩匹馬之間。　　　[23]詳:通"佯",假裝。　　　[24]睨:斜視。　　　[25]暫:突然。
[26]入塞:進入鴈門。　　　[27]下廣吏:把李廣交給執法官審問。　　　[28]當:判決。　　　[29]贖爲庶人:納金贖免斬刑,削去官位,降爲平民。　　　[30]頃之:不久。　　　[31]故潁陰侯孫:已故的潁陰侯灌嬰之孫,名强。屏野:退隱田野。藍田南山:今陝西藍田終南山。　　　[32]霸陵亭:守護霸陵的亭驛。霸陵,今陝西長安縣東。　　　[33]尉:主辦盜賊的地方官吏。　　　[34]居無何:過了不久。
[35]匈奴入殺遼西太守:匈奴入邊,殺害了遼西太守。遼西,戰國燕置郡,秦漢時治所在陽樂(今遼寧義縣西)。　　　[36]韓將軍:指韓安國。時駐守漁陽(今北京密雲西南)。　　　[37]"後韓"句:武帝怒韓安國之敗,派使者斥責他,使屯於右北平(漁陽東北)。　　　[38]中石没鏃:箭射入石内,整個箭頭都陷進去。没,陷入。

[39]麾下：部下。　　[40]猨臂：説他的左右臂可以自由延伸，像長臂猿那樣。猨，同"猿"。　　[41]訥：不善言辭。　　[42]射闊狹以飲：比較射程的遠近來賭酒。　　[43]竟死：直到死。　　[44]"用此"三句：因此，他領兵出戰屢次吃虧受辱，射虎也被虎撲傷了。

居頃之，石建卒[1]，於是上召廣代建爲郎中令。元朔六年[2]，廣復爲後將軍，從大將軍軍出定襄[3]，擊匈奴。諸將多中首虜率[4]，以功爲侯者，而廣軍無功。後二歲，廣以郎中令將四千騎出右北平，博望侯張騫將萬騎與廣俱[5]，異道。行可數百里，匈奴左賢王將四萬騎圍廣，廣軍士皆恐，廣乃使其子敢往馳之。敢獨與數十騎馳，直貫胡騎[6]，出其左右而還，告廣曰："胡虜易與耳[7]。"軍士乃安。廣爲圜陳外嚮[8]，胡急擊之，矢下如雨。漢兵死者過半，漢矢且盡。廣乃令士持滿毋發，而廣身自以大黄射其裨將[9]，殺數人，胡虜益解。會日暮，吏士皆無人色，而廣意氣自如，益治軍[10]。軍中自是服其勇也。明日，復力戰，而博望侯軍亦至，匈奴軍乃解去。漢軍罷[11]，弗能追。是時廣軍幾没，罷歸。漢法，博望侯留遲後期，當死，贖爲庶人。廣軍功自如[12]，無賞。

初，廣之從弟李蔡與廣俱事孝文帝。景帝時，蔡積功勞至二千石。孝武帝時，至代相[13]。以元朔五年爲輕車將軍[14]，從大將軍擊右賢王[15]，有功中率[16]，封爲樂安侯[17]。元狩二年中，代公孫弘爲丞相[18]。蔡爲人在下中，名聲出廣下甚遠，然廣不得爵邑，官不過九卿[19]，而蔡爲列侯，位至三公[20]。諸廣之軍吏及士卒或取封侯。廣嘗與望氣王朔燕語[21]，曰："自漢擊匈奴而廣未嘗不在其中，而諸部校尉以下[22]，才能不及中人，然以擊胡軍功取侯者數十人，而廣不爲後人[23]，然無尺寸之功以得封邑者，何也？豈吾相不當侯邪[24]？且固命也？"朔曰："將軍自念，豈嘗有所恨乎[25]？"廣曰："吾嘗爲隴西守，羌嘗反[26]，吾誘而降，降者八百餘人，吾詐而同日殺之。至今大恨獨此耳。"朔曰："禍莫大於殺已降，此乃將軍所以不得侯者也。"

後二歲，大將軍、驃騎將軍大出擊匈奴[27]，廣數自請行[28]。天子以爲老，弗許；良久乃許之，以爲前將軍。是歲，元狩四年也。

　　廣既從大將軍青擊匈奴,既出塞,青捕虜知單于所居,乃自以精兵走之[29],而令廣并於右將軍軍,出東道[30]。東道少回遠[31],而大軍行水草少,其勢不屯行[32]。廣自請曰:“臣部爲前將軍,今大將軍乃徙令臣出東道,且臣結髮而與匈奴戰,今乃一得當單于[33],臣願居前,先死單于[34]。”大將軍青亦陰受上誡,以爲李廣老,數奇[35],毋令當單于,恐不得所欲[36]。而是時公孫敖新失侯[37],爲中將軍從大將軍,大將軍亦欲使敖與俱當單于,故徙前將軍廣[38]。廣時知之,固自辭於大將軍。大將軍不聽,令長史封書與廣之莫府,曰:“急詣部,如書[39]。”廣不謝大將軍而起行[40],意甚慍怒而就部,引兵與右將軍食其合軍出東道。軍亡導[41],或失道[42],後大將軍。大將軍與單于接戰,單于遁走,弗能得而還。南絶幕[43],遇前將軍、右將軍。廣已見大將軍,還入軍。大將軍使長史持糒醪遺廣[44],因問廣、食其失道狀,青欲上書報天子軍曲折。廣未對,大將軍使長史急責廣之幕府對簿[45]。廣曰:“諸校尉無罪,乃我自失道。吾今自上簿。”

　　至莫府,廣謂其麾下曰:“廣結髮與匈奴大小七十餘戰,今幸從大將軍出接單于兵,而大將軍又徙廣部行回遠,而又迷失道,豈非天哉!且廣年六十餘矣,終不能復對刀筆之吏[46]。”遂引刀自剄。廣軍士大夫一軍皆哭。百姓聞之,知與不知,無老壯皆爲垂涕。而右將軍獨下吏,當死,贖爲庶人。

【校注】

[1]石建:武帝時的郎中令(掌管宮殿門户的官員)。　　[2]元朔六年:公元前123年。　　[3]從大將軍軍:從屬於大將軍的指揮。大將軍,指衛青。武帝衛后同母弟。　　[4]中首虜率:斬首虜獲合格。率,標準,規格。　　[5]張騫:漢中人,武帝初年爲郎,應募通西域,以功封博望侯。《史記》卷一一一、一二三,《漢書》卷六一有傳。　　[6]直貫胡騎:一直穿過匈奴的圍兵。　　[7]易與:容易對付。[8]圜陳外嚮:圜形的陣勢,列陣的士兵都面向外邊。　　[9]“而廣”句:李廣親自執着大黃弩射擊匈奴的偏裨將校。　　[10]益治軍:更加注意整理軍隊。[11]罷:通“疲”。　　[12]軍功自如:功過相當。　　[13]代相:代國的相。代在今河北蔚縣東北及山西北部。　　[14]元朔五年爲輕車將軍:元朔五年,公元前124年。輕車將軍,戰前臨時所封的將軍,屬於雜號將軍。　　[15]大將軍:指

衛青。　　　[16]中率:合格。　　　　[17]樂安:漢所置縣,在今山東博興北。
[18]公孫弘:字季,薛人,武帝初爲博士,元朔中爲丞相。元狩二年,弘死,李蔡代
爲丞相。　　　[19]九卿:漢時以太常、光禄勳、衛尉、太僕、廷尉、宗正、大司農、少
府、鴻臚爲九卿,位在三公下。　　　[20]三公:漢時以丞相、太尉、御史大夫爲三
公。　　　[21]王朔:當時有名的天文家,善於占候。望氣:即占候。燕語:私下交
談。燕,私。　　　[22]諸部校尉以下:指軍吏士卒。　　　[23]不爲後人:不算比人
家落後。　　　[24]相:指骨相。　　　[25]恨:遺憾。　　　[26]羌:漢時住在隴西一
帶的少數民族。　　　[27]大將軍:指衛青。驃騎將軍:指霍去病,霍去病是衛青姊
姊的兒子。　　　[28]數(shuò 碩):多次。　　　[29]走之:追單于。　　　[30]"而
令"二句:命令李廣所率部隊與右將軍食其所率部隊合併前進,從東路出兵。
[31]少回遠:稍稍迂回遥遠些。　　　　[32]不屯行:不能並隊行進。　　　[33]"且
臣"二句:我自幼就同匈奴作戰,如今才得到機會與單于主力對陣。結髮:古代男
子二十歲時結髮於頭。當:遇到。　　　[34]先死單于:當先和單于拼一死戰。
[35]數奇(jī 機):命數不好。奇,單數,古代以單數爲不吉。　　　　[36]恐不得所
欲:恐怕不能得到預期的勝利。　　　　[37]"公孫敖"句:公孫敖初爲騎郎,與衛青友
好,曾救青脱難。及青貴,敖亦以護軍都尉三次從青擊匈奴有功,封合騎侯。
[38]"大將軍"二句:衛青爲報私恩,故使敖與自己俱當單于,可以僥倖得功封侯,
而徙前將軍李廣并右將軍的軍中。　　　　[39]"急詣"二句:趕快到右將軍的軍部
去,按照文書所説的辦。　　　[40]不謝:不辭別。　　　[41]亡導:失去嚮導。
[42]或失道:迷惑而失去方向。或,通"惑"。　　　[43]南絶幕:渡過沙漠南還。
絶,橫渡。幕,沙漠。　　　[44]糒(bèi 倍)醪(láo 牢):糒,乾糧。醪,酒漿。
[45]對簿:受審。　　　[46]刀筆之吏:管文書的官。古時文書寫在簡牘上,用筆書
寫,用刀削誤字。

　　廣子三人,曰當户、椒、敢,爲郎。天子與韓嫣戲[1],嫣少不
遜[2],當户擊嫣,嫣走。於是天子以爲勇。當户早死,拜椒爲代郡太
守,皆先廣死。當户有遺腹子名陵。廣死軍時,敢從驃騎將軍。廣死
明年,李蔡以丞相坐侵孝景園壖地[3],當下吏治,蔡亦自殺,不對
獄[4],國除。李敢以校尉從驃騎將軍擊胡左賢王,力戰,奪左賢王鼓
旗,斬首多,賜爵關内侯[5],食邑二百户,代廣爲郎中令。頃之,怨大
將軍青之恨其父[6],乃擊傷大將軍,大將軍匿諱之[7]。居無何,敢從
上雍[8],至甘泉宫獵[9]。驃騎將軍去病與青有親[10],射殺敢。去病

時方貴幸，上諱云鹿觸殺之[11]。居歲餘，去病死。而敢有女爲太子中人[12]，愛幸，敢男禹有寵於太子。然好利，李氏陵遲衰微矣[13]。

李陵既壯，選爲建章監[14]，監諸騎。善射，愛士卒。天子以爲李氏世將[15]，而使將八百騎。嘗深入匈奴二千餘里，過居延視地形[16]，無所見虜而還。拜爲騎都尉[17]，將丹陽楚人五千人[18]，教射酒泉、張掖以屯衛胡[19]。數歲，天漢二年秋[20]，貳師將軍李廣利將三萬騎擊匈奴右賢王於祁連天山[21]，而使陵將其射士步兵五千人出居延北可千餘里，欲以分匈奴兵，毋令專走貳師也[22]。陵既至期還，而單于以兵八萬圍擊陵軍。陵軍五千人，兵矢既盡，士死者過半，而所殺傷匈奴亦萬餘人。且引且戰[23]，連鬬八日，還未到居延百餘里，匈奴遮狹絕道[24]，陵食乏而救兵不到，虜急擊招降陵。陵曰：“無面目報陛下。”遂降匈奴。其兵盡没，餘亡散得歸漢者四百餘人。單于既得陵，素聞其家聲，及戰又壯，乃以其女妻陵而貴之。漢聞，族陵母妻子[25]。自是之後，李氏名敗，而隴西之士居門下者皆用爲恥焉。

太史公曰：《傳》曰：“其身正，不令而行；其身不正，雖令不從[26]。”其李將軍之謂也？余睹李將軍悛悛如鄙人[27]，口不能道辭。及死之日，天下知與不知，皆爲盡哀。彼其忠實心誠信於士大夫也[28]？諺曰：“桃李不言，下自成蹊[29]。”此言雖小，可以諭大也。

《史記》卷一〇九《李將軍列傳》

【校注】

[1]韓嫣：韓王信的兒子，漢武帝的弄臣。武帝爲膠東王時，就跟韓嫣很親近，及爲太子，益寵倖他。即位後，常與他同起同卧，官至上大夫，後爲太后賜死。
[2]少不遜：稍稍有些放肆。　　[3]“李蔡”句：李蔡因爲侵佔景帝陵園神道外邊空隙地帶的罪名。壖：餘地。　　[4]不對獄：不願對簿就獄。　　[5]關内侯：下於列侯一等，有侯號，居京畿，無國邑，故名。　　[6]恨：害死。　　[7]匿諱之：隱瞞其事，不肯張揚。　　[8]從上雍：從皇帝至雍。雍，漢置雍縣，在今陝西鳳翔南。　　[9]甘泉宫：本秦之離宫，爲漢武帝游獵避暑的地方。　　[10]“驃騎將軍”句：霍去病是衛青的外甥。　　[11]上諱云鹿觸殺之：皇帝諱言去病殺李敢，而稱李敢被鹿撞死。　　[12]中人：没有位號的宮妾。　　[13]陵遲衰微：頽敗不振。　　[14]建章監：督帶建章營羽林騎郎的長官，隸屬郎中令。　　[15]世

將:世代帶兵。　　　[16]居延:即今内蒙古額濟納旗居延海。視地形:視察當地的
地形。　　　[17]騎都尉:掌管羽林軍,秩比二千石。　　　　[18]將丹陽楚人五千人:
帶領丹陽治下的楚人五千名。　　　　[19]酒泉:今屬甘肅。張掖:今屬甘肅。屯衞:
屯兵防衞。　　　[20]天漢:武帝年號,二年爲公元前99年。　　　　[21]貳師將軍李
廣利:武帝李夫人之兄。祁連天山:即祁連山。　　　[22]走:趨赴。　　　[23]且引
且戰:一邊後退,一邊作戰。　　　[24]遮狹絶道:遮斷了砂磧間的狹路,把李陵的歸
路斷絶了。　　　[25]族陵母妻子:把李陵母親、妻子、孩子都殺了。　　　[26]“其身
正”四句:語出《論語·子路》篇。　　　[27]悛悛如鄙人:誠誠懇懇像個質樸的鄉
里人。　　　[28]“彼其”句:他那忠實的心確已使一般士大夫爲之感動。
[29]桃李不言,下自成蹊:桃子和李子都不講話,說自己多麽好吃,可是人家自然
會去採食,把桃李樹下面的泥地走出一條小路來。

【集評】

　　(明)凌稚隆《史記評林》卷一〇九引楊慎語:“此傳綜叙其事實,以著其才略意
氣之所以然;又旁及軍士吏卒之得志,以致其畸世不平之意,讀之使人感慨。”
　　(明)茅坤《史記鈔》:“李將軍於漢最爲名將,而卒無功,故太史公極意摹寫,感
慨淋漓,悲咽可涕。”

游俠列傳

【題解】

　　游俠産生於動蕩不安的春秋戰國時期,興盛於法制不健全、冤獄横生的秦漢之
際。他們衝破法網的束縛,不顧個人安危,替人排難解紛,申冤復仇,扶危濟困,使封
建統治者深感不安,因而屢屢遭受打擊鎮壓。司馬遷懷着敬仰之情爲他們立傳,大
唱讚歌,此舉顯然與正統的意識形態背道而馳,難怪班固要指責他“退處士而進姦
雄”,兩千多年來一直受到某些非議。文章採用點面結合的手法,精心塑造了朱家、
劇孟、郭解三個游俠典型,其中又略寫朱、劇,詳寫郭解,從而成功地凸顯了游俠這
個特殊群體的特徵、影響及其悲劇結局的社會原因。

　　韓子曰:“儒以文亂法,而俠以武犯禁[1]。”二者皆譏,而學士多稱
於世云[2]。至如以術取宰相卿大夫[3],輔翼其世主[4],功名俱著於春
秋[5],固無可言者。及若季次、原憲[6],閭巷人也,讀書懷獨行君子之

德[7]，義不苟合當世[8]，當世亦笑之。故季次、原憲終身空室蓬户[9]，褐衣疏食不厭[10]，死而已四百餘年，而弟子志之不倦[11]。今游俠，其行雖不軌於正義[12]，然其言必信，其行必果[13]，已諾必誠，不愛其軀，赴士之阨困[14]，既已存亡死生矣，而不矜其能[15]，羞伐其德[16]，蓋亦有足多者焉[17]。且緩急[18]，人之所時有也。

太史公曰：昔者虞舜窘於井廪[19]，伊尹負於鼎俎[20]，傅説匿於傅險[21]，吕尚困於棘津[22]，夷吾桎梏[23]，百里飯牛[24]，仲尼畏匡[25]，菜色陳、蔡[26]。此皆學士所謂有道仁人也，猶然遭此菑，況以中材而涉亂世之末流乎[27]？其遇害何可勝道哉！

鄙人有言曰[28]："何知仁義，已饗其利者爲有德。"故伯夷醜周，餓死首陽山[29]，而文武不以其故貶王[30]；跖、蹻暴戾[31]，其徒誦義無窮。由此觀之，"竊鉤者誅，竊國者侯，侯之門仁義存[32]"非虛言也。

今拘學或抱咫尺之義[33]，久孤於世，豈若卑論儕俗[34]，與世沈浮而取榮名哉！而布衣之徒[35]，設取予然諾[36]，千里誦義，爲死不顧世[37]，此亦有所長，非苟而已也。故士窮窘而得委命[38]，此豈非人之所謂賢豪閒者邪[39]？誠使鄉曲之俠[40]，予季次、原憲比權量力[41]，效功於當世[42]，不同日而論矣[43]。要以功見言信[44]，俠客之義又曷可少哉！

古布衣之俠，靡得而聞已。近世延陵、孟嘗、春申、平原、信陵之徒[45]，皆因王者親屬，藉於有土卿相之富厚[46]，招天下賢者，顯名諸侯，不可謂不賢者矣。比如順風而呼，聲非加疾，其勢激也。至如閭巷之俠，脩行砥名[47]，聲施於天下[48]，莫不稱賢，是爲難耳。然儒、墨皆排擯不載[49]。自秦以前，匹夫之俠，湮滅不見，余甚恨之。以余所聞，漢興有朱家、田仲、王公、劇孟、郭解之徒，雖時扞當世之文罔[50]，然其私義廉絜退讓，有足稱者。名不虛立，士不虛附。至如朋黨宗彊比周[51]，設財役貧[52]，豪暴侵凌孤弱，恣欲自快[53]，游俠亦醜之。余悲世俗不察其意，而猥以朱家、郭解等令與暴豪之徒同類而共笑之也[54]。

【校注】

[1]韓子：韓非，戰國末期韓國人，曾與李斯俱受學於荀况，爲法家學派的集大成

者,著有《韓非子》。《史記》卷六三有傳。"儒以文亂法"二句:出自《韓非子·五蠹》。　　[2]學士:指儒家學者。　　[3]以術取宰相卿大夫:指公孫弘、張湯等人。公孫弘以儒術爲丞相,張湯爲御史大夫,皆善阿諛,名顯一時,深爲司馬遷所不滿。　　[4]輔翼:輔助。　　[5]春秋:泛指史書。　　[6]季次、原憲:二人皆爲孔子弟子,終身不仕。　　[7]獨行君子:獨守節操,不隨波逐流的人。[8]義不苟合當世:堅持正義,不隨便地附和當時的不合理事情。　　[9]空室蓬户:空無一物的房子,用荆條編織成的門,極言二人的貧困狀況。　　[10]褐衣疏食不厭:意思是連最低的生活條件都得不到滿足。褐衣,粗布衣服。疏食,粗糙的飯菜。厭,同"饜",滿足。　　[11]志之不倦:指一直不斷有人懷念他們。志,懷念。倦,衰歇。　　[12]軌:符合。　　[13]必果:一定做得到。果,成爲事實,實現。　　[14]赴士之阨困:奔赴解決人家的急難。　　[15]矜:誇大。　　[16]伐:自誇。　　[17]有足多者:有許多值得稱讚的地方。多,稱讚。　　[18]緩急:偏義復詞,指急難。　　[19]虞舜窘於井廩:傳説舜未稱帝時,他的父親瞽叟偏愛後妻之子象,常常要謀害他,曾叫他補倉廩、打井,待舜上了倉頂時就趁機拿掉梯子並放火燒倉廩,在舜到達井底時就推土填井,但舜都機智逃脱了,没有被害死。事見《史記·五帝本紀》。窘,受困。　　[20]伊尹負於鼎俎:相傳商湯賢相伊尹耕於有莘之野,當過廚工。事見《史記·殷本紀》。鼎,煮飯用的鍋。俎,切菜板。[21]傅説匿於傅險:商王武丁的賢相傅説在遇見武丁之前曾隱居在傅險替人築墻。事見《史記·殷本紀》。匿,隱藏。傅險,即傅巖,在今山西平陸東,一名隱賢社。　　[22]吕尚困於棘津:吕尚,即姜尚,周朝的開國功臣,曾輔佐周武王滅商,後封於齊。傳説吕尚一直不得志,七十歲時還在棘津擺小飲食攤子維持生活。事見《史記·齊太公世家》。棘津,今河南延津東北,已湮没。　　[23]夷吾桎梏:管夷吾,字仲,春秋時齊桓公的名相,輔佐齊桓公稱霸於諸侯。未遇齊桓公之前,管仲曾爲公子糾臣,助公子糾與桓公争王位,失敗後逃往魯國。桓公令魯國殺公子糾,而將管仲解回齊國。後來,管仲被釋放並受到重用。事見《史記·齊太公世家》。桎梏,指其兵敗被囚事。　　[24]百里飯牛:百里奚爲春秋時秦穆公的名相,曾輔佐秦穆公稱霸西戎。未發迹時,百里奚曾替人牧牛。事見《史記·秦本紀》。飯牛,喂牛。　　[25]仲尼畏匡:孔子周游列國經過匡邑(在今河南長垣西南,當時屬衛國)時,被當地居民誤以爲是曾經侵略過他們的魯國陽虎,從而被圍困,後來弄清纔被釋放。事見《史記·孔子世家》。畏,受到驚嚇。　　[26]菜色陳、蔡:孔子打算去楚國,陳、蔡兩國怕孔子去楚於己不利,於是發兵圍困之,使之絶糧七日,從人皆不能起,後楚兵來救,始免此難。菜色,指面黄肌瘦。[27]末流:末世,衰世。　　[28]鄙人:百姓。　　[29]伯夷醜周:伯夷,商末人,因不滿周武王伐紂,隱居於首陽山,又因以食周粟爲恥,餓死。事見《史記·伯夷列傳》。醜,以爲可恥。　　　[30]文武:周文王、周武王。貶王:損害他們作爲一個王者的聲譽。　　　[31]跖、蹻:傳説爲春秋戰國時期橫行天下的兩個大盜。

[32]"竊鉤者誅"三句:出自《莊子·胠篋篇》。鉤,衣帶鉤。　　　[33]拘學:拘於一孔之見不知變通的學者。抱咫尺之義:固守自己信奉的狹隘的教條。

[34]卑論儕俗:放低論調,與世俗相同。儕,等同。　　　[35]布衣之徒:平民百姓,這裏指游俠。　　　[36]設取予然諾:重視收受與給予,信守諾言。設,重視。

[37]爲死不顧世:爲救助別人不怕犧牲,不考慮世人的議論。　　　[38]委命:託身,依靠。　　　[39]賢豪閒者:賢才豪傑中的人物。閒,中間,其中。　　　[40]鄉曲之俠:鄉間的土霸王。　　　[41]比權量力:比較(儒者和俠者)社會地位和影響力的大小。　　　[42]效功:貢獻。　　　[43]同日而論:同日而語,相提並論。

[44]功見言信:事情辦得到,説話守信用。　　　[45]延陵、孟嘗、春申、平原、信陵之徒:延陵,春秋時吳國公子季札封於延陵,世稱延陵季子。季札出使中原時路過徐國,徐君喜好季札的佩劍,季札因爲禮節需要不能當即贈他,但心已許之。等季札返回時,徐君已死,季札就把寶劍挂到徐君的墳上,表示自己重然諾。事見《史記·吳太伯世家》。孟嘗、春申、平原、信陵,稱"戰國四公子",皆以好客養士聞名天下,門下各有數千食客。　　　[46]有土:有封地。　　　[47]砥名:培養名聲。砥,打磨。　　　[48]聲施(yì 亦):名聲傳播。　　　[49]儒、墨皆排擯不載:儒家墨家的著述中都没有記載過閭巷之俠的事迹。排擯,排斥。　　　[50]扞:抵觸,違反。文罔:法網,法律。　　　[51]朋黨宗彊:結黨橫行的彊宗豪族。比周:相互勾結。　　　[52]設財役貧:依仗自己的錢財多奴役窮人。　　　[53]恣欲:縱欲。

[54]猥:曲,誤。

　　魯朱家者[1],與高祖同時。魯人皆以儒教,而朱家用俠聞[2]。所藏活豪士以百數,其餘庸人不可勝言[3]。然終不伐其能,歆其德[4],諸所嘗施,唯恐見之。振人不贍[5],先從貧賤始。家無餘財,衣不完采[6],食不重味[7],乘不過軥牛[8]。專趨人之急,甚己之私。既陰脱季布將軍之阸[9],及布尊貴,終身不見也。自關以東,莫不延頸願交焉。

　　楚田仲以俠聞,喜劍,父事朱家[10],自以爲行弗及。田仲已死,而雒陽有劇孟。周人以商賈爲資[11],而劇孟以任俠顯諸侯。吳楚反時[12],條侯爲太尉[13],乘傳車將至河南[14],得劇孟,喜曰:"吳楚舉大

事而不求孟,吾知其無能爲已矣。"天下騷動,宰相得之若得一敵國
云[15]。劇孟行大類朱家,而好博[16],多少年之戲[17]。然劇孟母死,
自遠方送喪蓋千乘。及劇孟死,家無餘十金之財。而符離人王孟亦
以俠稱江淮之閒[18]。

　　是時濟南瞯氏、陳周庸亦以豪聞[19],景帝聞之,使使盡誅此屬。
其後代諸白、梁韓無辟、陽翟薛兄、陝韓孺紛紛復出焉[20]。

【校注】

[1]魯:漢國名,都魯縣,今山東曲阜。　　[2]用俠聞:因爲行俠出名。
[3]庸人:普通人,平常人。不可勝言:不計其數。勝,盡。　　[4]歂其德:以有恩
惠於人而欣喜。　　[5]振人不贍:救濟困難的人。贍,衣食不足。　　[6]衣不
完采:衣服破舊,色彩大部分褪了。完,完整。　　[7]食不重味:吃飯没有兩道
菜。　　[8]乘不過軥(qú 渠)牛:乘坐的不過是牛車。軥牛,牛拉的車。軥,車
軛。　　[9]陰脱季布將軍之阨:暗中使季布將軍解脱困阨。季布原爲項羽部下,
羽死後,他躲藏於濮陽周氏家中。劉邦懸賞捉拿他,周氏將他剃光頭髪,扮成奴
隸,轉送至朱家處。朱家通過汝陰侯夏侯嬰説服劉邦,季布最終獲赦並得到重用,
官至中郎將,河東太守。事見《史記·季布列傳》。　　[10]父事朱家:像對父親
一樣對待朱家。　　[11]周人以商賈爲資:洛陽一帶人以經商爲業。資,資業,謀
生之計。　　[12]吴楚反時:指漢景帝三年(前154)吴楚七國之亂。　　[13]條
侯:即周亞夫,平定七國之亂的統帥。　　[14]傳車:驛站裏爲過往官員準備的車
馬。　　[15]若得一敵國云:好像得到了一個與自己勢均力敵的國家一樣,極言
劇孟的影響之大。　　[16]博:賭博。　　[17]多少年之戲:多數爲年輕人的游
戲。　　[18]符離:今安徽宿縣東北。　　[19]瞯(xián 咸):姓氏。陳:今河南
淮陽,漢爲淮陽國都所在地。　　[20]代:漢郡名,治所在今河北蔚縣東北。梁:
漢國名,治所在今河南商丘東南。陽翟:漢縣名,治所在今河南禹縣,當時亦爲潁
川郡郡治所在地。兄:讀如"况"。陝:今河南三門峽西。

　　郭解,軹人也[1],字翁伯,善相人者許負外孫也。解父以任俠,
孝文時誅死。解爲人短小精悍,不飲酒。少時陰賊[2],慨不快意[3],
身所殺甚衆。以軀借交報仇[4],藏命作姦剽攻[5],休乃鑄錢掘塚,固
不可勝數。適有天幸[6],窘急常得脱[7],若遇赦。及解年長,更折節
爲儉[8],以德報怨,厚施而薄望[9]。然其自喜爲俠益甚。既已振人

之命[10],不矜其功,其陰賊著於心[11],卒發於睚眦如故云[12]。而少年慕其行,亦輒爲報仇,不使知也。解姊子負解之勢[13],與人飲,使之嚼[14]。非其任,彊必灌之。人怒,拔刀刺殺解姊子,亡去。解姊怒曰:"以翁伯之義[15],人殺吾子,賊不得[16]。"棄其尸於道,弗葬,欲以辱解。解使人微知賊處[17]。賊窘自歸,具以實告解。解曰:"公殺之固當,吾兒不直[18]。"遂去其賊[19],罪其姊子,乃收而葬之。諸公聞之,皆多解之義[20],益附焉。

解出入,人皆避之。有一人獨箕倨視之[21],解遣人問其名姓。客欲殺之。解曰:"居邑屋至不見敬[22],是吾德不脩也,彼何罪!"乃陰屬尉史曰[23]:"是人,吾所急也[24],至踐更時脱之[25]。"每至踐更,數過,吏弗求[26]。怪之,問其故,乃解使脱之。箕踞者乃肉袒謝罪。少年聞之,愈益慕解之行。

雒陽人有相仇者,邑中賢豪居閒者以十數[27],終不聽。客乃見郭解。解夜見仇家,仇家曲聽解[28]。解乃謂仇家曰:"吾聞雒陽諸公在此閒[29],多不聽者。今子幸而聽解,解奈何乃從他縣奪人邑中賢大夫權乎!"乃夜去,不使人知,曰:"且無用,待我去,令雒陽豪居其閒,乃聽之。"

解執恭敬[30],不敢乘車入其縣廷。之旁郡國,爲人請求事,事可出,出之;不可者,各厭其意[31],然後乃敢嘗酒食。諸公以故嚴重之[32],爭爲用[33]。邑中少年及旁近縣賢豪,夜半過門常十餘車,請得解客舍養之[34]。

及徙豪富茂陵也[35],解家貧,不中訾[36],吏恐,不敢不徙。衛將軍爲言[37]:"郭解家貧不中徙。"上曰:"布衣權至使將軍爲言,此其家不貧。"解家遂徙。諸公送者出千餘萬。軹人楊季主子爲縣掾[38],舉徙解[39]。解兄子斷楊掾頭。由此楊氏與郭氏爲仇。

解入關,關中賢豪知與不知,聞其聲,爭交驩解[40]。解爲人短小,不飲酒,出未嘗有騎。已又殺楊季主。楊季主家上書,人又殺之闕下[41]。上聞[42],乃下吏捕解。解亡,置其母家室夏陽[43],身至臨晉[44]。臨晉籍少公素不知解[45],解冒[46],因求出關。籍少公已出解,解轉入太原,所過輒告主人家[47]。吏逐之,跡至籍少公[48]。少公自殺，口絕。久之，乃得解。窮治所犯[49]，爲解所殺，皆在赦前[50]。軹有儒生侍使者坐[51]，客譽郭解，生曰：“郭解專以姦犯公法，何謂賢！”解客聞，殺此生，斷其舌。吏以此責解，解實不知殺者。殺者亦竟絕[52]，莫知爲誰。吏奏解無罪。御史大夫公孫弘議曰[53]：“解布衣爲任俠行權，以睚眦殺人，解雖弗知，此罪甚於解殺之。當大逆無道[54]。”遂族郭解翁伯[55]。

　　自是之後，爲俠者極衆，敖而無足數者[56]。然關中長安樊仲子，槐里趙王孫[57]，長陵高公子[58]，西河郭公仲[59]，太原鹵公孺，臨淮兒長卿[60]，東陽田君孺[61]，雖爲俠而逡逡有退讓君子之風[62]。至若北道姚氏，西道諸杜，南道仇景，東道趙他、羽公子[63]，南陽趙調之徒[64]，此盜跖居民閒者耳，曷足道哉！此乃鄉者朱家之羞也。

【校注】

[1]軹(zhǐ 止)：今河南濟源南。　　[2]陰賊：陰險殘忍。　　[3]慨不快意：感到不滿意的人。慨，感慨，感到。　　[4]以軀借交報仇：拿自己的性命幫助朋友報仇。借，助。　　[5]藏命作姦剽攻：窩藏亡命之徒，犯法搶劫。剽攻，搶劫。
[6]天幸：天助。　　[7]窘急常得脱：危難緊急關頭常常能夠逃脱。　　[8]折節爲儉：改變品行，克制約束自己。儉，通“檢”，約束。　　[9]厚施而薄望：多給予，少索取。　　[10]振人之命：拯救人的性命。振，救。　　[11]陰賊著於心：陰險殘忍藏在内心。　　[12]卒發於睚(yá 牙)眦(zì 字)如故云：因細小的怨恨突然發作，又和從前一樣。卒，通“猝”，倉促。睚眦，發怒瞪眼睛，喻小的怨恨。
[13]負：依仗。　　[14]嚼：乾杯。　　[15]以翁伯之義：憑着你翁伯的名義。
[16]賊不得：兇手捉拿不到。　　[17]微知：暗中瞭解到。　　[18]不直：理虧。
[19]去：放走。　　[20]多：讚揚。　　[21]箕踞：雙腿拉開，狀如簸箕，傲慢無禮的樣子。　　[22]不見敬：不被敬重。　　[23]尉史：縣尉手下的小吏。
[24]“是人”二句：這個人(箕踞者)是我看重的人。急：重。　　[25]至踐更時脱之：到交納雇役錢時豁免了他。踐更，漢代户籍男丁每年在地方服役一個月，稱爲更卒；若雇貧民代役，每月二千錢，稱爲踐更。脱，免除。　　[26]弗求：不收取他的踐更錢。　　[27]居閒：從中調解。　　[28]曲聽解：勉强屈從他的調解。
[29]在此閒：在此從中調解。　　[30]執恭敬：謹守恭敬。　　[31]各厭其意：各人都滿足了願望。厭，同“饜”，滿足。　　[32]嚴重之：特别敬重他。　　[33]爭爲用：爭着爲他效力。　　[34]請得解客舍養之：請求迎取隱匿於郭解家中的逃

亡者到自己家中供養。　　[35]茂陵:漢武帝營建的壽陵,令家財在三百萬錢以上的富豪遷移以置邑,目的是"内實京師,外銷姦滑"。　　[36]不中貲:家產不够規定遷移的數目。貲,同"資",資產。　　[37]衛將軍爲言:衛青將軍爲他説情。[38]縣掾(yuàn願):縣令手下的小吏。掾,屬員統稱。　　[39]舉:檢舉。[40]爭交驩解:爭着與郭解結交。　　[41]闕下:宫門前的牌樓下。　　[42]上聞:皇上(指武帝)聽説了此事。　　[43]夏陽:今陝西韓城西南。　　[44]臨晉:今陝西大荔東。　　[45]籍少公:姓籍,名少公。不知:不認識。　　[46]冒:冒昧求見。　　[47]主人家:留宿人家。　　[48]跡:追蹤。　　[49]窮治:深入追究。　　[50]在赦前:在大赦之前,意思是可以免予追究法律責任。　　[51]使者:調查郭解案件的官吏。　　[52]竟絶:最終斷了綫索。　　[53]御史大夫:主官監察彈劾的最高長官,爲三公之一。議:批駁。　　[54]當:判處。　　[55]族:滅族。　　[56]敖而無足數者:傲慢而又不值得稱道的。敖,同"傲",傲慢。[57]槐里:今陝西興平西南。　　[58]長陵:漢高帝陵,在今陝西涇陽東南。[59]西河:今内蒙古準噶爾旗南。　　[60]臨淮:今江蘇泗洪南。　　[61]東陽:今江蘇盱眙東南。　　[62]逡(qūn群陰平)逡:謙遜退讓的樣子。　　[63]北、西、南、東道:指長安四郊。　　[64]南陽:今屬河南。

　　太史公曰:吾視郭解[1],狀貌不及中人[2],言語不足採者[3]。然天下無賢與不肖,知與不知,皆慕其聲,言俠者皆引以爲名[4]。諺曰:"人貌榮名,豈有既乎[5]!"於戲[6],惜哉!

《史記》卷一二四《游俠列傳》

【校注】

[1]吾視郭解:元朔二年(前127),武帝令天下豪强及資産超過百萬的人家遷移至茂陵,郭解亦在其中,司馬遷因此可能見過他。　　[2]中人:中等才能的人。[3]不足採:無可取。　　[4]皆引以爲名:都標榜郭解以提高自己的名聲。[5]"人貌"二句:人的容貌與名聲之間哪裏有必然的聯繫。既:必定,必然。[6]於戲:音義同"嗚呼",表感歎語氣。

【集評】

　　(明)凌稚隆《史記評林》卷一三四引明董份語:"史遷遭李陵之難,交游莫救,身坐法困,故感游俠之義。其辭多激,故班固譏其進姦雄,此太史公之過也。然咨嗟慷慨,感歎惋轉,其文曲至,百代之絕矣。"

　　(清)吳見思《史記論文》:"篇中先以儒俠相提而論,層層迴環,步步轉折,曲盡其妙,後乃出二傳,反若藉以爲印證,爲注釋,而篇章之妙,此又一奇也。"

報任少卿書

【題解】

　　此文首見於《漢書·司馬遷傳》記載:"遷既被刑之後,爲中書令,尊寵任職。故人益州刺史任安予遷書,責以古賢臣之義。遷報之曰"云云,可知《報任安書》當作於太始四年(前93)。當時任安由於捲入戾太子劉據案中,被武帝判處死刑,在獄中寫信給司馬遷,希望他以"推賢進士爲務",出面援救自己。任安以爲他身處皇帝身邊,容易進言薦賢,殊不知,此時的司馬遷身爲殘穢,動輒得咎。天漢二年(前99)西漢名將李廣的孫子李陵率兵與匈奴決戰,兵敗投降匈奴。在當時人看來,李陵不僅敗壞了"李氏世將"的家風,而且也丟了漢家朝廷的面子。而司馬遷與許多人的看法不大一樣,他很同情李陵,爲此而觸怒了漢武帝,被抓進監獄。這時,司馬遷的許多朋友,竟沒有人敢於出面營救,而朝廷中的貴戚顯宦也沒有誰肯出來說一句話。最後,他竟面臨着三種無法抗拒的選擇:一是伏法受誅,二是拿錢免死,三是甘受"腐刑"。司馬遷既沒有得到朋友的幫助,自己又官小無錢,無法用錢贖死。結果,司馬遷所面臨的選擇實際只有兩條,要麼去死,要麼甘受"腐刑"。他想:"人固有一死,或重於泰山,或輕於鴻毛,用之所趨異也。"死要死得有意義,活也要活得有價值。歷史上的許多著名人物,大都遭受到不幸的遭遇而發憤著書,從而在歷史上留下了名聲。司馬遷決定完成父親的重託,堅持寫完"通古今之變,成一家之言"的《史記》。爲此,他勇敢地選擇了一條飽受屈辱的途逕,天漢三年"卒從吏議"甘心下"蠶室"(即受腐刑者所居之室),"就極刑而無慍色"。在以後漫長的日子裏,他除了堅持自己的著述之外,對於朝廷內外的一切雜事,均已毫無興趣了。正是這樣一種背景,司馬遷深深地知道,即使自己出面營救任安,也無濟於事,他自己每天度日如年,"居則忽忽若有所亡,出則不知所如往",內心忍受着巨大的痛苦和無限的悲憤。"每念斯恥,汗未嘗不發背沾衣也",又能如何營救朋友於水深火熱之中呢?於是,他只好把自己一腔"隱忍苟活"的悲苦之心,和盤托出,而以"死日然後是非乃定"自誓。文章披肝瀝膽,感發意志,歷來傳誦。

　　太史公牛馬走司馬遷再拜言[1],少卿足下[2]:曩者辱賜書[3],教以順於接物，推賢進士爲務。意氣懃懃懇懇，若望僕不相師[4]，而用流俗人之言。僕非敢如此也。僕雖罷駑[5]，亦嘗側聞長者之遺風矣。顧自以爲身殘處穢，動而見尤[6]，欲益反損，是以獨鬱悒而與誰語。諺曰：“誰爲爲之？孰令聽之[7]？”蓋鍾子期死，伯牙終身不復鼓琴[8]。何則？士爲知己者用，女爲説己者容。若僕大質已虧缺矣[9]，雖才懷隨、和，行若由、夷[10]，終不可以爲榮，適足以見笑而自點耳[11]。書辭宜答，會東從上來，又迫賤事[12]，相見日淺，卒卒無須臾之間，得竭至意。今少卿抱不測之罪[13]，涉旬月，迫季冬；僕又薄從上雍，恐卒然不可爲諱[14]。是僕終己不得舒憤懣以曉左右[15]，則長逝者魂魄私恨無窮[16]。請略陳固陋，闕然久不報，幸勿爲過。

　　僕聞之：修身者，智之符也；愛施者，仁之端也[17]；取與者，義之表也[18]；恥辱者，勇之決也[19]；立名者，行之極也。士有此五者，然後可以託於世，而列於君子之林矣。故禍莫憯於欲利[20]，悲莫痛於傷心，行莫醜於辱先[21]，詬莫大於宮刑[22]。刑餘之人，無所比數[23]，非一世也，所從來遠矣。昔衛靈公與雍渠同載，孔子適陳[24]；商鞅因景監見，趙良寒心[25]；同子參乘，袁絲變色[26]。自古而恥之。夫以中才之人，事有關於宦豎[27]，莫不傷氣，而況於慷慨之士乎！如今朝廷雖乏人，奈何令刀鋸之餘[28]，薦天下豪俊哉？

【校注】

[1]太史公牛馬走：司馬遷自謙之詞。太史公，其父司馬談。走，猶僕字，謂己爲太史公掌牛馬之僕。　　[2]少卿：任安字。　　[3]曩者辱賜書：此前來信給我。曩者，從前。辱賜書，套語，表示對方地位很高，給自己寫信是一種屈辱。

[4]若：好像。望：埋怨。相師：遵從效法。　　[5]罷駑：比喻才能低下。罷，通“疲”。駑，劣馬。　　[6]動而見尤：一言一行都會爲人所指責。尤，指責。

[7]“誰爲”二句：爲誰去做，叫誰來聽。　　[8]“蓋鍾子期”二句：《吕氏春秋·本味》載，伯牙鼓琴，意在太山。鍾子期曰：“善哉乎鼓琴，巍巍乎若太山。”俄而志在流水。子期曰：“善哉乎鼓琴，湯湯乎若流水。”子期死，伯牙破琴絕絃，終身不復鼓琴，以爲世無知音者。　　[9]大質：身體。虧缺：指遭受宮刑。　　[10]“雖才懷”二句：雖才能有如隨侯的寶珠、卞和的寶玉，言行也像許由、伯夷那樣高潔。隨、卞典故見前《諫逐客書》注。許由、伯夷：古代著名高節隱士。　　[11]自點：

玷污自己。　　[12]會:恰逢。上:指漢武帝。賤事:雜事。　　[13]不測之罪:殺身的罪名。　　[14]恐卒然不可爲諱:擔心突然被處死。卒然,突然。不可爲諱,委婉説法,指任安將在冬末被處死。　　[15]左右:指任安。　　[16]長逝者:亦指任安。　　[17]符:法則。端:開端。　　[18]表:標誌。　　[19]決:先決條件。　　[20]憯:通"慘"。　　[21]辱先:污辱祖先。　　[22]詬:污垢,恥辱。[23]比數:同列,相提並論。　　[24]"昔衛靈公"二句:衛靈公與宦官雍渠同乘一車出行,孔子看見後感到羞恥,立即離開衛國,前往陳國。適:前往。[25]"商鞅"二句:趙良認爲商鞅是宦官所薦舉,名聲不好,因而寒心。因:憑藉。景監:秦孝公寵倖的宦官。趙良:秦國的賢士。　　[26]"同子"二句:漢文帝出行,曾命宦官趙談陪坐。袁盎見了,臉色都變了。同子:指趙談。司馬遷避父司馬談諱,改稱其爲同子。參乘:陪坐在車子左右。袁絲:即袁盎,漢文帝時人。　　[27]宦豎:太監。　　[28]刀鋸之餘:受過宮刑的人,這是作者自指。

　　僕賴先人緒業[1],得待罪輦轂下[2],二十餘年矣。所以自惟[3],上之不能納忠効信,有奇策才力之譽,自結明主;次之又不能拾遺補闕,招賢進能,顯巖穴之士[4];外之又不能備行伍,攻城野戰,有斬將搴旗之功[5];下之不能積日累勞,取尊官厚禄,以爲宗族交游光寵。四者無一遂[6],苟合取容[7],無所短長之効[8],可見如此矣。嚮者,僕常厠下大夫之列,陪外廷末議。不以此時引維綱[9],盡思慮。今以虧形爲掃除之隸,在闟茸之中[10],乃欲仰首伸眉[11],論列是非,不亦輕朝廷羞當世之士邪?嗟乎!嗟乎!如僕尚何言哉!尚何言哉!

　　且事本末未易明也[12]。僕少負不羈之行[13],長無鄉曲之譽[14],主上幸以先人之故,使得奏薄伎,出入周衛之中[15]。僕以爲戴盆何以望天?故絶賓客之知,亡室家之業[16],日夜思竭其不肖之才力,務一心營職[17],以求親媚於主上。而事乃有大謬不然者夫。

【校注】

[1]先人緒業:指繼承其父的事業任太史令。緒業,餘業。　　[2]輦轂:本意指帝王所乘車,此處指京城。　　[3]自惟:自我反省。　　[4]巖穴之士:指隱居山中的賢士。　　[5]斬將搴旗:殺死敵人將領,拔掉敵人的旗幟。　　[6]四者無一遂:四個方面沒有一個取得成就。遂,成就。　　[7]苟合取容:苟且迎合、討好他人以求容身。　　[8]短長:是非、優劣。　　[9]維綱:法令。　　[10]闟(tà

蹞)茸:闒爲小戶,茸爲小草,并舉以狀卑賤。　　　[11]仰首伸眉:揚眉吐氣。
[12]本末:事情的原委。　　　[13]少負不羈之行:少年時就缺少豪放的品行。負,
欠缺。　　　[14]鄉曲之譽:受到鄉里的稱讚。　　　[15]周衛:侍衛周密的地方,指
宮禁。　　　[16]亡:抛棄。　　　[17]務一心營職:盡力專心於自己的職務。務,勉
力從事。

　　僕與李陵,俱居門下[1],素非能相善也。趣舍異路[2],未嘗銜盃
酒,接慇懃之餘懽。然僕觀其爲人,自守奇士[3],事親孝,與士信,臨
財廉,取與義。分別有讓,恭儉下人[4],常思奮不顧身,以徇國家之
急[5]。其素所蓄積也[6],僕以爲有國士之風。夫人臣出萬死不顧一
生之計,赴公家之難,斯以奇矣。今舉事一不當,而全軀保妻子之臣,
隨而媒孽其短[7],僕誠私心痛之。且李陵提步卒不滿五千,深踐戎馬
之地,足歷王庭[8],垂餌虎口,橫挑彊胡[9],仰億萬之師,與單于連戰
十有餘日,所殺過半當。虜救死扶傷不給,旃裘之君長咸震怖[10],乃
悉徵其左右賢王,舉引弓之人,一國共攻而圍之。轉鬬千里,矢盡道
窮,救兵不至,士卒死傷如積。然陵一呼勞,軍士無不起,躬自流涕,
沫血飲泣,更張空拳,冒白刃,北嚮爭死敵者[11]。陵未沒時,使有來
報,漢公卿王侯,皆奉觴上壽。後數日,陵敗書聞,主上爲之食不甘
味,聽朝不怡。大臣憂懼,不知所出。僕竊不自料其卑賤,見主上慘
愴怛悼[12],誠欲効其款款之愚[13],以爲李陵素與士大夫絕甘分
少[14],能得人死力,雖古之名將,不能過也。身雖陷敗,彼觀其意,且
欲得其當而報於漢。事已無可奈何,其所摧敗,功亦足以暴於天下
矣[15]。僕懷欲陳之,而未有路,適會召問,即以此指推言陵之功,欲以
廣主上之意,塞睚眦之辭[16]。未能盡明,明主不曉,以爲僕沮貳
師[17],而爲李陵游説,遂下於理[18]。拳拳之忠,終不能自列[19]。因
爲誣上,卒從吏議。家貧,貨賂不足以自贖,交游莫救;左右親近,不
爲一言。身非木石,獨與法吏爲伍,深幽囹圄之中,誰可告愬者[20]?
此真少卿所親見,僕行事豈不然乎?李陵既生降,隤其家聲;而僕又
佴之蠶室[21],重爲天下觀笑。悲夫!悲夫!
　　事未易一二爲俗人言也。僕之先,非有剖符丹書之功[22],文史星

曆[23]，近乎卜祝之閒，固主上所戲弄，倡優所畜，流俗之所輕也。假令僕伏法受誅，若九牛亡一毛[24]，與螻蟻何以異？而世又不與能死節者，特以爲智窮罪極[25]，不能自免，卒就死耳。何也？素所自樹立使然也。人固有一死，或重於太山，或輕於鴻毛，用之所趨異也[26]。太上不辱先[27]，其次不辱身，其次不辱理色，其次不辱辭令，其次詘體受辱[28]，其次易服受辱[29]，其次關木索被箠楚受辱[30]，其次剔毛髮嬰金鐵受辱[31]，其次毀肌膚斷肢體受辱，最下腐刑[32]，極矣。傳曰：“刑不上大夫。”此言士節不可不勉勵也。猛虎在深山，百獸震恐，及在檻穽之中，搖尾而求食，積威約之漸也[33]。故有畫地爲牢，勢不可入，削木爲吏，議不可對[34]，定計於鮮也。今交手足，受木索，暴肌膚，受榜箠，幽於圜牆之中[35]。當此之時，見獄吏則頭槍地，視徒隸則正惕息，何者？積威約之勢也。及以至是，言不辱者，所謂强顏耳，曷足貴乎！且西伯，伯也，拘於羑里[36]；李斯，相也，具於五刑[37]；淮陰，王也，受械於陳[38]；彭越、張敖，南面稱孤，繫獄抵罪[39]；絳侯誅諸呂，權傾五伯，囚於請室[40]；魏其，大將也，衣赭衣，關三木[41]；季布爲朱家鉗奴[42]；灌夫受辱於居室[43]。此人皆身至王侯將相，聲聞鄰國，及罪至罔加[44]，不能引決自裁，在塵埃之中，古今一體，安在其不辱也？由此言之，勇怯，勢也；强弱，形也。審矣[45]！何足怪乎？夫人不能早自裁繩墨之外[46]，以稍陵遲，至於鞭箠之閒，乃欲引節[47]，斯不亦遠乎？古人所以重施刑於大夫者，殆爲此也。

【校注】

[1]俱居門下：一起同朝爲官。門下，宮門之下。　　[2]趣舍異路：志趣不同。
[3]自守奇士：能自守操守的奇士。　　[4]下人：對人謙遜。　　[5]徇：通“殉”，爲國捐軀。　　[6]素：平素。　　[7]媒蘖其短：擴大其罪過。媒，通“酶”。蘖，通“櫱”。都是酒麴。這裏作動詞，引申爲擴大、釀成的意思。蘖，《漢書》作“蘗”，唐顏師古注引臣瓚曰：“媒謂遘合會之，蘗謂爲生其罪釁也。”
[8]王庭：匈奴單于所居之地。　　[9]橫挑彊胡：四面挑戰匈奴。　　[10]旝裘之君：指匈奴的首領。　　[11]“沫血”四句：意謂赤手空拳，浴血奮戰，拼死殺敵。拳：《漢書》作“拳”，指弓。　　[12]慘愴怛悼：悲戚、哀傷之意。　　[13]款款之愚：忠誠的愚心。款款，忠誠的樣子。　　[14]絕甘分少：好吃的東西，自己推卻

不受;分東西時,自己少取。 [15]暴:表露。 [16]睚眦之辭:誣陷的言論。
[17]沮貳師:詆謗貳師將軍李廣利。 [18]下於理:交付治獄之官。
[19]自列:自陳。 [20]愬:通"訴"。 [21]佴之蠶室:隨後就關在受宮刑
的人所住的密室中。佴,隨後。蠶室,古代受宮刑的人居住的囚室,防風保暖。
[22]剖符丹書之功:立功受封賞的功績。 [23]文史星曆:文史典籍,天文曆
算。 [24]九牛亡一毛:形容微不足道。 [25]"而世又"二句:世人不會説
他能死於節義,只會説他罪當萬死。與:稱許。特:不過,僅僅。 [26]趣:嚮。
[27]太上不辱先:最好不辱没祖先。 [28]詘體受辱:捆綁軀體受辱。詘,通
"屈"。詘體即屈體,捆綁狀。 [29]易服:改穿囚服。 [30]關木索被箠
楚:套上刑具,受到杖刑。 [31]剔毛髮嬰金鐵:把頭髮刮光,遭受鉗刑。嬰,遭
受。金鐵,鉗刑。 [32]腐刑:宮刑,指割掉生殖器。 [33]積威約之漸也:
人們用威力制服老虎,使它漸漸馴服下來。 [34]"畫地"四句:即使在空地上
畫圈爲牢獄,也決不進入;即使雕木偶作爲獄吏,也決不能面對。這裏極言牢獄和
獄吏的可怕。 [35]圜墙:牢獄。 [36]西伯:指周文王,被商紂王拘於羑
里。見《史記·周本紀》。 [37]李斯:秦丞相,最後被秦二世腰斬於咸陽城。
見《史記·李斯列傳》。具五刑:指先後受五種刑罰。 [38]淮陰:淮陰侯韓信,
後在陳地被捕。見《史記·淮陰侯列傳》。 [39]彭越、張敖:前者爲劉邦將領,
後者爲劉邦女婿。二人後來均被拘捕。南面稱孤:指受封爲王。見《史記·魏豹
彭越列傳》、《張耳陳餘列傳》。 [40]絳侯:指周勃,曾誅滅諸吕叛亂,鞏固劉氏
政權,後來爲人誣告被拘。見《史記·絳侯周勃世家》。 [41]魏其:大將軍魏
其侯竇嬰,武帝時被殺。見《史記·魏其武安侯列傳》。赭衣:囚衣。三木:在頭、
手、足三處所加刑具。 [42]季布:原來是項羽部將。項羽失敗後,季布剃髮變
服,賣身於朱家爲奴。見《史記·季布欒布列傳》。 [43]灌夫:漢景帝時平定
七國之亂的功臣,後來也被誅死。見《史記·魏其武安侯列傳》。 [44]罔加:
刑法所至。罔,通"網",法網、刑法。 [45]審:明白。 [46]繩墨:法律。
[47]引節:保全節氣。

　　夫人情莫不貪生惡死,念父母,顧妻子,至激於義理者不然[1],乃
有所不得已也。今僕不幸,早失父母,無兄弟之親,獨身孤立,少卿視
僕於妻子何如哉[2]?且勇者不必死節,怯夫慕義,何處不勉焉! 僕雖
怯懦欲苟活,亦頗識去就之分矣[3]。何至自沈溺縲紲之辱哉[4]?且
夫臧獲婢妾[5],由能引決,況僕之不得已乎? 所以隱忍苟活,幽於糞

土之中而不辭者，恨私心有所不盡，鄙陋没世，而文彩不表於後世也。古者富貴而名摩滅，不可勝記，唯倜儻非常之人稱焉。蓋文王拘而演《周易》[6]；仲尼厄而作《春秋》[7]；屈原放逐，乃賦《離騷》；左丘失明，厥有《國語》[8]；孫子臏脚，《兵法》脩列[9]；不韋遷蜀，世傳《吕覽》[10]；韓非囚秦，《説難》、《孤憤》[11]；《詩》三百篇，大底聖賢發憤之所爲作也。此人皆意有鬱結，不得通其道，故述往事，思來者。乃如左丘無目，孫子斷足，終不可用，退而論書策，以舒其憤，思垂空文以自見。

僕竊不遜[12]，近自託於無能之辭，網羅天下放失舊聞，略考其行事，綜其終始，稽其成敗興壞之紀[13]，上計軒轅[14]，下至於兹[15]，爲十表，本紀十二，書八章，世家三十，列傳七十，凡百三十篇，亦欲以究天人之際，通古今之變，成一家之言。草創未就，會遭此禍，惜其不成，已就極刑而無愠色[16]。僕誠以著此書，藏諸名山，傳之其人，通邑大都[17]，則僕償前辱之責[18]，雖萬被戮[19]，豈有悔哉？然此可爲智者道，難爲俗人言也。且負下未易居[20]，下流多謗議，僕以口語遇此禍，重爲鄉黨所笑，以汙辱先人，亦何面目復上父母丘墓乎？雖累百世，垢彌甚耳！是以腸一日而九迴，居則忽忽若有所亡，出則不知其所往。每念斯恥，汗未嘗不發背沾衣也。身直爲閨閣之臣[21]，寧得自引於深藏巖穴邪？故且從俗浮沈，與時俯仰，以通其狂惑[22]。今少卿乃教以推賢進士，無乃與僕私心刺謬乎[23]！今雖欲自雕琢，曼辭以自飾[24]，無益於俗不信[25]，適足取辱耳[26]。要之死日，然後是非乃定。書不能悉意[27]，略陳固陋[28]，謹再拜。

《文選》卷四一

【校注】

[1]"至激"句：至於被義理激發的就不會這樣（貪生惡死、念父母、顧妻子）。
[2]於妻子何如哉：對妻子怎麽樣呢？意謂不顧念妻子。　　[3]去就：指該丟棄的和該堅持的。　　[4]縲紲：囚禁。　　[5]臧獲：把戰俘作爲奴隸，這種人叫臧獲。　　[6]"蓋文王"句：相傳《周易》是周文王被拘羑里時所做。　　[7]"仲尼厄"句：孔子遭受磨難，退而作《春秋》。厄：厄運、災難。　　[8]左丘：左丘明，相傳是《國語》的作者。　　[9]臏脚：截去膝蓋骨。脩列：編修。史載孫臏同學龐涓

嫉其才能,騙他到魏國,剔掉他的膝蓋骨。後來孫臏事齊國,大敗魏軍,射殺龐涓。有《孫臏兵法》傳世。 [10]不韋:指呂不韋,曾爲秦相,後來獲罪遷蜀,憂懼自殺。《呂氏春秋》是呂不韋聚合門客編成的。 [11]韓非囚秦:韓非受秦王嬴政之邀入秦,後來遭李斯陷害被囚禁,在獄中自殺。《説難》、《孤憤》是韓非所寫的著名篇章。 [12]遜:謙遜。 [13]稽:考核。紀:絲的頭緒,引申爲綫索。《漢書》作“理”。 [14]軒轅:黃帝。 [15]兹:此,現在。 [16]愠色:怨怒之色。 [17]通邑大都:大城鎮。 [18]責:通“債”。 [19]被戮:被殺。[20]負下:負罪受辱之下。 [21]閨閣之臣:宦官一類的職守。 [22]狂惑:狂妄,迷惑。 [23]剌謬:違背,相反。《漢書》作“指謬”,顏師古注:“指,意也。” [24]曼辭:美好的言辭。 [25]不信:不能取信於人。 [26]適:剛好。 [27]悉意:充分表達自己意思。 [28]略陳固陋:略微表達自己淺陋的看法。固陋,固執淺陋。

【集評】

(清)包世臣《藝舟雙楫·復石贛州書》:“竊謂推賢薦士,非少卿來書中本語,史公諱言少卿求援,故以四字約來書之意,而斥少卿爲天下豪儁以表其冤。中間述李陵事者,明與陵非素相善,尚力爲引救,况少卿有許死之誼乎? 實緣自被刑後,所爲不死者,以《史記》未成之故。是史公之身,乃《史記》之身,非史公所得自私,史公可爲少卿死,而《史記》必不能爲少卿廢也。結以死日是非乃定,則史公與少卿所共者,以廣少卿而釋其私憾。是故文瀾雖壯,而滴水歸源,一線相生,字字皆有歸著也。”

(清)吳楚材、吳調侯《古文觀止》卷五:“此書反復曲折,首尾相續,敍事明白,豪氣逼人。其感慨嘯歌,大有燕趙烈士之風。憂愁幽思,則又直與《離騷》對壘。文情至此極矣。”

王　褒

【作者簡介】

王褒,字子淵。蜀資中(今四川資陽)人。善寫詩歌,工於辭賦。漢宣帝效法武帝講論六藝群書,益州刺史王襄聞王褒有俊材,請與相見。使王褒作《中和》、《樂職》、《宣布詩》。王襄奏王褒有逸材,宣帝徵之入朝。令王褒作《聖主得賢臣頌》。時宣帝頗好神仙,而王褒主張君臣須相得之意,結尾又提出,治理天下,不應求仙作爲規諷。宣帝遂令王褒待詔金馬門,與劉向、張子僑等相處。數從皇帝游獵,所至輒作歌頌。有人以爲這是淫靡不急之詩。宣帝以爲辭賦大者與古詩同義,小者辯麗可喜。於是,拜王褒爲諫議大夫。皇太子身體不適,宣帝命王褒侍奉,於是又朝夕誦讀奇文及自作辭賦,頗爲太子喜愛。後方士稱益州有金馬碧雞之寶,可祭祀而致。宣帝派王褒前往祭祀,病逝於道中。《漢書》卷六四有傳。

洞　簫　賦

【題解】

《漢書·藝文志》著録王褒賦十六篇,《隋書·經籍志》著録漢諫議大夫《王褒集》五卷,今佚,明人輯爲《王諫議集》。清嚴可均《全上古三代秦漢三國六朝文》輯録散文、辭賦凡九篇(《九懷》作一篇計)。其中,以《洞簫賦》最爲傳誦。洞簫,即排簫。《洞簫賦》又名《洞簫頌》。該賦描述竹生山林之狀,刻畫深山景色,描摹風聲、水聲、禽獸啼鳴聲,頗爲傳神。特別是描寫洞簫演奏之狀、簫聲紛紜變化及衆音繁會的場面,聲情並茂,細緻入微,爲西漢詠物賦的佳作。在我國文學發展史上,專門描寫音樂之作,此篇出現較早。對後世作家如馬融《長笛賦》、嵇康《琴賦》等較有影響。賦中"并包吐含,若慈父之畜子""優柔温潤,又似君子"等句,爲《文心雕龍·比興》舉爲"以聲比心"之例,尤爲此賦名句。

原夫簫幹之所生兮,于江南之丘墟[1]。洞條暢而罕節兮,標敷紛以扶疎[2]。徒觀其旁山側兮,則崛嶔巋崎,倚巇迤巇[3],誠可悲乎,其不安也！彌望儻莽,聯延曠盪,又足樂乎,其敞閑也[4]。託身軀於后土兮,經萬載而不遷[5]。吸至精之滋熙兮[6],稟蒼色之潤堅。感陰陽之變化兮,附性命乎皇天。翔風蕭蕭而逕其末兮[7],迴江流川而溉其山。揚素波而揮連珠兮,聲礚礚而澍淵[8]。朝露清泠而隕其側兮,玉液浸潤而承其根[9]。孤雌寡鶴,娛優乎其下兮[10],春禽群嬉,翺翔乎其顛。秋蜩不食,抱樸而長吟兮,玄猨悲嘯,搜索乎其間[11]。處幽隱而奧屏兮,密漠泊以獑猭[12]。惟詳察其素體兮,宜清静而弗諠[13]。幸得謚爲洞簫兮,蒙聖主之渥恩[14]。可謂惠而不費兮[15],因天性之自然。

【校注】

[1]原:推原,推究。簫幹:簫的軀幹,指製簫的竹子。江南:泛指長江以南地區。丘墟:荒地。　[2]條暢:通暢,暢達。罕節:竹節稀疏。標:竹梢。敷紛:茂盛。扶疏:枝條紛披。　[3]旁:傍,靠。嶇(qū 區)嶔(qīn 欽)、巋崎、倚巇:皆山險峻貌。迤巇:山斜平貌。　[4]彌望:滿眼。儻莽、曠盪:皆空曠無邊貌。敞閑:寬闊幽静。　[5]后土:大地。不遷:不變。　[6]至精:天地間至爲純粹的精氣。滋熙:潤澤和樂。　[7]迣:經。　[8]連珠:喻水珠飛濺。礚礚:水石轟擊聲。澍:通“注”。　[9]清泠:清凉。玉液:指泉水。[10]優:戲。　[11]蜩:蟬。樸:樹皮。搜索:往來貌。　[12]奧屏:深藏,隱蔽。漠泊:竹林茂密貌。獑(chēn 郴)猭(chuān 川):綿延貌。　[13]素體:本性。諠:鬧。　[14]渥:厚。　[15]惠而不費:加惠於人而己又無所耗費。

　　於是般匠施巧,夔妃准法[1]。帶以象牙,捆其會合[2]。鎪鏤離灑,絳脣錯雜[3]。鄰菌繚糾,羅鱗捷獵[4]。膠緻理比,挹抐摋擽[5]。於是乃使夫性昧之宕冥[6],生不睹天地之體勢,闇於白黑之貌形。憤伊鬱而酷㶏[7],愍眸子之喪精。寡所舒其思慮兮,專發憤乎音聲。故吻吮值夫宮商兮,稣紛離其匹溢[8]。形旖旎以順吹兮,瞋㖒喝以紆鬱[9]。氣旁迕以飛射兮,馳散渙以逫律[10]。趣從容其勿述兮,騖合遝以詭譎[11]。或渾沌而潺湲兮,獵若枚折[12]。或漫衍而駱驛兮,沛焉競溢[13]。惏慄密率,掩以絶滅[14]。㗅霅曄踕[15],跳然復出。若乃徐聽其曲度兮,廉察其賦歌[16]。啾咇嘫而將吟兮,行鍖銋以龢囉[17]。風鴻洞而不絶兮,優嬈嬈以婆娑[18]。翩緜連以牢落兮,漂乍棄而爲他[19]。要復遮其蹊徑兮,與謳謠乎相龢[20]。故聽其巨音,則周流氾濫,并包吐含,若慈父之畜子也。其妙聲,則清静厭瘱,順敍卑达,若孝子之事父也[21]。科條譬類,誠應義理。澎濞慷慨[22],一何壯士!優柔温潤[23],又似君子。故其武聲,則若雷霆輘輷,佚豫以沸悁[24]。其仁聲,則若颽風紛披,容與而施惠[25]。或雜遝以聚歛兮,或拔摋以奮棄[26]。悲愴怳以惻惐兮,時恬淡以綏肆[27]。被淋灑其靡靡兮,時横潰以陽遂[28]。哀悁悁之可懷兮,良醰醰而有味[29]。故貪饕者聽之而廉隅兮,狼戾者聞之而不懟[30]。剛毅彊𫿰反仁恩兮,嘽啴逸豫戒其失[31]。鍾期牙曠悵然而愕兮,杞梁之妻不能爲其氣[32]。師襄嚴春不敢竄其巧兮,浸淫叔子遠其類[33]。嚚頑朱均惕復惠兮,桀蹠鬻博儡以頓顇[34]。吹參差而入道德兮,故永御而可貴[35]。時奏狡弄,則彷徨翱翔,或留而不行,或行而不留[36]。愺恅瀾漫,亡耦失疇[37]。薄索合沓,罔象相求[38]。故知音者樂而悲之,不知音者怪而偉之。故聞其悲聲,則莫不愴然累欷,擎涕抆淚[39]。其奏歡娱,則莫不憚漫衍凱,阿那腲腇者已[40]。是以蟋蟀蚸蠖,蚑行喘息[41]。螻蟻蝘蜒,蠅蠅翊翊[42]。遷延徙迤,魚瞰雞睨[43]。垂喙蜿轉,瞪瞢忘食[44]。況感陰陽之龢,而化風俗之倫哉!

【校注】

[1]般:公輸般,春秋時魯國工匠,又名魯班。見《墨子·公輸》。匠:匠石,戰國時巧匠。見《莊子·徐無鬼》。夔:堯舜時的樂官。見《書·舜典》。俞樾《湖樓筆談》卷七以爲是《左傳》所載有仍氏之女,爲後夔之妻,生伯封。夔,又作襄,即師襄,春秋時衛國樂官。見《史記·孔子世家》。妃:不詳。准法:定準音階。

[2]帶、捪:均作裝飾解。　[3]鎪(sōu 搜)鏤:雕刻。離灑:形容雕刻之美。絳唇:指用紅色塗飾的簫孔。　[4]鄰菌繚糾:簫管編連貌。羅鱗:如魚鱗般羅列分佈。捷獵:參差不齊狀。　[5]膠緻理比:都是形容簫管細密的樣子。挹抐擫擶:按簫孔可以發出美妙的聲音。挹抐,按捻。挹,通“抑”。　[6]性昧之宕冥:指天生的盲人。宕冥,昏暗,昏昧。　[7]伊鬱:憂憤鬱結。酷䀢:非常憂鬱。[8]吻吮:口吸,指吹簫。龢:和聲。紛離、匹溢:形容聲音四散。　[9]旖旎:婀娜,柔美。瞋(chēn 郴)哂(hán 含)䐨(hú 胡):鼓腮而吹,狀如瞋怒。紆鬱:鬱結。[10]旁迕:散涣,分佈。遻律:氣緩出貌。　[11]趣:趨。形容聲音從簫管中流出。勿述:形容聲音没有阻礙。騖:縱横奔走。合遝:盛多。詭譎:奇異。

[12]獵:擬聲詞,形容聲音清脆。枚:樹幹。　[13]漫衍:流溢貌。駱驛:絡繹,

連延不絕貌。沛:多。　　　[14]淋慄:寒冷,恐懼,形容聲音淒涼,令人顫慄。密
率:安靜。掩:止息。　　　[15]嘻(xī 吸)霵(jí 及)曄(yè 頁)踕:聲音繁多急促。
[16]廉察:考察審視。　　　[17]啾:眾聲。咇(bǐ 筆)嘟(zhì 至):聲音急出的樣
子。行:且,猶。鍖(chěn 陳上聲)銋(rén 人):聲舒緩不進貌。龢囉:眾聲交迭相
雜貌。　　　[18]鴻洞:悠長不絕貌。僾:倡僾,指舞女。嫋嫋:柔弱貌。婆娑:盤
旋。　　　[19]緜連:延續不斷。牢落:稀疏零落。漂:飄然而去。他:新聲,別調。
[20]要復:等候。遮:阻。龢:古"和"字。　　　[21]妙聲:微妙之聲。厭瘱(yì
意):寧靜深邃。卑达:謙順。达,滑。　　　[22]科條:法令條規,這裏引申爲音樂
變化的旋律。澎濞:波浪撞擊聲。　　　[23]優柔:平和。　　　[24]較(léng 棱)輷
(hōng 轟):巨聲。佚豫:聲音迅疾貌。沸㥜:喧騰的樣子。　　　[25]颷風:南風。
紛披:草木被風吹動貌。容與:從容,和緩。　　　[26]雜遝:雜亂眾多。拔摋(sà
薩):分散。　　　[27]愴悷:失意貌。惻悷:傷痛。綏肆:舒緩。　　　[28]被:及。
淋灑:不絕貌。靡靡:聲音優美柔弱。陽遂:清暢通達。　　　[29]惆惆:憂愁貌。
醰(tán 檀)醰:醇厚。　　　[30]貪饕(tāo 滔):貪婪。廉隅:棱角,喻清廉端方的
品行。狼戾:兇狠暴戾。懟:怨。　　　[31]鯆(bào 暴):暴。嘽(tān 貪)咺(dàn
但):舒緩貌。逸豫:安逸享樂。　　　[32]鍾期牙:鍾子期和伯牙。曠:師曠,春秋
時晉國樂師。杞梁之妻:《文選》李善注引《琴操》云:"《杞梁妻嘆》者,齊邑芑梁殖
之妻所作也。殖死,妻嘆曰:上則無父,中則無夫,下則無子,將何以立,吾亦死而
已。援琴而鼓之,曲終遂自投水而死。芑與杞同也。"　　　[33]嚴春、叔子:古之樂
師。《藝文類聚》卷四四引宋玉《笛賦》:"於是天旋少陰,白日西靡,命嚴春,使午
子。"竄其巧:逞其技巧。竄,措,置。　　　[34]闒頑:愚昧頑鈍。朱:丹朱,堯之不
肖子。均:商均,舜之不肖子。惕:驚。惠:慧,聰慧。蹠:盜蹠。鬻博:夏育和申
博,均爲古之勇士。僵:通"羸",瘦弱。頓顇:困頓憔悴貌。　　　[35]參差:排簫。
御:用。　　　[36]狡:變化多端。弄:曲。彷徨翱翔:游移不定貌。　　　[37]憛悇:
寂靜,幽靜。瀾漫:分散。耦:偶。疇:儔,類。　　　[38]薄索:聯綿詞,急促之意。
合沓:重疊。罔象:即象罔,《莊子·天地》記載的傳説人物。　　　[39]歓:抽泣。
擥、扷:拭。　　　[40]憚漫衍凱:歡樂貌。阿那、腲腇:舒緩貌。　　　[41]蚑蟜:昆
蟲名。蚑行:蟲徐行貌。　　　[42]蝘蜓:壁虎。蠅蠅翊翊:蟲行貌。　　　[43]遷
延:徙移,退卻。睨:斜視。　　　[44]蜿轉:宛轉。

　　　亂曰:狀若捷武,超騰踰曳,迅漂巧兮[1]。又似流波,泡溲汎溂,
趨巇道兮[2]。哮呷呟喚,躋躓連絕,淈殄沌兮[3]。攬搜撋捎,逍遙踊

躍,若壞頹兮^[4]。優游流離,躊躇稽詣^[5],亦足耽兮。頹唐遂往^[6],長辭遠逝,漂不還兮。賴蒙聖化,從容中道^[7],樂不淫兮。條暢洞達^[8],中節操兮。終詩卒曲,尚餘音兮。吟氣遺響,聯緜漂撇^[9],生微風兮。連延駱驛,變無窮兮。

《文選》卷一七

【校注】

[1]亂:歌曲卒章或辭賦的結束語。捷武:輕捷勇武。曳:踰,超越。漂:疾,迅速。
[2]泡溲(sǒu 叟):盛多貌。汛瀄:波急之聲。巇:險峻。　　[3]哱呷吤喚:咆哮聲。隮:登,升。躓:跌,降。絕:斷。浞:亂。珍沌:雜亂不分貌。　　[4]攪搜潒(xiào 笑)捎:水聲。　　[5]優游流離:聲音和緩而分散。稽詣:聲音停留,如有所至。稽,留。詣,至。　　[6]頹唐:隕墜貌。　　[7]聖化:聖明的教化。中道:合於道德。　　[8]洞達:暢達。　　[9]漂撇:形容餘音繚繞而相擊。

【集評】

　　(南朝梁)劉勰《文心雕龍·詮賦》:"子淵《洞簫》,窮變於聲貌。"

　　劉師培《論文雜記》第二十一:"子淵之賦《洞簫》,馬融之賦《長笛》,咸洞明樂理,則亦音樂之妙論也。"

揚　雄

【作者簡介】

　　揚雄(前53—18),一作楊雄,字子雲,西漢蜀郡成都(今屬四川)人。四十二歲之前生活於蜀中。少好學,好古而樂道。漢成帝時,至長安,受到賞愛而成爲侍從文人。作《甘泉》、《河東》、《長楊》、《羽獵》等四大賦,名益重。一生歷宣、元、成、哀、平及王莽六朝,曾官待詔、黃門郎、太中大夫等職。卒於天鳳五年,年七十一。《漢書》卷八七有傳。明鄭樸輯《揚子雲集》六卷,今存清修《四庫全書》中。揚雄是學者兼辭賦家,著述豐富。除《方言》而外,仿《論語》而有《法言》,仿《周易》而有《太玄》,仿《蒼頡》而有《訓纂》,仿《虞箴》而有《州箴》。辭賦創作"擬相如以爲式”而有突破。文學思想亦給後世以重大影響,如提出“勸”與“諷”孰重孰輕問題,“麗以淫”與“麗以則”的“辭人”與“詩人”異同問題,尤其是辨析“詩人”與“辭人”分野之説,給予南北朝時期的文學批評家劉勰等以深刻的啓示。

蜀 都 賦

【題解】

    從揚雄的生平與創作道路看,《蜀都賦》應寫於揚雄在蜀時期。全篇鋪張揚厲,敍寫蜀都地理形勢、市井倫常,名勝特産、農貿工商,歲時節候、魚弋盛況,堪稱蜀都風光圖軸與風俗畫卷。在中國古代辭賦發展史上,揚雄的《蜀都賦》具有獨特的地位和價值。其一,在京都題材方面,此賦爲開山之作,後來的班固《兩都賦》、張衡《二京賦》、左思《三都賦》等,無不受其啓示和影響。其二,“詩緣情而綺靡,賦體物而瀏亮”(陸機《文賦》),揚雄此賦,不言情,不寫志,不議論,不諷諭,是一篇典型的、純粹的體物大賦,正符合“賦”之手法與文體的本來意義和特色。其三,此賦人文内涵厚重而詞藻亦奇古華贍,體現出揚雄作爲學者與辭賦家雙重身份的特色。當然,“以艱深之詞,文淺易之説”(蘇軾評揚雄《法言》、《太玄》語),依然是揚雄的著述習慣,兼之《蜀都賦》流存文本中的魯魚亥豕現象相當突出,因而此賦的閲讀障礙與解讀困難較多。鑒於此,本文以《古文苑》所收爲底本,同時也吸收了學術界的校釋成果,擇善而成。

    蜀都之地[1],古曰梁州[2]。禹治其江[3],淳臯彌望[4]。鬱乎青葱,沃野千里。上稽乾度[5],則井絡儲精;下案地紀,則坤宫奠位。東有巴賨[6],綿亘百濮[7]。銅梁金堂[8],火井龍湫[9]。其中則有玉石營岑[10],丹青玲瓏[11]。邛節桃枝[12],石鱗水蟲[13]。南則有犍牂潛夷[14],昆明峨眉[15]。絶限岷嶓[16],堪巖亶翔[17]。靈山揭其右[18],離碓被其東[19]。於近則有瑕英菌芝[20],玉石江珠[21]。於遠則有銀鉛錫碧,馬犀象僰[22]。西有鹽泉鐵冶,橘林銅陵。邛連廬池[23],澹漫波淪。其旁則有期牛兕旄[24],金馬碧雞[25]。北則有岷山,外羌白馬。獸則麢羊野麋[26],羆犛獏貒[27]。膚麖鹿麞[28],户豹能黄[29]。獅胡雛玃[30],猨蠳玃猱[31],猶犛畢方[32]。

【校注】

[1]蜀都:蜀國都城,指成都。西漢時,成都爲三蜀(蜀郡、廣漢郡、犍爲郡)都會,故稱。　　　[2]梁州:古九州之一。　　　[3]江:此指蜀中岷江。大禹治水自岷山始。
[4]渟(tíng 亭)皋:水邊淤積而成的田野。彌望:滿眼望去。彌,滿。　　　[5]“上稽”四句:謂蜀地上應天象,是井宿的分野;下合卦位,地處九州西南方。乾:指天。井:星名。儲精:(井宿)蓄積(蜀地)精靈。坤宮:在八卦方位中,西南方爲坤。
[6]賨(cóng 從):種族名,主要分佈在四川渠縣一帶。　　　[7]濮:商、周時八個少數民族之一,川東、南楚、滇西,均有濮族部落,其後演變情況複雜,分佈區域很廣,故稱百濮。　　　[8]銅梁:山名,在今重慶合川市。山有石梁橫亘,其色如銅。金堂:山名,在今四川金堂。　　　[9]火井:出産可燃天然氣之井。龍湫:即龍潭,今重慶西陽及涪陵市均有。　　　[10]礜(qín 秦)岑:高峻。這裏形容盛産玉石。
[11]丹青:丹砂、青腜,可作顏料的礦物質。　　　[12]邛節:邛山所産之竹,節高而中實,可製杖。桃枝:竹名,八棱,可製杖。史載,漢武帝因邛杖而開西南夷。
[13]鱑(mèng 夢):即鮏(gèng 更)爲,古稱鮪鱣,鱘類魚。水螭:水中怪獸。
[14]犍牂(zāng 臧):犍,即犍爲郡,治所僰道,在今四川宜賓市西南。牂:即牂柯郡,治所故且蘭,在今貴州黃平西南。潛夷:潛水流域之部族。潛,即渠江。
[15]昆明峨眉:部族名,見《漢書·西南夷傳》。　　　[16]絶限:疆界,疆域。崀(láng 狼)崠(táng 唐):山名。宋章樵注:“崀崠山,俗訛爲螳蜋山,在朱提西南。”漢朱提縣,治今雲南昭通市。　　　[17]堪巖:言山形幽深。亶翔:言山勢之飛舞。
[18]靈山:山名,章樵注:“在成都西南漢壽界。”　　　[19]離碓:在四川都江堰市。《史記·河渠書》:“蜀守(李)冰鑿離碓,辟沫水之害,穿二江成都之中。”碓,古“堆”字。　　　[20]瑕英:美石,美玉。菌芝:又稱石芝,玉石類。　　　[21]江珠:即琥珀。　　　[22]僰(bó 博):種族名。　　　[23]邛:乃“邛”字之誤。指邛海,在今四川西昌市南。廬池:又名黑水。　　　[24]期牛:即夔牛。章樵注:“郭璞《山海經注》:‘蜀山中有大牛,肉重數千斤,名曰夔牛。’期、夔,聲相近。”　　　[25]金馬碧雞:傳說中的神明之物。《漢書·郊祀志下》:“宣帝即位……或言益州有金馬碧雞之神。”顏師古注引如淳曰:“金形似馬,碧形似雞。”　　　[26]麚(xián 咸)羊:細角大山羊。　　　[27]犛(lí 離):即犛牛。貘(mò 末):白豹。貒(tuān 湍):豬獾。
[28]膚(yù 玉)麌(yú 于):獸名,似鹿而大。膚,原作“膚”,今據《揚子雲集》改。
[29]户豹:有文彩的豹。户,通“旷”,文彩斑斕貌。能黃:獸名,形似熊。
[30]獑(chán 蟬)胡:獸名,猿屬。雌:通“雄”。獸名,形似豬。貜(jué 决):猿猴類動物。　　　[31]猨:通“猿”。蠝(lěi 磊):鼯鼠。猱:獸名。《詩·小雅·角弓》陸璣疏:“猱,獼猴也。楚人謂之沐猴,老者爲玃,長臂者爲猨,猨之白腰者爲獑

胡。”　　[32]猶：獸名，似猴而足短。嫛（hù 户）：獸名，犬首而馬尾。畢方：傳説中的怪鳥，形似鶴，單足赤文青質而白喙。

爾乃蒼山隱天，岎嶙迴叢[1]。增嶄重崒[2]，岬石巆崔[3]。捘嵣嶵[4]，霜雪終夏。叩巇岭嶙[5]，崇隆臨柴[6]。諸徼嵽峴[7]，五衘参差[8]。湔山巆巆[9]，觀上岑嵒[10]。龍陽累峗[11]，灌粲交倚[12]。嵟崒崛崎[13]，集嶮脅施[14]。形精出傑[15]，堪嶒隱倚[16]。彭門島嶸[17]，岉嶭碣岢[18]。方彼碑池[19]，岈咖輵嶵[20]。礫乎岳岳[21]，北屬崑崙泰極[22]。湧泉醴，凝水流津，漉集成川[23]。

【校注】

[1]岎（fén 焚）嶙（yín 銀）：山險峻貌。　　[2]嶄：高峻。崒（zú 足）：險峻。
[3]岬（gān 甘）：山。巆（cáng 藏）崔：山石高聳貌。　　[4]捘（tóu 投）嵣（bèng 蹦）：形容高峻。嶵（zuì 最）嵬（wéi 惟）：高峻貌。　　[5]叩：《揚子雲集》作“抑”。岭（yín 銀）嶙：叩石聲。岭，清嚴可均輯《全上古三代秦漢三國六朝文·全漢文》作“岭”。　　[6]崇隆：高，高起。臨柴（zì 自）：積聚。　　[7]徼（jiào 叫）：邊塞，邊界。嵽（dié 蝶）峴（niè 聶）：不齊貌。　　[8]五衘（wù 務）：山名，在今四川樂山市南。一山有五重，故名。　　[9]湔山：又名玉壘山，在今四川成都市西北。下文“觀上”、“龍陽”，皆山名。　　[10]岑（yín 銀）嵒（yán 巖）：山形險峻貌。　　[11]峗（wěi 偉）：高峻貌。　　[12]灌粲：即璀璨。粲，《揚子雲集》作“粲”。　　[13]嵟崒（zú 足）：高峻貌。　　[14]嶮：同“險”。脅施（yì 亦）：於山腰處延伸。　　[15]形精：謂山形奇特似精靈。傑（jié 節）：勇武貌。
[16]堪嶒（chēng 撐）：山形奇特貌。　　[17]彭門：山名，在今四川彭州市西北。島（jī 基）嶸（yáng 羊）：高聳貌。島嶸，《文選·蜀都賦》劉逵注作“鴻屼”。
[18]岉（xíng 行）嶭（yǎn 眼）：險峻貌。碣（kě 可）岢（kě 可）：山勢高峻貌。
[19]彼：原作“陂”，今從《揚子雲集》改。碑（pō 頗）池（tuó 駝）：形容傾斜向下。
[20]岈（yà 訝）咖（qié 茄）：群峰森列貌。輵（yà 訝）嶵（xiè 謝）：形容山不相連。
[21]岳岳：聳立，挺立。　　[22]屬：聯接。泰極：衆山對崑崙山的敬稱。
[23]漉集：衆流匯合。

於是乎則左沈犁[1]，右羌庭[2]。漆水浮其匄[3]，都江漂其脛[4]。乃溢乎通溝，洪濤溶洮[5]。千溪萬谷，合流逆折。泌㴉乎争降[6]，湖漕排碣[7]。反波逆潷[8]，磏石冽巘[9]。紛茹周溥[10]，旋溺冤，綏頹慚[11]。博岸歒呷[12]，祽瀨磴巊[13]。樘汾汾[14]，忽溶闒沛[15]，踰窘出限[16]。連混陠隧[17]，銍釘鍾，湧聲讙[18]，薄泙龍[19]，歷豐隆[20]。潛延延[21]，雷抶電擊[22]，鴻康灗[23]。遠遠乎長喻[24]，馳山下卒[25]。湍降疾流，分川並注，合乎江州[26]。

【校注】

[1]沈犂：郡名，治今四川漢源東。　　　[2]庭：原作“度”，今從《揚子雲集》改。
[3]漆水：章樵注：“漆恐當作‘沫’，音昧。”沫水，即今大渡河。浡（bó 博）：湧。
匈：通“胸”。　　　[4]都江：章樵注：“本沱水，東流過成都，謂之都江水。”沱水，即
今郫江之上源。脛：原作“淫”，今從《全漢文》改。　　　[5]洗：《全漢文》作“沈”。
[6]泌（bì 必）潗（zhì 志）：波浪相激貌。　　　[7]漕：當爲“澮”字。澮（huá 華），
水流匯聚而衝擊。　　　[8]潷（pì 辟）：象聲詞，水暴至之聲。　　　[9]磏石：磨去
了棱角的水中石塊。磏，同“礫”。冽巘（yǎn 眼）：清澄的水映現出山石的形態。
[10]紛茹（rū 儒陰平）：形容錯雜之狀。周溥：遍及。　　　[11]慚：《全漢文》作
“塹”。塹，同“塹”。章樵注以上兩句：“水觸石抵山，則波濤迴洑，舟行人覆溺而
死者冤，綏頹而墜者慚。”　　　[12]搏：原作“博”，今從《全漢文》改。呷：借爲
“岬”。　　　[13]祽（zuì 罪）：《全漢文》作“祽”。磴（tēng 騰陰平）：漲溢。
[14]樘（chēng 撐）：《揚子雲集》作“撑”。音同，均有“支撐、抵拒”之意，此謂水石
相激。汾汾：《全漢文》作“汾”。汾（pén 盆），同“溢”，水漫溢貌。　　　[15]闒
（tāng 湯）沛：形容水波聲勢浩大。　　　[16]窘：拘限，指河床，河岸。　　　[17]陠
（zhì 志）：潰崩。隧（zhuì 墜）：通“墜”，謂土石崩摧。　　　[18]讙（huān 歡）：喧
嘩。　　　[19]薄泙（pēng 烹）龍：此與上文的“銍釘鍾”，當皆爲象聲詞，擬大水喧
嘩聲。　　　[20]豐隆：雷神。這裏指雷聲。　　　[21]延延：《全漢文》作“延”。
[22]抶（chì 赤）：笞擊，打擊。原作“扶”，今從《全漢文》改。　　　[23]鴻：《全漢
文》作“鴻鴻”。康灗（ǎi 矮）：象聲詞。　　　[24]遠遠：《全漢文》作“速遠”。
[25]馳山下卒：如士卒往山下衝鋒。　　　[26]江州：巴郡治所，在今重慶市江北。

　　於木則梗櫟[1]，豫章樹榜[2]。檀櫨欅柙[3]，青稚雕梓[4]。枌梧櫃櫪[5]，楲楢木稷[6]，枒信楫叢[7]，俊幹湊集[8]。枇檜柍楬[9]，扎沈樘椅[10]。從風推參[11]，循崖撮挼[12]。淫淫溶溶[13]，繽紛幼靡[14]。汎閲野望[15]，芒芒菲菲[16]。其竹則鍾龍笻篁[17]，野篠紛

罃^[18]。宗生族攢^[19]，俊茂豐美。洪溶岺葦^[20]，紛揚搔翕^[21]。興風披拖^[22]，夾江緣山。尋卒而起^[23]，結根才業^[24]。填衍迴野^[25]，若此者方乎數十百里^[26]。於汜則汪汪漾漾^[27]，積土崇隄^[28]。其淺濕則生蒼葭蔣蒲^[29]，藿芋青蘋^[30]。草葉蓮藕^[31]，茱華菱根^[32]。其中則有翡翠鴛鴦，晨鸁鶄鷺，霄鴨鷫鵝^[33]。其深則有猵獺沈鱓^[34]，水豹蛟蛇。黿鱓鼈龜^[35]，眾鱗鰯鱗^[36]。

【校注】

[1]楩(pián 駢)：木名，質堅密。櫟(lì 力)：木名，葉可飼柞蠶。　[2]豫章：木名，即樟木。樹榜：或乃"樹檖"之訛。檖(suì 碎)，與下文韻亦諧調。《詩·秦風·晨風》："山有苞棣，隰有樹檖。"樹檖，即檖樹，一名山梨，一名赤羅。　[3]楷櫨(lù 綠)：或乃"諸櫨"之訛。諸櫨，即山壘(lěi 壘)，似葛而粗大。《廣韻·魚韻》："櫨，諸櫨，山壘。"樿(shàn 善)：木名，又名白理木。柙(jiǎ 甲)：一種香木。
[4]青稚：義未詳。或當作"青桂"。青桂亦香木。　[5]枌(fén 焚)：木名，即白榆。橿(jiāng 江)：木名，質堅韌。　[6]樨(xī 西)：木名。楢(yóu 由)：木名，質柔。木稷：高粱的古名，又名蜀黍，莖高丈餘。稷，《揚子雲集》作"稜"。稷(jǐ 紀)：木名，即水松，又名水杉。　[7]枒(yā 鴉)：椏枒，樹木的枝枒。信：通"伸"。楫：通"輯"，聚集。　[8]湊集：聚集。　[9]橀(jī 機)：一種榆樹。楬：義未詳。或乃"柍梅"之訛。柍(yǎng 養)：木名。《説文·木部》："柍，梅也。"段玉裁注："柍，柍梅也。柍梅合二字成木名。……柍梅非今之梅類。"　[10]圠(yà 訝)：山曲。原作"扎"，今從《全漢文》改。椅：或可釋爲"倚"。句謂幽深茂密的林木相互抵拒倚傍。　[11]椎：《揚子雲集》作"椎"。　[12]撮(cuō 搓)挼(ruó 捼)：謂茂密的樹木因風動而碰擊摩擦。　[13]淫淫溶溶：原作"涇淫溶"，今從《全漢文》改。淫淫：行進貌。溶溶：盛多貌。　[14]幼靡：章樵注："幼讀作窈。窈靡，深密也。"　[15]汎閡：深廣博大。　[16]芒芒：繁雜眾多貌。菲菲：花木盛多貌。章樵注："言眾木繁茂。"　[17]鍾龍：竹名。可製笛。笿(niè 聶)簟(jǐn 錦)：竹名。皮白如霜，大者宜爲篙。　[18]篠(xiǎo 小)：竹名。可製笙。罃：通"暢"。　[19]宗生：猶"叢生"，以類而聚的密集生長。　[20]洪溶：寬廣盛多貌。岺葦：盛美貌。　[21]搔翕：同"搔屑"，猶蕭瑟，形容風聲。
[22]與：原作"興"，今從《揚子雲集》改。拖：原缺，今據《全漢文》補。
[23]尋：大竹名。《山海經·大荒北經》郭璞注："尋，大竹名。"　[24]才：草木之初。業：高大。　[25]迴野：曠遠的原野。　[26]數十百里：《全漢文》作

"數千里"。　　　[27]汪汪:《全漢文》作"注注"。　　　[28]崇隇:高隄。　　　[29]蔣(jiāng 江):又名菰,即茭白。　　　[30]茅(zhù 住):草名,又名三棱。原作"茅",今從《揚子雲集》改。《史記·司馬相如列傳》:"蔣芧青蘋。"裴駰《集解》:"芧,三棱。"[31]草葉:章樵注:"草葉,藻也。蘋藻以供祭祀之用。"　　　[32]茱:原作"朱",今從《揚子雲集》改。　　　[33]靐:通"雙"。鵾(kūn 昆):即鵾雞。鸘(sù 肅)鵝(shuāng 霜):鳥名。似雁而長頸。　　　[34]猵(biān 邊)獺:獺屬,能食魚。鼉:通"鼉",即揚子鰐。　　　[35]鱣:通"鱓"。　　　[36]鰨(tǎ 塔)鱚(xī 西):章樵注:"言其衆多,猶雜遝也。"

　　爾乃其都門二九[1],四百餘閭[2]。兩江珥其市[3],九橋帶其流。武儋鎮都[4],刻削成薟[5]。王基既夷,蜀侯尚叢[6]。并石石厞[7],屼岑倚從[8]。秦漢之徙,充以山東[9]。是以隤山厥饒[10],水貢其獲。菹竹浮流[11],黿鼉磧竹[12]。石蝎相救[13],魚酌不收[14]。鸒鯸鴝鸘[15],風胎雨鷇[16]。衆物駭目,單不知所禦[17]。

【校注】

[1]都門二九:章樵注:"立成都十八門……大城九門,小城九門。"　　　[2]閭:街坊里巷之大門。原作"里",今從《藝文類聚》改。　　　[3]珥:《藝文類聚》作"飾"。[4]武儋:山名,在成都西北。　　　[5]薟(liǎn 臉):蔓草叢生。　　　[6]蜀侯:秦惠王滅蜀,封公子通爲蜀侯。尚:配。叢:蠶叢,早期蜀王之一。　　　[7]并石石厞:累石爲室,棲居石室。厞,古"犀"字,同"棲"。　　　[8]屼(qí 其):山旁之石。岑:小而高的山。　　　[9]充:原作"元",今從《文選·魏都賦》劉逵注改。[10]隤(tuí 頹):安,順。厥:代詞,其。　　　[11]菹(chá 查):水中浮草。[12]鼉:原缺,今從《藝文類聚》補。　　　[13]石蝎相救:此與前句中文字多有費解處。章樵注:"上文已有竹,不應再舉。'竹'、'石'疑是合爲'若'字。杜若,香草;蝎,螫蟲。二者藥材,柔、猛之性相濟。舉細微,以見百物富羨。"　　　[14]魚酌不收:章樵注:"魚、酌,皆取也。收……掩藏也。……言山川所產,惟人所取,未嘗有靳。"靳,吝惜。　　　[15]鸒(yú 餘):鳥名,與鼠同穴。鯸(hóu 侯):鳥名,雕類。鴝(qú 渠):鴝鵒,俗稱八哥。鸘:通"凰"。　　　[16]風胎雨鷇(kòu 扣):雌雄相視,不交會而風化生子。鷇,欲出殼的小鳥。　　　[17]單:通"殫",窮盡。

　　爾乃其裸[1],羅諸圃,敁緣畛[2]。黄甘諸柘[3],柿桃杏李枇杷,杜橪栗樼[4]。棠梨離支[5]，雜以梴橙[6]。被以櫻梅，樹以木蘭。扶林禽[7]，爌般關[8]。旁支何若[9]，英絡其間[10]。春机楊柳[11]，裊弱蟬抄[12]，扶施連卷[13]。狟貜蟷蛦[14]，子巂呼焉[15]。

【校注】

[1]祼(guàn 貫)：《全漢文》作"祼"，嚴可均校記以爲乃"果"之訛。　[2]敁(kuāng 匡)：園圃之四圍。畛(zhěn 診)：田間道路。　[3]黃甘：即黃柑。諸柘：亦作"諸蔗"，即甘蔗。　[4]柂：木名，即杜梨。橪：通"橪"。果木名。樼(nài 耐)：果木名。　[5]離支：即荔枝。　[6]梴(chān 摻)：木長貌。[7]林禽：植物名，亦名沙果、花紅。　[8]爌(yuè 月)：光彩貌。般關：一種優質梨。　[9]支：通"枝"。何若：猶"婀娜"。　[10]英：花。　[11]机：木名，橙(qī 七)木樹，葉長橢圓形，果穗亦下垂。　[12]裊(niǎo 鳥)弱：形容柔弱細長。裊，亦作"裊"。蟬抄：章樵注："相率引也。"　[13]扶施：猶"扶疏"，繁茂紛披貌。連卷(quán 全)：即"連蜷"，長曲貌。　[14]狟(jù 巨)貜(xī 西)：即蟭蛄，蟬類。蟷(táng 唐)蛦(yí 夷)：即蟷蜩，蟬類。　[15]子巂(guī 規)：鳥名，即子規，杜鵑鳥。傳說此鳥乃蜀王望帝魂魄所化。

爾乃五穀馮戎[1]，瓜匏饒多[2]。卉以部麻[3]，往往薑梔[4]。附子巨蒜[5]，木艾椒蘺[6]。蒟醬酴清[7]，衆獻儲斯。盛冬育筍，舊菜增伽[8]。百華投春，隆隱芬芳。蔓茗熒郁[9]，翠紫青黃。麗靡螭燭[10]，若揮錦布繡，望芒兮無帽[11]。

【校注】

[1]馮戎：豐盛。　[2]匏(páo 袍)：即瓟，葫蘆類。原作"巐"，此從《揚子雲集》改。　[3]卉：古"草"字。此處用爲動詞，種植。　[4]往往：處處。[5]附子：植物名，可入藥。　[6]蘺：江蘺，即蘼蕪。　[7]蒟醬：枸蒟做成的醬。酴清：酴蘼酒。　[8]伽：同"茄"。　[9]茗：茶芽。熒郁：繁盛貌。[10]螭：通"摛"，舒展，即下文"揮錦布繡"之意。燭：放射光采。　[11]芒：廣大，遼遠。帽：界限，邊際。

爾乃其人，自造奇錦。紌繀綖頪[1]，緦緣盧中[2]。發文揚采，轉代無窮。其布則細都弱折[3]，綿繭成衽。阿麗纖靡[4]，避晏與陰[5]。

蜘蛛作絲,不可見風。筩中黄潤[6],一端數金。雕鏤釦器[7],百伎千工。東西鱗集,南北並湊。馳逐相逢,周流往來。方轅齊轂,隱軫幽輵[8],埃敦塵拂。萬端異類,崇戎總濃般旋[9]。闠齊嗒楚[10],而喉不感概[11]。萬物更湊,四時迭代。彼不折貨[12],我罔之械[13]。財用饒贍,蓄積備具。

【校注】

[1]絿(qiú 求)繯(xuàn 眩)緋(fěi 匪)頊(xǔ 許):皆蜀錦之名。　[2]緂(cǎn 慘)緣盧中:絳色緣其外,黑色居其中。緂,絳色。盧,黑色。章樵注:"蜀錦名件不一,此其尤奇。故轉於世間,無有窮已。"　[3]細都、弱折:章樵注:"皆布名。"　[4]阿:通"婀",柔美貌。　[5]晏:天晴無雲。　[6]筩(tǒng 筒)中、黄潤:皆布名。　[7]釦(kòu 扣)器:以金銀嵌飾邊棱的器物。　[8]隱軫:猶"殷軫"、"隱賑",謂盛大、衆多。幽輵(yà 訝):車聲。　[9]崇:聚集。戎:廣大。總:彙集。濃:密集,衆多。般(pán 盤)旋:盤桓,留連,周旋。[10]闠(huì 會):市區之門,亦指街市。嗒(tà 遝):言語紛雜。　[11]感概:感意氣而立節概。章樵注:"蜀物豐羨,負販者多齊楚之人,遝至都市,喧嘩而争售之。"　[12]折:打折拋售。　[13]我罔之械:即"我罔械之"。我,指蜀商,與上文中"彼"(外商)相對而言。罔,不。械,禁。

若夫慈孫孝子,宗厥祖禰[1]。鬼神祭祀,練時選日[2]。瀝豫齊戒[3],龍明衣[4],表玄穀[5]。儷吉日[6],異清濁[7]。合疎明[8],綏離旅[9]。乃使有伊之徒[10],調夫五味。甘甜之和,勺藥之羹[11]。江東鮐鮑[12],隴西牛羊。糴米肥豬[13],麞麀不行[14]。鴻貇貛乳[15],獨竹孤鶬[16]。炮鴞被紕之胎[17],山麢髓腦[18],水游之腴。蜂豚鷹雁[19],被鷚晨凫[20]。戮鵎初乳[21],山鶴既交。春羔秋鰤[22],膾鮻龜肴[23]。秔田孺鷟[24],形不及勞[25]。五肉七菜[26],朦厭腥臊[27]。可以頤精神養血脈者[28],莫不畢陳。

【校注】

[1]厥:其,代詞。祖禰(nǐ 你):祖廟和父廟。　[2]練:通"揀",選擇。
[3]瀝:清酒。豫:預備。齊戒:即"齋戒"。　[4]龍:假借作"襲",重衣,衣上加

衣。明衣：齋戒期間沐浴後所穿的乾浄布衣。　　　[5]玄穀：章樵注："黑黍也，所以釀酒。"穀，《全漢文》作"穀"。　　　[6]儷：章樵注："儷，偶也。祭祀用柔日。"紀日天干中凡值乙、丁、己、辛、癸的日子稱柔日。　　　[7]異清濁：區分清酒與濁酒。清酒乃祭祀之酒。　　　[8]合踈明：應該親疏分明。踈，通"疏"。　　　[9]綏：安撫。離：不同，區別。指昭、穆位次之别。旅：衆賓以次序敬酬主人。章樵注："猶言會親疏，輯衆寡。"輯，和睦，使安定。謂祀禮畢，宴集賓客。　　　[10]有伊之徒：指廚師。伊，謂伊尹。《墨子·尚賢》："湯舉伊尹於庖廚之中，授之以政。"
[11]勺（zhuó 酌）藥：五味之和，五味調料的合劑。　　　[12]鮐（tái 臺）：一名青花魚，盛産於渤海、黄海。鮑：即鰒魚，又稱石決明。　　　[13]糶米：章樵注："糶，與'滌'通用。……滌米，言養之以米，所以滌其穢。"　　　[14]麈（zhuī 追）麛（sì 四）不行：謂用於祭祀之鹿乃躬獵而得，非購之於游商。麈，一歲的鹿。麛，二歲的鹿。不行，章樵注："弋獵所供，無行販者。"　　　[15]鴻狹（shuǎng 爽）貚（dǎn 膽）乳：詞序實應爲"鴻狹乳貚"。狹、貚，皆獸名。章樵注："狹，貴大者；貚，貴初生。"
[16]鵠：水鳥名。　　　[17]鵂：即貓頭鷹。虪：通"貀"。猛獸名，似虎。　　　[18]麇（jūn 均）：同"麕"，即獐。　　　[19]蜂：原作"峰"，今從《揚子雲集》改。蜂，通"封"，大。應：指隨氣候變化而遷徙。　　　[20]鴙鵰（yàn 雁）：即斥鷃，又名鴳雀，鶉的一種。晨鳧：晨飛之野鴨。　　　[21]戩：通"鵝"，野鵝。鶂（yì 義）：水鳥名，似鷁鶂。又，"鶂鶂"乃鵝鳴之聲，亦借指鵝。從上下文"應雁"、"晨鳧"、"山鶴"等用詞特點看，此處"戩鶂"當專指野鵝。　　　[22]鼬（liǔ 柳）：一種以竹根爲食的鼠，似家鼠而大。　　　[23]鮻（suō 梭）：魚名。傳説此魚人面，人手，魚身。
[24]秔（jīng 精）：即粳米稻。鷩（bì 必）：即錦雞。　　　[25]形不及勞：謂孺鷩寄生於稻田，懶於飛翔，不勞而肥。　　　[26]五肉：指牛、羊、雞、狗、豬。七菜：指蔥韭之類。　　　[27]矇厭（yā 押）：勝過，蓋過。指以七菜之辛辣去五肉之腥臊。矇厭，《藝文類聚》卷八二引作"勝掩"。　　　[28]頤精神養血脈：原作"練神養血腄"，今從《全漢文》改。

爾乃其俗，迎春送冬[1]。百金之家，千金之公。乾池泄澳[2]，觀魚于江。若其吉日嘉會，期於送春之陰[3]，迎夏之陽。侯羅司馬，郭范晶揚[4]。置酒乎榮川之閒宅，設坐乎華都之高堂。延帷揚幕，接帳連岡。衆器雕琢，早刻將星[5]。朱緣之畫，邠盼麗光[6]。龍虯蜿蜷錯其中[7]，禽獸奇偉髦山林[8]。昔天地降生杜郭密促之君[9]，則荆上亡尸之相[10]。厥女作歌[11]，是以其聲呼吟靖領[12]，激呦喝啾[13]。戶音六成[14]，行夏低徊^[15],胥徒入冥^[16]。及廟嚍吟^[17],諸連單情^[18]。舞曲轉節,踃駴應聲^[19]。其佚則接芬錯芳^[20],襜祫纖延^[21]。躡淒秋^[22],發陽春。羅儒吟^[23],吳公連^[24]。眺朱顏,離絳脣^[25]。眇眇之態^[26],吡嘫出焉^[27]。

【校注】

[1]冬:原作"暑",今據《文選·蜀都賦》劉逵注改。　　[2]澳(yù 玉):水邊地。[3]送:原作"倍",今從《揚子雲集》改。春之陰:指三月。年與季,前半爲陽,後半爲陰。　　[4]晶(léi 雷):漢時蜀都七大姓之一。　　[5]旱:假借作"藻",彩繪。將星:璀璨華美貌。　　[6]邡盼:猶"繽紛"。　　[7]蜷蜷(quán 全):屈伸貌。　　[8]髦:四散貌。　　[9]杜鄠(hù 户):即蜀國望帝杜宇。密促:謂在位時間短暫。　　[10]荆上亡尸之相:《太平御覽》卷一六六引揚雄《蜀王本紀》:荆人鼈令死,其尸流亡,隨江水上至成都,見蜀王杜宇,杜宇立以爲相。　　[11]厭女作歌:《成都古今記》:"蜀王尚五丁之妹爲妃,不習水土。欲出,王固留之,爲作《東平之歌》。無幾,物故。王悲悼不已,乃作《臾斜之歌》、《就歸之曲》而哀之。"[12]靖領:悲慘。　　[13]激(jiào 叫):通"嗷",高呼聲。呦:哭泣聲。喝(yè 葉):嘶啞聲。啾:吟歎聲。　　[14]户:通"濩",商湯時的樂章。六成:猶六變,六章。　　[15]行夏:樂章名。　　[16]胥徒:指樂工。入冥:猶言其歌聲動聽而能泣鬼神。　　[17]廟:章樵注:"望帝、鼈靈,皆有廟在蜀都。士女出游,必謁其廟,依昔日之歌曲,寫之聲音,播之舞節,而獻於祠下。"嚍(cǎn 慘)吟:體會歌唱情趣,一試歌喉。嚍,銜於口中,咀摸,迴味。　　[18]諸連:一曲接着一曲。連,章樵注:"猶後世之曲所謂疊也。"單情:盡情。單,通"殫"。　　[19]踃(xiāo 消)駴(sà 薩)應聲:舞之緩急遲速與歌聲相應。踃駴,跳舞的節奏。　　[20]佚:通"佾",樂舞的行列。　　[21]襜(chān 摻):衣袖。祫(zhé 折):衣襟。　　[22]躡(tǎn 坦):以足踏地而歌。淒秋:與下文"陽春",皆曲名。　　[23]羅儒:章樵注:"羅儒、吳公,皆善謳吟者,後人多仿其音。"　　[24]吳公:即虞公。劉向《别録》:"漢興以來,善雅歌者,魯人虞公,發聲清哀,遠動梁塵。"　　[25]離:張開。《文選·思玄賦》:"離朱脣而微笑兮,顔的礫以遺光。"李善注:"離,開也。"　　[26]眇眇:眯眼遠望的情態。　　[27]吡(bì 必)嘫(hǎn 喊):形容歌聲的抑揚頓挫。

若其游怠魚弋^[1],邠公之徒^[2]。相與如平陽^[3],頫巨沼^[4]。羅車百乘,期會投宿。觀者方隄^[5],行船競逐。偃衍撇曳^[6],緒索恍惚^[7]。羅罝彌澥^[8],蔓蔓汋汋^[9]。籠睢睍兮罘布列^[10],枚孤施兮纖繳出^[11]。

驚雌落兮高雄蹶，翔鷗挂兮奔縈畢[12]。俎飛膾沈[13]，單然後別[14]。

《古文苑》卷四

【校注】

[1]怠：通"怡"。魚：通"漁"。　　[2]郤(xì 隙)公：蜀中一豪俠。　　[3]如：往。平陽：平坦的原野。　　[4]頫：章樵注："頫，疑是'頮'字，與'俯'同。"[5]方：通"旁"，遍及。隄：通"堤"。　　[6]偃衍：橫七豎八，紛繁散亂。撇：此指撇網。　　[7]絺(chī 吃)索：指羅網上的麻繩。　　[8]羅罝(jū 居)：羅網。罝，原作"畏"，今從《揚子雲集》改。漖：湖汊。　　[9]蔓蔓沕(wù 物)沕：此謂水草叢生，魚兒深藏。　　[10]蘢：通"籠"，用於捕獵的竹器。睢(suī 雖)䂮(huò 或)：猶下文之"布列"，但兼含"目不轉睛、張網以待"之意。罧(shèn 甚)：積柴水中以聚魚。　　[11]枚：聚魚之柴。孤：即"罛"，大的魚網。清桂馥《札樸·鄉里舊聞》："漁人投木枝以聚魚，施罛圍而取之。"繳繳(zhuó 酌)：射鳥時繫於箭上的細生絲繩。　　[12]挂：原作"柱"，《揚子雲集》作"桂"，皆誤。今據《全漢文》改。挂，羅網。《文選·張衡·西京賦》："挂白鵠，聯飛龍。"李周翰注："挂、聯，皆罥也。"罥，通"罥"，捕鳥獸的網。奔：指走獸。畢：長柄的網。　　[13]俎(zǔ 組)、膾：皆爲動詞，謂烹製菜肴。飛、沈：皆爲名詞，分別指鳥與魚。　　[14]單：同"殫"，盡。此謂盡興。

【集評】

　　錢鍾書《管錐編》第三册："王羲之《十七帖·蜀都帖》：'揚雄《蜀都》、左太沖《三都》殊爲不備悉，彼故多奇。'左之《蜀都》於風土方物，涉筆甚廣，而不若揚賦之親切。"

班婕妤

【作者簡介】

　　班婕妤(前48? —前6?)，名、字不詳，樓煩(今山西朔縣)人，東漢史學家班固的祖姑。成帝初選入後宮，始爲少使，俄而大幸，拜婕妤。後寵衰，爲趙飛燕所譖，免罪,求供養太后於長信宫。帝許之,作賦一篇以自悼。成帝死後,婕妤充奉園陵,薨,因葬園中。《漢書》卷九七下有傳。

怨 歌 行

【題解】

班婕妤《怨歌行》,南朝梁徐陵編《玉臺新詠》卷一作《怨詩》,南朝梁鍾嵘《詩品》卷上稱《團扇》詩。一説本詩是後人假託班婕妤所作,但其時代不會晚於魏晉。本詩是較早的一篇以宫怨爲題材的作品,反映了古代婦女色衰愛弛的共同悲劇,對後代同類題材的詩歌創作影響深遠。

新裂齊紈素[1],皎潔如霜雪[2]。裁爲合歡扇[3],團團似明月[4]。出入君懷袖,動搖微風發[5]。常恐秋節至,涼風奪炎熱[6]。棄捐篋笥中,恩情中道絶[7]。

《文選》卷二七

【校注】

[1]齊紈(wán 丸)素:齊地出産的精美的絲絹。　　[2]皎潔:鮮亮潔白。
[3]合歡扇:指繪有合歡圖案的團扇。　　[4]團團:團扇圓圓之貌。《説文》:"團,圓也。"　　[5]"出入"二句:意謂在炎熱的夏天,團扇經常在身邊使用,扇動時生出微風,給人涼爽。這裏比喻婦女得到寵愛,《文選》卷二七李善注:"此謂蒙恩幸之時也。"　　[6]"常恐"二句:意謂常常擔心秋天到來,涼風吹去炎熱。這裏比喻女子因男子有新歡而失寵。　　[7]"棄捐"二句:意謂一到秋天,團扇就被收起來,棄置在箱子裏,就如男子對女子的恩寵中途斷絶一樣。捐:棄。篋(qiè恊):用以藏物品的長方形小箱子。笥(sì 似):盛飯或衣服的方形容器,以竹或葦編造。

【集評】

　　(梁)鍾嵘《詩品》卷上:"《團扇》短章,辭旨清捷,怨深文綺,得匹婦之致。"
　　(唐)吴兢《樂府古題要解》:"右爲漢成帝班婕妤作也。婕妤,徐令彪之姑,况之女,美而能文。初爲帝所寵愛,後幸趙飛燕姊娣,冠於後宫,婕妤自知恩薄,懼得罪,求供養皇太后於長信宫,因爲賦及《紈扇詩》以自傷。後人傷之,爲《婕妤怨》及擬其詩。”

　　（明）陸時雍《詩鏡總論》：“班婕妤説禮陳詩，姱脩嫮佩，《怨歌行》不在《緑衣》諸什之下。”

王　充

【作者簡介】

　　王充（27—97？），字仲仁，會稽上虞（今屬浙江）人。出身貧寒，少年好學，後游學洛陽，師事班彪，家貧無書，常去書攤閲覽，遂博通衆流百家之言。曾教授生徒，任過郡功曹、揚州治中等小官。後罷職居家，於户牖墻壁各置刀筆，專心著書。“志俗人之寡恩”，作《譏俗節義》；“閔人君之政，徒欲治人，不得其宜，不曉其務”，作《政務》。此二書均已亡佚。又以畢生精力，歷時三十多年，寫成巨著《論衡》三十卷，分八十五篇（現缺《招致》一篇）。《後漢書》卷四九有傳。

超　奇　篇

【題解】

　　《超奇》是《論衡》的第三十九篇，品評歷代作家作品。王充將文人分爲五種：俗人、儒生、通人、文人、鴻儒，認爲鴻儒是最高的典範。如何才能達到這種境界呢？這裏就涉及品評標準和作家的修養問題了。作者認爲，品評作者的高下不能以讀書多少爲標準，而是應當看他是否有通融的思想境界。其次，作者認爲應當首先加强思想修養，而不能像漢代皓首窮經的儒生那樣目光短淺。光從外在“文”下功夫，那還遠遠不夠，更應從内在的“實”方面作努力。這種看法對於文學創作和文學理論都曾産生過較大的影響，如齊梁時期著名文學理論家劉勰在《文心雕龍》中提出“爲情而造文”，反對“爲文而造情”，就可以比較明顯地看出是對這種理論的進一步發展。最後，作者對於當時厚古薄今的傾向表明了鮮明的反對態度。

　　通書千篇以上，萬卷以下，弘暢雅閑[1]，審定文讀，而以教授爲人師者,通人也。杼其義旨[2],損益其文句,而以上書奏記,或興論立説,結連篇章者,文人、鴻儒也。好學勤力,博聞强識,世間多有;著書表文,論説古今,萬不耐一[3]。然則著書表文,博通所能用之者也。入山見木,長短無所不知;入野見草,大小無所不識。然而不能伐木以作室屋,採草以和方藥,此知草木所不能用也。夫通人覽見廣博,不能掇以論説[4],此爲匿生書主人[5],孔子所謂“誦《詩》三百,授之以政,不達”者也[6],與彼草木不能伐採,一實也。孔子得史記以作《春秋》,及其立義創意,褒貶賞誅,不復因史記者,眇思自出於胸中也[7]。凡貴通者,貴其能用之也。即徒誦讀[8],讀詩諷術,雖千篇以上,鸚鵡能言之類也。衍傳書之意,出膏腴之辭,非俶儻之才[9],不能任也。夫通覽者,世間比有;著文者,歷世希然[10]。近世劉子政父子[11]、楊子雲、桓君山[12],其猶文、武、周公並出一時也;其餘直有[13],往往而然,譬珠玉不可多得,以其珍也。

故夫能説一經者爲儒生,博覽古今者爲通人,采掇傳書以上書奏記者爲文人,能精思著文,連結篇章者爲鴻儒[14]。故儒生過俗人,通人勝儒生,文人踰通人,鴻儒超文人。故夫鴻儒,所謂超而又超者也。以超之奇,退與儒生相料[15],文軒之比於敝車[16],錦繡之方於縕袍也[17],其相過,遠矣。如與俗人相料,太山之巓墢[18],長狄之項跖[19],不足以喻。故夫丘山以土石爲體,其有銅鐵,山之奇也。銅鐵既奇,或出金玉。然鴻儒,世之金玉也,奇而又奇矣。

奇而又奇,才相超乘,皆有品差。儒生説名於儒門,過俗人遠也。或不能説一經,教誨後生。或帶徒聚衆,説論洞溢,稱爲經明[20]。或不能成牘,治一説。或能陳得失,奏便宜[21],言應經傳,文如星月。其高第若谷子雲、唐子高者[22],説書於牘奏之上,不能連結篇章。或抽列古今[23],紀著行事[24],若司馬子長[25]、劉子政之徒,累積篇第,文以萬數,其過子雲、子高遠矣,然而因成紀前,無胸中之造。若夫陸賈、董仲舒,論説世事,由意而出,不假取於外,然而淺露易見,觀讀之者,猶曰傳記。陽成子長作《樂經》[26],楊子雲作《太玄經》,造於助思[27],極窅冥之深[28],非庶幾之才[29],不能成也。孔子作《春秋》,二子作兩經,所謂卓爾蹈孔子之跡[30],鴻茂參貳聖之才者也。

　　王公[子]問於桓君山以楊子雲,君山對曰:"漢興以來,未有此人。"[31]君山差才[32],可謂得高下之實矣。采玉者心羨於玉[33],鑽龜者知神於龜[34]。能差衆儒之才,累其高下[35],賢於所累。又作《新論》[36],論世間事,辯照然否,虛妄之言,僞飾之辭,莫不證定。彼子長、子雲論説之徒,君山爲甲[37]。自君山以來,皆爲鴻眇之才,故有嘉令之文。筆能著文,則心能謀論,文由胸中而出,心以文爲表。觀見其文,奇偉俶儻,可謂得論也。曰此言之,繁文之人[38],人之傑也。

【校注】

[1]弘暢雅閑:宏達順暢,嫻熟典雅。閑,通"嫻"。　　[2]杼:通"抒"。揚雄《方言》:"抒,解也。"　　[3]萬不耐一:一萬中也難得一個。耐,通"能"。　　[4]掇以論説:彙集提煉自己的論點。掇,拾取。　　[5]此爲匡生書主人:此句疑有誤奪。　　[6]"孔子"三句:《論語·子路》篇:"子曰:'誦《詩》三百,授之以政,不達;使於四方,不能專對;雖多,亦奚以爲?'"　　[7]眇思:妙思。眇,通"妙"。
[8]即:若。　　[9]俶儻:卓異貌。　　[10]歷世希然:歷來稀見。希,通"稀"。
[11]劉子政父子:指漢代著名學者劉向、劉歆。　　[12]楊子雲、桓君山:指漢代著名學者楊雄、桓譚。楊雄即揚雄,《漢書》卷八七有傳。桓譚,《後漢書》卷二八上有傳。　　[13]直有:特有,僅有。　　[14]"故夫"五句:這裏提到儒生、通人、文人、鴻儒四種,而下文又説到"故儒生過俗人,通人勝儒生,文人踰通人,鴻儒超文人"。多一"俗人"。這裏疑有脱誤。漢何休《春秋公羊傳序》云:"是以治古學貴文章者,謂之俗儒。"徐彦疏云:"謂之俗儒者,即《繁露》云:'能通一經曰儒生,博覽群書號曰鴻儒。'"王充所謂俗人、儒生、通人、文人、鴻儒的分別,似承襲舊説。
[15]相料:相比。料,衡量。　　[16]文軒:華美的車子。　　[17]緼袍:以亂麻襯於其中的袍子。　　[18]太山之巓埊:泰山的峰頂。太山,即泰山。
[19]長狄之項跖:長狄的全身。長狄,古代傳説中的巨人。項,脖子。跖,足。
[20]經明:精通經書。　　[21]便宜:對國家有利。　　[22]谷子雲、唐子高:漢代著名政論家谷永、唐林。谷永,《漢書》卷八五有傳。唐林,《漢書》卷七二有傳。
[23]抽列:抽,通"籀",指諷誦。列,誄列。　　[24]行事:往事。　　[25]司馬子長:指漢代史學家司馬遷。《漢書》卷六二有傳。　　[26]陽成子長作《樂經》:《論衡·對作》篇作"陽成子張",即補《史記》的陽城衡。　　[27]助思:眇思。助,當爲"眇"字之誤。　　[28]宵冥:深遠難見的樣子。　　[29]庶幾之才:《易·繫辭下》:"顏氏之子,其殆庶幾乎?"後來以庶幾之才爲賢者之稱。　　[30]卓

爾:卓越不凡。　　　[31]"王公[子]"四句:見《新論》。"子"字爲衍文。王公:即王莽。　　　[32]差才:評論人才的差別。　　　[33]采玉者心羨於玉:采玉的人心嚮往玉。羨,疑當作"美"字。　　　[34]鑽龜者知神於龜:占卜的人能預知吉凶。鑽龜者,古代占卜者。　　　[35]累其高下:排列其高下。累,序。　　　[36]《新論》:二十九篇,桓譚著。宋時已佚。今有輯本。　　　[37]君山爲甲:桓譚爲第一。[38]繁文之人:作品豐富的人。

　　有根株於下,有榮葉於上[1];有實核於內,有皮殼於外。文墨辭説,士之榮葉、皮殼也。實誠在胸臆,文墨著竹帛,外內表裏,自相副稱。意奮而筆縱,故文見而實露也。人之有文也,猶禽之有毛也。毛有五色,皆生於體。苟有文無實,是則五色之禽,毛妄生也。選士以射,心平體正,執弓矢審固[2],然後射中。論説之出,猶弓矢之發也。論之應理,猶矢之中的。夫射以矢中效巧,論以文墨驗奇。奇巧俱發於心,其實一也。

　　文有深指巨略,君臣治術,身不得行,口不能紲[3],表著情心,以明己之必能爲之也。孔子作《春秋》,以示王意。然則孔子之《春秋》,素王之業也[4];諸子之傳書,素相之事也[5]。觀《春秋》以見王意,讀諸子以睹相指。故曰:陳平割肉,丞相之端見[6];孫叔敖決期思,令君之兆著[7]。觀讀傳書之文,治道政務,非徒割肉決水之占也。足不彊則跡不遠,鋒不銚則割不深[8]。連結篇章,必大才智鴻懿之俊也[9]。

　　或曰:著書之人,博覽多聞,學問習熟,則能推類興文。文由外而興,未必實才學文相副也[10]。且淺意於華葉之言,無根核之深,不見大道體要,故立功者希。安危之際,文人不與,無能建功之驗,徒能筆説之效也。

　　曰:此不然。周世著書之人,皆權謀之臣;漢世直言之士,皆通覽之吏,豈謂文非華葉之生,根核推之也?心思爲謀,集札爲文[11],情見於辭,意驗於言。商鞅相秦,致功於霸,作《耕戰》之書[12];虞卿爲趙,決計定説,行退作□□□[13]。《春秋》之思,起城中之議[14];《耕戰》之書,秦堂上之計也。陸賈消呂氏之謀,與《新語》同一意[15];桓君山易晁錯之策,與《新論》共一思[16]。觀谷永之陳説,唐林之宜言,劉向之切議,以知爲本[17],筆墨之文,將而送之[18],豈徒雕文飾辭,苟爲華葉之言哉? 精誠由中,故其文語感動人深。是故魯連飛書,燕將自殺[19];鄒陽上疏,梁孝開牢[20]。書疏文義,奪於肝心,非徒博覽者所能造,習熟者所能爲也。

　　夫鴻儒希有,而文人比然,將相長吏,安可不貴? 豈徒用其才力,游文於牒牘哉? 州郡有憂,能治章上奏,解理結煩,使州郡連事[21]。有如唐子高、谷子雲之吏,出身盡思,竭筆牘之力,煩憂適有不解者哉[22]? 古昔之遠,四方辟匿,文墨之士,難得記録,且近自以會稽言之。周長生者,文士之雄也[23],在州,爲刺史任安舉奏;在郡,爲太守孟觀上書,事解憂除,州郡無事,二將以全[24]。長生之身不尊顯,非其才知少、功力薄也,二將懷俗人之節,不能貴也。使遭前世燕昭,則長生已蒙鄒衍之寵矣[25]。長生死後,州郡遭憂,無舉奏之吏,以故事結不解[26],徵詣相屬,文軌不尊,筆疏不續也。豈無憂上之吏哉? 乃其中文筆不足類也。長生之才,非徒鋭於牒牘也,作《洞歷》十篇[27],上自黄帝,下至漢朝,鋒芒毛髮之事,莫不紀載,與太史公《表》、《紀》相似類也[28]。上通下達,故曰《洞歷》。然則長生非徒文人,所謂鴻儒者也。

【校注】

[1]有榮葉於上:榮,指花葉。葉,這裏作動詞。　　[2]審固:正確地辨别目標,牢固有力地拉彎弓箭。　　[3]紲:當作"泄"字。口不能泄,就是口不能言。
[4]"然則"二句:《論衡·定賢》:"孔子不王,素王之業,在於《春秋》。"素王:言有王位之道而無王位之名。　　[5]素相:即無相位之名,而有相位之業。　　[6]陳平割肉:陳平没有發跡時作屠宰,分肉很平均,得到大家的讚賞。陳平説:"嗟乎,使平得宰天下,亦如是肉矣。"事見《史記·陳丞相世家》。　　[7]孫叔敖決期思:《淮南子·人間訓》:"孫叔敖決期思之水,而灌雩婁之野。莊王知其可以爲令尹也。"期思、雩婁,地名。君:當作"尹"字。　　[8]銛:鋒利。　　[9]鴻懿:宏大美好。
[10]實才學文相副也:此句文意難懂。《太平御覽》卷五八五作"實才與文相副","學"爲"與"字形訛。相副,即相稱。　　[11]集札爲文:彙集雜記成文。札,通"劄"。　　[12]作《耕戰》之書:《史記·商鞅傳贊》:"余嘗讀商君《開塞》、《耕戰》書。"《開塞》,《商君書》中的篇名。《耕戰》當指該書的《農戰書》一篇,講述耕

戰政策。　　[13]"虞卿爲趙"三句:虞卿爲趙國決策定計,見《史記·平原君虞卿列傳》。虞卿後來離開趙國,著《虞氏春秋》。因此,空四格當是此書名。
[14]"《春秋》之思"二句:虞卿作《虞氏春秋》的想法,肇始於在趙國奏獻的各種議論。起:或作"趙"。　　[15]"陸賈"二句:陸賈曾與陳平等人策劃平定諸呂篡權。其用意與他所著的《新語》相一致。　　[16]"桓君山"二句:桓君山,即桓譚,曾上書光武帝言晁錯事,所著《新論》久佚,從輯本中已難看到"易晁錯之策"的內容。　　[17]知:通"智"。　　[18]將:助。　　[19]"是故"二句:燕將攻下聊城,聊城人暗中向燕國進讒言詆毀燕將。燕將憂懼,固守聊城不敢回去。齊國田單久攻聊城,死傷慘重,快一年也沒有拿下。魯仲連寫信,用箭射到城內。燕將看過後,知道自己歸燕降齊均無可能,哭泣三日後自殺。事見《戰國策·齊策》和《史記·魯仲連列傳》。　　[20]"鄒陽上疏"二句:梁孝王聽信讒言而將鄒陽抓捕入獄。鄒陽獄中上書,曉之以理,動之以情。梁孝王讀後放出鄒陽,待爲上客。
[21]使州郡連事:使州郡無事。連,疑作"無"字。下文有"事解憂除,州郡無事"可證。　　[22]適:曷,豈能。　　[23]周長生:《北堂書鈔》七十三引謝承《後漢書》有《周樹傳》,樹字長生,當即此人。　　[24]二將:指任安、孟觀。
[25]"使遭"二句:鄒衍,戰國時人。燕昭王愛才若渴,修築黄金臺。鄒衍自齊往,爲燕王所重用。事見《史記·孟子荀卿列傳》。　　[26]以故事結不解:州郡發生了事故,問題久久得不到解決。朝廷徵召各地首領詢問的連綿不絶。
[27]《洞歷》十篇:《隋書·經籍志》未著録,疑久佚。　　[28]太史公《表》、《紀》:指《史記》八表、十二紀。

　　前世有嚴夫子[1],後有吳君商[2],末有周長生。白雉貢於越[3],暢草獻於宛[4],雍州出玉,荆、揚生金[5]。珍物産於四遠,幽遼之地,未可言無奇人也。孔子曰:"文王既没,文不在兹乎!"[6]文王之文在孔子,孔子之文在仲舒[7],仲舒既死,豈在長生之徒與?何言之卓殊,文之美麗也!唐勒、宋玉,亦楚文人也,竹帛不紀者,屈原在其上也。會稽文才,豈獨周長生哉?所以末論列者,長生尤踰出也。九州多山,而華、岱爲嶽;四方多川,而江、河爲瀆者,華、岱高而江、河大也。長生,州郡高大者也。同姓之伯賢,舍而譽他族之孟,未爲得也。長生説文辭之伯[8],文人之所共宗,獨紀録之,《春秋》記元於魯之義也[9]。

　　俗好高古而稱所聞,前人之業,菜果甘甜,後人新造,蜜酪辛苦。長生家在會稽,生在今世,文章雖奇,論者猶謂稊於前人。天稟元氣,人受元精,却爲古今者差殺哉? 優者爲高,明者爲上。實事之人,見然否之分者,睹非,却前退置於後,見是,推今進置於古,心明知昭,不惑於俗也。班叔皮續《太史公書》百篇以上[10],記事詳悉,義淺理備[11],觀讀之者以爲甲,而太史公乙[12]。子男孟堅[13],爲尚書郎,文比叔皮,非徒五百里也,乃夫周、召、魯、衛之謂也[14]。苟可高古,而班氏父子不足紀也[15]。

　　周有郁郁之文者[16],在百世之末也。漢在百世之後,文論辭說,安得不茂? 喻大以小,推民家事,以睹王廷之義。廬宅始成,桑麻纔有,居之歷歲,子孫相續,桃李梅杏,菴丘蔽野[17]。根莖衆多,則華葉繁茂。漢氏治定久矣,土廣民衆,義興事起,華葉之言,安得不繁? 夫華與實,俱成者也,無華生實,物希有之。山之禿也,孰其茂也? 地之瀉也[18],孰其滋也? 文章之人,滋茂漢朝者,乃夫漢家熾盛之瑞也。天晏,列宿煥炳[19];陰雨,日月蔽匿。方今文人並出見者乃夫漢朝明明之驗也。

　　高祖讀陸賈之書,歎稱萬歲[20];徐樂、主父偃上疏,徵拜郎中[21],方今未聞[22]。膳無苦酸之肴,口所不甘味,手不舉以啖人[23]。詔書每下,文義經傳四科[24],詔書斐然,郁郁好文之明驗也。上書不實核,著書無義指,"萬歲"之聲,徵拜之恩,何從發哉? 飾面者皆欲爲好,而運目者希;文音者皆欲爲悲,而驚耳者寡。陸賈之書未奏,徐樂、主父之策未聞,群諸瞽言之徒,言事麤醜[25],文不美潤,不指所謂,文辭淫滑,不被濤沙之謫,幸矣! 焉蒙徵拜爲郎中之寵乎?

《論衡校釋》卷一三

【校注】

[1]嚴夫子:即莊忌,會稽(今浙江紹興)人。有賦二十四篇。後避漢明帝諱,稱嚴忌。夫子,尊稱。　　[2]吳君商:《論衡·案書》載"會稽吳君高",是"商"當作"高"。君高,名平。著有《越紐録》。據學者研究,此書即《越絕書》。　　[3]白雉貢於越:周成王時,越裳氏來獻白雉。　　[4]暢草:香草。　　[5]"雍州"二句:並見《尚書·禹貢》:"雍州,厥貢惟球、琳、琅玕。""揚州,厥貢惟金三品。"

[6]"孔子曰"三句:《論語·子罕》:"子畏于匡,曰:'文王既没,文不在兹乎? 天之將喪斯文也,後死者不得與於斯文也;天之未喪斯文也,匡人其如予何?'"兹:孔子

自謂。　　　[7]“文王”二句：《論衡·佚文》曰：“文王之文，傳在孔子，孔子爲漢制文，傳在漢也。”　　　[8]文詞之伯：文詞之最。諸侯之長叫伯，讀如“霸”字。
[9]“《春秋》”句：《春秋》記元於魯的意義所在。按《公羊傳》隱公元年：“元年，春。王正月。元年者何？君之始年也。”何休解詁：“《公羊》之義，唯天子乃得稱元年，諸侯不得稱元年。此魯隱公，諸侯也，而得稱元年者，《春秋》託王於魯。”這裏是指周長生是會稽最突出的人才，所以用《春秋》尊魯爲比。　　　[10]班叔皮：班彪，字叔皮。著《史記後傳》數十篇，班固繼之而成《漢書》百卷，爲一代名著。《後漢書》卷四○有傳。　　　[11]義淺理備：《史通·鑒識》自注引此文云：“王充謂彪文義浹備，紀事詳贍。”是“淺”當爲“浹”之誤。劉盼遂以爲此字當作“洽”，疑是。
[12]太史公乙：《太史公書》居次。　　　[13]孟堅：東漢史學家班固字。
[14]“文比叔皮”三句：大意是班彪、班固父子，文采相去不遠。周、召、魯、衛，西周時期四個大國。　　　[15]“苟可高古”二句：如果以高古爲尚，則班氏父子不足論列了。苟：如果。　　　[16]周有郁郁之文者：《論語·八佾》：“周監於二代，郁郁乎文哉。”監，借鑒。郁郁，繁茂。文，禮樂制度。　　　[17]菴丘蔽野：滿山遍野。菴，通“奄”，覆蓋。　　　[18]潟：當作“潟”字，地鹹鹵不生植物。《論衡·書解》云：“地無毛則爲潟土。”潟，當亦作“潟”。　　　[19]“天晏”二句：天上無雲，衆星閃亮。晏：無雲。焕炳：明亮。　　　[20]“高祖”二句：《史記·酈生陸賈列傳》載，陸賈著《新語》十二篇，“每奏一篇，高帝未嘗不稱善，左右呼萬歲”。　　　[21]“徐樂”二句：《史記·平津侯主父列傳》：齊人主父偃上書言九事，趙人徐樂、齊人嚴安俱上書言世務，各一事。書奏天子，天子召見三人，謂曰：“公等皆安在？何相見之晚也！”於是拜主父偃、徐樂、嚴安爲郎中。　　　[22]方今未聞：現今還沒有聽説過像陸賈、主父偃、徐樂、嚴安那樣的事。方今，這裏指漢章帝。　　　[23]“膳無苦酸之肴”三句：没有苦酸等調味品，吃起來就没有味道，手也不會舉筷子夾菜給人吃。苦酸：調味品。啖：食。　　　[24]文義經傳四科：《後漢書·和帝紀》注引應劭《漢官儀》曰：“建初八年十二月己未，詔書辟士四科：其一曰德行高妙，志節清白；二曰經明行修，能任博士；三曰明曉法律，足以決疑，能案章覆問，文任御史；四曰剛毅多略，遭事不惑，明足照姦，勇足決斷，才任三輔令。”　　　[25]“言事龐醜”四句：言事粗俗醜陋，文采粗糙，不知文章説的是什麼。

【集評】

章太炎《國故論衡·論式篇》：“後漢諸子漸興，訖魏初幾百種。然其深達理要者，辨事不過《論衡》，議政不過《昌言》，方人不過《人物志》，此三家差可攀晚周。其餘雖嫻雅，悉腐談耳。”

班　固

【作者簡介】

　　班固(32—92)，字孟堅。扶風安陵(今陝西咸陽東北)人。班彪子。九歲就能寫文章誦詩賦。及長，博通群書。十六歲入洛陽太學。二十三歲，班彪死，回到家鄉，因其父“所續前史未詳，乃潛精研思，欲就其業”。永平五年(62)，有人上書明帝，告其私撰國史，結果被捕入獄。其弟班超到長安向明帝陳述班固著述意圖，同時郡守也將班固的書獻上。明帝欣賞班固的才能，召至校書部，任命他爲蘭臺令史。此後至漢章帝建初七年(82)，二十年間，基本完成了《漢書》的寫作。漢章帝(76—88)時，班固任玄武司馬，帝會諸儒討論《五經》異同，令撰《白虎通義》。漢和帝永元初(89)，竇憲出擊匈奴，以班固爲中護軍，參與謀議。此後幾年，班固都在竇憲幕中，竇憲在燕然山刻石記功，其文即出於班固之手。竇憲失勢後，班固受到牽連而被捕入獄。永元四年死於獄中，年六十一。班固的著述，《隋書·經籍志》著録別集十七卷，久佚。明張溥輯爲《班蘭臺集》，見《漢魏六朝百三家集》。辭賦方面以《兩都賦》爲代表，《文選》列爲第一篇。此外還有《幽通賦》、《答賓戲》等。史傳方面則以《漢書》爲代表。《後漢書》卷四〇有傳。

兩　都　賦　并序

【題解】

　　《文選》卷一録《班孟堅兩都賦二首》，前爲《兩都賦序》，次爲《西都賦》，後爲《東都賦》。今限於篇幅，僅選收《兩都賦序》及《西都賦》，仍以《兩都賦》爲題。這篇辭賦的主旨及創作動機，在賦序中作了闡述。東漢光武帝定都洛陽，和帝起宮室苑囿，興建洛陽宮城。當時的舊臣耆老，安土重遷，仍希望重新建長安爲都。同時，流露出對東都洛陽的不滿。鑒於此，班固作《兩都賦》，通過極力描述西都長安宮室、器用、畋獵的豪華奢靡，以與洛陽重視古禮舊制的宮室建制形成對比，藉此諷諭當朝天子及公卿大臣，説明東漢帝王建都洛陽的合理性。

　　賦中假託賓主相對，以問答的方式展開叙述。首先西都賓向東都主人誇耀西都長安的地理形勢，物産豐沃。接着大肆渲染長安豪華的苑囿，壯麗的宮室。隨後，則極力展示畋獵隊伍的威武雄壯、勇猛迅捷，頗有排山倒海氣勢。結尾部分，筆鋒倒轉，以輕鬆的筆調描繪帝王與群臣巡狩游幸、飲宴游樂的盛世景象。此賦寫地理形勢,氣勢闊大;寫池林苑囿,豪華奢靡;寫宮室館閣,雄偉壯麗;寫畋獵出行,驚心動魄;寫巡游飲樂,則雍容和雅。其構思縝密,結構精巧,可謂環環相扣,節節相連。其描摹既濃筆重彩,又精雕細刻,可謂"極衆人之所眩耀"。這與下篇《東都賦》中東都主人"盛稱洛邑制度之美,以折西賓淫侈之論"(見《後漢書·班固傳》)相互映襯,形成鮮明的對比,突出了作者贊同東漢帝王建都洛陽的諷諭之意。此賦體制宏偉闊大,寫法鋪張揚厲,採用賓主問答的形式,有模仿司馬相如的《子虛賦》《上林賦》的痕跡。賦中大量採用地理名物、人文掌故,使虛擬誇飾與歷史典實相結合,這是對西漢大賦追求騁辭藝術的發展。《兩都賦》也開拓了賦體描寫京都的題材,對張衡《二京賦》、左思《三都賦》以及後世京都賦類的創作產生了積極影響。

　　或曰:賦者,古詩之流也。昔成康没而頌聲寢,王澤竭而詩不作[1]。大漢初定,日不暇給[2]。至於武宣之世[3],乃崇禮官,考文章,内設金馬、石渠之署[4],外興樂府、協律之事[5],以興廢繼絶,潤色鴻業[6]。是以衆庶悦豫,福應尤盛[7],《白麟》、《赤鴈》、《芝房》、《寶鼎》之歌,薦於郊廟[8]。神雀、五鳳、甘露、黄龍之瑞,以爲年紀[9]。故言語侍從之臣,若司馬相如、虞丘壽王、東方朔、枚皐、王襃、劉向之屬,朝夕論思,日月獻納[10];而公卿大臣,御史大夫倪寬、太常孔臧、太中大夫董仲舒、宗正劉德、太子太傅蕭望之等,時時間作[11]。或以抒下情而通諷諭,或以宣上德而盡忠孝[12],雍容揄揚,著於後嗣,抑亦雅頌之亞也[13]。故孝、成之世,論而録之[14],蓋奏御者千有餘篇,而後大漢之文章,炳焉與三代同風[15]。且夫道有夷隆,學有麤密,因時而建德者,不以遠近易則[16]。故皋陶歌虞,奚斯頌魯,同見采於孔氏,列於《詩》、《書》,其義一也[17]。稽之上古則如彼,考之漢室又如此。斯事雖細,然先臣之舊式,國家之遺美,不可闕也[18]。臣竊見海内清平,朝廷無事,京師脩宮室,浚城隍,起苑囿[19],以備制度。西土耆老,咸懷怨思,冀上之睠顧,而盛稱長安舊制,有陋雒邑之議[20]。故臣作《兩都賦》,以極衆人之所眩曜,折以今之法度[21]。其詞曰[22]:

【校注】

[1]成康:指周成王、周康王。澤:恩惠。　　　[2]暇:閒。　　　[3]武宣:指武帝和宣帝。武帝(前156—前87),景帝中子,後元三年(前141)即帝位。宣帝,劉詢(前92—前49),本名病已,字次卿,武帝曾孫,元平元年(前74)即帝位。

[4]金馬:漢官署名。武帝時,有相馬人在長安獻銅馬,立於魯班門外。後更魯班門名爲金馬門,爲宮廷宦者及待詔士人所居之地。石渠:漢藏秘書閣,在未央宮北。宣帝時始集諸儒於石渠閣,講論六藝。　　　[5]樂府:秦始立樂府,漢武帝太初元年(前104)增樂府職官爲三丞。協律:指武帝時置李延年爲協律都尉,大興禮樂之事。　　　[6]興:復興。繼:承繼。鴻業:指六經之業。　　　[7]衆庶:百姓。悦:愉樂。豫:安逸。福:福佑,此指祥瑞之事。應:回應。　　　[8]《白麟》、《赤鴈》、《芝房》、《寶鼎》:漢樂歌名。據《漢書·禮樂志》,武帝元狩元年(前122)獲白麟時作《芝房之歌》,又題爲《朝隴首》。太始元年(前96)獲赤鴈,作《朱鴈之歌》,又題爲《象載瑜》。元封二年(前109),有芝草生甘泉宮,作《芝房之歌》,又題爲《齊房》。元鼎二年(前115)得寶鼎於汾陰后土祠旁,作《寶鼎之歌》,又題爲《景星》。薦:獻。　　　[9]神雀:又作“神爵”。瑞:祥瑞。年紀:即年號。宣帝在位期間,出現神雀集、五鳳至、甘露降、黃龍現等祥瑞,因此先後五次據以改元。

[10]司馬相如:字長卿。蜀郡成都(今屬四川)人。西漢辭賦家,有《子虛賦》、《上林賦》。《史記》卷一一七、《漢書》卷五七有傳。虞丘壽王:字子贛,趙人,曾作《吾丘壽王賦》十五篇。虞,史傳均爲“吾”。《漢書》卷六四有傳。東方朔:字曼倩,平原厭次(今山東惠民)人,曾作《答客難》。《史記》卷一二六、《漢書》卷六五有傳。枚皋:字少孺,淮陰(今屬江蘇)人,其賦類俳偶。《漢書》卷五一有傳。王褒:字子淵,蜀(今四川)人,有《洞簫賦》。《漢書》卷六四下有傳。劉向:字子政,沛(今江蘇沛縣)人,西漢經學家。《漢書》卷三六有傳。獻納:指進獻詩歌賦頌之事。

[11]倪寬:千乘(今山東高青北)人。倪,一作“兒”。有《兒寬賦》二篇。《漢書》卷五八有傳。孔臧:武帝時任太常令,有《太常蓼侯孔臧賦》二十篇。董仲舒:廣川(今河北棗强東)人,西漢經學家。《史記》卷一二一、《漢書》卷五六有傳。宗正:古代職官,掌劉氏宗族户籍。劉德:字路叔,西漢辭賦家。《漢書》卷三六有傳。太子:一作“祖太子”。太傅:一作“大傅”。蕭望之:字長倩,東海蘭陵(今山東蒼山)人。《漢書》卷七八有傳。閒:更迭。　　　[12]下情:百姓之情。這句是説,有的作品抒寫百姓之情以諷諫帝王,有的作品宣揚帝王之德使百姓盡忠孝。　　　[13]雍容:舒緩,從容。《六臣注文選》吕向注:“雍,和;容,緩。”揄:引。揚:舉。著:顯著。嗣:後代。抑:語氣助詞,表示遞進。一本“抑”下有“國家之遺美”五字。

[14]孝、成:指漢宣帝、漢成帝。成帝,劉驁(前51—前7),字太孫,元帝太子,母爲

王皇后政君。竟寧元年（前33）嗣位。論：論議。録：謄寫。　　　［15］奏：奏進。御：進獻。文章：指歌詩賦頌之文。炳：顯著。三代：指夏、商、周。風：教化。［16］夷：平坦。隆：中央低而四面高的地方，其高處爲隆。麤：粗淺。密：精審。德：德政。　　　［17］皋陶（yáo 搖）：據傳生於曲阜，堯時賜姓爲偃。堯、舜、禹三世爲官，以賢明稱於世。《尚書·虞書·皋陶謨》記其言行。虞：舜名。奚斯：春秋時魯大夫公子魚，據傳作《詩·魯頌·閟宮》。見：同“現”，表被動。采：採集。義：名義。　　　［18］稽：考。上古：指先秦時代。彼：指孔子採《皋陶謨》入《尚書》，採《魯頌·閟宮》入《詩經》之事。　　　［19］竊：謙詞，私下。京師：京，高大；師，人多。指天子所居之城。浚：疏浚。隍：護城河。有水曰池，無水曰隍。起：興建。起一作“而起”。苑囿：苑，蓄養禽獸的園林；囿，有圍墻的園林。此指帝王游獵之地。　　　［20］西土：指長安。耆老：指年長者。耆，六十歲的人；老，五十至六十歲的人。咸：都。一作“感”。冀：希望。睠：反顧。顧：回視。盛：極力。陋：簡陋。議：論議。雒：一作“洛”。　　　［21］賦：一作“之賦”。極：終了。眩：通“炫”，炫耀。耀：夸耀。折：裁決。法：制度。度：法制。　　　［22］詞：一作“辭”。以上爲序言。

西 都 賦

　　有西都賓問於東都主人曰[1]：“蓋聞皇漢之初經營也[2]，嘗有意乎都河洛矣[3]。輟而弗康[4]，寔用西遷[5]，作我上都[6]。主人聞其故而睹其制乎[7]？”主人曰：“未也。願賓攄懷舊之蓄念[8]，發思古之幽情[9]。博我以皇道[10]，弘我以漢京[11]。”賓曰：“唯唯[12]。漢之西都，在於雍州[13]，寔曰長安。左據函谷、二崤之阻[14]，表以太華、終南之山[15]。右界褒斜、隴首之險[16]，帶以洪河、涇、渭之川[17]。衆流之隈，汧、涌其西[18]。華實之毛[19]，則九州之上腴焉[20]；防禦之阻[21]，則天地之隩區焉[22]。是故橫被六合[23]，三成帝畿[24]。周以龍興，秦以虎視。及至大漢受命而都之也，仰悟東井之精[25]，俯協河圖之靈[26]。奉春建策[27]，留侯演成[28]。天人合應[29]，以發皇明[30]。乃眷西顧[31]，寔惟作京[32]。於是睎秦嶺[33]，睋北阜[34]。挾灃、灞[35]，據龍首[36]。圖皇基於億載[37]，度宏規而大起[38]。肇自高而終平[39]，世增飾以崇麗^[40]。歷十二之延祚^[41]，故窮泰而極侈^[42]。建金城而萬雉^[43]，呀周池而成淵^[44]。披三條之廣路，立十二之通門^[45]。內則街衢洞達，閭閻且千^[46]。九市開場，貨別隧分^[47]。人不得顧，車不得旋^[48]。闐城溢郭，旁流百廛^[49]。紅塵四合，煙雲相連^[50]。於是既庶且富，娛樂無疆^[51]。都人士女，殊異乎五方^[52]。游士擬於公侯，列肆侈於姬、姜^[53]。鄉曲豪舉，游俠之雄^[54]。節慕原、嘗，名亞春、陵^[55]。連交合眾，騁騖乎其中^[56]。若乃觀其四郊，浮游近縣，則南望杜、霸，北眺五陵^[57]。名都對郭，邑居相承。英俊之域，紱冕所興^[58]。冠蓋如雲，七相五公^[59]。與乎州郡之豪傑，五都之貨殖^[60]。三選七遷，充奉陵邑^[61]。蓋以彊幹弱枝^[62]，隆上都而觀萬國也^[63]。

"封畿之內，厥土千里^[64]。逴躒諸夏^[65]，兼其所有。其陽則崇山隱天，幽林穹谷^[66]。陸海珍藏，藍田美玉^[67]。商、洛緣其隈，鄠、杜濱其足^[68]。源泉灌注，陂池交屬^[69]。竹林果園，芳草甘木。郊野之富，號爲近蜀^[70]。其陰則冠以九嵕，陪以甘泉，乃有靈宮起乎其中^[71]。秦、漢之所極觀，淵、雲之所頌歎^[72]，於是乎存焉。下有鄭、白之沃^[73]，衣食之源。提封五萬，疆埸綺分^[74]。溝塍刻鏤，原隰龍鱗^[75]。決渠降雨，荷插成雲^[76]。五穀垂穎，桑麻鋪棻^[77]。東郊則有通溝大漕，潰渭洞河。汎舟山東，控引淮湖，與海通波^[78]。西郊則有上囿禁苑，林麓藪澤，陂池連乎蜀漢^[79]。繚以周墻，四百餘里^[80]。離宮別館，三十六所^[81]。神池靈沼，往往而在^[82]。其中乃有九真之麟，大宛之馬。黃支之犀，條支之鳥^[83]。踰崑崙^[84]，越巨海。殊方異類，至於三萬里。

【校注】

[1]西都賓、東都主人：賓，客人。東漢建都洛陽，因此以東都爲主人，以西都爲賓。此假設主客對答，以便展開敘述。　　[2]皇：對封建王朝的敬稱。經營：治理，建設。　　[3]都：建都。河洛：洛陽。　　[4]輟：停止。康：安樂。　　[5]寔：通"是"，這。遷：徙居。　　[6]作：建造。上：表尊貴，敬稱。　　[7]睹：同"覩"。[8]願：敬詞，希望。攄(shū 書)：抒發。蓄：積聚。　　[9]幽：深沉。　　[10]博：大。皇：天。道：事理。　　[11]弘：光大。　　[12]唯唯：應答聲，表示恭敬。[13]雍州：古九州之一，漢武帝時改爲涼州。今山西、陝西、青海、甘肅一帶。

[14]據：憑倚，依仗。函谷：指函谷關。一説爲秦關，在今河南靈寶南；一説爲漢關，在河南新安東北。二崤：崤山，又名嶔崟山，在河南洛寧北。分東西二崤，均地勢險要。阻：險要地帶。一作"岨"。　　　[15]表：外，與"裏"相對。太華：西嶽華山，在陝西渭縣東南。一作"泰華"。終南：又稱南山、周南山。秦嶺山峰之一，今陝西安南。　　　[16]界：接近。褒斜：即終南山二山谷名，均有水。隴首：即隴山。六盤山南段，地勢險峻，在今陝西隴縣至甘肅平涼一帶。　　　[17]帶：圍繞。洪河：水名。涇、渭：指涇水、渭水。　　　[18]隈（wēi 微）：水流彎曲處。汧、涌：並水名。《後漢書·班固傳》無"衆流之隈，汧涌其西"兩句。　　　[19]華：花。實：果實。毛：指菜蔬五穀。　　　[20]九州：上古時期中國設置的九個行政區域，分別是冀州、豫州、雍州、揚州、兗州、徐州、梁州、青州、荆州。腴：肥沃。　　　[21]防：守備。禦：防禦。　　　[22]天地：一作"天下"。隩（yù 玉）：一作"奥"，通"墺"，四方之土可定居者。　　　[23]橫被：橫，函谷關以西的地方稱爲橫。被：及。清錢大昭《後漢書辨疑》説："'橫被'即'光被'。崔篆《慰志賦》説：'聖德滂以橫被兮，黎庶愷以鼓舞'，亦此意。注引文穎説，謂關西爲橫，疑誤。"可備一説。六合：天地四方。　　　[24]畿：天子領地，古制王畿千里。此句説，周、秦、漢時，關西均爲王畿之地。　　　[25]悟：一作"寤"。東井：星名，即井宿，二十八星宿之一。在參星東，故稱東井。精：星。據《漢書·高祖本紀》：漢元年十月，五星聚於東井，劉邦至灞上。秦王子嬰降，劉邦入咸陽。五星分別爲東方歲星，南方熒惑星，西方太白星，北方辰星，中央鎮星。五星聚東井，被認爲是劉邦受天命稱帝的祥瑞。
[26]協：一作"恊"。河圖：一説爲八卦，一説爲帝王及聖者受天命的預兆，一説爲漢"五經"讖緯之書"春秋緯"。《春秋漢含孳》説：劉邦之姓"劉"字，由"卯"、"金"、"刀"組成。劉邦之字"季"，則表示可以使天下歸服。"卯"在東方，屬陽位，代表仁義賢明。"金"在西方，屬陰位，代表成功，而長安在西方。此讖是漢高祖定都長安的一個重要原因。靈：此指能應驗的徵兆。　　　[27]奉春：漢婁敬的封號。婁敬，齊人。後賜姓劉，力主建都秦地，封爲郎，號奉春君。《史記》卷九九、《漢書》卷四三有傳。建策：出謀獻策。　　　[28]留侯：漢張良的封號。漢定天下，曾與婁敬建議定都長安。《史記》卷五五、《漢書》卷四〇有傳。演：陳述。　　　[29]天：指五星聚東井之事。人：指婁敬、張良。　　　[30]發：啓發。皇：漢高祖。
[31]乃眷西顧：指西周古公亶父遷居岐山周原（今陝西岐山）之事。亶父東遷是西周發展史上重要的歷史事件，西周自此逐漸國富民盛。這裏是借此説明漢高祖西遷定都長安之事。《詩·大雅·皇矣》："乃眷西顧，此惟與宅。"　　　[32]寔：此，這。惟：爲。京：指京城。　　　[33]睎（xī 西）：望。秦嶺：指山脈在陝西境内的終南山，又稱南山。嶺，一作"領"。　　　[34]睨：視，望。北阜：北山。　　　[35]挾：

輔,護。澧灞:指澧水、灞水,二者是由陝西境内秦嶺之水彙聚而成。後者又稱滋水、藍谷水。一作"鄠霸"。　　[36]據:憑倚,依仗。龍首:山名,又稱龍首原。在陝西長安縣北。　　[37]圖:謀劃。皇基:帝王基業。億:數詞。萬萬爲億,古以十萬爲憶。載:年。　　[38]度:一本作"慶",語氣助詞。宏:大。規:謀劃。起:興建。　　[39]肇:開始。高:指漢高祖劉邦(前256—前195)。劉邦,字季。秦泗水郡沛縣(今江蘇沛縣)人,漢元年(前206)稱帝。平:指漢平帝劉衎(前9—5)。平帝爲元帝庶孫,元壽二年(前2)九月即帝位。　　[40]世:三十年爲一世,後指一個帝王在位的時間爲一世。麗:華美。　　[41]祚:帝位。　　[42]窮、極:盡。泰:奢侈。一作"奢"。侈:奢華。　　[43]金:比喻城牆堅固。而萬:一作"其萬",一作"之萬"。雉:古代計算城牆面積的數量單位。《禮記·坊記》:"故制國不過千乘,都城不過百雉。"鄭玄注:"雉,度名也。高一丈,長三丈爲雉。百雉爲長三百丈。"　　[44]呀(xiā 瞎):空曠。周:環繞。池:護城河。淵:深池。[45]披:分開。一作"被",亦通。十二之通門:指天子都城設十二門,以通子、丑、寅、卯、辰、巳、午、未、申、酉、戌、亥十二辰位。　　[46]街:城市中四通的大道。衢:交錯相通的道路。閭:指里門。閻:里中門。　　[47]市:買賣東西的場所。漢時長安立九市,六市在道西,三市在道東。貨:金玉布帛的總稱。隧:排列貨物於路上。李善注引薛綜《西都賦》注:"隧,列肆道也,音遂。"一作"遂"。　　[48]旋:迴轉。　　[49]闐:同"填",滿。城、郭:城牆内爲城,城牆外爲郭。旁:一作"傍"。廛:市中盛放、儲藏貨物的地方。　　[50]紅塵:飛揚的沙塵。　　[51]庶:衆多。疆:邊界。　　[52]都:城邑。　　[53]擬:比。肆:集市陳列物品的場所。一作"女"。姬、姜:姬,春秋時周王室之姓。姜,春秋時齊國姓。此指貴族婦女。一說爲大國之女。　　[54]鄉曲:指較偏僻的地方,猶言鄉里。豪舉:豪傑之士。舉,一作"桀",又作"俊"。　　[55]原、嘗:指平原君趙勝、孟嘗君田文。趙勝是戰國趙武靈王之子,受封平原君,曾三任趙國相。《史記》卷七六有傳。田文,齊人。受封薛,卒後諡爲孟嘗君。《史記》卷七五有傳。春、陵:指春申君黃歇、信陵君魏無忌。黃歇,楚人。考烈王立,封爲春申君,任楚相二十五年。《史記》卷七八有傳。魏無忌,魏國公子,魏安釐王異母弟,受封信陵君。《史記》卷七七有傳。以上四者賢良仁義,善於養士,被稱爲四公子。亞:次。　　[56]騁:直馳。騖:亂馳。[57]郊:依周代制度,國都近郊五十里,遠郊百里。此泛指都城周圍的地方。浮游:周流。縣:秦漢時行政區劃名。杜、霸:指杜陵、霸陵,分別爲漢宣帝、漢文帝陵。五陵:分別指漢高祖所葬長陵,惠帝所葬安陵,景帝所葬陽陵,武帝所葬茂陵,昭帝所葬平陵。　　[58]英俊:智過萬人稱英,智過千人稱俊。此指才智過人。紱:繫官印用的絲帶。一作"黻"。冕:大夫以上官員所佩戴的禮帽。　　[59]冠蓋:冠,禮帽。蓋,車傘蓋。此指官吏的服飾和車乘。如雲:喻爲官之人衆多。漢帝王往往遷徙豪門望族住在各帝王陵邑的周圍,因此帝王陵邑多爲官宦之家。七相:七帝各陵邑之家,共七人做過丞相。車千秋是長陵人,黃霸、王商是杜陵人,韋賢、平當、魏相、王嘉是平陵人,均做過漢相。五公:七陵之家共有五人位至三公。張湯爲御史大夫,蕭望之爲前將軍,馮奉世爲右將軍,史丹爲大將軍,四者均杜陵人。杜周爲御史大夫,茂陵人。一說是田蚡爲太尉,長陵人。張安世爲大司馬,朱博爲司空,二者杜陵人。平晏爲司徒,韋賞爲大司馬,二者平陵人。西漢時大司空、大司徒、大司馬爲三公,東漢時丞相、太尉、御史大夫爲三公。前後左右將軍與三公均爲上卿。　　　[60]豪傑:德比千人謂之豪,智過百人稱爲傑。一作“豪桀”,亦通。五都:指洛陽、邯鄲、臨淄、宛、成都。　　　[61]三選七遷:此句是說漢代遷徙富吏、豪門、俊傑世族之家,在帝王諸陵邑定居。西漢自高祖至宣帝,均遷居中上層貴族之家奉守帝王陵邑,元帝始廢此制度。選,一作“徙”。　　　[62]幹:草木的莖。枝:樹木的分枝。此句是說,加強漢代帝王統治的力量,弱化王侯貴族的權力。　　　[63]隆:興盛。上都:指長安。觀:給人看。萬國:諸侯國。　　　[64]厥:代詞,相當於“其”。　　　[65]逴(chuō 啜陰平)躒(luò 洛):超絕。一作“逴犖”,一作“卓犖”。諸夏:中原各國。　　　[66]陽:南面。穹谷:深谷。　　　[67]陸海:高原地區,此指關中一帶。藍田:山名,今陝西藍田西,產美玉。　　　[68]商、洛:二縣名,漢屬弘農郡。隈:大山的彎曲處。鄠、杜:縣名,漢屬扶風郡。濱:鄰近。　　　[69]陂(bēi 杯)池:陂,壅塞之水。池,匯積之水。此指池沼大澤。　　　[70]郊野:邑外稱郊,郊外爲野。爲:一作“曰”。　　　[71]九嵕(zōng 宗):山名,有九峰高聳,在今陝西醴泉東北。甘泉:山名,在今陝西淳化西北。靈宮:指秦二世時在甘泉山所置林光宮,漢時又建甘泉宮、益壽館、延壽館、通天臺。　　　[72]淵:指王褒,字子淵,曾作《甘泉頌》。雲:指揚雄,字子雲,有《甘泉賦》。　　　[73]鄭:鄭國渠。據《史記·河渠書》,戰國時,韓國曾讓水工鄭國游說秦國,開鑿涇水爲渠,目的是阻止秦國東伐。渠成後,可灌溉田地四萬多頃,稱鄭國渠。白:白渠。漢武帝時,趙中大夫白公上奏,引涇水爲渠,可以灌溉田地四千多頃。　　　[74]提封:堆積土地以爲界限。提,一作“隄”。疆埸:邊界。綺(qǐ 起):織素爲文曰綺,即在平紋布上織上彩色紋飾。分:一作“紛”。　　　[75]溝:田間水道。塍(chéng 城):田畦。刻鏤:指田地交錯,如鏤刻過一樣整齊。原隰(xí 席):高平曰原,下濕曰隰。此指廣平的低濕之地。　　　[76]插:農具,即鍬。一作“臿”。　　　[77]五穀:黍、稷、菽、麥、稻。穎:穀穗。鋪:遍。一作“敷”。芔:通“紛”,茂盛。　　　[78]東郊:長安城邑東面地區。漕:供運糧物的水道。潰渭:一作“通渭”。潰,旁決。渭,渭水。洞:通“迵”,疏通。河:黃河。山東:指殽山或華山以東的地方,即當時關東。

此句是説長安城東有運輸糧物的河漕,它們連通渭河、黃河,泛舟關東,可以掌控淮河、太湖,它們與東海相連。 [79]西郊:長安城邑西面地區。上囿禁苑:供帝王游獵的苑林,此指上林苑。麓:山脚。藪(sōu 搜上聲)澤:有水曰澤,澤無水曰藪。蜀漢:漢中郡。 [80]繚:圍繞。 [81]"離宮"二句:《玉海》卷一六五引李賢注説:"《三輔黃圖》曰:漢上林苑有建章、承光等一十一宫,平樂、繭觀等二十五,共三十六所。"據高步瀛《文選李注義疏》考證:各文獻記載宮館之數與此三十六所有所出入,名稱亦有不同。 [82]神池靈沼:神池,據傳昆明池中有神池,通白鹿原。漢武帝元狩三年,在長安附近穿地作昆明池,以習水戰。池周圍四十里,廣三百三十二頃。靈沼,周文王所作池沼。《六臣注文選》吕延濟注:"稱神、靈,美之。"《詩·大雅·靈臺》云:"王在靈沼,於牣魚躍。" [83]九真:郡名,漢屬交州,今嶺南一帶。宣帝時,獻奇獸。大宛:西域三十六國之一,産名馬。黃支:古國名,在漢交州以南,産犀牛。條支:漢西域國名,在安息國以西,曾貢駝鳥。一作"條枝"。 [84]踰:越過。崑崙:山名。在今新疆、西藏之間,西接帕米爾高原。

"其宫室也,體象乎天地,經緯乎陰陽。據坤靈之正位,仿太紫之圓方[1]。樹中天之華闕,豐冠山之朱堂[2]。因瓌材而究奇,抗應龍之虹梁[3]。列棼橑以布翼,荷棟桴而高驤[4]。雕玉瑱以居楹,裁金璧以飾璫。發五色之渥彩,光焜朗以景彰[5]。於是左墄右平,重軒三階[6]。閨房周通,門闥洞開[7]。列鍾虡於中庭,立金人於端闈[8]。仍增崖而衡閾,臨峻路而啓扉[9]。徇以離宫別寢,承以崇臺閒館[10]。焕若列宿[11],紫宫是環。清涼、宣、温,神仙、長年,金華、玉堂,白虎、麒麟。區宇若兹,不可殫論[12]。增盤崔嵬,登降炤爛[13]。殊形詭制,每各異觀。乘茵步輦,惟所息宴[14]。後宮則有掖庭、椒房[15],后妃之室。合歡、增城,安處常寧。茞若、椒風,披香、發越。蘭林蕙草,鴛鸞、飛翔之列[16]。昭陽特盛,隆乎孝成[17]。屋不呈材,墻不露形。裹以藻繡,絡以綸連[18]。隨侯明月[19],錯落其間。金釭銜璧,是爲列錢[20]。翡翠火齊[21],流耀含英。懸黎垂棘[22],夜光在焉。於是玄墀釦砌[23],玉階彤庭。硬碔綵緻,琳珉青熒[24]。珊瑚碧樹,周阿而生[25]。紅羅颭纚,綺組繽紛。精曜華燭,俯仰如神[26]。後宮之號,十有四位[27]。窈窕繁華,更盛迭貴[28]。處乎斯列者,蓋以百數。左右庭中,朝堂百寮之位[29]。蕭、曹、魏、邴,謀謨乎其上[30]。佐命則垂統,輔翼則成化[31]。流大漢之愷悌,盪亡秦之毒螫[32]。故令斯人揚樂和之聲,作《畫一》之歌[33]。功德著乎祖宗,膏澤洽乎黎庶[34]。又有天禄、石渠[35],典籍之府。命夫惇誨故老[36],名儒師傅。講論乎六藝,稽合乎同異[37]。又有承明、金馬,著作之庭[38]。大雅宏達[39],於兹爲群。元元本本,殫見洽聞[40]。啓發篇章,校理秘文[41]。周以鉤陳之位,衛以嚴更之署[42]。總禮官之甲科,群百郡之廉孝[43]。虎賁贅衣,閽尹閣寺[44]。陛戟百重,各有典司[45]。周廬千列,徼道綺錯[46]。輦路經營,脩除飛閣[47]。自未央而連桂宮,北彌明光而亘長樂[48]。淩隥道而超西墉,掍建章而連外屬[49]。設璧門之鳳闕,上觚稜而棲金爵[50]。内則別風之嶕嶢,眇麗巧而聳擢[51]。張千門而立萬户,順陰陽以開闔[52]。爾乃正殿崔嵬[53],層構厥高,臨乎未央。經駘盪而出馺娑,洞枌橑以與天梁[54]。上反宇以蓋戴,激日景而納光[55]。神明鬱其特起,遂偓佺而上躋[56]。軼雲雨於太半,虹蜺迴帶於棼楣[57]。雖輕迅與僄狡,猶愕眙而不能階[58]。攀井榦而未半,目眩轉而意迷[59]。舍櫺檻而卻倚,若顛墜而復稽[60]。魂怳怳以失度,巡迴塗而下低[61]。既懲懼於登望,降周流以徬徨[62]。步甬道以縈紆,又杳窱而不見陽[63]。排飛闥而上出,若游目於天表,似無依而洋洋[64]。前唐中而後太液,覽滄海之湯湯[65]。揚波濤於碣石,激神嶽之嶈嶈[66]。濫瀛洲與方壺,蓬萊起乎中央[67]。於是靈草冬榮,神木叢生[68]。巖峻崵崒,金石崢嶸[69]。抗仙掌以承露,擢雙立之金莖[70]。軼埃堨之混濁,鮮顥氣之清英[71]。騁文成之丕誕,馳五利之所刑[72]。庶松喬之群類[73],時游從乎斯庭。實列仙之攸館,非吾人之所寧[74]。

【校注】

[1]坤:與“乾”相對,象地。仿:一作“放”。太:太微。三星垣之上垣,共十星,傳説中爲五帝所居南宮室。紫:三星垣之中垣,又稱紫宮。共十五星,傳爲天帝所居宮室。圓:一作“圜”。　　[2]中天:中天之臺。據傳周穆王築此臺。闕:宮門外兩邊的樓臺。豐:大。漢統一天下,蕭何負責修建未央宮,門前建東、北二闕。未央宮殿,依龍首山而建,地勢高遠,遠看各殿如冠於雲中。　　[3]璝(guī 歸):珍奇。《後漢書》作“瑰”。究:窮,極。抗:舉。應龍:龍之有翼。虹:蝃(dì 地)蝀

(dōng 東),俗名美人虹。此句是説,宫室別館因爲使用珍奇的材質而盡顯奇異,高舉的屋梁形似應龍而彎曲如虹。　　[4]棼:復屋之棟。橑:椽。翼:指宫室四角的房檐。荷:負。棟:房屋正梁。桴:房屋二梁,泛指房梁。驤(xiāng 香):上舉。此句是説,排列梁椽使宫室四角之檐像張開的雙翼,載負的宫室之脊像仰首的駿馬。　　[5]瑱(tiàn 天去聲):玉名。一作"磌(tián 填)"。楹:屋柱。璀:榱(cuī催)頭,即椽頭。渥:濃厚。彩:《後漢書》作"采"。彰:鮮明。此句意思是,雕刻玉瑱居於楹柱之間,裁治金璧來裝飾椽頭,散發着五色濃彩,像光焰一樣明朗鮮明。　　[6]城(cè 册):臺階。李善注引晉摯虞《决疑要注》説:"凡太極乃有陛,堂則有階無陛也。左城右平,平者,以文塼相亞次也;城者,爲陛級也。言階級勒城然。"軒:樓板。　　[7]闈:皇宫中的小門。闒(tà 踏):小門。　　[8]鍾:一作"鐘"。虡(jù 巨):懸挂鍾磬的樂架,直的稱虡,横的稱爲簨(sǔn 筍)。金人:銅鑄的人像。端闈:宫内正門。據《史記·秦始皇本紀》:秦始皇統一天下後,彙聚天下兵器於咸陽,熔鑄成鐘鐻、金人十二,各重千石,置於咸陽宫。　　[9]仍:因,借。增:通"層",重疊。崖:高地的邊緣。衡:横。閾(yù 玉):門檻。臨:自上視下。峻:高大。　　[10]徇:循。一作"狗",又作"侚"。宫:《後漢書》作"殿"。寝:内堂、卧室。臺:四方而高曰臺。　　[11]宿:一作"星"。　　[12]"清凉宣温"四句:據《三輔黄圖》,未央宫有清凉殿、宣室殿、中温室殿、金華殿、太玉堂殿、中白虎殿、麒麟殿。神仙、長年:均殿名,前者在長樂宫。殫(dān 單):盡。　　[13]盤:盤曲。一作"槃"。崔嵬:高聳。《後漢書》作"業峨"。焰爛:明也。焰,一作"照"。[14]茵:車上的墊褥,此指宫廷小型的車駕。輦:帝王、后妃乘坐的車駕。李善注引應劭《漢官儀》説:"皇后、婕妤乘輦,餘皆以茵,四人輿以行。"宴:安息。[15]掖庭、椒房:殿庭名,是帝王后妃、貴人等後宫人員居住的地方。　　[16]合歡、椒風、披香、鴛鸞、飛翔:均長安殿庭名。　　[17]昭陽:漢宫殿名。漢成帝時,趙飛燕女弟受寵幸,居昭陽宫。隆:盛。成:一作"城"。　　[18]裛(yì 意):纏繞。繻:青絲帶。一作"編"。　　[19]隨侯:隨侯珠。春秋時隨侯出行,看到有受傷的大蛇,就用藥給大蛇包好傷口,後大蛇衙寶珠以回報。見《淮南子·覽冥訓》高誘注。此指寶珠。　　[20]釭(gāng 鋼):車轂中穿軸用的金屬。此句是説,黄金所作的釭飾以美玉,用玉帶連繫如銅錢排列。　　[21]翡翠:紅羽毛的翠鳥是雄鳥,稱翡;青羽毛爲雌鳥,稱翠。翠鳥的羽毛可以用作幃帳的裝飾物。火齊:寶珠。　　[22]懸黎、垂棘:指在夜裏能發光的美玉。　　[23]玄墀(chí 池):宫殿臺階地面被漆成黑色,因此稱玄。釦(kòu 扣)砌:以玉飾階。砌,一作"切"。王觀國《學林》卷四以爲"釦"乃金飾器,而"切"乃整齊之謂。"門限謂之切者,其限齊如刀之切物。"聊備一説。　　[24]碝(ruǎn 軟)碱(qì 器):像玉一樣的美石。綵:

《後漢書》作"采"。緻(zhì致):精密。琳珉:像琳玉一樣的美石。　　　[25]珊瑚:
即珊瑚珠。碧樹:傳説崑崙山北有碧樹生長。阿:此殿廷内曲折迴旋的地方。
[26]紅羅:紅色的絲織品,多用以作女子衣裙。颯(sà薩)纚(xǐ洗):長袖飛揚的
樣子。綺:有紋飾的絲織品。組:絲帶。繽紛:繁盛貌。精:明亮。曜:明麗。燭:
照耀。一作"爥"。俯仰如神:指舉止有如神女。李善注引《戰國策·楚策》張儀
對楚王説:"彼鄭國之女,粉白墨黑,立於衢閭,非知而見之者,以爲神。"此句是説,
後宫之女,紅羅飄揚、長袖輕舞,其服飾繽紛繁盛,色彩鮮亮明麗如燭,俯仰之間有
如神女。　　　[27]位:爵次。漢初後宫嬪妃名號依秦制度,皇帝正適稱皇后,妾皆
稱夫人。凡有十四個等級,有昭儀、婕妤、娙娥、傛華、美人、八子、充依、七子、良
人、長使、少使、五官、順常等,另外,無涓、共和、娱靈、保林、良使、夜者,品秩相同,
共爲一等。　　　[28]窈窕:幽閒。繁華:美麗。迭:代。　　　[29]百寮:百官。寮,
通"僚"。　　　[30]蕭、曹:指蕭何、曹參,均沛人。劉邦即位,拜蕭何爲相國,後曹
參代之。《史記》卷五三、五四有傳。魏、邴:指魏相、邴吉。魏相,字弱翁,濟陰(今
山東定陶)人。宣帝時,代韋賢爲丞相。《史記》卷九六、《漢書》卷七四有傳。邴
吉,一作丙吉,字少卿,魯國(今山東曲阜)人。宣帝時,代魏相爲丞相。《史記》卷
九六、《漢書》卷七四有傳。謨(mó磨):謀略。　　　[31]佐命:指輔佐劉邦統一天
下的賢人。一説指張良。垂統:承繼帝業。輔翼:輔助漢帝治理天下的大臣。
[32]愷悌:和樂簡易。盪:一作"蕩"。螫(shì釋):毒蟲或毒蛇刺咬。此指秦所行
暴政。　　　[33]樂和:太平之樂。一作"穌樂"。《畫一》:歌名。漢初定天下,蕭
何、曹參相繼爲相國,寬厚清靜,受人稱頌。百姓作《畫一》歌云:"蕭何爲法,講若
畫一。曹參代之,守而勿失。載其清靖,民以寧壹。"見《漢書·曹參傳》。
[34]黎庶:指百姓。　　　[35]天禄:指天禄閣。在未央宫北,漢典藏秘書之處。
[36]惇(dūn吨):勸勉。一作"諄"。誨:教導。　　　[37]六蓺:《詩》、《書》、
《禮》、《樂》、《易》、《春秋》。蓺,通"藝"。稽:考。　　　[38]承明:指承明廬,在石
渠門外。承明廬、金馬門,是漢士人所居之地。庭:一作"廷"。　　　[39]大雅:指
才藝之士。宏:大。　　　[40]元元本本:即元本,指事物的起始。殫:一作"周"。
洽聞:見聞廣博。　　　[41]秘文:典籍秘書。　　　[42]周:圍繞。鉤陳:六星名,在
紫微垣内,近北極。依古代天文理論,鉤陳代表帝王後宫。嚴更:督行夜鼓,指守
備森嚴。嚴,警戒。更,古代夜間計時單位。一夜分五更,一更時敲一鼓,以次類
推,共五鼓。　　　[43]甲科:漢博士弟子射策考試的科目,分甲、乙、丙、丁科不等,
是選官取士的標準之一。廉孝:即孝廉。　　　[44]虎賁:掌帝王出入儀衛的職官。
贅衣:掌管帝王衣物的職官。贅,同"綴"。閽尹、閽寺:主帝王宫室人員出入的宦
官。　　　[45]陛戟:宫廷中階下執戟的衛士。典:一作"攷"。　　　[46]周廬:宫

廷周圍警衛的廬舍。千列:指數量多。徼(jiào 叫)道:宮廷警衛巡察的道路。綺
錯:縱橫交錯。　　[47]輦路:閣道。經營:回旋往來。脩:長。除:《後漢書》作
"涂",指宮室樓閣間陛道。　　[48]未央、桂宮、明光、長樂:漢宮殿名。未央宮在
西,長樂宮在東,桂宮、明光宮在北。彌:終、極盡。亘:連接,《後漢書》作"絚"。
[49]淩:《後漢書》作"陵"。隥(dèng 鄧)道:有臺階的閣道。《後漢書》作"橙"。
墉:城。掍(hùn 昏去聲):混合。《後漢書》作"混"。建章:宮殿名,在長安城西。
屬:連。　　[50]璧門、鳳闕:建章宮的附屬建築。東邊有鳳闕,高二十餘丈,南邊
有璧門等建築。觚稜:殿堂前最高處。《後漢書》作"柧棱"。金爵:即金雀,建章宮
闕上有銅鳳凰。《後漢書》作"金雀"。　　[51]別風:宮闕名。建章宮東有折風
闕,一名別風。嶕(jiāo 交)嶢(yáo 搖):高峻。眇:高、遠。耸擢:高聳。耸,《後
漢書》作"竦"。　　[52]闔:合。門開爲陽,門合爲陰。　　[53]正殿:前殿。
嵬:一作"巍"。　　[54]駘(dài 代)盪、馺(sà 薩)娑、枍(yì 億)詣:建章宮宮殿之
名。枍,一作"詢"。天梁:宮殿名。王念孫認爲"與天梁"三字義不相屬,應爲後人
所加。　　[55]反宇:上反的飛檐。蓋戴:覆。激:使日光受阻。"激日景而納
光",是指宮殿的光輝激射日光,日影下照,陽光照到了殿內。　　[56]神明:神明
臺,漢武帝建。偓崒:高峻。躋:升。　　[57]軼:超過。迴:《後漢書》作"回"。
棼楣:複屋上的橫梁。　　[58]迅:一作"信"。僄(piào 票)狡:輕疾。愕眙:驚
愕。能:《後漢書》作"敢"。　　[59]井幹:樓名。武帝所作,高五十丈,有輦道相
連。眴(xuàn 絢):模糊,看不清。一作"眩"。　　[60]櫺(líng 玲)檻:樓上的欄
楯。稽:留止。　　[61]怳(huǎng 晃):失意,通"恍"。巡:逡巡。迴塗:《後漢
書》作"回涂"。　　[62]懲:驚恐。徬徨:猶豫徘徊。《後漢書》作"彷徨",義同。
[63]甬道:飛閣複道。縈紆:迴曲。杳窱:幽深。陽:明亮。　　[64]排:推。飛
闥:閣上門。洋洋:無所歸貌。　　[65]唐中:堂庭,在建章宮西,有數十里。一說
廟中路謂之唐。太液:太液池。漢武帝在建章北修大池、漸臺,高二十多丈,稱太
液池。池中建蓬萊、方丈、瀛洲、壺梁,像傳說中海上仙山。覽:《後漢書》作"攬"。
湯湯:水波洪大貌。　　[66]濤:大的波浪。碣石:山名。在河北昌黎西北。秦始
皇、漢武帝均東巡至此,刻石以觀蒼海。將(qiāng 槍)將:山高貌。　　[67]濫:
水滿泛溢。瀛洲、方壺、蓬萊:傳說爲海中仙山。　　[68]靈草、神木:傳說中的不
死之藥。　　[69]巖:險要。峻:峭拔。嶵(qiú 球):山高貌。《後漢書》作"崔"。
崒(zú 族):山高險。崢嶸:高峻。　　[70]抗:舉。仙掌、承露:漢武帝時在建章
宮作銅柱、承露盤、仙人掌,高二十多丈,有七圍,均用銅做成。盤上有仙人掌承接
夜裏所降露水。擢:拔出。金莖:即承露盤所用銅柱。　　[71]埃竭(ài 愛):塵
埃。竭,《後漢書》作"壒"。鮮:清潔。顥:白。清英:精華之氣。　　[72]文成:

指齊人李少翁,漢武帝時以方術拜文成將軍。見《史記·孝武帝本紀》。丕:大。誕:欺詐。五利:漢武帝時膠東人欒大通方略之術,大言能見到東海安期生、羨門等仙人,拜爲五利將軍。刑:典範。　　　　[73]庶:庶幾。松喬:指赤松子、王子喬,均是傳說中的仙人。　　　　[74]攸:居住的地方。非:一作“匪”。寧:止息,指可居之所。

　　“爾乃盛娱游之壯觀,奮泰武乎上囿[1]。因兹以威戎夸狄,耀威靈而講武事[2]。命荆州使起鳥,詔梁野而驅獸[3]。毛群内闐,飛羽上覆[4]。接翼側足[5],集禁林而屯聚。水衡虞人,修其營表[6]。種别群分,部曲有署[7]。罘網連紘,籠山絡野[8]。列卒周匝[9],星羅雲布。於是乘鑾輿,備法駕[10],帥群臣。披飛廉[11],入苑門。遂繞酆、鄗,歷上蘭[12]。六師發逐,百獸駭殫[13]。震震爚爚[14],雷奔電激。草木塗地,山淵反覆[15]。蹂躏其十二三,乃拗怒而少息[16]。爾乃期門佽飛,列刃鑽鍭,要趹追蹤[17]。鳥驚觸絲,獸駭值鋒。機不虚掎,弦不再控[18]。矢不單殺,中必疊雙。颮颮紛紛,矰繳相纏[19]。風毛雨血,灑野蔽天。平原赤,勇士厲,猨狄失木,豺狼懾竄[20]。爾乃移師趨險,並蹈潛穢[21]。窮虎奔突,狂兕觸蹶[22]。許少施巧,秦成力折[23]。掎僄狡,扼猛噬[24]。脱角挫脰,徒搏獨殺[25]。挾師豹,拖熊螭[26]。曳犀犛,頓象羆[27]。超洞壑,越峻崖。蹶嶄巖,鉅石隤[28]。松栢仆,叢林摧。草木無餘,禽獸珍夷[29]。於是天子乃登屬玉之館,歷長楊之榭[30]。覽山川之體勢[31],觀三軍之殺獲。原野蕭條,目極四裔。禽相鎮壓,獸相枕藉[32]。然後收禽會衆,論功賜胙[33]。陳輕騎以行炰,騰酒車以斟酌[34]。割鮮野食,舉烽命釂[35]。饗賜畢,勞逸齊。大路鳴鑾,容與徘徊[36]。集乎豫章之宇[37],臨乎昆明之池。左牽牛而右織女,似雲漢之無涯[38]。茂樹蔭蔚,芳草被隄[39]。蘭茞發色,曄曄猗猗[40]。若摛錦布繡,爛燿乎其陂[41]。鳥則玄鶴白鷺,黄鵠鵁鸛。鶬鴰鴇鶂,鳧鷖鴻鴈[42]。朝發河海,夕宿江漢。沈浮往來,雲集霧散。於是後宮乘輚輅,登龍舟,張鳳蓋[43],建華旗。袪黼帷,鏡清流。靡微風,澹淡浮[44]。櫂女謳[45],鼓吹震。聲激越,謍厲天[46]。鳥群翔,魚窺淵。招白鷴,下雙鵠[47]。揄文竿,出比目[48],撫鴻罿[49],御繒繳。

方舟並騖，俛仰極樂[50]。遂乃風舉雲搖，浮游溥覽[51]。前乘秦嶺[52]，後越九嵕。東薄河華，西涉岐雍[53]。宮館所歷，百有餘區，行所朝夕，儲不改供[54]。禮上下而接山川，究休祐之所用[55]。采游童之讙謠[56]，第從臣之嘉頌。于斯之時，都都相望，邑邑相屬。國藉十世之基，家承百年之業[57]。士食舊德之名氏，農服先疇之畎畝[58]。商循族世之所鬻，工用高曾之規矩[59]。粲乎隱隱[60]，各得其所。若臣者[61]，徒觀跡於舊墟，聞之乎故老。十分而未得其一端，故不能徧舉也[62]。"

《文選》卷一

【校注】

[1]泰武：泰，一作"大"。李賢注："大武，謂大陳武事。"上囿：指上林苑。　　[2]威戎夸狄：使西戎威服，向北狄夸耀。耀威靈而講武事：《後漢書》無"靈"、"武"二字，是避光武帝、靈帝廟號。　　[3]荊州：漢江、湘之地，其俗善長捕鳥。梁野：漢巴、漢之地，其俗善長驅獸。　　[4]毛群：指獸類。闐(tián 田)：填滿。飛羽：指鳥類。　　[5]接翼側足：衆鳥趨膀相挨，群獸側足而立。　　[6]水衡：水衡都尉。漢武帝元鼎二年置，主管上林苑。虞人：掌山澤之官。修：《後漢書》作"理"。營表：建設宮室時，度量地基，立表以定方位。表，指分辨正位行列。　　[7]部曲：古代軍隊的編制單位。　　[8]罘(fú 福)網：古代一種附帶機關的捕鳥獸用的網，稱覆車網。罘，同"罦"。網，《後漢書》作"罔"，義同。紭：網繩。絡：圍繞。[9]匝：遍。《後漢書》作"帀"。　　[10]乘鑾輿：帝王所用車駕。法駕：天子出行所用車駕，有大駕、法駕、小駕。大駕，公卿奉引，備千乘萬騎。法駕，公卿不再奉引，執金吾奉引。　　[11]飛廉：館閣名。飛廉是傳說中的一種神鳥，能致風雨，身似鹿，頭似雀，有角，蛇尾，豹紋。飛廉館上建此鳥形，並因此名館。　　[12]酆(fēng 風)：文王所建都城，在鄠縣(今陝西戶縣)。鄗：武王所建都城，在上林苑中。《後漢書》作"鎬"。上蘭：觀名，在上林苑。　　[13]六師：指天子軍隊，又稱六軍。逐：《後漢書》作"冑"。駭殫(dān 單)：驚懼。　　[14]震震爚(yuè 月)爚：光明貌，指閃電。　　[15]反覆：傾動。　　[16]蹂躪：踐蹋。拗：抑制。
[17]期門：漢代郎官。武帝微服出行、常與侍中、常侍、武騎及待詔北地良家子中善長騎射的少年，期諸殿門，因此有"期門"之號。武帝建元三年(前138)初置期門官，平帝元始元年(1)更名虎賁郎。佽(cì 次)飛：本名左弋，少府屬官，武帝太初元年(前104)改佽飛。掌捕射鳧雁，以供宗廟祭祀。鑽：同"攢"，聚。鍭(hóu

侯）：古代用於田獵的箭。趹（jué 决）：馬奔跑時，後蹄騰空貌。此指群獸疾速奔跑。　[18]機：弩機，弓弩上發箭的裝置。掎（jǐ 幾）：偏引。控：引發。[19]矢不：《後漢書》作"矢無"。颮（páo 庖）颮紛紛：衆多貌。矰（zēng 增）繳（zhuó 卓）：矰，高。繳，生絲縷。指繫有絲繩的短箭。　[20]赤：一作"赤土"。厲：一作"奮厲"。猨（yuán 原）：似獼猴而體大，臂長便捷，色黑。狖（yòu 又）：長尾猨，似狸。慴：驚。　[21]趨：一作"赴"。濳穢：深密的叢林。　[22]兕（sì 四）：似牛的動物。傳説有一角，青色，重千斤。蹶：跳。　[23]許少、秦成：未詳何人。　[24]慓狡：指行動輕捷迅猛的獸類。扼：捉。噬：齧。　[25]挫：折。脰（dòu 逗）：頸項。徒搏：空手格鬬。　[26]師：同"獅"，獅子。拖：曳。螭（chī 吃）：猛獸。　[27]曳：《後漢書》作"頓"。犀犛（máo 毛）：指犀牛和牦牛。頓象：《後漢書》作"曳豪"。頓，牽止。羆：似熊而毛黄色。　[28]洞：一作"迴"。嶄巖：高峻的山巖。嶄，一作"巉"。隤：一作"頹"。　[29]仆：倒。殄（tiǎn 舔）：盡。夷：殺。　[30]屬玉：觀名，以玉爲飾，故名。一説屬玉爲水鳥名，似鵁鶄，因爲建在觀頂，故名。長楊：宫名，在上林苑。榭：高臺上構架的木屋。[31]勢：《後漢書》作"埶"。　[32]裔：邊。壓：《後漢書》作"厭"。枕藉：縱横而卧。　[33]胙：祭祀祈福的肉。　[34]炰（páo 袍）：同"炮"，把帶毛的肉用泥裹住放在火上燒烤。以斟：《後漢書》作"而斟"。　[35]鮮：鳥獸新殺曰鮮。烽：烽火。釂（jiào 叫）：飲酒盡。《後漢書》作"爵"。　[36]大路：天子車駕。路，一作"輅"。鳴鑾：天子駕車之儀以鑾和爲節。鑾、和，均金鈴。鑾在車轅前的横木，和在車廂前扶手横木。鑾，《後漢書》作"鸞"。容與：起伏貌。徘徊：往返回旋。　[37]豫章：觀名，在上林苑。　[38]牽牛、織女：二星名。漢武帝所建昆明池中，立二石人，象此二星。雲漢：天河。　[39]蔚：草木茂盛貌。隄：水塘。　[40]蘭茝：兩種香草名。曄曄猗猗：草木華美茂盛。　[41]摛：舒。爓燿：《後漢書》作"燭曜"。　[42]鳥則：《後漢書》無此二字。何焯、胡克家、梁章鉅、許巽均認爲二字爲衍文。鵁（jiāo 交）：水鳥。似鳧，腳離尾巴很近，不能在陸地疾行，又稱魚鵁。鸛（guàn 貫）：鸛雀。鶬（cāng 倉）鴰（guā 瓜）：鳥名。鴇（bǎo 保）：鳥名，似鴈，無後趾。一作"鴾"。鶂（yì 億）：水鳥。鳧鷖（yī 一）：水鴨。鴻鴈：大鴈曰鴻，小鴈曰鴈。　[43]輚（zhàn 占）：卧車。一作"棧"。輅（lù 路）：天子所乘大車。《後漢書》作"路"。鳳蓋：鳳凰傘。帝王儀仗用。李善注引桓譚《新論》："乘車，玉爪、華芝及鳳皇三蓋之屬。"均皇后乘車的傘蓋。　[44]袪：舉。黼（fǔ 斧）帷：繡有黑白相間斧形花紋的帷帳。鏡：照。靡：同"摩"，接觸。澹淡：微風吹動傘蓋貌。　[45]櫂（zhào 照）：划船用的工具。短的稱槳、枻（yì 億），長的稱櫂、楫。謳：齊聲而歌。　[46]越：揚。訇（hōng 轟）：聲大。厲：附。

[47]翔:迴飛。窺:視。白鵬(xián 嫌):鳥名。又名銀雉,似山雞而色白。鵬,《後漢書》作"閒"。下:落下。　　[48]揄:引。一作"投"。文竿:用翠鳥羽毛紋飾的竹竿。比目:比目魚。　　[49]罿(chōng 沖):帶有機關的捕鳥獸的網。《後漢書》作"幢"。　　[50]方舟:兩船相併。鶩:急馳。俛(fǔ 斧)仰:俯仰。俛,通"俯"。[51]遂乃:《後漢書》"遂"下無"乃"字。溥:一作"普"。　　[52]嶺:《後漢書》作"領"。　　[53]薄:迫。河、華:黃河、華山。岐:岐山,形如柱,又稱天柱山,今陝西岐山東北。雍:漢屬右扶風,今陝西鳳翔。　　[54]儲:積蓄。　　[55]上下:天地。接:祭祀。究:盡。休祐:福祐。用:指犧牲玉帛等祭祀之物。　　[56]讙:《後漢書》作"歡",通。　　[57]藉:凭藉。十世:十代,百年,此舉全數。[58]舊德:祖上之德。畎(quǎn 犬)畝:田地。　　[59]循:《後漢書》作"修"。鬻(yù 玉):賣。高曾:高祖、曾祖。規矩:古代用來校正圓形、方形的器具。[60]粲:眾多。隱隱:殷盛。　　[61]若臣者:《後漢書》無此下五句二十八字。[62]徧:同"遍"。

【集評】

(南朝梁)劉勰《文心雕龍·詮賦》:"觀夫荀結隱語,事數自環,宋發誇談,實始淫麗……孟堅《兩都》,明絢以雅贍……凡此十家,並辭賦之英傑也。"

(元)劉壎《隱居通義》卷四《古賦一》"總評":"自班孟堅賦《兩都》、左太沖賦《三都》,皆偉贍鉅麗,氣蓋一世。往往組織傷氣骨,辭華勝義味,若涉大水,其無津厓,是以浩博勝者也。"

(清)何焯《義門讀書記》卷四十五:"前篇(《西都賦》)極其眩曜,主於諷刺,所謂抒下情而通諷諭也。後篇(《東都賦》)折以法度,主於揄揚,所謂宣上德而盡忠孝也。二賦猶雅之正變。"

蘇 武 傳

【題解】

《漢書》爲中國第一部斷代史,記事始於漢高祖元年(前206),終於王莽地皇四年(23),共二百二十九年的歷史。全書包括本紀十二篇,表八篇,志十篇,列傳七十篇,共一百篇,後人劃爲一百二十卷。《漢書》問世後不久,就有服虔、應劭等人的音注。唐初顏師古的《漢書注》徵引已佚的注本多達二十三家。清末王先謙《漢書補注》徵引專著和參訂者多達六十七家,號稱集大成者。

　　《蘇武傳》是《漢書》的名篇,歌頌了漢武帝時出使匈奴的蘇武臨危不懼、正氣凜然的精神。儘管被扣留在匈奴十九年,儘管環境異常險惡,蘇武始終剛毅不屈,堅持民族氣節,表現出感人肺腑的愛國情懷。本文用細膩的筆觸,生動地描寫了蘇武的這種高風亮節。在藝術創造方面,同樣是描寫人物,《史記》與《漢書》各有千秋。如果説《史記》酣暢淋漓,猶如巨幅潑墨山水的話,那麼《漢書》就如工筆細描,於細微處見精神。本篇描寫蘇武在單于逼降時的場面:"引佩刀自刺。衛律驚,自抱持武,馳召毉。鑿地爲坎,置熅火,覆武其上,蹈其背以出血。武氣絕,半日復息。惠等哭,輿歸營。"這種從容細緻的描寫在《史記》中絕少見到。即使《蘇武傳》中激越慷慨之處,如李陵勸降一節,以及李陵與蘇武分別場面,都寫得十分細膩感人。

　　武字子卿,少以父任[1],兄弟並爲郎[2],稍遷至栘中厩監[3]。時漢連伐胡[4],數通使相窺觀[5],匈奴留漢使郭吉、路充國等,前後十餘輩。匈奴使來,漢亦留之以相當[6]。天漢元年,且鞮侯單于初立[7],恐漢襲之,乃曰:"漢天子我丈人行也[8]。"盡歸漢使路充國等[9]。武帝嘉其義[10],乃遣武以中郎將使持節送匈奴使留在漢者[11],因厚賂單于[12],答其善意。武與副中郎將張勝及假吏常惠等募士斥候百餘人俱[13]。既至匈奴,置幣遺單于[14]。單于益驕,非漢所望也。

　　方欲發使送武等,會緱王與長水虞常等謀反匈奴中[15]。緱王者,昆邪王姊子也[16],與昆邪王俱降漢,後隨浞野侯没胡中[17]。及衛律所將降者[18],陰相與謀劫單于母閼氏歸漢[19]。會武等至匈奴,虞常在漢時素與副張勝相知,私候勝曰[20]:"聞漢天子甚怨衛律,常能爲漢伏弩射殺之。吾母與弟在漢,幸蒙其賞賜。"張勝許之,以貨物與常[21]。後月餘,單于出獵,獨閼氏子弟在。虞常等七十餘人欲發,其一人夜亡,告之。單于子弟發兵與戰。緱王等皆死,虞常生得[22]。

　　單于使衛律治其事。張勝聞之,恐前語發[23],以狀語武。武曰:"事如此,此必及我。見犯乃死[24],重負國[25]。"欲自殺,勝、惠共止之。虞常果引張勝。單于怒,召諸貴人議,欲殺漢使者。左伊秩訾曰[26]:"即謀單于,何以復加? 宜皆降之[27]。"單于使衛律召武受辭,武謂惠等:"屈節辱命,雖生,何面目以歸漢!"引佩刀自刺。衛律驚,自抱持武,馳召毉。鑿地爲坎[28],置熅火[29],覆武其上,蹈其背以出血[30]。武氣絕,半日復息[31]。惠等哭[32],輿歸營[33]。單于壯其節,朝夕遣人候問武,而收繫張勝[34]。

武益愈,單于使使曉武。會論虞常[35],欲因此時降武。劍斬虞常已,律曰:"漢使張勝謀殺單于近臣[36],當死,單于募降者赦罪[37]。"舉劍欲擊之,勝請降。律謂武曰:"副有罪,當相坐[38]。"武曰:"本無謀,又非親屬,何謂相坐?"復舉劍擬之[39],武不動。律曰:"蘇君,律前負漢歸匈奴,幸蒙大恩,賜號稱王,擁衆數萬,馬畜彌山[40],富貴如此。蘇君今日降,明日復然。空以身膏草野[41],誰復知之!"武不應。律曰:"君因我降,與君爲兄弟,今不聽吾計,後雖欲復見我,尚可得乎?"武罵律曰:"女爲人臣子[42],不顧恩義,畔主背親[43],爲降虜於蠻夷,何以女爲見[44]?且單于信女,使決人死生,不平心持正,反欲鬭兩主[45],觀禍敗。南越殺漢使者,屠爲九郡[46];宛王殺漢使者,頭縣北闕[47];朝鮮殺漢使者,即時誅滅[48]。獨匈奴未耳。若知我不降明[49],欲令兩國相攻,匈奴之禍從我始矣。"

律知武終不可脅,白單于。單于愈益欲降之,乃幽武置大窖中[50],絕不飲食[51]。天雨雪[52],武臥齧雪與旃毛並咽之[53],數日不死,匈奴以爲神,乃徙武北海上無人處[54],使牧羝[55],羝乳乃得歸。別其官屬常惠等,各置他所。

武既至海上,廩食不至[56],掘野鼠去屮實而食之[57]。杖漢節牧羊,臥起操持,節旄盡落[58]。積五六年,單于弟於靬王弋射海上[59]。武能網紡繳[60],檠弓弩[61],於靬王愛之,給其衣食。三歲餘,王病,賜武馬畜服匿穹廬[62]。王死後,人衆徙去。其冬,丁令盜武牛羊[63],武復窮厄。

初,武與李陵俱爲侍中,武使匈奴明年[64],陵降,不敢求武。久之,單于使陵至海上,爲武置酒設樂,因謂武曰:"單于聞陵與子卿素厚[65],故使陵來説足下,虛心欲相待[66]。終不得歸漢,空自苦亡人之地,信義安所見乎?前長君爲奉車[67],從至雍棫陽宮[68],扶輦下除[69],觸柱折轅,劾大不敬[70],伏劍自刎[71],賜錢二百萬以葬。孺卿從祠河東后土[72],宦騎與黃門駙馬爭舡[73],推墮駙馬河中溺死,宦騎亡,詔使孺卿逐捕不得,惶恐飲藥而死。來時,大夫人已不幸[74],陵送葬至陽陵[75]。子卿婦年少,聞已更嫁矣。獨有女弟二人[76],兩女一男，今復十餘年，存亡不可知。人生如朝露，何久自苦如此！陵始降時，忽忽如狂[77]，自痛負漢，加以老母繫保宮[78]，子卿不欲降，何以過陵？且陛下春秋高[79]，法令亡常，大臣亡罪夷滅者數十家，安危不可知，子卿尚復誰爲乎[80]？願聽陵計，勿復有云。"武曰："武父子亡功德，皆爲陛下所成就[81]，位列將，爵通侯，兄弟親近[82]，常願肝腦塗地[83]。今得殺身自效，雖蒙斧鉞湯鑊[84]，誠甘樂之。臣事君，猶子事父也，子爲父死亡所恨。願勿復再言。"陵與武飲數日，復曰："子卿壹聽陵言[85]。"武曰："自分已死久矣[86]！王必欲降武，請畢今日之驩[87]，效死於前[88]！"陵見其至誠，喟然歎曰："嗟乎，義士！陵與衛律之罪上通於天。"因泣下霑衿[89]，與武決去[90]。

陵惡自賜武[91]，使其妻賜武牛羊數十頭。後陵復至北海上，語武："區脫捕得雲中生口[92]，言太守以下吏民皆白服[93]，曰上崩[94]。"武聞之，南鄉號哭[95]，歐血[96]，且夕臨數月[97]。

昭帝即位。數年，匈奴與漢和親。漢求武等，匈奴詭言武死[98]。後漢使復至匈奴，常惠請其守者與俱，得夜見漢使，具自陳道[99]。教使者謂單于，言天子射上林中[100]，得雁，足有係帛書[101]，言武等在某澤中[102]。使者大喜，如惠語以讓單于[103]。單于視左右而驚，謝漢使曰："武等實在。"於是李陵置酒賀武曰："今足下還歸，揚名於匈奴，功顯於漢室，雖古竹帛所載[104]，丹青所畫[105]，何以過子卿！陵雖駑怯[106]，令漢且貰陵罪[107]，全其老母，使得奮大辱之積志[108]，庶幾乎曹柯之盟[109]，此陵宿昔之所不忘也[110]。收族陵家，爲世大戮[111]，陵尚復何顧乎？已矣[112]！令子卿知吾心耳。異域之人，壹別長絕！"陵起舞，歌曰："徑萬里兮度沙幕[113]，爲君將兮奮匈奴。路窮絕兮矢刃摧，士衆滅兮名已隤[114]。老母已死，雖欲報恩將安歸[115]！"陵泣下數行，因與武決。單于召會武官屬[116]，前以降及物故[117]，凡隨武還者九人。

【校注】

[1]少以父任：蘇武的父親蘇建，杜陵（今陝西西安）人。以軍功封平陵侯，卒官代郡太守。任，官職。漢代職官食禄至二千石，其子弟皆可憑蔭任爲郎官。

[2]郎:皇帝近侍之官。蘇武有兄蘇嘉,爲官奉車都尉,弟蘇賢爲騎都尉,均以其父官職爲郎。　　[3]遷:升官。移(yí 移)中厩監:漢移園中管理馬厩的職官。漢宫有移園,移園中馬厩,故名"移中厩"。監,官名。　　[4]連:屢次。　　[5]數:數次。　　[6]"匈奴留漢"四句:漢武帝元封元年(前110)、元封四年(前107),漢武帝與匈奴交戰,分别派郭吉和路充國出使匈奴,均被扣留。此後漢使及匈奴使均有被相互扣留之事。　　[7]且(jū 居)鞮(dī 低)侯單于:烏維單于的兄弟,即位前爲左右都尉,天漢元年(前100)初立單于。　　[8]丈人:古代對年長者的尊稱。　　[9]歸:送回。　　[10]嘉:稱贊。　　[11]遣:一作"遺"。

[12]賂:財物。　　[13]張勝:隨蘇武出使匈奴,史無傳。假吏:古代臨時委任的出使大臣的屬吏。常惠:太原人。武帝時與蘇武出使匈奴,昭帝始還,拜爲光禄大夫,後代蘇武爲典屬國。甘露中,拜爲右將軍。事見《漢書·常惠傳》。募士:招募來的士卒。斥候:道路上負責守衛的士兵。　　[14]置:準備。幣:財物。

[15]緱(gōu 勾)王:漢匈奴部落的一個親王。長水:又稱滻水,在今陕西藍田西北。虞常:長水人。　　[16]昆(hún 渾)邪(yé 爺)王:匈奴的親王。　　[17]浞(zhuó 卓)野侯:漢將趙破奴的封號。趙破奴,太原(今屬山西)人,早年亡命匈奴,後爲霍去病軍司馬。太初二年(前103),趙破奴率兵二萬騎攻擊匈奴,戰敗而降,爲敵所獲。後又逃回,因罪滅族。《史記》卷一一一、《漢書》卷五五有傳。

[18]衛律:本胡人之後,長於漢朝,與協律都尉李延年友善。後李延年兄弟淫亂宫中,依法族滅。衛律怕受誅連,降匈奴,被封爲丁靈王。《漢書》卷九四上有傳。沈欽韓《漢書疏證》認爲"降者"下脱去"虞常"二字。　　[19]閼(yān 煙)氏(zhī支):匈奴人對皇后的尊稱。　　[20]候:拜訪。　　[21]貨物:財物。

[22]生得:活捉。　　[23]發:泄露。　　[24]見犯:指受到污辱。　　[25]負:辜負。　　[26]左伊秩訾(zī 姿):匈奴官名。　　[27]降:使歸降。　　[28]坎:地面低陷的地方。　　[29]熅(yūn 暈):没有火焰的微火。　　[30]蹈:通"搯",用手輕輕擠壓。郭在貽《漢書札記》:"蹈似當爲搯(搯訛爲搯,再借作蹈)。搯音苦洽切,爪刺之意也……'搯其背以出血',意謂用手指搯捏其背以使淤血暢通,殆即今俗之所謂刮痧也。"　　[31]息:出氣,呼息。　　[32]哭:一作"共"。

[33]輿:車子。此指用手抬或用車載。　　[34]收繋:關入監牢。　　[35]曉:通知。會論:共同議定。　　[36]近臣:此指衛律本人。　　[37]募:招求。

[38]副:副使,指張勝。相坐:指一人犯罪,他人也受到株連。　　[39]擬:指向。指衛律作出刺殺蘇武的樣子。　　[40]彌:滿。　　[41]膏:肥沃。　　[42]女:通"汝",代詞你。　　[43]畔:通"叛",背叛。　　[44]爲:語氣助詞,表示疑問。此句是説:我還要見你幹什麼?　　[45]鬭:爭鬭。兩主:指漢朝天子及匈奴單

于。此句意爲,反而使大漢天子與匈奴單于之間發生争鬭。　　　[46]屠:平定。
九郡:指南海、蒼梧、鬱林、合浦、交趾、九真、日南、珠崖、儋耳等九郡。據《漢書·
武帝紀》載:漢武帝元鼎五年(前112)夏,南越王相吕嘉反,殺死南越王、王后以及
漢使者。此年秋,武帝派伏波將軍路博德、樓船將軍楊僕征伐南越。次年冬,平定
越地,始設立九郡。　　　[47]宛王:指大宛國王毋寡。北闕:宫城北邊的城樓。漢
武帝太初元年(前104),漢使壯士車令入大宛求良馬,宛王不但拒絶獻馬,並且命
令匈奴貴人郁成王截殺漢使。武帝大怒,命李廣利伐大宛。太初三年(前102),大
宛貴人殺毋寡,獻馬投降。太初四年(前101),李廣利携毋寡人頭及大宛良馬歸京
都。事見《漢書·武帝紀》、《漢書·西域傳》。　　　[48]朝鮮:指朝鮮王右渠。漢
武帝元封二年(前109),遣使臣涉何前往朝鮮説降右渠,右渠殺涉何。武帝派楊
僕、荀彘等討伐朝鮮,右渠降。事見《漢書·武帝紀》。　　　[49]若:你。
[50]窖:用以裝米粟或酒類的地穴。　　　[51]絶不飲食:清王念孫《讀書雜志》:
"此句當爲'絶不與飲食'。"　　　[52]雨(yù 玉):下,落。　　　[53]齧(niè 聶):
咬,啃。旃:同"氈",毛織物。咽:吞食。　　　[54]北海:匈奴極北的地方,今貝加
爾湖,在俄羅斯西伯利亞境内。　　　[55]羝(dī 低):雄性羊。　　　[56]廩(lǐn
凛)食:官府供應的糧食。　　　[57]去:同"弆(jǔ 舉)",儲藏。見清周壽昌《漢書
注校補》。艸實:野生的果實。艸,同"草"。此句一説是,蘇武挖掘野鼠儲藏的果
實來喫。一説是,蘇武捕取野鼠與野生的草實充饑。　　　[58]節旄(máo 毛):節
用竹做成,柄長八尺。節上綴以旄牛尾以爲飾物,稱爲節旄。　　　[59]於(wū
屋)靬(jiān 尖)王:且鞮侯單于的弟弟。弋射:指用繩繫箭而射,泛指射獵。
[60]紡繳(zhuó 卓):用生絲編織弋射的細繩。王念孫《讀書雜志》:"宋祁曰:
'網'字上疑有'結'字。念孫案:'結網'與'紡繳'對文。宋説是也。"　　　[61]檠
(qíng 情):矯正弓弩的器具,此作動詞,指輔正弓弩。　　　[62]服匿:盛酒酪的器
物。穹廬:圓型的氈帳。　　　[63]丁令:即丁靈,匈奴部落之一。　　　[64]明年:
第二年,即天漢二年(前99)。　　　[65]素厚:交情一向深厚。　　　[66]虛心:平
心静氣。　　　[67]長君:蘇武兄長蘇嘉。奉車:即奉車都尉。武帝初置,掌帝王所
乘車駕,並隨車駕出行,秩二千石。　　　[68]棫(yù 玉)陽宫:秦昭王時建,後爲秦
太后所居。　　　[69]扶輦下除:扶帝王車輦走下殿庭臺階。　　　[70]劾:揭發罪
過。　　　[71]伏:通"服",用。　　　[72]孺卿:蘇武弟蘇賢之字。河東:今山西夏
縣北。后土:土地神。　　　[73]宦騎:帝王出行時騎馬侍從的宦官。黄門駙馬:職
官名,屬附馬都尉,掌帝王副車所用車駕。駙,通"副"。　　　[74]大:一作"太"。
不幸:去世。　　　[75]陽陵:漢景帝陵,在長安東北弋陽山。　　　[76]女弟:妹妹。
[77]忽忽:忽同"惚",迷惑恍惚,失意貌。狂:迷亂,神智不清。　　　[78]保宫:即

居室,武帝改稱保宮,凡大臣及家屬犯罪均囚禁保宮中。　　　[79]春秋:年齡。
[80]誰爲(wèi 位):猶言"爲誰"。　　　[81]成就:提拔。　　　[82]親近:指皇帝
近侍之臣。　　　[83]肝腦塗地:形容慘死。此指爲報帝王之恩而不惜生命。
[84]斧鉞湯鑊:指受死刑。鉞,大斧。　　　[85]壹:一定,的確。　　　[86]分(fèn
奮):料定。　　　[87]驩:通"歡"。　　　[88]效:致。　　　[89]霑:同"沾",浸濕。
衿:同"襟",衣服的前幅。　　　[90]決:別。　　　[91]惡(wù 物):羞惡。此句是
説,李陵羞於將匈奴賞賜的禮物給予蘇武。　　　[92]區(ōu 歐)脱:原指匈奴人在
邊境所作的用以偵察漢朝軍事情況的土室。此指散居於漢與匈奴邊境的匈奴部
落。區,同"甌"。雲中:漢郡名,治所在雲中縣,今内蒙古托克托東北。生口:俘虜
的活口。　　　[93]白服:喪服。　　　[94]上:指武帝。　　　[95]鄉:同"嚮"。
[96]歐:同"嘔"。　　　[97]臨(lìn 吝):哭,專用於哭奠死者。武帝死次日,昭帝即
位,并無數月之隔。　　　[98]詭言:詐説,謊稱。詭,一作"紿"。　　　[99]道:一
作"過"。　　　[100]上林:上林苑。　　　[101]係:同"繫"。帛書:用絲帛寫成書
信。　　　[102]某澤:指北海的池沼大澤。　　　[103]讓:責怪。　　　[104]竹帛:
史籍。　　　[105]丹青:指記録歷史的彩繪壁畫。　　　[106]篤:笨拙。怯:膽怯。
[107]貰(shì 是):赦免,寬恕。　　　[108]大辱:指李陵降匈奴之事。積志:蓄積
的願望。　　　[109]曹柯之盟:曹,指春秋時魯國人曹沫(《左傳》作曹劌)。柯,春
秋時齊國城邑,今山東陽谷阿城鎮。春秋時,魯國大將曹沫與齊交戰,三戰皆敗。
齊桓公與魯莊公盟於柯地時,曹沫用刀劫持齊桓公,迫使齊國將侵略的土地全部
返還魯國。事見《史記·刺客列傳》。　　　[110]宿昔:宿通"夙",昔通"夕",意思
是早晚。　　　[111]戮:耻辱。　　　[112]已矣:完了,算了。　　　[113]徑:通過,
穿過。沙幕:沙漠。　　　[114]隤(tuí 頹):通"頹",喪失。　　　[115]欲報:一無
"欲"字。　　　[116]會:集聚。　　　[117]物故:猶言人死。

　　武以始元六年春至京師。詔武奉一太牢謁武帝園廟[1],拜爲典
屬國[2],秩中二千石,賜錢二百萬,公田二頃,宅一區。常惠、徐聖、趙
終根皆拜爲中郎[3],賜帛各二百匹。其餘六人老歸家[4],賜錢人十
萬,復終身[5]。常惠後至右將軍,封列侯,自有傳。武留匈奴凡十九
歲[6],始以彊壯出,及還,須髮盡白[7]。
　　武來歸明年[8],上官桀子安與桑弘羊及燕王、蓋主謀反[9]。武子
男元與安有謀[10],坐死。
　　初桀、安與大將軍霍光爭權,數疏光過失予燕王[11],令上書告之。

又言蘇武使匈奴二十年不降[12]，還乃爲典屬國，大將軍長史無功勞[13]，爲搜粟都尉[14]，光顓權自恣[15]。及燕王等反誅，窮治黨與[16]，武素與桀、弘羊有舊[17]，數爲燕王所訟[18]，子又在謀中，廷尉奏請逮捕武[19]。霍光寢其奏[20]，免武官。

數年，昭帝崩，武以故二千石與計謀立宣帝[21]，賜爵關内侯，食邑三百户。久之，衛將軍張安世薦武明習故事[22]，奉使不辱命，先帝以爲遺言。宣帝即時召武待詔宦者署[23]，數進見，復爲右曹典屬國[24]。以武著節老臣[25]，令朝朔望[26]，號稱祭酒[27]，甚優寵之。

武所得賞賜，盡以施予昆弟故人[28]，家不餘財。皇后父平恩侯、帝舅平昌侯、樂昌侯、車騎將軍韓增、丞相魏相、御史大夫丙吉皆敬重武[29]。武年老，子前坐事死，上閔之，問左右：“武在匈奴久，豈有子乎？”武因平恩侯自白：“前發匈奴時，胡婦適産一子通國，有聲問來[30]，願因使者致金帛贖之。”上許焉。後通國隨使者至，上以爲郎。又以武弟子爲右曹[31]。武年八十餘，神爵二年病卒。

甘露三年，單于始入朝。上思股肱之美[32]，乃圖畫其人於麒麟閣[33]，法其形貌，署其官爵姓名[34]。唯霍光不名，曰大司馬大將軍博陸侯姓霍氏，次曰衛將軍富平侯張安世，次曰車騎將軍龍頟侯韓增[35]，次曰後將軍營平侯趙充國[36]，次曰丞相高平侯魏相，次曰丞相博陽侯丙吉，次曰御史大夫建平侯杜延年[37]，次曰宗正陽城侯劉德[38]，次曰少府梁丘賀[39]，次曰太子太傅蕭望之[40]，次曰典屬國蘇武。皆有功德，知名當世，是以表而揚之[41]，明著中興輔佐，列於方叔、召虎、仲山甫焉[42]。凡十一人，皆有傳。自丞相黃霸、廷尉于定國、大司農朱邑、京兆尹張敞、右扶風尹翁歸及儒者夏侯勝等[43]，皆以善終，著名宣帝之世，然不得列於名臣之圖，以此知其選矣。

贊曰：李將軍恂恂如鄙人[44]，口不能出辭，及死之日，天下知與不知皆爲流涕，彼其中心誠信於士大夫也。諺曰：“桃李不言，下自成蹊[45]。”此言雖小，可以喻大。然三代之將，道家所忌[46]，自廣至陵[47]，遂亡其宗，哀哉！孔子稱“志士仁人，有殺身以成仁，無求生以害仁”[48]，“使於四方，不辱君命”[49]，蘇武有之矣。

《漢書》卷五四《李廣蘇建傳》

【校注】

[1]奉:呈。太牢:以一牛、一羊、一豕爲祭品的祠祀。　　　[2]典屬國:秦漢職官,掌管歸順的外族屬國事務。　　　[3]常惠、徐聖、趙終根:此三人均是隨蘇武出使匈奴的侍從人員。　　　[4]其餘六人:史籍不載與蘇武同歸漢六人的姓名。清周壽昌《漢書注校補》卷三八説:"時偕武歸者,尚有馬宏。前與副光禄大夫王忠使西域,爲匈奴所遮,忠戰死。宏生得,不肯降,持節之苦,尚在武前,不止十九年。至此方與武同歸,當時不聞爵賞,後亦無人道及,僅於《匈奴傳》中一見其名,豈獨武同歸之其餘六人姓名未載,爲可嘆也。"　　　[5]復:猶"除",指免除各種徭役賦税。　　　[6]武留匈奴凡十九歲:蘇武自漢武帝天漢元年(前100)出使匈奴,至昭帝始元六年(前81)歸漢,恰爲十九年。　　　[7]須:通"鬚",面毛,此指胡鬚。
[8]明年:即昭帝元鳳元年(前80)。　　　[9]上官桀:字少叔,隴西上邽(今甘肅天水)人。武帝時封安陽侯,後與霍光同輔政昭帝。其子上官安,娶霍光女,生女六歲,爲昭帝皇后。其父子後爲霍光所殺並被滅族。事見《漢書·昭帝紀》。桑弘羊:洛陽商人子,武帝時爲大司農中丞、治粟都尉、御史大夫。昭帝時,不被重用,及上官桀父子謀反,被誅。事見《漢書·昭帝紀》。燕王:名旦,武帝第三子,昭帝長兄。蓋主:武帝長女,受封鄂邑(今湖北鄂城)長公主,爲蓋侯之妻,因此稱"蓋主"。　　　[10]元:蘇武的兒子蘇元。　　　[11]疏:條録,記録。　　　[12]二十年:蘇武在匈奴十九年,此説"二十年",是舉成數言之。　　　[13]大將軍:指霍光。《漢書》卷六八有傳。長史:楊敞,華陰(今陝西華陰)人,居大將軍府,素爲霍光所重。　　　[14]搜粟都尉:漢職官,武帝時置。此指楊敞任搜粟都尉。　　　[15]顓(zhuān專):通"專"。　　　[16]黨與:猶言"黨羽",指結黨同謀的人。黨,地方基層組織,五百家爲黨。　　　[17]舊:指有舊交情。　　　[18]訟:申訴。　　　[19]廷尉:秦漢掌管刑獄的職官,有正、左、右監,秩皆千石。顏師古注引漢應劭曰:"聽獄必質諸朝廷,與衆共之,兵獄同制,故稱廷尉。"　　　[20]寑:擱置。　　　[21]故:猶言"前"。蘇武曾受中二千石官俸,後被免官,因此稱"故"。與:同"預"。此句是説:蘇武曾以中二千石官的身份參預筭立宣帝的謀劃。　　　[22]張安世:字子孺,張湯之子。昭帝時封富平侯,宣帝時以功拜大司馬。《漢書》卷五九有傳。薦:推薦。故事:典章舊事。　　　[23]詔:漢時徵詔有才藝之士,置於官署受官俸,但是非正式職官。漢後宮也有待詔的才女。宦者署:宦者所居官署。武帝設金馬門待詔諸才士,金馬門亦稱宦者署,因此蘇武所居應爲金馬門。　　　[24]右曹:上曹。曹,分職掌事的職官或官署。王先謙認爲右曹是加官。　　　[25]著節:著,顯明。節,節操。　　　[26]朔望:農曆初一、十五。此句是説,詔令蘇武可以只在初一、十五上朝。　　　[27]祭酒:對有德的年長者的尊稱,後成爲職官之名。漢平帝置六經

祭酒,秩比上卿。東漢置博士祭酒。此加蘇武祭酒之號,是表示敬重。　　［28］施予:佈施,給予。　　［29］平恩侯:宣帝許皇后的父親許廣漢。平昌侯:宣帝母王夫人之兄王無故。樂昌侯:王無故的弟弟王武。韓增:字季君,昭帝時爲前將軍,同霍光謀立宣帝。後爲大司馬車騎將軍,領尚書事。魏相:字弱翁,濟陰定陶(今山東定陶西北)人,宣帝時爲丞相。丙吉:字少卿,魯國人。宣帝時代魏相爲丞相,封博陽侯。　　［30］聲問:音訊,消息。　　［31］武弟子:即蘇武弟蘇賢之子。［32］股肱(gōng 工):輔佐帝王的大臣。　　［33］麒麟閣:漢武帝元狩元年(前122)獲麒麟,在未央宮建此閣,並圖以麒麟之象。此句是説,漢帝王把賢臣的畫像供奉於麒麟閣内以示表彰。　　［34］署:寫,題。　　［35］頷:一作"雒"。［36］趙充國:字翁孫,隴西上邽(今甘肅天水)人。武帝時出擊匈奴,受封車騎將軍長史。宣帝時趙充國年過七旬,仍能殺敵建功。後他與大將軍霍光定册,立宣帝,受封營平侯。《漢書》卷六九有傳。　　［37］杜延年:字幼公,酷吏杜周之子。曾揭發上官桀反叛之事,謀立宣帝有功,封爲建平侯。《漢書》卷六〇有傳。［38］劉德:字路叔,楚元王後裔。昭帝時爲宗正,因策立宣帝賜爵關内侯。宣帝地節中,以行爲謹厚封爲陽城侯。《漢書》卷三六有傳。　　［39］梁丘賀:字長翁,琅邪諸(今山東諸城)人,善《易》學。宣帝時爲太中大夫,給事中,至少府。《漢書》卷八八有傳。　　［40］蕭望之:字長倩,東海蘭陵(今山東蒼山西南)人,宣帝時爲太子太傅。宣帝臨崩,拜前將軍光禄勳,光禄大夫,受遺詔輔政元帝。《漢書》卷七八有傳。　　［41］表:表彰。揚:褒揚。　　［42］方叔、召(shào 紹)虎、仲山甫:三人均爲周宣王大臣,有文武之功,曾輔佐宣王中興。此句是説:宣帝重興漢室,霍光等名臣策立輔政,其功勳可以與方叔、召虎、仲山甫等周代名臣相比。［43］黄霸:字次公,淮陽陽夏(今河南太康)人。宣帝時爲廷尉,後代丙吉爲丞相。《史記》卷九六、《漢書》卷八九有傳。于定國:字曼倩,郯(今山東郯城)人。宣帝時爲廷尉,後代黄霸爲丞相,封西平侯。《漢書》卷七一有傳。朱邑:字仲卿,舒(今安徽廬江)人,以政績爲大司農。《漢書》卷八九有傳。張敞:字子高,平陽(今山西臨汾)人。宣帝時爲京兆尹,以賢能稱。《漢書》卷七六有傳。尹翁歸:字子況,河東平陽(今山西臨汾)人。爲官清絜自守,執法威嚴,宣帝時爲右扶風太守。《漢書》卷七六有傳。夏侯勝:字長公,東平(今屬山東)人。他精通儒術,善治《尚書》,與其兄子建,並稱大、小夏侯。《漢書》卷七五有傳。　　［44］李將軍:李廣,隴西成紀人。李廣歷七郡太守,爲漢邊郡名將,威名震於匈奴。《史記》卷一〇九、《漢書》卷五四有傳。恂恂:誠信謹厚貌。一作"悛悛"。　　［45］蹊:小徑,道路。這句話是説:桃李雖不能開口説話,但是它們春華秋實,使人們争相爲之奔走,來往不絶,樹下便自然成徑。以此指李廣質樸誠信,受世人愛戴景仰。　　［46］忌:

忌諱。　　　[47]陵:李廣之孫,字少卿,善騎射,有名譽,爲漢名將。後出兵匈奴,因兵困無援而降,其家因此族滅。《史記》卷一〇九、《漢書》卷五四有傳。
[48]“志士”三句:見《論語·衛靈公》。意思是,志士仁人,没有貪生怕死而損害仁德,有勇於犧牲來成全仁德。　　　[49]“使於四方”二句:《論語·子路》:“子曰:‘行己有恥,使於四方,不辱君命,可謂士矣。’”意思是,自己做事,能保持羞恥之心;出使外國,能完成君主的使命。這種人可以稱爲士。

【集評】

（明）葉盛《水東日記》卷七:“《蘇武傳》揚名匈奴,功顯漢室,即昌黎‘春猿秋鶴’之類。”

（清）何焯《義門讀書記》卷十七:“‘武所得賞賜,盡以施予昆弟故人’,士未有不廉而能著節者也。”

詠　　史

【題解】

此詩見於《文選》王元長《永明九年策秀才文》李善注,題作“班固歌詩”,又見於《史記·倉公列傳》張守節《正義》引。它歌詠了漢文帝時孝女緹(tí提)縈代贖父罪的故事。緹縈姓淳于,是漢淳于意少女。淳于意爲齊太倉之官,並精於醫道方術,後因觸犯律法,被傳送到長安受刑。淳家有五女,無男。其少女緹縈便隨父上京,上書漢文帝,自請入身官婢,以贖父罪。文帝爲緹縈言行感動,免去其父的刑罰,並廢除肉刑。此詩叙事簡潔,直書史實,語言質樸,開啓了中國古代“詠史”詩體的先河。許多研究者認爲此詩是最早的文人五言詩,在中國詩歌史上具有重要意義。

三王德彌薄[1],惟後用肉刑[2]。太倉令有罪[3],就遞長安城[4]。自恨身無子[5],困急獨煢煢[6]。小女痛父言[7],死者不可生[8]。上書詣闕下[9],思古歌《雞鳴》[10]。憂心摧折裂[11],《晨風》揚激聲[12]。聖漢孝文帝[13],惻然感至情[14]。百男何憒憒[15],不如一緹縈。

《先秦漢魏晉南北朝詩·漢詩》卷五

【校注】

[1]三王:指夏、商、周三代開國之君。彌:益,更加。薄:淡薄。此言三代之德一代

不如一代。　　[2]惟：發語詞。肉刑：指殘害犯人肢體肌膚的酷刑。　　[3]太倉令：主管政府糧倉的職官，此指淳于意。淳于意，漢時臨淄（今屬山東）人，曾任齊國太倉長，被人稱爲“倉公”。事見《史記·倉公列傳》。　　[4]遞：傳遞，押送。一作“逮”。　　[5]“自恨”句：此句是説，淳于意很遺憾自己没有兒子。據《史記·倉公列傳》：淳于意有五個女兒，没有兒子。文帝前元四年（前176），淳于意觸犯刑律，被傳送長安。臨行時，他責罵女兒們，説在他身處危難之時，她們卻無能爲力。小女兒緹縈，傷於父親所言，便隨父入京，願没身爲奴以贖父罪。[6]煢（qióng 窮）煢：孤苦的樣子。　　[7]小女：指緹縈。　　[8]可：一作“復”。　　[9]詣：到，至。闕下：指帝王所居的宫殿。一作“北闕”。闕，指宫門外兩邊的樓臺。　　[10]思古：一作“闕下”。《雞鳴》：指《詩·齊風·雞鳴》。據《文選》李善注引《列女傳》，緹縈上書時，曾歌詠《雞鳴》、《晨風》之詩。《雞鳴》詩有“匪雞則鳴，蒼蠅之聲”、“匪東方則明，月出之光”句。意思是，蒼蠅的聲音迷亂了雞鳴之聲，月亮的清輝遮掩了日出的光芒。班固引此詩是説，淳于意所受刑罰，是受人之誣。據《後漢書·班固傳》，明帝時班固因被誣私修國史入獄，章帝時他又受竇憲之事牽連，終被下獄致死。班固引《雞鳴》之詩，也似暗寓其蒙受冤屈以致二次入獄之事。　　[11]摧折裂：形容極度悲傷。　　[12]《晨風》：指《詩·秦風·晨風》。班固引此詩，意謂淳于意陷入冤獄，卻無人援救。　　[13]聖：聖明。孝文：指漢文帝劉恒，劉邦之子，公元前179至前157年在位。　　[14]惻然：悲憫之意。情：一作“誠”。　　[15]憒（kuì 愧）憒：昏愚，糊塗。一作“憤憤”。

【集評】

　　（南朝梁）鍾嶸《詩品》：“東京二百載中，惟有班固《詠史》，質木無文。”“孟堅才流，而老於掌故。觀其《詠史》，有感歎之詞。”

　　（明）許學夷《詩源辯體》卷三：“（班固）五言《詠史》一篇，則過於質直。”

張　衡

【作者簡介】

張衡(78—139),字平子。南陽西鄂(今河南南陽)人。和帝永元年間(89—105)曾游三輔,入京師,觀太學,遂通《五經》。舉孝廉不行,辟公府不就,大將軍鄧騭累召不應。永元十二年始出任南陽主簿,安帝雅聞其善術學,公車特徵入朝拜郎中,爲太史令,轉公車司馬令。順帝初復爲太史令,後遷侍中。衡善機巧,尤致思於天文、陰陽、曆算,曾研製渾天儀、候風地動儀,以特殊才能受到順帝的親幸,帝引在帷幄,諷議左右。宦官懼其毀己,共進讒言誣衊之。永和初(136),出爲河間相。河間惠王政驕奢不遵法憲,又多豪右,共爲不軌。衡到任治威嚴整法度,收擒姦黨,上下肅然。視事三年,上書乞骸骨,徵拜尚書。永和四年居尚書卒,年六十二。張衡一生歷章、和、殤、安、順五朝,勤敏好學,博識多能,文學創作涉獵賦、詩、説、疏、策、諫、贊諸多領域。《後漢書》卷五九有傳。

歸　田　賦

【題解】

《歸田賦》是漢魏六朝抒情小賦的代表。漢代的辭賦創作主要以大賦爲主,而小賦不佔主流。西漢時的淮南小山《招隱士》、董仲舒《士不遇賦》、司馬遷《悲士不遇賦》,均作了有益的嘗試。特別是張衡的《歸田賦》,全文僅二百餘字,描寫想像中田園生活的無限樂趣,將如畫的春日景色及作者渴望歸隱田園的心理描寫得維妙維肖。這篇抒情小賦作於順帝永和三年(138)張衡居河間相時,是年作者六十一歲,仕不得志,思歸山澤。該賦篇幅短小,語言淺顯生動,活潑清新,風格淡雅,感情真摯樸素,情味悠長,而且頗有駢偶成分。它的出現是一種標誌,説明漢代賦體創作已由過去鋪陳排比的大賦逐漸轉向抒情言志的小賦。這種辭賦體制上的轉變,對於當時以及魏晉南北朝抒情小賦的發展繁榮曾産生了重要的影響。趙壹的《刺世疾邪賦》,禰衡的《鸚鵡賦》,王粲的《登樓賦》,阮籍的《獼猴賦》,陶淵明的《閒情賦》等,與張衡的《歸田賦》一脈相承,具有樸素平易的特點,自成一格。

游都邑以永久[1],無明略以佐時[2]。徒臨川以羨魚[3],俟河清乎未期[4]。感蔡子之慷慨[5],從唐生以決疑[6]。諒天道之微昧[7],追漁父以同嬉[8]。超埃塵以遐逝[9]，與世事乎長辭[10]。

　　於是仲春令月[11]，時和氣清。原隰鬱茂[12]，百草滋榮。王雎鼓翼[13]，鶬鶊哀鳴[14]。交頸頡頏[15]，關關嚶嚶[16]。於焉逍遙[17]，聊以娛情。爾乃龍吟方澤，虎嘯山丘[18]。仰飛纖繳[19]，俯釣長流。觸矢而斃[20]，貪餌吞鈎[21]。落雲間之逸禽[22]，懸淵沈之魦鰡[23]。于時曜靈俄景[24]，係以望舒[25]。極般游之至樂[26]，雖日夕而忘劬[27]。感老氏之遺誡[28]，將迴駕乎蓬廬[29]。彈五絃之妙指[30]，詠周、孔之圖書[31]。揮翰墨以奮藻[32]，陳三皇之軌模[33]。苟縱心於物外，安知榮辱之所如[34]？

《文選》卷一五

【校注】

[1]都邑：指東漢京都洛陽。永：長。久：滯。言久淹滯於京都。　　[2]明略：明智的謀略。這句意思説自己無明略以匡佐君主。　　[3]徒臨川以羨魚：《淮南子·説林訓》曰："臨河而羨魚，不如歸家織網。"用此典表明自己空有佐時的願望。徒，空，徒然。羨，願。　　[4]俟：等待。河清：黃河水清，古人認爲這是政治清明的標誌。此句意爲等待政治清明未可預期。張衡《思玄賦》"天長地久歲不留，俟河之清只懷憂"，同樣表達了想要等到聖明時代的出現，那只能是自懷憂愁。
[5]蔡子：指戰國時燕人蔡澤。《史記》卷七九有傳。慷慨：壯士不得志於心。
[6]唐生：即唐舉，又稱唐莒，戰國時梁人。決疑：請人看相以決對前途命運的疑惑。蔡澤游學諸侯，未發跡時，曾請唐舉看相，後入秦，代范睢爲秦相。　　[7]諒：確實，委實。微昧：幽隱。　　[8]漁父：宋洪興祖《楚辭補注》引王逸《漁父章句序》："漁父避世隱身，釣魚江濱，欣然自樂。時遇屈原川澤之域，怪而問之，遂相應答。"嬉：樂。此句表明自己將與漁父同樂於川澤。　　[9]超埃塵：即游乎塵埃之外。埃塵，喻指紛濁的世務。遐逝：遠去。　　[10]長辭：永別。由於政治昏亂，世路艱難，自己與時代不合，產生了歸田隱居的念頭。　　[11]令月：吉日，好的時節。令，善。　　[12]原：寬闊平坦之地。隰（xí席）：低濕之地。鬱茂：草木繁盛貌。　　[13]王雎：鳥名，即雎鳩。　　[14]鶬鶊：鳥名，即黃鸝。　　[15]頡（xié偕）頏（háng杭）：鳥飛上下貌。　　[16]關關：王雎鳥鳴聲。嚶嚶：鶬鶊鳥鳴聲。關關嚶嚶，指此二鳥音聲和鳴。　　[17]於焉：於是乎。逍遙：安閒自得貌。　　[18]爾乃：於是。方澤：大澤。這兩句言己從容吟嘯於山澤間，類乎龍虎。　　[19]纖繳：指箭。纖，細。繳，射鳥時繫在箭上的生絲繩。　　[20]觸

矢：射。這裏指鳥觸矢而斃命。　　　[21]吞鈎：指魚貪餌而吞鈎。　　　[22]逸禽：雲間高飛的鳥。　　　[23]懸：魚在深淵被釣起。沈：同“沉”，没於水中。魦（shā殺）、鰡（liú 劉）：皆魚名。　　　[24]曜（yào 藥）靈：日。俄：斜。景：同“影”。[25]係：繼。望舒：神話傳説中爲月亮駕車的仙人，這裏代指月亮。　　　[26]般（pán 盤）游：游樂。般，樂。　　　[27]劬（qú 渠）：勞苦。　　　[28]老氏之遺誡：指《老子》第十二章：“馳騁田獵，令人心發狂。”　　　[29]迴：返迴。蓬廬：茅屋。[30]五絃：五絃琴。《禮記·樂記》載：“昔者舜作五絃之琴，以歌南風。”漢蔡邕《琴操》曰：“伏羲氏作琴，絃有五者，象五行也。”指：通“旨”。此句寫其彈琴舒懷。[31]周、孔之圖書：周公、孔子著述的典籍。此句寫其讀書自娱。　　　[32]翰：毛筆。藻：詞藻。此句寫其揮翰遣情。　　　[33]陳：陳述。軌模：法則。　　　[34]如：往，到。以上兩句説自己縱情物外，脱略形跡，不在乎榮辱得失所帶來的結果。

【集評】

　　（南朝梁）劉勰《文心雕龍·體性》：“平子淹通，故慮周而藻密。”

四 愁 詩　并序

【題解】

　　《四愁詩》是張衡出任河間相時所作。《文選》收録這篇作品時，前面有則小序，説張衡“陽嘉中出爲河間相”。按《後漢書·張衡傳》：“永和初，出爲河間相。時國王驕奢不遵典憲；又多豪右，共爲不軌。衡下車，治威嚴，整法度，陰知姦黨名姓，一時收禽，上下肅然，稱爲政理。”這裏卻説是“陽嘉中”，顯誤。儘管有此疵誤，但是該序説這篇作品是託興引喻之作還是有一定道理的，因爲現存張衡的詩賦多有寄託。這篇作品在魏晉南北朝時期影響非常之大，陳徐陵編《玉臺新詠》也予收録，並在其後還收録了晉代傅玄、張載的《擬四愁詩》。直至近現代，魯迅先生還有擬作。從這些擬作來看，似乎都有所寄託，在形式上也如同張衡之作，傅、張二作各分爲四章，每章七句，每句七言。説明張衡的《四愁詩》事實上開啓了後世七言詩的先河。儘管以前有不少詩用了七言句式，但是，像這樣通篇都是完整的七言句式，確實是張衡的首創。

　　　　張衡不樂久處機密，陽嘉中，出爲河間相。時國王驕奢，不遵法度，又多豪右并兼之家。衡下車，治威嚴，能内察屬縣,姦滑行巧劫,皆密知名,下吏收捕,盡服擒。諸豪俠游客,悉惶懼逃出境。郡中大治,爭訟息,獄無繫囚。時天下漸弊,鬱鬱不得志,爲《四愁詩》。屈原以美人爲君子,以珍寶爲仁義,以水深雪雾爲小人,思以道術相報,貽於時君,而懼讒邪,不得以通。其辭曰:

一思曰:我所思兮在太山[1],欲往從之梁父艱[2]。側身東望涕霑翰[3]。美人贈我金錯刀[4],何以報之英瓊瑤[5]。路遠莫致倚逍遥[6],何爲懷憂心煩勞[7]?

二思曰:我所思兮在桂林[8],欲往從之湘水深。側身南望涕霑襟。美人贈我金琅玕[9],何以報之雙玉盤。路遠莫致倚惆悵[10],何爲懷憂心煩傷?

三思曰:我所思兮在漢陽[11],欲往從之隴阪長[12]。側身西望涕霑裳。美人贈我貂襜褕[13],何以報之明月珠。路遠莫致倚踟蹰[14],何爲懷憂心煩紆[15]?

四思曰:我所思兮在鴈門[16],欲往從之雪紛紛。側身北望涕霑巾[17]。美人贈我錦繡段[18],何以報之青玉案[19]。路遠莫致倚增歎[20],何爲懷憂心煩惋[21]?

《文選》卷二九

【校注】

[1]太山:即東嶽泰山,在今山東泰安境内。　　[2]梁父:泰山下的小山。艱:艱險。唐李善注以爲泰山比喻君主,梁父以喻小人。歷來解讀此詩多關注其效法屈原《離騷》,運用比興手法委婉地抒寫出其懷才不遇的愁思,聊備一説。　　[3]翰:衣襟。　　[4]金錯刀:錯,鍍金。金錯刀有兩解,或作錢名,或作刀名。美人所贈,作佩刀解爲勝。　　[5]何以報之:以何報之。英:通"瑛",似玉的美石。瓊、瑤:美玉。　　[6]"路遠莫致"句:致,送到。倚:通猗,助詞。逍遥:彷徨。[7]勞:憂愁。　　[8]桂林:漢鬱林郡秦時名桂林,治所在今廣西。　　[9]琅(láng 郎)玕(gān 干):一種珠狀的美石。　　[10]惆悵:因失意而傷感、懊惱。[11]漢陽:西漢時稱天水郡,東漢明帝時改曰漢陽,治所在冀縣,今甘肅甘谷東。[12]隴阪:在天水郡,李善注引《秦州記》曰:"隴阪九曲,不知高幾里。"　　[13]貂

襜(chān 摻)褕(yú 魚):用貂皮做的直襟袍子。　　[14]踟躕:來回走動。
[15]紆:屈曲。這裏指心情紛亂。　　[16]鴈門:漢鴈門郡在今山西西北部。
[17]巾:佩巾。　　[18]錦繡:有五采成文章的絲織品。段:布帛等之一截。
[19]案:小几。　　[20]增歎:一再歎息。　　[21]悁:怨恨,歎惜。

【集評】

(唐)吳兢《樂府古題要解》:"《四愁》,漢張衡所作,傷時之文也。其旨以所思之處方朝廷,美之爲君子,珍玩爲義,巖險雪霜爲讒諂。其流本出於《楚辭·離騷》。《七哀》起於漢末,如曹植'明月照高樓'、王仲宣'南登霸陵岸',皆《七哀》之一也。"

(明)張溥《漢魏六朝百三家集題辭·張平子集》:"《同聲》麗而不淫,《四愁》遠摹正則。"

秦　嘉

【作者簡介】

秦嘉,字士會,隴西(今甘肅南部)人。東漢桓帝(147—167)時,仕郡,舉上計掾,入洛,除黃門郎。病卒於津鄉亭。今存《贈婦詩》三首、四言《贈婦詩》一首、《述婚詩》二首。妻徐淑,亦善詩文。

贈婦詩三首　并序

【題解】

此詩序説明三詩作於赴洛京離別之前,抒發詩人不能與妻子面別的感傷惆悵之情。第一首寫奉役離鄉,因妻子臥病娘家,不獲面別,獨自傷感。第二首回憶自己與妻子少時孤苦,婚後歡聚不足,臨別矚景傷情,戀戀難捨。第三首寫臨行恨別,顧看空房,想像妻子姿容,惆悵之餘,贈物表情。三詩爲一整體,敘情寫意大致遵循離別時間由遠而近,離期愈近,情感愈發不能自持;同是寫一離別,作者善於從不同方面反復申述之,淒婉悱惻,感人至深。

　　秦嘉字士會，隴西人也。爲郡上掾，其妻徐淑，寢疾還家。不獲面別，贈詩云爾。

　　人生譬朝露，居世多屯蹇[1]。憂艱常早至，懽會常苦晚[2]。念當奉時役[3]，去爾日遥遠[4]。遣車迎子還[5]，空往復空返[6]。省書情悽愴[7]，臨食不能飯。獨坐空房中，誰與相勸勉。長夜不能眠，伏枕獨展轉[8]。憂來如尋環[9]，匪席不可卷[10]。

　　皇靈無私親[11]，爲善荷天禄[12]。傷我與爾身，少小罹嫈獨[13]。既得結大義[14]，懽樂若不足[15]。念當遠離別，思念叙款曲[16]。河廣無舟梁，道近隔丘陸[17]。臨路懷惆悵，中駕正躑躅[18]。浮雲起高山，悲風激深谷[19]。良馬不回鞍，輕車不轉轂[20]。針藥可屢進，愁思難爲數[21]。貞士篤終始[22]，思義不可屬[23]。

　　蕭蕭僕夫征[24]，鏘鏘揚和鈴[25]。清晨當引邁[26]，束帶待雞鳴。顧看空室中，髣髴想姿形[27]。一別懷萬恨，起坐爲不寧。何用叙我心，遺思致款誠[28]。寶釵可耀首[29]，明鏡可鑒形[30]。芳香去垢穢，素琴有清聲[31]。詩人感木瓜，乃欲答瑶瓊[32]。愧彼贈我厚[33]，慚此往物輕[34]。雖知未足報[35]，貴用叙我情。

　　　　　　　　　　　　　　　　　　　　《玉臺新詠》卷一

【校注】

[1]居世：生活在世。屯蹇(jiǎn 簡)：艱難，坎坷。《易·蹇卦》："'蹇'，難也，險在前也。"　　[2]懽會：歡聚。苦晚：恨晚，指歡聚不能早至，不易得到。　　[3]奉時役：奉命出差。時役，此指去京城洛陽赴任郡上計掾(僚屬)的行役。　　[4]去：離開。爾：你，指妻子徐淑。日：日益。　　[5]遣車：派車。子：對妻子徐淑的敬稱。　　[6]"空往"句：指因妻子在娘家卧病，迎歸的車子只好空回。　　[7]省書：讀妻子託迎歸者捎回的書信。此信叙寫因病不能返回和對丈夫的牽掛之情。《玉臺新詠》卷一有《秦嘉妻徐淑答詩》一首。又《藝文類聚》卷三二引《秦嘉與妻書》及《秦嘉妻徐淑答書》各二通。悽愴：悽傷、悲痛。　　[8]展轉：同"輾轉"，翻來覆去。　　[9]"憂來"句：指憂思之情，循環往復，不可斷絕。　　[10]"匪席"句：比喻憂思難以排解。《詩·邶風》："我心匪席，不可卷也。"匪：通"非"。
[11]皇靈：皇天。無私親：没有偏愛。《老子》第七十九章："天道無親，常與善

人。"　　[12]荷天禄:蒙受天賜之福。荷,蒙受。　　[13]罹(lí離):遭遇。煢(qióng 窮)獨:孤獨,指孤苦無依。　　[14]結大義:結爲夫妻。　　[15]若:吳兆宜箋注本作"苦"。　　[16]思念:《文選》李善注引作"思面",思想當面之意。叙款曲:訴衷情。款曲,衷腸。　　[17]"河廣"二句:反用《詩·衛風·河廣》"誰謂河廣,一葦杭(航)之"意,謂道路阻隔,無由相見。梁:橋。隔丘陸:謂因不能相見而如隔丘陸。丘,山嶺。陸,高平之地。　　[18]"臨路"二句:此設想之詞。中駕:車駕在行進中。躑躅:徘徊不前。　　[19]激:激蕩。　　[20]"良馬"二句:謂因戀戀不捨,車駕不肯前行。不回鞍:不回返,指意欲前行。不轉轂(gǔ古):車轂不轉動,謂不願前進。轂,車輪軸心。　　[21]"針藥"二句:謂針藥屢次使用,生理上可以忍受;憂愁連續不斷,精神上卻難耐煎熬。數:多次。　　[22]貞士:忠貞之士。篤:誠,厚。終始:善始善終。　　[23]思義:吳兆宜箋注本作"恩義",特指夫妻情義。不可屬:豈能不持續。不可,一説當作"可不",疑是。屬(zhǔ 煮),連續。　　[24]蕭蕭:速行貌。征:行進。　　[25]鏘(qiāng 槍)鏘:鈴聲。揚:揚起,響起。和鈴:車前橫木上掛的鈴鐺。　　[26]引邁:起程。[27]髣髴:同"仿佛",隱約似見貌。　　[28]遺(wèi 衛)思:贈與所思之人。[29]可耀首:可使頭上顯得鮮麗。一作"好耀首"。　　[30]鑒:照。　　[31]素琴:没有裝飾的琴。　　[32]"詩人"二句:詩人,指《詩·衛風·木瓜》的作者,其詩爲男女贈答傳情之作。詩共三章,其一云:"投我以木瓜,報之以瓊琚。匪報也,永以爲好也。"　　[33]"媿彼"句:《藝文類聚》卷七十三引徐淑報秦嘉書云:"今奉金錯碗一枚,可以盛書水;琉璃碗一枚,可以服藥酒。"贈我:一作"持贈"。[34]往物:指上述回贈妻子的"寶釵"、"明鏡"等物品。　　[35]報:報答。

【集評】

　　(清)沈德潛《古詩源》卷三:"詞氣和易,感人自深,然去西漢渾厚之風遠矣。"
　　丁儀《詩學淵源》卷八:"秦嘉、徐淑,漸肇排偶,下逗齊梁,第其聲調,尚不失漢人遺韻。"

漢樂府

【作者簡介】

樂府,本意是指禮樂機構。秦代即設立樂府官署,但並没有建立採集民間歌謠制度,多演唱前代流傳下來的舊曲。真正意義上的樂府詩歌是從漢代開始的,特別是漢武帝在定郊祀之禮的基礎上,又由樂府機關採集各地民間歌謡,在宫中合樂演唱。後來人們把這些歌辭稱爲"樂府"。宋代郭茂倩《樂府詩集》是收録樂府詩最多的詩歌總集,並按其功用分爲十二類。每類前先列古辭,其次是魏晉以迄唐代文人的擬樂府。所謂"古辭",大約有四十多首,多數是漢代的作品,所以叫漢樂府。

戰　城　南

【題解】

這是一首描寫久戍不歸的士兵思念家鄉和悼念陣亡者的詩篇。漢代從其建國伊始就與匈奴展開了長期的戰争,遂亦出現了很多表現征戰題材的藝術作品。這首詩通過即將死去的士兵和烏鴉的對話,表達了對戰争的詛咒之情。

戰城南,死郭北[1],野死不葬烏可食。爲我謂烏[2],且爲客豪[3],野死諒不葬[4],腐肉安能去子逃[5]?水深激激[6],蒲葦冥冥[7]。梟騎戰鬭死[8],駑馬裴回鳴[9]。梁築室[10],何以南?梁何北[11]?禾黍而穫君何食[12]?願爲忠臣安可得?思子良臣[13],良臣誠可思,朝行出攻,莫不夜歸[14]。

《宋書》卷二二《樂志四》

【校注】

[1]郭:外城。　　[2]我:詩中主人公自稱。　　[3]且爲客豪:吃前希望烏鴉能爲那些死者哭嚎一番。客,死於異鄉的戰士。豪,通"嚎"。　　[4]諒:當然。
[5]安能去子逃:怎麼能够從你這兒逃掉呢?子,指烏鴉。　　[6]激激:清澈的樣子。　　[7]冥冥:茂盛繁密,顯得晦暗。　　[8]梟騎:即驍騎,良馬。這裏指那些戰死的英雄,也就是下文所説的"良臣"。　　[9]駑馬:劣馬。這裏比喻那些怯

弱的人。裴回:即徘徊。　　　[10]梁築室:在橋頭長駐營。梁,指橋。逯欽立《先秦漢魏晉南北朝詩》漢詩卷四案語:"'梁築室'句不辭,上'梁'字乃衍文,以字虚聲,原文當作'築室河南梁河北'。'河'今作'何',假借字耳。"　　　[11]梁何北:《文選補遺》卷三四作"何以北",疑是。　　　[12]禾黍而穫君何食:禾黍收穫了,可是戰死者卻吃不到了。君,指戰死者。而,《風雅翼》作"不",則大意是,戰争剥奪了那麽多人的性命,你們統治者還吃什麽呢?!　　　[13]良臣:忠心爲國的人。[14]莫:通"暮"。

【集評】

　　(唐)吳兢《樂府古題要解》:"右其詞大略言'戰城南,死郭北',野死不得葬,爲烏鳥所食,願爲忠臣,朝出攻戰而暮不得歸也。"

　　(清)沈德潛《古詩源》卷三:"太白云:'野戰格闘死,敗馬嘶鳴向天悲。'自是唐人語。讀'梟騎'十字,何等簡勁。末段思良臣,懷頗、牧之意也。"

有 所 思

【題解】

　　《樂府詩集》卷十六引《古今樂録》曰:"漢太樂食舉第七曲亦用之,不知與此同否。"説明這是一首漢代古曲,描寫一個女子聽説情人有了"他心",準備將寄給他的衣物全燒了,下決心與他斷絶關係。但是又感到千絲萬縷的牽掛,只好安慰自己:等天亮以後再下決斷吧。這首詩在《樂府詩集》中歸入"鼓吹曲辭"。

　　有所思,乃在大海南。何用問遺君[1],雙珠瑇瑁簪[2],用玉紹繚之[3]。聞君有它心,拉雜摧燒之[4]!摧燒之,當風揚其灰。從今以往,勿復相思!相思與君絶。雞鳴狗吠,兄嫂當知之。妃呼豨[5]!秋風肅肅晨風颸[6],東方須臾高知之[7]。

《宋書》卷二二《樂志四》

【校注】

[1]問遺(wèi 味):慰勞饋贈。　　　[2]瑇瑁簪:用瑇瑁做成的髮簪。瑇瑁:爬行動物,狀似龜,殼黄褐色,可以製作裝飾品。　　　[3]紹繚:纏繞。　　　[4]拉雜:折斷打碎。　　　[5]妃呼豨:象聲辭,没有實際意義。　　　[6]颸:迅疾。　　　[7]高:

通"皓",白。

【集評】

　　(清)沈德潛《古詩源》卷三:"怨而怒矣。然怒之切,在望之深。末段餘情無盡。"

上　　邪

【題解】

　　這是一首情詩,描寫一個女子指天發誓,要與情人終生相守。這首詩在《樂府詩集》卷十六也歸入"鼓吹曲辭"中,或以爲與上詩本爲一首。前者考慮與情人斷絕關係,欲絕還休。而這首則是打定主意之後的誓言。

　　上邪[1],我欲與君相知[2]。長命無絶衰[3]。山無陵[4],江水爲竭,冬雷震震,夏雨雪[5],天地合[6],乃敢與君絶。

《宋書》卷二二《樂志四》

【校注】

[1]上邪:猶言"天啊"! 上,指天。邪,語氣詞,通"耶"。　　[2]相知:相親。
[3]長命:長使、長令。　　[4]陵:山峰。　　[5]夏雨雪:夏天下雪。雨,動詞。
[6]天地合:天地合併。

【集評】

　　(清)沈德潛《古詩源》卷三:"'山無陵'下共五事,重叠言之,而不見其排,何筆力之橫也。"

江　　南

【題解】

　　《宋書·樂志三》説:"凡樂章古詞,今之存者,並漢世街陌謡謳,《江南可采蓮》、《烏生》、《十五》、《白頭吟》之屬是也。"説明這是一首漢代古曲,《樂府詩集》卷二十六歸入"相和歌辭"中。該詩描寫採蓮過程當中的樂趣。余冠英先生《樂府詩選》認爲"魚戲蓮葉東"以下可能是和聲。因爲相和歌本來就是一人唱多人和的。

　　江南可採蓮[1]，蓮葉何田田[2]。魚戲蓮葉間。魚戲蓮葉東，魚戲蓮葉西，魚戲蓮葉南，魚戲蓮葉北。

《宋書》卷二一《樂志三》

【校注】

[1]蓮:《藝文類聚》卷八二引作"荷"。以下幾句凡"蓮"字並作"荷"。　　[2]田田:挺拔的樣子。

【集評】

　　(清)張玉穀《古詩賞析》卷五:"此《採蓮曲》也。前三,敍事,不説花,偏説葉,葉尚可愛,花不待言矣。魚戲葉間,更有以魚比己意,詩旨已盡。後四,忽接上'間'字,平排衍出'東''西''南''北'四句,轉見古趣。"

陌　上　桑

【題解】

　　《宋書·樂志三》收錄此詩題作《艷歌羅敷行》,稱"古詞三解"。三解猶三章。《樂府詩集》卷二十八歸入"相和歌辭",題曰《陌上桑》,並引崔豹《古今注》説羅敷是邯鄲人,爲邑人王仁妻,曾拒絶趙王的引誘。此蓋爲牽强之辭。宋朱熹認爲此詩情節與秋胡戲妻故事接近,疑"夫婿"和"使君"就是一人。儘管故事的本事,各書記載各有不同,但其藝術成就,則衆口一辭。它描寫了女主人公對於愛情的忠貞,揭露了"使君"的卑鄙齷齪的行徑。這種歌頌與揭露不是直接描寫出來的,而是巧妙地運用了種種對比的手法,把詩人的愛憎感情抒發得淋漓盡致。

　　日出東南隅[1]，照我秦氏樓。秦氏有好女,自名爲羅敷[2]。羅敷喜蠶桑,采桑城南隅。青絲爲籠係,桂枝爲籠鉤[3]。頭上倭墮髻,耳中明月珠[4]。緗綺爲下裙,紫綺爲上襦[5]。行者見羅敷,下擔捋髭須[6]。少年見羅敷,脱帽著帩頭[7]。耕者忘其犁,鋤者忘其鋤。來歸相怒怨,但坐觀羅敷[8]。一解使君從南來,五馬立踟躕。使君遣吏往,問是誰家姝[9]?秦氏有好女,自名爲羅敷。羅敷年幾何?二十尚不足[10],十五頗有餘。使君謝羅敷[11],寧可共載不?羅敷前置詞,使君一何愚!使君自有婦,羅敷自有夫。二解

東方千餘騎,夫壻居上頭[12]。何用識夫壻[13]?白馬從驪駒[14]。青絲繫馬尾,黃金絡馬頭。腰中鹿盧劍[15],可直千萬餘。十五府小史[16],二十朝大夫,三十侍中郎[17],四十專城居[18]。爲人潔白晳,鬑鬑頗有須[19]。盈盈公府步,冉冉府中趨[20]。坐中數千人,皆言夫壻殊[21]。三解

《宋書》卷二一《樂志三》

【校注】

[1]隅:方位。　　[2]羅敷:女子名。《古詩爲焦仲卿妻作》:"東家有賢女,自名秦羅敷。可憐體無比,阿母爲汝求。"可見已成爲當時女子的通稱。　　[3]籠係:繫籃子的繩。籠鉤:桑籃的提鉤。《玉臺新詠》卷一作"籠繩"。　　[4]墮髻:當時流行的一種髮髻樣式。明月珠:用明月珠做成的耳墜。　　[5]緗綺:淺黃色的綾緞。《玉臺新詠》作"綠綺"。裙:同"裙",下裳。襦:短襖。　　[6]行者:《玉臺新詠》作"觀者"。下擔:放下擔子。捋:撫摸。須:同"鬚"。　　[7]帽:《玉臺新詠》作"巾"。著帩頭:大約是脫了帽子僅露出束髮的紗巾。帩頭,即綃頭,古人用來束髮的紗巾。　　[8]怒怨:《玉臺新詠》作"喜怒"。但坐:只因爲。　　[9]使君:對太守或刺史的稱呼。姝:美女。　　[10]不足:《玉臺新詠》作"未滿"。[11]謝:問。　　[12]上頭:行列的前面。　　[13]何用:憑什麼。《玉臺新詠》作"何以"。　　[14]驪駒:純黑色的馬。　　[15]鹿盧劍:即轆轤劍,指用轆轤形狀的玉作裝飾的長劍。　　[16]府小史:太守府中的官吏。史,《玉臺新詠》作"吏"。　　[17]朝大夫、侍中郎:均是朝廷中的官名。　　[18]專城居:猶言一城之主,即太守、刺史之類的官吏。　　[19]鬑鬑:長貌,形容白面長鬚的樣子。[20]盈盈、冉冉:形容步履輕盈穩健,猶言官步。　　[21]殊:特殊出衆。

【集評】

　　(清)沈德潛《古詩源》卷三:"鋪陳穠至,與辛延年《羽林郎》一副筆墨。此樂府體別於古詩者在此。"

長　歌　行

【題解】

　　《文選》單列"樂府"一類,收録此詩。《事文類聚》前集卷六引作顔延年詩,似無據。《樂府詩集》卷三十歸入"相和歌辭",題曰"古辭"。清張玉穀《古詩賞析》認爲這是一首"警廢學之詩"。

　　　青青園中葵,朝露行日晞[1]。陽春布德澤[2],萬物生光暉。常恐秋節至,焜黄華蕊衰[3]。百川東到海,何時復西歸。少壯不努力,老大乃傷悲[4]。

《文選》卷二七

【校注】

[1]行:《藝文類聚》卷四二作"待"。晞:指曬乾。　　　[2]陽春:是指露水和陽光最充足的春季。德澤:即恩澤、恩惠的意思。這句話是說,陽春將德澤廣布萬物。[3]焜黄:指色澤枯黄。蕊:《藝文類聚》作"葉"。　　　[4]乃:《藝文類聚》作"徒"。

【集評】

　　(唐)吳兢《樂府古題要解》:"古詞:'青青園中葵,朝露待日晞。'言榮華不久,當努力爲樂,無至老大乃傷悲也。曹魏改奏文帝所賦'西山一何高',言仙道洪濛不可識,如王喬、赤松,皆空言虛辭,迂怪難信,當觀聖道而已。若晉陸士衡'逝矣經天日',復言人運短促,當乘閒長歌,不與古文合。"
　　(清)沈德潛《古詩源》卷三:"'陽春'十字,正大光明。謝康樂'皇心美陽澤,萬象咸光昭'庶幾相類。"

東　門　行

【題解】

　　這首詩見於《樂府詩集》卷三十七,題曰"古辭"。此外,《樂府詩集》還收録"晉樂所奏"一篇。而《宋書·樂志》僅僅收録"晉樂所奏"的歌辭,卻没有這首古辭。曹道衡先生《樂府詩選》認爲這首詩很可能爲當時樂官配樂時所作的另一種歌辭,並非本辭。郭茂倩只是因爲文字與"晉樂所奏"不同,遂誤認爲詩的"本辭"。作品描寫一個男子因爲窮困鋌而走險的故事。夫妻之間的對話,聲勢、神態,歷歷如在眼前。

　　出東門,不顧歸。來入門,悵欲悲[1]。盎中無斗米儲[2],還視架上無懸衣[3]。拔劍東門去,舍中兒母牽衣啼[4]:"他家但願富貴,賤妾與君共餔糜[5]。上用倉浪天故[6],下當用此黃口兒[7]。今非[8]!""咄[9]!行!吾去爲遲[10]!白髮時下難久居[11]。"

　　　　　　　　　　　　　　　《樂府詩集》卷三七《相和歌辭·瑟調曲》

【校注】

[1] 悵:失意、懊惱。　　[2] 盎(àng 昂去聲):小口大腹的瓦盆。　　[3]"還視"句:《太平御覽》卷七六五引作"罌中無斗米,架上無懸衣"。　　[4] 兒母:指妻。　　[5] 餔(bū 補陰平)糜(mí 迷):吃粥。餔,吃。糜,粥。　　[6]"上用"句:上看着蒼天的份兒。倉浪:青蒼色,指蒼天。　　[7]"下當"句:下顧念着小兒的份兒。黃口:幼兒。以上四句是妻子勸阻丈夫的話。　　[8] 今非:現在不是這樣。　　[9] 咄:呵斥聲。　　[10]吾去爲遲:意謂我現在去都已經晚了!　　[11]"白髮"句:意謂年紀不饒人,須及早另謀出路。下:脫落。

【集評】

　　(南朝陳)釋智匠《古今樂録》曰:"王僧虔《技録》云:'《東門行》歌古東門一篇,今不歌。'"(宋郭茂倩《樂府詩集》卷三七題解引)

　　(唐)吳兢《樂府古題要解》:"右古詞云:'出東門,不顧歸。'言士有貧不安其居者,拔劍將去,妻子牽衣留之,願共餔糜,不求富貴,且曰:'今時清,不可爲非也!'若鮑照'傷禽惡弦驚',但傷離別而已。"

飲馬長城窟行

【題解】

　　此詩最早見於《文選》卷二七,題曰"古辭"。《樂府詩集》卷三八歸入《相和歌辭》云:"一曰《飲馬行》。長城,秦所築以備胡者,其下有泉窟,可以飲馬。古辭云:'青青河畔草,綿綿思遠道。'言征戍之客,至於長城而飲其馬,婦人思念其勤勞,故作是曲也。”《玉臺新詠》卷一則以爲是蔡邕所作。

　　青青河邊草[1]，緜緜思遠道[2]。遠道不可思，夙昔夢見之[3]。夢見在我傍，忽覺在佗鄉[4]。佗鄉各異縣，輾轉不可見[5]。枯桑知天風，海水知天寒[6]。入門各自媚，誰肯相爲言[7]？客從遠方來，遺我雙鯉魚[8]。呼兒烹鯉魚，中有尺素書[9]。長跪讀素書[10]，書上竟何如？上有加餐食[11]，下有長相憶。

《文選》卷二七

【校注】

[1]邊:《藝文類聚》卷四一、《樂府詩集》卷三八作“畔”。　　[2]緜緜:綿延不絕的樣子。這裏指細微的情思。　　[3]夙昔:昨夜。昔，通“夕”。之:指所思念的遠道之人。　　[4]佗:同“他”。　　[5]可:《玉臺新詠》作“相”。　　[6]“枯桑”二句:枯桑無枝,也對起風有所感知;大海雖然不會結冰,但是也知道天氣變得寒冷。那些奔波在外的人,怎能不遭受風寒之苦呢？　　[7]“入門”二句:各人都只是關愛自己喜歡的人,誰肯爲我捎去思念呢？相爲言:問詢。《藝文類聚》作“相與言”。　　[8]“遺我”句:送來書信。遺:送來。雙鯉魚:指信函。古代書信夾在兩片魚形的木牘中,用泥封住。　　[9]尺素書:書簡。古人寫文章或是書信多用長一尺左右的絹帛,稱尺素。素,生絹。書,書信。　　[10]長跪:伸直腰跪着。古人席地而坐,兩膝着地,臀部壓在腳後跟上。　　[11]餐食:《樂府詩集》作“餐飯”。

【集評】

　　(唐)吳兢《樂府古題要解》:“右古詞:‘青青河邊草,綿綿思遠道。’傷良人流宕不歸。或云蔡邕之詞。若陳琳‘水寒傷馬骨’,則言秦人苦長城之役也。”

<h2 align="center">孤　兒　行</h2>

【題解】

　　《孤兒行》,又名《孤子生行》、《放歌行》,屬樂府古辭。詩歌描寫了父母去世後,孤兒爲兄嫂欺淩的社會現象。班固《漢書·藝文志》稱樂府的特點之一是“感於哀樂,緣事而發”,《孤兒行》就是這樣一篇具有代表性的作品。詩人用細緻的筆墨描寫了孤兒的艱難生活,寄託了對孤兒命運的同情。詩人雖然沒有正面指責兄、嫂的不良行徑,但孤兒與兄、嫂的是非曲直,卻在詩篇貌似瑣碎而其實真切的鋪述中一目瞭然。

　　孤兒生,孤子遇生,命獨當苦[1]。父母在時,乘堅車[2],駕駟馬[3]。父母已去,兄嫂令我行賈[4]。南到九江,東到齊與魯。臘月來歸[5],不敢自言苦。頭多蟣蝨,面目多塵[6]。大兄言辦飯[7],大嫂言視馬[8]。上高堂[9],行取殿下堂[10],孤兒淚下如雨。使我朝行汲,暮得水來歸[11]。手爲錯,足下無菲[12]。愴愴履霜,中多蒺藜[13]。拔斷蒺藜,腸月中愴欲悲[14]。淚下渫渫[15],清涕纍纍[16]。冬無複襦[17],夏無單衣。居生不樂,不如早去[18],下從地下黃泉。春氣動,草萌芽。三月蠶桑,六月收瓜。將是瓜車,來到還家[19]。瓜車反覆,助我者少,啗瓜者多[20]。"願還我蒂,兄與嫂嚴,獨且急歸。當興校計[21]。"

　　亂曰:里中一何譊譊[22]!願欲寄尺書,將與地下父母:兄嫂難與久居[23]。

　　　　　　　　　　　　　　　　《樂府詩集》卷三八《相和歌辭·瑟調曲》

【校注】

[1]"孤兒生"三句:孤兒生在世上命就够苦的了,這個孤兒又遇到了這樣艱難的處境,命運就更苦了。　　[2]堅車:堅固的車子。　　[3]駟馬:四匹馬。古代一車套四馬,故稱爲駟馬。　　[4]行賈(gǔ 古):到遠方經商。　　[5]來歸:即歸來的意思。　　[6]"頭多"二句:頭上有很多蟣蝨,臉上有很多塵土。　　[7]辦飯:準備飯食。　　[8]視馬:照看馬匹。　　[9]高堂:高大的堂屋。　　[10]行取殿下堂:還要跑到殿下的另一處堂屋去。行,將要。取,通"趨",急走。殿,高大的房屋,指上句的"高堂"。　　[11]"使我"二句:使我早上出去汲水,晚上才能帶回水來。汲:從井裏取水。　　[12]"手爲錯"二句:手因此凍得皴裂,腳下連一雙草鞋都沒有。錯:皮膚皴裂的意思。菲:通"屝",草鞋。　　[13]"愴愴"二句:孤兒心懷悲傷踏着冰霜回家,地上有很多蒺藜,容易把腳刺破。　　[14]"拔斷"二句:孤兒想拔掉腳上的蒺藜,但蒺藜的刺還是折斷在脛肉裏,孤兒難過得要哭出來。腸:足脛後的肉。月:通"肉"。　　[15]渫(dié 蝶)渫:流淚不止的樣子。　　[16]纍纍:連綿不斷的樣子。　　[17]複襦(rú 儒):有裏子的棉衣。[18]"居生"二句:意謂活在世上不快樂,還不如早點兒死了。　　[19]"將是"二

句:意謂推着這個瓜車,往回家的方向走。將:扶,持。　　　　[20]"瓜車"三句:意謂瓜車翻了,幫我撿瓜的人少,趁亂吃瓜的人多。　　　　[21]"願還"四句:是孤兒對吃瓜的人所説的話。你要把瓜蒂還給我,好讓我回家有個交待;兄嫂對我很嚴厲,我必須立即回去,兄嫂見瓜少,一定要跟我計較。　　　　[22]"里中"句:意謂孤兒推車走近里巷,聽到一片喧嘩叫罵聲。譊(náo 撓)譊:争辯聲,喧噪聲。　　　　[23]"願欲"三句:意謂我真想寄一封書信給地下的父母親,兄嫂實在太難相處了。

【集評】

　　(清)沈德潛《古詩源》卷三:"極瑣碎,極古奧。斷續無端,起落無迹。淚痕血點,結掇而成。樂府中有此一種筆墨。"

辛延年

【作者簡介】

　　辛延年,東漢詩人,生平不詳。

<h2 style="text-align:center">羽　林　郎</h2>

【題解】

　　《羽林郎》,始見於《玉臺新詠》卷一,《樂府詩集》卷六三《雜曲歌辭》亦收入。《漢書》卷一九上《百官公卿表》曰:"羽林掌送從,次期門,武帝太初元年初置,名曰建章營騎,後更名羽林騎。又取從軍死事之子孫養羽林,官教以五兵,號曰羽林孤兒。"顏師古曰:"羽林,亦宿衛之官,言其如羽之疾,如林之多也。一説,羽所以爲王者羽翼也。"可見,羽林軍爲漢代皇家的禁衛軍,羽林郎爲統帥羽林軍的軍官。本詩描寫了西漢時期大將軍霍光的家奴馮子都調戲民女的故事,詩篇塑造了一個剛烈、忠貞、機智的少女形象:她獨自當壚賣酒,面對權門豪奴的無理調戲,勇敢捍衛自己的人格,反抗欺凌與侮辱。詩題曰"羽林郎",而詩中人物乃"金吾子",清朱乾説此詩是東漢文人以舊題詠新事,藉以影射和帝永元初年外戚竇氏的驕縱。其説見《樂府正義》。

　　昔有霍家奴[1]，姓馮名子都[2]。依倚將軍勢，調笑酒家胡。胡姬年十五，春日獨當壚[3]。長裾連理帶，廣袖合歡襦[4]。頭上藍田玉，耳後大秦珠[5]。兩鬟何窈窕[6]，一世良所無[7]。一鬟五百萬，兩鬟千萬餘[8]。不意金吾子[9]，娉婷過我廬[10]。銀鞍何昱爚，翠蓋空踟躕[11]。就我求清酒，絲繩提玉壺[12]。就我求珍肴，金盤膾鯉魚[13]。貽我青銅鏡，結我紅羅裾[14]。不惜紅羅裂，何論輕賤軀[15]！男兒愛後婦，女子重前夫。人生有新故，貴賤不相踰[16]。多謝金吾子，私愛徒區區[17]。

《玉臺新詠》卷一

【校注】

[1]霍家奴：霍光家的奴才。霍光在漢武帝去世後秉政二十餘年，曾爲大司馬大將軍。　　[2]姓馮名子都：《漢書》卷六八《霍光傳》："初，光愛幸監奴馮子都，常與計事。"　　[3]壚(lú 盧)：《漢書》卷五七上《司馬相如傳》顏師古注曰："賣酒之處，累土爲壚，以居酒甕，四邊隆起，其一面高，形如鍛壚，故名壚耳。"　　[4]"長裾"二句：胡姬裏層所穿的衣服有長長的下擺，腰上束着繫連在一起的衣帶，外面又身着袖子寬大、裝飾有合歡花紋的短衣。裾(jū 居)：衣擺。連理：聞人倓《古詩箋》引《晉中興徵祥記》："仁木也。或異枝而合，或兩樹而合。"這裏指衣帶的樣式。合歡：一种象徵吉祥的裝飾圖案。襦：《説文》："短衣也。"　　[5]"頭上"二句：胡姬頭上帶着藍田美玉所作的頭飾，耳後垂着大秦國出產的明珠。　　[6]鬟(huán 環)：環形的髮髻。窈窕：美好的樣子。　　[7]良：確實。　　[8]"一鬟"二句：此處用誇張的手法描寫胡姬的美貌。清沈德潛《古詩源》説："'一鬟五百萬'二句，須知不是論鬟。"　　[9]金吾子：對豪奴的稱呼。金吾，一种狀似大棒的武器，漢畫像石中多有金吾的圖像。兩漢時代權貴出行時，常有持大棒者在前開道。　　[10]娉(pīng 乒)婷(tíng 亭)：《集韻》："美好貌。"這裏是對豪奴的諷刺。　　[11]"銀鞍"二句：豪奴的馬車在門口等着他，鞍子鑲嵌着光彩耀眼的銀飾，車蓋上裝飾着翠羽。昱(yù 育)爚(yuè 月)：光彩奪目的樣子。翠蓋：翠羽裝飾的車蓋，這裏代指馬車。空：停留之意。踟躕：同"踟躕"，等待的樣子。[12]"就我求清酒"二句：豪奴走近胡姬要美酒，胡姬便拿了絲繩繫着的玉壺來送酒。　　[13]"就我求珍肴"二句：豪奴走近胡姬要珍稀的佳肴，胡姬便用金盤端來鯉魚膾給他吃。　　[14]"貽我"二句：寫豪奴酒足飯飽之後，開始調戲胡姬，把一面銅鏡送給胡姬，還拉扯胡姬紅羅做成的裙裾。　　[15]"不惜"二句：意謂你

拉扯我的衣服,我不惜把紅羅撕裂,更不用説你污辱我微賤的身體了。輕:輕視、侮辱。賤軀:微賤的身體,這裏是胡姬的自稱。這兩句描寫胡姬性情的剛烈。
[16]"男兒"四句:意謂你們男子雖然喜新厭舊,但我卻忠於自己的丈夫;新人不如故人,貴賤兩個階層的界限是不可逾越的。新故:新人與故人。新人指豪奴,故人指胡姬的丈夫。這四句描寫胡姬對愛情的堅貞。　　[17]"多謝"二句:意謂實在對不起你金吾子,你對我的厚愛是徒然的。謝:道歉之意。

【集評】

　　(清)張玉穀《古詩賞析》卷六:"通首皆就胡姬之拒羽林郎著筆,故起四從對面説來,透後作提,似順實逆。'胡姬'十句,接寫胡姬年少當壚,服飾儀容之美。而寫儀容處,只舉鬟以例其餘,又就鬟細細估價,癡甚趣甚。'不意'四句,遥接起處來,以'不意'二字引入,下皆就胡姬意中摹寫矣。'銀鞍'、'翠蓋',補筆爲倚勢者鋪張,而著筆不多,又與上段煩簡變換。'就我'四句,調笑引端,寫出覥覷可笑。'貽我'四句,調笑實蹟,寫出干犯可慮。後六,以胡姬拒絶之辭作收。'女子重前夫',主句也,却以'男兒愛後婦'對面剔出。惟知新不易故,豈以貴賤踰盟?申説何等決裂,而'多謝'、'區區'辭氣仍歸和婉,倚勢者終無如何矣。更不繳清,盡而不盡。"

古詩十九首

【作者簡介】

　　這是一組無名氏的作品,最早收錄在我國現存最早的文學總集《文選》中,編者因不知道這組詩的作者,就籠統地稱作"古詩十九首"。徐陵編《玉臺新詠》卷一收錄這組詩中的九首,題爲枚乘《雜詩》,學者多認爲西漢枚乘所作説不可信。唐代李善注《文選》以爲這組詩多作於東漢。這種看法得到了後來多數學者的認可。

行行重行行

【題解】

　　這是《古詩十九首》的第一首。其内容頗不易索解。詩的主人公是男是女,詩歌所寫的内容是送别還是遠行,這些都不易確定。而這也正是此詩的妙處所在。頭一句用重疊的句式表示一去不復返的分離。"相去萬餘里"四句,極寫分别的久遠。這六句構成全詩的第一個層次,回憶分别時情形。中間四句由回憶轉入現實的描寫。"胡馬"與"越鳥"是一組對映成趣的詩歌意象。"相去日已遠,衣帶日已緩",極寫分别的久遠,而且一天比一天遥遠,與此同時那鏤心刻骨的相思也一天比一天强烈。最後四句轉入第三層,由飄泊的一方寫到另一方。結尾兩句是無可奈何之詞。

　　行行重行行[1],與君生别離[2]。相去萬餘里,各在天一涯[3]。道路阻且長[4],會面安可知?胡馬依北風,越鳥巢南枝[5]。相去日已遠,衣帶日已緩[6]。浮雲蔽白日[7],游子不顧反[8]。思君令人老[9],歲月忽已晚[10]。棄捐勿復道[11],努力加餐飯[12]。

《文選》卷二九

【校注】

[1]重:又、再。　　[2]生别離:《楚辭·九歌·少司命》:"悲莫悲兮生别離,樂莫樂兮新相知。"　　[3]天一涯:天的一方。涯,邊際。　　[4]阻:險阻。且:又。[5]胡馬:北方産的馬。越鳥:南方的鳥。這兩句詩表示不忘本。　　[6]日已遠:一天比一天遠。緩:寬鬆。漢樂府有"離家日趨遠,衣帶日趨緩"句。　　[7]浮雲蔽白日:《文選》李善注曰:"以喻邪佞之毁忠良,故游子之行不顧反也。《文子》曰:'日月欲明,浮雲蓋之。'陸賈《新語》曰:'邪臣之蔽賢,猶浮雲之鄣日月。'《古楊柳行》曰:'讒邪害公正,浮雲蔽白日。'"　　[8]顧:念。　　[9]令人老:使人衰老。　　[10]忽已晚:忽忽將盡。　　[11]棄捐:抛棄。　　[12]努力:珍重。

【集評】

　　(明)謝榛《四溟詩話》:"《詩》曰:'觏閔既多,受侮不少。'初無意於對也。《十九首》云:'胡馬依北風,越鳥巢南枝。'屬對雖切,亦自古老。六朝惟淵明得之,若'芳草何茫茫,白楊亦蕭蕭'是也。"

青青河畔草

【題解】

這是《古詩十九首》的第二首,描寫思婦的春愁。少婦憑窗遠眺,明媚的春光帶給她更多的是怨。遠方的游子又有新歡,而她卻空牀獨守。

青青河畔草,鬱鬱園中柳[1]。盈盈樓上女[2],皎皎當牕牖[3]。娥娥紅粉粧[4],纖纖出素手[5]。昔爲倡家女[6],今爲蕩子婦[7]。蕩子行不歸,空牀難獨守。

《文選》卷二九

【校注】

[1]鬱鬱:繁密茂盛的樣子。　　[2]盈盈:美好的儀態。　　[3]皎皎:白皙明媚的樣子。　　[4]娥娥:形容美好的容貌。　　[5]纖纖:細長,常用來形容女子的手指。　　[6]倡家女:歌舞女,與後世的娼妓不同。　　[7]蕩子:在外鄉遊蕩不歸的人,近於遊子。《文選》李善注引《列子》曰:"有人去鄉土游於四方而不歸者,世謂之爲狂蕩之人也。"應與後來所説的遊手好閒的人不同。

【集評】

(清)沈德潛《古詩源》卷四:"用疊字,從《衛·碩人》'河水洋洋,北流活活'一章化出。"

涉江采芙蓉

【題解】

這是《古詩十九首》的第六首。客游他鄉,思念故土,本是人之常情。作爲本篇的主題思想,詩人真正的感慨則是"同心而離居,憂傷以終老"兩句。所謂"同心"人也就是"所思"的故鄉的妻子。古樂府《白頭吟》:"願得一心人,白頭不相離。"然而現在卻是"同心而離居"。詩由相思而采芳草寫起,由採芳草而想到妻子,因而舉頭望鄉;又由望鄉而回到相思。全詩迴環曲折,深切地反映出詩人內心深處的矛盾與孤苦。

涉江采芙蓉[1]，蘭澤多芳草[2]。采之欲遺誰[3]？所思在遠道[4]。還顧望舊鄉[5]，長路漫浩浩[6]。同心而離居[7]，憂傷以終老。

《文選》卷二九

【校注】

[1]芙蓉：荷花。　　[2]蘭澤：有蘭草的低濕之地。　　[3]遺：贈送。
[4]所思：所思念的人。　　[5]還顧：回首曰顧。　　[6]漫：漫長。浩浩：廣大無邊的樣子。　　[7]同心：形容夫婦感情真摯融洽。

【集評】

（清）張玉穀《古詩賞析》卷四："此懷人之詩。前四，先就採花欲遺，點出己之所思在遠。'還顧'二句，則從對面曲揣彼意，言亦必望鄉而歎長途。後二，同心離居，彼己雙頂，憂傷終老，透筆作收。短章中勢却開展。"

迢迢牽牛星

【題解】

這是《古詩十九首》的第十首。牽牛與織女的名稱，《詩·小雅·大東》篇已見，僅僅是從星的形象引發想像。這首詩較早地借用牽牛織女的故事來表現夫婦之間的離情別意，且賦予平民的色彩，影響深遠。

迢迢牽牛星[1]，皎皎河漢女[2]。纖纖擢素手[3]，札札弄機杼[4]。終日不成章[5]，泣涕零如雨[6]。河漢清且淺，相去復幾許[7]。盈盈一水間[8]，脈脈不得語[9]。

《文選》卷二九

【校注】

[1]迢迢：遙遠的樣子。牽牛星：星宿名，在銀河的南邊。　　[2]河漢：即銀河。河漢女，即織女星，在銀河的北邊。　　[3]擢：舉起。　　[4]札札弄機杼：札札，織機聲。機杼，織機。　　[5]不成章：織不成紋理。　　[6]零：落。
[7]幾許：幾何，形容距離很近。　　[8]盈盈：清淺的樣子。　　[9]脈脈：相視無語的樣子。一本作"默默。"

【集評】

　　(清)沈德潛《古詩源》卷四:"相近而不能達情,彌復可傷。此亦託興之詞。"

明月何皎皎

【題解】

　　這是《古詩十九首》的第十九首,是一首相思之作。可解作男子抒發思鄉之情,也可以視爲女子表達閨中望夫時的感受。明月昇起來,潔白的月光照在牀幃上,使得月光下的人越發難眠;由於不眠而披衣外出,而出戶後依然愁情難遣,只得又返回房內,獨自流下傷心的淚。

　　明月何皎皎,照我羅牀幃[1]。憂愁不能寐,攬衣起徘徊[2]。客行雖云樂,不如早旋歸[3]。出戶獨彷徨[4],愁思當告誰?引領還入房[5],淚下沾裳衣[6]。

《文選》卷二九

【校注】

[1]羅牀幃:絲製的牀帳。　　　[2]攬衣:拿起衣服。　　　[3]旋歸:回返。
[4]彷徨:徘徊。　　　[5]引領:伸着脖子遠望。　　　[6]裳衣:即衣裳。

【集評】

　　(清)張玉穀《古詩賞析》卷四:"此亦思婦之詩。首四,即夜景引起空閨之愁。中二,申己之望鄉也,却反從彼邊揣度,客行雖樂,不如早歸,便覺筆曲意圓。末四,只就出戶入房彷徨淚下,寫出相思之苦,收得盡而不盡。"

古　詩

【作者簡介】

　　古詩,本來是後人對於古代詩歌的通常稱呼,如漢代就稱《詩三百》爲古詩,六朝人也稱魏晉詩歌爲古詩,唐人又稱六朝詩爲古詩,我們今天通稱古代的詩歌爲古詩。但是在魏晉南北朝時代,“古詩”又有其特定的含義,即用來統稱兩漢時代流傳下來的無名氏作品。鍾嶸所見“古詩”有四十多首,《文選》僅收録了十九首,除少數作品流傳至今外,多數已經失傳。

上山采蘼蕪

【題解】

　　這首詩敍述一個棄婦和故夫偶然重逢時一番簡短的問答。它不是從正面寫棄婦的哀怨,反而寫故夫對她的思念,更可以看出其被棄是無辜的。細玩詩意,好像兩人的分手是由於外界的壓力造成的。就像《孔雀東南飛》中的焦仲卿和劉蘭芝一樣,他們都是無辜的,是封建禮教容納不了他們的愛情。

　　上山采蘼蕪[1],下山逢故夫。長跪問故夫:“新人復何如?”“新人雖言好,未若故人姝[2]。顏色類相似[3],手爪不相如[4]。”“新人從門入,故人從閣去[5]。”“新人工織縑[6],故人工織素[7]。織縑日一匹[8],織素五丈餘。將縑來比素,新人不如故。”

　　　　　　　　　　　　　　　　　　　　　　　　　　　《玉臺新詠》卷一

【校注】

[1]蘼蕪:一種香草。　　　[2]姝:美好。一作“殊”,與衆不同。　　　[3]顏色:容貌。　　　[4]手爪:指紡織等技巧。　　　[5]閣:旁門、小門。　　　[6]縑:略帶黃色的絹。　　　[7]素:潔白的絹。相比較而言,素貴縑賤。　　　[8]一匹:長四丈,廣二尺二寸。

【集評】

　　(清)張玉穀《古詩賞析》卷四:“此棄婦與故夫問答之辭,大爲棄婦吐氣。或託言也。首二,以採蘼蕪引入逢故夫,本敘事直起,然蘼蕪多爲蛇床所亂,而芬芳自殊,即暗含故人雖爲新人所擯,而實勝新人意。賦中帶比,已領通章。'長跪'二句,以問新人蹴起波瀾。'新人'二句,夫答辭。先就顏色相較作引,已露悔心。'顏色'二句,又婦問辭,撇却顏色,自謙手爪,再一致詰。後八,皆夫答辭,意承'手爪'來,暢言新不如故,以表悔心。却突接新人入門、故人去閣二語,將當時輕舉妄動,雖悔無及之意,橫空托出,此所謂逆筆先透也。故下六句,只就手爪,舉織縑、織素反覆比擬,收到新不如故,閣然竟止。惋惜意略不更拖,既避複踏,亦愈見彼此至此皆不忍言神理,妙絶。通章問答成章,樂府中有此一體,古詩中僅見斯篇。"

十五從軍征

【題解】

　　這首詩見《樂府詩集》卷二四"橫吹曲辭·漢橫吹曲",其題解引《古今樂録》云:"《紫騮馬》古辭云:'十五從軍征,八十始得歸。道逢鄉里人,家中有阿誰?'又梁曲曰:'獨柯不成樹,獨樹不成林。念郎錦裲襠,恒長不忘心。'蓋從軍久戍,懷歸而作也。"又《樂府詩集》卷二五"橫吹曲辭·紫騮馬歌辭"題解引《古今樂録》云:"'十五從軍征'以下是古詩。"按《古今樂録》,南朝陳釋智匠著,可見南北朝時期所見《十五從軍征》等均已不知作者姓名,故通稱爲"古詩"。這首詩描寫了一位士兵自幼出征、八十歲才回到家鄉的痛苦經歷。

　　十五從軍征,八十始得歸。道逢鄉里人,家中有阿誰[1]?遥看是君家,松柏冢纍纍[2]。兔從狗竇入[3],雉從梁上飛[4]。中庭生旅穀,井上生旅葵[5]。舂穀持作飯,採葵持作羹。羹飯一時熟,不知飴阿誰[6]。出門東向看,淚落沾我衣。

《樂府詩集》卷二五《橫吹曲辭》五

【校注】

[1]阿:發語辭,没有實際含義。　　[2]冢:墳。纍纍:形容其多。　　[3]狗竇:狗出入的墙洞。　　[4]雉:野雞。　　[5]旅穀、旅葵:未經播種而生叫"旅生"。旅生的穀和葵叫"旅穀"、"旅葵"。　　[6]飴:通"貽",送給。

【集評】

　　(清)張玉穀《古詩賞析》卷四:"此傷久從征役,歸家無人之詩。首四,從幼役老歸直敍起,問'有阿誰',已極淒慘。'遥望'二句,鄉人答辭,但云多冢,已答無人,用筆靈動。'兔從'四句,接寫到家後空室無人之景,兩就動物説,兩就植物説。後六句,即借穀葵作飯作羹,逗出貧苦,隨以熟無所貽,望冢淚落,收足無人之痛,音節亦近樂府。"

步出城東門

【題解】

　　這首詩見明梅鼎祚輯《古詩類苑》卷八四,是一首描寫游子思歸的作品,構思頗爲深細:前四句寫客中送客,後四句寫欲歸不能的苦悶,其中似乎頗多難言之苦。只能幻想着變成黄鵠,回到家鄉。

　　步出城東門,遥望江南路。前日風雪中,故人從此去。我欲渡河水,河水深無梁[1]。願爲雙黄鵠[2],高飛還故鄉。

　　　　　　　　　　　　　　　　　　　《先秦漢魏晉南北朝詩·漢詩》卷一二

【校注】

[1]河水深無梁:漢代《悲歌》:"欲歸家無人,欲渡河無船。"　　[2]黄鵠:傳説中的大鳥,一飛千里。

【集評】

　　(清)張玉穀《古詩賞析》卷四:"此思歸之詩。前後明順易解,得三四語空中形激,便覺局拓意深。"

古詩無名人爲焦仲卿妻作　并序

【題解】

　　全詩以一千七百餘字的長篇巨制,詳盡叙寫了焦仲卿和劉蘭芝的愛情悲劇。依序所述,焦仲卿妻的故事産生於東漢末年的建安時期,此説頗受人質疑。《史記·刺客列傳》唐司馬貞《索隱》及張守節《正義》並引用了韋昭的話:"《古詩》云'三日斷五疋,大人故言遲’是也。"韋昭即韋曜(避晉諱改),是三國時東吳史學家,《三國志》卷六五有傳。昭卒於鳳凰二年(273),七十餘歲。建安共二十五年,如果建安二十餘年可稱是建安末的話,其時韋昭已經十餘歲,這個時期產生的詩,無論如何難以稱得上是"古詩"。從韋昭的話來推斷,這首詩至少產生在三國以前百年上下,否則韋昭是不會稱之爲"古詩"的。因此,很多人認爲這首詩是漢代的作品。《玉臺新詠》將它列在繁欽之後,曹丕之前,隱然認爲是漢末的作品。宋郭茂倩《樂府詩集》把它列在古雜曲歌辭中,稱爲"古辭",也是當作漢代的作品。清沈德潛《古詩源》則徑稱之爲"漢代"。當然,在傳唱和傳寫的過程中,一定經過了後世許多詩人的加工和潤色,至梁、陳成爲徐陵編輯《玉臺新詠》時的寫定本。因爲有後人創作的痕跡,所以也有學者認爲此詩作於六朝。

　　　　漢末建安中[1],盧江府小吏焦仲卿妻劉氏[2],爲仲卿母
所遣,自誓不嫁,其家逼之,乃沒水而死。仲卿聞之,亦自縊
於庭樹。時人傷之,爲詩云爾。

　　孔雀東南飛,五里一徘徊。"十三能織素,十四學裁衣,十五彈箜篌,十六誦詩書,十七爲君婦,心中常苦悲。君既爲府吏,守節情不移[3]。雞鳴入機織,夜夜不得息。三日斷五匹,大人故嫌遲[4]。非爲織作遲,君家婦難爲。妾不堪驅使,徒留無所施。便可白公姥[5],及時相遣歸。"府吏得聞之,堂上啓阿母[6]:"兒已薄禄相[7],幸復得此婦。結髮同枕席[8],黃泉共爲友。共事二三年,始爾未爲久。女行無偏斜,何意致不厚[9]?"阿母謂府吏:"何乃太區區[10]! 此婦無禮節,舉動自專由[11]。吾意久懷忿,汝豈得自由! 東家有賢女,自名秦羅敷。可憐體無比,阿母爲汝求。便可速遣之,遣之慎莫留!"府吏長跪答,伏惟啓阿母:"今若遣此婦,終老不復取[12]!"阿母得聞之,搥牀便大怒[13]:"小子無所畏,何敢助婦語! 吾已失恩義,會不相從許[14]!"

【校注】

[1]建安:漢獻帝劉協的年號(196—220)。　　[2]盧江府:初治今安徽盧江西,漢

末徙治今安徽潛山。　　　[3]"守情節不移"句:吳兆宜箋注本在此句下尚有"賤妾留空房,相見常日稀"二句。　　　[4]大人:指婆婆焦母。一作"丈人"。
[5]公姥:公婆。此處作偏義復詞,單指婆婆。　　　[6]啓:稟告。　　　[7]薄禄相:指命中無富貴。　　　[8]結髮:指成年。古代男子二十束髮加冠,女子十五束髮加笄以示成年,故名爲"結髮"。　　　[9]意:意料。不厚:不愛。句謂哪料到您不喜愛。　　　[10]區區:小貌。焦母指責焦仲卿心胸狹小。　　　[11]自專由:自專,自由,全憑一己心意行動,謂不順從家長。　　　[12]取:同"娶"。　　　[13]牀:古代的坐具,容一人獨坐,比板凳稍寬。　　　[14]會不:絕不。

　　府吏默無聲,再拜還入户。舉言爲新婦[1],哽咽不能語:"我自不驅卿,逼迫有阿母。卿但暫還家,吾今且報府。不久當歸還,還必相迎取。以此下心意[2],慎勿違吾語。"新婦謂府吏:"勿復重紛紜[3]!往昔初陽歲[4],謝家來貴門。奉事循公姥,進止敢自專? 晝夜勤作息,伶俜縈苦辛[5]。謂言無罪過,供養卒大恩。仍更被驅遣,何言復來還? 妾有繡腰襦,葳蕤自生光[6]。紅羅複斗帳[7],四角垂香囊。箱簾六七十,綠碧青絲繩。物物各自異,種種在其中。人賤物亦鄙,不足迎後人[8]。留待作遺施[9],於今無會因[10]。時時爲安慰,久久莫相忘。"雞鳴外欲曙,新婦起嚴妝[11]。著我繡裌裙,事事四五通。足下躡絲履,頭上瑇瑁光。腰若流紈素,耳著明月璫[12]。指如削葱根,口如含朱丹[13]。纖纖作細步,精妙世無雙。上堂拜阿母,母聽去不止。"昔作女兒時,生小出野里。本自無教訓,兼媿貴家子。受母錢帛多,不堪母驅使。今日還家去,念母勞家裏。"却與小姑別,淚落連珠子。"新婦初來時[14],小姑如我長。勤心養公姥,好自相扶將[15]。初七及下九[16],嬉戲莫相忘。"出門登車去,涕落百餘行。府吏馬在前,新婦車在後。隱隱何甸甸[17],俱會大道口。下馬入車中,低頭共耳語:"誓不相隔卿,且暫還家去。吾今且赴府,不久當還歸,誓天不相負。"新婦謂府吏:"感君區區懷[18]! 君既若見録[19],不久望君來。君當作磐石[20],妾當作蒲葦。蒲葦韌如絲,磐石無轉移。我有親父兄,性行暴如雷。恐不任我意,逆以煎我懷。"舉手長勞勞[21],二情同依依。

【校注】

[1]舉言:發言。爲:吳兆宜箋注本作"謂"。　[2]下心意:打定主意。
[3]重紛紜:指添煩加亂。紛紜,雜亂。　[4]初陽:指陰曆十一月。舊有冬至陽氣初動之説。　[5]伶俜(pīng 乒):孤單貌。一釋爲"聯翩",不絶貌。　[6]葳蕤:草木茂盛貌。此處形容繡腰襦上的刺繡。自生光:一作"金縷光"。
[7]複:指帳子雙層。斗帳:形如覆斗的帳子。　[8]後人:指男子再娶的新娘。
[9]遺:吳兆宜箋注本作"遺"。　[10]會因:會面的機會。　[11]嚴妝:整妝。　[12]璫:耳墜。　[13]朱丹:紅色的寶石。此處用以形容嘴唇的紅艷。
[14]"新婦初來時"句下:吳兆宜箋注本尚有"小姑始扶牀,今日被驅遣"兩句。
[15]扶將:扶持,保養,謂好好保重。　[16]初七:指農曆七月初七,舊俗在這一天晚上,婦女供祭織女,並乞巧。下九:古以每月二十九爲上九,初九爲中九,十九爲下九。婦女常在這下九聚會,做"藏鈎"等游戲,名爲"陽會"。　[17]隱隱、甸甸:皆爲形容車聲。　[18]區區:拳拳,懇切之意。　[19]録:留念,記取。
[20]磐石:大石。　[21]勞勞:惆悵、惘然之貌。勞,憂。

　　入門上家堂,進退無顏儀。阿母大拊掌[1]:"不圖子自歸! 十三教汝織,十四能裁衣。十五彈箜篌,十六知禮儀。十七遣汝嫁,謂言無誓違。汝今無罪過,不迎而自歸?""蘭芝慙阿母,兒實無罪過。"阿母大悲摧[2]。還家十餘日,縣令遣媒來。云"有第三郎,窈窕世無雙[3]。年始十八九,便言多令才[4]"。阿母謂阿女:"汝可去應之。"阿女銜淚答:"蘭芝初還時,府吏見丁寧[5],結誓不別離。今日違情義,恐此事非奇。自可斷來信,徐徐更謂之。"阿母白媒人:"貧賤有此女,始適還家門[6]。不堪吏人婦,豈合令郎君? 幸可廣問訊,不得便相許。"媒人去數日,尋遣丞請還[7]。説"有蘭家女[8],承籍有宦官[9]"。云"有第五郎,嬌逸未有婚[10]。遣丞爲媒人,主簿通語言[11]"。直説"太守家,有此令郎君,既欲結大義,故遣來貴門"。阿母謝媒人:"女子先有誓,老姥豈敢言[12]?"阿兄得聞之,悵然心中煩,舉言爲阿妹:"作計何不量! 先嫁得府吏,後嫁得郎君。否泰如天地[13],足以榮汝身。不嫁義郎體,其往欲何云?"[14]蘭芝仰頭答:"理實如兄言。謝家事夫壻,中道還兄門。處分適兄意,那得自任專? 雖與府吏要,渠會永無緣[15]。登即相許和,便可作婚姻。"媒人下牀去,諾諾復爾爾。還部白府君："下官奉使命,言談大有緣。"府君得聞之,心中大歡喜。視曆復開書[16],便利此月內,六合正相應[17]。"良吉三十日,今已二十七,卿可去成婚。"交語速裝束[18],絡繹如浮雲。青雀白鵠舫,四角龍子幡[19],婀娜隨風轉[20]。金車玉作輪,躑躅青驄馬,流蘇金縷鞍。齎錢三百萬[21],皆用青絲穿。雜彩三百匹,交廣市鮭珍[22]。從人四五百,鬱鬱登郡門。阿母謂阿女："適得府君書,明日來迎汝。何不作衣裳,莫令事不舉!"阿女默無聲,手巾掩口啼,淚落便如瀉。移我琉璃榻[23],出置前窗下。左手持刀尺,右手執綾羅。朝成繡袷裙,晚成單羅衫。晻晻日欲暝[24],愁思出門啼。

【校注】

[1]拊掌:拍掌,表驚異。　　[2]悲摧:悲傷。　　[3]窈窕:美好的樣子。

[4]便(pián 騈)言:有口才。令:美好。　　[5]丁寧:囑咐。　　[6]適:嫁。

[7]尋遣丞請還:指太守又派遣丞臣來劉家提親。一說縣令差遣縣臣。尋,不一會兒。還,來。　　[8]蘭家女:《列子·説符》張湛注云:"凡人物不知生出者謂之蘭也。"此爲遣臣轉述太守的話,説不知哪家的姑娘,實際上説的就是蘭芝姑娘。一說指另一出身於官宦的蘭家女。　　[9]承籍:繼承祖先仕籍。宦官:即官宦,做官之人。　　[10]嬌逸:外表俊美。　　[11]主簿:官名。府縣均有主簿,一指府中的主簿,一指縣中的主簿,從"尋遣丞請還"到"主簿通語言"數句,歷來解釋不一,其分歧一部分由"主簿"的歸屬不一造成。按説媒自將男女雙方對舉,以"蘭家女"指蘭芝,"第五郎"指太守家的公子,主簿則爲府上之官,爲太守説媒至蘭芝家。至於説蘭芝是"蘭家女",生於官宦之家,則出於對女方的奉承,不當以實視之。

[12]老姥(mǔ 母):老婦。　　[13]否(pǐ 劈)泰:以《周易》中兩個卦名分別表示壞運和好運。　　[14]"不嫁"二句:"郎"原作"即","往"原作"住",據他本校改。　　[15]渠會:他會。指再次見面。　　[16]視曆復開書:指翻看曆書。

[17]六合:月建和日將的干支都相適合稱六合,即子與丑合,寅與亥合,卯與戌合,辰與酉合,巳與申合,午與未合。　　[18]交語:交代話語,謂太守交代事情,一說交相傳語。　　[19]龍子幡:繡龍的旗幟,懸於白鵠舫的四角。　　[20]婀娜:軟媚輕飄貌。　　[21]齎(jī 機):帶着。　　[22]交廣:兩地名,交州和廣州。鮭(xié 邪):魚類菜肴的總稱。指於各地採購珍奇美味。　　[23]榻:坐具。

[24]晻(yǎn 眼)晻:日落黄昏貌。

府吏聞此變,因求假暫歸。未至二三里,摧藏馬悲哀[1]。新婦識馬聲,躡履相逢迎。悵然遙相望,知是故人來。舉手拍馬鞍,嗟歎使心傷。"自君別我後,人事不可量。果不如先願,又非君所詳。我有親父母[2],逼迫兼弟兄。以我應他人,君還何所望!"府吏謂新婦:"賀卿得高遷!磐石方且厚,可以卒千年。蒲葦一時紉,便作旦夕間。卿當日勝貴,吾獨向黃泉。"新婦謂府吏:"何意出此言!同是被逼迫,君爾妾亦然。黃泉不相見[3],勿違今日言!"執手分道去,各各還家門。生人作死別,恨恨那可論。念與世間辭,千萬不復全。府吏還家去,上堂拜阿母:"今日大風寒,寒風摧樹木,嚴霜結庭蘭。兒今日冥冥[4],令母在後單。故作不良計,勿復怨鬼神!命如南山石[5],四體康且直[6]。"阿母得聞之,零淚應聲落:"汝是大家子,仕宦於臺閣。慎勿爲婦死,貴賤情何薄?東家有賢女,窈窕豔城郭。阿母爲汝求,便復在旦夕。"府吏再拜還,長歎空房中,作計乃爾立[7]。轉頭向戶裏,漸見愁煎迫。其日牛馬嘶,新婦入青廬[8]。菴菴黃昏後[9],寂寂人定初[10]。"我命絕今日,魂去尸長留。"攬裙脫絲履,舉身赴清池。府吏聞此事,心知長別離。徘徊庭樹下,自掛東南枝。兩家求合葬,合葬華山傍[11]。東西植松柏,左右種梧桐。枝枝相覆蓋,葉葉相交通。中有雙飛鳥,自名爲鴛鴦。仰頭相向鳴,夜夜達五更。行人駐足聽,寡婦起彷徨[12]。多謝後世人[13],戒之慎勿忘!

《玉臺新詠》卷一

【校注】

[1]摧藏:"悽愴"一聲之轉。　　[2]親父母:單指母親。　　[3]不相見:一本作"下相見"。　　[4]日冥冥:以日暮喻生命之將盡。　　[5]南山石:祝焦母身體健康之語。《詩·小雅·天保》:"如南山之壽,不騫不崩。"　　[6]直:順,引申爲舒展。同是祝福語。一說此指焦仲卿自指身體僵直。　　[7]乃爾:如此。
[8]青廬:以青布幔爲屋,行婚禮用。　　[9]菴菴:同"晻晻"。　　[10]人定初:忙碌一天之後安定下來的時刻。一說指亥時初刻,即晚十點左右的一段時間。
[11]華山:廬江一帶的小山,今不可考。　　[12]赴:吳兆宜箋注本作"起"。
[13]謝:致語。

【集評】

　　(明)陳祚明《采菽堂古詩選》卷二："蘭芝不白母而府吏白母者,女之於母,子之
於母,情固不同。女從夫者也,又恐母防之,且母有兄在,可死也。子之與妻,孰與母
重? 且子死母何依,能無白乎? 同死者,情也。彼此不負,女以死償,安得不以死報?
白母者,性也。使此時,母即悔而迎女,猶可兩俱無死也。然度母終不肯迎女,死終
不可以已,故白母之言亦有異者,'兒今冥冥'四語明言之矣;'今日風寒'、'命如山
石',又不甚了了,亦恐母覺而防我也。府吏白母而母不防者,女之去久矣。他日不
死而今日何爲獨死? 不過謂此怨懟之言,未必實耳。故漫以東家女答之,且用相慰。
然府吏白母,不言女將改適,不言女亦欲死,蓋度母之性,必不肯改而迎女,而徒露真
情,則防我不得死故也。"

　　(清)沈德潛《古詩源》卷四："別小姑一段,悲愴之中,復極温厚,風人之旨,固應
爾耳。唐人作《棄婦》篇,直用其語云:'憶我初來時,小姑始扶牀。今別小姑去,小姑
如我長。'下忽接二語云:'回頭語小姑,莫嫁如兄夫。'輕薄無餘味矣,故君子立言有
則。"

李　　陵

【作者簡介】

　　李陵,字少卿,生平事蹟見《史記·李將軍列傳》及《漢書·李廣蘇建傳》。今
人逯欽立輯校《先秦漢魏晉南北朝詩》認爲,署名李陵所作之詩"無一切合李陵身
世者,説明既非李陵所自作,亦非後人所擬詠"。從這組詩的題旨、內容、用語、修
辭等方面看,逯欽立以爲這組詩爲後漢末年文士作,所見疑是。這組詩見於《文
選》卷二十九。

與蘇武三首

【題解】

　　原爲三首,此選第一、三兩首。題目仍從《文選》作三首。他書徵引又作《贈蘇
武別》、《贈蘇武》等。蘇武,字子卿,曾出使匈奴,與李陵有交往,被扣留十九年始返

漢庭。事見《漢書·李廣蘇建傳》。第一首寫離別之際,執手話別,黯然神傷,顧戀難舍;第三首寫離別在即,欲語無辭,難分難舍的悽愴,並期望着將來能够相聚。感離傷別,情真意切,思致淒婉。

其 一

良時不再至,離別在須臾[1]。屏營衢路側[2],執手野踟蹰[3]。仰視浮雲馳,奄忽互相踰[4]。風波一失所[5],各在天一隅[6]。長當從此別,且復立斯須[7]。欲因晨風發,送子以賤軀[8]。

【校注】

[1]須臾:一會兒,短時。　[2]屏營:徘徊。衢(qú 渠):道路。　[3]踟(chí 遲)蹰(chú 除):彷徨,行不進貌。　[4]奄忽:倏忽,迅速。踰:超越。
[5]風波:被風吹蕩。波,波蕩。　[6]隅(yú 魚):角落。　[7]斯須:須臾,短時。　[8]"欲因"二句:願附着晨風鳥的羽翼,送你到遠方。晨風:鳥名,即鸇(zhān 沾),屬於鷂鷹一類,飛動迅疾。

其 三

攜手上河梁[1],游子暮何之[2]？徘徊蹊路側[3],恨恨不得辭[4]。行人難久留,各言長相思。安知非日月,弦望自有時[5]。努力崇明德[6],皓首以爲期[7]。

《文選》卷二九

【校注】

[1]梁:橋樑。　[2]何之:何往。　[3]蹊(xī 西):小路。　[4]恨(liàng 亮)恨:悲恨貌。不得辭:一作"不能辭",謂惆悵至極,臨別不能爲別。
[5]"安知"二句:猶言怎料到我們不能像太陽與月亮一樣,也有相望團圓的時候？月形細彎的時候稱弦月;每月十五日月圓時稱望,取日月相望之義。此以"弦望"喻離合。或以"日月"爲複詞偏義,專指月亮,以月之圓缺喻離合,亦通。
[6]明德:美德。　[7]皓首:白頭,借指老年。

【集評】

　　(南朝梁)鍾嶸《詩品》卷上：“其源出於《楚辭》。文多悽愴,怨者之流。陵,名家子,有殊才,生命不諧,聲頹身喪。使陵不遭辛苦,其文亦何能至此!”

　　(明)陸時雍《詩鏡總論》：“蘇李贈言,何溫而戚也! 多唏涕語,而無蹶躄聲,知古人之氣厚矣。古人善於言情,轉意象於虛圓之中,故覺其味之長而言之美也。後人得此則死做矣。”

趙　壹

【作者簡介】

　　趙壹,字元叔。漢陽西(今甘肅天水西南)人。恃才傲物,爲鄉黨所排斥,屢得罪,幾乎致死,多虧友人相救。靈帝光和元年(178),爲上計吏入京。司徒袁逢主受計事,計吏數百人皆伏拜庭中,趙壹獨長揖。逢奇之,攜手置於上座。經袁逢等人稱譽,名動京師。公府十次徵召皆不就,卒於家。著賦、頌、箴、誄、書、論等十六篇。《後漢書》卷八〇有傳。

刺世疾邪賦

【題解】

　　《刺世疾邪賦》是趙壹的代表作,也是東漢抒情小賦的傑出代表。作者認爲漢代的腐朽政治根深蒂固,久已病入膏肓,對當時人情世態也作了尖銳的揭露和譴責,把當時社會黑白顛倒的種種現象入木三分地刻劃出來。

　　伊五帝之不同禮[1],三王亦又不同樂[2],數極自然變化[3],非是故相反駁[4]。德政不能救世溷亂[5],賞罰豈足懲時清濁[6]? 春秋時禍敗之始,戰國愈復增其荼毒[7]。秦漢無以相踰越[8],乃更加其怨酷。寧計生民之命[9],唯利己而自足。

　　于兹迄今[10],情偽萬方[11]。佞諂日熾[12],剛克消亡[13]。舐痔結

馹[14]，正色徒行[15]。嫗媚名埶[16]，撫拍豪强[17]。偃蹇反俗[18]，立致
咎殃[19]。捷懾逐物[20]，日富月昌。渾然同惑，孰温孰凉[21]。邪夫顯
進[22]，直士幽藏[23]。

原斯瘼之攸興[24]，寔執政之匪賢[25]。女謁掩其視聽兮[26]，近習
秉其威權[27]。所好則鑽皮出其毛羽[28]，所惡則洗垢求其瘢痕[29]。
雖欲竭誠而盡忠，路絶嶮而靡緣[30]。九重既不可啓[31]，又群吠之猜
狺[32]。安危亡於旦夕[33]，肆嗜慾於目前[34]。奚異涉海之失柂，積薪
而待燃[35]。榮納由於閃揄[36]，孰知辨其蚩妍[37]。故法禁屈撓於執
族[38]，恩澤不逮於單門[39]。寧飢寒於堯舜之荒歲兮，不飽暖於當今
之豐年。乘理雖死而非亡，違義雖生而匪存[40]。

有秦客者[41]，乃爲詩曰："河清不可俟，人命不可延[42]。順風
激靡草[43]，富貴者稱賢。文籍雖滿腹[44]，不如一囊錢。伊優北堂
上[45]，抗髒倚門邊[46]。"魯生聞此辭，繫而作歌曰[47]："執家多所
宜，欬唾自成珠[48]。被褐懷金玉，蘭蕙化爲芻[49]。賢者雖獨悟，所
困在群愚[50]。且各守爾分，勿復空馳驅[51]。哀哉復哀哉，此是命
矣夫！"

《後漢書》卷八〇《趙壹傳》

【校注】

[1]伊：發語詞。五帝：指黃帝、顓頊、帝嚳、堯、舜。不同禮：五帝各有自己的一套
禮法。　　[2]三王：指夏禹、商湯、周文王武王。不同樂：三王各有自己的音樂。
[3]數：氣數。極：極限。　　[4]駁(bó博)：通"駁"，反駁，提出異議。這兩句説氣
數(包括禮樂制度)發展到了極限自然要發生變化，並非故意要立異。　　[5]溷
(hùn混)：混亂。　　[6]賞罰：偏義復詞，取罰義。懲：懲罰，警戒。清濁：取濁
義。　　[7]荼(tú圖)：苦菜。毒：螫蟲的毒。荼、毒皆惡物，這裏比喻人民所遭
受的苦難。　　[8]踰越：超過。此句意爲秦漢無從超過春秋戰國。　　[9]寧計
生民之命：哪裏考慮人民的生命。　　[10]兹：此，代指春秋時代。　　[11]情
僞：情狀詐僞。萬方：形形色色。　　[12]佞諂：奸巧讒諛，花言巧語。日熾：一天
天興盛。　　[13]剛克：剛直的品德。　　[14]舐(shì是)痔：以舐人痔瘡形容
小人極意阿諛奉承。結馹：許多車子結隊而行，指奸佞小人極盡榮華富貴。馹，四
馬拉的車。　　[15]正色：態度嚴正，指正直的人。徒行：步行。這裏指地位低

微。　　　〔16〕嫗(yǔ 語)媚(qǔ 取)：傴僂，即彎曲着身子。引申爲恭順。執：同
"勢"。　　　〔17〕撫拍：相親狎，形容巴結諂媚的樣子。　　　〔18〕偃蹇(jiǎn 檢)：高
傲，傲慢。反俗：不同流俗。　　　〔19〕致：招致。咎殃：災禍，罪過。　　　〔20〕捷：
疾。懾(shè 設)：懼。李賢注此二句："急懼逐物，則致富昌。"　　　〔21〕"渾然"二
句：渾渾然與世同濁，不分是非好壞。　　　〔22〕顯進：顯赫。　　　〔23〕幽藏：埋没，
隱藏。　　　〔24〕原：推究。斯：這。瘝：弊病。攸：所。　　　〔25〕匪：通"非"。
〔26〕女謁：指宮廷中受寵的婦女和宦官。　　　〔27〕近：接近。習：習見，經常看見。
指與皇帝親近的人。　　　〔28〕"所好"句：形容對所喜歡的人想盡辦法頌揚提拔。
〔29〕"所惡"句：形容對所討厭的人則極力指責攻擊。　　　〔30〕嶮：通"險"。靡
緣：指無路可通。　　　〔31〕九重：君之門以九重。這句指君門森嚴難以開啓。
〔32〕狺(yín 銀)狺：犬吠聲，指小人的讒言。　　　〔33〕安危亡於旦夕：早晚即將危
亡。　　　〔34〕肆：放縱。嗜慾：貪欲。　　　〔35〕奚異：有何不同。杝：通"舵"。涉
海失舵與積薪待燃皆比喻情勢危急。此句意爲，統治者放縱貪慾苟且偷安，與涉
海失舵積薪待燃有什麽不同。　　　〔36〕榮納：受寵而被重用。閃揄(shū 書)：傾
佞之貌。行讒佞者則享榮寵而見納用。　　　〔37〕蚩(chī 吃)：癡，愚蠢。妍：好，
慧。　　　〔38〕法禁：法律、禁令。屈撓：屈而不直，即屈服。執族：有權勢的高門望
族。執，通"勢"。　　　〔39〕逮：及。單門：無權無勢的寒門細族。　　　〔40〕乘理：
堅持真理。違義：違背正義。　　　〔41〕秦客：與下文的魯生，都是作者假託的人
物。　　　〔42〕"河清"二句：語出《左傳·襄公八年》"俟河之清，人壽幾何？"言人
壽促，河清遲。這兩句喻不容易碰上太平盛世。　　　〔43〕順風：順着風勢。激：疾
吹。靡草：枝幹細弱的草，比喻世俗隨風傾倒趨炎附勢。　　　〔44〕文籍：文章典
籍，代指才學。　　　〔45〕伊優：屈曲佞媚之貌。北堂：坐北朝南的廳堂，富貴者所
居。　　　〔46〕抗髒(zàng 葬)：高亢剛直貌，指正直的人。以上兩句指出佞媚者見
親，故昇堂；正直者見棄，故倚門。　　　〔47〕繫：連接，指承接上意。　　　〔48〕"執
家"二句：有權勢的富豪之家無論做什麽都適宜，隨便説句什麽話都被視同珍寶。
〔49〕"被褐"二句：貧士身着粗布衣，内在卻具有金玉之質，身處卑賤而懷德義；但
其才德不爲人重視，如同蘭蕙被視作芻草。芻：喂牲畜的飼草。　　　〔50〕"所困"
句：被愚蠢的人群所困。　　　〔51〕爾分：你的本分。空馳驅：白白奔走。這兩句意
爲賢而貧的人只應安守本分，就是積極奔走也無用。這是憤激之詞。

【集評】

　　(南朝梁)鍾嶸《詩品》："元叔散憤'蘭蕙'，指斥'囊錢'，苦言切句，良亦勤矣。
斯人也而有斯疾，悲夫！"

　　（南朝梁）劉勰《文心雕龍·才略》：“趙壹之辭賦，意繁而體疏。”

　　（清）劉熙載《藝概》：“後漢趙元叔《窮鳥賦》及《刺世嫉邪賦》，讀之知爲抗髒之士。惟徑直露骨，未能如屈、賈之味餘文外耳。”

蔡　邕

【作者簡介】

　　蔡邕（133—192），字伯喈，陳留圉（今河南杞縣）人。年少博學，師事太傅胡廣。喜好辭章、數術、天文，精通音律。初爲司徒橋玄屬官，出任河平長。又召拜爲郎中，校書於東觀，遷爲議郎。熹平四年（175），與五官中郎將堂奚典等奏求正定《六經》文字，邕自寫經於碑板，使工匠鐫刻，立於太學門外，世稱“熹平石經”。邕生活在東漢王朝末年，對於朝廷中的腐敗現象，敢於針鋒相對地予以揭露和批判。不久，即遭宦官的誣陷，“與家屬髡鉗徙朔方”。遇赦後浪跡江湖，遠適吳會達十二年之久。漢靈帝死，董卓專權，器重蔡邕才學，詔他做官。董卓被誅後，有人説他同情董卓之罪，爲王允收付廷尉，死在獄中。作《靈紀》及《十意》，又補諸列傳四十二篇，因李傕之亂，湮没多不存。所著詩、賦、碑、誄、銘、贊、連珠、箴、弔、論議、《獨斷》、《勸學》、《釋誨》、《叙樂》、《女訓》、《篆勢》、祝文、章表、書記，凡百四篇。今存明人所輯《蔡中郎集》，清嚴可均《全上古三代秦漢三國六朝文》則輯爲十五卷。《後漢書》卷六〇下有傳。

述　行　賦　并序

【題解】

　　《述行賦》，《文選》卷二八陸機《前緩聲歌》注引又稱《述征賦》。蔡邕二十七歲那年應徵召到京師洛陽彈琴。從陳留到洛陽，一路所見所感，慨歎萬端，竟中途稱疾而歸。該賦所寫正是這段不同尋常的經歷。序言中不僅交待了寫作此賦的時間、地點，而且特别着重記叙了當時發生的一些重大政治事件。在這樣的背景下，自己卻被徵召去爲權貴彈琴，怎能不“心憤此事”！由此來看，這篇作品乃發憤之作，具有很强的針對性和現實性。雖然也如同漢代其他辭賦一樣，寫到了山川景物、歷史人物，但此賦還是完全籠罩在悲憤的意緒之中。譬如描寫下層人民的困苦生活,是前此所有漢賦中所沒有的内容。

　　　延熹二年秋,霖雨逾月[1]。是時梁冀新誅[2],而徐璜、左悺等五侯擅貴於其處[3],又起顯明苑於城西,人徒凍餓不得其命者甚衆[4]。白馬令李雲以直言死[5],鴻臚陳君以救雲抵罪[6]。璜以余能鼓琴,白朝廷。敕陳留郡守遣余到偃師[7]。病不前,得歸。心憤此事,遂託所過[8],述而成賦。

【校注】

[1]延熹:漢桓帝年號。延熹二年即公元 159 年。霖雨:連綿大雨。《後漢書·五行志》:“延熹二年夏,霖雨五十餘日。”　　[2]梁冀:漢桓帝梁皇后兄,驕橫跋扈,獨攬大權,延熹二年八月被謀誅。事見《後漢書·梁冀傳》。　　[3]五侯:指中常侍徐璜、單超、具瑗、左悺、唐衡五人,因謀誅梁冀有功,皆封縣侯。　　[4]不得其命:不能保其性命。指死於非命,不得生還。　　[5]白馬令:白馬縣令。李雲:字行祖,甘陵人,素剛。延熹二年,桓帝封宦官徐璜等五人爲侯,數月間又封外戚亳氏四人,賞賜巨萬。是時衆災頻降,李雲憂國將危,乃露布上書直諫,言辭激烈。桓帝得奏震怒,逮李雲下獄,延熹三年正月致死於獄中。事見《後漢書·李雲傳》。[6]鴻臚:即大鴻臚,漢官名,九卿之一。時任大鴻臚的陳蕃、太常楊秉等上疏救李雲,帝恚甚,詔切責蕃、秉,免歸田里。事見《後漢書·李雲傳》。　　[7]敕:命令。偃師:今屬河南。　　[8]所過:所經過之地。

　　　余有行於京洛兮[1],遘淫雨之經時[2]。塗迍邅其蹇連兮[3],潦汙滯而爲災[4]。馬棧踏而不進兮[5],心鬱悒而憤思[6]。聊弘慮以存古兮[7],宣幽情而屬詞。夕余宿於大梁兮[8],誚無忌之稱神[9]。哀晉鄙之無辜兮,忿朱亥之篡軍[10]。歷中牟之舊城兮[11],憎佛肸之不臣[12]。問甯越之裔胄兮[13],貌髣髴而無聞[14]。經圃田而瞰北境兮[15],晤衛康之封疆[16]。迄管邑而增感歎兮[17],慍叔氏之啓商[18]。過漢祖之所隘兮[19],弔紀信於滎陽。降虎牢之曲陰兮[20],路丘墟以盤縈[21]。勤諸侯之遠戍兮,侈申子之美城。稔濤塗之復惡兮,陷夫人以大名[22]。登長阪以凌高兮[23],陟葱山之嶕嶢[24]。建撫體而立洪高兮[25]，經萬世而不傾。迴峭峻以降阻兮[26]，小阜寥其異形[27]。岡岑紆以連屬兮[28]，谿谷夐其杳冥[29]。迫嵯峨以乖邪兮[30]，廓巖窔以崢嶸[31]。攢樧樸而雜榛栝兮[32]，被浣濯而羅布[33]。薆茺莫與臺菌兮[34]，緣層崖而結莖[35]。行游目以南望兮[36]，覽太室之威靈[37]。顧大河於北垠兮[38]，瞰洛汭之始並[39]。追劉定之攸儀兮[40]，美伯禹之所營[41]。悼太康之失位兮[42]，愍《五子之歌》聲[43]。

尋修軌以增舉兮[44]，遴悠悠之未央[45]。山風泪以颷涌兮[46]，氣憭憭而屬凉[47]。雲鬱術而四塞兮，雨濛濛而漸唐[48]。僕夫疲而劬瘁兮[49]，我馬虺隤以玄黄[50]。格莽丘而稅駕兮[51]，陰曀曀而不陽[52]。哀衰周之多故兮[53]，眺瀕隈而增感[54]。忿子帶之淫逆兮，唁襄王於壇坎。悲寵嬖之爲梗兮，心惻愴而懷悵[55]。乘舫舟而泝湍流兮，浮清波以橫厲[56]。想宓妃之靈光兮[57]，神幽隱以潛翳[58]。實熊耳之泉液兮[59]，總伊瀍與澗瀨[60]。通渠源於京城兮，引職貢乎荒裔[61]。操吳榜其萬艘兮[62]，充王府而納最[63]。濟西溪而容與兮[64]，息鞏都而後逝[65]。愍簡公之失師兮，疾子朝之爲害[66]。

【校注】

[1]京洛:指京城洛陽。　　[2]遘(gòu 購):遭遇。淫雨:久雨。　　[3]迍(zhūn 諄)邅(zhān 沾):難行不進貌。塞連:險難。　　[4]潦(lǎo 老)汙:地面上聚集的雨水。　　[5]桀踆(pán 盤):屈曲,盤伏。　　[6]憤思:憤懣。思,語助詞。　　[7]弘慮:廣思。存:想,思。　　[8]大梁:戰國時魏都,東漢置梁國,故治在今河南開封。夕:原作"久"。　　[9]誚(qiào 翹):譏訕。無忌:戰國魏昭王少子魏安釐王異母弟,昭王薨,安釐王即位,封公子於信陵,世稱信陵君。稱神:以神奇著稱。　　[10]哀:哀歎。忿:怨恨。魏安釐王二十年,秦圍趙都邯鄲,趙求救於魏,魏王派大將晉鄙率十萬衆救趙。魏王懾於秦軍强大,令晉鄙留軍壁鄴,持兩端觀望。魏公子無忌用侯嬴計,盜出魏王兵符,派力士朱亥椎殺晉鄙,率軍解邯鄲之圍。事見《史記·魏公子列傳》。　　[11]歷:經過。中牟:春秋時晉邑,漢置爲縣,隸屬河南尹,故址今屬河南。　　[12]佛(bì 必)肸(xī 西):春秋晉大夫趙簡子家臣,在中牟爲邑宰,後據此率衆以叛趙簡子。不臣:不守臣道。　　[13]甯(níng 凝)越:戰國時中牟人,爲周威公師。裔胄:後代。　　[14]邈:通"邈",久遠,渺茫。　　[15]圃田:古澤名,在中牟西南。瞰(kàn 看):遠望。　　[16]衛

康:名封,周武王同母少弟。初封於康(今河南禹州西北),是爲衞康叔。封疆:封地。周公平定武庚叛亂,又將殷都周圍地區增封給康叔。事見《史記·衞康叔世家》。　　[17]迄:到。管邑:管叔的封邑,故址在今河南鄭州。　　[18]愠(yùn孕):惱怒。叔氏:指叔鮮和叔度,周文王子而武王弟。武王克殷紂封功臣昆弟,叔鮮封於管,叔度封於蔡。武王崩,成王繼位,周公攝政,管叔與蔡叔不服,挾武庚以作亂,後被周公平定。管叔、武庚被殺,蔡叔被流放。事見《史記·周本紀》。
[19]所隘:遭困窘之地,指滎陽。漢高祖三年,劉邦被項羽圍困於滎陽,漢軍絕食,乃夜出女子東門二千餘人,被甲,楚因四面擊之。將軍紀信乃乘王駕,詐爲漢王,誑楚,楚軍皆之城東觀假漢王降,以故漢王得與數十騎出西門遁。後紀信被項羽所殺。事見《史記·高祖本紀》。　　[20]降:自高往下。虎牢:虎牢關,在今河南滎陽西北大伾山上。曲陰:彎曲盤繞的山北面。　　[21]路:路過。丘墟:廢墟。盤縈:盤桓,逗留不進。　　[22]"勤諸侯"四句:春秋時齊桓公率諸侯之師伐楚,將返,陳大夫轅濤塗謂鄭大夫申侯:齊師若經陳、鄭回國,兩國難免供給之勞,不如勸齊師沿海北上。申侯表示贊同,轉而又勸齊桓公不要聽從轅濤塗。桓公以申侯爲忠,賞之虎牢,並扣押轅濤塗,率師伐陳,直至陳國請和,才釋放轅濤塗。轅濤塗怨申侯背己,故勸申侯城其賜邑,曰:"美城之,大名也,子孫不忘。吾助子請。"乃爲之請於諸侯而城之。轅濤塗遂譖之於鄭伯曰:"美城其賜邑,將以叛也。"鄭伯由是殺申侯以取悦於齊。事見《左傳》僖公四年、五年、七年。　　[23]長陂:指成皋西面的大山坡。陂,山坡。　　[24]陟(zhì致):登。嶢(yáo遥)崤(xiáo肖陽平):山高險。　　[25]建:立。撫體:厚重穩固的體勢。撫,厚。洪高:高大。
[26]迴峭峻:迂迴行進在陡峭險峻的山上。　　[27]阜:土山,丘陵。寥:稀疏,寥落。　　[28]岡:山脊。岑:山小而高。紆:屈曲,迴旋。連屬:連接。　　[29]谿谷:山谷。夐(xiòng兄去聲):幽深。杳冥:昏暗。　　[30]嵯峨:山高峻貌。迫:群峰聚集。乖邪:不一致。　　[31]巖壑:深山空谷。崢嶸:高峻貌。　　[32]攢(cuán穿陽平):聚集。雜:交錯生長。　　[33]被:覆蓋。羅布:羅列分布。
[34]虋(mén們)、菼(tǎn坦)、薁(yù遇)、薹、蒙(méng萌):皆草名。　　[35]緣:沿着,依附。層崖:高巖。　　[36]游目:流覽顧盼。　　[37]覽:觀覽。太室:太室之山,即嵩山,在今河南滎陽西北。威靈:聲威。　　[38]顧:回視。大河:黃河。北垠:黃河在滎陽北面邊界。垠,邊際,界限。　　[39]汭(ruì鋭):河流彎曲處。始並:洛水入河處。　　[40]追:追懷。劉定:名夏,周景王大夫。攸:久,長遠。儀:心儀,嚮往。《左傳·昭公元年》載:"天王使劉定公勞趙孟於潁,館於洛汭。劉子曰:'美哉禹功!明德遠矣。微禹,吾其魚乎!'"　　[41]伯禹:即夏禹。所營:所經營的事業,指治水導洛入河。　　[42]太康:禹的孫子,繼啓即位,沉緬

游獵,荒於政事,不恤民事,爲羿所逐,不得返國。　　[43]愍:憂傷。《五子之歌》:《史記·夏本紀》載:"夏后帝啓崩,子帝太康立。帝太康失國,昆弟五人,須於洛汭,作《五子之歌》。"　　[44]尋:通"循"。修軌:長路。增舉:高舉,遠行。[45]未央:没有盡頭。　　[46]汩(yù玉):迅疾貌。飆涌:騰湧。　　[47]懆(cǎo草)懆:憂愁。厲凉:淒厲寒冷。　　[48]霩術:雲氣盛多。漸(jiān肩):浸潤,沾濕。唐:道路。　　[49]劬(qú渠):勞苦。瘁:困頓,勞累。　　[50]虺(huī灰)頹(tuí頹):疲憊。玄黄:病。　　[51]格:來,至。莽丘:草木叢生的山丘。税(tuō托)駕:解駕,停車。税,通"脱"。　　[52]曀(yì議)曀:天色陰晦貌。[53]衰周:指東周。周平王遷都洛陽後,王政日衰。故:事。　　[54]瀕(bīn賓):水邊。隈(wēi危):曲深處。　　[55]"忿子帶"四句:周惠王死後,太子鄭繼位爲周襄王,襄王異母弟子帶爲周惠王后所寵愛,與之爭位,失敗後奔齊。後周襄王將子帶召回,子帶卻與襄王后隗氏私通,襄王廢隗后。隗后乃狄人之女,子帶遂借狄軍攻襄王,王奔鄭,居壇坎。子帶自立爲王。後晉文公幫助襄王殺子帶,迎襄王復位。事見《左傳》僖公十二年、二十二年、二十四年。唁:弔失國曰唁。壇坎:周地,在河南鞏縣東。寵嬖:寵愛,這裏指子帶。梗:作梗,禍害。　　[56]横厲:横渡。　　[57]宓妃:即伏妃,相傳爲伏羲氏之女,溺死洛水,遂爲洛水之神。靈光:神靈的光彩。　　[58]潛翳:隱藏不現。　　[59]實:充滿。熊耳:山名,相傳因斜出兩峰如熊耳而得名。熊耳山在今河南盧氏南,洛水所經。　　[60]總:會聚。伊、瀍(chán蟬)、澗:皆洛水支流。《書·禹貢》:"導洛自熊耳,東北會於澗、瀍,又東會於伊,又東北入於河。"瀨(lài賴):湍急之水。　　[61]職貢:賦税和貢物。荒裔:荒遠之地。　　[62]吴榜:船槳。　　[63]納最:納貢。極品叫最,用以進貢,故稱納最。　　[64]西溪:鞏城西南的溪流。容與:船徘徊不進貌。[65]鞏都:周惠王封少子班於鞏,故鞏城又稱鞏都,舊址在今鞏縣西南。[66]"愍簡公"兩句:周景王寵愛庶子子朝,欲立爲太子,未果,景王死,國人立嫡子子猛爲王,子朝與子猛爭位,子朝殺子猛,又敗其黨鞏簡公。事見《左傳·昭公二十二年》。

玄雲黯以凝結兮[1],集零雨之溱溱[2]。路阻敗而無軌兮,塗潯溺而難遵[3]。率陵阿以登降兮[4],赴偃師而釋勤[5]。壯田横之奉首兮,義二士之夾墳[6]。佇淹留以候霽兮[7],感憂心之殷殷[8]。并日夜而遙思兮,宵不寐以極晨[9]。候風雲之體勢兮[10],天牢湍而無文[11]。彌信宿而後闋兮[12],思逶迤以東運[13]。見陽光之顯顯兮[14],懷少弭而有欣^[15]。命仆夫其就駕兮^[16],吾將往乎京邑。

皇家赫而天居兮^[17],萬方徂而星集^[18]。貴寵扇以彌熾兮^[19],僉守利而不戢^[20]。前車覆而未遠兮,後乘驅而競入。窮變巧於臺榭兮^[21],民露處而寢濕^[22]。清嘉穀於禽獸兮,下糠秕而無粒^[23]。弘寬裕於便辟兮,糺忠諫其駿急^[24]。懷伊呂而黜逐兮,道無因而獲入^[25]。唐虞眇其既遠兮^[26],常俗生於積習^[27]。周道鞠爲茂草兮^[28],哀正路之日澀^[29]。觀風化之得失兮,猶紛挐其多違^[30]。無亮采以匡世兮^[31],亦何爲乎此畿^[32]。甘衡門以寧神兮^[33],詠《都人》而思歸^[34]。爰結縱而迴軌兮^[35],復邦族以自綏^[36]。

亂曰^[37]:跋涉遐路,艱以阻兮。終其永懷,窘陰雨兮^[38]。歷觀群都^[39],尋前緒兮^[40]。考之舊聞,厥事舉兮^[41]。登高斯賦,義有取兮。則善戒惡^[42],豈云苟兮^[43]。翩翩獨征^[44],無儔與兮^[45]。言旋言復^[46],我心胥兮^[47]。

《漢魏六朝百三家集·蔡中郎集》

【校注】

[1]玄雲:黑雲。黭:昏暗。　　[2]集:會集。零雨:斷續不止的雨。溱(zhēn 真)溱:衆多,繁盛。　　[3]塗潦溺而難遵:道路泥濘難行。　　[4]率:沿着。陵阿:大的丘陵。登降:上下。　　[5]釋勤:解除勞苦。　　[6]"壯田橫"兩句:《史記·田儋列傳》載:齊王田廣死後,田橫自立爲齊王。漢將灌嬰敗橫之軍於嬴下。田橫亡走梁,歸彭越。後歲餘,漢滅項籍,漢王立爲皇帝,以彭越爲梁王。田橫懼誅,而與其徒屬五百餘人入海,居島中。高帝召橫入京,橫不得已,行至偃師遂自剄,令客奉其頭,從使者馳奏高帝。高帝命以王者禮葬田橫。既葬,二客穿其塚旁孔,皆自剄。餘尚五百人在海中,聞田橫死,亦皆自殺。　　[7]佇:等候。淹留:逗留。候霽:等待雨過天晴。　　[8]殷殷:憂傷貌。　　[9]宵:夜晚。極:至。　　[10]候:觀察。體勢:形勢。　　[11]牢湍:指烏雲密佈。無文:指不見日月。　　[12]彌:終,極盡。信宿:連宿兩夜。闋:終止。　　[13]逶迤:彎曲而延續不斷貌。東運:東行,這裏指向東返回故鄉。　　[14]顥(hào 浩)顥:白貌。　　[15]懷:思念。少:稍。弭:停止。　　[16]就駕:加車於馬。指準備啓程。　　[17]皇家:帝王所居之處。赫:顯著,顯耀。天居:天帝之居,天宮。　　[18]萬方:各方。徂:往。星集:原作"並集",今據《文選·前緩聲歌》注引改。　　[19]扇:通"煽"。熾:盛。形容極小極貴極盛。　　[20]僉(qiān 千):都。守利:求利。戢

(jí 及):收斂。　　　[21]窮變巧於臺榭:指窮奢極欲大興土木。《後漢書·桓帝紀》云:"延熹二年秋七月,初造顯陽苑,置丞。"變,一作"工"。　　　[22]民露處而寢濕:修造宮殿的百姓睡在露天濕地。　　　[23]下:下民,糠粃(bǐ 筆):米糠和癟穀。粒:米食,糧食。　　　[24]"弘寬裕"二句:對阿諛奉承的寵侍近臣則寬宏大量,對忠心耿耿誠直敢諫者則糾察懲處得那麼急迫。　　　[25]伊:伊尹,商湯的賢相,佐湯滅夏。見《史記·殷本紀》。呂:呂望,周文王之師,佐周武王滅商。見《史記·齊太公世家》。此處言懷抱伊尹、呂望之才的賢能之人被廢黜不用,不學無術之人卻獲重用。　　　[26]唐虞:唐堯、虞舜,上古時的聖明之君。　　　[27]常俗:世俗。　　　[28]周道:大道。鞠:盡。語見《詩·小雅·小弁》:"踧踧周道,鞠爲茂草。"　　　[29]滆(hū 乎):水流之貌。形容如水流逝,情況一天天壞下去。[30]紛挐(rú 儒):糾纏,紛亂。　　　[31]亮采:亮謂信,采謂事。即輔助辦事。匡世:挽救艱危的時局。　　　[32]此畿:此邦,此地。　　　[33]衡門:橫木爲門,喻簡陋的房屋。《詩·陳風·衡門》:"衡門之下,可以棲遲。"後借指隱者所居。[34]《都人》:指《詩·小雅·都人士》。　　　[35]爰:代詞,於此。結蹤:結束行綜。迴軌:返迴車駕。　　　[36]邦族:故鄉。《詩·小雅·黃鳥》:"言旋言歸,復我邦族。"綏:安。　　　[37]亂:辭賦篇末總結全篇要旨的話。　　　[38]"終其"二句:《詩·小雅·正月》:"終其永懷,又窘陰雨。其車既載,乃棄爾輔。"　　　[39]群都:沿途所經各城邑。　　　[40]前緒:前代的事蹟,遺業。　　　[41]厥事:其事。舉:稱引。　　　[42]則善戒惡:取法於善,懲戒於惡。　　　[43]苟:隨便,草率。[44]翩翩:往來貌。征:行。　　　[45]儔:同伴,同道。　　　[46]言旋言復:猶言旋言歸。言,語助詞。復,返回。　　　[47]胥:舒暢。

【集評】

　　魯迅《題未定草》(六):"例如蔡邕,選家大抵只取他的碑文,使讀者僅覺得他是典重文章的作手,必須看見《蔡中郎集》裏的《述行賦》(也見於《續古文苑》),那些'窮工巧於臺榭兮,民露處而寢濕。委嘉穀於禽獸兮,下糠粃而無粒'的句子,才明白他並非單單的老學究,也是一個有血性的人,明白那時的情形,明白他確有取死之道。"

採用底本目錄

水經注　（北魏）酈道元注　江蘇廣陵古籍刻印社 1994 年影印《續古逸叢書》本

呂氏春秋校釋　陳奇猷校釋　學林出版社 1984 年版

史記　（漢）司馬遷撰　中華書局 1960 年標點本

淮南鴻烈集解　劉文典集解　中華書局 1989 年版

論衡校釋　黃暉校釋　中華書局 1999 年版

漢書　（漢）班固撰　中華書局 1962 年標點本

後漢書　（南朝宋）范曄撰　中華書局 1965 年標點本

宋書　（南朝梁）沈約撰　中華書局 1974 年標點本

文選　（南朝梁）蕭統撰　（清）胡克家刻本　中華書局 1977 年影印清嘉慶十四
　　年胡克家刻本

玉臺新詠　（南朝梁）徐陵編　文學古籍刊行社 1955 年影印明寒山趙氏覆宋本

藝文類聚　（唐）歐陽詢等編　汪紹楹校　上海古籍出版社 1982 年版

古文苑　《四部叢刊》影宋刊本

樂府詩集　（宋）郭茂倩編　余冠英等點校　中華書局 1979 版

漢魏六朝百三家集　（明）張溥輯　上海古籍出版社 1994 年影印文淵閣《四庫
　　全書》本

全上古三代秦漢三國六朝文　（清）嚴可均輯　中華書局 1958 年版

先秦漢魏晉南北朝詩　逯欽立輯　中華書局 1983 年版

參考書目

西京雜記　舊題(晉)葛洪著　中華書局 1985 年版

文心雕龍注釋　(南朝梁)劉勰撰　周振甫注　人民文學出版社 1981 年版

史通通釋　(唐)劉知幾撰　(清)浦起龍釋　上海古籍出版社 1978 年版

金石録　(宋)趙明誠撰　上海書畫出版社 1985 年版

文章精義　(宋)李塗撰　人民出版社 1960 年版

楚辭集注　(宋)朱熹撰　上海古籍出版社 1979 年版

水東日記　(明)葉盛撰　上海古籍出版社《四庫全書》本

采菽堂古詩選　(明)陳祚明選　上海古籍出版社《續修四庫全書》本

漢魏六朝百三家集題辭注　(明)張溥撰　殷孟倫注　人民文學出版社 1960
　　年版

文體明辯序説　(明)徐師曾撰　人民文學出版社 1962 年版

古詩源　(清)沈德潛撰　中華書局 1963 年版

古詩賞析　(清)張玉穀撰　許逸民點校　上海古籍出版社 2000 年版

四庫全書總目提要　(清)永瑢等撰　中華書局 1965 年版

義門讀書記　(清)何焯撰　中華書局 1987 年版

駢體文鈔　(清)李兆洛編　上海古籍出版社 2001 年版

藝概　(清)劉熙載撰　上海古籍出版社 1978 年版

古文觀止　(清)吳調侯、吳楚材編選　中華書局 1959 年版

歷代詩話　(清)何文煥編　中華書局 1981 年版

藝舟雙楫　(清)包世臣撰　中國書店 1983 年版

歷代詩話續編　丁福保編　中華書局 1983 年版

論文雜記　劉師培著　人民文學出版社 1959 年版

國故論衡　章太炎著　上海古籍出版社 2003 年版

魯迅全集　人民文學出版社 1982 年版

兩漢文舉要　高步瀛選注　中華書局 1990 年版

史記選　王伯祥選注　人民文學出版社 1982 年版

管錐編　錢鍾書著　中華書局 1979 年版

漢魏六朝詩選　余冠英選注　人民文學出版社 1978 年版

古詩十九首初探　馬茂元著　陝西人民出版社 1981 年版

兩漢文學史參考資料　北京大學中國文學史教研室選注　中華書局 1962 年版
樂府詩選　曹道衡選注　人民文學出版社 2000 年版
中國歷代賦選（先秦兩漢卷）　畢萬忱、何沛雄、羅忼烈選注　江蘇教育出版社
　　1990 年版
史記集評　張大可等編　華文出版社 2005 年版
史記箋證　韓兆琦箋證　江西人民出版社 2005 年版